cy cinqu a partie [...] cent p[...]
marchand me[...]el de[...] aux
[...] a pair pris

cy cinqu a partie a cent poitteuin
marchand mediciale a pair [...]
ca [...] jour du mois de [...]
1683 Signe [...]

A content

cy cinqu a partie a cent poitteuin
marchand medicale de marchand a pair
[...]

Z 2197
B

et ad carcer.

Reconduatio facta
le 2 mars 1928

(De Mon Biner)

Z 3996

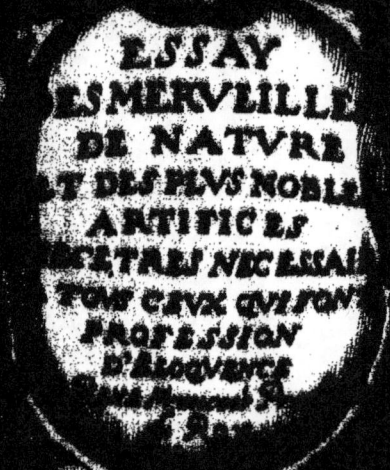

ESSAY
ES MERVLILLE
DE NATVRE
ET DES PLVS NOBLE
ARTIFICES
LETTRES NECESSAI
TOVS CEVX QVI FONT
PROFESSION
D'ELOQVENCE

ESSAY
DES MERVEILLES
DE NATVRE, ET DES
PLVS NOBLES ARTIFICES.

PIECE TRES-NECESSAIRE A
tous ceux qui font profeſſion d'Eloquence.

Par RENE' FRANÇOIS, Predicateur du Roy.

A ROVEN,

Chez ROMAIN DE BEAVVAIS, pres
le grand portail noſtre Dame.

1 6 2 1.

AVEC PRIVILEGE DV ROY.

A MONSEIGNEVR,

MONSEIGNEVR DE VERDVN,
CHEVALIER, CONSEILLER DV
ROY, en ſes Conſeils d'Eſtat & Priué, & premier
Preſident au Parlement de Paris.

*E petit ouurage vous eſt deu, & vous doit
eſtre conſacré pour pluſieurs raiſons. Vous
eſtes la bouche d'or, & l'Oracle du Parlement, qui eſt Prince des Parlemens, & le
Parlement des Princes ; cette qualité vous
oblige à parler de tout, & en parler en Ora-
cle. L'enuie mourra pluſtoſt d'enuie & de rage, que iamais elle
vous puiſſe deſrober cét honneur que vous auez acquis en vous
acquittant ſi dignement de cette haute charge, és deux premiers
Parlemens du Royaume. Nos Roys en ont eſté grandement ſa-
tisfaits, & la France eſtonnée, & rauie d'aiſe extréme. Ce
petit liuret vous ramenteura ce que vous ſçauez (car qui s'o-
ſeroit vanter de vous rien apprendre de nouueau) & vous en
raffreſchira la memoire. Ceux qui parlent en Oracles, ne doiuent iamais broncher en leurs paroles, & on preſuppoſe qu'ils
doiuent tout ſçauoir : Nul peché en eux n'eſt cenſé veniel, & mes
leurs mots ſont recueillis comme vne pluye de Manne, & de*

perles Orientales. Ce petit essay sera bien-heureux s'il peut seruir de memoire à vostre heureuse memoire, & ce sera vn grand
bon-heur à son auteur, s'il vous peut en cecy faire quelque aggreable seruice.

L'autre raison est, que l'Auteur du liure est vostre ancien
seruiteur, & tout chargé de mille tesmoignages de vostre amour
enuers luy. Cet honneur l'oblige à rechercher tous les moyens pos-
sibles de vous rendre seruice, mais de toute l'estenduë de son
ame. Quelque chose qu'il face il sera tousiours ingrat, non point
par faute de bonne volonté, mais par les excez de vostre singu-
liere bonté. Il vous offre icy toutes les pierreries de nature, toute la beauté des fleurs, tous les metaux du monde, le Ciel, &
la terre, la nature & l'artifice, tout ce qui se peut de beau
& de bon, mais tout cela n'est rien au prix du cœur qu'il vous
offre, car c'est la maistresse piece de tout ce qu'il vous presente,
& qui vaut plus que tout le reste de son liure. Ce sera vne
piece pour mettre en cette noble Librairie de vostre petit Paradis de Conflans.

Ceux qui ne pouuoient assez loüer les Empereurs de Rome
quand ils entroient en triomphe, apres auoir domté les ennemis
de leur patrie, ils iettoient à pleines poignées sur leurs testes des
roses, & des lis, & des deluges de fleurs pour vn tesmoignage
amoureux de leur resioüissance & bien-veillance. Pendant que
vous, comme vn Hercule Gaulois, allez domtant les monstres
de la France, & que par la main virginale de la Iustice, & de
son espée foudroyante vous trenchez les crimes, les iniustices, les
forfaits, & escrasez tous les monstres d'vn pied victorieux, moy
qui ne sçaurois dire chose aucune qui approche de vos grandes
vertus, ie vous iette icy à pleines mains, fleurs, perles, diamans, &
Estoilles, & toutes les raretez de nature & de l'art, pour tesmoi-

gner la ioye de mon cœur vous voyant ainſi rayonnant & d'honneur & de gloire.

Voſtre nom tres-illuſtre mis à la teſte de ce liure, & enchaſſé au frontiſpice, ſera comme vne ſauuegarde Royalle, pour ietter
de la terreur dans le cœur de ceux qui voudroient luy mesfaire.
Pſaphon amaſſant mille petits oyſeaux, leur apprint ces paroles,
Pſaphon eſt Dieu, puis leur donnant l'air & la liberté, ces petits
voleurs volant par tout l'Vniuers, rediſant leur leçon, eſpandi-
rent par tout la gloire de leur maiſtre, le faiſant tenir comme vn
Dieu. Tous ces petits eſſays que i'ay façonnez de ma main, ont
tous apprins voſtre nom, & le porteront par toute la France, &
conuieront tous les beaux eſprits d'admirer vos merites. Ils diront que vous eſtes l'oracle de la Iuſtice, le Pere de l'eloquence,
& que tous ces foudres d'eloquence du barreau ne tonnent qu'à
vos pieds, le Protecteur des beaux eſprits, vn exemple de pieté, la
terreur des meſchans, & mille choſes ſemblables. Puiſſent-ils dire tout ce que vous meritez, & tout le bien que ie vous deſire,
& puiſſiez vous fleurir à iamais du beau verd d'un honneur eternel, & puiſſe le Ciel verſer de toutes parts ſur vous & ſur les vo-
ſtres, les roſées de mille benedictions celeſtes, & vous combler de
tout vray bon-heur & de graces. Pour moy ce me ſera trop d'honneur & de gloire, ſi vous daignez me continuer la faueur de me
tenir, pour ce que veritablement ie vous ſuis, c'eſt à dire,

MONSEIGNEVR,

        Voſtre tres-obligé, & tres-humble
        ſeruiteur,

        RENE' FRANÇOIS.

EPISTRE NECESSAIRE
AV LECTEVR IVDICIEVX.

TANT & tant mes amis me preſſent de donner au public, ce que i'auois cueilly pour
moy ſeul, que ie ne puis plus m'en deſdire
ſans meurtrir leur amitié. Ie vous donne vn
premier eſſay, & fais comme les ioyaliers qui monſtrent
vne petite boëtte de pierreries, pour eſueiller l'appetit,
& affriander les perſonnes a en rechercher encor de plus
belles, & adonc ils deſcouurent toutes les raretez les
plus rares. Si vous agréez ce petit trauail, & le prenez
de la bonne main, ie vous promets de vous y adiouſter
tout le reſte : c'eſt pourquoy ie m'adreſſe à vous qui
eſtes iudicieux, & auez la teſte bien faite, car ie ne veux
auoir rien à démeſler auec vn tas de petits eſprits fretillans, qui ne ſçauent ce qu'ils veulent, ils treuuent à re-
dire à tout, ne font rien qui vaille, & ne liſent les liures,
que comme les cantarides qui ne ſe poſent ſur les roſes que pour les empoiſonner. C'eſt faueur de ne leur
agréer, & c'eſt quaſi vn peché mortel de leur plaire.
Eſprits Antipodes & renuerſez, voire eſprits Antropo-
phages, qui ne viuent que de chair humaine, & qui
ſont comme ces poiſſons de mer qui vont touſiours
contre le fil d'eau douce, & touſiours à rebours des au-

tres. Ils diront que ie ne dis pas tout ; auſſi n'eſt-ce
pas mon deſſein, & ce ſeroit choſe inutile. Pour inſtruire vn homme qui doit bien parler, c'eſt aſſez qu'il ſçache les choſes principales, & les plus nobles ; les choſes plus menuës & roturieres demeurent en la boutique.
Ils diront que les termes ſont changez comme au fait
de la Venerie, & du vol des oyſeaux, cela ie vous l'ad-
uouë tout rondement. Mais qu'y feriez-vous? toutes les
fois qu'on change de grand Veneur, on change quaſi
de façon de parler, & tous les ans c'eſt touſiours à refaire. C'eſt affaire à remarquer ce qui ſera de bon, &
l'adiouſter aux autres editions. Mais qu'ils diſent ce qu'ils
voudront, & par deſpit qu'ils facent mieux, ie leur en
ſçauray le meilleur gré du monde, & à vous dire tout
franchement, c'eſt vne partie de mon deſſein, de donner vn coup d'eſperon à quelque bel eſprit, & qui ait
plus de loiſir que moy, afin qu'il donne à la France cét
ouurage accomply. C'eſt vne piece du tout neceſſaire à
l'eloquence Françoiſe, autrement les plus habiles font
des fautes inſupportables. Peu de gens parlent des artifices, & des choſes qui ne ſont de leur meſtier, ſans faire
de vilains barbariſmes. Quand Alexandre parle des couleurs, les petits apprentis broyant les couleurs s'eſclat-
tent de rire, & ne s'en font que gauſſer. Quand cet Orateur parle de la guerre deuant ce grand Capitaine la terreur des Romains, il le fait ietter du haut à bas de ſa
chaire, diſant que c'eſt vn grand ſot qui oſe parler d'vne
choſe qu'il ne ſçait pas luy-meſme. Combien penſez
vous qu'il y ait d'affineurs qui rient au ſermon, quand ils
oyent dire aux ieunes Predicateurs, que le ſang de bouc

mollit le diamant, & que le marteau & l'enclume se cas-
seront plustost que de iamais esbrecher la dureté opiniastre du mesme diamant. Il y a mille choses ou pensant
faire merueille de bien dire, certes on ne dit chose qui
vaille, & les gens du mestier s'en moquent tout leur
saoul. C'est bien pis, quand faute de sçauoir le propre
mot de quelque chose, ils vont tournoyant tout autour
du pot, & par vne perifrase languissante, ou vne grande
trainée de paroles, ils font pitié à l'auditeur qui recon-
noit assez qu'ils sont au bout du monde, & au bout de
leur François. Mais pis encores quand effrontément ils
se veulent mesler de faire les habilles hommes, & les
esprits vniuersels qui parlent de tout, & souuent prenant l'vn pour l'autre, apprestent à rire à toute l'assistance. Pour éuiter ces defauts, ie vous porte icy vn bon
nombre des plus nobles artifices, & le moyen d'en parler sans broncher; de plus i'ouure le chemin aux ieunes
esprits, comme à des ieunes auettes qui se iettent sur
mille & mille fleurs pour en humer l'esprit, & en tirer la
manne. Ie ne desire pas pourtant qu'ils soient si indis-
crets, qu'à dessein de monstrer leur sçauoir ils facent parade de leur habileté, faisant à propos sans propos de
petites descriptions, pour faire voir qu'ils en ont ouy
parler, desgainant tout d'vn coup tout ce qu'ils sçauent
d'vn mestier. C'est chose fort puerile, & d'vn esprit
follet, qui n'est pas encor meur. Vne Rose qui est sur
l'espine & en son lieu naturel, c'est à la verité la princesse des fleurs, & qui attire par ses douceurs les amours de
tout le monde, hors de là, c'est fort peu de chose, & ce
peu flestrit, & put tout aussi tost. De beaux mots bien
propres

propres & bien aſſis ſans affectation, croyez-moy qu'ils
ont la meilleure grace du monde, ce ſont des roſes, des
perles, des eſtoilles: mais ſi cela eſt affecté, ſi tiré par force, ſi hors de ſaiſon, mon Dieu que cela à mauuaiſe grace, il ne ſe peut dire comme cela bleſſe les aureilles bien
faites. Tous les grands Orateurs ont prins vne peine
incroyable pour ſçauoir cette ſcience qui les a rendus
aimables aux gens du meſtier, & admirables à tout le
monde. On les a veus dans les ſimples boutiques, les tablettes au poing, prendre leurs leçons, & diſputer auec
les compagnons à deſſein de leur ouurir la bouche, &
les faire parler, là ils remarquoient les mots, les maximes, les ouurages, les prouerbes, mille & mille ſecrets,
de là ils tiroient des comparaiſons ſi naïfues, ſi bien priſes, ſi riches, que l'auditeur d'aiſe ne pouuoit ſe tenir de
rire, & par ce ſous-ris teſmoigner ſon contentement. De
là venoit qu'on diſoit d'vn qui auoit miraculeuſement
parlé du chant du Roſſignol, qu'il ſembloit qu'il eut eſté
Roſſignol luy-meſme; de l'autre qu'il ſembloit vn homme qui iamais n'auoit humé autre air que celuy des armées, tant parloit-il dignement des combats ; ainſi du
reſte. Or mon grand amy, i'ay prins ceſte peine là pour
vous deliurer de la peine ; i'ay vogué ſur mer pour apprendre le pilotage, i'ay tourné la rouë pour eſpier les
ſecrets de l'affinage des pierreries, i'ay viſité les boutiques, & diſputé auec de fort bons maiſtres pour apprendre quelque choſe que vous puiſſiez apprendre apres
moy.

Ie vous prie d'vne grace, c'eſt que vous pardonniez
les fautes ſuruenuës à l'impreſſion ; ie n'eſtois pas ſur le

ẽ

lieu pour examiner les espreuues, & chastier le compagnon; le compositeur a quelquefois lasché vn mot pour
vn autre, l'ordre n'y est pas tel que vous desireriez bien,
& moy aussi. L'indice suppléera à l'vn, & vostre bonté à l'autre. Au reste il n'y a pas tant de fautes ny si
grosses, qu'elles soient plus que pechez veniels. Quand ils
seroient mortels, vostre bien-veillance les rendra veniels & pardonnables. Ie vous en prie, & me faire l'honneur de me tenir pour vostre seruiteur.

INDICE DES MATIERES.

INDICE DES MATIERES.

ADVER-

ADVERTISSEMENT
AV LECTEVR DE LA
VENERIE.

I E vous donne icy pour premier essay ce-
luy de la Venerie, ie ne vous dis pas tout,
cela n'appartient qu'au Valet des Chiens,
aux Lonuetiers, & aux Chasseurs qui
sont du mestier de sçauoir tout, mais pour
bien parler ie vous en donne assez. Si ie
vois que cecy vous agrée, ie vous donne-
ray encor ce que vous sçauriez souhaitter; si vous ne vous amu-
sez qu'à piquoter, & regratigner sur les defauts, ie ne vous en
diray pas dauantage. Au reste vous verrez par experience que
vous auez fait mille fautes parlant de la chasse, faute de ce peu
d'adresse, & que par ce peu d'aide vous vous releuerez de defaut,
& vous parlerez comme il faut, quand il faudra parler voire
des bestes puantes. La Noblesse hardie inuente tous les iours des
mots noueaux, s'ils hantent la Cour prenez-les, & seruez-vous
en, autrement ne le faites pas sans beaucoup de choix, & de
iugement, car chasque Prouince a ses façons de dire, qui ne
sont bonnes qu'en leur terroir; mais à la Cour on s'en moque,

A

& font cenfez mots barbares, groffiers, & de la vieille chaffe
des Paladins de Gaule. Ceux que ie vous donne font tous de
mife, & de bonne guerre; la table vous mettra tous les termes
par ordre d'Alphabet, afin que vous les puiffiez treuuer tout à
voftre aife. Adieu mon cher amy.

LA VENERIE, ET
LA CHASSE DES BESTES.

CHAPITRE I.

Es Chiens blancs, dits Baux, furnommez Greffiers, font de race de Barbarie. Le premier en France s'appella Soüillard.

Ces Chiens font dediez pour les Roys, car ils font beaux chasseurs, requerans, forcenans & de haut nez: qui ne laissent pour chaleurs qui soient à chasser, sans se rompre à la foule des Piqueurs, ny au bruit & cry des hommes, & gardent mieux le change que tous autres, & sont de meilleure creance.

D'vne laictée ou lictée de la lyce couuerte & emplie d'vn de ces Baux, la moitié n'est pas bonne. Les naissans tout d'vne piece sont les meilleurs, c'est à dire, tout blancs, & les marquetez de rouge. Les marquetez de noir, ou de gris sale ne valent rien, les tout noirs sont bons.

Les Chiens fauues ou rouges sont de grand cœur, d'entreprinse, de haut nez, gardans bien le change, ils n'endurent pas la chaleur, & la foule, comme les blancs, mais sont plus ardens; s'il aduient qu'vne beste forpaise aux champs, ils ne la cuident abandonner; Les bons ont le

A 2

poil vif, tirant au rouge, vne tache blanche au front, & au col : ils ne font cas que du Cerf, ils defdaignent les Liéures, &c.

Les Chiens gris fçauent faire tout meftier, & courent toutes beftes, & font bons pour fimples Gentils-hommes. Les meilleurs font gris fur l'efchine quatroüillez de rouge, les iambes de mefme poil, comme la iambe du Liéure. Les excellens ont à l'efchine vn gris noiraftre, les iambes cannelées & ondées de rouge, & de noir. (Les trop gris argentez ne valent gueres.) Ils craignent le chaut, & la foule, & pour eftre de grand cœur ils fe mettent hors d'haleine au cry des hommes, ils n'aiment l[.] befte qui rufe & tournoye, mais fi elle tire païs, ils courent trefbien : font opiniaftres & de mauuaife creance : ils font fuiets à prendre le change, car ils font de trop grands cernes, ils aiment d'oüir la trompe de leur maiftre, & ne fe fient aux Chiens leurs compagnons s'ils les treuuent menteurs, ce qu'ils cognoiffent à leur voix. Au partir du defcouple il les faut piquer froidement, car ils font ardans & outrepaffent la voye de la befte, laquelle fi elle eft mal-menée, iamais ils ne l'abandonnent.

Les Chiens noirs, qu'on dit de S. Hubert (car en memoire de ce fainct qui fut Veneur, les Abbez en tiennent race) font puiffans de corfage, de haut nez, chaffans de forlonge, defirent les beftes puantes, c'eft à dire, Regnards, Sangliers, &c. les autres vont trop vifte pour eux, & n'ont le cœur de les fuiure.

Les fignes d'vn bon Chien. 1. la tefte longue & non camufe. 2. les nafeaux gros & ouuerts, pour eftre de haut nez. 3. les oreilles larges. 4. les reins courbez, le iarret droit,

& bien herpé pour la viſteſſe. 5. le rable gros & les hanches, la cuiſſe trouſſée, la queuë groſſe auprés des reins,
pour la force. 6. le poil du ventre rude, car il ne craint l'eau.
7. la iambe groſſe, le pied ſec en forme d'vn Regnard, car
le pied gros ne vaut rien.

8. Chaſtrer ou ſener vne lyce, c'eſt à dire, luy oſter les racines, *Euirer*, c'eſt à dire, chaſtrer.

9. Ie ne vis iamais faire bonne fin à Chiens nourris à la
boucherie, c'eſt à dire, ils ne chaſſent rien qui vaille.

10. Iamais ne faut donner carnage au Chien, qu'il ne
ſoit eſcorché, afin qu'il ne cognoiſſe la beſte auec ſon
poil. Chien Eſchif, qui eſt ardent à manger, *Canis vorax*.

11. Le chenin doit eſtre large, la cour large & orientée,
car les Chiens prennent plaiſir à s'eſbatre & vuider; il y
faut vne fontaine, & vn grand tymbre de pierre, où ſe re-
çoiue l'eau, où boiront les Chiens.

12. Le Valet des Chiens le matin auec la trompe doit
ſonner quatre ou cinq mots, le greſle pour reſioüir les
chiens, puis les mener dehors pour leur enſeigner à croire;
que s'il y a vn Chien mal complexionné qui coure ſus les
brebis, &c. il le faut coupler auec vn belier, & le feſſer en
le menaçant; tout de meſmes ſi paſſant par les Garennes,
ils branlent aux Connils.

13. Pour les façonner il les faut laiſſer couplez & hardez
en garde au compagnon, puis ſe retirant les forhuer auec
la trompe ou bouche; s'ils ſont deſia accouſtumez, il les
faut deſcoupler, ſinon coupler les ieunes auec les vieux,
qui oyant le Forhu courent au Valet & y trainent leur
compagnon, qui luy donne quelque friandiſe, puis l'autre
en fait autant à l'autre bout, deuant qu'il aye acheué de

A 3

manger. En les dreſſant il faut garder de les faire effiler, car ils ne ſont aſſeurez ſur leur membre qu'ils n'ayent deux ans.

14. Il ne faut donner curée de Biche aux Chiens, car ils s'en ſouuiennent & quittent le Cerf, ou c'eſt qu'autrement ils le démeſlent d'auec la Biche. Si on les accouſtume à la toile, où le Cerf ne fait que tournoyer, eſtant apres dehors, ſi le Cerf ayant tournoyé, dreſſe, c'eſt à dire, il tire païs, & va droit par apres, & ſe forloigne vn peu, les Chiens prennent le contre-pied pour le droit, ſe rompans & mettans hors d'haleine. Il ne les faut accouſtumer à l'eſgail, (c'eſt à dire roſee) car ils ne peuuent chaſſer à la chaleur.

15. Le temps de chaſſer eſt quand les Cerfs ſont en leur grande venaiſon (*ſagina*) car lors ils ne ruſent, ny ne courent gueres eſtant chargez ; & eſtant pris il luy faut deſpoüiller le col, & ſur le champ en faire curée.

16. Le droit commencement des Chiens courans eſt de les dreſſer au Liéure, car ils apprennent les ruſes, & hourvatiz, à croire, & venir aux forhuz & s'affinent le nez.

La harpe, ou griffe de Chien.

Du Cerf.

17. LE Cerf en my-Septembre commence d'aller au Rut, quelquefois paſſe la mer à ceſt effet. Tant plus il eſt vieux, tant plus y eſt adonné. Le Rut dure deux mois.

18. Rêre, ou Réer : c'eſt le cris du Cerf braimant, le Viandis eſt ſa viande, & ſe dit le Cerf viander aux ieunes tailles des bois, ou, &c.

19. Les Cerfs muent en Féurier & Mars, les vieux iettent & pouſſent les premiers leurs teſtes. Vn chaſtré ia-

mais ne portera tefte; s'il l'a quand on le chaftre, iamais ne tombera, l'ayant ietté ils prennent le buiffon, fe cachant prés des gaignages, (c'eft à dire, champs & iardins, où font blez & potage,) & de l'eau afin d'aller au viandis. En Mars ils commencent à pouffer les boffes (c'eft à dire, les pointes & cors) & felon que le Soleil hauffe, & le viandis durcira, leurs teftes & venaifon croiftront. En My-Iuin leurs teftes font femées de ce qu'elles doiuent auoir toute l'année: Les Cerfs & les Sangliers ne prennent le buiffon, ny laiffent les compaignies qu'au tiers an, car ils fe fentent foibles.

20. Ils fe cachent. 1. parce qu'ils font defarmez. 2. pour faire leur chair à leur aife. 3. pour la honte. 4. au 22. Iuillet ou enuiron les teftes fechent, & les frayent aux arbres faifant tomber leur lambeaux; puis les bruniffent, (c'eft à dire, poliffent) aux charbonnieres, ou en l'argille (c'eft à dire lieu fablonneux) les teftes bien nées viennent des bons gaignages, & viandis.

21. Ils font de pelage brun, ou fauue, ou rouge, ceux-cy font vifs, ont leurs teftes bien perlées, font longs, & efclames, de grand' haleine.

La tefte de Cerf, & fon bois.

22. IL commence à porter tefte à deux ans, & s'appellent les dagues. Au troifiéme an il porte 4. 6. ou 8. cornettes. Au quatriéme an, 8. & 10. Au cinquiéme an, 10. ou 12. Au fixiéme, 12. 14. 16. Au feptiéme an les teftes font femées de tout ce qu'elles auront iamais; apres ils marqueront leurs teftes tantoft plus, tantoft moins, bien nées, ou contrefaites.

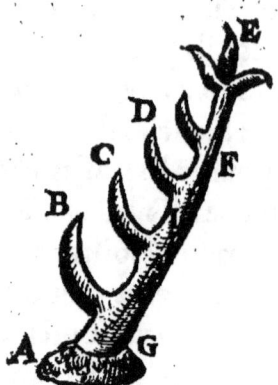

A. Meule; Rocher, Caillou, Baſe. *Mola Bud.*

B. Andoillier, ou Antoilier.

C. Sur-andoillier.

D. Les autres, cors, cheuilleures.

E. La Trocheure, (c'eſt à dire, comme vn bouquet) paumure, coronneure; & les petits cors de la trocheure, ſe
dient eſpois.

F. La perche, le marrein: *materia cornuum.*

G. Les petites pierres qui ſont ſur la meule, ſe dient, la
pierrure.

I. Les fentes qui ſont le long de la perche, ſe dient, gout-
tieres.

La crouſte raboteuſe de la perche ſe nomme, la perlure;
celle de la meule ſe dit la perrure.

La teſte qui a cinq eſpois ſe dit paumure, de la paume
de la main. Celle qui en a trois, ou quatre eſpois, ſe
dit trocheure, comme yne trochée de poires : ſi elle
n'en a que deux, ainſi,

elle s'appelle teste enfourchie, qui au lieu de Couronne porte au sommet de la perche vne forche. Les
testes contrefaites se dient simplement Testes.

23. La pince du pied (c'est à dire la pointe) le talon, les
costez du pied, la comblette (c'est à dire la fente du pied)
les os tranchans; les vieux en leur alleure iamais ne faux-
marchent.

24. Les fumées (c'est à dire *fimus*) du Cerf sont ou formées, ou en troches, ou en plateaux, c'est à dire, 1. rondes,
2. ayant des piquons, 3. plates. Elles sont mieux mouluës
& digerées le soir, car ils ont à repos fait leur runge, &
digeré leur viandis.

25. On iuge le Cerf par les portées (c'est à dire, voyant
les branches aux tailles qu'en passant il a plié ou rompu
auec sa teste) quand il se rembusche en son fort. Et ainsi
se cognoist la hauteur de sa perche. Aller à la veuë, c'est
à dire, descouurir s'il y a beste courable au païs.

26. Les alleures du Cerf, les abbatures (c'est à dire, selon
qu'il abbat du ventre l'herbe, ou les fougeres & menus
bois où il passe) & les fouleures ou foulées monstre la
hauteur, & grandeur, & les erres aussi.

27. Le frayoüer c'est l'arbre où le Cerf fraye sa teste,
pour l'embellir & despoüiller des lambeaux.

B

28. En Nouembre ils viandent les pointes & fleurs des bruyeres & branches: quand il neige, ils se mettent en hardes (c'est à dire en trouppe) & viandent és forests la pointe de la mousse, & pelent le bois, se mettant à l'abry des vents.

29. Le Cerf qui va de bon temps (c'est à dire viste) & de hautes erres, c'est à dire, quasi ne touchant terre : le Cerf balance çà & là: *Nutat*.

30. Il ne faut lascher le Chien, de peur qu'il ne caquette trop tost, & faut prendre les cognoissances du Cerf (c'est à dire, les coniectures de sa grandeur) puis le rembuscher si on peut, & prendre garde à toutes ses ruses, entrées, & sorties du fort; & puis les enfermer toutes dans ses cernes & enceintes, excepté vne entrée par laquelle il faut mettre le Chien, & le faire fausser le fort s'il est possible & le lancer. Il ne se faut fier aux Chiens qui en veulent au vent, & ne mettent le nez en terre.

31. Le ressuy des Cerfs se fait souuent au bord du fort, c'est à dire, il se ressuye au Soleil, ou à l'air. Fort (c'est à dire, où les arbres & herbes sont espaisses, & touffuës aux bois.)

L'ayant failli vn iour, il faut ietter vne brisée (c'est à dire, semer des branches d'arbres brisées, pour retrouuer le chemin.)

32. Si celuy qui fait la suite du Cerf cognoist que ce soit son droit (c'est à dire qu'il soit au chemin que le Cerf tient) & que son Chien lance le Cerf, il doit sonner deux mots pour appeller les Piqueurs : mais il se faut garder du change (c'est à dire que le Cerf ne trompe, laissant quelqu'autre Cerf ou beste en sa place, qui trompe le

Lancer, Lancinare cervū. Bud.

Chien) & ne s'estonner des reposées, car le Cerf mal
mené fait plusieurs reposées, & ne se pouuant tenir debout, viande de couché, c'est à dire, se couche pour brou-
ter, & se repaire.

33. Les Cerfs a ses demeures, & ses forts, ou en hautes
fustayes, ou és forests de houssieres (c'est à dire *Virgulteta*)
ou és forests qui ont des Couronnes de brandes, c'est à dire, rameaux, ou qui sont enuironnées de taille, ou en
quelques brosses au bord de la Forest. Si on lance le Cerf
dans les fustayes, il sera mal-aisé de l'approcher.

34. Le rapport qui se fait du Cerf, est donner les cognoissances qu'on à au Seigneur qui veut chasser, afin
qu'il choisisse le Cerf qui sera en la plus belle meute (c'est
à dire compaignie, ou muete, c'est à dire, giste.)

35. Fumée, est la fiente de toute beste qui vit de broust.
Lesse, est celle des bestes mordantes, Sangliers, &c. Crot-
te, celle des Liéures. Esprainte, celle de la Loutre. Fiante,
celle des bestes puantes, Regnards, &c. Le manger des
bestes mordantes se dit, mangeures, le Sanglier fait icy
ses mangeures. Le viandis est du Cerf, & ses semblables.

36. Les pieds des bestes mordantes, se dient, les traces;
du Cerf, &c. Les pieds, ou foyes, c'est à dire, les pistes.

37. Faire sa nuict aux gaignages, ou és tailles, c'est y
viander.

38. Les voyes sont le grand chemin, Les routes, sont les
sentiers qui trauersent les forts. Le Cerf va la voye, c'est à
dire le grand chemin; Va la route, &c. Les erres, sont
par où vne beste va de bon, ou de vieux temps (c'est à
dire, comme vne vieille beste, & recruë.)

Brisées, ou balles, sont chemins marquez auec branches brisées, & semées pour retreuuer le chemin.

39. Le Ressuy est le lieu où le Cerf se seiche, moüillé de l'esgail ; & se dit là le Cerf fait son ressuy. Les lits, reposées, ou chambres sont où il repose le iour. Pour les bestes mordantes s'appellent Bauges, comme Sangliers, &c.

40. Teste faux-marquée qui n'a les cors & cheuilles pareilles aux deux perches; Teste bien née, grosse de marrein, bien cheuillée, bien marquée, couronnée, est la belle teste. Les ergots qui sont derriere le pied du Cerf, Dain, &c. se nomment les os; aux Sangliers, &c. les Gardes.

41. Harde de bestes, & Harpail, c'est à dire trouppe de bestes fauues. Compaignie, c'est à dire, trouppe de bestes noires. Grand vieux Cerf, ou Sanglier, n'ayant point de refus, c'est à dire, chassable & en sa saison.

Reli-
ści ca-
nes.
42. Le relays, c'est à dire, Le lieu, où les Chiens qui sont au passage de la beste, pour les lascher, & soulager les Chiens recreus.

43. La Meute (c'est à dire, *Grex*) chaque Meute de Chien, a son Chien, qui est le Capitaine des autres.

Croiser & rompre les Chiens, & leur passer à trauers pendant qu'ils courent, & leur rompre leurs courses: qui est vne faute des piqueurs.

Briser par où lon passe, c'est à dire, marquer auec branches.

44. Limier, c'est à dire, Chien qui ne parle point, & queste le Cerf, & le relance hors de son fort.

45. Chiens de Meute, c'est à dire, de compagnie de Chiens ou Esmeute. Car les Chiens à force de clabauder & glapir esmeuuent & estonnent le Cerf.

Demesser & redresser le Cerf, c'est à dire, l'oster

du change , & le pourſuiure , quittant les autres.

46. Le Cerf a quelquefois quelque Brocquard auec ſoy, c'eſt à dire, vn ieune qui a de petites cornes poin-tuës, comme haleines.

47. Le Cerf dreſſe par les fuites (c'eſt à dire, *recta via fugit*) les Chiens bien ameutez dreſſent & courent bien le droict (c'eſt à dire, *recta via inſequuntur Ceruum.*)

Il faut rompre les Chiens , & les menacer & recou-pler, & frapper à route, afin qu'ils relancent le Cerf qui leur a donné le change , & les a fait tomber en defaut. Frapper à route , c'eſt à dire, remettre les Chiens à la trace, les oſtant du defaut.

48. A la chaſſe du Cerf il faut parler & reſioüir les Chiens : au Sanglier il faut parler aux Chiens à ſon de trompe, de cris rudes & furieux.

Il ne ſe faut fier aux ieunes, mais aux Chiens ſages & vieux de la Meute.

Ruſe, & hour-variz du Cerf, *idem.*

49. Le Chien ſonne, c'eſt à dire, appelle au bon che-min, & iappe ayant treuué la trace.

50. Le Cerf fuit touſiours à val du vent, & ne met ia-mais la gueule dedans le vent, ny le nez : mais il tourne le derriere, ſpecialement au vent de Nort, & autant qui ſont vehemens, & afin que les Chiens n'ayent le vent.

51. Cerne & enceinte (c'eſt à dire, circuir le lieu où eſt le Cerf.)

Auoir ſentiment du Cerf (c'eſt à dire, ſentir la trace, & l'odeur) prendre le contre-pied du Cerf, c'eſt à dire, aller au rebours.

52. Le Cerf qui ſe veut rendre va feignant ſon corps

& ſes iambes en chancelant, fait de grands bonds, mais ne dure gueres,fait de grandes gliſſées, donne des os en terre.

53. Le bon Piqueur doit ſçauoir bien parler en cris, & langages plaiſans aux Chiens, crier, hucher, & houpper ſes compagnons,forhuer en mots longs, & ſonner de la trompe.

54. Au Cerf la biere,au Sanglier le Barbier, Prouerbe, (c'eſt à dire,le Cerf aux abois de terre donne coups mortels de la teſte : le Sanglier, meurtriſt , & deſcouſt les membres auec ſes deffences.)

55. Le Cerf pris, il faut hucher & ſonner la mort pour aſſembler les Veneurs , puis faire fouler le Cerf aux Chiens, & apres les recoupler, puis couper le pied droit l'offrant au Roy, ou au Seigneur de la Venerie, puis faut fendre le cuir,& le deſpoüiller, oſtant auec la peau le parement (c'eſt à dire, vne chair rouge, qui eſt ſur la venaiſon & chair du Cerf.)

56. Le Veneur,qui a detourné le Cerf, prend le maſſacre ou teſte du Cerf, & le cœur , & en fait le premier droit à ſon Limier ; le reſte il le donne aux Limiers de ſes compaignons. On fait tout chaudement la curée aux Chiens de la ceruelle, & du col , & s'appelle curée chaude, qui met treſbien les Chiens à la chair. Les curées froides, qui ſe font en la maiſon, ne ſont ſi bonnes.

57. L'eſcuyer du Cerf, c'eſt le ieune,qui va en compagnie du vieux.

La hampe du Cerf(c'eſt à dire, *Pectus.*)

Cheuaucher la menée, c'eſt à dire, *obequitare canes terſnum inſequentes cominus,*corner la menée, &c.

Cerf efchauffé des Chiens, *item*, forlonge les Chiens c'eſt à dire, fuit loin.

Corner Requeſte, c'eſt à dire, *iterum require.*

Battre le Ruiſſeau, c'eſt à dire, nager.

Prendre la beſte au Tour, c'eſt à dire, la cheualer ſans l'effrayer, cependant les Archiers cachez tirent.

58. Le Dain eſt de pelage plus blanc que le Cerf, la teſte paumée, & auec plus de cors que le Cerf, ſa venaiſon plus friande, il va pluſtoſt de prin-ſaut (c'eſt à dire, *primo ſaltu, & initio.*) que luy, & ne ſont amis.

59. Quand les Chiens trouuent où il a viandé la nuict, ou de releuée (c'eſt à dire depuis le midy) ou le matin, faut garder qu'ils ne prennent le contre-ongle (c'eſt à dire, au rebours, & prenant le talon pour la pointe.)

60. Le Cheureuil & la Cheurelle font meilleur fuite que le Cerf, ils mettent, comme les Cerfs, leurs boſſes (c'eſt à dire comme vn'enfleure : *Subula*) au premier an: auſſi portent leurs faiſſeaux & broches (c'eſt à dire leurs cornes faites en haleine) ont leurs viandiers comme les Cerfs, &c.

61. Les Chiens Eſpagnols (qui font Chiens d'oyſeaux) font bons pour chaſſer au Connil, il faut emmuſeler le Furon (afin qu'il ne les tuë) qu'on fait entrer dans leur Terrier, & a chaſque pertuis vne bourſe.

Du Loup.

62. ENtre tous les Loups, vn ſeul lignera la Louue, (c'eſt à dire la fera conceuoir) & eſtant tous endormis, elle en eſueille vn qui plus l'agrée, & s'en va auec luy, ſe faiſant de nouueau alligner. De là on dit à vne

femme impudique, que c'eſt vne Louue. Les Loups eſ-
ueillez, vont à la trace ; & s'ils treuuent le Loup ils le
tuent, pource on dit, que iamais Loup ne vit ſon pere.

63. Le Loup ne porte rien à ſes Cheaux, qu'il ne ſoit
ſaoul, ſi fait bien la Louue : & ſi le Loup n'eſt bien ſaoul,
il oſte la prebende aux Cheaux , & à la Louue : Si le
Loup voit, qu'elle porte en cachette aux Louueteaux, il
la bat ; ainſi il eſt fort gras en ce temps, car il mange la
proye, celle des Cheaux & de la Louue.

64. Il a malle morſure & venimeuſe, à cauſe des Serpens , & vermine qu'il mange. Court ſi bien, que ſouuent les meilleurs Chiens ne le peuuent afficher. Il fuit
volontiers le couuert (c'eſt à dire à couuert par bois, &c.)

65. Loups-garous (c'eſt à dire gare, & gardez-vous)
car ils ſont encharnez à chair humaine.

66. C'eſt vne ſçauante teſte, & fauſſe à garder ſes aduantages, il meſnage ſa fuitte , & ſe tient en haleine, &
en a beſoin, car tout le monde luy en veut. Se prend auec
des hauſſe-pieds, ou chaſſe-pieds (c'eſt à dire, chauſſe-tra-
pes , & creux couuerts) en leur faiſant train de chair,
c'eſt à dire, ſemant çà & là , ou trainant la chair iuſques
à vn lieu propre pour les attraper. Le Loup iamais ne
s'appriuoiſe, regarde touſiours çà & là , & s'il a loiſir il
fait mal, & ſçait bien en ſa cognoiſſance qu'il fait mal,
& regarde effroyement.

67. Le Loup ne demeure pas volontiers où il a mangé, mais s'en va de haute-prime (c'eſt à dire tout auſſi
toſt *Itali, quanto prima.*) Si ce n'eſt qu'ils ayent mangé
trois fois , car lors ils s'arreſtent , quand il y a de l'en-
charnement.

68. Pour

68. Pour le prendre au bois, faut mettre les Léuriers en laiffes de rang, au plus beau tiltre (c'eſt à dire en vn lieu aduantageux, de là on dit attiltrer vn, c'eſt à dire, *ſubornare ad inſidias faciundas alicui*,) & laiffer trois ou quatre doubles, mais gardant bien que les Loups ne puiſſent auoir le vent.

69. Quand on aura fait les defences, c'eſt à dire, arrangé les gens l'vn aupres de l'autre, il faut que le Veneur auec ſon Limier, briſe les Loups hors de la charogne iuſques au fort, puis faut abbatre (c'eſt à dire laſcher) le tiers de ſes meilleurs Chiens, & ſonner pour enchauſſer & rebaudir ſes Chiens, les cheuauchant de prés.

70. Le Loup mort on fait le droit, la curée, la part, aux Chiens, le fendant, vuidant, & rempliſſant de friandiſes, formage, &c. puis apres auoir fait bien fouler & bien tirer & mordre aux Chiens, on leur laiſſe manger illec.

71. Si vn Loup eſchappe, la nuiſt il repenſe l'ennuy du iour, & retourne au buiſſon pour voir qui ç'a eſté, & pour chercher ſes compagnons: s'il les treuue perdus, il s'en va bien loing.

72. Il apporte aux petits quelque Agneau vif, & leur fait tuer, pour leur apprendre leur meſtier. Et la Louue reuomit ſa proye, pour leur en donner à gouſter.

Chaſſe du Regnard, & Teſſon.

73. LEs Chiens de terre qui ſe dient Baſſets & vienſ nent de Flandre, entrent aux taſnieres des Re-

C

gnards, & Teſſons. S'ils y prennent quelque Teſſon-
neau, il le faut faire tuer en la tranchée ou pertuis, &
à la maiſon leur faire curée du foye, &c. leur mon-
ſtrant la teſte de leur gibbier.

74. Pour façonner les ieunes Chiens, on coupe la
machoüere d'embas à vn vieux Regnard vif, où il a
ſes crochets & maiſtreſſes dents, laiſſant celles d'enhaut qui ſemblent terribles, & ne peuuent mordre,
& lors les Chiens font rage.

75. Les Regnards font leurs Terriers en lieu, où lon
ne peuue beſcher, & ſentant les abbois bouclent &
ſortent auſſi toſt. Puis tournoyent long temps en leur
pays deuant qu'en ſortir. La curée s'en fait comme du
Loup, ou ſur ſa peau y mettant les friandiſes.

76. Tiltre de Chiens, c'eſt le lieu où on les a poſez,
afin que quand la beſte paſſera ils la courent bien à
propos, de là vient mettre en bon tiltre: Item attiltrer, & le Cerf fortiltre, c'eſt à dire, il va hors les til-
tres des Chiens qu'on auoit attiltrez.

Chiens Alans gentils: Item, Alans de Boucher, pour
mener les bœufs.

Chiens Bauts, Chiens Cerfs, ou muets, *id eſt*, *ceruum
tacitè ſequentes.*

Chiens parlans, & riotans en leur langage, c'eſt à dire,
Chiens courans, qui iamais ne quittent le Cerf.

Chien courtaut, c'eſt à dire ſans queuë, de ſeruice,
ordinaire.

Chien de garde, c'eſt à dire, pour abbayer aux larrons.

Chien allant, c'eſt à dire, qui par chemin détourne
les beſtes.

Chien a gros poil, font pour l'eau comme Barbets, qui portent le traiét, & chaffent au gibier d'eau.

Chiens Efpagnols, c'eft à dire, Chiens couchans pour leuer Perdrix, Cailles, &c.

Chiens de combat, pour les Sangliers, &c.

Dogues font pour affaillir les groffes beftes, *Moloffi*.

Léuriers, qui font viltes à prendre tout.

Léurier à Liéure ; Léurier à Loup ; Léurier à tout.

Baudir, ou rebaudir les Chiens, & les encharner, c'eft à dire, *excitare ad prædam*, leur parler, les refioüir.

Traiéts de Chiens, c'eft à dire, les laiffes & colliers pour les coupler, qui fe font de poil de cheuaux.

Vautrer, c'eft à dire, chaffer auec Vautrez, & Maftins, car de Vautrey ce dit vne trouppe de Maftins, qui courent ardemment vn Sanglier, & finalement l'outrent d'halene, & le prennent à force.

Chaffe du Sanglier.

1. L A Chaffe du Sanglier n'eft que pour les Maftins, car il ne court pas, & ne fe fie qu'à fes deffences. S'il bleffe de la dent vn Chien, au coffre du corps, iamais il n'en efchappe. D'vne venuë tournant fa Hure, tuëra fix & fept Chiens courans.

2. Ils ont entre autres quatre dents ou deffences, deux en haut, qui ne feruent que d'aguifer les deux limes & dagues, ou armes de la barre de deffous qui tuent. Les deux d'enhaut, fe dient, les Grez.

Les Layes font les femelles.

3. Il fe laiffe abboyer des Chiens en fa bauge. Deuant que d'en fortir il met hors la Hure, & prend le

C 2

vent de tout cofté; s'il oit du bruit, il retourne fur foy,
c'eft à dire, en fon gifte. Et ne fortira plus quelque
bruit qu'on face.

Le Sanglier de quatre ans eft courable & fans refus. Le vieux Sanglier eft celuy, qui a laiffé les compagnies.

4. S'il va au gaignage, on dit qu'il a efté viure &
faire fes mangeures aux gaignages; s'il va aux prez ou
frefcheurs, on dit qu'il a vermillé au pré, & fait fes
boutis. Vermeiller, c'eft à dire, chercher les vers en terre. Fouger, c'eft auec le nez, & boutoüer, arracher les
racines; & ce qu'il leue auec le nez fe dit, Fouge : Mu-
loter, c'eft chercher aux greniers des Mulots (c'eft à dire, *Muris ruftici*) où ils cachent le bled, glands, &c.
Herbeiller, c'eft quand le Sanglier broufte l'herbe.

5. Le Sanglier fe dit tenir les abbois, quand il fe def-
fend, & contre-mord. Si les Chiens font chargez de
fonnettes, il fuit & ne tient les abbois. Il faut que le
Piqueur luy donne de l'efpée en plongeant, & non du
cofté du cheual, car il tourne la Hure du cofté du
coup, & tueroit le cheual.

6. Deuant fa bauge (c'eft à dire fon lict, & fon fort)
il fait toufiours quelque rufe. Il faut que les Piqueurs
accompagnent les Chiens, & crient pour faire perdre
cœur au Sanglier, autrement il les défaira. S'il s'eſtonne, il tirera païs, & prendra les campagnes.

7. Du foüil on cognoift fa grandeur, car il fe foüille
fouuent & ventroüille, & nazille volontiers en la boüe.

8. On dit que l'homme de guerre doit auoir affaut
de Léurier, fuite de Loup (car il fe retire toufiours

combattant , & monstrant les dents) & deffense de Sanglier.

9. Bourbelier (c'est à dire , *Pectus Apri*) comme la hampe du Cerf.

Sanglier Affouchie, c'est à dire, qui fait grandes fosses, pour treuuer la racine des Fouchieres, & de l'Esparge, &c.

10. La fouaille du Sanglier, c'est à dire , la curée ou cuirie, car elle se fait auec du feu.

Huée, *Ouatio post prædam captam.*

Corner la prinse : *Canere capturam.*

Dentée & atteinte du Sanglier , qui descoud les Chiens & les cheuaux, & les esuentre.

On fait iugement du Sanglier par le pied, les bontis (ou boutis) & le soüil, on cognoist s'il est entier & sans refus.

11. Il faut presenter l'Espieu droit à l'Escu, entre col & espaule ; Si les billettes de l'Espieu ne l'en gardoient il se couleroit le long de la hampe de l'Espieu, iusques à celuy qui l'enferre.

De l'Ours.

1. LEs Ourses faonnent leurs petits quasi tous morts, mais la mere les haleine si fort , leche , & eschauffe qu'elle les fait reuenir : tout le monde le tient ainsi, si est-ce que tout le monde ne le croit pas.

2. L'Ours en hyuer quarante iours ne boit, ne mange , sinon sucçant ses mains. Deux hommes se tenant bonne compagnie, l'Espieu en main , le tueront ; car ayant vn coup il se lance de ce costé là , l'autre ce-

pendant le blesse, & luy tourne laissant l'autre, & ainsi on le tuë aisément.

3. Il a malle chair, son sain est medicinal. Es bestes mordantes, on dit le sain, & les mangeures. Aux bestes rousses qui ne mordent comme Cerfs, &c. on appelle le suif, & leur manger viander.

Pouppes, c'est à dire, *Mammæ Vrsæ*.

La Chasse du Liéure.

1. SI le Liéure sort du giste leuant les oreilles, ne fuyant de puissance, retroussant la queuë, c'est signe qu'il est fort.

Le masle est court, fait ses ruses plus sottes, defait sa nuict par les grands chemins, il a la teste plus courbe, & plus iossuë, prend facilement congé de sa Meute (ou muete) (c'est à dire giste) à la poursuite des Chiens & se forpayse, quelquefois trois lieuës sans s'arrester.

2. Les Liéures de passage, qui sont hors de leur païs, font des rompus, & se font relancer deux ou trois fois dans leur fort.

3. Ils ont vne infinité de ruses, & sur eux se doiuent affiner le nez des Chiens courans, & y faire leur apprentissage. Luy & la femelle ne permettent qu'autre Liéure qu'eux demeure en leur païs: ainsi on dit, tant plus on chasse en vn païs, tant plus y a-il de Liéures; car ceux d'autre païs y viennent.

4. Il faut touliours auoir des friandises de Chiens pour les resiouïr au defaut, & les radresser, & faire requester le Cerf, & la chasse.

5. Il ne faut sonner en queste le gresle de la trom-

pe , mais le gros ; fi ce n'eft qu'il vueille parler aux
Chiens, alors il fonne vn mot du greffe de fa trompe,
car c'eft le propre du forhu ; pour la quefte , c'eft auec
le gros.

6. Les ieunes Liéures en Septembre, Octobre , Nouembre, n'ont point de corps, ny rufes , & fe font relancer fouuent , à quoy prennent plaifir les ieunes
Chiens. Lefquels fe fouuiennent toufiours de la premiere curée qu'on leur fait , & du lieu où lon les façonne.

7. Les Liéures en temps de glace courent fort bien,
car ils ont les pieds fourrez ; les Chiens fe deffolent les
pieds fur la glace.

8. Les Chiens de deux ans ne valent que mieux, quand
on les fait fouuent champayer , requerir , & lancer le
Cerf.

9. Le Chien defait aifément la nuict du Liéure au
viandy (c'eft à dire au repaire) car il y laiffe fes crottes,
& repaire, & fe couche viandant, ainfi laiffe l'odeur.

10. Le Chien boute & lance le Cerf , & redreffe les
erres, quand fon maiftre l'aide, & bat & foule les brof-
fes, c'eft à dire, buiffons & broffailles.

11. Pour bien chaffer, il n'eft que Chiens qui fuiuent
le droit. Pour en prendre beaucoup, il faut faire grands
cernes, & abbreger les rufes.

Haller les Chiens, c'eft à dire, tirer à mont.

12. Le Liéure pris , faut fonner la mort du Liéure,
& le mettre fur l'herbe, mais le Valet des Chiens de-
fendra la curée, puis on mettra la peau, le pas, & le
poulmon, qui eft contraire au Liéure; & prenant pain,

formage , & friandifes , on les brunira du fang de
Liéure, & ayant attaché le Liéure auec cordes en plufieurs lieux, afin qu'vn feul Chien ne l'arrache, le ca-
chera, lors le Piqueur fera la curée du pain , &c. Et
eftant fur la fin le Valet forhura, monftrant le Liéure,
les Chiens courront auffi toft, & leur fera donné leur
droit; aux Chiens niais & ieunes on donne la tefte &
les efpaules.

13. Prendre le Liéure à la croupie, c'eft à dire, quand
le matin il eft à croupeton, & croupit en terre. Liéuro
en forme, c'eft à dire, *in cubili.*

14. Faire enclotir vn Connil, c'eft à dire, fairo entrer
dans terre.

Cordelettes, Rets, Filets, Bourfes , Bourfettes , Po-
chettes.

Leureter, c'eft à dire, *parere lepores,* Leureteaux.

L'entrée de la Tefniere fe dit Mere , la Renardiere
n'a iamais qu'vne mere.

Faire le rapport à l'affemblée, (c'eft à dire, *Concilio
venatorum, vel faltuenfi, Bud.*) Des cognoiffances qu'on
a de la befte.

Les toiles, c'eft à dire , *Carbafeum feptum, Bud.* 2. *Phi-
lologiæ.*

ADVIS .

ADVIS AV LECTEVR.

'EST *vn plaisir de Roy, que la Volerie ; & c'est vn parler Royal que de sçauoir parler du Vol des Oyseaux. Tout le monde en parle, & peu de gens en parlent bien, ou font pitié à ceux qui les escoutent. Tantost cettuy-ci dit, la main de l'oyseau, au lieu de dire la serre, tantost la serre, au lieu de la greste, tantost la griffe au lieu de l'ongle & du crochet, bref ils pensent que tous les mots seruent à tous les oyseaux, ce qui est vne vraye ignorance. Ce petit essay que ie vous donne, vous fera parler auec honneur, & sans rougir en bonne compagnie. Vous aurez le reste quand vous aurez bien apprins ce que ie vous donne, & quand ie sçauray que ce petit trauail vous est agreable, & de seruice. Ie mettray à part ce qui est propre du Vol des Oyseaux en general, & vous donneray comme vne Anatomie de toutes les parties de l'Oyseau, afin que le vol de vostre plume & de vostre langue s'accorde bien auec le vol de la beste de laquelle vous parlerez ; de peur qu'on ne die, que la beste vole mieux, que la beste ne parle. Vous sçaurez que c'est que voler à tire d'aisle, à reprises, au fil du vent, nageant entre*

D

24

deux airs, en battant la nuë, par gliſſades, en bricoles, en rodant, à droit fil, à plomb, à vol perdu, vol de guerre & de combat, vol de plaiſir, fendre le Ciel, fondre à bas, à l'eſ-ſor, balancer ſon vol, & cent autres façons de dire. Seruez vous de celles-cy cependant, & tenez moy en vos bonnes gra-ces.

LA FAVCONNERIE.
FRANÇOISE.

CHAPITRE II.

I L n'y a pareil plaisir que de voir le Faucon partant du poing passer les nuës, fendre le Ciel ; se perdre de veuë, donner pointe, se fondre en bas sur le gibbier, & faire les autres deuoirs d'vn bon oyseau.

Faucon est toute sorte d'oyseau de leurre, & de proye. Et en y a de sept sortes. Faucon Gentil, Pelerin, Tartaret, Gerfaut, Sacre, Lanier, Tunisian.

Le Gentil soit prins niais, c'est à dire au nid , & le faut oyseler sur la Gruë, car il sera bon Gruyer, & hardy, puis bon Heronnier (c'est à dire, volera bien le Heron) le Hagard est celuy qui a mué, estant à soy.

Le Pelerin est de passage, & en pelerinage , est de bon affaire, hardy. Estant pris au passage (car on n'a iamais treuué son nid) il le faut affaiter , aduire , leurrer, & asseurer, & seruira à tout , & au menu gibbier.

Le Tartaret, c'est à dire de Tartarie , est espece de Pelerin.

D 2

Le Gerfaut (*Gyrofalcus in gyrum volans*) fait fon aire (c'eſt à dire nid) en Dannemarc, eſt fort à faire, & veut auoir la main douce, & maiſtre debonnaire. Il a les doigts (c'eſt à dire les orteils) longs, & les ſerres fortes. Sert à tout.

Le Sacre n'eſt pas ſi franc pour faire effort ſur la Gruë, & n'a le vol ſi fort que le Pelerin, eſt court empieté, il eſt bon pour la volerie des champs. Il eſt groſſier d'entendement, mais ſe façonne.

Le Lanier, *a Laniandis auibus, vel a pilis lanæ ſimillimis*, eſt le plus petit de corſage, de beau pennage, court empieté, il bat bien le Lièure, & vole perdris & menu gibbier, & ſupporte mieux ſon paſt gras, qu'aucun Faucon de gentepenne, faut qu'il ſoit pris niais.

Le Thuniſian, ou Punicien (c'eſt à dire, qui vient de Thunis en Barbarie) eſt ſemblable au Lanier.

L'Eſpriuier & l'Autour ont les vols beaux, & ſont d'hautes entrepriſes pour quelque ſentiment de gloire, & d'honneur de la victoire, & non pour la proye : là où les Milans & Courbeaux ne ſuiuent gibbier que pour la cuiſine ; pource on n'affaite ces oyſeaux vilains, poltrons, & trippiers de nature. Auſſi ne combattent-ils ſinon Poulets, &c. qui n'ont ny vol, ny defenſes.

Le Heronnier ne ſe doit mettre plus bas à autre volerie, car il s'appoltronira, voyant qu'il ne faut pour les autres, telle montée, ſi grand effort, ſi haut courage comme pour le Heron. Il faut qu'il cognoiſſe bien le vif (c'eſt à dire, la proye viue) & doit eſtre laſché contre le vent, & au deſſus du Gibbier.

Pour faire vn bon Faucon pour la volerie des

champs, il faut qu'il prenne cognoiſſance des Chiens,
& qu'ils s'entr'aiment, ce qui ſe fait par la hantiſe. Auſſi
faut qu'il ſoit bien curé, luy donnant bonne gorgée
(c'eſt à dire portion) des trois premiers oyſeaux qu'il
prendra. Auſſi luy faire becqueter la ceruelle de l'oyſeau qu'il prend.

Vol pour le gros, c'eſt aux oyſeaux de fort, & de
cuiſine, comme Oyes, Gruës, &c. Et faut conduire ſa-
gement iuſques à ce qu'il ſoit bien enoyſellé, & faut
ſau-poudrer ſa gorgée de cannelle & ſucre candy, le
mettant ſur la chair de l'oyſeau qu'il a pris, car cela luy
fera aimer ſon Gibbier.

Il le faut chaperonner trois iours entiers luy donnant à manger, puis le deſchaperonner ſouuent, ainſi il
ſe fera bon chaperonnier. Puis le faut faire venir ſur
le poing, & en belle compagnie pour l'aſſeurer, faire
qu'il cognoiſſe la chair, & le vif, apres laſcher la filiere (qu'on dit Tien le bien) en le leurrant de loing, puis
luy enſeignant à monter & roder en l'air. Ne faut iamais que le leurre, c'eſt à dire, deux ailes liées, penduës
à vne laiſſe & vn eſteuf, & ſemble vne poule, partant
le Faucon vole deſſus, & ſe met ſur luy quelque part
qu'il le voye, ny la barre (c'eſt à dire la perche) ſoit
ſans vn peu de chair.

La cornette c'eſt la houppe ou tiroüere, deſſus le
chapperon, ou chappelet.

Voler haut & gras, ou voler bas, & maigres.

Deuant qu'il vole, il faut qu'il ait eu cure de plume
auec vne iointe (c'eſt à dire, purger l'oyſeau auec plume qu'il aualle) la cure ſe fait auſſi de coton, de peau

de Liéure, eſtoupes taillées : les cures baignées, ſont la-
xatiues, les eſſuyées, ſont les meilleures, & le faut laiſſer
roder, quand il eſt en humeur de voler, & en bonne volonté.

Le bon Faucon a la teſte ronde, le bec court &
gros, le col long, les eſpaules larges, les pennes des ailes
ſubtiles, les cuiſſes longues, les iambes courtes, les
pieds longs, larges, grands.

Faucon niais (c'eſt à dire pris au nid) ſor (c'eſt à dire
d'vn an, qui a volé mais non mué) mué, ou qui eſt en
mué (c'eſt à dire qui a changé ſes pennes.)

Sor, à la couleur ſorette.

Hagard (c'eſt à dire bizarre, fier) qui a eſté à ſoy &
en liberté deuant qu'eſtre pris.

Royal (c'eſt à dire qui n'a iamais eſté à ſoy.)

Le Pelerin ſe tient mieux, & plus longuement ſon
aile, & en ſon vol bat plus à loiſir que le Gentil, lequel auſſi eſt pluſtoſt ſur l'aile que le Pelerin.

Le Faucon meurt ſi on luy donne groſſes gorges
de groſſe chair, car il ne peut enduire (c'eſt à dire digerer) ſa gorge, & la paſſer.

Quelquefois faut recompenſer ſon oyſeau auec gorgée raiſonnable d'vn bon paſt vif (c'eſt à dire de Poulet vif ou autre) luy donnant tous les mois vne pillule
d'Aloës ou, &c. Lors il vient à émeutir, & à ietter
flegmes & coles. Cela ſe dit cure d'oyſeau, il tient ſa
cure (c'eſt à dire ſa pillule fait le deuoir) il a ſa cure,
&c.

Item, Oy-ſeaux pantois, c'eſt à di-re, qui ſont en ce mal là.

Appetit de boire, & faire boyau.

Le mal de pantois ou pautais, c'eſt à dire aſmé, qui
ne peut auoir ſon haleine, quant le poulmon s'enfle, &
ne peut reſpirer.

La perche, & le bloc (c'eſt à dire, *Stipes*, *lignum*)
Apres auoir feru le gibbier, il a quelquefois les pieds
froiſſez, & s'engendre des cloux aux pieds (c'eſt à dire
podagre) par pareſſe du Fauconnier, qui ſus le bloc
doit mettre du drap.

Faire tirer les Oyſeaux (c'eſt à dire becqueter) ſi le
tirer eſt de plume, gardez qu'il n'en prenne le matin,
iuſques au veſpre, la cure les deſcharge d'aiguilles, &
filandres qu'il engendre, s'il eſt peu de groſſes chairs, &
en peut mourir.

Eſſorer le Faucon, c'eſt à dire, ſecher au feu ou au
Soleil : Item s'eſgarer, prendre le vent, & changer de
maiſtre.

Le mal d'ongle eſt vne taye qui vient en l'œil, autres le nomment verole, il vient du ruthme, ou du
chapperon qui ſerre trop.

Vne maladie vient à la couronne du bec, qui de-
charne le bec d'auec la teſte (la couronne eſt le duuet
qui couronne le bec, & le conioint à la teſte.)

On donne le feu aux narilles, pour les embellir, &
ouurir dauantage.

Pour le chancre leur faut donner des pillules de
lard, ſucre, moüelle de bœuf. Ce mal & les autres
viennent, quand ils ſont peuz de groſſe chair.

Autre mal s'appelle des machoüeres, qui s'enflent,
vn autre du bec quand il eſclatte ; vn de pierre ou
croye; les filandres (c'eſt à dire de petits vers) s'engendrent de groſſe chair, ou quand en abbatant la proye,
ils ſe rompent vne vaine, ou entre cuir & chair de ſang
meurtry ; les aiguilles ſont vers courts pires que filandres, ou lumbriques.

Mal fubtil & Eſtique eſt qui fait emmaigrir l'oyſeau , qui paſſe & émeutit incontinent ſa gorge , &
plus mange, plus deuient maigre. Pour le remettre en
graiſſe lors qu'il eſt decharné , il luy faut donner demie gorge de mouton ou, &c. Et peu à peu il re-
prendra la chair.

Faucon qui ne vole de bon hait (c'eſt à dire bon
gré) & eſt deshaitté de voler.

La taigne ſe met aux groſſes pennes , ou au tuyau,
& fait tomber les ailes ; quelquefois il ne ſouſtient
bien ſes ailes, ains les pend, & traine.

Donnant trop viuement à la proye il ſe demet, ou
diſloque l'aile ou rompt l'aileron (c'eſt à dire, le bout
de l'aile.)

Vn coup orbe, qui eſt auec contuſion, ſans ouuerture.

Il faut curer le Faucon deuant que le mettre en
muë (c'eſt à dire, qu'il ſe deſpoüille de ſes pennes) &
faut qu'il ſoit haut , gras , & en bon point. Apres la
muë, il luy faut donner petite gorge, & le couronner
de ſon chaperon, afin que l'air ne luy nuiſe, auſſi pour
luy rabbatre ſa fierté, & orgueil qu'il a, eſtant muë.

Le Faucon niais ne ſoit ſi ieune qu'il ne ſe puiſſe
tenir ſur ſes iambes, autrement le faut encor laiſſer en
l'aire : mais eſtant bon, le faut auſſi toſt mettre ſur la
perche ou billot, afin qu'il puiſſe tenir & mener ſon
pennage ſans le froiſſer contre terre.

Quand l'Aigle eſpanoüit ſa queuë & tournoye, elle
ſe diſpoſe à fuïr, ſi on ne luy iette ſon paſt ; meſmes
ſi c'eſt le temps de s'apparier.

Faucon

Faucon montaignier eſt brun & hardy, ſe doit entretenir entre gras & maigre.

L'Eſmerillon eſt plus petit que l'Eſpreuier, & prend toute volaille.

Tiercelet d'Autour eſt petit, il ſe dit ainſi, car ils naiſſent trois en vne nyée, luy & deux femelles : & il eſt plus petit d'vn tiers que les femelles.

Le leurre ou rappel (c'eſt à dire, deux ailes liées auec vn peu de chair deſſus.)

Signe de bon Autour eſt, aſtuce de courage, becquer ſouuent, prinſe ſoudaine de ſon paſt ſur le poing, force d'aſſaillir. Teſte petite, face longue, goſier large, yeux profonds, & en eux vne rondeur noire, &c.

L'Eſpreuier niais reuient volontiers à ſon maiſtre; le ſor eſt difficile à faire, car il a eſté branchier, & ramage, & à ſoy (c'eſt à dire en liberté, ſuiuant ſa mere de branche en branche.)

Le bon a la teſte rondette, le bec gros, les yeux cauez, le cerne d'entour la prunelle de l'œil, entre vert & blanc; le col longuet, eſpaules boſſuës, affilé deuers la queuë), les ailes aſſiſes allant le long du corps, le bout des ailes ſous la queuë, la queuë non trop longue, & de bonnes pennes affilées comme le bout d'vne eſpée; qu'il ne ſoit trop haut aſſis (c'eſt à dire ayant grandes iambes) les pieds deliez, les ongles noirs & petits, les plumes trauerſaines (c'eſt à dire qui ſont de trauers) groſſes & vermeilles, qu'il aye le bruel meſlé de trauerſaines, les ſourcils blancs, & ſoit fámilleux.

Chillet l'Eſpreuier, eſt luy coudre les paupieres vers le bec, afin qu'il ne voye que par derriere; l'Autour

doit garder au contraire, c'eſt à dire par deuant. Le bon,
endure le chapperon, & ne ſe debat, ne ſe débriſe tant,
vole plus roidement, & fait mieux ſes vols à ſon auantage.

Celuy qui tantoſt qu'il eſt pris , mord la chair &
mange, c'eſt ſigne qu'il eſt familleux (c'eſt à dire *fame-
licus* , & de bon appetit) s'il endure le chapperon, luy
faut peu à peu diminuer ſa vie., & l'abecher quand il
aura enduit, & n'aura rien en la foſſette de ſa gorge.
Le faut accouſtumer au chapperon , & le veiller tant
qu'il ſoit mat (c'eſt à dire, appriuoiſé, & matté.)

Il le faut accouſtumer d'aimer les gens , Chiens,
Cheuaux , & l'aſſeurer; Le reclamer ſur le poing, luy
donnant vn oyſeau vif ; puis le décharner le mettant
loing, & le ſiffler & appeller au poing, & le relancer.

Donner la plume (c'eſt à dire cure de plume.)

Si on vole le matin, le Soleil eſchauffe l'oyſeau , le
rend gay, & perdant ſa faim, ne penſe qu'à ſe reſoudre
& ioüer contremont , & ayant le cœur eſleué eſt en
danger de ſe perdre.

Redreſſer la penne froiſſée , ou l'enter en ſon tuyau
ſi elle eſt rompuë, la reſerrer ſi elle eſt diſiointe.

Purger & mettre bas l'oyſeau (c'eſt à dire, l'emmaigrit & l'écurer) cela ſe fait lauant la groſſe chair qu'on
luy donne. Il faut qu'il mange par pauſes. Il y a certaines chairs qui le font orgueilleux , comme de Ché-
ures & de Chéureaux. Le bon oyſeau doit eſtre attrempé, c'eſt à dire, ne gras, ne maigre.

Pour l'entretenir en ſanté il le faut faire tirer (c'eſt
à dire , becqueter la chair , tirant) ſi le tiroüer eſt de

plume au matin, garde qu'il n'en aualle : 2. Il le faut
essuyer au feu, ou au Soleil: 3. Purger par cure. 4. Le
baigner.

La cure de cotton est dangereuse. S'il rend sa cure,
& l'esmont (c'est à dire *Stercus, bona cum venia*) sans
malle odeur , c'est bon signe. S'il garde trop sa cure,
c'est mauuais signe.

Il ne faut donner occasion à l'oyseau qu'il se de-
batte , & volatille , mais l'accoustumer à aimer les
Chiens, & ce qui est de la Chasse.

Sur tout qu'il aime le leurre (c'est à dire , la chair
mise sur le drap rouge, & ailes liées , où l'on le paist)
& les gens , & le poing du Fauconnier. Pour le faire
bien voller au gibbier, il y faut trois choses: bon Maistre, bonnes compaignies d'oyseaux, bon pays de gibbier.

Quand l'oyseau est esgaré, en lieu plein met le fron
à terre fermant vne oreille, & puis l'autre : & en lieu
haut mets vne oreille à terre, & clos l'autre , alors tu
oiras le bruit de ton oyseau.

Pour le faire reuenir, luy faut monstrer vn Coulomb
blanc.

S'il prend Coulomb, Corneille, & autre proye qu'il
ne doit , mets sur la poitrine de telle proye du fiel de
geline, car l'amertume le fera hayr cette proye bastarde.

La muë, s'appelle la chambrette où il muë ses pennes : on dit le mettre en muë , donner iour apres la
muë, &c,

L'oyseau prend coup (c'est à dire , il heurte trop

E 2

rudement à la proye, ou, &c.

Le mal subtil est, quand tant plus il mange tant plus a-il faim, car la chaleur est foible, & esmeutit, & crolle tout (esmeuts, c'est à dire, *excrementa*, inde esmeutir, &c.)

L'espreuier qui a la couuerte noire, pennage de trauers, roux, & la maille (c'est à dire *maculas*, tasché) noire & blanche entremeslée, & brayer (c'est à dire, L. *posteriorum*,) net, est tres-bon, s'il a le col court à l'aduenant du corps, il est bon volleur.

Estimer le Faucon (c'est à dire, donner la cure) il le faut curer tous les soirs afin qu'il vole haut. Quasi essuymer, c'est à dire, luy oster le suif, & la graisse, auec la cure.

Si l'oyseau ne veut lier, mettez luy en la maistresse serre (c'est à dire l'ongle, crochet du doigt) vne plume d'Oye.

Il faut encharner les oyseaux à ieune proye, & l'en faire iouïr à son plaisir, mais ne luy donner que le masle, & le cœur, ou la ceruelle de la femelle apres qu'il l'aura plumée.

Le train de l'oyseau, c'est à dire le derriere (ne vous desplaise) ou son vol, aussi train est le chemin de la beste. Item la croupe. En volant le Liéure, il faut que ce soit auec les entraues, c'est à dire, afin qu'ils ne s'entr'ouurent trop.

Onction feable (c'est à dire, de graisse qu'il prend du bec en sa croupe, pour s'en oindre) est bon signe.

Gripper la chair (c'est à dire, agrapher, graphigner.)

Le Hagard se doit muer sur le poing, & non dans

la muë, car il s'eftrangeroit des hommes.

Tout oyſeau de proye n'eſt bon pour Fauconnerie, mais ceux qui ſont hardis, & de franc courage. Tout oyſeau de proye s'appelle Faucon, car celuy-cy eſt le meilleur, ainſi les Grecs le nomment *Hierax*, des Latins *Accipiter*, donnant vne eſpece, le nom aux autres.

Les vns volent de poing, & prennent à randon (c'eſt à dire de force, *cum impetu*) les autres volent haut.

Le Gerfaut eſt hagard & bizarre, & eſt bon ou-urier de prendre les oyſeaux de riuieres, car il les laſſe tant, qu'ils ne peuuent plus faire le plongeon.

Sacret eſt le maſle, le Sacre eſt la femelle, commu-nément és oyſeaux de rapine le maſle eſt plus petit, & les nomme lon pour cela Tiercelets.

On porte vn Duc auec vne queuë de Regnard at-tachée, pour faire deſcendre le Milan, qui vole en la moyenne region de l'air, auſſi toſt qu'il le voit il vient à terre, pour le voir, & s'eſtonner de ſa forme, lors vn laſche le Sacre qui le pourſuit à perte de veuë, & le ramene à coup de bec, touſiours battant iuſqu'en ter-re.

Le Mouchet eſt le maſle de l'Eſpreuier, eſt laſche, de bas courage, & n'eſt employé à la Fauconnerie.

Le Faucon de nature gibboye, ſans eſtre leurré, & accompagne les Chiens, eſpouuante la beſte chaſſée, ou volée, pour auoir part au butin.

Faucons Riuiereux, c'eſt à dire, qui volent aux riuie-res. Champeſtres, c'eſt à dire pour les champs.

Faucon bien montant ſur aile,

E 3

Laneret, est le masle du Lanier.

Oyseau de leurre, & non de poing (c'est à dire, qui se paist sur le leurre) oyseau de poing qui vole sur le poing, encor qu'il n'y aye leurre, tel est l'Autour & l'Espruier: le Faucon est de leurre.

Le Faucon vole en rollant, & regardant en bas, puis descend sur la proye comme vne sagette, les ailes closes droit à l'oyseau, pour le desrompre à l'ongle derriere; s'il ne la peut attraper, de despit il quitte son maistre.

Oyseau qui tient bien sa perche.

Hobreau est comme le Sacre.

Le Heron craignant d'estre assommé de coups, met son bec entre ses pennes, & le Faucon souuent y fiche sa poitrine; aussi on crie, Garde le bec.

Tout oyseau hardy & fier est rebelle, & farouche au leurre.

Leurrer à cheual, & à pied vn Faucon, c'est à dire, estant le Fauconnier à cheual pour l'accoustumer.

Faucon hautain, c'est à dire, qui vole haut.

Faucon qui va au change, c'est à dire, qui prend Coulomb, &c. qu'il ne doit.

Tenir attrail d'oyseaux, & dresser attirail (c'est à dire auoir train d'oyseau, & suitte, & en faire profession.

Oyseau de bonne, ou de peu de creance, c'est à dire, qui n'est de bonne foy & loyal. Oyseau esclaine, c'est à dire, longueur bien seante, & non espaulu. Pillart, & suitct à l'estor (c'est à dire, *rapax, & fugax*) bien montant sur queuë.

Si vn gauchier couure vn oyseau niais, il n'aura iamais la teste bien faite, ny sera bon chaperonnier.

Quand l'oyseau mord & est vn criard, mettez luy vn chaperon à bec couuert, en estuy, c'est à dire, le bec en vne guaine.

L'oyseau est souuent alteré pour la colere qu'il a, & apprend sa leçon auec douceur.

Du commencement, l'oyseau tasche de se desarmer de ses gets, & longes, & porte-sonnettes.

Il luy faut faire perdre le vice de charrier (c'est à dire desuoyer, quitter la proye, se iettant au leurre) luy donnant tousiours quelque bechée.

Mettre l'oyseau hors de filiere (c'est à dire dés longes & attaches, & comme hors de page) mais le matin il ne le faut mettre sur sa foy, car il est dangereux de s'escarter.

L'oyseau se bloquera (c'est à dire, iettera à terre) le contraire est se soustenir, c'est à dire, pendre en l'air ne battant l'aile.

Oyseau quinteux & escattable.

Les droicts de l'oyseau, sont la ceruelle, le col, & le dedans. En chasque belle descente, il faut faire plaisir & bonne chere au Faucon, qui est hautain & beau voleur.

L'oyseau croit toute l'année du forage (c'est à dire, deuant la premiere muë.)

Les Cagiers, c'est à dire, ceux qui en cages portent vendre des oyseaux de proye.

Faucon dangereux à vous desrober les sonnettes (c'est à dire à s'escarter.)

Quoy que le Lanier face de l'affeté, si ne s'en faut

il fier, mais le poyurer, purger, & faire rendre le double de sa mulette, c'est à dire l'estomac, ou gorge.

Le Tunicien ou Alphanet (*ab* *xxx* c'est à dire, *primus*
falconum dicitur à Græcis) a bon œil & fait bon guet, il
vole hors de veuë, est de bon affaire.

Tenir en estat vn Faucon, c'est à dire, ne l'abbaisser, mais paistre doucement, afin qu'il ne s'engraisse.

Les Alethes, c'est à dire véritables, car rien ne leur
eschappe, sont à ceste heure en grand reputation : la
Royne en porta vn tresbon au Roy Henry IIII. ils
viennent du Peru.

Mal de barbillons, c'est à dire, des glandes qui
naissent en la langue, d'vn rhume chaut.

Oyseau empelotté est, qui a dans sa mulette ou gorge, quelques pelottons de poils, ce que luy aduient
quand il aualle des poils, & n'est assez fort pour les
rendre.

Les mains de l'oyseau s'enflent, si les gets & porte-
sonnettes sont trop estroits.

Apres la muë il les faut abbaisser & descharner, leur
donnant vn tiers de gorge, afin qu'ils ne meurent du
gras fondu, & ne soient trop mutins; & les faut estimer à l'ayse.

Il faut arrester l'estomac des niais quand il est trop
haut, & ce auec de grosses chairs : le contraire se fait
quand ils sont flouets & delicats.

Aucuns ne tiennent des oyseaux que pour entretenir Noblesse, comme on dit.

Leurre garny de tiroir, c'est à dire, de chair qu'il
faut que l'oyseau tire du bec peu à peu; autrefois on
luy

luy donne par morceau, quand il est malade.

L'oyseau fuit, & se laisse emporter au vent en Esté, quand il est frais, se seruant de la queuë comme de timon; en Hyuer la faim le fait reuenir au poing. Pour fuïr ce danger il le faut leurrer au fil du vent, (c'est à dire) où le vent donne le plus.

Charrier vn Perdreau, c'est à dire, le suiure droit, & le pourchasser.

Les vns vont à vau-de-vent, les autres contre vent, les autres aisle au vent, (c'est à dire) trauersant le vent, & ayant le vent à l'aisle.

Il y a des oyseaux qui volent bien plains; les autres, lors qu'ils sont affamez; les autres, faut qu'ils ayent de grosses sonnettes, afin que le poix les face bloquer, & se ietter sur les Perdreaux.

Le bon oyseau a son vol roide & pointu (c'est à dire, donnant pointe, *acri impetu.*)

L'oyseau se rebute (c'est à dire, n'a enuie de rien faire) quand il est trop gras, ainsi le faut tenir par le bec (c'est à dire, luy donner petite gorge.)

Pendant que deux Faucons plument vne Perdrix, si l'Aigle suruient, il emporte & Perdrix & Faucons tout ensemble.

Deux Sacrez entreprindrent sur vn Aigle, & l'ayant buffeté, & aüilloné, ils le font descendre à force de coups en terre. Les Fauconniers glorieux le dirent au Turc Ottoman qui prit Constantinople, il les fit tuer, disant, qu'il ne falloit entreprendre sur son Roy.

Vn tendeur.

On dit ietter le Faucon, & lascher l'Autour qui de

F

sa volonté part, & n'a chaperon, & se faut garder de
se seruir des termes d'Autoursier, au lieu de ceux de
Fauconnier. Aussi dit-on le Faucon bloque la Perdrix,
quand il est & se repose au guet, & prend l'auantage,
& ne faut dire qu'il l'arreste.

Reclamer, c'est reprendre au poing auec le tiroir &
la voix, comme on fait aux Autours. Leurrer, c'est
quand on reprend l'oyseau au branle du leurre & du
gant : On dit, main de Faucon, & pied d'Autour; Item
lier le Faucon; empieter l'Autour.

Le duuet est la chemise de l'oyseau ; la plume, est
sur le duuet couurant le corps, les vanneaux sont les
grandes plumes des aisles, commençant au corps iusques à la premiere iointe des aisles. Les pennes sont dés
la premiere iointe iusques au bout (qu'on dit le cer-
ceau) de l'aisle, & coulteau.

Oyseau qui monte, & est suiect d'aller à l'essor (c'est
à dire, monter trop haut à la frescheur.)

Les oyseaux de compagnie quelquefois se pillent
(c'est à dire s'entrebattent) oyseau pillard.

Le vent clair est propre pour la chasse (c'est à dire,
quand il vente, & le iour est serain & clair) moyennant que vos oyseaux soient bons ventoliers, alors
faut prendre le fil du vent.

Quand l'oyseau est tombé, & à fait sa pointe sur la
Perdrix, lors faut mener doucement les Chiens à la re-
mise, (c'est à dire, là où l'oyseau a remis la Perdrix) le
nez au vent. Mais il les faut chastier sans remission, s'ils
destroussent, & mangent la Perdrix.

Mettre à mont les oyseaux, & les faire suiure d'ar-

bre en arbre, iufques à ce que les Chiens facent leuer
la Perdrix, ou le Garron (c'eſt à dire le maſle.)

Pour faire voler aux Faucons vn Milan, il le faut
tiller, & luy attacher vne poule ; car auſſi toſt que les
Faucons le verront charrier, ne faudront de le lier:
Pour la premiere fois on leur donne la poule ; à la
deuxieſme on leur fait plaiſir du Milan, mais l'ayant
tué, il faut courir, & dextrement leur mettre à chacun
vne poule, les trempant, car la chair de Milan eſt
puante. Apres leur faut monſtrer vn Milan de iuſte
guerre. Le meſme faut-il faire aux autres oyſeaux de
monſtre, leur aimant le col de Maroquin, afin qu'ils
feruent pluſieurs fois, & donner des poules aux Faucons, qui penſent que c'eſt le Gibbier qu'ils ont pris.

L'Autour ſe nomme cuiſinier, car il prend force
Perdrix, eſt bien toſt affaité, & ruſé.

On les peut faire chaperonniers, & dreſſer au leurre
comme Faucons.

Il aime le tiroir, & le faut faire le matin iardiner,
c'eſt à dire, mettre ſur vne motte au iardin, mais auec
vne longe au Soleil, ſur vne perche à l'abry du vent.

Nourrir l'oyſeau au Taquet, c'eſt à dire, en vn tonneau au Parc, & au Soleil, ſur vne planche.

Il n'y a volerie que d'Hagars, mais ils ſont impa-
tiens de la faim, & ſont bien toſt à bas, ſi vous ne
prenez garde de les remettre en bon corps.

Les Eclamez ſont plus beaux voleurs que les Gouſ-
ſauts, c'eſt à dire, courts & bas aſſis.

Ietter au pied la Perdrix (c'eſt à dire voler droit
deſſus, & la lier, & couurir.)

Faire prendre la branche à l'oyſeau (c'eſt à dire, l'accouſtumer de ſuiure de branche en branche, iuſques à ce qu'il deſcouure la Perdrix leuée par les Chiens, & qu'il luy vole ſus) car ceux qui ſe iettent à terre pour la chercher, la perdent.

Poyurer l'oyſeau, c'eſt à dire, auec de l'eau & du poyure le lauer pour la galle, & les poux.

Affaiter. *Cicurare, dulcare, manſuefacere.*

Arroy, c'eſt à dire, equipage de Fauconnier, comme gands à longes, &c.

Eſcliſſer de l'eau au viſage de l'oyſeau.

Faucon de repaire, c'eſt à dire vieil, & qui a eſté long temps à ſoy, & a eſté pris par vn appaſt. Item Hagar.

Faucon hautan, c'eſt à dire, volant haut.

La filiere ou creance, c'eſt vne attache miſe auec la longe pour retirer l'oyſeau.

Les Gets, c'eſt à dire le lien des iambes, faits de cuir de Chien, ſur lequel on en met vn autre auec les ſonnettes.

Oyſeau halbrené, c'eſt à dire, qui a quelque penne rompuë.

Prendre à la paſſée, c'eſt en lieu où il y a bonne paſſe, ſur des arbres auec des cordes tenduës, où eſt attaché vn Gay, qu'on fait crier, alors les Faucons s'y perchans, s'engluent. Auſſi à la pipée, faiſant crier vn oyſeau, luy ſerrant les aiſles ou les pieds, ou pipant auec vne pipe, ou vne fueille, les oyſeaux penſant que le Hibou là perché le deuore, courent au ſecours & s'engluent, ne voyant l'homme caché en vne cahuette d'herbes.

Veruelle est comme vn anneau où sont les armoiries du Seigneur de l'oyseau, attaché au touret ou trou des gets.

Prendre Perdrix à la Tonnelle ou Tomberel, c'est à dire, poussant vne vache ou cheual de bois, & chassant les Perdrix sous les filets.

Lier l'oyseau, c'est quand deux ou trois Espreuiers se font bonne compagnie, & poursuiuent le Heron, ou autre, ils vous le serrent de si prés, qu'ils semblent quasi le lier, & le tenir en serre.

Il n'est pas bon de faire voler l'oyseau sur la gorge, c'est à dire, incontinent apres disner.

Faire tirer l'oyseau, c'est à dire, luy bailler vn past nerueux, afin de gaigner de l'appetit.

Le Houbereau & l'Esmerillon sont les plus petits oyseaux de proye, ils sont de poing, & non de leurre.

Oy... dépiteux, qui ne veut reuenir s'il a perdu sa proye.

ADVIS AV LECTEVR.

 L faut que vous sçachiez que les Ma-
riniers qui hantent diuerses contrées de
l'Ocean, ont aussi diuers patois, & des
termes fort dissemblables. Ceux de Prouence qui vont sur la Mediterranée ont
beaucoup de mots escorchez d'Italie, de
Barbarie, de l'Orient, & cela meslé
auec vn peu de fin Prouençal, fait vn estrange langage. Les
autres qui sont vie sur l'Ocean, comme ceux de Dieppe, du
Haure de Grace, de Calais en Picardie, de S. Malo en Bretagne, & autres, tiennent vn autre iargon ; car ils ont tiré beaucoup de mots d'Espagne, de Portugal, des Indes, des Anglois,
& de ces diables de mer, qui sont auiourd'huy si puissans sur
les deux Oceans. Ne vous estonnez donc pas si vous treuuez
du changement, & contentez-vous qu'ayant veu l'vn & l'autre Mer, ie vous donne à peu pres ce qu'il vous faut pour
parler de la Mer, sans y faire naufrage de vostre reputation.
Il y a mille particularitez qui sont necessaires aux gens de
Marine, & aux Matelots ; pour vous qui ne voguez que sur
vne mer de paroles, vous en sçaurez assez de ce que ie vous
presente, le reste ne seruiroit que de faire parade d'vne vaine

curiosité, qui rendroit à l'aduenture nostre discours inutile. Les
plus riches pieces d'Eloquence, & de Poesie sont empruntées
de la Mer, soit à la description de quelque notable naufrage,
soit à faire choquer les vents sur la face de la Marine, &
souleuant des orages, qui portent les flots quasi dedans le Ciel,
& semblent plonger les Estoilles dedans les bouillons de la Mer
enragée : Soit faisant glisser vn Nauire sur l'azur, & sur la
surface de la Mer, enflant les voiles d'vn vent fauorable,
soit en fin se iouant sur les flots & sur le cristal applany d'vne
bonace agreable, & en mille façons parlant de l'Ocean & de
ses rares merueilles. Ie vous aduoüe bien tout nuëment que
pour en parler dignement, il est necessaire d'auoir vn peu humé l'air salé de la Marine, & l'auoir veu de prés, voire vn
peu flotté dessus, pour sçauoir au vray que c'est que d'aller à
la discretion de cet element indiscret & impitoyable ; mais si
vous ne le pouuez, ny ne l'osez entreprendre, vous vous deuez
contenter de ce petit essay que ie vous donne, & qui vous fera
sçauoir que c'est, sans payer le tribut à la Marine, & souffrir le mal de la Mer.

LE FAIT DE LA
MARINE, ET LES TERMES
DV PILOTAGE.

CHAPITRE III.

1. LA Hune, c'eſt le panier ou cage au haut du Maſt, qui ſert à porter vn page de Naùire, ou autre Matelot pour deſcouurir terre, ou courſaires, & faire ſentinelle.

2. Le Mas, Mats, ou Matereau de Nauire : la Quille, c'eſt à dire, vn grand ſommier double qui eſt au fonds & le long du Naùire, qui eſt là comme l'eſpine du dos en l'homme, & là on enchaſſe le bout du grand maſt.

3. Les chables ſont des amarres, & le gros cordage de Nauire, pour amarrer & arreſter la Nau. On dit auſſi l'ammarrage.

4. La Nauire, en feminin, eſt vne armée de mer, on dit auſſi vne Flotte, c'eſt à dire, pluſieurs Nauires. Le Nauire, c'eſt vn vaiſſeau de Mer qui eſt rond, il ſe dit auſſi vaiſſeau rond, à la difference des Galeres, fuſtes brigantins qui ſont longs.

Rauberges, ſont Nauires qui vont à rames, & à voiles. Nauires à trois rames pour banc, *Triremis*, ſi à quatre, &c.　　　　　　　　　　　　　　5. La

5. La prouë armée de picquant de fer pour trancher les vagues. *Roſtrata nauis* ; le gouuernail & le timon eſt à la poupe,

6. Le bois trauerſant le Maſt, où on lie les voiles, *Antenna : cornua Antennarum*, les bouts.

7. La cheuille où on attache l'auiron pour ramer, *Scalmus.* Les courbes du Nauire, *coſtæ nauis.*

Le Beſle ou Tillac. *Fori, Ital. la corſia* ; courſieɩe; tillaquer ou plancher, c'eſt faire l'entablement de planches & d'aix, qui ſe dit Tillac.

8. Naulage, & Naulager, c'eſt payer les frais qu'on peut faire dans le Nauire.

9. Le fait de la Marine, le Pilotage.

10. Le Trinquet ou Artimon, c'eſt vne petite voile qui s'attache au derriere, & eſt en pointe, là où la grande, & les autres ſont quarrees, on l'appelle auſſi Catepleure & aureille de Liéure, à cauſe de ſa pointe.

11. La prouë, la teſte, & le muſeau du vaiſſeau, eſt touſiours armé. La Sentine de la Nau. La Carine ou Carene. *Carina.*

12. Les Courſaires vont touſiours à voiles & bourſets des Hunes (c'eſt à dire, les petites voiles de la cage) deſployées, & comme ils ſinglent de grand vent, & roideur, fendant l'eau fort rudement, il ſemble qu'ils ne voguent que ſur l'eſcume, de là aller à cours, & eſcumer, c'eſt le meſme. Eſcumer auſſi, c'eſt enleuer tout ce qu'ils peuuent ſur Mer.

13. Les Briſans, c'eſt à dire les Eſcueils, ou bancs de ſable, où le flot de la Mer choque & ſe briſe: ou pluſtoſt ſont les chocs & froiſſeures des vagues qui eſcu-

G

ment en hurtant. C'eſt ſigne d'vn mauuais pas en Mer.

14. Les Aubans, ſont les groſſes chordes qui tiennent le Maſt ferme en Nef, & paſſe par la teſte de More du Maſt, & tombent ſur les barreaux d'iceluy, & de là ſe viennent rider (c'eſt à dire roidir) aux chaines d'Aubans, auec deux caps de mouton, l'vn attaché à la chaine, & l'autre au bout de l'Auban.

15. Le Chaſteau, eſt d'œuure haute, ce qui prend depuis l'Eſtraue iuſques au plat bord, & enferme le maſt de Miſaine, ſur lequel on tend le pont de chorde au combat, & met-on de l'Artillerie.

16. Les Trauerſins ſont poutres qui trauerſent le lict & cage du Nauire ſur le Tillac, l'vne auprés du Maſt, l'autre du Chaſteau.

17. La Miſaine eſt la voile qui eſt entre Beaupré & la grand voile du Maſt. Maſt de Miſaine, eſt le ſecond.

18. Les Barreaux du pont de chordes, ſont les petits baſtons qui trauerſent chaſque bord du Chaſteau de deuant, appuyez ſur la ſerre, & le trauerſin qui croiſe accollant le Maſt de Miſaine ; qui couurent le Chaſteau & portent le pont de chorde.

19. Barte de timon eſt vne piece de bois qui perce le Gaillard, & eſt par deſſus, & ſert pour regir le timon qui eſt deſſous.

20. Beaupré (voile ſortant de la prouë en eſclat de mer) & Miſaine feruent pour remonter le nez au Nauire, & luy hauſſer le bec.

21. Cap de mouton, eſt vne piece de bois percée en douze ou quinze lieux, & ſert pour rider l'eſtay du grand Maſt, & l'eſtayant le tenir ferme.

22. Eftay , c'eft la chorde qui tient le Maft qu'il ne tombe fur la poupe, quand on yffe (c'eft à dire guinde) la grand voile.

23. Turpot, c'eft vn foliueau; il y en a quatre au Chafteau affuftez & acclampez à la varengue de ce cofté là. Varengues font trauerfiez entez aux flancs de la quille du Nauire, arrengez comme les coftes à l'efpine du dos de l'homme , & font ferrez auec des ferres qui font des tables efpeffes.

24. Cap de Mer fignifie vn heurt haut efleué fur la Mer, ou fur la cofte , ou qui quelquefois fe lance bien auant en la Mer, & affrontans ainfi la Mer, font comme efpaules, fommets, ou efchinons de la cofte ; & feruent de marques aux Mariniers.

25. Les aileures font des foliueaux qui vont le long du pont fur les trauerfins, & font vn quarré auec eux, qui eft le trou & la feneftre par où on accueille le bateau dans le Nauire.

26. Eftraue eft vne piece de bois vers la prouë , qui va de la quille à mont en courbant comme la prouë: vn pareil eft à la poupe qui fe dit eftambor.

27. Le Bourfet, c'eft la petite voile de la Hune , attachée au Maftelet d'icelle ; & fe dit Bourfet de Hune, eftant comme vne efpece de bourfe enflée de vent.

28. Galere eft vn vaiffeau long qui va à rames , à trois ou quatre rameurs & Galiots par chafque banc. Gallion eft vn vaiffeau de guerre plus renforcé qu'vn Nauire & porte voile quarrée, c'eft la principale piece de l'armée. Galiote eft de bas bord , entre la Galere, & la Fufte , elle eft propre à faire courfes pour ceux

qui hantent la Mer.

29. On dit fingler en pleine ou haute Mer; le flot de la Mer, les marées, c'est à dire, le flus & reflus. Le grand flot de Mars, c'est aux deux Équinoxes que le flus est en sa plus grande force, & plus grand regorgement. Aller quand les eaux font viues, c'est à dire, depuis le croissant iusques en pleine Lune, car les eaux, & les flots montent en leur vigueur.

30. Aller l'amont de l'eau, c'est aller tirant vers la source, & le courant; aller aual l'eau, c'est aller vers l'emboucheure en Mer, où la riuiere se va descharger, & charrier ses eaux, & porter ses decimes. On dit aussi aller à flot reboursé, & amont l'eau.

31. Les sortes de Nauires pour cheuaucher la Mer, font les longs vaisseaux; Fustes à deux ou trois par banc: les autres à quatre, cinq, dix, & plus, par banc; les Hurques, filadieres, les Fregates font moindres que les Brigantins; elles ont huit ou neuf bancs de chasque costé, & suiuent les Galeres, Barques & Barquerolles, &c. Radeaux, Brigantins, vaisseaux de brigands, vistes, de grande armaison. Esquif, Le Laquay du Nauire fait de bois, de cuir cousu, de ioncs.

Carraques, vaisseaux de Mer ronds. La grand Nef de Rhodes se dit la Carraque.

Les esperons des Nauires. *Rostrum.*

Ancres à deux, trois, ou quatre dents.

Harpis, font griffes de fer. Harpe est la griffe du Chien.

Crocs, mains, & agraffes de fer pour retenir & accrocher vn Nauire.

Falouque, c'eſt le plus petit de tous les vaiſſeaux à rames. Voicy l'ordre, Falouque, Fregate, Brigantin, (on dit auſſi vne Carauenne,) Fuſte, Galiote, Galere, Galeace.

32. Bancs ſont des ſablonnieres amoncelées dans la Mer qui briſent les flots, ce ſont des longs doſſiers eſleuez ſur l'autre ſable caché, comme des heurts, & des bancs eſleuez ſur le plain.

33. Eſcueil, c'eſt vne pointe naiſſante de la Mer, ou vn Rocher aſſis ſur la Mer, où facilement on fait debris.

34. Heurt, c'eſt la teſte d'vn Rocher, ou couſtau, de là heurter & froiſſer, le hurtis, & le choc contre.

35. La Polaine ſert à ſerrer le Beaupré à la prouë, & ce n'eſt autre choſe que l'equipage de la Fléche, qui eſt vn bois fait en S. ſouſtenu par des ſoliueaux, & cette fléche ſe iette hors de la prouë, eſtant pourtant bien arreſtée, & eſtant clouée aux Equibiens, & cette fléche, & Polaine ne ſeruent qu'à ſerrer le Beaupré.

36. Equibiens, ſont les deux trous par où paſſent les amarres qui tiennent le Nauire à l'Ancre.

37. Gouuernail, c'eſt ce qui s'enclaue auec des che-uilles de fer (qu'on nomme maſles) dans les anneaux de fer fichez en la reſte de la poupe (qu'on nomme fe-melles) & ſort dehors, & eſt l'intendence du Pilote, qui par luy conduit à route le vaiſſeau, le regit, & meſna-ge ſon cours & ſon flottage ; on dit auſſi tenir le ti-mon.

38. Chartres parties, ou charte partie, eſt le roole, & declaration de la cargaiſon du Nauire, & de ce qui ſe porte.

G 3

39. Escore, comme la Mer est escore à Gennes, &c. c'est à dire, la coste du bord est taillée à plomb, & partant l'abbord de l'eau y est creux & profond, comme sont les Haures.

Escores aussi sont le marrain & le bois, sur lequel on calfeutre en terre le vaisseau deuant que le mettre à flot.

40. Routier, est l'adressement des chemins par Mer (& aussi par terre) de là le Liure des adresses de Mer porte ce tiltre, Routier & Pilotage de Mer. De là vieux routier, qui a beaucoup veu, & sçait toutes les adresses. Arrouter, c'est se remettre en route & bon chemin, desrouter c'est se destraquer.

41. Saburre (ou Sauorne) c'est le grauier dont on change le fonds du Nauire, afin de l'affermir, tenir droit, & mieux balancer. voyez num. 68.

42. Palenc, c'est la chorde qui est attachée à l'estague, & passe par vne poulie, & sert pour guinder le petit bateau ou la marchandise qu'on veut mettre dans la fenestre & trou du Nauire. Paneau est le couuercle de ce trou.

Encornal, c'est le lieu où sont deux grands roüets de cuiure, tenans à vne teste de More au sommet du grand Mast, par où passent les Estagues qui guindent la Vergue de la grand voile, haut. Verge ou Vergue, est la perche à trauers du Mast, où on lie la voile.

Noms des Mariniers.

1. LE Patron, ou Pilote, c'est à dire, maistre du Nauire.

2. Les Matelots.

3. Les feruiteurs de Nauire, Tabourineurs.

4. Fifre, Trompette.

5. Calfat & Calfateur, eſt celuy qui a la charge de calfeutrer le Nauire.

Calfatin eſt le feruiteur dudit Sieur.

6. La Ciourme, c'eſt la trouppe des forçats ; on dit auſſi Chiorme ; là les Forſaires tirent de concert à la rame.

7. Les Rameurs, Forçats, Galeriens, gens d'auiron, & de biſcuit, gens de cadene.

8. Admiral, c'eſt à dire, Lieutenant du Roy en la Mer, & és greues, qui iuge à la table de Marbre, à Paris où eſt ſon parquet.

9. Auituailleur.

Capitaine de Nauire, les Lamaneurs.

Tiercement, c'eſt à dire, Canoniers, Pirates & aduenturiers de Mer.

8. Tanqueur, eſt celuy qui va querir à bord ou les hardes, ou les perſonnes pour les mener dans le vaiſſeau par la planche.

9. Eſpaue, c'eſt à dire perſonne, ou biens qui n'ont point de maiſtre, comme ce qu'on treuue ſur la rade apres vn debris. On les nomme en Normandie Vuagues, choſes eſpaues.

10. Comite, le maiſtre Pilote, qui au commandement de ſon ſifflet donne mouuement à la Galere ; arreſte, tourne, haſte, & le nerf de bœuf à la main gouuerne les forçats.

11. Quand les eſcumeurs arment leurs fuſtes, ſi on

demande la part où ils vont , ils dient, qu'ils vont au cap de grip, ou cap de grup , c'est à dire , qu'ils vont gripper, & se ietter sur le premier qu'ils rencontreront.

1. Equipper, & armer. Armage, armement, armaison de Nef.

2. Eschoüer. *Ad littus maris nauim allidere & frangere.*

3 Fretter, c'est loüer vn Nauire aux marchands.

4. Mettre le Nauire en eau. *Deducere.*

5. Voguer, Ramer, donner aux auirons.

6. Caler & abbaisser les voiles , à voiles desployées, bourser les voiles, c'est à dire plier à demy : ameiner, c'est à dire plier.

7. Prendre tout le vent, ou ne prendre que la moitié du vent. Auoir le vent en poupe, suiure le fil du vent.

8. Amarrer le Nauire & le tenir à l'Ancre.

9. On dit faire bris, debris, debriser vn Nauire, de brisement.

10. Singler, c'est aller à toute voile, tant que les Aubans (c'est à dire , les cordes qui tiennent ferme le Mast,) singlent, & sifflent en tranchant l'air auec vne extréme vitesse, singler vne voile.

11. Bouter ou faire cap à la Mer, c'est à dire, rengouffrer le Nauire craignant d'eschoüer, & auec Beaupré & Misaine, tournant la prouë vers le haut de la mer.

12. Cappéer, c'est singler à la cape , quand la tourmente est excessiue, ronder en mer, quand les Mariniers sans faire aucun marrage laissent aller le Nauire au son de la mer, & à la seule conduite & discretion du vent, il va bien la droite route, mais auance fort peu : or on ne capée qu'auec la grande voile ou auec l'Artemon, qu'on

qu'on fresle ou bourse , c'est à dire , en le pliant en bas, & tenant vne corne en haut attachée, l'autre rabbaissée, on fait comme vne bourse où le vent s'entonne , en forme de voile Latine , cependant on lie le gouuernail, à l'vn des turpots des bords du Nauire.

13. Fresler & filer, c'est derider & plier , comme le pont de chordes, &c.

14. Bourser, c'est plier la voile à moitié , & du reste en faire comme vne bourse prenant peu de vent.

15. Auoir le vent derriere, c'est à dire, en poupe, c'est la plus haute maniere de singler , car la prouë trenche mieux, quoy que ce vent enfle les voiles à trauers d'vn bord à l'autre : Au repairer és ports la prouë a le nez à la mer.

16. Vent à la Boline, donne par flancs aux voiles, lesquelles lors sont enfilées de droit fil de poupe à prouë, & au singler reüssit par excellence.

17. Vent à quartier , est celuy qui est entre le vent derriere, & le vent de Boline.

20. Auoir le vent à gré, c'est à dire , quand il enfile droit. Vent aspre & de mauuais mesnage.

21. Se ietter dans la cale , la cale est vn lieu entre deux pointes de terre , ou Rochers issans d'icelle en cornieres qui rabbatent le vent, & font calme, là on se iette quand la tourmente surprend, & on se met à l'abry, & à garand des flots, & du vent ; c'est aussi là que se cachent les Corsaires pour sursaillir ceux qui nauiguent raiz à raiz des costes, & costoyent la rade de la Mer. Rade est le bord de la Mer , mais qui n'est pas Port, car Port n'est pas Rade, ny Rade Port. Resconce.

H.

de bord, c'est à dire, lieu propre à se cacher pour les Pirates.

22. On dit ancrer au port, surgir au port, moüiller l'Ancre, ietter les Ancres. Desancrer, & leuer les Ancres. Nauire estant sur les Ancres, & surondant sur les flots sans bouger. Se ietter dans vn Hable, ou Haure; ou plage, qui est vn bord de mer, sans fond.

23. Monter à voile contr'eau, contre le fil de l'eau, fendre le courant, forcer le vent, & aller malgré les bouffées violentes.

24. Gascher, c'est tirer à l'auiron, Ramer, Voguer, & gasche vne Rame. Gascher proprement, c'est troubler, pesle-mesler.

25. Calme, & calmer ou recalmer la Mer, c'est l'accoiser, faire cesser la tourmente; la derider, applanir, appaiser, mettre en bonace, faire aller calmement & son petit train; abbatre les vents.

26. Calfeutrer vn Nauire, c'est estouper les trous, auec des estoupes, de la poix, & de petits aiz. On dit aussi calfater, radouber, le radoub.

27. Marer, ou maréer, c'est aborder, & à Ancre adentée, ou chable lié au Port, ou Hable. Le contraire est desmarrer, desancrer, & faire vie, (sur Mer s'entend) mais on ne dit que cela, aller faire vie, c'est à dire, se ietter en Mer.

28. On dit le flot & reflot, flus & reflus, flotter & reflotter, ondoyer sur vn estrange flottement de Mer. Le grand flot de Mars, à cause qu'il vient au mois de Mars, l'autre en l'Equinoxe de Septembre.

29. Vaguer à la discretion des ondes, vague c'est vn

flot esleué par l'orage, en la Mer Mediterranée , car en
la grand Mer on dit oule (*Hisp. ola.*) qui est comme
vne colline d'eau qui roule, enflée de vent quand l'orage tire, & outrage la Mer.

30. Estre surpris, & emporté d'vn coup de mer tem-
pestueuse, d'vne birrasque , ou borrasque qui se fait de
la mutinerie de deux vents s'entrechoquans , & par vn
turbillon de vent.

31. La mer est bonace, & calme. La bonasse de mer,
quand rien ne bransle, & tous les vents sont morts.

32. Sabors sont les trous du bout du Gaillard par où
passent les pieces des grosses Artilleries , ayant chacune
deux pieces de fer , vne de chasque costé à trauers du
membre , c'est à dire, à trauers des turpots , pour seruir
de bride, afin qu'elles ne reculent.

33. Guinderesse , c'est la poulie qui sert à guinder la
voile du Mast où elle est amarrée.

34. Gaillard, c'est le Chasteau de la poupe fait comme celuy de la prouë.

35. Aborder, & d'abordée faire, &c. c'est en surgissant
au Port, au quay du Haure, au bord. Arriuer, & d'arri-
uée, c'est le terme d'eau douce & de riuiere; l'autre est
pour l'eau salée, & la mer.

36. Agraffer, & dégraffer les vaisseaux , c'est à dire,
accrocher, décrocher, les inuestir au combat, &c.

37. Auoir les vergues hautes , c'est estre prest à faire
vie sur mer , les voiles toutes guindées qui n'attendent
que le vent. Ysser les voiles & guinder , c'est le mesme, c'est monter, estendre: & carquois & le haut bout
du Mast, où il y a certains polions propres à tirer la

H 2

chorde attachée à la verge.

38. Carrauelle, vaiſſeau rond portant voiles Latines, c'eſt à dire, a oreilles de Liéures, & bourſées & pliées en bourſe pointuë.

39. Courbes ſont des pieces de bois és deux bords de la poupe, entez en l'encoigneure ou iointure, le ren-forçans par derriere; & à la prouë il y a vne autre pie-ce de bois qui s'appelle Four, & renforce le vaiſſeau par le deuant. Courbaſton eſt vne courbe.

40. Les ailes du Nauire, c'eſt à dire, *Latera*.

Mettre en furain, c'eſt à dire, tirer à la rade la Nef.

Agréer & fournir vn Nauire.

Renger la coſte, c'eſt à dire, *Radere*.

La Nef va à droit fil, c'eſt à dire, *Recta ad aliquem*, va de front, *Idem*.

41. La Nef s'aggraue en vn platis, ou en quelque va-ſe où la Mer eſt baſſe.

42. Plate-forme eſt ce plancher qui va touſiours montant vers la prouë, & l'encoigneure d'icelle ap-puyé ſur des mortaiſes, & ſoliueaux.

43. Parlant de la capacité d'vn Nauire, on dit qu'il a tant de pieds de quille (c'eſt à dire de long) tant de pieds de bau, c'eſt à dire, de large & d'ouuerture; tant de pieds de chere (c'eſt à dire, de cheute, & de haut à bas, deſcendant depuis la Quille iuſques aux ponts) & tant de pieds de loo, c'eſt à dire, depuis le Maſt iuſ-ques aux bords du Nauire.

44. Eſcoutes, ſont les doubles chordes qui ſeruent à amarrer la grand Voile par derriere, comme les Coyts par deuant, ſont ſimples chordes.

45. Efcoutilles, font les ouuertures, ou aualloires faites au Tillac en maniere de trappes, par où on deualle
les denrées, & vitailles, pour loger fous le Tillac.

46. La Courfiere, ou pont de courfiere eft vn pont-
leuis, depuis le Gaillard iufques au grand Maft, & depuis le Maft vers le Chafteau de deuant, cecy eft couuert, armé de barreaux és aifles, tout cecy fe dit la
Courfiere, c'eft le mefme que Tillac.

47. Le Cabeftan eft dans la Courfiere l'inftrument
du Touaige ou remuage du Nauire, qui eftant en mauuaife Rade ou anchraige, on porte l'Ancre auec le bafteau fi loin qu'on veut, puis eftant bien adentée &
fichée, à force du tour du Cabeftan, on fait approcher
le Nauire du lieu où eft l'Ancre. L'inftrument fe dit
Cabeftan, le remuement, Touaige.

48. Les Baux font les foliueaux qui portent le Tillac,
& feruent pour conferuer la rondeur & largeur du
vaiffeau, afin que les bords ne viennent dedans, & le
bafteau ne s'efcache.

49. Boutez de loo, ou lof : c'eft à dire, prenez le
vent de Boline qui donne par flanc, attachez-y les ef-
coutes, afin que le Nauire boline mieux, & coule plus
doucement.

50. Carlingue eft vne groffe piece de bois, de lar-
geur pareil à la Quille, cloüée & encheuillée fur le mitan de la Quille, ayant au mitan vn trou quarré pour
y enchaffer le pied du grand Maft. Et Eftambres font
deux groffes pieces de bois qui accollent le trou du
Tillac par où paffe le Maft, pour tenir ferme le Maft,
qui autrement s'éuaferoit de la Carlingue. voyez nu. 66.

H 3

51. Courfie, eft l'allée entre les bancs des Forfaires, qui va de la poupe à la prouë, là entr'autres fe pourmene le Comite quand on vogue, pour foüetter à coups de nerfs de bœuf, ceux qui ne manient l'auiron comme de raifon; & la nuict les vifite afin qu'ils ne fe monopolent, & defchainent, & braffent quelque reuolte. Celuy qui les vifite fe nomme Aguffin, ou Argoufin, c'eft vn mot Italien.

52. Balancines, font les chordes qui tiennent droite la vergue du Beaupré, & le balancent droit, afin que le vent l'enfile droit, & le face mieux efclatter en mer.

53. Aclamper, c'eft attacher les bois enfemble, & les encloüer auec des clous, ou cheuilles de bois.

54. La Marinette, c'eft la Buffole qui dreffe les chemins à la faueur de l'aimant & l'aiguille mariniere, & la charte.

55. Chicambaut, c'eft vne piece du bois qui fort du Nauire, yffant entre la fléche & la lice, & va à fleur d'eau, ou bien courbeyant prefques à vn pied & demy de fleur d'eau, il fert d'armurer la Mifaine & Beaupré quand le Nauire va à orfe, c'eft à dire, à Bouline. Au bout il a vn crochet de fer qui affleure l'eau, & vne petite corde appellée Bourfin, pour amurer ledit Beaupré & les coüets (c'eft à dire, deux autres cordes) tiennent à la corniere dudit Beaupré, ou Mifaine, afin d'amurer les voiles comme il faut pour le boulinage.

56. Border les Auirons, c'eft à dire, les leuer en forte qu'on ne nage plus, & qu'on n'aille plus auant.

57. Bords, font tables efpaiffes appliquées par dehors fur les varangues de fonds pour les ferrer, celle de de-

dans a mefme effet s'appellent ferres. Bord plat , c'eſt
où on met l'Artillerie groſſe , & eſt large , afin de
mieux aſſeoir les canons.

58. Erre, c'eſt le flot, & l'alleure de la mer , ainſi on
dit : le reuers du gouuernail bien eſpais eſpart le lie-
ment de l'eau , & erre de la mer.

59. Se fauuer à calfourchons fur les aiz de la Nauire
briſée, allant à diſcretion de l'orage.

60. Coquet, vn petit vaiſſeau de mer. *Scapha.*

61. Il y a la chambre du Capitaine. La gardiennerie
où font les prouiſions de bouche. Le ſoubs-Tillac où
la marchandiſe ſe met. Le Rum, c'eſt encor plus bas,
où on iette les plus groſſes beſongnes.

62. Perroquet, c'eſt la voile au deſſus de la cage &
du grand Hunnier. Voſtre Nauire n'a autre voile que
le Perroquet, c'eſt à dire que vous eſtes vn ſot.

63. Eſperon, c'eſt vne grande pointe à la prouë , qui
n'eſt armée deçà & delà de bois , car quand elle eſt
ainſi armée des coſtez, on la nomme vne fléche.

64. La Barre au bout du timon, pour le manier. Le
timon eſt attaché au bout du Gouuernail, & gouuerne tout. Le garçon qui eſt debout maniant la Barre.

65. La Bonnette , vne petite voile attachée au haut
d'vne autre.

66. La Carlingue, c'eſt le fond où eſt la Quille, qui
eſt aſſeurée par des bois de trauers , qu'on nomme des
ferres, afin de tenir ferme la Quille & le Maſt.

67. Le Ploc, c'eſt ce dont on enduit le Nauire contre les vers qui ſe font, ou ſe gliſſent dans le bois du
Nauire és païs chauds, afin qu'ils ne perçent , on met

du Goudran & de la poix fur les planches , & fur le
Goudran, du Ploc, c'eſt à dire , du poil de Vache , &
d'autres où les vers s'entrappent , & ne ſçauroient rón-
ger, autrement ils perceroient le Nauire à droit fil en
fort peu de temps. Ce ver a le bec fort gros, & fort
au poſſible , le reſte du corps eſt tendre comme
moüelle, en ſon entrée ou naiſſance le trou eſt fort petit , mais il s'engraiſſe en peu de temps, & gaſteroit le
Nauire en fort peu de iours ſans ce ſecours , en Hol-
lande on arme l'entre-deux des planches de bon plomb,
ou fer blanc.

68. Laiſter, ou laiſſer le Nauire, c'eſt y mettre la laiſſe ou Sauorne, c'eſt à dire du grauier, ou des pierres, ou
autre choſe peſante qui tienne le Nauire en bonne aſſiette ſur les flots, *Saburra nauis.*

69. Les ceintures du Nauire. *Zona.* Sont ces bois qui
ceignent le Nauire par dehors , & iuſques où l'eau de
la mer donne.

70. Vireuaut, c'eſt vn gros bois rond, qui ſert comme le Cabeſtan à tirer les Ancres , & approcher les
Nauires, mais il faut moins de perſonnes , & plus de
temps pour le Vireuaut que pour le Cabeſtan.

71. Le mal de la mer, c'eſt vn bondiſſement de cœur
qui vous fait ietter dans la mer, tout ce que vous auez
prins ſur terre. On croit que cela vient du flot de la
mer, qui vous berçant fait flotter voſtre eſtomach, &
ondoyer les humeurs de voſtre corps , tant qu'il faut
rendre gorge : mais il vient pluſtoſt de l'air de la mer,
de fait pluſieurs ont ce mal eſtant ſeulement proches
de la mer, & ceux qui ſont ſur l'Ocean tourmentez de
ce mal,

ce mal, si tost qu'ils touchent terre, & hument l'air de terre l'appetit & la vie leur reuient.

72. Fortunal, c'est vn subit & furieux orage. Coup de mer, c'est le choc enragé des vagues qui sont extraordinairement poussées du vent.

73. Rum, c'est le trait en droite ligne d'vn vent à l'autre ; soit du vent entier, ou demy-vent.

74. Papefif, est vne grande pente d'vne voile à laquelle les boëttes sont attachées. Tref & voile, c'est le mesme.

75. La Pompe instrument à vuider les eaux qui sont dans le Nauire.

76. Le Talon du gouuernail, c'est la partie qui donne dans l'eau ; saffran, est vne piece attachée au dos du gouuernail auec des fiches de fer, il sert à gouuerner le Nauire quand le gouuernail ne fait pas bien.

77. Bien mesnager le vent, & n'en prendre que ce qu'il faut, prendre le demy-vent ; se seruir du contre-vent pour fendre le vent mesme ; biaiser ; aller à toute faueur de vent ; aller sagement, & la sonde à la main pour sçauoir en quelle eau on se treuue. Fendre l'orage & trauerser la tempeste ; caler voile cedant à la tourmente plustost que caler à fond & couler sous l'eau, &c. Maistriser la mer.

78. Nauire qui fait eau de tout costé, & qui entre-baaille. Nauire de guerre & de combat, couuert d'vn grand treillis de bois percé à claire voye. Nauire de trafic.

79. Visiere ou meurtriere, c'est le trou par où les soldats tirent.

I:

80. Mafquaret, c'eft le premier flot furieux quand la mer commence à monter, on le nomme ainfi à Bordeaux, à Rouen la barre.

81. Defbarder, c'eft defcharger le Nauire. Brayer vn Nauire, c'eft le poiffer de bray.

AV LECTEVR.

E qui rend le stile precieux ce sont les Pierreries, mais quand elles sont bien enchaßées dans le discours, & qu'elles sont bien à leur iour, il semble que toute la maiesté de la nature soit raccourcie, & comme res-serrée en petit volume dans vn bouton de pierrerie. Ces petites Estoilles de terre font reluire à merueilles l'éloquence, comme les Diamans qui sont enchaßez dans le firmament. Ie ne vous les donne pas icy toutes, ce seroit estre trop riche, & de celles que ie vous donne certes de bon cœur, ie ne vous dis pas tout, les affineurs vous en diront vne partie, ainsi que i'ay ap-prins d'eux sur le mestier, & en la boutique les toüailliers vous diront le reste, mais ny les vns, ny les autres ne vous diront iamais tout. Ie ne vous conseille pas de leur demander si le sang de Bouc attendrit le Diamant, car ils se gausseront de vous, comme ils ont fait de moy, quoy que ie sceusse desia que le bon S. Isidore, & Pline eußent esté trompez; ne leur deman-dez non plus si le Diamant se peut casser, car en vostre pre-sence, ils vous en escraseront autant que vous en voudrez payer; ny le polissoir, ny l'enclume, ny le marteau ne se ressentiront point des coups, le seul Diamant se concassera en mille pieces. Ils ne vous diront non plus la façon de façonner le Cristal en Diamant, ny les doublets en pierreries y entr'enchaßant la fucil-

I 2

le colorée, ny donner le miroir, ou la fueille pour allumer l'efclat, ny autres semblables choses, car ce sont les secrets de l'ef-
chole, & ils ne vous le diront pas. Cependant vn monde de
façons de parler sont prinses de là, & pour bien parler il faudroit sçauoir ces secrets admirables. L'essay que ie vous donne vous mettra en appetit d'en sçauoir dauantage, & possible
serez-vous content du peu que ie vous dis ; il y en a bien
assez pour vostre prouision, si ce n'est que vostre curiosité vous
porte à en sçauoir plus que vous n'en direz. Il faut laisser mille
petites chosettes au compagnon de boutique, qui les doit sçauoir,
parce que c'est sa vie, pour vous qui n'estes du mestier contentez
vous de ce qui vous est necessaire. Les estrangers qui nous viennent affronter tous les iours & nous portent des mots nouueaux
& barbares, auec des fausses pierreries, ont changé, & changent
tous les iours de termes ; ie vous donne la pierrerie Françoise, &
les termes qui courent parmy nous, permis à vous de prendre sobrement de ces mots naiz depuis peu, à la charge d'vser de discretion, de peur que vos pierreries ne deuiennent vne vraye pietre-
rie, & vos discours vne pure affaiterie. Dieu vous conserue mon
amy, & vous couronne vn iour des pierreries du Ciel.

POVR PARLER DES
IOYAVX ET DES PIERRERIES.

CHAPITRE IIII.

La Perle.

1. LA vraye Perle a vn'eau qui esclatte, vn lustre argenté, qui ne ternit, ny iaunit, ny s'enfume, & sa peau ne craint ny la pince, ny les dents du temps.

2. Elle desdaigne les appas de son hostesse la mer, & de sa Conciergerie des Conques où elle est prisonniere; elle a toute son alliance auec le Ciel. Receuant donc la rosee à escaille beante elle forme de petits grains qui se figent, puis durcissent & se glacent, peu à peu la nature leur donne le poly à la faueur des rayons du Soleil, en fin se font des perles Orientales. On en contrefait en mille sortes, auec du verre, & sur en concassant le Nacre, en faisant de la paste, puis la faisant aualler à des pigeons, qui de leur chaleur naturelle les cuisent, & polissent & les iettent.

3. La Nacre est enceinte des Cieux, & ne vit que du Nectar celeste, pour enfanter sa perle argentine, ou paste, ou iaunastre selon que le Soleil y donne, & la

I 3

rofee eſt plus pure; Si la roſee eſt grande elles ſont plus groſſes.

4. S'il tonne, la coquille fait le plongeon ; & ſelon le tonnerre auſſi ſe font les auortons des perles boſſuës, plattes, contrefaites ; ou vuides comme veſſies.

5. La Perle en poudre eſt bonne quaſi pour toutes maladies. Elle ne croiſt pas ſeulement dans la chair, mais dans le Nacre, meſme, hors du poiſſon.

6. Les perles rouſſiſſent au Soleil, & deuiennent comme haſſées, blaffardes ; eſtant vieilles elles deuiennent rielées, ont le iauniſſe, s'endurciſſent, & s'encloüent au Nacre ; & les faut prendre en ieuneſſe pour les auoir belles.

7. La perle eſt tendrelette dans le Nacre, mais elle s'endurcit auſſi toſt qu'elle eſt hors de l'eau. Les plattes d'vn coſté, & rondes au reſte, s'appellent tabourins.

8. Le Nacre, & la Mere-perle ſe met en vn pot de ſel, qui mange la chair & fait tomber les noyaux, c'eſt à dire, les perles au fonds. L'eſtime eſt en la blancheur, groſſeur, rondeur, poliſſure, peſanteur. La Mere-perle couppe auec le raſoüer de ſes eſcailles trenchantes la main du peſcheur.

9. La piaffe des femmes eſt d'en faire grillotter à leurs aureilles, à demy-douzaines, dont on les appelle Cymbales, ou Cliquettes. Elles dient que la perle à l'aureille eſt comme l'Huiſſier au Preſident, qui luy fait faire place parmy la preſſe.

10. L'Ollia Paulina d'ordinaire en portoit pour la valeur d'vn million, c'eſt à dire, quarante mil ſeſterces, & les deux de Cleopatre valoient ſoixante mil ſeſterces,

c'eſt à dire, vn million & demy;dont en mangea l'vne
reſoluë par le vinaigre.

Le Rubis & Eſcarboucle.

1. L'Eſcarboucle a vn feu plus viuement brillant, &
qui rayonne, & eſtincelle plus que le Rubis, meſmes il bluëtte parmy la nuit, & eſclaire les tenebres, de
ſon embrazement.

2. Le maſle a plus de luſtre, & vn vermeil plus vigoureux que la femelle qui eſt noiraſtre, morne, paſle,
& d'vn vermeil affoibly & languiſſant. Le Rubis ſe ternit & bleſmit dans le feu, & ſe raffine dans l'eau.

3. Le Rubis Ballays (à Paris on ne le tient pas pour
le plus fin) parfait ſe cognoit quand vne flamme violette s'eſlance hors comme vn eſclat de foudre en pointe, & vn eſclair cramoiſi, auec vne pourpre brillante &
claire, n'ayant en ſoy ny paille, ny poudre.

4. Le Rubis dans ſa carriere eſt blanchaſtre, & ſi on
le tire trop ieune hors de ſon berceau auant qu'eſtre
confit, & aſſaiſonné par le Soleil, il demeure toute
ſa vie paſle, ne meuriſſant iamais.

5. Le Grenat eſt vn petit baſtardeau, ſalement om-
breux, bruniſſant d'vne nuë eſpeſſe, ſans grace, & ſans
aucun traict vigoureux. Quoy qu'il contreface le Rubis. L'Eſpinelle eſt vne eſpece de Rubis moins embra-
ſé, & a toute ſa ſplendeur à la ſurface.

6. Il ne s'engendre és flancs de la terre (ce diſent-ils)
mais ce ſont les larmes ſanguines du Ciel qui ſur le ſable des Indes deuiennent Rubis,&c. c'eſt à dire, vne roſée priuilegée du Ciel.

7. Les bons iettent vn feu, le bout duquel tire fur le violant : les autres ont vn feu hauy, c'eſt à dire, bleſme, les autres ne iettent aucune flame, ains ont vn certain feu caché comme en vn floc.

8. Le Rubis poſé, iette vn feu, cerclé de nüages, ſuſpendu en l'air il flamboye ; de là s'appelle Rubis Ballays. (*Plin. Carbunculum candidum vocant*) Baleno en Italie veut dire eſclair.

9. Les Lapidaires Ethiopiens baillent, ou allument le feu mort des Rubis trop mornes les trempant au vinaigre, autant d'ans ſont-ils beaux, qu'ils ont eſté de iours au vinaigre. On cognoit les faux à la meule, & à la dureté de la limaille.

10. Les Rubis Anthracites, iettez au feu deuiennent comme morts, s'enflambent, arrouſez d'eau. La richeſſe du Rubis ſandaſtre Indois eſt quand il eſt cler, & on luy voit à trauers du corps, & non à fleur de peau, aucunes gouttes d'or comme eſtoilles en vn petit firmament eſtoillé.

11. La Chryſolampis de iour eſt blaffarde, de nuit elle luit comme feu vif, & fort eſtincelant.

L'Amathiſte.

1. L'Amathyſte charge vne couleur de violette de Mars, & ſa pourpre & couleur, ou luſtre purpurin ne tient entierement du feu, mais a en fin vne couleur de vin, dont s'appellent Amathyſtes. Elles ont vn iour violet & purpurin.

2. On la graue aiſément, l'Indoiſe a la plus riche couleur qui ſoit, & les teinturiers de pourpre taſchent d'imiter

miter la naïfueté de l'Amathyſte. Elle communique
gayement ſon luſtre, ſans darder ſon feu contre les yeux
comme le Rubis.

3. L'Amathyſte de recepte tenuë en l'air (comme on
eſprouue le Rubis) doit rendre vn luſtre purpurin, tirant lentement ſur couleur incarnate, ou roſette. Elle
garde (dient les Magiciens) de s'enyurer.

La Sardoine.

1. ON la prenoit pour vne Cornaline ayant le fond
blanc, comme ſi on mettoit de la chair ſous
l'ongle, & que tous deux portaſſent iour (*hinc ſardonix
à græcis dicitur*) Si elles ne portent iour, on les nomme
aueugles.

2. On leur peut donner le fond blanc, noir, d'azur,
de pourpre, d'Amathyſte. Les ragats des eaux les
deſcouurent aux Indes. Il n'y a pierrerie qui cachete
plus nettement la cire. Les Arabeſques ont leur iour
en la boſſe & au cabochon, & non à fleur de peau, ny
au fond. Celles des Indes ont quelquefois vn meſlange
de couleurs comme l'arc en Ciel.

3. Ce fut vne Sardoine que Policrate pour brauer la
fortune, & faire vn affront à ſon bon-heur, ietta en
la mer, mais fut retrouuée au ply du boyau, & dans la
cuiſine d'vn poiſſon qui luy fut preſenté; l'aire bigarrée
de l'arc en Ciel emprunte ſes couleurs de la Sardoine.

4. Les Tares font auoir leur iour eſpars, auoir autres
veines que leurs naturelles, car la vraye ne peut per-
mettre aucune couleur baſtarde.

K

Le Diamant.

1. LE bon, a l'esclat net, & vn feu brillant sortant de la glace, comme le fer qui dessous le feu drille & flamboye, il est plus obscur que le Cristal, & faut que le Soleil y peigne comme vne Iris ; son teint est vn brun argentin, sa carriere est vne roche de Cristal, ou vne mine d'or ; les blafards, pasles, & demy-bastards naissent dans les mines de fer, & d'airain.

2. Le Diamant d'ordinaire a sa mine à part comme le Cristal, & y en a de six sortes, ils sont quelquefois à six angles & visages, autrefois ils croissent en poire & en pointe, ou en lozenge.

3. Ceux qui naissent aux mines d'or, sont blaffars, c'est à dire, iaunastres, les Diamants de Cypre ont couleur d'airain, les autres d'acier, c'est à dire, brun, & s'appellent Sideritis, mais ceux-cy tous trois sont bastards, car le marteau, & l'vn l'autre se brisent, au lieu que les autres font trembler le marteau, & l'enclume, quoy qu'en fin ils se brisent à coups de marteaux.

4. Ce Diamant qui resiste aux plus grandes forces de l'Vniuers, le fer & le feu, plie, ce dit Pline, le gantelet, & cede au sang de bouc, pourueu qu'il soit frais tiré de la beste, & tout chaud. On s'en moque à Paris, aussi est-ce vn conte, & ne le faut plus dire en bonne compagnie.

5. Quand l'espreuue prend bien, & que le Diamant se rompt, il se met en si petites pieces qu'à grand peine les peut-on choisir à l'œil. Auec iceux les Or-

féures grauent toute forte de pierre. S'il s'approche de
l'Aimant il luy volera le fer qu'il auoit delia accroché ; c'eft vn contre-poifon, & vn contre-peur, &
contre les foudains tranfports qui viennent de nuit;
pour les folles craintes. Sont tous contes du vieux
temps.

6. Sont des contes que le Diamant brut & venant
de fa carriere, fe poliffe auec fang de bouc, car il faut
qu'il fe façonne de foy ; en premier lieu pour le def-
roüiller, on en prend deux enchaffez dans du fable, &
les lime & gratte-on l'vn auec l'autre, où ils deuiennent gris ; puis on les foude dans de l'efteing & du
plomb, ne laiffant qu'vne petite ouuerture qui s'ap-
puye fur vne roüe, où on iette de la poudre de Diamant & de l'huile, afin de les polir, & leur donner luftre fur le moulinet.

7. Il faut mettre le teint deffous pour luy donner luftre, c'eft à dire, la fueille d'orpeau blanc : on les taille
en table, en pointe, en ouale, mais garde les faux & le
Criftal diamanté.

La Chryfolite, & la Turquoyfe.

1. L A Chryfolite a vn verd qui la fait riche, autrefois c'eftoit la plus prifée des pierreries. Les
Abyffins (*Troglodita*) l'efuenterent, & la treuuerent
par hazard en l'Ifle Topazes. Quelques-vnes tirent au
beril verd doré (*Chryfoprafium dicitur.*) Son vray luftre
tire au verd de porreau.

2. C'eft la pierrerie qui fe treuue plus groffe de toutes ; & la feule qui fe taille à la lime ; les autres aux meu-

les, ou poliſſoirs faits de queux de Naxos. Auſſi elle
ſe decalle à la manier.

3. La Chryſolite fine tire ſur le verd gay de la mer, ou
au ius preſſuré des fueilles de poreau. Le Topaze (qui
eſt vne autre eſpece) a la peau d'or fin, & iette vn luſtre d'or, qu'il darde ſi viuement qu'il efface l'or meſme.

4. La Turquoyſe eſt de couleur perſe, & bleu celeſte,
mais eſpais & ſans prendre iour, la nuit eſt fort ver-
doyante ; mais elle bleſmit, & ayant perdu ſon teint
& ſon luſtre mignard ; elle reuient comme de paſ-
moiſon, aupres du feu ; & les autres auſſi ſentent
l'iniure du temps & rouſſiſſent, ſe rident, fletriſ-
ſent, s'alterent, s'éclipſent, s'eſuanoüiſſent, & perdent leur luſtre s'enuieilliſſant.

5. Elle reſent les affections de celuy qui la porte, elle
tranſit, morne, malade, ſe iaunit, ſe creuaſſe, perd
ſon fard & ſon luſtre ; puis retourne en nature ſi
celuy qui la porte prend chair, & ſe remet en nature.

6. La Turquoiſe des Indes n'eſt pas ſi riche que la
Chryſolite, elle eſt auſſi troüée, fiſtuleuſe, pleine
de craſſe, à vn verd blaffard, elle croit par delà le
bout des Indes. Elle eſt faite en boſſe & cabochon, à
mode d'vn œil, elle naiſt en lieux inacceſſibles, &
s'abbat auec des fondes, la beauté aux Indes eſt de la
porter auec ſa mouſſe & ſa crouſte. Enchaſſée en or
elle prend vn beau luſtre.

L'Opale, & pierre de Pirasole.

1. L'Opale est vn corps bigarré, qui porte la liuree d'Iris, & se vest de ses couleurs (aussi les Poëtes l'appellent les larmes d'Iris.)

2. En l'Opale on voit le feu des Rubis, la pourpre des Amathystes, la mer verde des Esmeraudes ; & quelques-vnes ont vn lustre auec vn meslange incroyable, qui se peuuent parangoner aux plus naïfues couleurs des Peintres.

3. L'Opale qui n'est pas fin rend vne flamme violette, & changeante comme de souphre allumé, ou d'vn feu d'huile. Les Indois le contrefont auec du verre, mais la piperie se cognoist au Soleil, car là il n'a qu'vne couleur ; ou le naturel change de lustre, & darde çà & là ses couleurs gayes & brillantes.

4. Au vray Opale on diroit qu'il y a vn Ciel verdoyant en pur Cristal, accompagné d'vne couleur de pourpre, & d'vn lustre doré tirant à couleur de vin, qui est sa derniere couleur qui se monstre ; ceste pierre semble auoir la teste couronnée d'vn chappeau purpurin, & qu'elle est trempée en toutes les belles couleurs.

5. Les Opales d'Egypte, appellez Senites, & ceux d'Arabie & de Natolie, sont aspres, ont vn lustre mort, mol, & flacque.

6. La tare de l'Opale est n'auoir le lustre vif & esclattant ; & d'auoir couleurs bastardes auec ses connaturelles. Il ne cede sinon à l'Esmeraude entre toutes les pierreries. Elle recrée la teste & la veuë.

7. La plus riche pierre blanche apres l'Opale est la Girasole, elle a vn feu enclos qui semble se pourmener dedans, qu'elle iette dehors selon qu'on la contourne, elle contre-darde le Soleil, luy renuoyant ses raiz, mais vn peu blesmes à mode d'vn autre Soleil ; son feu est comme la prunelle de l'œil. La Astrios a son feu comme vne pleine Lune.

8. Elle s'appelle Astrios, car opposée au Soleil, Lune, Estoilles, elle charge leur feu, & le renuoye fort viuement.

Le Saphir.

1. LE fin Saphir a vne petite nuée comme d'vn rouge pourprin qui se voit au fonds, sous vn teint azurin, & son air est comme vne flamme perse, tachée de petits grains d'or qui sont comme des estincelles brillantes ; & son lustre resemble au souphre quand peu à peu il prend feu.

2. La vraye couleur est vn brun azurin, comme celle du Ciel en grande serenité, pource s'appelle proprement celeste. Ses vertus sont rendre heureux, garder le cœur de l'air empesté & empoisonné, rompre les charmes, aider la chasteté, purifier le sang.

3. Les Saphirs quelquefois sont semez d'vn certain sable doré, & marquetez de poincts d'or : aucuns sont bleux, autres purpurins, mais peu souuent. Ne sont quasi iamais clairs ; ils ne valent rien à grauer, pour raison de certains grains & durillons Crysta-

lins qu'on y rencontre ; les plus bleux font les
plus masses. Les verds se nomment auiourd'huy Saphirs du Puys.

4. La piperie de toutes les fausses pierres se cognoist:
1. Que les bonnes font tousiours plus pesantes, & celles qui portent iour se doiuent esprouuer le matin, ou
vers le soir. 2. Les fausses ont de petites bouteilles;
font aspres aux doigts, & leur filaments ne conti-
nuent leur lustre iusques à l'œil, ains esuanoüit entre-
deux. L'essay de la lime est excellent, ou le bris d'vne
parcelle sous vne lame de fer. 3. La limaille de Iajet
n'encre point sur les fines. 4. Les fausses blanchissent
à la graueure. Le Diamant graue toute pierrerie, mais
il n'y a rien meilleur que de chauffer les tarieres pour
les espier.

5. Aux Indes on treuue des Saphirs rouges, & les
appellent Saphiranthcaca, Saphirrubis, qui pesle-mes-
lent leur azur auec leur escarlatte, & font vn iour incarnat violet, & dardent vn feu gayement meslé, &
de tresbonne grace.

La Hyacinthe.

1. LE violet de la Hyacinthe est fort cleret. La Hyacinthe de Diamant de prime-face a vn lustre
fort plaisant, mais il s'esuanoüit bien tost. Son esclat
tant s'en faut qu'il esblouïsse l'œil qu'à peine y arriue-il,
& flestrit aussi tost que la fleur de son nom.

2. Il y en a des changeantes ; des citrines qui
tirent sur l'or. Celles d'Arabie font entre-rompuës de
taches grasses, diuerses couleurs, chargées comme de

leur limaille propre , & ne font eftimées. Les bonnes
aupres de l'or le rendent blaffardes, & de couleur d'argent.

3. Les cleres s'enchaffent dans des chattons percez à
iour : fous les autres on met vne fueille d'or cliquant
pour donner luftre, & faire efclatter leur feu qui eft vn
peu morne & quafi endormy. La chaffe d'or où elles
font emboitées les fait eftinceler plus viuement. Le
chatton s'appelle auffi la tefte de l'anneau.

L'Efmeraude.

1. ELle tient le tiers rang entre les pierreries , fa mer
& fon verd gay furpaffe toute verdure , car il
remplit pleinement l'œil , & remet en nature la veuë
trauaillée ; tant plus on les regarde , tant plus elles
s'aggrandiffent , car elles font verdoyer l'air tout autour , & fe laiffent enfoncer à l'œil, pour efpeffes qu'elles foient ; mefmes rayonnent à l'ombre.

2. Aucunes font fi dures , comme celles de Tartarie , & d'Egypte , qu'on ne les peut grauer , ny ancrer
dedans. Les creufes recueilliffent la veuë comme en
blot (comme la couppe d'Efmeraude de Gennes.)
Eftant l'Efmeraude faite en table elle monftre tout
comme vn Miroir , auffi en vne , Neron voyoit les
combats des efcrimeurs & gladiateurs.

3. Celles de Tartarie font hautes en couleur, & fans
tare : autant pardeffus les autres Efmeraudes , comme
les Efmeraudes pardeffus les autres pierreries. Elles fe
treuuent parmy les fentes des Rochers , les autres , és
mines de bronze.

Les

4. Les tares font quand le verd n'eft pas d'vne teneur, & fuitte ; ou font trop clerettes ; ou vn ombre empefche la gayeté de leur eau ; ou font aueugles , ou maffiues fans prendre iour ; ou ont des nuées & veines à trauers , des poils , des broüillas , vn air brun entrecourant , & entreluifant , vn efclat engourdy , foible, plein de craffe.

5. Son verd gay r'affemble , & r'allie , & repaift de flammes douces les rayons mornes , las , ou mouffes , de noftre œil affoibly par longs regars.

6. Les autres Efmeraudes, iettent les raiz de leur lueur à l'ombre, mais leur luftre s'alanguit peu à peu au Soleil, elles font graffes, faites en boffe , & en cabochon, ont la couleur du Ciel, non affeurée, & viue , mais d'vn changeant comme le col de pigeon, font fubiettes à vne carnofité , ont dedans des figures de chiens, d'oyfeaux ; leur glace eft plombine.

L'Ambre.

1. L'Ambre eft le fuc & l'humeur d'arbres retirans aux pins, qui font gras & pleins d'humeur, qui fe congele au froid, & quand la marée fe hauffe , elle l'enleue des Ifles , & le rend à bord és coftes de Germanie. Voila l'opinion commune & fuiuie de la plus part du monde.

2. Les Venitiens la mirent en vogue, d'où vient la fable que les peupliers du Pò pleurent l'Ambre ; les Carcans s'en portent, car l'Ambre fert au goittre , & autres maux du gofier.

3. L'Ambre iaune eft le meilleur pourueu que fon lu-

L.

ftre ne foit trop ardent, & qu'il foit tranfparent, meublé des fourmis, moufches, feftus, & que fon feu ne foit trop ardent; mais qu'il tire à l'œil de perdris (d'ont l'Ambre s'appelle Falerne) & au vin, prenant gayement fon iour auec vn faux feu qu'il darde.

4. L'Ambre fe teint en pourpre, & prend toute couleur; pource il eft fort propre à falfifier plufieurs pierreries qui prennent iour. L'Ambre doré eft le meilleur; le blanc fent bon, mais on n'en tient comte, ny de celuy qui eft de couleur de cire.

5. Eftant frotté il tire la paille, puluerifé fert à beaucoup de chofes.

6. L'Ambre noir c'eft le Iaiet appellé Gagates, auffi eft-il porté par le flot de la mer comme l'Ambre. On fe moque de ceux qui appellent l'Ambre gris, la fleur du fel, ie vous diray en autre lieu que c'eft qu'Ambre gris.

La Caffidoine & le Cryftal.

1. L A Caffidoine a vn iour fort trouble, & femble polie & liffée, pluftoft que luifante. On fait cas de celles qui font enrichies de veines, & ondes de diuerfes couleurs, qui fe rehauffent les vnes, les autres; comme purpurines, tirant fur le blanc, meflées, tirant fur couleur de feu.

2. On eftime celles qui ont vne nuée approchant de l'arc en Ciel, ayant des veines graffes. On ne fait point d'eftat des blafardes, & quant elles ont quelque glace, ou des poireaux & grains de mailles plattes, & fi elles n'ont du parfum.

3. Le Criftal n'eft point glace comme penfe Pline, mais vn humeur mineral confit au froit. Ceux du meftier le preuuent difant que le Criftal va à fonds d'eau, & ne nage comme la glace qui va à fleur d'eau.

4. En Chipre & Natolie on en treuue à fleur de terre ; les torrents en charrient des montaignes, on en treuue force en certaines Baumes des Alpes : d'ordinaire il eft à fix angles, faces, & pointes. Il y a à fleur de terre vne manne qui remarque quant il y a du Criftal.

5. Les Tares du Criftal font quand il eft afpre, ou a quelque roüillure, nuée, fiftule cachée, durillons, vn certain fel dedans, ou glace, ou du poil qui le fait fembler caffé ; le burin couure ces vices en le grauant ; mais les Criftals nets font plus beaux fans graueure.

6. Pour cauterizer fort bien, il faut mettre vne boule de Criftal, fur la partie qui doit receuoir le cautere ; l'oppofant aux raiz du Soleil.

7. Le Criftal eft propre pour contrefaire les pierreries ; car on en fait des Diamants faux, mais qui refemblent trefbien le vray Diamant, & plufieurs font chargez de boutons & de tables de Criftal, qui fe croient tous greflez de Diamants.

L'Aimant.

1. LE fer (matiere fi rebelle, & hardie) plie le gantelet, & fe laiffe emporter, à vn ie ne fçay quoy efpars par le vuide de l'air, & s'en va efpoufer l'Aimant. L'Aimant tirant fur le bleu eft le meilleur, fa puiffance luy donne reng parmy les Pierreries.

2. L'Aimant est armé de mains, d'accroches, d'hameçons, secrets, d'approches larronnesses, & fait courir le pauure fer çà & là tout estonné, qui ne sçait qui l'enchesne, & faut que de soy il se rende esclaue, & se lançe à la mercy de son ennemy.

3. Vne secrette chaleur se desrobe de l'Aimant pour al. u brigandage, & voler le fer, & de fait luy met comme la corde au col, & l'attire à soy comme esclaue.

4. Il s'engraisse de limaille de fer, là il treuue sa vie, autrement il est foible, & transi ; l'airain proche remplit les veines du fer d'vn flot, d'vn boüillon & des raiz, & pource l'Aimant ne treuue point d'entrée, ny de prise, & ny peut mordre. On dit que le Diamant mesmes luy vole le fer, qu'il auoit desia embrassé, & y met diuorce, mais i'ay esprouué le contraire.

5. Frottant la pointe de l'aiguille, il luy fait auoir vn nouueau cousinage auec le Pole, & les Cieux : ains marie les anneaux l'vn auec l'autre, leur communiquant secrettement ses forces.

6. L'Aimant pers est bon pour estancher l'eau qui flotte entre la peau & la chair ; & la lame frottée auec l'Aimant blanc ne bleçe iamais, ny fait sortir aucune goutte de sang, ce dit-on.

7. Ce caillou charme le fer, & par secrettes influences addoucit sa rigueur, luy faisant couler par les veines de nouuelles flammes d'amitié, au lieu de la cruauté qui y tyrannisoit : & le fait vassal du Pole, & son Vicaire en terre, & la guide des Pilotes par les routes de l'Ocean.

8. Il y en a de noir, de bleu noiraſtre, de roux brun, le meilleur eſt le maſle qui communique au fer ſa vertu attrayante. Tout vray Aimant d'vn coſté tire le fer, de l'autre le repouſſe ; voire briſé en mille pieces, chacune a quatre coſtes de vertus, toutes differentes comme i'ay eſprouué moy meſme. La pierre Theamedes chaſſe le fer. Et S. Iſidore en met vne qui tire l'or, pluſieurs en voudroient bien auoir.

Le Beril.

1. IL a vn verd gay comme la marine en bonace ; les autres ont vn luſtre doré, mais il eſt foiblet s'il n'eſt aidé par la taille, & le cizeau, car le rebat de l'angle hauſſe ſon luſtre languiſſant, morne, & qui a les paſles-couleurs, redoublant ſes rayons, & ſon verd doré.

2. Le Beril eſt du naturel de l'Eſmeraude, mais il eſt ſombre, ſi les angles ne donnent vigueur & gayeté à leur eau. Le Chryſoberil eſt de luſtre doré, mais blaffard, & encor plus bleſme le Chryſopraſus. Les autres tirent ſur la Hyacinthe, autres ſur le Ciel.

3. Eſtant percé on luy oſte le blanc qu'il a dedans, & ainſi on luy donne vn luſtre d'or par le rebat duquel la trop grande perſpicuité du Beril prend plus de corps, & eſt corrigée.

4. Les Tares ſont auoir du poil, de la craſſe, auoir couleur flacque & vaine, eſtre ſubiets à l'onglée.

Les Coquilles & Nacres.

1. LA nature s'est ioüée, & a pris plaisir de monstrer ce qu'elle sçait faire en faisant tant de sortes de Coquilles. Il y en a de plattes, creuses, longues,
en croissant, en rond, demy-rond, à dos releué, lissées,
refroncées & ridées, dentelées, crenelées, entortillées,
qui vont en appointant : qui iettent leur bord dehors à
mode d'vn cousteau, qui replient, & enrolent leur bord
en dedans.

2. Les vnes sont ragées, ont des filets & petits cheueux : de madrées, à demy-tuyaux, cannelées comme
les Coquilles S. Iacques, rentpilssées, ondoyantes, comme thuiles entassées, découpées à cleres voyes, ou de
biais.

3. On en voit d'estenduës en long, d'amassées, longuettes, recoquillées, qui ne tiennent qu'à vn nœud,
qui ont les costez tout d'vne piece, qui sont ouuertes
au replat, & recoquillées au bec. Les Coquilles de S.
Iacques se lancent en forme de batteau pour flotter sur
l'eau.

4. Qui se tourne-vire en tourbillon, qui porte nombril, & est couuerte de grains de Corail, faite en porc
espic, la Coralline incarnate, le Nacre des perles. La
Pourpre, qui va en appointant. Coquille de Peintre
& de plus de mille & mille façons.

5. I'en ay veu de mille couleurs sur le bord de la
mer, blanches comme laict, brunes, oliuastres, san-
guines, verdastres, noirettes, mouschetées, estoil-
lées, herissées, surdorées, emperlées, argentines, bleüa-

ſtres, tannées, ſaffranées, ragées d'incarnat à fond d'argent, criſtallines, de couleur d'acier, piquotées, de
liſſées, graueleuſes, rabboreuſes, dentelées, de plattes, de rondes, de pointuës, eſcartelées, de fenduës,
de percées, entrebaillantes, & de cent mille ſortes.

Appendice ſur le fait des Pierreries.

1. LEs Doublets ſont deux pieces de Criſtal collez
enſemble auec vne fueille d'argent colorée, ou
colle peinte, & maſtic, qui contrefait le Rubis, &
l'Eſmeraude. Du ſeul Criſtal on contrefait des Diamants, & de verre on fait tout d'vne piece de faux
Saphirs, Eſmeraudes, & autres.

2. On y eſt trompé aiſément quand elles ſont enchaſſées, toutesfois on les deſcouure au maniement
(car elles ſont plus molles & douces) à l'eſclat morne & mort qui ne brille point viuement, à la lourdiſe
de l'enchaſſeure groſſiere. Les Doublets ſe cognoiſſent
à la iointure qui paroit tout au tour, & au contour-
nement de la pierre qui tantoſt eſt blanche, tantoſt ſe
colore, & n'eſt pas égale.

3. Les plus fins Ioyalliers ſont pris quand ſous des
Rubis ou autres pierres deſteintes on met au fond du
Criſtal auec des couleurs comme au Doublets, &
qu'on enchaſſe tout cela au Chaſton, car la fueille
colore ſi viuement ces Rubis, & y allume vn ſi beau
feu, qu'on les achete pour des fins.

4. C'eſt meſchanceté de vendre des pierres fauſſes
pour Diamants, quand les recuiſant dans la limaille
d'or on les remet en couleur viue en deux cuittes, car

effaçant ce peu de couleur qu'auoient les Saphirs & Topafes , on les rend clairs & brillans comme Diamants. On ne les peut difcerner des vrays Diamants, fi ce n'eft, les pofant fur le teint des Diamants , car là ils éclipfent leurs rayons & deuiennent fombres, là où le vray Diamant y efclatte & rayonne fortement. Auffi ne permet-on pas aux Lapidaires de mettre la teinture , & y coller la fueille finon fous le Diamant ; aux autres on permet fans plus d'y mettre la fueille ou autre couleur qui aide à les mettre en leur perfection , chacune felon fon efpece , fans les ab-baftardir , & faire changer de nature.

5. Il n'eft pas poffible de mettre vne taxe aux pierreries , cela change tous les iours , & chacun ne prife finon ce qu'il aime , qui le Diamant , qui le Rubis. Or ce qui fe peut faire c'eft de fçauoir que la valeur fe donne aux Pierreries par le poix & le quarat (car ainfi le nomme-t'on)

6. Vn grain, c'eft la quatriefme partie d'vn quarat ; 2. grains font vn demy quarat.

　　Quatre grains font vn quarat.

　　Vn Tomin , trois quarats.

　　Vne Octaue , 18. quarats.

　　Vne Once , 144. quarats.

　　Vn Marc , 1152. quarats.

　　Ainfi pefe-t'on , & prife-t'on les Perles & Pierreries , & du Diamant on fe reigle pour fçauoir à peu pres la valeur des autres.

7. Les Diamants font clairs, ou bien pafles, blaffars & iaunaftres , ou bien verds , ou azurez , ou de la cou-

leur

leur des miroirs d'acier & ceux-cy font les meilleurs.

8. Le Diamant pour eftre en toute fa perfection il faut que outre la beauté de nature, la taille y foit auffi parfaite, ayant fa table quarrée de quatre coftez efgaux, & les angles droits, & que les angles ne foient point efbrefchez, ny efmouffez; mais bien aiguz, la couleur de fin acier comme vn miroir, & bien tranfparent, à l'heure on le taxe felon fon poids.

9. Outre la couleur parfaite, il y faut la taille, & l'ouurage qui eft bien plus aifé à fe couurir & diffimuler que les défauts de nature. Ils valent beaucoup moins quand il y a quelque angle inegal, ou brifé, ou bien du fable, ou des taches blafardes & iaunaftres, ou bleüatres, ou autres.

10. On met fous le Diamant de la teinture, ou bien de petits miroirs (quoy que cecy foit deffendu) ou bien vn peu de velours noir. Sous les Rubis, & Saphirs on met des fueilles. Cefte teinture de Diamant fe fait auec de la fumée de chandelle amaffée aux fonds d'vn baffin, & empaftée auec huyle de Maftic blanc, ce teint donne efclat au Diamant: on en fait encor en autre façon.

11. Le Rubis qui n'eft encor finon tel que la nature l'a fait fe nomme Cabochon. Les crampons, c'eft l'or qui tient la pierre enchaffée; les griffes, c'eft pour tenir les Opales. La pierre efcornée fe dit efgrifée; Diamant foible c'eft celuy qui n'eft pas efpais; celuy qui n'eft pas net fe nomme Gendarmeux; L'Efmeraude non nette, iardineufe; la Turquoyfe qui n'a belle couleur, laiteufe. Les vices des Diamants fe nomment.

M

points & gendarmes ; les points font petits grains blancs & noirs ; les gendarmes font plus grands en façon de glace : on les taille à facettes ou à lozange pour couurir leur imperfection.

12. Le Diamant taille les autres pierres , & fe taille foy-mefme ; le Rubis eft plus mol , auffi ne s'affine-il fur l'acier comme le Diamant , mais fur le bois ou cuiure. La pierre à tout fond , c'eft quand elle eft hors & dedans le Chaton.

13. Efmeraude fourde , celle qui n'eft affez viue , ny diaphane : Les perles Peroutines font plus aimées , car elles font plus blanches ; les Orientales font plus brunettes , & gardent mieux leur couleur ; les rondes fe doiuent percer efgalement par le milieu : Si la perle appliquée dans le Caratteur fait vn petit croiffant, c'eft figne qu'elle n'eft pas ronde.

14. Le Rubis Balais eft fort clair, & a la couleur d'vne rofe pourprine fort luifante. Vn grand Lapidaire croit que la mine eft faillie qui eftoit en Razia & Seilan, & que les vrays Balais font le refte du Temple de Salomon porté en Europe par Tite Empereur : ie m'en remets à fa confcience ; l'autre croit qu'ils viennent d'vne Ifle nommée Balais.

15. La Calcedoine a vn azur fort clair , on en treuue de noiraftres , mais l'azurée eft meilleure, & eft Orientale , les autres ne font tant prifées. L'Eliotrope eft vne pierre tachetée, & a entre fes taches des veines rougiffantes , & a de grandes vertus. La Cornaline eft de couleur vermeille , & comme laque tranfparente. Praflio eft vne pierre verte. Le Coral eft blanc, incar-

nat, & rouge, & naîſt ſur la mer.

16. Fellure. F. C'eſt proprement ces petits filets, & comme des cheueux qui paroiſſent dedans les Pierreries : & pourtant il faut poſſible dire filure, comme ſi c'eſtoit vn fil qui ſe fut rencontré dans ceſte glace, comme dans l'Ambre on treuue des mouſches & des formis, & des pailles.

17. La fueille qui ſe met au fonds de la Pierrerie pour luy donner eſclat, ſe fait par peu de perſonnes. On bat de l'alloy vieux, comme quelque vieux ſols, ou doubles & autres, eſtans reduits en fueilles fort menuës, on bruſle des plumes de diuers oyſeaux, & ſur la fumée on met ces fueilles, qui ſe teignent de diuerſes couleurs ſelon que la fumée eſt, mais il ne faut pas manier auec les doigts ces fueilles, autrement on les ternit, & on les tache. On met quelquefois de l'or clinquant tout pur, & croyez que les Lapidaires nous en font bien accroire de belles quelquesfois, auſſi ſont-ils fort ialoux de leurs ſecrets : tel porte vn lopin de verre qui croit auoir vn beau Diamant.

18. On dit qu'auec argent vif precipité, & auec Orpiment ou Arſenic, on fait des Rubis qui ne cedent en rien aux naturels, ſi ce n'eſt en dureté ; mais il ſe faut garder de toute odeur de metal, c'eſt à dire, faut broyer l'Orpiment ſur le marbre auec la meulette de meſme, & en laiſſer éuaporer les mauuaiſes vapeurs, tant qu'il ſe reduiſe en crouſtons ſemblables au Coral, & le ſublimer à tres-forte expreſſion de feu.

19. Le Diamant brut, & tout cru comme il eſt venant de la carriere eſt comme vn gros grain de ſel, &

sa belle glace est cachée sous vne vilaine crouste, &
escaille grisastre, tout comme le gros sel qui est cras-
seux & terrestre ; mais en les frayant l'vn contre l'autre on les descharge de ceste crasse, & la poudre qui
en sort est celle dont on se sert pour le polir sur le polissoir, & sur la roüe de fin acier.

LA GVERRE.

CHAPITRE V.

1. E simple soldat eſt le premier eſchelon du merite, dont doiuent eſclorre tous les grades militaires, pour paruenir au point d'honneur.

2. Le ſoldat s'enroollant en vne compagnie doit donner vn reſpondant de ſa perſonne, puis fait le ſerment & ſigne, garde qu'il ne ſoit picoreur, eſcornifleur, quereleur, rapporteur.

3. Sans licence iamais il ne doit ſortir du quartier, ny du corps de garde ; s'il eſt poſé en ſentinelle il n'en bougera non pas y alla-il de la vie, mais mettra la meſche ſur le ſerpentin, ou la pique baſſe, la pointe vers celuy qui paſſe, iuſques à ce qu'il ait baillé le mot au Sergent.

4. L'Arquebuſier, & le Mouſquetaire ait touſiours l'eſpée aux pendans, & non en eſcharpe, ny bandoliere, car cela ſent ſon Lipan, ou Gautier ; il doit auoir ſon fuſil pour allumer ſa meſche : aux allarmes il la faut allumer aux deux bouts, rafreſchir le Pouluerin du baſſinet, mettre quatre balles en bouche. L'arque-

M 3

buſe ne doit porter qu'vne once , le Mouſquet deux.
La charge du fourniment doit tenir demy once ; celle de la bandoliere du Mouſquetaire , vne once de poudre.

5. L'Appointé eſt celuy qui pour quelque acte ſi-
gnalé a du Roy paye & demie , ou double paye ; Re-
formé eſt celuy qui a eu charge , & ſe tient au ſeruice du Roy vne pique ſur le col , faiſant office de ſimple ſoldat , attendant que le Roy ait égard à luy.
Lanceſpeſate eſt vn cheuau-leger , qui apres auoir
perdu cheual & armes , en quelque honorable occa-
ſion , ſe jette dans l'Infanterie , prend vne pique , attendant mieux. Ce mot vient de Piedmont ; depuis
on le fait Lieutenant ou aide du Caporal ; ceux-cy
doiuent eſtre par honneur les chefs de file d'vn bataillon.

6. Caporal ou chef d'eſquadre d'Arquebuſiers ou de
Piquiers (vne commune compagnie n'en veut que
deux) eſt le pere de famille des ſoldats, qui en a ſoin,
ſon office principal eſt la garde , changer , viſiter les
ſentinelles , receuoir les rondes à la porte du corps de
garde : il chaſtie les larrecins de meſche , de poudre,
ou balles qui ſe font au corps de garde , & logis , en
enuoyant le criminel en ſentinelle. La ſentinelle endormie , ou qui quitte ſa poſte eſt griefuement chaſtiable.
Ses armes ſont vne halebarde , ou pique.

7. Toute ronde doit le mot , au corps de garde ; ſi
deux rondes ſe rencontrent , la moindre doit le mot;
les eſgales , paſſent : ſi le ſoldat rencontre vne contre-
ronde il la doit ſuiure.

8. Sergent eſt le plus fatiquant office de tous, car il eſt tout ; & tous ſe repoſent ſur luy, il eſt ſoldat, Caporal, Enſeigne, Lieutenant, Capitaine : on luy commet le ſoin du Drapeau. Il doit eſtre bien obey, ſi quelque ſoldat gronde, il luy faut faire ſentir combien peſe la hampe de ſa halebarde, s'il fuit, il prend la fuitte pour obeïſſance : il reçoit tous les ſoirs le mot & l'ordre du Sergent Major, & le porte au Capitaine, il partit le butin, & la prouiſion. Ses armes ſont vne cuiraſſe à preuue, des manches de maille, vn morion ſimple, la hallebarde, ſans eſpée.

9. L'enſeigne, ou Port'enſeigne iamais ne doit perdre ſon Drapeau qu'auec ſa vie ; ce doit eſtre ſon ſuaire ſi le combat eſt mal fortuné : il doit auoir vne ſentinelle pour le drapeau, (quand il eſt à la feneſtre) car c'eſt l'honneur, & la marque de la Compagnie, & la banniere du Roy.

10. Lieutenant eſt le premier apres le Capitaine, il doit recognoiſtre ſi la bréche eſt montable, & faire autres deuoirs, aſliſté touſiours de deux Apointez, ou reformez, il doit eſtre armé de cuiraſſe bien à l'eſpreuue, & de caſque, de moignons, de braſſats à l'eſpreuue, & les taſlettes auſſi, puis auec deux poignards, ſans eſpée, ny autres, fors vn piſtolet à la ceinture. En aſſaut general il doit eſtre aupres du Porteenſeigne, afin de releuer le Drapeau en vn beſoin. Autrement à l'aſſaut ordinaire il ſe mettra à la teſte des piques vne rondache à l'eſpreuue au col, vn caſque en teſte, l'eſpée au poing. S'il mene des manches d'Arquebuſiers, ou Mouſquetaires vn iour de bataille,

il prendra les mesmes armes. S'il est à la teste des Piquiers, il porte vne pique, qui est la Reine des armes.

11. Le Capitaine en Chef, des Arquebusiers a vne compagnie de 300. hommes, à sçauoir 50. portans plastrons, morrions à preuue, les manches de maille, vne halebarde : 50. Mousquetaires, 200. Arquebusiers, vn Lieutenant, vn Enseigne, deux Sergents, trois Caporaux.

Compagnie de piques est de 100. Piquiers, 50. Mousquetaires, 50. Arquebusiers, vn Sergent, deux Caporaux.

Les Apointez font l'esquadre du Capitaine, comme les Allebardies en la compagnie des Arquebusiers.

Il doit stiler ses soldats à tirer droit, de bonne grace; Item à manier dextrement la pique ; il ne les doit mastiner, mais manier honorablement & sans outrages.

Sa monture soit vne haquenée, ou bidet, car les cheuaux vistes, & de seruice font soupçonner qu'il aime la retraitte plus que la victoire.

12. La batterie Françoise est la meilleure, & sonne mieux la marche, & le tambour donne mieux la cadence, que de nulle autre nation, car elle marque distinctement le pas graue du soldat. Aux alarmes le tambour Colonnel doit sonner luy-mesme vne batterie plus serrée, d'vne main legere, & d'vn ieu bien serré. Quand on doit desloger secrettement, il faut couurir le tambour d'vne seruiette pour rendre le son sourd. Ayant sonné l'alarme le tambour doit leuer main, car c'est erreur, de dire que le bruit anime, ains il empesche

che de commander, il doit partant cesser prompte-
ment & couper court sans refrain, & leur accoustu-
mée ballade qui traine vn long espace.

13. Le Preuost & son Lieutenant, dressent le procez
aux criminels, quand le procez est en estat, le Colonnel, les Capitaines, &c. donnent la sentence : Si le cas.
merite la mort, on fait passer par les armes : si la faute
est petite, on donne l'estrapade : si le fait est plein de
vergongne, le Colonnel fait par son Sergent Major,
degrader des armes, puis le donne au Preuost pour le
faire pendre, ou foüetter ; iamais plus il ne peut porter
les armes sous peine de la hart. Le Preuost a charge
des Viuandiers, & donne le prix aux viandes, son droit
est la premiere pinte de chaque ponçon percé, &c.

14. La Legion en paix doit auoir 12. Enseignes ; en
guerre 18. Le Chef se dit Colonnel, qui represente la
personne du Roy ; il peut ferrer, emprisonner, ains iuger à mort ses Capitaines, ayant son Preuost : les Lieutenans & Enseignes peuuent appeller de luy aux Mareschaux de France, & au Colonnel General de l'Infanterie Françoise. Ses armes sont, s'il combat vne Infanterie, vne Rondelle à preuue de Mousquet, vn ac-
coustrement, ou habillement de teste à preuue de mesme, le visage découuert, vn grand pennache, l'espée à
la main : de mesme à l'assaut general. S'il bat vne Caualerie il s'armera d'armes complettes toutes à preuue de
pistolets, cuirasse, trois lames de brassals, trois des tasset-
tes, vne pique de Biscaye en main.

15. Sergent Major doit estre vn vieil Capitaine, & a
le second lieu en authorité apres le Colonnel, c'est luy

N

qui met l'ordre parmy les soldats, qui campe, qui donne reng : il porte vn ballon marqué à trois clous de
trois pieds de Roy, pour mesurer le terrain quand il
met les troupes en bataille. Il doit auoir deux aydes
qui soient des Lieutenans ou, &c. quand il commande vne chose qui presse, il adiouste passe-parole, comme balle en bouche ; allume méche, & passe-parole:
si la parole ne passe il doit chastier tout le rang où elle
aura esté arrestée. Il forme les manches, & plotons, &
files, & quadrilles d'Arquebusiers, & Mousquetaires;
il fait faire alte. Luy ou ses aydes quand les bataillons
ennemis sont à 36. pas fait aller deux à deux en esche-
lette donner la saluë, & faisant le limaçon vont à la
queuë recharger, & faire place à ceux qui suiuent.

16. Bataillon quarré ; bataillon en croisade quand la
caualerie serre de tous costez : à l'Allemande : à la Romaine ; le vulgaire ; escartelé ; à la Macedonienne.

17. Les piquiers mettent le genoüil à terre, presentant le fer au poitral du cheual, le gros bout & le
conte en terre, tenant par le milieu ; le Mousquetai-
re entre-deux & par dessus, donne à la teste des cheuaux : tantost ils entre-croisent leurs piques, & lardent
les cheuaux qui s'aduancent trop. S'ils s'entr'ouurent ils
sont perdus. Quand ils sçauent ondoyer la pique, &
luy donner le bransle de la main droicte, le coup en est
fort rude, mais garde qu'il ne mette le pied en faux,
car à la moindre atteinte il sera porté à terre, & à Dieu
mon piquier.

18. Pour adextrir les soldats il les faut stiler à bien
entendre les termes, & les pratiquer. Voicy les termes.

Dreſſez vos rangs & vos files.

Prenez vos diſtances.

A droit, à gauche.

Demy-tour.

Doublez vos rangs.

Rangs remettez-vous.

Demies files, la pique haute.

Serrez les files à droit.

Doublez vos files.

Détriplez-vous.

Files remettez-vous.

Faites la contre-marche.

Ouurez-vous à gauche.

19. Le Parrain de la pique commande ainſi. Portez ou mettez vos piques en terre, de biais, plates, hautes, trainantes, preſentez vos piques en auant, ou en arriere, de biais.

20. Les commandemens des Mouſquetaires ſe diſent en ces termes.

Appreſtez-vous.

La meſche ſur le ſerpentin.

Mettez en ioüe.

Compaſſez la meſche.

Tirez.

Soufflez la meſche.

Ouurez le baſſinet.

Amorcez.

Secoüez le baſſinet.

Ouurez voſtre charge.

Chargez.

N 2

Traînez la fourchette.

Tirez la baguette.

Bourrez ou preſſez la poudre.

Mouſquet ſur la fourchette, en contrepoids de la main
gauche.

Mouſquet ſur l'eſpaule.

Le Canon haut.

Il faut que tous ou marchant par pays, ou en
bataillon, ſçachent bien démarcher à la cadence du
tambour ; commençant par le pied gauche, & finir
par le droit tous enſemble. Quand vn des tambours
fait des fredons, que l'autre batte bien l'ordonnance,
& ioüe la ſimple marche.

22. Il doit auoir les charges de ſa bandoliére pleines,
vn puluerin auec bonne amorce pour amorcer le baſſinet, que la clef & le reſſort du Mouſquet ioüe bien,
le ſerpentin auſſi, le baſſinet bien net, le verin ſus le
ſerpentin ne le doit trop ſerrer, mais doit eſtre propor-
tioné à la méche, entr'ouuert au beſoin, la méche
bien compaſſée entre ſes doigts, qu'il ſçache mettre
en ioüe de bonne grace la ioignant bien au fuſt.

23. Pour ſouſtenir vn ſiege il y faut mille choſes.
La contrebatterie eſt bonne : mais non pas de mire
en mire, & en face, mais en roüage, autrement l'ennemy, vous embouſchera, car il eſt plus aiſé de pointer le canon de bas en haut, que de le plonger du
haut en bas. Les premieres volées de canon emportent
les gabions, & platte-formes, & puis Dieu ſçait s'il
fait bon donner dans les flaſques. Derriere la contre-
ſcarpe il faut faire force trancherons, auec vn corri-

dor vn peu large, il faut auoir du plomb fondu, huille
boüillante, des pots à feu, des grenades, & des cercles,
des platines de fer percées de deux canonieres , & vne
mire deſſus , des barillets de cuiure bien bandez , des
petites pieces à grand calibre chargées de cloux, chaines , dez de cuiure, carreaux d'acier ; Item deux chaudieres abouchées & bien ſoudées pleines de poudre
font vn terrible eſchec, crochets à quatre crampons;
vn petart la culaſſe en haut il applattira les logements,
& les gens comme punaiſes , du feu grec où on met
force camphre, & eau ardant. L'embraſure des canons
c'eſt l'ouuerture que l'on fait au canon caché dans le
bouleuars pour tromper l'ennemy, qui n'attendoit pas
qu'on luy parla par ce coſté là. Des caſemattes , gabions.

24. Les hommes d'armes eſtoient armez ces années
paſſées d'halecret auec plaſtron , cuiraſſes auec les taſſettes , le gorgerin, des ſollerets , des greues entieres,
cuiſſots, gantelets, armet auec ſes bannieres, auant-bras,
Goſſets & grandes pieces , ou hautes pieces , le tout
garny de mailles aux defauts. Leurs cheuaux eſtoient
bardez & caparaſſonnez, auec la criniere & cham-frein.
Pour armes offenſiues au coſté l'eſpée d'armes , l'eſtoc
d'vn coſté de l'arçon , la maſſe de l'autre ; vne groſſe
lance au poing ; vne caſaque nommée robbe d'armes
de meſme couleur que l'Enſeigne de la Compagnie.

25. Les cheuaux legiers , armez de hauſſe-col , hallecret auec taſſettes iuſqu'au genoüil , gantelets , auant-
bras, eſpaulettes, vne ſalade à veuë coupée, la caſaque
à la couleur du guidon. L'eſpée large au coſté , la maſſe

N 3

à l'arçon, la lance au poing.

26. Les Eſtradiots comme ces derniers, mais au lieu d'auant-bras & gantelets ils ont des manches & gants de maille, & la Zagaye & Arcizagaye au poing longue de 12. pieds, ferrée aux deux bouts ; leur cotte, ou ſobreueſte d'armes courte & ſans manche.

27. Les Argolets de meſme, ils ont vn cabaſſet en teſte qui n'empeſche de coucher en ioüe, outre la maſſe ils portent l'Arquebuſe à l'arçon dans vn fourreau de cuir boüilly. Tous ces gens combattoient en haye, les rangs de 40. en 40. pas l'vn de l'autre.

28. Maintenant les choſes vont d'autre pied. Les Princes, Officiers de la Couronne, Gouuerneurs des Prouinces ont des Compagnies complettes de 200. Maiſtres. Les autres Seigneurs de 100. Leurs armes ſont des greues & genoüillieres dedans ou deſſus la botte, la cuiraſſe à preuue d'Arquebuſe deuant & derriere, vne eſcopette au lieu de lance, vn piſtolet chargé d'vn carreau d'acier, d'vne fléche acerée, l'eſtoc au coſté, il n'eſt neceſſaire qu'il trenche beaucoup, car les eſtramaſſons ne valent rien à cheual. Le Maiſtre eſt monté de deux beaux cheuaux de ſeruice, & vn fort mallier ; il aura la ſelle armée, champfrein, le poitrail garny de cloux à large teſte, vne cheſnette à la bride pour s'en ſeruir au cas que les reſnes faillent.

29. Les Compagnies de genſdarmes feront quatre brigades, pour chaque Chef la ſienne, au reſte il faut faire conte de ne mourir iamais que le cheual ne ſoit mort : Autrefois il y auoit peine de la vie ſi on fuyoit ou ſe rendoit ayant le bras droit entier & le cheual en

vie. Quand la trompette fonne la charge , les enfans
perdus feront la faluë , & eux tenans à demy-brides
tireront l'efcopette l'appuyant fur le point de la bride ; pour le piftolet ayant le chien couché , ils ne le
tireront qu'appuyé dans le ventre de l'ennemy , dans la
premiere ou deuziéme lame de la taffette : que s'il penfe ne pouuoir faire fauffée , qu'il donne à l'efpaule du
cheual.

30. Les trouppes des cheuaux legiers font de 100.
Maiftres faifant trois quadrilles ; ils font armez d'armes
complettes , la cuiraffe à preuue , le refte leger , vn piftolet à l'arçon fous la main de la bride , à l'autre vne
falade ou habillement de tefte , & aux grandes traictes
le facchet d'auoine en crouppe.

31. La lance de la Cornette eft plus courte , & le drapeau plus petit , que l'Enfeigne des genfdarmes : la cornette s'attache en efcharpe derriere l'aiffelle du bras
gauche. L'enfeigne fe porte croifée deuant l'eftomac,
& s'attache auec des chefnes de fer.

32. Les Carabins font armez d'vne cuiraffe efchancrée
à l'efpaule droite , afin de mieux coucher en ioüe , vn
gantelet à coude pour la main de la bride , vn cabaffet
en tefte , vne longue efcopette , vn piftolet ; ils portent des Cartouches à la Reiftre pour charger habile-
ment , chacun vn bon cheual vifte. Quand la trompette des cheuaux legiers fonne vn mot feulement , ta-
rare ; celuy des cheuaux legers fonne la charge tout au
long , & au galop s'en vont donner le faluë , puis faifant
le caragol & paffant à gauche vont recharger ; puis les
cheuaux legiers donneront à toute bride. Le premier

coup de trompette c'est boutefelle; Le deuxiéme c'est
à cheual : Le troifiéme à l'eftendard, & puis plus.

33. Les hommes d'armes portent des cafaques de
couleur de l'Enfeigne : Les cheuaux legers s'arment à
crud, (c'est à dire, ils ne couurent leurs armes de rien)
les Carabins ont des mandilles de couleur de leur Cornette.

34. Les volontaires bien montez enflent beaucoup noftre Caualerie, notamment la Cornette blanche, où ils
fe iettent pour acquerir de l'honneur.

Sentinelle, ou efcoute qui fait le guet.

Hallecret fans braffals ne faudieres, où corfelet ; vn
    homme hallecreté.

Salade, habillement de teste d'vn homme de pied, Ar-
    met c'est d'vn homme d'armes, le Tymbre en est
    l'ornement, & la plumache ; Item fe dit Heaume.
    Baffinet, & la vifiere du baffinet, Morion, Cabaffet,
    (*Hyspanicè cabeça, &c.*)

Haubert c'est vne cotte de mailles à manches & gor-
    gerin, diminutif haubergeon, & là deffus vne cot-
    te d'armes de fer à lambeaux en la faudiere.

Cuiraffe auec fes taffettes pendillantes, l'arreft où l'on
    appuye la lance.

Affeoir les corps de garde.

Se ietter hors des rangs pour donner fur l'ennemy, &
    le charger.

Ranger fes gens en bataille.

Le canon fait vne fauffée prefque incroyable dans la
    muraille, & du beau premier coup fait iour, bien
    fouuent.   La pou-

La poudre du canon groffe-grainée.

Le renforcement des culaffes des pieces pour fouftenir la violence du canon defchargé.

Vn Cauallier ou platte-forme, faite de gazons, faffines & Parapet accompagné de fes creneaux & barbacannes.

Des platte-formes on iette des ponts volants fur la muraille, pour aller à l'affaut.

Quintaine ou Iaquemart de bois pour exercer les ieunes foldats à faire leur apprentiffage militaire.

Contre-efcarpe, ou bord du foffé, ou le banc.

Paliffade, douues, rempart, vallum, c'eft à dire, la clofture, afin que la ville affiegée ne foit fecouruë; ou que le camp foit affeuré en campagne ; l'enceinte du camp.

Le Cordon eft celuy qui conioint la cortine de la muraille auec le Parapet, & creneaux où fe mettoient iadis les chardons de fer & fourches branchuës: Parapet ou auant-mur (*Lorica*) a en foy les creneaux (*Pinnæ*) auec fes gabions, fon glaffis & canonnieres.

Noftre vieille gendarmerie auoit des cheuaux qui ne fçauoient autre maniment, ny tour de bride, finon qu'aller toufiours en auant en ordonnance ferrée, pour enfoncer l'ennemy de front, fans voltiger à gauche ou à droite, prendre la charge, galopper en rond, fe manier à paffades de pied-coy, à courbettes, & autres telles fingeries, qui ne font qu'accouftumer les ieunes gens à auoir peur, defloger de bonne heure, & fuir de bonne grace.

O.

Vne targue.

La trouffe pleine de fléches.

Iacque de mailles, ou toile faite à œillets.

Manople ou gantelet auec le canon.

Vne falade à vifage ouuert fans bauiere.

Efcu ou Zagaye.

Cabaffet en tefte.

Le tuyau du cafquet d'où fort le pennache qui s'aualle fur l'efpaule.

Gros morion.

Cotte d'armes.

Corcelet garny de taffettes iufques au genoüil.

Braffals ou efpaulettes iufques au coude.

Les Greues aux iambes ou Cuyffards.

Donner l'efcalade, ou faire vne fappe.

Recognoiftre & tafter par quelque efcarmouche, l'en-nemy.

Compagnie de gens de pied.

Capitaine.	Lanfpeffades Arquebufiers morionez.
Lieutenant.	Piquiers.
L'Enfeigne.	Caporal d'Arquebufiers.
Le Sergent.	Arquebufiers morionez.
Fourrier.	Pour vne compagnie de
Tabourin.	200. hommes de pied
Phiffre.	faut 733. efcus chaque
Caporal.	mois.
Lanfpeffades armez de cor-celets.	

L'armée fait alte.

Dreſſer la pointe du bataillon, là où l'ennemy preſſe le
plus.

Dreſſer vne eſcarmouche.

Donner de cul & de teſte dans l'ennemy.

Fauſſer vn rampart, c'eſt à dire, rompre, enfoncer.

Es camps volants, il faut que le bagage ſoit leger.

O 2

LE TIRAGE DES ARMES.

CHAPITRE VI.

1. ON appelle fleuret, ou brette, vne espée rabbatuë & sans pointe. Le bouton c'est le bout de l'espée rabbatu & ramassé en bouton. Le bout du fleuret c'est l'esteuf, ou cuir rembourré qu'on met au bout, afin que en donnant on ne meurtrisse. Aussi dit-on au garçon, mettez vn bout au fleuret.

2. La garde, c'est ce qui est sur la poignée pour couurir la main : Le fort, c'est enuiron vn pied de longueur depuis la garde ; le reste iusqu'au bout se dit le foible de l'espée.

3. Quand on se presente en la salle, on demande, Monsieur voulez-vous faire ? ou voulez-vous faire assaut, c'est à dire, voulez-vous tirer des armes. Puis ramassant & decroisant les armes, on dit Messieurs gardez les yeux, c'est à dire, on se defend mutuellement de donner au visage. Si malheur porte, que le coup eschappe & qu'on le porte au visage, aussi tost on met bas les armes, & va-on accoler celuy qui a receu, & comme le prier d'excuser le hazard.

4. Le Maistre d'escrime ne se bat quasi iamais, mais il y a vn Preuost (c'est à dire, comme Lieutenant & soubmaistre) qui se bat, & qui soustient tout assaillant. Le Maistre void, instruit, donne le hola quand le sang s'eschauffe, marque les fautes, & iuge des coups.

5. Les bons coups s'appellent botte franche, quand le fleuret marque le coup tout entier, & donne tout droit, & en plein ; si ce n'est qu'à demy, ou en passant, ils appellent cela marquer.

6. Il faut estre en mesure pour donner, ou receuoir le coup, c'est à dire, il faut planter le pied droit deuant bien ferme, & en posture asseurée mais isnelle. Estre hors de mesure c'est quand on est ou trop aduancé en danger de tomber, ou pancher, & donner prise à l'ennemy, ou trop reculé, ou le pied en l'air, & le corps en balance & peu affermy.

7. On dit estre en eschole, c'est à dire, bien adiuster son corps, & le porter droit où il faut, comme si on dit garde le bouton ; pour adiuster & estre en eschole, il faut donner droit dans le bouton. Si on ne le fait, on dit qu'on n'est pas en eschole, c'est à dire, qu'on a oublié, ou bien qu'on n'a pas encor bien apris les termes & les coups de l'eschole. On dit aussi adiuster le coup, ou non adiuster.

8. Il faut auoir tousiours l'œil au guet, & sur l'ennemy, sur tout à ses yeux ; car souuent il darde là son coup d'œil, où il veut porter la pointe de son espée, ainsi on se met en deffence. Quand on leue le pied droit pour s'aduancer on appelle cela le temps ; de là

O 3

prendre le temps, c'eſt bien à propos s'aduancer ; gaigner le temps , c'eſt preuenir voſtre homme , & pendant qu'il ſe diſpoſe à prendre ſon temps vous le pre-
uenez. Ainſi perdre ſon temps, c'eſt quand on ne ſçait
pas bien meſnager ceſt aduancement de pieds.

9. On dit porter vne eſtocade , la receuoir : parer,
donner ; enfoncer ſon homme ; retirer le pied en arriere ; faire vne gliſſade en arriere ; laſcher le pied, donner vn faut. Apres le coup il ſe faut auſſi toſt remettre en meſure , c'eſt à dire, le pied droit deuant planté
bien ferme, & le corps bien aſſis; autrement on chan-
cele aiſément.

10. Il a pluſieurs feintes , la droite , la haute , la baſſe,
à l'entour du poignard , aux yeux : Les niais s'amuſent
à faire parade , & des feintes en l'air, & faire la beſte,
mais il faut touſiours prendre la feinte pour le coup,
car ſouuent on tire ſans feinte, & pour bien faire il faut
que le coup ſuiue immediatement la feinte. Il faut auſſi
que le pied & la main aillent tout d'vn temps. Iamais
il ne faut retirer le bras & le pied pour mieux donner
& de plus grande roideur , c'eſt vn erreur populaire:
iamais il ne faut reculer , mais touſiours aduancer &
pouſſer. Car en retirant pour donner , l'ennemy void
venir le coup , & pendant que vous retirez il vous pre-
uient & vous donne.

11. S'ouurir ou ſe donner en perſonne , c'eſt quand ou
pour attirer voſtre ennemy & le tromper, ou par meſ-
garde vous deſioignez les armes , & monſtrez tout voſtre eſtomac & toute voſtre perſonne , faiſant beau ieu
à voſtre ennemy pour vous percer tout outre. Se ſerrer

au contraire, s'est ioindre ses armes, & quasi couurir sa
personne du fleuret ou de l'espée blanche, & du poignard.

12. Risposte s'appelle quand on donne & qu'on reçoit
quasi en mesme temps. Ainsi dit-on, cestuy là a la
risposte prompte; car il vous respond, & vous resti-
tuë tout aussi tost le coup que vous luy auez presté.
Ceux qui ont bien les armes en main ne craignent pas
la risposte, d'autant que le fort de leur espée les pare.

13. Qui sçait bien manier l'espée n'a guere affaire de
poignard pour parer aux coups. Car du fort il prend
le foible, c'est à dire, il reçoit la pointe de l'espée de
son ennemy sur le fort de la sienne, & la fait voler en
l'air & la rompt, ou au moins eschiue le coup. Vn des
grands secrets c'est de sçauoir bien mesnager le fort de
son espée, c'est vne inuention d'vn braue Maistre du
ieu des armes.

14. On dit passer, lors que l'vn s'ouurant trop, ou n'e-
stant bien sur ses gardes, l'autre luy donne vn coup en
plein, droit, & comme s'il luy vouloit passer sur le
ventre, & apres luy auoir donné le coup à trauers il le
vouloit renuerser sur le paué. Or si celuy à qui on porte ce coup, se tourne de costé, retirant le pied droit en
arriere, le coup passe en l'air, & luy cependant porte
droit au cœur le coup d'estoc qu'on luy vouloit donner, & cela se dit Quarter, c'est à dire, en eschiuant le
coup de celuy qui veut passer sur nous, ou nous passer
l'espée à trauers le corps, nous destourner vn peu, des-
marcher, & puis l'enfiler luy-mesme.

15. On n'vse point à ceste heure de taille, d'estramas-

son , ou femblables coups ; tout paſſe maintenant en
eſtocades , & donner de pointe pluſtoſt que du trenchant de l'eſpée ; car ce ſont horions , & vrays coups
de Soüiſſes , & d'Alemands que ces reuers , & coups
ramenez à force de bras pour aualer vne eſpaule , ou
coupper vn iarret tout net.

Eſtour ſanglant & à outrance, &c.

1. ENtoiſer l'arc (c'eſt à dire, bander tout ce qui ſe
peut) encocher la fléche ſur la corde, faire ſiffler le volet ou le trait, & l'aſſener où on viſe au defaut
des armes , faire grande fauſſée (c'eſt à dire , percer &
fauſſer les armes , & plonger bien auant dans la chair
viue) donner entre fer & fer : & entre eſcaille & eſcaille, &c.

2. Tirer vne feinte , puis donner ailleurs , preſenter
dru & menu l'eſpée droit à la viſiere ; deſmarcher pour
faire perdre les coups en vain , & ſe deſrober des atteintes , tantoſt en parant , tantoſt en rabatant de ſon
eſpée. Faire tomber la tempeſte des coups à faux ; Se
coüurir brauement ſans eſtre entamé des coups.

3. L'homme ſe voyant fauſſé en diuers endroits, pour
faire à quitte ou double , empoigne ſon eſpée à deux
mains, eſpée vierge encor & à ieun du ſang de ſon ennemy , & de toutes ſes forces ramene vn grand coup;
pour eſbloüir ſon ennemy, s'eſcrimer en l'air & le fendre à quatre doubles.

4. S'entrechoquer de droites atteintes les eſpées trai-
tes & ſe meſurant l'vn l'autre ; il faut auoir bon pied,
bon œil au guet, en poſture aſſeürée, s'accueillir ſur la
defen-

defenſiue, & ſe tenir à couuert.

5. Eſpandre à pleines poignées toute ſa force redou-
blans & ſes fendans, & ſes eſtocades, deſcharger vn
horrible coup de taille & eſcailler les armes de ſon ennemy ; darder de roideur le pommeau & la garde de
ſon eſpée rompuë, & du coup vireuolter & eſtourdir
ſon homme.

6. Se blanchir de ſon eſpée, marteller & faire eſtin-
celer de coups ſon ennemy armé: plonger iuſques aux
gardes ; percer à iour ſon ennemy ; larder de coups;
eſtonner & eſtourdir de la peſanteur du coup ; faire
deſcendre vn fendant ineuitable, porter le coup au
cœur: & mille ſemblables cruautez bonnes à tuer les
hommes, neceſſaires pourtant à pluſieurs pour vne iuſte defence.

CHAPITRE VII.

DE L'OR.

Du fait de l'Orféurerie.
De la Coupelle.
L'eau de depart, & affinement de l'Or.
L'or battu.
L'or filé.
L'eſmaillerie.
L'or battu en fueilles.

P.

AV LECTEVR
BENEVOLE.

On Dieu que ces bonnes gens du siècle d'or estoient heureux, Lecteur mon amy, quand les hommes vrayment tous d'or beuuoient dans le creux de la main puisant dans le cristal d'vne fontaine, & assis sous vn arbre, mettoient leurs mets sauoureux ou sur la fresche verdure, ou dans de la vaisselle de terre. Festins innocents & à la vérité bien-heureux, où il ne falloit craindre ny poison, ny excez, ny volupté peu honneste, ny indigestions fascheuses, ny maladie quelconque. Les hommes estoient tout d'or, & les banquets de terre, & le bon-heur tousiours au beau mitan; maintenant que nos buffets sont surchargez de vaisselles d'or, & que nos appetits ne nagent que dans l'or dont reluisent nos tables, certes pour la pluspart les hommes ne sont faits que de crachats, de phlegmes, & de bouë, delicats, maladifs, mignards, sans appetit, les estomachs tout cuicts, mille fumées en teste, pourris de voluptez, iamais n'ont appetit, & s'ils sont en vn lit, ils ne sçauroient cracher si ce n'est dans l'argent, & possible encor pire. Celuy de vray fut malheureux tout outre, & ennemy des hommes qui le premier arracha les entrailles innocentes de nostre bonne mere pour en faire de l'or; en mesme

temps il couurit la face de la terre de meurtres, & mal-
heurs, & bannit l'innocence de ce grand Vniuers. L'or &
l'ord naissent, viuent, & trespassent ensemble dans le cœur
des humains. Falloit-il detestable foüir dans le cœur de la
terre, & descendre iusqu'aux enfers pour nous empoisonner
de ce maudit metal qui n'est à vray dire que souffre, &
les boüillons, & l'escume des souffrances d'enfer, & des
eternels incendies? Toutesfois on pouuoit encor excuser les premiers qui se seruoient de vaisselles dorées faites à la vieille mode, & fort niaisement, & pour le plus és sacrifices, mais
depuis que l'orféurerie nous a charmez de mille enchantements,
cizelant, burinant, esmaillant, glaçant, emperlant la besongne,
helas tout est perdu. L'or qui estoit le principal n'est plus maintenant que l'accessoire; La manifacture est plus precieuse que
l'estoffe; il faut que la besongne soit vermeille dorée, ou toute d'or,
puis massiue, puis musquée, cela n'est rien, il la faut releuer de
mille sortes d'ouurages en taille d'Espaigne, en demy bosse, en
plein relief; qui pis est on prostituë cela à mille vilenies, figurant
toute sortes d'ordures dans les tasses, les bassins, les vases de parade, afin qu'en mesme temps que la bouche se remplit de voirie,
les yeux hument à longs traicts les incestes, & toutes les saletez
qu'on se peut imaginer. La rage est passée si auant qu'on ne sçait
plus comme on en doit abuser; on s'en sert en clinquans, passe-
mens, canetilles, broderies, tapisseries, garnitures de lits, és
planchers, és murailles, voire à le fouller sous les pieds; Cent
mille façons de Carquans, brasselets, bagues, pendants d'oreilles, chaisnes grosses & petites, miroirs, drageoirs, aiguilles &
poinçons estoillez d'escarboucles, voire iusques sur les patins? Et
que ne fait-on pas de cét or miserable? on le fond, on le bat,
on le tire au moulinet, on le file, on le passe par l'eau de depart,

P 2

par l'antimoine, par la coupelle, on le tenaille, on le cizelle, on
le martelle, on le pile, on le rend potable, aigre, doux, traiƈt, en
fueilles, en coquilles, en cent mille façons, en poudre, en paſte,
en lingots, en papillotes, en infuſion, en poiſon, en Antidote,
on en dore iuſques aux becs, & griffes des beſtes miſes en paſte, les girouettes & les cochets des clochers, & que n'en
fait-on pas. Mais par crier on ne gaignera guiere puiſque
l'artifice eſt tourné en nature, & l'abus en uz & en cou-
ſtume ſi fort inueterée, qu'à peine le monde eſtoit eſclos,
que deſia les Orfeures auoient façonné des pendants à Rebecca, à
Rachel, & aux premieres femmes du monde.

 Puis donc qu'il faut que cela ſoit, à tout le moins il faut
ſçauoir le moyen de parler de ce meſtier, & cognoiſtre la façon &
les termes. Voicy à peu pres ce qui s'en doit ſçauoir.

DV FAIT
DE L'ORFEVRERIE.
CHAPITRE VII.

1. LE Burin : ouurage à burin : buriner, niaiſerie de burin ; hardieſſe de burin.

2. Choppes : eſchoppeler la beſongne, c'eſt à dire, buriner, grauer, & creuſer.

3. Onglette : eſpece de burin large.

4. Breſſelles pour ſouder, ou pincer la ſoudure, & l'appliquer.

5. Rochoüer, c'eſt vne boëtte à long bec dentelé, en grattant de l'ongle on fait couler du bourat, c'eſt à dire, de la poudre de Veniſe, qui fait que la ſoudure fait bonne priſe, & mord ſerré la beſongne. De là vient rocher l'ouurage.

6. Gratte-boſſe pour gratte-boiſſer l'ouurage, c'eſt vn baſton qui a au bout vne houppe de fil d'archal, rude, mordant, & raclant la peau des œuures, & donne couleur d'or, & d'argent ; deſroüillant auſſi & enleuant les ordures qui ſeroient ou tombées, ou incarnées dans les eſchancrures, & ouurages d'orféurerie.

7. Cizoir pour coupper, trancher, & mettre en pie-

ces l'or ou d'argent battu.

8. Auuiuoir, c'eſt pour eſtendre l'or : Item l'eſſaye
ſert au meſme effect, & pour le deſtendre.

9. Tenaille pointuë : elle ſert pour faire les plis, &
replis de l'or ; pour arrondir, enchainer, enfiler, vouter, tortiller, aneler, frizer, & donner le rond à l'ouurage.

10. Le poinçon, c'eſt comme vn coin (*Cuneus*) qui
a au bout des fueillages, ou fruittages, qui d'vn coup
de marteau graue, & imprime, trois ou quatre roſes,
&c.

11. On eſpreuue l'or auec le parangon : mieux à la
couppelle auec du plomb, qui mange tout ce qui n'eſt
or, & le fait eſuanoüir en fumée.

12. Placer l'eſmail, & l'aſſeoir ſur la beſongne. Voyez
au ch. de l'Eſmail.

13. Cizeler, c'eſt à dire, auec le cizeau former les figures, & hiſtorier l'œuure ; mais il la faut au prealable
pourtraire, & charbonner, puis la pointiller auec le
poinçon ; puis la releuer, c'eſt à dire, frappant le dos &
le derriere de l'ouurage, faire rehauſſer le dehors, faiſant ſortir les perſonnages, qui ſe monſtrent à demy-
relief ; & afin de les faire plus mignardement, il faut
ietter tout cela au ciment, puis en fin ſubtilement
faire les plus menus traits, & les delicates mignardiſes,
& donner la perfection.

14. Affiner l'argent dans la caſſe, c'eſt à dire, meſler
du plomb auec, & ietter tout dans vne caſſe, c'eſt à
dire, vn vaſe fait de cendres de liſciue, & d'os pilez,
lors le plomb eſchauffé eſuaporant emporte quand &

foy, & réduit en fumée tout ce qui eſt baſtard, & d'autre metal, laiſſant l'argent cler, & pur, non mixtioné.

15. L'argent le plus fin ſe dit de 12. deniers ; l'or de 24. carats. L'vn & l'autre ſe fond & s'affine dans le creuſet, mais on a bien de la peine d'en treuuer à ce tiltre là.

16. Il faut du fil de fer pour lier les pieces, pendant que l'on ouure, en attendant que l'aſſemblage s'en face par la ſoudeure & la liaiſon ordinaire.

17. La monſtre, ou la verriere, c'eſt ce petit coffre, ou buffet que l'on met en veuë des paſſants, garny de pieces d'orféurerie des plus attrayantes pour allecher & flatter l'œil des allans & venants, pour les mettre en haut gouſt, & leur faire venir l'appetit d'acheter quelque piece du meſtier.

18. Vn Eſtaud, c'eſt le petit preſſoir auec lequel on affermit la piece qui ſe doit polir, limer, pointiller, &c. vn petit fer courant, & donnant le tour à vne vis approche deux agraphes & dents de fer, qui mordent ſi tres-fort la piece, qu'elle ne branſle nullement ſous les outils, mais ſe tend immobile pour receuoir ce que l'on y veut figurer ; c'eſt là où le compagnon eſt d'ordinaire, receuant ſur ſa peau & deuantier la limaille riche qui tombe.

19. Le moule de ſable où l'on iette le metal fondu, pour faire l'ouurage à moule, plus aiſé que d'ouurage cizelé, mais il eſt plus groſſier, de vil prix, & c'eſt le meſtier d'apprentiz.

20. Le Chaton, Chaton à iour, percé de tous coſtez,

l'autre eſt aueugle, ou la teſte de l'aneau, c'eſt où eſt aſſiſe la pierrerie de la bague : le bizeau, eſt ce qui lie la pierre, afin qu'elle ne ſe iette hors de l'œuure ; le bizeau ſont ces petits rayons d'or ou d'argent, qui ſortans du bord & de l'orle du Chaton, ſe plient doucement ſur le ioyau, & l'arreſtent.

21. Banc à tirer l'argent, & la filiere pour tirer eſgalement l'argent.

22. L'enchaſſure, ou l'emboittement d'vne piece auec l'autre ſe fait ou par ſoudure, ou faiſant couler vne vis dans l'eſcrou, qui s'entre-entortillans, & s'entre-laçantes, collent les pieces enſemble : puis ſe démontent, & ſe deſgagent, en contre-tournant la vis, & l'arrachant peu à peu de ce petit labyrinthe de l'eſcrou, qui eſt l'arreſt, & l'ancre des ouurages.

23. Beſongne vnie, c'eſt à dire, ſimple, ſans façon, ſans ouurage ; beſongne à ouurage, où il y a des figures, & des perſonnages, ou auec armes de la paſſion, c'eſt à dire, des trophées de la Croix peſle-meſlant tous les inſtruments de la Paſſion : Item à fueillages ; à fruittages ; à hiſtoire ; à fantaſie.

24. L'eſcuſſon, c'eſt où l'on met les armoiries de celuy qui commande la beſongne. Car pour la marque du marchant qui vend, qui eſt d'ordinaire au reuers, & au dos de la beſongne, on la nomme, le poinçon du maiſtre ; qui dans vn petit eſcuſſoneau graue deux ou trois lettres entrelacées, ou quelque autre fantaſie, ou armoiries, vn pied de mouton, la teſte d'vn oiſon ; le muſle d'vn lion, &c.

25. Ouurage, & beſongne vermeille dorée, c'eſt à dire,
dorée

dorée par tout : mais dorée verée, c'eſt quand elle eſt
dorée au bort, ou bien par cy par là ; tantoſt laiſſant le
fonds tout net, & dorant le parenſus, & la boſſe ; tantoſt ne touchant le relief & le rehauſſement, mais dorant ſeulement le fonds, les ouuertures, & le plat pays.

26. Brunir les pieces. C'eſt apres que l'on a doré, eſtant
l'or (par le meſlange du mercure & du vif-argent ſans
lequel on ne fait rien) blaffard, paſle, & de couleur
morne, il le faut gratte-boiſer, puis frotter auec la pierre ſanguine, qui eſueille l'or, luy donne l'eſclat, le iour,
& le bril ; Celte pierre ſemble ſuçer, & humer comme vne nuée qui terniſſoit & meurtriſſoit les rayons, &
la viuacité de l'or, & luy donne vne gayeté, vn luſtre,
&c. Le bruniſſoir.

27. Sartir l'ouurage, c'eſt faire de petits Chatons,
boëtes, chaſſes pour enchaſſer des pierreries, & les aſſeoir en lieux propres. Or c'eſt la derniere main, & le
dernier coup de boutique que de ſartir, car les pierreries eſtant poſées tout eſt dit, & ne faut plus que de
l'argent au Maiſtre, & le vin du compagnon, & le droit
de la boutique.

28. Recuire l'argent au feu, pour l'amollir, afin qu'il
ne ſe caſſe ; l'argent aigre eſt qui tient de la ligueure de
quelque metal, car la ligue, & le metal meſlé auec l'argent, fait qu'il ſe caſſe comme verre, partant il le faut
refondre, purifier au feu, deliurer du meſlange, & le remettre en nature.

29. L'or aigre, & enaigry par l'entremiſe, & mixtion
d'autre metal, ſe doit auſſi purifier auec le feu, & démeſler, faiſant eſuanoüir, & aller en ſumée tout ce qui

Q

s'eſtoit incorporé mal à propos, abbatardiſſant l'or, & r'abbaiſſant la richeſſe de la ligue. Le Leton eſt ſon ennemy, car ſi on verſe de l'or coulant & fondu ſur du Leton, auſſi toſt l'or ſe caſſe, & ſe fend en pieces.

30. Limer à la cheuille, c'eſt le meſtier iournalier des garçons qui poliſſent, & dégroſſiſſent la lourdiſe, & niaiſerie des premiers ouurages qui ſe font groſſierement & à la haſte.

31. La limaille de l'argent meſſée auec du ſalpeſtre, ou du ſein de verre ſe raſſemble, s'incorpore, & ſe fond. La limaille de l'or en fait autant, mais auec le bourat de Veniſe qui eſt vne poudre blanche. *vid. n 5.*

32. L'ouurage ſe fait en ouale; en compartiments, en rond, en lozange, en quarteaux.

33. Or mat, c'eſt à dire, *Impolitum :* or brun, c'eſt à dire, *Politum*: or trait, *Ductile :* or ras, c'eſt à dire, *Abraſum.* Affineure d'or, & d'argent : l'or & l'argent deſchet autant de fois que l'on le fond. L'argent s'appelle par les Alchmiſtes, Lune ; l'or Soleil ; Mercure vif-argent, le plomb c'eſt Saturne.

34. Billon, c'eſt à dire, monnoye qui ne court plus, pour eſcharſeté, ou autre defaut : ietter ou mettre au billon, & cizailler.

35. On dit moudre l'or, c'eſt auec vne once d'or mettre 8. onces de vif-argent (& ainſi à proportion) tout cela dans vn creuſet ſe met ſur le feu, en moulant il faut qu'vn once de vif-argent éuapore, ſi ce déchet n'y eſt, la mouture n'eſt pas bonne ; puis de ceſte paſte, ou mouture qui eſt plus tendre & ſouple que la cire on dore les ouurages. La beſongne n'eſt pa-

racheuée que tout le reste du vif-argent qui estoit incorporé auec l'or s'éclipse, & s'en va en fumée, de sorte que toutes ces neuf onces ne pesent que l'once d'or
moulu, dont on auoit fait le meslange auec le Mercure.
La paste mouluë, se iette dans l'eau forte pour voir si
elle est à raison.

36. On enteint la besongne de terre à potier la part où
l'on ne veut dorer, afin que le vif-argent meslé auec
l'or, comme il est actif, entreprenant, & fretillant, ne
s'émancipe, & ronge les confins & limitrophes de
la dorure, gastant la besongne : la dorure acheuée, on
oste la terre, & descouure-on l'argent.

37. Besongne de ronde bosse, c'est à dire, entier &
plein relief, quand les personnages ne releuent de personne, mais sont tout à soy, ayant toute leur rondeur
à deliure, sans tenir au fonds, fors que par le pied :
Besongne platte, c'est à dire, qui n'a rien, & est toute
simple, & nullement entamée par burin, ou cizeau. Besongne de taille, c'est à dire, grauée & historiée auec le
burin. Besongne ou taille d'espargne, quand le fonds est
d'argent, le relief doré. Taille basse, c'est à dire, auec
vn filet de burin : Item taille à simple traict c'est le
mesme, quand aux despends du fonds le burin imprime, & graue des figurettes, qui se cachent dans le
metal.

38. Mettre l'or en couleur, qui autrement est sombre,
triste, & endormy : Il faut prendre de la sanguine meslée
auec du salpestre, blanc d'Espagne, sel Amoniaque, ver-
de-gris, couperose verde, tout cela bien meslé, & passant par l'estamine du feu se perd, & ne demeure que la

maistresse couleur ; tout ainsi que le maistre metal demeure ferme, & les autres y incorporez s'en vont en fumée.

39. Pendant que l'or ou l'argent mould, si le creuset se casse, afin que le metal ne glisse par la fente, il faut auec la pincette, ietter vne piece de verre dedans la casseure, car le verre se fond aussi tost qu'il sent la vertu du feu, & s'agençant dans la casseure la soude, r'assemble les pieces, & asseure le metal qui s'acheue de moudre.

40. Rendre le marc d'or, ou d'argent en cendrée, ou grenaille, c'est le ietter dans l'eau froide, quand il est tout fin chaud, car lors il se gresle, & se dissipe en petits boulets d'or, ou amendes, ou larmes, ou poires, selon que le metal s'assemble, que les parties casuellement se rencontrent, & se forment en fuyant la rigueur du froid qui les mine.

41. Pour blanchir l'argent, quand il est encor lourd, chargé comme d'vn nuage sans esclat, & sans le bril qu'il doit auoir, on le fait boüillir auec de l'eau, du sel & de la graue de vin (c'est ceste peau rouge qui est comme la chresme, & la fine fleur du vin, qui éuaporant s'attache au tonneau, & fait comme vne crouste de vin.

42. Selon que l'on mesle de Leton pour faire tenir la soudure, aussi dit-on soudure à trois, soudure à six, &c. à trois quand pour six onces d'argent, on y mesle trois de Leton, afin qu'elle soit ferme.

43. Gironner vn suage, c'est à dire, donner la rondeur à vne piece d'ouurage, la plier en rond, la vouter, ou

plier en arcade, luy donner le plis.

44. Frapper dans le ta la moulure, & puis donner auec la lime, qui ioüe si bien, que ce qu'elle fait semble graueure.

45. C'est amuser le monde que d'appeller l'or fin à 24. carats, car on n'en treuue point à si haut point, les meilleurs Orféures m'ont asseuré que iamais il n'y arriue, mais à 22. à tout rompre 23. carats, mais cela est fort rare.

46. Les fins doriers pour rendre leurs dorures de riche couleur, mettent vn blanc d'œuf, ou de vif-argent artificiel ; si la fueille d'or est trop mince, la dorure sera blaffarde, & pasle. Pour affiner l'or on le mesle auec le vif-argent, à la charge de le fralatter d'vn pot de terre en l'autre, pour les descharger de crasse & d'ordure, & puis iettant tout dans vne peau bien r'amollie, le vif-argent sort en guise de sueur, & laisse l'or tout pur dedans.

Espreuue de la Couppelle.

1. LE plus haut point de finesse en l'argent sont 12. grains ou deniers, mais il n'y arriue quasi iamais, comme l'or à 24. carats, quelquefois l'vn & l'autre y donnent bien pres.

2. L'estain, est l'ennemy capital de ces metaux, car il les aigrit, les fait casser, & iamais l'or ny l'argent ne sont bons, iusques à ce qu'ils soient entierement deschargez de la ligue, c'est à dire, du meslange d'Estain, ou Cuiure, ou autre.

3. Les Affineurs & Couppeliers appellent le plomb

le Roy des metaux, pource que sans luy les autres ne
se peuuent r'affiner, & en les deschargeant il se consume soy-mesme, & esuapore en fumée. Quand on met
l'or & l'argent ensemble pour les separer, il y faut mettre de l'eau forte.

L'or se retire à part, mais c'est le pur esprit de l'or,
& l'argent semble s'esuanoüir auec le plomb ; mais prenant vn baston de cuiure, & remuant l'eau tout l'argent s'y attache, & se retire ainsi hors de l'eau.

4. La Couppelle est vne petite couppe faite de cendre de sermant de vigne, & d'os de pied de mouton.
On la iette dans vn double fourneau de terre cuitte ardent au possible, on en arrenge là tant qu'il y a de marchands qui enuoyent leurs besongues à l'espreuue. Quand
les Couppelles sont toutes enflammées on iette en chacune vne balle de fin plomb, qui aussi tost est fonduë,
elle iette les grosses fumées les premieres, puis s'es-
claircit comme verre, à l'heure on iette les petits pa-
piers où est le poix d'argent qu'il faut, à la faueur du
plomb ces petits brins d'argent se fondent bien tost,
on redouble le feu dessous, & à la bouche, tout y bout,
on void long temps (enuiron trois quarts d'heures) de
grandes batailles ; car l'argent & le plomb se meslent
par force de feu, & cependant ne se peuuent allier ; on
void vn beau meslange, & cependant tout se fait aux
despends du plomb qui va tout en fumée, & auec luy
toute la mauuaise ligue qui estoit alliée à l'argent ; sur
la fin on void ce peu qui reste s'appaiser, comme si
c'estoit vne demie boule de Cristal esclattant, ou Diamant bluettant, mais cela qui boüillonnoit si fort tout

à coup ayant consumé le plomb demeure tout coy, sans qu'il bouge tant soit peu, comme s'il estoit figé, & gelé.

5. Pendant qu'il y a encor du plomb on void ces petits boüillons se pesle-meslant, mais auec difference, car ceux d'argent semblent de petites perles qui sautellent, luisant comme estoilles, ceux de plomb sont plus mornes, & sombres. Sur le point que l'argent chasse les dernieres reliques du plomb, on void tout ce bouton d'argent peint de mille couleurs, on l'appelle l'Opale, ce sont les dernieres fumées du plomb ou de la ligue, qui s'enfuyant & quittant la place au pur argent, le colore de petits nuages, d'escarlatte, d'or, d'azur, de pourpre, & fait iustement vne excellente Opale, cela dure enuiron vn *Aue Maria*, puis l'argent est couppelé, affiné, appaisé, qui ne bouge nullement. On le tire, on le fige, on le pese au mesme tresbuchet, & au mesme poids que deuant, s'il est de mesme poids que deuant l'espreuue de la coupelle, il est parfait, & approche de 12. grains; S'il deschet beaucoup, il faut l'enrichir & le r'affiner y remettant de meilleur argent.

6. Quand le metal s'est trouué loyal, les deputez marquent la besongne du poinçon de la maistrise, qui se change tous les ans suiuant les lettres de l'Alphabet, & dans la mesme table de cuiure sont tous les poinçons & les noms des Maistres de la Ville, afin de recognoistre aussi tost de qui est l'ouurage des bonnes & mauuaises besongnes. Au reste on n'oseroit rien vendre qui ne soit marqué à ces deux poinçons, l'vn general de la Maistrise, l'autre de l'Orféure.

7. La Couppelle boit fa part du plomb, & eft toute plombée & pefante apres l'efpreuue; mefmes il y a quelque peu d'argent qui s'y mefle auec le plomb, & par grand artifice on peut retirer l'vn & l'autre de la Coupelle, pour fçauoir au vray le defchet de l'argent, & combien il perd en l'efpreuue. Au refte plus on met l'argent à l'efpreuue, & plus diminuë-il, foit que la fumée en emporte, ou que le plomb en mange, ou que la Couppelle en fucçe.

8. L'Alchymie ne craint rien tant que la Coupelle, car le plomb, & le feu decale tellement ceft argent, & le rabbais eft fi tres-grand, qu'on y perd fon argent, fon temps, & fon honneur, & en danger que tout ce qui eft venu en foufflant, ne s'en retourne en fumée.

Le depart de l'Or.

1. POur le depart de l'Or d'auec l'Argent il fe fait ainfi. Apres auoir par le moyen de la Coupelle affiné, & efpuré l'argent, & qu'il n'y a plus rien que le pur or & l'argent incorporez enfemble, l'effayeur bat vne petite piece, & puis l'entortille comme vne oublie pour la faire paffer par le col eftroit du Mattras (c'eft à dire, vne fiole de verre à bec long qui fe remplit d'eau forte pour la mettre fur le feu, mais à petit feu.)

2. On met en premier lieu de l'eau forte meflée auec la douce, afin qu'elle commence doucement par fes boüillons, & fa force corrofiue à manger l'argent, & le defguerpir & deftacher de l'or. Apres on met de l'eau

l'eau forte toute nette, qui par sa force fait le depart,
& enleue tout ce qui restoit d'argent. La marque que le
depart est fait, c'est quand du fond du Mattras on
void des boüillons sortir du fond & darder de grands
flots entre-couppez de fumée.

3. On vuide apres toute l'eau, & remplit-on le Mattras d'eau froide & douce, pour tirer l'or qui estant refroidy est pur or, mais a la couleur de cuiure noirastre
à cause des eaux. On le met dans vn petit creuset sur
le feu, & lors il prend couleur de fin or. Il est donc
blanc au commencement ; apres le depart, comme
cuiure ; apres le creuset iaune comme le fin or.

4. Pour voir à quel tiltre il est, on le va peser au petit trebuschet ; quand on a mis 24. Carats deuant l'affinement, si apres le depart il pesoit encor 24. Carats,
ce seroit le plus haut point, & le plus riche tiltre où
l'or puisse arriuer, mais iamais cela n'aduient, & par le
dechet qui y est, à tout rompre, il ne monte qu'à 23.
Carats, & possible trois quarts d'vn Carat. Toutefois
afin qu'aux contes qu'il faut faire, on ait plustost fait,
on l'appelle or de 24. Carats, car ce seroit trop grande peine de r'assembler tous ces demy-quarts & vn
vingt-deuxiéme qui y manquent. Autant en aduient-il
à l'argent qui iamais n'arriue à 12. deniers, car quoy
qu'on mette 12. deniers en la Coupelle, iamais on ne
retreuue le poids de 12. deniers, mais d'onze & demy
ou enuiron. Tousiours le plomb, l'espreuue, & le feu
en hument quelque chose.

5. Ceste eau de depart est pure eau forte faite de Vitriol, de Salpetre, & choses extrémement violentes, &

R.

corrofiues. Apres qu'elles ont feruy on les appelle eau forte, vieille, repaflée. Apres qu'on s'en eft feruy long temps on les r'affine la mettant en des grandes fioles qu'on efchauffe comme dans des couches de fumier, par la chaleur on fait euaporer vne grande partie, & efpraint-on comme le pur efprit de cefte eau, qui agit apres puiffamment, & s'appelle repaflée.

6. Quand l'eau de depart a extrait tout l'argent de l'or, fi on iette l'eau dans vne terrine, & qu'on mette dedans vne lame de cuiure, tout l'argent qui eft demeuré dans l'eau (comme de l'huyle meflée dans vne autre liqueur) tout auffi toft s'allie, accourt, & s'attache au cuiure, & ne s'en perd pas la moindre chofe du monde; mais fi on tarde trop, il s'en perd, & fi on verfe l'eau en terre, tout l'argent eft perdu tout net, & efuanoüit.

7. Les ouurages des Allemands font de fort bas or, & argent, & ne monte quafi qu'à 15. ou 16. Carats d'or; L'Italie monte vn peu plus haut, mais la France eft à plus haut tiltre, car à la monnoye on trauaille au tiltre de 23. Carats & vn peu plus. Auffi la vaiffelle d'argent d'Allemagne eft à vis, afin qu'on ne remette fi fouuent les mefmes pieces au feu, car les premieres foudures ne tiendroient pas bon. En France les pieces font foudées, & remet-on fouuent tout enfemble l'ouurage au feu, eftant de fin argent & de riche alloy.

8. Quand l'or eft trop bas, on le r'affine, en y iettant dedans d'autre or fin; ainfi de l'argent, auec l'argent. Le cuiure rend l'or aigre, & le fait cafler és ouurages, partant il le faut rappurer, & l'en defcharger; auffi le

plomb eſt ennemy de l'argent. Pour r'abbaiſſer la ligue on y iette du cuiure dedans l'argent, & l'or ; & les monnoyes s'en font, mais elles ſont bien legeres. La pierre de touche fait le premier eſſay de l'or.

9. Mais pour affiner l'or tout à fait, l'eau de depart ne vaut rien à cauſe qu'elle ne ſçauroit manger l'argent; il faut donc faire fondre dans le creuſet de l'Antimoine auec l'or. Car en peu de boüillons cét Antimoine mange tous les metaux, & rappure l'or tellement qu'il n'y a nul meſlange, mais il eſt tout pur. On verſe ce meſlange d'or fondu & d'Antimoine dans la cloche, où on iette du ſuif, afin que l'or ne prenne au fond, tout cela ſe fixe bien toſt, & l'or demeure tout au bout de ceſte cloche fonduë ; on donne trois ou quatre petits coups à la pointe, & on abbat tout l'or affiné ; il eſt vray qu'il y faut retourner deux ou trois fois, parce que l'Antimoine retient touſiours vn peu d'or pour les premieres fois, à la quatrieſme il rend tout ce qu'il auoit deſrobé.

L'or battu, filé, & mis en clinquant.

1. ON achete l'argent des Affineurs qui l'ont eu d'Eſpagne, & l'ont hauſſé, & affiné iuſques à 12. grains, y mettant de l'argent pour hauſſer, enrichir, & affiner la ligue iuſques à ce qu'il ſoit bien fin, & qu'il n'y ait plus de meſlange.

2. On iette dans vn creuſet tout ardent ceſt argent (qui eſt tout amoncelé de petits grains liez enſemble dans l'eau où on a ietté l'argent affiné) qui boüillon-

nant efcumé, & iette vne couleur comme d'Opale fur
le pur argent qui efclatte comme Diamants fonduz;
puis on le iette dans vn moule de fer qu'il faut au prealable arroufer de fuif fondu & tout chaud , autrement
l'argent ietté dans ce fer, feroit tout efclatter & iroit en
mille pieces. Au refte , on met fur l'argent fondu deuant que le verfer dans le moule vne piece de toile,
afin que le charbon n'entre dedans. Et apres l'auoir ver-
fé , au fonds du creufet s'allume l'air, ce linge, & quelque excrément qui font vne flamme violette , & de
fouffre , auec vn incarnat merueilleux , & qui fait vne
tres riche veuë. Le creufet ne fert iamais qu'vne fois.

3. Le Lingot fait , il le faut racler du cofté où on
pretend coucher l'or , mais en façon qu'il y ait comme
de petites canelures , & comme fi on auoit limé , &
laiffé de petits filets creux , afin que l'or s'y attache plus
aifément.

4. Deuant qu'on y couche l'or battu en fueilles longues , il faut auec du charbon pilé frotter viuement l'or
du cofté qu'on le veut incorporer auec l'argent , car s'il
auoit tant feulement la moiteur d'auoir efté touché du
doigt de l'ouurier , iamais il ne feroit bonne alliance
auec l'argent ; il faut donc que le vif or , & l'argent
s'vniffent fans que chofe aucune s'y entremette , fi ce
n'eft pour tout gafter. Puis on lime pour enleuer les
oreilles , ou pointes de la fueille d'or qui paffent la lar-
geur du Lingot d'argent.

5. Eftant donc bien frotté & nettoyé rudement auec
le charbon , on pofe fort dextrement l'or fur le Lingot
d'argent , puis menant par deffus vn petit fac plein de

pieces de toile, on va frappant d'vn bout à l'autre, afin de coler l'or, & luy donner les premieres liaisons auec l'argent. Puis on le iette dans vn grand brasier pour faire la soudure par le moyen du feu ; mais deuant que l'oster du feu on presse dessus auec deux grands tisons ardents, pour le coler esgalement sur le Lingot, & luy donner la derniere serre.

6. Tout chaud qu'il est on le porte sur vne enclume, & ayant marqué le lieu du mitan on couppe le Lingot doré en deux parties esgales : puis le rechauffant à grands coups de marteaux on commence à l'estendre, mettant vn Carton entre l'enclume & la partie dorée, & faut noter qu'en martelant iamais on ne descharge les coups du costé, où est assis l'or.

7. Ayant desia estendu ce Lingot doré on le donne au garçon de la premiere enclume, qui a son marteau & son enclume faits de façon que tout cela ne vaut que pour alonger la besongne, & afin que le fray ne galte l'or, on couure le canal de bois où s'estend le Lingot battu, d'vn drap mol, car on ne frappe que sur l'argent. Apres cela passe par cinq autres enclumes, qui seruent les vnes pour alonger les autres pour eslargir la besongne ; Si l'or semble blafard apres les premieres enclumes, il se remet en couleur à force d'estre martelé & battu sans remission.

8. On le bat tantost tout simple, tantost replié en plusieurs doubles, comme vn paquet de ruben ou de passement ; & le faut cuire & recuire plusieurs fois, afin de le ramollir, & rendre plus souple & obeïssant au marteau, & à l'enclume. Quand il est extrémement

deſlié, on le met entre des fueilles de Cuiure , ou Leton bien deſliées (qui ne ſeruent qu'vne fois) & on l'eſtend à grands coups de marteau ſans que quaſi iamais il ſe rompe.

9. L'or qui dore toute ceſte beſongne , comparé à l'argent n'eſt que la centieſme partie de l'argent, & ſi on prend l'argent, la ſoye, & l'or tous enſemble, l'or n'eſt que la deux centieſme partie de tout , car il y aura de cent de ſoye pour filer , & de cent d'argent , la deux centieſme partie , & cependant tout le fil ſemble de pur or , ne ſe voyant vn ſeul brin ny de ſoye cachée, ny d'argent qui eſt la couche de l'or.

10. Quand tout le paué eſt parſemé de brins d'or ou d'argent qui s'enuolent quand on lime, ou retaille , ou bat l'or & l'argent , en verſant du Mercure, & du vif-argent on r'aſſemble tout , & ne s'en perd pas vn ſeul atome ; le partage apres s'en fait aiſément , par la fonte, & par l'eau de depart.

11. L'or battu qui eſt blaffard ou par la meſchanceté & larcin des compagnons , ou par autre accident , iamais ne peut eſtre rehauſſé en couleur, ny affiné dauantage ; & n'en eſt pas comme de l'or traict qui ſe dore auec des fueilles d'or de coquille , & ſi vne ne ſuffit, on en adiouſte vne autre pour faire la dorure plus viue, & de plus bel eſclat.

12. Quand l'or a eſté tant battu qu'il n'en peut plus, on le porte aux coupeuſes & aux filandieres. Celles là prennent les fueilles battuës, & les coupent par le long, d'vne extréme viſteſſe , aſſeurance , & vniformité , & le tout en ſe ioüant, & quaſi n'y ſongeant pas ; ce qui

fe fait par le moyen de certaines forçes faictes à cest
vfage, & tenant entre les doigts de la main gauche vn
certain engin de toile noire, & des filets attachez en
façon que les forçes coupent efgalement, & ne peuuent ny entamer trop auant, ny auec efpargne trop
grande reftreciffant ces filets d'argent doré. Vne fille en
coupe plus que deux n'en fçauroient filer pour diligen-
tes qu'elles puiffent eftre.

13. Tout ce grand artifice va finalement aboutir à
cefte gentile tromperie, de faire du fil d'or, qui cache
deux cens fois plus d'argent & de foye qu'il ne pefe,
& cependant femble tout d'or. Au refte on tend par
la chambre de la foye iaune à plufieurs doubles, le
bout defquels filets font entre les mains des filandieres,
qui ont au doigt indice de la gauche vn efpece de
dez à plufieurs petits canaux faits en rond ; là prenant
le fil d'or, couchent le bout du cofté de l'argent fur la
foye, & de la droite donnant le branfle, & piroüe-
tant le fufeau, en moins de rien couurent toute cefte
foye d'or fans qu'il y paroiffe vn feul brin d'argent, ou
de foye cachée, & cela eft fi vny, fi ferré, fi deflié
qu'on iureroit qu'il n'y a que de l'or filé ; & fort fub-
tilement, & cependant la foye toute feule eftoit plus
groffe, que n'eft apres la foye couuerte de ce fil d'or
qui l'eftreint & la ferre par le moyen du fufeau, &
du dez.

14. Il y a au refte fix façons de fil d'or differentes les
ynes, des autres ; plus ou moins defliées, ou ferrées, ou
plus enflées felon qu'il faut pour ouurer le clinquant &
faire le paffement d'or, & la broderie, car il y a des

ouurages qui ne veulent eſtre faits que d'or battu ; ou
bien vn peu plat, d'autres qui ſont d'or traict au moli-
net, & ſubtilizé au roüet qui eſt l'or de la ruë S.Denis,
ou ſans ceſſe on va paſſant & repaſſant ceſt argent doré par des pertuis grands & petits iuſques au dernier
qui rend le fil d'or , ou d'argent comme vne ſoye de
cheual, & vn cheueux de femme. Au reſte le fil d'argent couſte quaſi autant que le fil d'or, n'eſtant quaſi
rien ce peu d'or dont on dore l'argent. Le miracle eſt
comme il eſt poſſible d'eſtendre ſi démeſurement vn
peu d'or ſans que iamais il eſclatte , & qu'on puiſſe
voir vn ſeul filet d'argent deſcouuert , & que la dorure ſoit eſgale par tout.

La façon de l'Eſmaillerie.

1. **T**Out le fait de l'Eſmaillerie dépend des metaux
& du verre , choſes qui ſymboliſent beaucoup:
Le meilleur de tous les verres pour faire l'Eſmail , c'eſt
celuy de pierre , car le verre de Fougere , ou de Fou-
ſteau , ou de Salicor eſt trop volatil, & trop mol.

2. Pour le purifier , eſclaircir , & rendre en Criſtallin
(dont on fait l'Eſmail clair pour coucher ſur les metaux , & l'eſpois pour appliquer aux ouurages de terre) il faut diſſoudre la ſoude (c'eſt à dire , cendre
d'herbes pour faire les verres) dans l'eau chaude , &
la filtrer net. Car ainſi on en eſpure la craſſe.

3. Apres on éuapore l'eau , on congele le reſte en
vne ſubſtance clere-nette , qui s'appelle le ſel Al-
cali , puis on le meſle auec le ſable ou cailloux pre-
parez

parez, & iettant le tout dans le four des verriers, on y
iette du Minium ou Mineral, ou artificiel fait de plomb
calciné rouge, comme Cinnabre. Cela demeure six
iours au four, les deux premiers iours cela est iaune, les
deux autres, verdastre, puis se deschargeant peu à peu
ce verre deuient clair & transparent comme l'air.

4. De ce Cristallin ainsi affiné on fait les fausses pierreries, & les esmaux ; mais on l'assemble auecques vne
chaux metallique faite de plomb, & vn tiers d'estain
de cornoüaille bien calcinez en four de reuerberation.
L'estain donne corps à l'Esmail, c'est à dire, le fait opa-
que & sans transparence.

5. Le plomb est mediateur de ces deux substances,
car sans luy nul metal ne se peut vitrifier. Prenant donc
ce Cristallin & cette chaux, en poudre fort deliée les
emplastrant ensemble en forme de petit pain tout plat
(laissant vn trou au milieu pour éuaporer l'humidité)
on laisse seicher, on met apres cela au four d'vn verrier,
tant qu'il semble qu'il vueille fondre. Tirez-le lors, laissez-le refroidir, mettez-le en vn creuset, & le creuset
dans vn pot de terre, faites-le fondre, ostez la graisse
qui surnage & escume, puis laissez-le affiner 24. heures.

6. Voila l'Esmail blanc propre à faire tous Esmaux,
car il est susceptible de toutes teintures. Si vous prenez cest Esmail, auec du Cristallin le tout bien broyé,
& mis au four d'vn verrier pour fondre, c'est à dire,
pour le faire noir, iettez dedans du Saphre & du Pieri-
got. 2. L'azuré Turquin se fait auec l'argent bruslé &
du souphre. 3. Le verd auec du Cuiure bruslé par cinq

S

iours en lamelettez tenuës, autrement il ne fera qu'vn verd d'oye, tirant fur le iaune. 4. Le Cuiure bruflé par trois fois donne le verd d'Efmeraude tranfparent. 5. Le bleu, le violet, le gris fe font auec Saphre meflé diuerfement. 6. La couleur de perle fe fait en y iettant du Salpeftre.

7. Le chef & parangon de tous les Efmaux, c'eft le Rouge-clair: le iaune paillé fe fait auec l'argent. Puis le iaune doré, orangé; citrin fe fait auec roüille de fer, raclée des Anchres rongez de l'Acrimonie de la marine, ou bien auec le Safran de fer diftillé auec vinaigre. Et notez que plus l'Efmail aura enduré le feu plus il fera naïf & conftant.

8. Le Pourpre, incarnat, rouge, cramoifi partent tous d'vne mefme racine. Le rouge fe fait iettant fur le verre, & l'Efmail blanc du Cuiure calciné, limaille de fer, & orpiment; & plus il y aura de verre, plus il fera incarnat: plus y aura de plomb (il n'y faut point d'eftain) & de couleur, plus il fera obfcur & chargé.

9. Le Rouge-clair fe fait iettant dedans de l'or, argent vif, plomb; & efprit de cuiure, & fouphre de cuiure incombuftible. La teinture de ce cuiure-cy eft fi haute qu'elle graduë l'or plus haut que nature ne l'a mené; mais fa teinture ne tient pas bon en vn feu afpre. Or cela ne fe fait qu'auec l'efprit & fubftance volatile du cuiure qu'on incorpore auec l'or les decuifant peu à peu enfemble: il y faut vn peu de Mercure qui defend les teintures de toute aduftion, & fupporte & amufe l'effort du feu pendant que la teinture s'incorpore auec l'or.

10. Ceſt or ainſi teint eſt le vray fondement des belles fueilles de Rubis ; car celuy qui ſe fait auec le corps
du cuiure a touſiours des noirceurs, liuiditez, & meur-
triſſeures ; à cauſe que la ſubſtance du cuiure eſt ainſi
noiraſtre, & ne ſe peut amender ny le recuiſant, ny re-
parant auec le raſoüer , ny auec lauemens de gomme,
ny le bruniſſant. Or celuy qui eſt fait auec l'eſprit du
cuiure c'eſt l'Electre des Anciens, dont on fait des cou-
pes qui monſtrent la poiſon qu'on ietteroit dans le
vin.

11. Le ſeul plomb a pouuoir d'y vitrifier l'or ſus dit
(dont on fait l'Eſmail Rouge-clair) ains le rend volatil, & en huile, & lors fait or vitré, ou verre d'or, choſe ſi precieuſe qu'on en a paué le Paradis, diſant l'Apoc.
que le paué eſt d'vn or ſemblable au verre fort net. Et
le mot *Hamal* Hebreux (dont vient noſtre Eſmail , &
le *Smalto* des Italiens) eſt ceſt Electre d'Ezechiel ſelon
S. Hieroſme, c'eſt à dire, vn or vitreux.

12. La Nellure a eſté autrefois en grand vſage, elle ſe
fait auec de l'argent fin , du cuiure & du plomb, bien
incorporez.

13. Les Eſmaux s'appliquent ſur l'or, l'argent , le cuiure (ſur les autres metaux non) ſur le verre, & ſur la
terre ; on a encor treuué moyen d'eſmailler le marbre,
& les pierres dures, ſans que le feu les gaſte.

14. Pour coucher les metaux (les ordinaires ſont noir,
verd , violet , tanné , gris , Aigue-marine, & Rouge-
clair , iaune doré , &c. leſquels ſont tous tranſparens,
horſmis le Blanc & Turquin qui ont corps) il faut battre l'Eſmail en poudre impalpable (la Nelleure eſt en

S 2

grenaille) dans vn mortier d'acier le pilon de mefme
adiouftant vn peu d'eau. Il eft meilleur ainfi que de le
broyer fur le marbre.

15. Vuidez l'eau & mettez cefte poudre deliée en
vne taffe de verre , & tant d'eau-fort deffus qu'elle le
couure; & le lauez fi fouuent iufques à ce que l'eau en
forte bien clere. L'eau-fort le purge de la graiffe & on-
ctuofité du metal , & l'eau commune , de la terre entre-
meffée.

16. Il faut toufiours tenir les Efmaux broyez dans l'eau
nette, car eftant à fec ils chargent aifément quelque ordure.

17. On les prend auec la palette de cuiure pour les coucher fur l'ouurage de baffe taille, mais auec grande diligence, de peur qu'ils ne fe confondent, fe meflant l'vn
parmy l'autre.

18. Eftant couchez, il faut auec du papier moüillé &
bien efpreind feruant d'efponge, deffeicher les Efmaux,
& humer toute l'humidité, car l'Efmail fe porte mieux
fec que moüillé. Cefte couche fe nomme la premiere
peau. On le met fur vne lame de fer peu à peu le pouffant dans le fourneau iufques à ce qu'il face femblant
de fondre, & branfler (il ne faut pas qu'il fonde tout à
fait) on le tire, & le laiffe-on refroidir, puis on donne la
feconde couche, puis la troifiefme, cuifant & recuifant
toufiours, & donnant le feu plus afpre iufques à ce que
la befongne foit faite.

19. Eftant fait & refroidy , il le faut polir auec vne
pierre propre à cela , & l'acheuer auec le Tripoly : ce
poliffement s'appelle polir à la main. Les autres façons

de le polir ne font pas fi delicates, ny bonnes.

20. Pour efmailler l'ouurage en boffe, ou demy boffe, ou plein relief (car l'Efmail n'y peut prendre, comme au creux de la baffe taille) on prend des pepins de poires trempez en eau clere dont on afperge l'Efmail qui en deuient gluant & s'attache à l'ouurage.

21. Le Rouge-clair ne fe couche, & ne prend que fur l'or : vn autre rouge plus groffier prend auffi fur l'argent & le cuiure. Tous les autres Efmaux fe peuuent coucher fur l'or, l'argent, & le cuiure.

22. Le Rouge-clair qui ne mord que fur l'or s'applique ainfi. Il le faut tirer du feu tout à coup, & l'efuenter auec vn foufflet, car quand il fe fond pour la derniere fois il deuient fi iaune que vous ne le fçauriez difcerner d'auecques l'or (cela s'appelle ouurir) & s'en fait vn Efmail iaune-doré, ou citrin tranfparent. Pour le remettre en fa couleur il le faut mettre en vn feu lent , où il reprend peu à peu fa couleur, & lors il le faut tirer & refroidir auec le foufflet ; le trop grand feu rendroit fa couleur trop chargée, & feroit noir & obfcur.

23. Ce qu'on nomme Efmail, & efmailler, en autres termes on dit glace, & glacer la befongne : car l'Efmail eft vne efpece de glace ou blanche, ou colorée. De façon que furglacer les ouurages c'eft les furefmailler , & y mettre la derniere main ; car apres l'Efmail il n'y a plus rien à mettre.

24. On fait du faux Efmail en meflant de la cendre de plomb, & poudre de Criftal ; ou bien du verre, le mettant fur le feu dans vn vaiffeau, & le remuant fans ceffe : de là fe fait l'Efmail clair , ou bien clair d'vn cofté &

blanc de l'autre : on les teind auſſi y iettant ou de la poudre de thuyle, ou terre azurée, ou autres. Que ſi ces
pierres & Eſmaux ſont langoureux en couleur & blaffards, ou ſont ſombres, & ont quelque nuée, il les faut
briſer en pluſieurs coins, qu'on frappera & eſchantil-
lonnera, afin que la couleur obſcure par la repercuſſion
des anglers, ſoit eſueillée, & ſe regaillardiſſe donnant vn
luſtre plus eſtincelant & naïf.

25. Outre les ingrediens ſuſdits on meſle encor en diuerſes ſortes d'Eſmaux, du Vitriol, mignon ou mine de
plomb, ſel Alcaly, eſcaille ou ſafran de fer, ſalpetre,
verd de gris, ſel Ambriot, Maganeſe, du Saphre.

Voila à peu pres ce qui ſe peut dire bonnement de la
glace precieuſe de l'Eſmail, pour la diuerſité des ouurages cela n'eſt qu'vn meſlange ſelon la fantaſie de l'ouurier,
qui pour gaigner de l'argent va diuerſifiant & deſguiſant
la beſongne.

De l'Or battu en fueilles.

A Vray dire ce ſecret ne ſe ſçait bien que de ceux du
meſtier, qui ne le deſcouurent pas volontiers. Or
l'or qui s'eſtend ſi démeſurément à coups de marteaux
larges, & bien vnis, & deſchargez à meſure, ſans donner
de l'areſte de peur de tout caſſer, ne ſert quaſi qu'aux
Armuriers, & aux Peintres. Ils en font les dorures des
armes & des corniches & entablemens ; Ceux-cy figurant auec vne certaine mixtion ce qu'ils veulent ſur le
bois, ils y appliquent l'or auec vn peu de coton qui ſe
colle ſi fort que la dorure ne ſe deſtache quaſi iamais.

Voicy donc à peu pres tout ce qui concerne ce
battement d'or & d'argent.

L'Or battu en fueille fait par les Maiſtres dudit
meſtier eſt fin & pur, du tiltre de 24. Carats, vn
quart moins pour le remede.

L'or achepté en poudre de l'Affineur, puis fondu dans
le creuſet & reduit en Lingot.

Le Lingot forgé ſur l'enclume, & recuit dans le feu
pour le rendre ſouple & facile à forger.

Coupper le Lingot par petits carrez eſgaux, 20. à
l'once.

Les 20. carrez mis dans le moule, & battus croiſſent
de l'eſtenduë du moule, puis chacune fueille couppée
en quatre, & chacun quart remis dans le moule, par cinq
fois reuiennent à 1200. fueilles qui ne ſe peuuent plus
eſtendre.

L'or ainſi battu, le rongner & mettre dans le papier.

Ledit or battu eſt diuiſé en quatre ſortes. La premiere
eſt le petit or pour les Apoticaires. La ſeconde l'or
moyen pour les Peintres & Marchans forains. La troiſiéme l'or appellé *Supergrand*, pour les Libraires, & encores
pour les Peintres. La quatriéme eſt le grand or pour les
Fourbiſſeurs & doreurs ſur fer.

Le cent d'or pour les Peintres & Libraires, peſe au
plus 2. deniers, vallans 48. grains.

Or bel eſt iaune d'vn coſté, & blanc de l'autre, eſtans
vne fueille d'or & vne d'argent battus & ioints enſemble
employé par les Bouquettieres & Patiſſiers, & auſſi par

les Peintres pour tromper le Bourgeois.

L'argent battu est pur & fin du tiltre de 12. deniers, quatre grains moins, appellé le Remede achepté de l'Affineur en grenaille, puis fondu dans le creuset, & reduit en Lingot.

Le Lingot couppé par carrez, & battu en la mesme forme qu'il est dit de l'or.

Deux sortes d'argent battu, l'vn foible pour les Peintres, & l'autre fort pour les Fourbisseurs.

Cuiure rouge & iaune, fin battu en la forme que l'or & argent.

Les outils seruans à battre l'or, l'argent, & le cuiure sont, premierement pour forger.

L'enclume pour forger l'or & l'argent.

La pierre de marbre pour battre l'or & l'argent.

Le tablier du maistre est de cuir de mouton ou bœuf.

Les moules à battre l'or & l'argent sont de boyau de bœuf pris à la trippiere ou à l'eschaudoir, deux mis l'vn sur l'autre estendus sur les eschelles, & sechez ainsi.

Puis couppez par carrez au nombre de 400. pour chacun moule, 800. pour la paire, entre lesquels carrez sont mises planes de papier pour desgraisser le boyau à force de battre auec le marteau pour les eschauffer, & oster la graisse.

Cela fait sont moüillez auec colle de poisson, puis battus par chaude pour les secher.

Pour la seconde façon sont encores lesdits moules battus auec planes de papier, puis moüillez auec drogues, comme vin blanc, canelle, poiure, rose de Prouins, dragée commune, & autres, puis resechez de nouueau à

coup

coup de marteau, & apres brunis auec plastre fin pour y mettre l'or.

Des moulles 4. sortes. La premiere est de parchemin simplement appellé moulle à cocher, c'est à dire, pour desgrosser les premiers carrez du Lingot d'or couppé. Le second est de boyau appellé le chaudret. Le troisiéme appellé le moulle à Cartier aussi de boyau. Le quatriéme moulle pareillement de boyau seruant pour la derniere façon.

Les tenailles en croix pour tenir par vn coin les fueillets des moulles.

Les pinces de bois de Brezil, d'Esbaine, ou d'Iuoire, pour manier l'or.

Le Rozeau pour coupper l'or.

Le coussinet de cuir sur lequel est couppé l'or.

Cinq sortes de marteaux à battre l'or & l'argent. Le premier marteau à forger. Le second le marteau à cocher ou desgrosser, & les trois autres selon les moulles.

Le Liuret appellé Quarteron, contient 25. fueillets rouge pour l'or, & aussi l'argent foible & or Bel, blanc pour l'argent fort à Fourbisseur.

Le quarteron de grand or à Fourbisseur 36. sols, le moyen 28. sols, l'or pour les Peintres 18. & 20. sols, le petit or 13. sols, l'or bel 5. sols, l'argent à Fourbisseur 5. sols, & l'autre moyen 2. sols 6. deniers.

Coquilles d'or mollu broyé auec salpestre & gomme sur vne pierre de Porphirt pour les enlumineurs.

T

PREFACE AV LECTEVR
DES FLEVRS.

*Vant la nature est en ses ioyeuses pensées , c'est à
l'heure qu'elle tapisse tout son Vniuers d'un monde
de fleurs agreables. Et à vray dire, ces fleurs sont le
ris , & les resioüissances de la terre quand elle se
voit deliurée des cruautez de l'hyuer, & d'une longue captiuité.
On void bien qu'elle prend plaisir à s'esbanoyer, bigarrant de cent
mille façons la surface de la terre suresmaillée de mille raretez.
Les molles halenées du Zephire, auec les douces influences du
Ciel meslangeant les moiteurs des rosées auec les chaleurs du
Soleil de Mars , font toute ceste riche diuersité dans le sein de la
terre , ensemencée de cent mille graines mortifiées sous les asspre-
tez de l'hyuer. Les SS. Peres ont fait auec la nature, comme
ce Peintre auec la Bouquetiere , dont il admiroit les beautez.
Elle enfiloit des Chapelets de fleurs en cent mille façons , &
luy auec son pinceau en couchoit tout autant sur ses Tableaux,
& ne sçauoit-on qui auoit gaigné , elle en faisant , ou bien luy
en peignant ses ouurages l'un & l'autre du tout mignardement.
La nature esmaillant les campagnes , les Peres fleurdelisant
leurs escrits , contretirant toutes ses mignardises , ont fait un si
noble paralelle de beauté, que de vray ce sont des miracles , &*

sous deux sont plus beaux l'un que l'autre. Mais quelle vergongne de voir qu'on ne sçait pas parler de ces belles beautez ; &
quelle fantasie de sçauoir leurs noms en Grec & en Latin, &
en François ne sçauoir ny les noms, ny les parties des fleurs, ny
parler de choses si delicates, & si ordinaires ! Quand les plus
huppez ont dit la Rose, le Lis, & l'Oeillet, le Bouton, & la
fueille, ce petit bouton renferme toute leur science, car ils sont au
bout de leur sçauoir, & rebattent les oreilles les greslant de re-
dites importunes & ignorantes. Ie vous veux deslier la langue,
afin que vous puissiez dire deux mots bien à propos.

La graine iettée dans le ventre de la terre, pourrie dessous
le fumier, battuë des cruautez de l'hyuer, sur les premieres douceurs du Printemps rallie ses petites pieces, & se resuscitant
pousse de petites racines inuestissant la tendre motte pour en sucer la moüelle, puis perçant la terre iette vn petit filet blanc &
vne pointe verdelette, cela se nourrit à veuë d'œil, & par laps
de temps s'engraisse, puis gaigne le haut & roidit sa tige toute
verte, à la faueur du Soleil cela boutonne, & à couuert digere
toutes ses couleurs, le bouton s'enfle peu à peu, esclatte doucement,
monstrant par la fente l'essay de son apprentissage, & vn rayon
de ses beautez, le temps meurit ces beautez renfermées, & en
son temps partageant le bouton fait esclorre tout doucement la
fleur, despliant delicatement les plis des fueilles, & arrengeant tout sur les pointes du bouton entr'ouuert, met en estat
la fleur, & luy donne la figure bien seante à sa qualité, & qui
contente l'œil. La nature soigneuse de ces thresors odoriferans
les contregarde fort curieusement, armant les vnes de pointes
fort aiguës, herissant les autres de piquerons, couurant celles-
cy de fueilles rabboteuses, iettant les autres à l'abry des fueilles
larges & ombrageuses pour conseruer leur teint, mesmes elle fait

T. 2.

ioüer des secrets ressorts, afin que les desboutonnant pour humer les influences de l'Aurore, sur le soir elles se reboutonnent
d'elles-mesmes craignant les horreurs de la nuit.

Les vnes sortent d'vn bocal verdelet, les autres d'vn
tuyau, d'vn bouton, d'vn estuy, d'vn petit panier à mode de
hotte, d'vn vase, d'vn coffin fort ioly & bigarré, d'vne guaine,
d'vn espy, d'vne campanne, d'vn nœud, d'vne oliue, de l'œil
du sion, de la gemme espanoüie, d'vn vase rembourré de coton,
& cent mille & mille façons, qui se iettent en poy.

La tige est gresle, ou grasse, ou mince, droite, à cime penchante, lissée, aspre, crenelée, marquetée, renoüée, sans nœuds
& toute d'vne venuë, velue, despoüillée de fueilles, enueloppée,
simple, branchuë, polie, rabboteuse, torse, fueilluë, entortillée,
auec aspreté d'escorce, nuë, iettant des sions.

La fleur est en mille façons mince, charnuë, molle, cottonée,
rude, replissée, applatie, releuée, voutée, torse, renuersée, à mode
de thuile, recoquillée, pointuë, fenduë, en ouale, en rond, resser-
rée, à l'abandon, en cœur, en amande, decouppée, bordee, dentelée, vnie, herissée de pointelettes, ayant des barbes entassées,
poussant des filets en amont, des martelets au bout, tournée
vers le Ciel, penchante à terre, touffuë, simple, trenchée de
vrines, toute d'vne couleur, marquetée & mouchetée de bigar-
rures, foüettée à vrines rouges & sanglantes, pommée, gode-
ronnée, deschiquetée, recourbée, entortillée, crespée & ridée, à
rebordements passementez.

L'odeur est aussi admirable qu'innombrable, douce, forte, pesante, brusque, aiguë, punaise, sombre, endormie, viue, delicate,
seche, malfaisante, chancye, bastarde, ayant vne soüefue fram-
boise, amortie, penetrante, fuyante, affadie, acre, mortifiée,
agreable, attrempée, fade, sucrine, parfumante, aromatizante,

qui fent le hafle, paffée, fubtile, l'efprit de la fleur, la chrefme,
l'ame de la fenteur, l'effence, les vapeurs les plus pures, efmouf-
fée, rabbatuë, efuentée, noyée dans la pluye, efueillée, baftarde,
fofiftiquée.

Les couleurs font infinies, & les noms außi foient propres ou
empruntez, on dit couleur viue, eftincelante, de feu, terne, def-
lauée, d'efcarlatte, pourpre, perfe, changeante, violette, haute,
baffe, attrempée, de neige, lait, or, faphir, hiacinthe, de fa-
fran, or paillé, celefte, verd de mer, Iris, plombée, noiraftre, verd
mourant, verd naiffant, verd gay, verd doré, verd de terre,
verd fombre, l'efclat vif, le rayon agreable, le teint naif,
blaffard, languiffant, mourant, haflé; prendre couleur, charger couleur, fe defcharger, couleur efteinte, effacée, iaunaftre,
mourante, paffée, fleftrie, fanée, terreftre, pourriffante, efua-
noüie, foible, paffagere, conftante.

Les parties font le germe, les racines, oignons, bulbes
charnuës & poulpuës, le premier filet qui met le nez hors de
terre, la tige, les nœuds, liaifons, emboitures, boites, enchaffeu-
res, l'œil, le bouton, la gemme, le col de la fleur, la larme, les
fueilles, les deffences d'efpines, les aiguillettes & filaments
pour s'accrocher, l'efcorce, la moüelle, le ius, le cœur de la fleur
d'où fe pouffent les filets de faffran, ou argentins, les ongles &
extremitez des fleurs, les pointes, dentelettes, paffements du
bout des fleurs, l'efprit & la manne tombée du Ciel, le fuc, le
flair, les qualitez occultes, la couleur, la beauté, le bel ordre de
fes fueilles; le plantis, les fions, les plançons, les iettons & reiettons, les boutons grainez, le fueillage, les barbes, les houppes,
les perles comme és couronnes imperiales & autres, la defcheance
& décadence des fleurs qui tombent par pieces, & lafchent
fueille à fueille fe defpoüillant de leur beauté, la defpoüille des

T 3

iardins, les fleurs meurtries en les maniant, descousuës & des-chirées.

La graine se treuue au bouton, au col de la fleur, à la pointe des filaments, au ventre de la fleur, dans la bourre & le coton du bouton, dans l'estuy, à la pointe des barbes, à l'onglée, en fin quasi chaque espece de fleur a sa façon de porter sa semence pour se multiplier; les Lis se sement par leurs larmes, les roses par leurs sions, les autres laissent tomber leur graine à leur pied pour se multiplier; les autres n'ont autre graine que leur oignon, ou si elles en ont elles ne font ny si bien, ny si tost que les autres.

Mais vous verrez en detail, Lecteur mon amy, comme il faut parler de chaque fleur à part, & auec vn peu de sel de discretion fuyant toute sorte d'affectation & de ieunesse, vous aurez moyen d'apprendre à parler de la beauté des fleurs, & en parer vostre eloquence, ainsi que les SS. Peres Orateurs parfaits de l'Eglise, & que les Princes de bien dire ont fait chacun en son temps embaumant l'air de la douceur de leur eloquence fleurissante. Mais n'en faites point ny parade, ny largesse, rien ne put tant qu'vne fleur pourrissante, rien n'ennuye tant que fleur sur fleur, & douceur sur douceur qui d'ordinaire enteste, aussi rien n'est rien si desagreable qu'vne eloquence qui n'est qu'vne infileure de fleurettes de Rhetorique. Peu & bon c'est la deuise des esprits bien faits.

LES FLEVRS, LES SEN-
TEVRS, ET LA BEAVTE' DES
PARTERRES.

CHAPITRE VIII.

Le Lis.

E Lis porte les fueilles longues, tousiours vertes, lisſées, graſſes, la tige haute, ronde, droite, vnie, graſſe, ferme, toute reueſtuë de fueilles. Du ſommet de la tige naiſſent des branchettes, d'où ſortent des teſtes longuettes de couleur
d'herbe, qui blanchiſſent auec le temps, ſe façonnant comme en vn panier, à bords renuerſez, ou vne clochette de
ſatin ou d'argent. Du fond & du cœur d'iceluy ſe iettent
contremont de petits filaments d'or ou de ſafran, teſtus &
à teſte verte, & de petits martellets d'or, ſes fueilles d'vne
exquiſe blancheur ſont canelées & rayées par dehors, &
ces caneleures ſe vont eſlargiſſant en allant (à mode de
hotte) vers le bord. La graine eſt au bout des petits brins
& filets d'or qui ſont au mitan de la coupe. La tige afin
de mieux porter ſa teſte eſt renoüée par tout & r'affermie,
ſi eſt-ce que le Lis eſt tousiours à col pendant, & languiſſant ne ſe pouuant ſouſtenir. Il fleurit à la my-cueillette
des roſes; l'oignon ou le bulbe eſt eſcailleux, ces eſcail-

les vont en appointant & font fort fecondes. On en fait
naiftre de rouges, purpurins, azurez, & des couleurs où on
trempe le bulbe, ou la tige feichée à la fumée. Le Liferon
(*Convolvulus*) eft vn Lis baftard, fans odeur, fans filez, il
femble que ce foit le coup d'effay, l'apprentiffage, & les
premiers traicts de nature quand elle fe mit à vouloir patronner, & façonner en chef-d'œuure les vrayes fleurs de
Lis. Le Lis s'accouftre comme la rofe, mais il a cela d'a-
uantage qu'il peut venir des gouttes & larmes qui diftil-
lent d'eux. Il y en a auffi des iaunes qui ont le calice doré, & toufiours doré de faffran. Les Poëtes ont enuie de
nous amufer, difant que Hercules ayant humé le lait de
Iuno, & tout à coup s'eftant d'eftaché, du lait qui coula
au Ciel fe feit la voye de lait, & en terre de ce qui fortit
de la bouche d'Hercules fe forma le Lis, qui fe dit la fleur
de Iuno.

Pommes d'amour.

LA beauté a baptizé ces fleurs de ce nom, car elles
mecitent eftre aimées : elle a fix fueilles ou rouges, &
iettant vn beau feu ; ou iaunes ayant fur fon or de petits
traicts rians d'argent. La Pomme eft de forte cuyfon, &
de dure digeftion. La fueille eft large, peuplée de veines,
crenelées & dentelées au bout. La tige graffe, afpre, veluë;
la racine iaunaftre, pour donner efclat à la fleur, nature y a
enchaffé au mitan vn petit bouton d'or, d'où fortent les
fueilles comme rayons mufquez, ou de fatin odoriferant.
Les fruicts font comme concombres, la peau blanche
purpurée, fans ride & luifante, la chair dedans eft blanche,
forte à digerer, enteftant, oppilant, enflant, & font caufe de
la mefellerie.

La

La Rose.

VOicy la Princeffe des fleurs ; la perle des rofes eſt la Rofe de Damas blanche, ou rofe Muſquée. La 2. la rouge ; la 3. l'incarnate ; la 4. la blanche ; la 5. la ſauuage, qui vient és eſglantiers ; 6. rofe dorée, belle mais puante. La rouge eſt de plus haute couleur que l'incarnate, & pourtant eſt de plus forte operation, comme tenant plus du feu & en ſuitte de l'amertume ; l'incarnate miſe en infuſion eſt plus foible en vertu. Il y a des rofes fueilluës de 5. fueilles, de 6. 7. 10. 100. & plus. Les fueilles ſont differentes entr'elles, il y en a des aſpres, des vnies, des hautes en couleur, moins chargées, blaffardes, odorantes, larges. La marque de l'excellente odeur eſt quand l'eſcorce eſt fort aſpre, l'eſcorce ſe dit ces 5. fueillettes vertes & barbuës qui enuironnent le bouton quand il ſe façonne. La rofe, & les roſiers aiment la terre legere, curailles de maiſon, le platras, vieilles maſures ; le lieu gras, argilleux, aquatic, la tuë, au moins eſmouſſe la pointe de ſa ſenteur, & la rend plus peſante, & laſche. La rofe croit d'vne eſpine grainée, laquelle s'enfle en boutons pointus, (ſe iette en pointe & bocal verd, & alabaſtres verds) & vers, ce bouton rit & ſe trenche petit à petit, puis ſe deboutonne, deſlie, & deſploye ſon threſor, le Soleil deſueloppe & deſnoüe les plis & les fueilles, la faiſant eſpanoüir, & prendre iour, & donnant le dernier traict de beauté à ſon eſcarlatte, & acheuant de la parfumer, & y faire infuſion d'eau rofe, au mitan il y a comme vne couppe de pointes dorées, &

V

de petits filés de musc ou de safran entez dans le cœur
de la rose. Les Medecins la diuisent en 6. parties. 1.
L'ongle de la rose, c'est à dire, ce bout blanc par lequel la
fueille tient au bouton. 2. La fueille. 3. Les petits filaments
d'or. 4. Les grains au bout des filés, & de ses petits poils
& cheueux d'or. 5. Le haut du bouton. 6. Le reste qui
est la queuë. Quand la fleur est trespassée, quand le fruit
du rosier est bien meur, il y a dans ce fruit la chair, la
semence, & le cotton, qui toutes ont de grandes vertus. A Cartagene d'Espagne il y a des roses de hastiueau
tout l'hyuer. La graine des roses est au bouton sous la
fleur, & est rembourrée d'vne bourre, de coton, & de
duuet pour la contregarder. La semence est fort tardiue, aussi vaut-il mieux planter les sions & iettons de rosier, que les semer. Le temps est en Feurier quand le
vent fueillu (*Zephirus*) est en campagne, mais il faut
que les plançons de rosiers soient plantez large ; pour
haster les roses il les faut arrouser aupres d'eau chaude
quand le bouton commence à monstrer le nez. Mais
ces bonnes gens ne sonnent mot du feu de son incarnadin, de la neige de son satin blanc, des 5. saphirs taillez en
languettes tout autour, pour luy seruir d'atour, du baume & ambre-gris qui en respire, de ceste petite moisson
d'or qui est au mitan, de la rigueur des espines qui la
contregardent des petits voleurs qui la detrancheroient
à coups de becs, du ius & de la substance qui en estant
esprainte embaume tout de sa senteur, de mille vertus
cachées, pour fortifier le cœur, esclaircir la glace des
yeux, & effacer les nuages & les mailles, raffreschir nos
ardeurs, roidir nos gençiues, esueiller nos appetits, &

reſuſciter les morts de faim à faute d'appetit qu'elle remet ſur la langue. C'eſt la maiſtreſſe fleur des chappeaux, & des bouquets. Les fueilles ſont crenelées, rudes, noiaſtres.

Le Muſc & les ſenteurs.

LE Muſc iaunaſtre eſt le plus friand, le noiraſtre
apres, puis celuy de Sini. Tout muſc ſe forme au
nombril d'vn animal tirant au Cheureul, ayant vne corne, lors qu'il eſt en rut, le nombril s'enfle de rage, le
ſang y accourt, la beſte creue l'apoſtume qui groſſit
trop ; de ceſte enflure ſort la boüe, & le ſang & la lie
de ceſte apoſtume, qui en terre à la faueur du Soleil
prend ſa ſenteur. Ceux qui ſont le bon, ne brouttent
que le Nard, & herbes odoriferantes. L'excellent eſt
celuy qui eſt pris dans l'apoſtume fort meure. Si le
muſc n'eſt mur il a vne ſenteur peſante & faſcheuſe; les
chaſſeurs pendent les veſcies trop crües, & les font
meurir en l'air, & cuire aux deſpends du Soleil. La Ciuette,
eſt vne ſueur de certains Chats ſemblables aux Foines,
mais ſueur qui vient au plus ſale lieu de la beſte. Meſme
l'Ambre ſe prend dans le ventre d'vn poiſſon ſelon l'o-
pinion de quelques Parfumeurs. Quelle honte à l'homme d'eſtre ſi curieux de choſes ſi ſales, & que Dieu à
deſſein auoit cachées en lieux qui deuroient faire bondir
le cœur, &c.

V. 2.

L'œillet.

IL debat la preseance auec la rose, en beauté, souëf-ueté, varieté. Il a les fueilles courtes, charnuës, gras-ses, courbées, finissant en pointe. Il a plusieurs tiges, & sont rondes, minces, noüeuses, vnies, hautes, iettant des petites branchettes, en la cime desquelles on void vne petite couppette ronde, longuette, le bord decoup-pé en petites dents comme vne scie, d'où sort la fleur qui sent le clou de girofle, & pourtant on la nomme giroflée. Ces fleurs sont vermeilles, ou purpurées, ob-scures, blanches, de couleur de chair, pesle-meslées de diuerses couleurs à cause du meslange des graines. L'œil-let d'Inde a la plante branchuë, les tiges hautes, canelées, droites, rougeastres, d'où sort quantité de fueilles chi-quetées, découppées; ayant de petits filaments argen-tins yssants du cœur, & se recoquillant au bout. Quand le petit tuyau verd se veut espanir il iette le nez dehors, & vne petite pointe ou comme vn poinçon d'incarnat, qui petit à petit s'enfle, & fend la presse de ses pointes qui le tiennent en serre & prison estroite, l'ayant tran-ché il se iette dehors en rond, desfait les plis de ses fueilles, prend l'air & le iour, & respire sa senteur tres-soüefue, affinant ses couleurs, & cuisant son eau & son musc, & agence fort ioliement ses fueilles en rond, & faisant monstre de la dentelle de ses fueilles, soustenant de bonne grace ces trois menus cheueux d'argent qui sortent du fond de la fleur. Il y en a de petits riole-piolez qui peuplent infiniment, mais se hastent & flestrissent

bien toſt, n'ont pas tant de bonne odeur que belle paru-
re, portant vn gris blanc tout moucheté de goutelettes
de ſang & d'eſcarlatte qui ſemble eſtre enchaſſée, ou
pluſtoſt greſlée deſſus, & ſient fort bien.

Paſſe-velours. Amarantus.

L'Italien appelle *fior velluta*, fleur de veloux, c'eſt vn
eſpy purputin d'excellente beauté, mais ſans odeur,
il ne fleſtrit point, & pourtant eſt-il nommé Amaranthe,
ſes fueilles ſont plus grandes que le Baſilic, ſa tige groſſe, graſſe, rougeaſtre ; ſa fleur eſpiée toute ſeiche qu'elle
eſt retient ſa couleur naïfue en l'hyuer meſme, auſſi eſt-
ce le bouquet de tout temps, car meſmes apres eſtre de-
fleury, trempé dans l'eau il reuerdit, ſe remet en couleur,
reprend ſon velours, & ſa gayeté, ne perdant iamais ſa
couleur purpurée ; au reſte il veut eſtre cueilly ſouuent,
car il en iette vn plus beau feu, & charge vn rouge plus
eſclattant, & ſon velours eſpié eſt plus vif, & plus at-
trayant. Tous les Teinturiers du monde n'ont iamais
ſçeu contrefaire en leurs teintures, l'eſclat du paſſe-ve-
lours, comme ils ont fait de toutes les autres fleurs. On
le nomme auſſi fleur d'amour, à cauſe de ſon cramoiſy
conſtant, & immortel. Les herbiers ont vne Amarante
iaune nommée Helicryſon, comme Soleil & or, car ces
fleurs tournent auec le Soleil, & ſont comme vn or
fleury, ayant la cime ronde & reluiſante, l'eſmouchette
en rond, amaſſée comme Corymbes ſennez.

V 3

Les Violettes.

ON diroit que l'Autheur de la nature a choisi la Violette pour y coucher son Esmail, & y faire esclatter la delicatesse de son pinceau, & les couleurs du monde les plus riches pour border le manteau du printemps, Il y en a de purpurées, mais de la plus fine pourpre violette, il y en a qui semblent de la neige façonnée en fleurettes, du lait caillé en musc blanc, des fueilles d'argent embaumé, de petites estoilles odoriferantes. Les autres sont d'or musqué, ou des violettes metamorphosées en vn tres-soüef or decouppé en fleurons. Il y en a des composées de cent & cent fueilles ajencées iolyment, & toutes entées en mesme tige, mais se iettant en rond, & se repliant les vnes sur les autres, & par vn doux monopole s'accordant à composer vne fort iolie violette aussi belle que douce, pesle-meslant d'vne gentile confusion mille couleurs qui seent extrémement bien, & contentent entierement l'œil. Les autres font des arbres & dementant leur race se iettent en l'air, poussant si haut qu'elles vont de pair auec les arbres, au reste portant la liurée & les couleurs des autres, à sçauoir la pourpre entrefilée de blanc. Voila les violettes de Caresme & de Mars. May & Iuin ont les leur à part, elles sont bigarrées, le haut & l'orle est purpurée, au milieu blanches, au bout d'embas dorée, quel esmail merueilleux voir l'argent, la pourpre, l'or, le saphir des fueilles qui ombragent tout autour, tout cela yssant d'vn petit cheueul verd, d'vn petit brin de

faphir, d'vn petit filet qui fert de tuyau à la nature, qui
par là diftille le doux mufc qui en refpire. Les tiges font
formées en triangles, vn peu cannelées, creufez au dedans, comparties par efgaux eftages, partagez par des
nœuds qui renoüent & fortifient ce petit pilotis qui
fouftient ce chef-d'œuure mufqué, de ces nœuds naiffent des petits rinceaux qui portent les fleurs. Les fueilles font au commencement rondes, & chiquetées, puis
s'eftendent en longueur, & fe mettent au large. Les
plus excellentes font celles de Carefme qui fe iettent au
Soleil fur les premieres pointes du Printemps, & qui
n'ont encor fouffert les ardeurs du Soleil qui fait tarir
leur eau, les cuit trop afprement, & les fait fleftrir &
fener; ny aufli peu font trop detrempées par les pluyes,
qui les deflauent & affadiffent, emouffant la pointe de
leur vertu & bonne fenteur. Leur grande vertu vient
d'vn petit feu bien attrempé, & d'vne douce chaleur
qui eft la predominante qualité de leur complexion, &
les rend doucement ameres. Pour efueiller leurs forces
on les met tremper dans du vinaigre, & n'eft pas croyable la grande vertu de ces fleurettes ; cela remollit les
endurciffemens, r'appelle le fomme efgaré, refrigere les
ardeurs qui cuifent les parties nobles auec excez, eftai-
gnent les inflammations ; le ius mollifie le ventre, diffipe & euacuë la cholere, addoucit l'afpreté du poumon, raffraifchit le feu qui brufle la poittrine, defoppile
le foye, confume la iauniffe, & mifes en infufion, ou
dans l'huyle font miracle dans l'eftomac, fe gliffant
dans les veines où vont flottant mille mauuaifes humeurs. Le plaifir eft quand au premieres aduenuës du

Printemps, & au retour du Soleil quand pour payer ſa
bien-venuë, addouciſſant les rigueurs de l'air, & eſ-
chauffant la terre, pour premier preſent il nous deſerre
les violettes. On void ſortir d'vne motte toute couuerte de mille fueilles vne trouppe de petits brins verds,
qui ſont tous teſtus, ces teſtes ſe iettent en petites gouſſes, & en guaines, ou bourſettes, & vaiſſeaux ronds,
dans leſquelles ſe reſerre la nature, pour minuter à ſon
aiſe, & patronner les violettes. Elle façonne 4. ou cinq
fueilles, elle les peint de violet, ſauf qu'à l'ongle elle les
dore d'argent, mais d'argent entre-couppé de petites
veines qui courent çà & là pour nourrir ces fleurons,
& leur donner la grace, elle les mouchette de petites
taches ſurſemées, elle decouppe chaque fueille leur
donnant vne iuſte rondeur, les rauallant vn peu au plus
haut, & leur donnant comme la forme d'vn cœur fleury,
comme ſi la violette eſtoit le cœur de la nature, & la
perle des fleurs. Elle pouruoit d'vne rangée de petites
pointes graſſes, & roides, afin que quand la violette ſera à l'abandon elle ne panche auſſi toſt à terre, mais
qu'elle ſoit ſouſtenuë pour monſtrer ſa beauté au Ciel
dont elle porte les couleurs, & puiſſe mieux iouïr du
rayon, qui met les derniers traicts de ſa perfection. Finalement elle y coule bonne prouiſion de baume, &
ſe reſerue le petit canal de la tige creuſe à ceſt effect,
afin que ſi elle s'eſuanoüit & deſſeiche, la nature puiſſe
faire nouuelle infuſion de muſc, & haleter par ce petit canal, pour la remettre en ſes ſenteurs premieres.
Son eſcarlatte violette, ou Ianthine eſt inimitable à
l'artifice qui iette tout le Printemps en la teinture des
ſoyes.

ſoyes. La racine eſt charnuë, on dit que les violiers iaunes emportent le bruit, & qu'en certains pays elles ſont plus nobles que les purpurines. Pour les violettes de mer ce n'eſt pas grand cas. Mais les rouges ſont en aſſez bonne reputation, & ont du credit parmy les autres violettes, on les nomme auſſi violettes des femmes. Elles veulent eſtre en terres rudes, maigres, & bien veuës du Soleil, Selon le dire de ces Herboriſtes.

L'Iris, ou la flambe.

CEſte fleur porte la liurée de l'Arc en Ciel, car les fueilles ſont compoſées de blanc, paſle, iaune, pers, bleu, & tout cela au bout de chaque tige. Sa racine eſt maſſiue, noüeuſe, & d'odeur de violette de Mars. Elle inciſe les groſſes humeurs, deſcharge le cerueau tirant des larmes, & appaiſe les trenchées de ventre, guerit des morſures de ſerpent priſe auec vinaigre, incarne les vlceres, & fiſtules cauerneuſes, remollit les duretez, efface les lentilles & nuées du viſage, couure de charnure les os deſnuez, & délaſſe fort. Sa tige eſt vnie, ronde, noüeuſe. La fueille, comme le glaieul, canelée, pointuë, teinte en fine eſcarlatte violette, auec quelque eſclat de feu violet. La ſauuage a 9. fueilles perſes qui ont au deſſus certains traiⒸs dorez. La flambe aromatize, & parfume le lieu où elle eſt (non pas comme la fleur Heſperis qui ſent mieux de nuit que de iour) mais en tout temps, elle porte l'odeur en ſa racine. Elle eſtant maſchée corrige la puanteur de l'haleine, & le bouquin des aiſelles. Il y en a de blanchaſtres, de rouſſaſtres, du

X.

cofté de la marine, mais elles ne font de recepte, ny
en credit. En Sclauonie deuant que la cueillir ils vfent
de cefte ceremonie, ils font trois cernes auec la pointe
d'vn coufteau, & arroufent d'eau miellée, pour flatter
la terre, & reparer le tort qu'on luy fait de luy arracher
du fein cefte perle des fleurs ; eftant arrachée ils la leuent contre le Ciel, en hommage qu'ils font que tout
ce bien leur vient de Dieu, & fi faut la cueillir d'vne
main virginale, au moins bien chafte. La racine eft cau-
ftique & bruflante, fubierte à vermoliffure, mais ceft
Ireos tout vermoulu qu'il eft, n'en fent que mieux. La
fleur paffe incontinent, & ayant les fueilles larges, graffes, pefantes, & la fleur ouuerte à l'abandon & difcre-
tion de tous les outrages de l'air, cela fleftrit, & fe fe-
ne incontinent ; mefme en fes beaux iours elle pend
nonchalamment, les fueilles ne fe faifant bonne compagnie, mais fe defbandent, dementent, & femble auoir
vne diuorce ; l'vne fe tenant ferme & droicte, l'autre fe
recoquillant, celle-là fe repliant & fe laiffant pendre à
l'aduenture, & à demy perclufe de fes membres.

Le Narciffe.

LEs fueilles font menuës, la tige eft creufe & des-
fueillée, la fleur blanche, au dedans iaune, ou bien
purpurée ; la racine blanche, ronde, bulbeufe, la graine
noire ferrée dans vne petite bourfe de peau. La racine,
foude bien les nerfs coupez, r'emplace & aide à r'em-
boiter les os, fortifie les déloueures des cheuilles ; arrache ce qui eft fiché au corps, efface les nuées du vifage

& les lentilles incarnées dans la peau, & fur le cuir de la
perſonne. En la cueillant la graine tombe & regerme,
ainſi qui en cueille vne fleur, en ſeme douze. Il y en a
de pluſieurs ſortes, de purpurées, de vertes, de blanches,
& de 8. ſortes. Son bouton eſt enflé & ſans pointe, commençant à s'ouurir il fait comme vne grenade creuée
par le haut, eſpanoüy il ſemble vne eſtoille d'argent,
ayant tout le ſein d'or, couronné d'vn petit filet d'eſcarlatte, crenelé fort mignonnement, & fait comme vn
point-couppé de nature. La tige ne porte pas bien ſa
teſte qui panche touſiours à terre, ſon teint eſt gay, ſa
decoupeure proportionnée, les fueilles graſſettes & roides, & qui aiment la compagnie, auſſi ceſte fleur ne
tombe pas par pieces, mais toute entiere. Le rouge eſt
ſain, le verdaſtre qui a les fueilles blafardes deſbauche
l'eſtomach, & deſmonte le ceru: au l'appeſantiſſant de
groſſes vapeurs, & fumées graſſes qu'elle iette dans la
teſte (d'où il a ſon nom, car réquon eſt lourdiſe de teſte.)
La racine qui ſert aux diſlocations, eſt bonne auſſi aux
apoſtumes plates. Broyée & incorporée auec vne certaine huyle, purifie les meurtriſſures, reſioüit les contu-
ſions, & les foulures, diſſond le gel des parties mort-
fonduës & gelées. On confond le Lis auec le Narciſſe,
mais la tige de ceſtuy-cy n'eſt pas fueilluë. Il y en a qui
ont la fleur fauue, d'autres qui ont la fleur d'alentour
blanche, le vaſe ou la campane du mitan purpurine;
l'odeur n'eſt pas des plus agreables du monde, quelquefois elle eſt peſante, endormie, laſche, mais la beauté
contente l'œil, & le reſioüit de ſa dorure argentée auec

X 2.

les petits esclats d'escarlatte qui la fendent doucèment, & la passemente de bonne grace.

L'Anemone.

IL y a pour le moins 5. sortes d'Anemones ordinaires, à fleur rouge, de lair, incarnatte, de haute couleur, & moins chargée de couleur. L'Anemone a les fueilles decouppées fort menu, les tiges gresles, veluës, canelées; les fleurs sont de six fueilles à l'entour comme le pauot, & sont purpurées, au milieu il y a de petites telles noires, ou perses, accompagnées de petits filamens noirs qui luy font la cour. La racine est comme vne Oliue armée de nœuds, mais elle n'a pas tant de cheuelure, & filaments que la sauuage qui porte vne fleur rouge. La 2. porte les fleurs luisantes, d'vne pourpre clere & moins chargée. La 3. est argentine, & n'a que cinq fueilles grandes comme roses, & dessus y a comme vne fort legere couche & teinture de pourpre. La 4. a les fleurs purpurées, a force decouppures. La 5. est dorée, ou d'or musqué façonné en Anemone. Fusch. croit que ce soit de mesme que la Pulsatille, qui iette sa fleur en estoille, mais veluë, purpurée, obscure, portant au milieu des petits fleurons dorez comme la rose qui iette vn petit floc purpuré de fine soye. Autour de la base de la fleur la tige pousse vn floc velu de couleur cendrée, tendrelet & si delicat qu'on croiroit estre vne houppe de soye colée.

Le Castor, le Baume, & le Nard, & le Benioin,
Cinamome, Canelle.

PLine s'est mespris, & en a trainé apres soy d'autres,
& c'est erreur populaire, que le Castorée soit ce que
le Bieure porte, & ce qu'il arrache estant serré de trop
pres. Or cela est tres-faux, car de ses dens il n'est possible qu'il arriue à ces parties. Mais ce sont les trompeurs
qui emplissent des bourses de bon & mauuais Castorée,
& font accroire ces babioles. Au reste la verité est qu'aupres des aines le Bieure a deux fort petites boursettes
pleines d'vne humeur comme d'huyle fort puante, tandis qu'elles sont attachées à l'animal, mais si on les arrache, & les pend-on à la fumée, ceste liqueur s'espaissit
comme miel, puis apres s'endurcit comme cire. Ronde-
let anatomizant en a treuué autant à la femelle qu'au
masle, ce n'est pas donc, &c. Le vray Castor est en de
petites boursettes, & le frais comme miel, le plus vieil
comme cire iaune. Les Sophistiqueurs prennent les
grosses bourses, & broyant les rognons du Bieure auec
le bon *Castoreum*, l'abbastardissent. C'est vn souuerain
remede contre mille maux, la seule fumée r'amene les
esprits des pasmez.

Le Nard vient d'Inde, ou de Syrie, il sort d'vne racine toute cheueluë, & porte à force gousses entrelassées,
petites, courtes, & de bonne senteur (il y en a d'autre
qui sent le Hirculus herbe fort puante, bouquin extrémement, il a les gousses plus grandes, blanches, ordes,
sans poil, mais on les espluye auec du vin de dattes

X 3

dont on les arrouſe pour les reſerrer, appeſantir, &
parfumer, afin de tromper) ſi la racine a du limon attaché, il la faut eſcouer & paſſer par le tamis, le vray a
treſbonne odeur. La racine eſt en forme d'eſpy, c'eſt
pourquoy on la nomme *ſpica Nardy*; l'eſpy n'en vaut
rien, toute la vertu eſt encloſe en la racine. Ains que
iamais Mathiole n'a ſçeu treuuer aucun eſpy dans tout
Veniſe, ne treuuant iamais que des gouſſes.

La Canelle croit en Arabie, les verges ou ſarments
ſont de groſſe eſcorce, les fueilles comme le Poyurier;
la bonne eſt rouſſe, de belle couleur tirant au Corail,
eſtroite, longue, creuſe, piquante au gouſt, d'vne chaleur aſtringente aromatique, ſentant le vin. La meilleure, eſt groſſe, rougeaſtre & noiraſtre, d'odeur de roſes.
La baſtarde eſt noire, & trop colée à la moüelle; la
blanche auſſi, qui eſt rabotteuſe, ſentant le bouquin,
ayant la canne mince, & le deſſus rude ne vaut rien.

Le Baume eſt vn arbre grand comme le Violier
blanc; au plus grandes chaleurs on inciſe l'arbre auec
ſarpettes de fer; de ceſte couppure, ou playe diſtille
goutte à goutte la liqueur nommée *Opobalſamum*; eſtant
fraiſche, elle eſt d'odeur forte, piquante, penetrante,
qui ne tient point d'aigreur, aiſé à diſſoudre, vny, aſtringent; le bon ietté ſur la laine ne tache nullement, ſi fait
bien le Sophiſtiqué, il laiſſe la tache; le bon ietté dans
le lait, le fait cailler. Le bois nommé *Xylobalſamum* ſe
prend des iettons, ou verges menuës, roux, d'odeur
comme la liqueur ſuſdite. On le meſle aux vnguens
precieux pour leur donner corps, & les eſpaiſſir. La
cueillette du Baume dure tout l'Eſté: Pline dit qu'il ne

faut entamer l'escorce qu'auec des os, ou verre, ou cousteaux de bois, mais il resue ; celuy qu'on nous porte de
Iudée, & d'ailleurs est tout sophistiqué, en vn iour n'en
distille pas vne pleine coquille, mais il est tres-excellent.
Le fruict ou semence s'appelle Carpobalsame, qui se
falsifie aussi bien que le bois, & le Baume par les af-
fronteurs. Le vray Baume est de couleur de lait ; ce qu'on
apporte des Indes est plustost du Stacté, ou liqueur de
Styrax. On fait vn certain Baume artificiel qui n'est
pas mauuais, on y met du Beniouin, Canelle, Castorée,
&c.

Le Musc tres-excellent vient vers la ville Chorasa au
Leuant, il est iaunastre, les Barbares le nomment *Pat*; Le
2. est noirastre qui vient des Indes ; Le 3. vient de Sini,
c'est le pire. C'est vn Cheureuil qui estant en rut, de
rage qu'il a son nombril s'enfle de gros sang amassé, il
ne mange point, mais de rage se veautrant contre terre, il perce l'apostume, qui creue, & iette de la boüe,
& de la lie qui eschauffée du Soleil se change en Musc.
Si on prend l'animal, arrachant la vessie qui n'est encore meure elle put fort, mais on la pend en l'air toute
crüe, là elle meurit, & le Musc se cuit & se parfait.
Le Musc conforte le cœur, & console le cerueau : on
fait aussi vne paste de musc fort soüefue. La Ciuette est
vne liqueur semblable au musc, mais si forte qu'elle
blesse le cerueau ; la Ciuette naist d'vne sueur des, &c.
d'vne espece de Foine.

L'Ambre-gris dit-on croit au fond de la mer, comme champignons de mer, la tourmente l'arrache & le de-
stache, & les flots le portent, & le iettent à la riue.

D'autres croyent que le poiſſon Azel, eſt fort friand de
l'Ambre, le pourchaſſe ſans ceſſe, auſſi toſt qu'il l'a
mangé il meurt, les peſcheurs le cognoiſſent, & le
voyant flotter tout mort, l'attirent, le fendent, & treuuent l'Ambre en ſon eſtomach; celuy qui eſt fort pres
de l'areſte du dos eſt le meilleur. D'autres penſent que
c'eſt comme vn Bitume qui s'engendre dans l'eau, &
flotte à la mercy des oules, & vagues. Les autres l'appellent ſueur des rayons du Soleil; on penſe que la Baleine iette ceſte eſcume; d'autres croyent que c'eſt vn
ſuc d'arbres qui tombant en l'Ocean s'eſpaiſſit, & ſe
laiſſe porter. Quoy que ce ſoit, c'eſt vne choſe tres-
odoriferante, & de grand pris.

Le Benioin eſt vne gomme exquiſe, qui reſemble à
des amendes fenduës confites, & incorporées dans le
miel; il eſt tout ſemé de taches, & n'eſt pas la chreſme
& la fleur plus ſine de la myrrhe, car les couleurs, odeurs,
& ſaueurs ſont bien differentes. Mais vne gomme à
part qui diſtille de certains arbres qu'on ne ſçait pas encor bien aſſeurément. Quelques-vns ont penſé que c'e-
ſtoit la larme du Laſerpitium, ou gomme gelée dudit
Laſerpitium que les Grecs nomment Silphion; la raiſon
eſt parce que le Benioin eſt odorant, rous au dehors,
blanc au dedans, tranſparent, blanchiſſant au detrem-
per, & tout reſemblant au Laſer, mais l'experience a mon-
tré le contraire.

Stacte eſt la graiſſe de la myrrhe freſche, pilée auec
vn peu d'eau, & tirée au preſſoir. Les Apotiquaires appellent le Stacte, Storax liquide. Car on abbreuue d'eau
la myrrhe, puis on la preſſe, & en tire-on la chreſme,
auſſi

auſſi cela eſt fort odorant.

Le Cinnamome eſt extrémement doux , car le pire eſt meilleur que la plus rare Cannelle; ſa couleur eſt comme de lait meſlé auec de l'ancre , & vn peu de bleu. Il croit en verges d'vne racine fort ſoüefue , c'eſt vn arbre differend de la Cannelle , quoy que aucuns ayent penſé, que les iettons plus delicats de la Cannelle ſoient le Cinnamome, qui eſt le bois & non l'eſcorce comme on pourroit penſer.

La Myrrhe , comme auſſi l'Encens ſe cueille ainſi; les eſcorces des troncs & branches ſont entamées, auec grandes & moyennes entameures ſelon les endroits , la liqueur coule ou s'attache à l'arbre , ce qui tombe, chet ſur des clayes tiſſuës de Palmiers ; ou bien ſur la terre qui eſt tout autour bien battuë , applanie, & fort nette , & comme pauée. La meilleure Myrrhe eſt tranſparente comme verre, mordante au gouſt ; il y en a de la graſſe (dont on eſpreint le Storax liquide) de la ſeiche, de la noiraſtre, de la paſteuſe. La legere, fraiſle, blancheaſtre dedans , & des traits ou veines blanches comme coups d'ongles.

La Tulipe.

L'Honneur de nos iardins, & la perle des fleurs c'eſt auiourd'huy la Tulipe : ſoit pour la varieté incroyable , ſoit pour l'eſclat de ſes viues couleurs, ſoit parce que c'eſt vn abbregé de toutes les belles beautez qui flattent nos yeux dans nos parterres. Nature a bien fait ne leur donnant nulle odeur , car ſi auec tant de beauté , elle y

Y

eut infuſes les douceurs des fleurs odoriferantes, les
hommes qui n'en ſont fols qu'à demy, en euſſent eſté
fols tout à fait, & amoureux eſperdument. La verité
eſt qu'il ſemble bien que la nature ſe ſoit ioüée à façonner ces fleurettes. La figure eſt tout d'vne ſorte, à
ſçauoir comme vne couppe d'or, ou vn vaſe d'argent,
ou vn encenſoir de nature, mais ſans encens, ny odeur
quelconque ; c'eſt vn Calice, ou vn parfumoir, qui tous
les matins s'ouure aux rayons Orientaux du Soleil, puis
ſe reſerre & replie au Soleil couchant, craignant les outrages de la nuit. Les couleurs ſont en nombre quaſi
innombrable. On ne fait point d'eſtat des ſimples rouges, iaunes & ſemblables non plus que des Pauots qui
viennent à la campagne. L'excellence conſiſte en la bigarrure des couleurs entre-meſlées. Les vnes ont le
fond comme de ſatin blanc où mille veines incarnates
courent çà & là pour les paſſementer ; les autres ſur vne
couche azurée ont mille petites eſtoilles qui les marquetent fort ioliment. En voicy qui ont les rebordements tout comme du paſſement d'argent ſur vne fleur
colombine ; en voila où ſur du ſatin verd rient mille filamens purpurins qui les detrenchent auec vne gayeté
admirable. Celles-cy ſe nomment foüettées, à cauſe
que ſur vne fleur de neige vous y voyez mille filets en-
ſanglantez, comme ſi on l'auoit foüettée iuſqu'au ſang.
Celles-là ſont marquetées de petites tachettes de mille
& mille couleurs. Celle-cy eſt au dehors eſtincelante
d'vne eſcarlatte rayonnante, & le dedans eſt eſmaillé de
trois couleurs toutes differentes. Comment eſt-il poſſible que vne fueille ſi mince, nourrie de meſme air,

yſſuë de meſme oignon, ſoit d'or au fond, violette au dehors, ſaffranée au dedans, rebordée de fin or, & le piqueron de la pointe verd comme vn beau ſaphir, & cent autres de cent autres façons, comme ſi à l'enuy on les auoit parées pour mettre en peine l'œil, & ne ſçauoir à quelle ſe voüer. Diriez-vous pas que celle-là eſt vne flamme faite à mode de fleur : diriez-vous pas que celle-cy n'eſt que neige façonnée en Tulipe ; celle-là du ſatin incarnat, toute clinquante d'or; celle-là vn drap d'or ſurſemé de perles orientales, ou de petites eſtoilles; celle-cy vn eſmail de mille couleurs ; celle-là du ſang figé, ſurdoré de taches iaunaſtres; voicy vn Colombin tres-agreable ſureſmaillé de goutelettes d'or. Il faut confeſſer que Dieu eſt grandement admirable en ſes ouurages, puiſque d'vn peu de foin, & de terre il ſçait faire de ſi rares merueilles.

SVITE DES FLEVRS, ET FRVICTS.

1. Roſe blanche, rouge, incarnate, muſquée, de Damas : ſa ſemence eſt dans la petite teſte qui eſt ſous la fleur, en Automne eſt comme du corail chargeant les roſiers.

2. Entée ſur des choux elle deuient verte, mais ſans odeur; auſſi ſur des pomiers, &c. La roſe ſauuage vient és eſglantiers.

3. La Roſe eſtoit dediée, à ce petit Lutin de Cupido,

car elle a les filaments comme cheueux dores, ses espines au lieu de fléches; pour flambeau, son esclat; pour
aisles ses fueilles, peu de gens la touchent sans se piquer.

4. Le Lis a la teste foible, & le tuyau ou la tige ne
peut porter sa charge, sa fleur blanche. L'oignon du lis
sans tache, l'odeur forte, la figure d'vne hotte, ou d'vn
panier, les fueilles sont cannelées par dehors, le bord
se recourbe, au mitan il a des petits filets de saffran.
On dit qu'il est né du lait de Iuno, il se dit la fleur
Royale, rose de Iuno.

5. Si on les plante plus & moins profondement en
terre, on aura des Lis en tous temps, & aussi d'autres
fleurs.

6. Violettes blanches, celestes, pasles, de Damas, marquetées, iaunes, purpurées & de Mars; violettes de
Marie, toutes se sement en terre fumée, & rebinée, au
moins de la hauteur d'vn pied. Violier, lieu où naissent
les violettes. Les iaunes emportent le bruit.

7. Qui met toutes les semences en vn linge vsé, &
les met en terre, vne seule plante aura toutes les couleurs.

8. Le Basilic (c'est à dire, Royal, car les Iardins des
seuls Roys en auoient à cause de sa senteur) s'arrouse
d'eau boüillante, ou vinaigre, aux iours caniculiers il
paslit; ses fleurs sont pourprines, ou blanches, ou incarnates: semé auec maudissons & iniures, il vient
mieux dit Theophile & Pline; auec du vin il est con-
trepoison, & guerit des piqueures de Scorpion.

9. Passe-velours a la fueille rougeastre, la fleur com-

me vn efpic, elle ne fent rien, fa couleur paffe l'efcarlatte; trempé dans l'eau il vient à reuiure. Il fe dit
Amaranthus, car il ne fleftrit point.

10. Soufli (*Calendula, quòd fingulis Calendis floreat ; di-*
citur) fe dit l'horloge de village, car il fuit toufiours le
Soleil, la nuit fe ferre; auffi fe dit l'efpoufe du Soleil.

11. Oeillet (qui a figure d'vn œil) fe dit giroflée,
pource qu'il fent au clou de girofle, eft rouge, cramoifi, blanc, marqueté, fes fueilles doucement frangées,
crenelées de dentelettes, au milieu vn compas, ou deux
petits filets blancs. Oeillets de Prouence, de Rofette,
d'Inde fauuages, de Turquie.

12. 1. Mariolaine; 2. Penfée; 3. la Flamme ou Iris qui
a les couleurs de l'Arc au Ciel, tripe-Madame eft vne
herbe.

13. Il y a iardin de mefnage, iardin de plaifance, iardin
d'herbes potageres, iardin medicinal & de fimples, iardin ruftique & à la naturelle, iardin à fleurs & à bouquets,
iardin potager.

14. Des-chanfons (c'eft à dire, *Calatiana*) autrement
dite Ancholies font fimples, & doubles.

Herbes.

Hiacynthe ou Yaciet. Paffe-fleur. Coquelourdes.
Narciffus. Armoifes. Muguet.
Menuës penfées.
La farriette. Le Soufli a l'odeur pefante, & fafcheufe : les
    fleurs font mieux odorantes, & ont meilleur framboife
    le matin ; car la chaleur amortit leur fenteur.
Pyment.

Le Thym.

Iofmin.

Toute-bonne, ou Oualle.

Pommes d'Amours.

Mandragore.

Pomme d'orée.

Cabaret.

Angelique.

Chardon benedict.

Verge-d'or.

Chauffe-trape, ou chardon eftoillé.

Chardon de noftre Dame, ou argentin, ou efpine blanche.

Argentine.

Herbe au tigneux.

Pas-d'afne.

Mors-de diable. *Morfus diaboli.*

Oculus Chrifti.

Pain de pourceau.

Palme de Chrift.

15. Fleurs à chappeaux de fleurs, & ghirlandes. Pommes de fenteurs.

16. Bouquet de laine; comme ce que les brebis laiffent au buiffon en s'y frottant : bouton de laine.

17. Fleurs qui ont grande parade, fleftriffent tout foudain. Effleurer, & choifir les plus fines fleurs. Fleuronner, ietter fleurettes, ou fleurons.

18. Fanir ou faner les fleurs; fener, fleftrir, fe rider, feicher, languir à tefte penchante. Fleftriffure: fleur fenée, paffée, hors de faifon : paffagere ; artificielle & contrainte. Fleur efpanie, ou efpanoüie : efclofe : defclofe,

entr'ouuerte : qui boutonne ; qui iette ſa pointe : qui ſe deſerre : prime-fleur : couronne fleuronnée : ſurfleurir.

19. Flairer & rendre odeur. Flaireur & flairement, ſouëfuement reſpirer ſon baume, & ſon muſc.

20. La roſe eſpanit. Item s'eſpanit & s'eſpanoüit, s'eſparpille, ſe deſcloſt, eſpand ſa fleur ; eſpard & deſlie ſes fueilles : ſe deſueloppe : ſe met au monde : prend iour : boutonne, & iette ſon bouton de ſoye incarnate, ou blanche : le bouton grené s'engroſſit au mitan, puis ſe iette en pointe à mode d'vn petit bocal verd. Roſe de haſtiueau vient en tout temps. La Roſe aime la terre petite, & legere, & là où il y a à force plattras, ou curailles de maiſon. Quand le bouton commence à monſtrer le nez, il faut arrouſer le plançon du roſier, d'eau chaude, pour les haſter.

Iardinage.

1. ENter des petits ſauuageaux à pied de Chieure; entre le bois & l'eſcorce ; au bout des branches.

2. Enter l'hyuer à greffes, l'eſté en eſcuſſon ; en couronne, en canon ou fluſteau.

3. Toutes eſpeces d'arbres franches & ſauuages ne ſe doiuent affier, car les entes n'y font pas bonne fin, mais ſur les arbres de meſme eſpece, poirier ſur poirier.

4. Les greffes ſe prennent au bout des groſſes branches, & doiuent auoir les oreilles pres à pres, autrement elles ne ſont propres.

5. Torquer les entures de terre liante, de mouſſe, d'eſcorce de ſaule, de petits oiſiers, ayant le petit ciot,

& le couſteau pour fendre les greffes, quand il faut enter en fentes de greffes. Il y faut auſſi vn petit coin de
bois, vne ſerpe, & vn ſermeau.

6. L'inciſion de la greffe ſe fait ſous vn des vieux œillets de la greffe ; & doit eſtre bien vuidée & quarrée,
afin qu'elle aille bien en platiſſant par meſure en aual,
& ſoit bien aſſiſe ſur le tronc du ſauuageau, & entre
eſgalement en ſa fente.

7. Il ne faut que la torqueure de l'ente vire, mais ſoit
ferme.

8. Ne deſliez la torqueure iuſques à ce que voſtre eſcuſſon bourjonne, & que le ietton ſe fortifie.

9. Deſchauſſer les arbres pardeſſus la racine, puis les
rechauſſer, & y mettre auec la chauſſure du bon terrier,
& les reſioüir en l'hyuer.

10. En couppant les branches il faut laiſſer des ci-
quots aſſez longs pour renter cyons nouueaux.

11. Il ne faut du tout eſtroiſſer les arbres qui ont quelque branche qui charge encor aſſez, mais ſeulement
coupper les meſchantes.

12. Il faut arracher en hyuer les cyons qui ſortent de
la racine, car ils font ſoucier les grands arbres, & en
tirent à ſoy la ſeue & ſubſtance.

13. Arbres malades du fil, c'eſt à dire, de maladie qui
leur mange l'eſcorce.

14. Au temps que le cocu chante les arbres ſouuent
font malades, de vers, & autres vermines.

15. Si on fait vn trou auec vne tariere dans la maiſtreſſe racine, & on y iette quelque humeur laxatiue, le
fruit de l'arbre ſera touſiours laxatif.

16. Affier

16. Affier, pruniers, poiriers, &c. & faire des pepinieres (c'est à dire, semer des pepins, noyaux, & grains d'arbres.) Item faire des bastardieres de sauuageaux, en beau solage, & terre bien preparée ; leur laissant leurs souchettes seulement, & coupant la maistresse racine. Puis les faut reonner, c'est à dire, faire leur raises comme il faut, puis les remplir de fumier.

17. Prouigner la vigne, ou les arbres enseuelissant les cions, ou branches plus obeïssantes.

18. La chaleur ouure, esueille, & pousse les arbres ; le froid serre, endort, & retient la vigueur.

10. Il faut enter quand les arbres sont en seue, & en amour.

20. Planter par bouteure, (c'est à dire, plantant les branches, ou herbes mesmes.) Planter des racines, c'est à dire, auec herbes qui ayent la racine.

21. Elaguer les branches qui s'entre-croissent, car l'arbre trop peuplé, & entreuesché se rend moussux.

Si l'arbre s'amuse à faire bois, il le faut esbrancher pour luy oster le bois, & drageons surperflus, car il en boutonnera mieux ; & si il est à l'ombre des autres, il le faut estronçonner, afin qu'il gaigne le Soleil amont.

La beauté des iardins consiste à faire cabinets, des pauillons, berceaux, tonnelles, galeries, treilles de Iesmin, compartiments, quarreaux, petites hayes de Rosmarin, bordures, Dædales, Labyrinthe, Armoiries, les entrelas des carreaux, parterre.

Les allées faites à la ligne.

Tendre les cordes, auec les fiches-fermes, pour y prendre les quarrez, les ronds, les ouales, & le reste des

Z

compartiments.

Pour faire les ronds il faut se seruir de l'instrument dit le billeboquet.

Il faut essarter, & des-herber, espierrer, puis fumer, & marrer la terre (c'est à dire, *Sarrire*) deuant que semer, apres la semaison sarcler.

Les semences ne doiuent estre ridées, maigres, lasches, auortées, mais pleines de suc, & non bastardes.

On dit semer sur terre deliée, ameublée, & cultiuée, semer sur couche de fiens, semer de graine, planter de bouteures, de branches, de sauges ou autres. La grenaison semée.

Esquarrir les planches pour les choux, &c. Item les couches des herbes.

Tondre les herbes, serfoüir ; ses instruments sont, ciuiere, hottes à charger le fien, fourches, houës à quasser les grosses mottes, le rouleau ou cylindre pour esmotter les sarclets, le serfoët, & marres pour arracher les herbes fortes & inutiles, herces & rasteau à dents de fer & de bois, faucille, le cousteau pendant à la ceinture, la bouteille à l'ombre, les cizeaux pour tondre, la besche.

Les fruicts.

Avant-pesche, ou Abricot, pesche de Troyes ou Carmaignole.

Cerise. Cerisée, c'est à dire, le reuenu des cerisiers : cerisaye ; lieu où sont les cerisiers. Guisnes, c'est à dire, *cerasa aquitanica* : douces, grosses : noires : rondes : rouges : le guisnier.

Cerife aigre : bigarreau : de chair : merifes : cerifes de bois : Dates ou figües Royalles.

Grenade : la cote du grain, ou la peau où eft enueloppé le grain de Grenade, & autres fruicts.

Figue : tardiue, haftiue : feiche ou de Carefme : folle : c'eft à dire, *Sycomorus*. Fletrie, ridée, enfarinée : primefigue : fleur de figue : figuier franc, c'eft à dire, bon : fauuage, & baftard.

Frefe : Orange : Citron ou Limon : nefle : meure : framboife : la noix, coquille ou taye de la noix ; le noyau de la noix & des autres. Auelline ou noyfette : Amande : pomme de pin : oliue : pefche : piftaches : prunelles, ou peloufes, & prunes d'afne : pruneaux : le menu fruict ; le gros fruict : Cormiere ou Corme, *Sorba*. Truffles : Champignons ou potirons : Groffelets ou grouffelles confites : raifins de cabats.

Prunes de Damas, noir, violet ; prunes d'or ou de cire.

Il y a des fruicts qui ne fentent rien finon qu'ils foient froiffez, broyez, ou frottez : d'autres, s'ils ne font plumez, & defpoüillez de leur efcorce, & de leur peau, ou iettez au feu.

Les fruicts.

1. FRuicts qui ne font en coque dure.

2. Fruicts de bonne garde.

3. Poires mufcadelles, canalieres, giacciuoles, feigneuriales, Turquefques, de Grenoble, Bergamotes, Garauelles, Bazaueresques, bon Chreftiens, Garzignoles, mufquées, citronnées, Colombines, Suerines, poires d'efpine.

4. Fruicts de noyaux.

5. Arbres en bon point , & qui chargent bien , & fruicts, & fleurs, & fueilles.

6. Pommes de merueilles , d'Adam , de capendu , ou courtpendu , d'amours , *mala infana*, de blondurel, aigre-douces, musquées, sauuages , d'hyuer ; paffageres , de dureau , pommes-poires , renettes, dorées, de deux fa-ueurs , de Paradis , d'enfer , pommiers nains à cau-fe du maiftre eftoc qui eft du coignier où l'on ente la pomme de Paradis.

Paffe-pommes, c'eft à dire , *muftea poma. Melimella.*

Pommes de bofquet , c'eft à dire , de bois. Pomme fauuage.

Pommes de malingre , c'eft à dire, *mala atria.*

Pommes de rouueau, c'eft à dire , *rubea : fanguinea.*

Pommes de Richard. De francheteur , c'eft à dire, *orbiculata.*

Pommes d'eau , c'eft à dire , *aquæ plena.*

Pommes de rofée, c'eft à dire, qui a encor la rofée.

Pommes à piler ; pomme de coufteau.

Pommes tardiues.

Pommes qui fe gaftent trop toft , & s'entichent, c'eft à dire, s'entachent, fe marquetent de petites teftes de clou, & pourriffent.

Pommes couuertes de plaftre , ou de cire pour fe guarantir du mal.

Pommes haftiues : forcées : de faifon : franches & nettes : vereufes , c'eft à dire, qui a des vers, vermineux.

Pommier haftif : tardif. fauuage : franc (c'eft à dire, *generofa*) enté : de deux portées : c'eft à dire, *bifera.*

Vne Pommeraye, c'est à dire, le lieu où sont plantez force pommiers.

Poires d'angoisse, *acerba*.

D'eau rose : d'estranguillon : de fin or : d'esté ou de hastiueau, c'est à dire, *precocia* : de liure, c'est à dire, *libralia* : de serteau, ou de campane, c'est à dire, *alabastrina* : à deux testes : de Syrie : de Cornaline : à forme de courge.

Iardin.

IE ne veux pas tout dire, car d'vn Iardin de fleurs ie ferois vn labyrinthe de discours, & n'en sortirois iamais. Iettez vn coup d'œil à la haste, & à la destrobée sur ces belles allées semées de sable doré, tirées à la ligne, historiées en mil façons ; ces Arbalestriers (n'ayez pas peur non) ce sont des Arbalestriers de Lauriers, des Arquebusiers de Rosmarin, ils ne tirent que fleurs, & ne dardent que musc. Ces bestes mesme si horribles que vous regardez auec frayeur, ce n'est que ieu, toute leur rage, n'est qu'vne parade, tout tant qu'ils sont ce sont mortes payes du Printemps, qui pour solde n'ont autre monnoye que force fleurs dont on les enrichit en la primeuere. De fait tous ces hommes armez d'armes vertes, & ces animaux habillez de peaux verdastres, ce n'est que Peruenche herbe fort propre à vigneter, & historier en verdure. Ie vous veux aussi prier de ne m'arrester à ces cabinets où vous oyez vn monde de petits oisillons qui tous les soirs y chantent leur complies en vray bourdon, y entre-meslant de petits motets tous chantez par nature, & par b-mol ; ie n'ay ny loisir, ny

Z 3

volonté de les contempler non plus que ces galeries
fleurdelifées, & tapissées à la mode du bon temps, si
tres-toufuës qu'il est tousiours minuit à midy. Deux
choses me rauissent à soy, les fleurs & les fontaines.
Voyez ie vous prie ces rosiers esmaillez de roses de tant
de sortes; celles-cy vierges habillées d'innocence, cel-
'e-là couuerte d'vne escarlatte esclatante; l'vne espanouïe
embaume l'air de son parfum, & fait parade de ses filamens dorez, & de tout son thresor, l'autre est encor
emmaillottée, & ne s'ose hazarder; celle-cy pousse son
bouton, & desia my-ouuerte rit & monstre vn es-
chantillon de sa pourpre par vne fente de son tuyau;
ces meschants voleurs d'oyseaux voleroient tout n'e-
stoit le corps de garde des espines qui seruent de gar-
de-corps à ces Reines des fleurs qui se tiennent asseurées parmy ces Allebardes. En voila d'autres plus chargées de couleur sont roses de conserues; icy ces opiniastres qui se mutinent, & ne se veulent desboutonner,
mais sont entortillées, & entassées, ce sont des Roses
Grecques. Leur graine est au bouton qui est sous la
fleur, & est rembourrée de cotton, & cachée dans la
bourre. Ne vous semble-il pas que la nature estoit bien
en ses bonnes, & en ses ioyeuses pensées quand elle s'est
employée à faire ces fleurs de Lis; voyez-en là de dix
sortes; les vnes sont encor cachées dans leur calice verd,
les autres sont demy-nées, celles-là qui sont escloses,
ne sont-elles pas belles, vous diriez que c'est du satin
blanc cannelé par dehors, brodé d'or par dedans, vous
ne sçauez bonnement si c'est lait caillé en fueillage, ou
bien neige figurée, ou argent fleurdelisé, ou vne estoil-

le mufquée. Ces iaunes là ne diriez-vous pas que c'eft
vne clochette d'or, & ce rouge vne petit panier, ou
vne boitte de fatin rouge; ces autres-là des vafes d'efmeraude? Quoy vous ne voyez deçà ces violiets parfe-
mez de mille violettes, vertes, iaunes, purpurines, bigarrées, my-parties, blancheaftres, incarnadines, changeantes. Et tourne toy tourne gentil girafole, & donne
vn peu de plaifir à la compagnie en fuiuant toufiours
le Soleil qui te regardant t'entraine quant & foy : pendant qu'il fe vire; prenez garde là ie vous prie à ces autres compartiments, voyez ces belles Tulipes, ces riches Amaranthes & Paffe-velours, l'or de ces Soucys,
les pierreries de la belle Iris, & l'efcarlatte violette des
Iantines, le gay Narcis, & les nobles paffe-fleurs, ces
iolies menuës-penfées, la fleur de Iupiter; O quel Paradis de fleurs, qu'eft-ce cy vn Ciel de terre, des eftoilles mufquées, vn parterre de Dieu; ou bien vne terre
celefte, eftoillée de fleurettes, emperlée de pierreries,
terre de promiffion pleine de lait & de miel? Mais vous
n'apperceuez pas vn horloge mufqué, des heures de
mariolaine, vn temps embaumé, cela eft vn quadran
parfumé, où le Soleil marque fa courfe auec des rofes,
& des violettes. De l'autre cofté font les armoiries de
la maifon, armoiries animées qui croiffent d'elles mefme. O, ô, nous voila pris, & bien moüillez, c'eft ce
mefchant petit Satyre qui fait femblant de ioüer de fa
flufte, & cependant il darde fon eau, & puis fe met
à rire; voilela comme il efclatte, & fe moque de nous.
Bien plus modeftes font ces neuf Mufes qui toutes de-
coulent d'eau, & la faifant tomber à cadence dans la

cuue de Marbre blanc, font vn gentil concert à la ruſtique. Mais encor ceſt Hercules auec ſa groſſe maſſuë
n'eſt-il pas eſpouuentable voulant aſſommer l'Hydre
qui de ſept teſtes laſche ſept dards d'eau qu'elle pouſſe
contre ſon Hercule de bronze. Ah ie vous prie gai-
gnez au pied, car vous eſtes en mauuais pays, ailleurs
l'air pleut ſur la terre, mais icy la terre pleut contre
l'air, & commence à moüiller par les talons; meſchant
artifice qui fait de terre nuée, pour greſler ſur les pauures niaiz. Silence ie vous prie Meſſieurs, qu'eſt-ce que
i'entends ? O quelle iolie chanſon, ce ſont les orgues
que l'eau organiſte merueilleux fait chanter, & ce coup
icy gaigne le deſſus ſur l'air, le faiſant chanter ſelon la
cadence de l'eau. Ie vois bien que vous ne prenez pas
garde à ce coin là où le Zany & le Pantalon ioüent vne
charlatanerie pouſſez, & animez par l'eau qui ioüe la
comedie. Cette roüe de moulin moud l'eau qui la pouſſe, & fait farine d'eau. Mais Seigneur Dieu comme ces
cloches ſe tuent de ſonner dans ce petit clocher. A la
verité il n'y a point d'aſparence que ce meſchant oyſeau
chante ſi naïuement, & diſe des iniures aux honneſtes
gens, mais c'eſt l'eau qui luy fait le bec, & en fin ce
n'eſt que pour reſioüir la compagnie, & non point autrement pour outrager les gens d'honneur.

DV FAIT

DV FAIT DE L'IM-
PRIMERIE.

CHAPITRE IX.

ON ne ſçauroit dire l'obligation que le monde a tant à celuy qui a inuenté ceſte façon d'Imprimer à la Chine, qu'à celuy qui de là nous l'a porté en Europe, ou bien l'a inuenté de ſa teſte. Les groſſes Librairies autrefois n'eſtoient que pour les Roys, & les riches maiſons, maintenant à la faueur de la Preſſe qui roule ſi aiſément tout le monde a moyen d'auoir vn monde de Liures, & ioüir des trauaux d'vne infinité de beaux eſprits, trauaux qui autrement ſeroient enſeuelis dans le cabinet où ils auoient prins leur naiſſance; Vn ſeul homme en vn iour fera plus de beſongne, ſans faire nulle faute, & quaſi ſe ioüant, en toute ſorte de Langues & de profeſſions, ne faiſant que tirer, pouſſer, & enyurer les lettres enchaſſées, & d'vn ſeul tour de bras, que cent hommes iadis n'euſſent ſçeu faire enſemble, en faiſant mille fautes dont ils ont corrompuz les manuſcrits anciens. Ceſte facilité incroyable a peuplé l'Vniuers de threſors in-

Aa

comparables, que si quelques auortons de liures se sont
iettez à la foulle, & par ce moyen ont eu cours &
vie, ce peu de mal ne peut pas bonnement contrebalan-
cer l'inestimable commodité qui reuient au monde de
l'impression des beaux Liures. Vn ignorant par ce moyen
escrira parfaitement bien en toutes sortes de Langues,
vn yurongne mesme ne sçauroit faillir d'vne seule lettre
quand il voudroit (ie parle du compagnon qui est à la
Presse) vne femme peut faire autant que le plus braue
Theologien du monde , en vn iour vn vallet peut imprimer quinze cens fueilles , chacune de quatre pages,
de façon que voila enuiron six mille pages qui sont la
tasche d'vn seul bras en peu d'heures, & à fort bon
marché. On admire dix mille choses qui ne sont rien à
comparaison de ce miracle familier qui nous creue les
yeux, mais la facilité nous en a desrobé l'estonnement,
& parce que la chose est ordinaire , elle ne semble plus
admirable.

Pour parler donc de cest Estat qui est si commun,
& qui si souuent vient à propos, il faut pour en parler
sans broncher sçauoir les choses suiuantes qui sont les
principales.

1. Toute l'Imprimerie est composée de trois choses,
de Fonderie , de Casse , & de Presse. En la Fonderie on
fait les lettres, en la Casse on les compose, en la Presse
on les imprime. Et pour dire quelque chose par le menu, Le Fondeur au lieu de Lettres de bois dont on vsoit
autrefois, prend la matiere de ses Lettres de l'Estain , du
Plomb , du Cuiure, de l'Antimoine, & autres ie ne
sçay quelles drogues qui font la composition venimeu-

fe, & ayant bien fait boüillir le tout dans vn fourneau
fait à ceſte fin, il le verſe dans vn baſſin pour plus facilement auec ſa petite cuilier le reſpandre dedans ſes
moules. Là ſuiuant la diuerſité des Matrices qui ſont
dedans ſortent comme du ventre de leur mere vne infinité de diuerſes Lettres, de Romaines, d'Italiques, de
gros & petit Cicero, de S. Auguſtin, de Nompareille,
de gros & petit Canon, de petit Texte, & autres ; or
les Lettres ſont aux bouts des poinçons, mais contour-
nées à rebours.

2. Chaque ſorte a ſon particulier attirail, ſon point,
ſon comma, chiffre, virgules, apoſtrophes, eſpaces,
quadrats, ligatures, diuiſions, &c. Là ſe font les Capitales,
là le corps de la Lettre, là les Lettres fleuries, là les
fleurs & les fleurons. On y trouue auſſi les á aiguz &
les à graues, les é accentuels & les ſimples, les ſ longues, & les s rondes, les infra & les ſupra, bref les longues & les brefues. Le tout neantmoins eſt ſans forme,
mais il eſt bien-toſt en ſa perfection. On polit tant, on
rongne tant, qui ſur vne pierre, qui auec la lime ; on
pointe tant, on coupe tant, on approche tellement l'eſ-
quierre que tout ſe voit propre à la Caſſe. La frappe de
Matrice, quand on frappe de petits billons de cuiure
paſſez par le feu pour en faire des poinçons de lettres.

3. On ſepare donc chaque fonte de Lettre, & là reduit
on en haut & bas de Caſſe, ce qui reſpond aux groſſes
& menuës Lettres, deſquelles chaque Fonte comme S.
Auguſtin, Nompareille, &c. eſt compoſée, chaque lettre en ſon particulier eſtant miſe dans ſon caſſetin, auec
telle difference neantmoins, que la plus frequente a le

Aa 2

plus grand , & la moins frequente le plus petit , ainſi
A ou autre Lettre a vn plus grand caſſetin que quelque
X. Voila tout preſt de trauailler , il ne reſte plus que
le Compoſiteur qui s'approchant prend le Compoſi-
toir en main , accommode ſa coppie ſouſtenuë par le
Viſorium, inſere ſon Mordant dans la page pour monſtrer la ligne , & puis recueille les Lettres auec tant
de dexterité qu'en peu de temps il compoſe vn mot,
vne ligne , voire vne page, empliſſant de lignes la Ga-
lée pour faire, des pages qui ſont dedans, peu apres la
forme toute entiere.

4. Reſte maintenant la Preſſe , on y apporte donc
icelle Forme, on la poſe deſſus ſon Marbre , on regarde
que les pages ſoient bien applanies , & en leur lieu , de
peur de la tranſpoſition , puis on l'enferme dans ſon
coffre, & dans ſon chaſſis de fer. Elle eſtant ainſi attachée on la frotte proprement d'encre, & pour ce faire
eſt prés l'Encrier auec ſa Mollete pour remüer l'encre,&
les Balles pour en eſtre abreuuées. Le goubernéur de
Preſſe, met le Chaſſis ſur le Marbre de la Preſſe , & y
met l'encre. Les Balles ſont couuertes de cuir, pleines
au dedans de fine laine. Apres les auoir au prealable
vne fois trempées vn peu dans l'huile on en touche
l'encre, & puis la Forme auec tant de diſcretion, qu'on
ne fait point de moines (c'eſt à dire des pages demy-
blanches, prenant trop peu d'encre, ou ne touchant pas
bien la Forme) & que rien ne ſe poche mettant trop
d'encre qui eſt vne compoſition de noir d'Allemagne,
de tormentine de Veniſe, de vernis & quelques autres
drogues.

5. Reste à faire ioüer la Presse, elle est outre la Forme & ses garnitures, son chassis, & mesme son Marbre, bref outre le coffre de la Forme, outre mesme le Tympan où l'on attache la fueille blanche auec des viz & des crochets, outre la frisquette qu'on rabat dessus, & qu'on pose puis apres auec le Tympan sur la Forme. Outre tout cela elle est dis-ie composée de deux membreures droites aux costez. Au haut est l'Escrou où tient le haut de la vis de fer, au milieu de laquelle tient encore le Barreau, & au bas la Platine de fer, au bas de la Presse est le Moulinet qui sert à auancer ou retirer le coffre de dessous la Presse, & au mesme temps qu'on y met la main pour l'auancer dessous la Presse, on met la main au Barreau, qui incontinent applique tellement la Platine sur le Tympan, & sur la Forme que la fueille en demeure imprimée. Et lors donnant vn autre branle au Moulinet on remet en sa premiere place le coffre & la Forme glissant sur des bandes de fer bien graissées. Ainsi on tire la fueille, ainsi on tire la premiere espreuue sinon qu'au lieu de frisquette on se sert de quelques drapeaux, car sur la premiere espreuue se forment les pages, pour la distinction desquelles entre autre chose sert ladite frisquette, & lors on corrige l'espreuue.

6. On Imprime ordinairement douze cents de chaque fueille, & (pour vser du mot de l'Art) quelquefois vingt-quatre cents. On n'a Imprimé iusqu'à present la fueille que d'vn costé, elle s'imprime de mesme de l'autre, mais à la seconde retiration, ie veux dire à ceste derniere fois on prend soigneusement garde que le registre soit bon, à sçauoir que chaque ligne nouuelle-

Aa 3

ment Imprimée soit directement opposée à chaque ligne desia Imprimée. Quand la Forme ne peut plus
seruir on la leue, & laue auec de la lexiue, & puis auec
de l'eau fraîche, puis on la remet sur son Marbre, &
auec le decognoir on leue le Chassis & toutes les garnitures de bois d'entre les pages. On rafreschit encore
chacune des pages de peur qu'elles ne se mettent en
pasté & se dépecent. Enfin pour distribuer le tout, on
prend vne page ou demy page à sa volonté pour remettre plus facilement chaque Lettre en son Cassetin.

7. Les Characteres sont ceux-cy, & les noms des
Lettres.

1. *Nompareille*, c'est à dire fort petite.

2. *La Mignonne*, vn peu plus grosse.

3. *Petit Texte*.

4. *Petit Romain*.

5. *La Philosophie*.

6. *Le Cicero*.

7. *S. Augustin*.

8. *Gros Romain*.

9. *La Parangonde*.

10. *Petit Canon*.

11. *Gros Canon*.

8. On dit coucher la fueille à moüiller sur le Tympan.

Faire rouler tout le train de la Presse sur la fueille,
imprimant d'vn costé la moitié du iour, & l'autre en
l'autre moitié; l'ordinaire sont 1200. par iour.

Tirer des espreuues les renuoyant à la correction.

Il faut tousiours deux Compagnons, l'vn qui tire &

renge les fueilles sur la Forme, estant en la Presse, l'autre qui couche l'ancre auec ses Balles ; qui se changent
& font à tour de roolle tantost l'vn des mestiers, tantost l'autre.

9. Les guidons ce sont ces marques qui nous r'enuoyent deçà & delà, de la marge au texte, du texte à
la marge, nous guidant droit pour ne point faillir, comme estoilles *, demy-sautoirs Λ, demies mains ☞;
lignes —— & autres telles marques.

10. Il y a les enrichissements des frontispices, des pas-
sements, des Lettres fleuries, des Roses, Fleurons &
Festons, mille galanteries qui seruent d'enioliuements,
& de remplages pour les pages qui ne sont pas pleines; des mufles, grotesques, & semblables fantasies.

PREFACE AV LECTEVR
DE LA PEINTVRE.

Vand le grand *Alexandre* visitant *Apelles* le
Grand voulut parler des couleurs & des peintures,
les apprentis esclatterent si fort de rire que le Maistre en eut peur & honte. Sire (dit-il tout bas) ne
parlez point de ce mestier, car ces garçons qui broyent les couleurs creuent de rire vous oyant ainsi begayer : vous estes bon
pour conquerir des mondes, & nous pour les coucher sur nos
Tableaux, vostre espée & nos pinceaux ne s'accordent pas bien
en vne mesme main, & pour bien faire chacun doit parler de
son mestier, autrement on appreste à rire à toute la compagnie.
Alexandre se teut, & se print à rire. Ie desire, Lecteur mon
grand amy, vous deliurer de ceste peine, & de la peur qu'on ne
se gausse de vostre niaiserie, quand vous voudrez parler de la
platte peinture l'vn des nobles artifices du monde. Le plus grand
trompeur du monde c'est le meilleur Peintre de l'Vniuers, & le
plus excellent ouurier ; car à vray dire l'eminence de ce mestier
ne consiste qu'en vne tromperie innocente, & toute pleine d'enthousiasme & de diuin esprit. Les Poëtes ont leurs inspirations
dans la teste où est la verue poëtique, & les Peintres au sin bout
des doigts, & à la pointe sçauante du pinceau. Mais il faut
tromper l'œil ou tout n'y vaut rien ; il faut qu'on croye que cela
est creux & enfoncé, cela enflé & boursousslé, cecy hors d'œuure, & qui se iette entierement hors du tableau, cecy esloigné
d'vne

d'une bonne lieuë, cela d'une hautesse extréme, cela percé à iour, eecy tout vif & plein de mouuement, que ce cheual court & escume à force de souffler, que ce chien iappe voirement, que ce sang coule de la playe, que les nuées tonnent en effet, & que les nuages sont tous descousus à force d'esclairs qu'on void sortir coup sur coup, que cét homme rend l'esprit & qu'on void l'ame sur ses léures, que les oyseaux bequettent ces raisins & se cassent le bec, qu'on crie haut qu'il faut oster le rideau afin de voir ce qui est caché, cependant il n'y a rien de tout cela, car tout cela est plat, pres, bas, mort & contrefait si artistement qu'il semble que la nature se soit couchée là dessus pour aider le peintre à nous tromper finement, & se moquer de nostre bestise. De là vient qu'un d'eux escrit en ses ouurages, Res ipsa, C'est la chose mesme, non pas la peinture; & l'autre, Fecit Apelles, ce qu'il mit en trois pieces où il surmonta l'art, la nature, & soymesme. Aux autres il mettoit Faciebat, c'est à dire, il faisoit, & à dessein n'a point voulu acheuer de peur de faire rougir la nature qui se fut confessée vaincuë par l'esprit & par l'art. Ce n'est pas comme ces badaux qui estoient si niaiz que pour peindre vn Cheual ils faisoient vn Asne ou vn Bœuf, & encor si mal fagotté qu'il falloit escrire en gros cadeaux, Messieurs, cecy est vn Asne, cecy est vn buffle, encor mentoit-il, car ils estoient deux, luy le beau premier, & celuy qu'il auoit peint l'autre, & ne sçay qui estoit le plus grossier.

Pour sçauoir donc parler de ce noble mestier, il faut certes auoir esté à la boutique, disputé auec les maistres, veu le train du pinceau. Ie vous ay bien voulu deliurer de ceste douce peine, me faisant escholier pour vous rendre maistre; Permis à vous d'y aller à vostre tour, soit pour verifier ce que

Bb

i'ay couché par escrit, soit pour enfler ce petit essay, soit en fin
pour estre plus asseuré quand vous parlerez, car pour auoir
vne Langue asseurée il faut auoir vn bon œil, & curieux d'es-
plucher toute chose par le menu. Seruez-vous de ce petit trauail en attendant mieux, & gardez-vous en l'vsage de cecy de
la recherche trop curieuse, & des petites chosettes qui sont trop
minces & qui ne doiuent sortir de la boutique.

LA
PLATTE PEINTVRE.

CHAPITRE X.

1 L faut que la moulette foit de caillou, (c'eft à dire la pierre à broyer) de gré, ou de queux afin de mieux broyer les couleurs & les mieux incorporer auec l'huyle. L'amaffette eft de corne, & amatte la couleur broyée, & efparfe fur la pierre.

2. Pour trauailler en deftrampé, & fans huyle, il faut broyer les couleurs auec de l'eau, ou de la colle. La gomme fert pour illuminer, & donner l'efclat & le rayon aux couleurs, qui s'efueillent, & fe rendent gayes à la faueur de la gomme ; comme aufsi le vernix donne vn beau iour aux ouurages en huyle, leurs feruant de crefpe & de talc pour les guarantir de poufsiere, & de criftal pour donner luftre, & tirer au iour ce qui femble morne, fombre, & eclipfé.

3. La Palette du Peintre eft la mere de toutes les couleurs, car du meflange de trois ou quatre maiftreffes couleurs fon pinceau fait naiftre & comme fleurir toute forte de couleurs. On dit preparer vne pallette de

Bb 2

carnation (c'eſt à dire pour faire la charnure) de verd,
de,&c. & c'eſt l'ouurage du garçon. Les Meres couleurs
ſont. Premierement le blanc de plomb (à cauſe qu'il ſe
trouue és mines de plomb) 2. Le fin azur & l'outre-marin.
3. La Laque de Veniſe, qui a vn incarnat & vne eſcarlatte
fort viue. 4. Le vermeillon d'Eſpagne. 5. La cendrée. 6.
Le noir de charbon. 7. Le Maſticot qui eſt le fin iaune.
8. Le verd de terre. 9. Le ſang de Dragon. 10. La roſette. Voila les couleurs gayes, les autres ſont rudes.

4. Peindre en paiſage, à fond plat, en architecture ; en
l'air & comme parmy les nuées. Peindre en petit volume. Les anciennes eſtoient à deux ſortes, & puis à trois
à l'Ionique, à la Sycionnienne, & à l'Attique. Faire les perſonnages ; le fruittage, les fleurs, les fantaiſies, les riuieres ;
dreſſer des montagnes, ſoubſleuer des tempeſtes, &c.

5. Faire la drapperie, & drapper l'Image, c'eſt l'habiller ;
or en drappant iamais on ne met vne ſeule couleur, mais
il y faut du meſlange. Il y a ſimple drapperie, il y a celle
qui eſt damaſſée ; hiſtoriée ; à brodure. Les robbes re-
trouſſées, les replis, pinſures, rentrements, les feintes ;
les couuertes de creſpe & qui percent le voile & la
toile deſliée ; les autres qui ſont meurtries auec les ombrages qui rabbatent le trop grand eſclat.

6. Faire le pourtrait au naturel ; laiſſer l'ouurage à la diſcretion du pinçeau, & au hazard de la main. Rehauſſer
les couleurs, & releuer l'ouurage, c'eſt donner le luſtre &
le iour aux couleurs ; Item verniſſer la peinture, & coucher
du vernix pour faire eſclatter.

7. Ombrer, ou ombrager les ouurages ; faire des nuits,
des ombrages pour faire eſclatter les autres ; reculer les

païſages bien loing, & en petit volume. L'ombragement & le iour s'entremeſlent, afin que la diuerſité des
couleurs face rehauſſer & arrondir l'vne & l'autre.

8. La pinceliere eſt vn vaſe où l'on nettoye les pinceaux
auec l'huyle, & de ce meſlange on fait vn gris bigarré, &
bon à certains ouurages, comme à faire les premieres
couches, ou imprimer la toile.

9. Pourtraire & enleuer au vif vne perſonne ; du commencement on ne faiſoit que pourfiler, puis apres on couurit le pourfil d'vne ſeule couleur. Donner contenances
aux Images, & bonne mine, ouurant la bouche, l'œil, le
ris, &c. peindre l'eſprit, les mœurs, les paſſions, &c.

10. Outre le iour & l'ombragement, il y a encor le faux
iour, qui tient du iour & de l'ombre, & eſt vn luſtre compoſé des deux, ce qui ſepare les couleurs, il s'appelle le
deiettement, & en Grec Armogé.

11. La Ceruſe ſe fait de plomb, & de vinaigre, elle eſt
bonne pour incarner playes, & choſes ſemblables. L'I-
uoire bruſlé fait vn noir excellent, dont ſe ſeruoit Apelles.
Car s'il eſt demeſlé & deffait en vinaigre, & ards au Soleil, il ne ſe peut effacer : il y a des ouurages de hautes
couleurs, d'autres blaffards, mais apres la premiere couche
il faut donner la charge auec quelque couleur vigoureu-
ſe.

12. Le pourfil, les geſtes, les ſymmetries & proportions, mines & bonnes contenances ſont celles qui donnent bruit au pinceau, & le point principal de tout ceſt
eſtat. Le dedans ce fait aiſément, mais le pourfil, les
derniers traits & l'arrondiſſement de la beſongne eſt malaiſée.

Bb 3

13. Les bons Peintres cachent touſiours quelque ſe-
crette intelligence dans leurs ouurages , qui vaut plus
que le reſte , mais les Maiſtres ſeuls les recognoiſſent,
& en ont ſentiment.

14. L'eſtaudy ou l'eſchafaut du Peintre c'eſt là où il
tient la toile eſtenduë ſur le chaſſy pour eſtre imprimée,
puis ouuragée.

15. Meurtrir la trop grande gayeté des couleurs auec
vernix , qui ſemble du talc , ou du creſpe , ou de l'air
eſpars ſur le tableau , inuention d'Apelles inimitable;
peindre les conceptions d'eſprit ſur le tableau , l'ame,
les affections , en fin peindre ce qui ne ſe peut peindre
comme les tonnerres , eſclairs , la voix , la reſpiration,
&c. Aſſeoit les couleurs proprement : eſtre trop rude à
la charge des couleurs.

16. Peindre des paiſages ; des Croteſques, Arabeſques,
la ruſtique , des fantaiſies & des chimeres , vignetre-
ments, touffes de bois, precipices, cheutes d'eaux , ba-
ricaues, la marine & les orages, & mille gentilleſſes &
inuentions poëtiques ; de la menuſaille & de petits fa-
tras.

17. La peinture ſe doit mettre à ſon iour ou eſtre à
contre-iour. Sur quoy il faut ſçauoir, que tout Peintre
ſuppoſe d'ordinaire que le iour vienne du coſté droit
vers le gauche ; le contre-iour c'eſt de la gauche à la
droitte, & lors tous les ombrages ſont du coſté oppo-
ſé à celuy dont le iour vient , de façon que mettre vne
peinture à ſon iour c'eſt la tourner vers le iour du coſté
que le Peintre ſuppoſe deuoir eſtre le iour , & la tourner vers la feneſtre en façon que toutes les ombres

foient comme cachées derriere la partie du corps qui
eft illuminée. Il aduient auffi que le iour fe donne d'enhaut , & à l'heure la refte , le vifage , le nez font fort
efclairez,& le refte du col, du corps, & de la perfonne
ne participent point du iour que par certains efclairs,ou
filets de iour qui efclatte fur les replis , & autres parties
qui femblent s'enfler , & fe ietter hors l'ouurage. Il y en
a au contraire qui prennent le iour par en bas , & fe
doiuent mettre bien hautes, & lors les pieds, genoux,
& autres parties bien eminantes font fort efclairées, le
vifage. & autres font à demy eclipfez. Il faut donc
toufiours donner le iour du cofté que le Peintre le fup-
pofe , & iamais le contre-iour , c'eft à dire ne tourner
iamais les ombrages du cofté de la feneftre.

18. Il y a au tableau le point du iour ; le tiers point,
les enfondrements , r'entrements de membre ; la perfpectiue , les eflognements ; les approches , les feintes &
tromperies , il y a mefme du mouuement des yeux par
vn miracle du pinceau qui fait que l'œil regarde de
toutes parts , ce que la nature ne fit onques , mefmes
auec de la poufliere on fait remuër les yeux , il ne s'en
faut rien que les Images ne parlent , & ne foient animées.

19. Blanc de plomb , vermillon, laque , la terre d'ombre pour faire les ombrages , mefler la carnation, c'eft à
dire , de diuerfes couleurs , l'ocre iaune , l'ocre dru , c'eft
à dire, plus brune, Maflicot, verd d'oye, verd de mer.

20. Faire l'œuf, & crayonner la tefte, y faire trois lignes
pour la façonner apres.

21. Prendre le droit iour, ou le contre-iour, c'eft à dire,

au lieu de faire le iour du cofté que la feneftre le donne au peintre. Le iour feint, qui fe prend d'ailleurs, comme à la natiuité la clarté de l'Ange, eft vn iour de pleine face, c'eft à dire, qui donne à tout le pourtrait, ou
iour de front, & là il n'y a point d'ombre.

22. La couleur de la toile imprimée fe dit couleur mate,
c'eft à dire, qui eft comme moite, à caufe de l'huyle
graffe. Et l'or ne fe met finon fur vne couleur mate, ce
qu'on dit or couleur, qui fe fait de diuerfes couleurs,
& eft bonne pour receuoir l'or és dorures des corniches.

23. Morefques font des pinçeaux & des cornets autour d'vn tableau, qui fe font d'or fur l'or couleur.
Les Crotefques ont de plus des perfonnages. Arabefques
font fueillages.

24. Peindre à frefque ou à frais, contre vne muraille
qui eft à l'air, & enduite de frais de fable, & qu'incontinent on y iette les couleurs qui fe meflangent, & tiennent bon contre tout temps. Peindre en l'air, c'eft à
dire, que les chofes ne pofent fur rien que fur l'air, &
les nuées.

25. R'accourciffement, r'entrement, r'enfondrement,
pour faire paroiftre la peinture loing il faut que la chofe foit peinte floüement, c'eft à dire, doucement; car fi
elle eftoit rude & non pas floüe, elle paroiftroit de trop
pres.

26. Les ombrages font deietter les couleurs : Ombrer
& faire rude la befongne, faux iour qui fe fait où il ne
faut pas, clarté defrobée, c'eft vne lampe, flambeau,
&c.

27. Drap-

27. Drapper ; faire la drapperie ; & faire le drap. Faire l'enrichiffement, c'eft à dire, feindre la broderie ; ou femer des corbettes, c'eft à dire, des vafes, ou fleurs fur les robbes, qui fe font d'or, ou de cirage, c'eft à dire, comme de l'or feind ; & il y a plufieurs fortes de cirages felon que la couleur eft plus claire ou à l'ombre.

28. Faire vn atterraffement de Cerf, ou autre befte. Pour faire vn païfage il faut commencer à peindre l'air, c'eft à dire, où il n'y a point de nuës, plus peind-on à bas, plus fait-on l'ouurage rude, afin qu'il paroiffe plus pres, & les autres derriere. La terraffe eft fort rude, c'eft à dire, la terre qui fouftient tout l'ouurage.

29. Peindre, ou faire vne nuit efpaiffe, trenchée d'vn petit filet de iour defrobé. Arrondir la figure, c'eft à dire, faire qu'elle femble de relief, ce qui fe fait par le iour & l'ombrage. Defrober vn iour, c'eft faire en vn coin, derriere vne montagne ou autre chofe vn Soleil qui porte le iour, qui fe leue, ou qui fe couche.

30. Efloignement des ouurages quand ils femblent loing eftant floües. Feindre, c'eft le haut point de l'art, trompant l'œil qui croid voir ce qu'il ne void pas. Peindre de blanc & noir, ou à deftrampe, ou à huile de noix qui eft l'ordinaire, & la meilleure ; ou à frefque.

31. Enluminer, c'eft trauailler fur du velin, auec du blanc d'œuf qui deftrampe les couleurs, ou de la gomme ; puis on peind auec de l'or moulu (non pas en fueille) & azur d'acre, c'eft à dire, le plus fin qui vient auec l'or dans la carriere, c'eft l'outre-marin : on le porte d'Efpagne & des Indes.

Cc

32. Peindre de profil, ou pourfil, c'est la moitié ainsi

Peindre de front, ou en face, ou en plein, c'est tout le visage,

Peindre à dos, c'est tout au rebours quand on peind le derriere seulement, ainsi

Peindre vne teste à clairté, ou gloire, ou rayons, ou diademe, ou Soleil, c'est comme on fait les Saincts.

33. Crayonner, charbonner, griffonner, porfiler, ietter là premiere ordonnance, figurer grossement, ietter les premiers traicts, faire le griffonnement auec crayon, croye, charbon, mine de plomb, vermeillon, ou figurer fur le papier auec l'ancre; ietter fes premieres pensées fur la toile, puis à loifir en rechercher la perfection, particularifant toutes les parties. Retirer la chofe pourtraicte; effacer les faux traicts du griffonnement; le maistre traict demeure toufiours pour guider la befongne, esbauchée.

34. On appelle ordonnance, & deffein ces premiers traicts, & pourtraire; car peindre, c'est auec les couleurs qui furuiennent deffus le pourtraict. Si on veut aggrandir, on peut reduire le tout au petit pied, le picquant & l'appliquant fur fon fonds, & le ponçer auec la ponce, & ce deffein ainfi fait fe nomme le ponçis, mais c'est pour les apprentifs.

35. Le coloris est fort vif, les couleurs bien posées

& bien mises ; les rehauts faits bien à propos ; la besongne bien addoucie ; les plis bien pliez, ou ferrez, ou bien hardiz, le desplis fait bien à propos, le drap bien drappé ; le Peintre touche bien, c'est à dire, fait bien la carnation du nud, c'est à dire, de la face, de la main, du pied, car le reste est habillé.

36. Vn bel Aprest, c'est vne peinture faite sur le verre, cuitte & recuitte au feu auec des couleurs qui puissent souffrir le feu, comme sont les minerales.

37. Vn beau tableau doit auoir l'inuention gaillarde, les proportions bien gardées, le coloriz plaisant & naturel ; la carnation viue, la drapperie riche, les païsages fort esloignez, la perspectiue bien obseruée, la feinte si naturelle que l'œil soit aisément content d'estre trompé.

38. Les rehauts se font à force de iour qu'on verse dessus ; les enfondremens, les creux, les r'entremens se font auec les ombres & les nuits espaisses, ceintes de iour, & de lumiere. L'addoucissement se fait par vne si douce liaison des couleurs qu'elles se perdent quasi l'vne dans l'autre. Glacer, c'est mettre les derniers addoucissemens, & la couche derniere delicate qui donne l'esclat auec le blanc glacé, ou pourpre glacé, &c.

39. Le profil de Michel Ange, le coloriz de Raphaël, l'inuention & la hardiesse du Parmesan, & les nuits du Bassan font vn Peintre l'Idée des bons Peintres. Ce sont les quatre elemens d'vn parfait Peintre.

La façon de parler des beaux Tableaux.

1. CEla n'eſt pas peinture, mais nature, & ces perſonnages là regardent tous ceux qui les regardent, mais d'vne œillade ſi naïue, que vous iureriez qu'ils ſont en vie.

2. Voyez-vous ces poiſſons là, ſi vous verſez deſſus de l'eau ils nageront, car rien ne leur manque. Et ces oyſeaux s'ils n'eſtoient attachez ils prendroient l'air, & fendroient le Ciel tant ſont-ils bien faits.

3. Comme eſt-il poſſible que le pinceau ait couché tant de douceurs ſous des traicts ſi rudes, ſous des couleurs ſi dures, & que parmy tant de nonchallance, on ait caché tant d'attraits.

4. Quand la peinture eſtoit encor au berceau, & à ſon premier lait, le pinceau eſtoit ſi niais, les ouurages ſi lourds, qu'il falloit eſcrire deſſus, c'eſt vn Bœuf, c'eſt vn Aſne, autrement vous euſſiez pris cela pour vn quartier de veau, maintenant il faut mettre deſſous, qu'vn tel peignoit, de peur qu'on ne creut que ce ſont des morts qu'on a collé ſur la toile, & des perſonnes viuantes ſans vie, tant le tout eſt bien fait.

5. Pour parler des riches peintures il en faut parler comme ſi les choſes eſtoient vrayes, non pas peintes. Voyez ie vous prie comme ces Dauphins follaſtrent dans ces boüillons d'eau qu'ils ſouſleuent : comme ces oyſeaux perchez ſur ces ramées gazoüillent, voiles-là qu'ils s'enuolent & ſe cachent dans les nuées.

6. Apelles peignoit ce qui ne ſe pouuoit peindre, on oyoit craquer les tonnerres, & le tintamarre des nuées

esclattantes & toutes trenchées d'esclairs.

7. Voyez comme ce drap est bien plissé , voyez ces mains de neige où les veines s'enflent , & semblent battre à la cadence du poux ; voyez ces muscles comme ils se poussent & s'enflent ; On peut conter les costes de ce corps ; tout le corps est aussi bien fait que si nature l'auoit façonné de ses mains. Mais encor est-ce peinture ou nature, verité ou artifice.

8. Mon amy pourquoy auez-vous donné vne bride à ce cheual qui court de toute sa puissance, & iette son escume à gros boüillons, & est hors d'haleine? ie l'ay fait à dessein , car en deux bonds , il se fut ietté hors de la carriere & hors la toile, il l'a fallu retenir par force, voyez comme par despit il s'en cabre.

9. Mon Dieu que ce fonds est haché bien menu , & treillissé de bonne grace , vous iureriez que c'est vne chose creuse, & bien profonde.

10. Voyez comme ces fontaines sourdent des crouppes de ces montagnes , comme la main du Peintre meine ces ruisseaux aussi bien que sçauroit faire la nature, ils poussent hors par endroits tout plein de petits sourjons boüillonnans , commode à ces petits follastres de poissons qui nagent entre flot & flot ; voyez comme ces canards se coulent parmy ces herbes , & connillent, voyez-là comme ils se plongent boursoufflans contremont de petits brins, & filets d'eau , retirez-vous vn peu à l'escart de peur qu'ils ne vous aspergent, & moüillent en fretillant ainsi des pattes & battant l'eau.

11. Philostrate en ses Tableaux est excellent en cecy, & vous fera riche en cette matiere.

Des couleurs.

1. LEs couleurs fe concréent en la terre, & és minieres, ou bien fe compofent par mixtions & tem-
peratures, ou naiffent en herbes ou autrement.

Le Sil qui s'approche de l'Ochre eftant tiré des veines de Marbre, fi on le brufle & efteind en vinaigre il
prend femblance de pourpre ou cramoifi violet : aucuns penfent que c'eft azur d'outre-mer.

Les Rubriches ou pierres fanguines fe tirent aufli de
la terre ; l'orpiment, le cinnabre, la croye verte ou verd
de terre vient de la terre de Smyrne & eft la plus excellente. La Sandaraque qu'aucuns croyent eftre le Maf-
ficot, vient du Pont, & croit en certains lieux toute
preparée par nature fans qu'il la faille moudre, cribler,
fafler, ny piler.

2. Le vermeillon (*minium*) vient és minieres d'argent,
comme vne arene rouge. Sa veine eft comme de fer
vn peu rougiffant, les mottes fe nomment (*anthrax*)
des charbons, cela eftant ietté dans la fournaife, la fumée qui en fort fe tourne en vn million de gouttelettes
de vif-argent. On fait paffer le vermeillon par cuifons,
& laueures, le broyant fouuent en fin a fa naïue couleur qui eftant metallique fe conferue en vigueur long
temps fi les ouurages font à couuert, autrement le Soleil
& la Lune maffacrent fa beauté, & meurtriffent l'efclat
de fa viuacité. Le moyen de faire que le rayon de la
Lune ne lefche ny efface ce rayon de beauté, il faut
mettre vne couche de cire blanche bien polie fur la

paroy qu'on veut peindre, s'aidant du feu pour faire
surfondre la cire, & du polissoir.

On sofistique le vermeillon auec de la chaux, pour
l'esprouuer il le faut mettre sur vne lame au feu, s'il est
loyal & marchand estant refroidy il aura sa mesme couleur, mais s'il garde vne cotte noire, & deuient brun
& noirastre, c'est signe qu'il y a de la meschanceté.

3. Le noir se fait ou de la suye & fumée de poix resi-
ne ; ou de sarments de Vigne & coipeaux de Pin redi-
gez en charbons, pilez, & meslez auec la colle ; ou en
fin de lie de bon vin bruslée seiche, & meslée auec la
colle, cela deuient fort noir, & imite la couleur d'Inde qu'on nomme Morée.

4. Le Cerulée qu'on nomme bleu ou Turquin se fait
broyant du sable auec la fleur de Nitre si deslié qu'il
deuient comme farine, on prend de la limaille d'airain
de Cypre & en saupoudre-t'on cela, afin de s'incorporer, on moule des pelottes entre ses mains, on les met
dans vn vaisseau & dans vne fournaise ; l'airain & le sable par la force du feu s'entredonnant leurs sueurs changent de nature, & se reduisent en couleur cerulée.

Le Bruslé se fait de mottes de Sil embrasées, estein-
tes en vinaigre, d'où se fait la couleur de pourpre.

5. La Ceruse ou blanc de plomb se fait mettant des
branches de sarment dans des tonneaux les surfondant
auec du vinaigre, & par dessus asseant des lames de
plomb, estouppant les gueules, afin qu'il ne sorte ny
vent, ny haleine, au bout de quelque temps on treuue
la Ceruse attachée. Si on la cuit en vne fournaise elle
change de couleur & se conuertit en sandaraque ou
Massicot

Maſſicot, & quand on aſſied des lames de cuiure ou d'airain, ils en font du verd de gris, *Eruca*.

6. La pourpre ou eſcarlatte qui eſt la plus viue &
eſtincelante des couleurs ſe tire d'vn huitre (de là on
le nomme *Oſtrum*) il y en a de viue, de brunette, de
meurtrie en eſclat, comme ſang meurtry, de rouge vermeil ; mais il le faut ſurfondre de miel quand on l'eſ-
praind de la coquille de peur qu'elle ne ſe haſle : On
contrefait pluſieurs couleurs auec le ius des fleurs.

Dd

LES OYSEAVX.

AV LECTEVR.

NOVS *parlons toufiours des Oyfeaux & fi n'en fçauons pas parler. C'eft vn plaifir quand le vol de l'oyfeau s'accorde auec le vol de nos plumes, ou de nos langues, mais quand parlant d'vn vol royal de l'Aigle, noftre ftyle traifne l'aifle & ne fait rien qui vaille, cela tuë l'Auditeur & le Lecteur qui a vn peu d'efprit. Je vous offre ce petit effay afin d'aider le vol de voftre efprit, & façonner voftre plume. Je veux efperer de voftre bonté que vous m'en fçaurez gré, & à tant ic me recommande.*

POVR PARLER DV VOL
DES OYSEAVX EN GENERAL.

CHAPITRE XI.

1. **P**RENDRE l'air, fendre le vent, nager entre les nuées, se balancer dans le Ciel, noüer entre deux airs, ramer en l'air, fendre le Ciel d'vn vol hardy, à tire d'aisle s'esforer, prendre le haut du vent, monter sur l'aisle, & autres telles façons de parler pour dire le vol de l'oyseau.

2. Le Phenix (s'il y en a au monde) a la teste tymbrée d'vn pennache exquis & d'vne touffe de plumes fort belles, la queuë blanche entremeslée de plumes incarnates, le corps purpurin, & au bout doré, il est suresmaillé d'vn bel esclat d'or, & a vn duuet fort delié & precieux, deux yeux estincelans comme deux estoilles.

3. Oyseau qui n'a point de corsage ou corpulence, qui est Isnel, fort à deliure, & a des plumes volantes & animées quasi sans chair, comme le Heron.

4. Oyseau chargé de cuisine, trippier, nay pour la voirie, carnaslier, qui ne vit que de brigandage, vray voleur & tyran des airs.

5. Poil follet, duuet, plumes, pennes, le tuyau des pennes, l'aigrette sur la teste, le pennage, la roüe de Paon & ses yeux.

Dd 2

6. Les bons oyseaux s'acharnent fur la proye viue, & en l'air. La Bufe eft toufiours affamée, crie toufiours, & ne fe iette que fur la proye morte.

7. Oyfeau de bonn'aire, & de bon nid , c'eft toufiours le meilleur , car il fe refent du lieu où il eft nay ; celuy qui eft mal nay , & en mauuaife aire eft volontiers poltron, & de mauuais affaire.

8. L'Aigle a l'œil bon, vif, perçant; rodant fur la mer il choifit le poiffon, & tout d'vn coup comme vn foudre il fe fond, fe plonge dans l'eau la my-partiffant auec l'eftomac, & griffe le poiffon, mais d'vne telle roideur que fouuent il fe noye auec fa proye , ne la pouuant foupefer, & tirer hors de la marine.

9. Il bat fi dru & menu des aifles qu'il débufque les petits oyfeaux qui repairent és forefts , les contraint de prendre l'air, il les laffe, & en fin les attrappe de la main.

10. Deuant que les petits chargent les plumes , les grands leur portent de la venaifon dans l'aire , puis les battent & les chaffent, afin qu'ils volent leur vie , & commencent à fe ietter au vif & à la proye, ne viuant plus que de combat, & de butin.

11. Voler à tire d'aile comme vn traict, voler à reprifes entre-couppant fon vol ; voler à faillies, & à efforts; voler droit , à bricoles , toufiours à mont comme l'Allouëtte ; roder & voler à grands cernes ; à ondées comme les Moyneaux qui vont haut & bas; d'vn vol bruyant & afpre comme la Colombe , d'vn vol paifible fendant l'air fans remüer l'aile, & quafi nageant dans les vuides de l'air ; voltiger ; trencher brufquement & à vol roide, donner de bec & de pennes & fendre for-

tement les vents, & les pluyes.

12. Ils escloent leurs petits dans les rochers, ou dans les trous des arbres ; ils les pondent és aires bien asseurées ; ils les nourrissent de carnage ; les petits Aiglas ne prennent pas si tost la queuë blanche ; les Arondelas naissent quasi aueugles. Les poussins ne font que criailler de faim pour faire pitié à leurs peres.

13. Prendre la proye à force d'aisles ; l'Escoufle fait son vol sans bruit & entre-couppe l'air quasi sans battre l'aisle ; il ne se branche quasi iamais, n'ayant nulle peine à ramer entre deux airs, & voguer & vaguer auec plaisir, ayant sentiment de la bonté de son aisle, & se sentant fort pour voler à plaisir, & glisser dans les vuides de l'air.

14. Oyseau de bon corsage, aspre à la proye, bien armé de bec & d'ongles ; le contour de la queuë sert de timon & de gouuernail pour faire les tours & retours, & voler à toutes mains. Ceux qui ont la liaison crochuë se paissent de chair ; les autres ont les doigts des pieds ronds, ceux de riuiere ont les pieds plats & larges pour nager.

15. Le Corbeau sentant ses petits Corbillas assez forts, il les chasse du nid pour les desfinager & parier ailleurs. Du commencement ils volent de biais, & de trauers, comme si le vent les emportoit. Sortir de la coque, ou de la coquille la queuë la premiere, & mettre le bec au vent.

16. L'oyseau craintif se voyant assailly, se serre tant qu'il peut, ne monstre que le bec & la liaison crochuë, ou la griffe, & ainsi soustient la charge prenant tous

Dd 3

ſes aduantages. Ceux qui ont la liaiſon crochuë ne ſe poſent guiere ſur les rochers, parce que le croc de leur liaiſon n'y ſçauroit prendre, ny anchrer. Il y a des oyſeaux qui ne valent rien que pour mettre à l'engrais.

17. Le Coq eſt fort glorieux quand il a toutes ſes pieces, il eſt accreſté comme vn ſoldat, il ſe gendarme contre ſes ennemis, & de ſon aiſle faiſant vne rondache couure les poulſins contre les aſſauts du Vautour, & ſe querele pour eux contre qui que ſe ſoit. Quand on les chaponne ils perdent le chant, & eſtant ainſi ſenez ils ne vallent plus rien qu'à engraiſſer.

18. Oyſeaux de iour, de nuict, de marets, de marine qui eſtant ſaouls de voler flottent au ſon de la mer aſſiz ſur les ondes, oyſeaux ſauuages qui n'aiment la ville, ny les gens, mais hantent les foreſts eſpaiſſes, les deſerts, & les rochers inacceſſibles, oyſeaux qui razent les eſtangs & ſont bons poiſſonniers, oyſeaux de babil & cageolleurs, de combat & de volerie, de voirie & de gibets, nuittiers & de mauuais augure, de parade & de caquet.

19. Aller à flots, à bonds legers, & bondir; le contraire aller à gliſſades, à trainées, à tire d'aiſles, à traict fendant l'air tout d'vn effort, à boutades & à pluſieurs ſaillies, d'vn beau vol, haut, & hardy.

20. Si l'oyſeau a le corps plus peſant que ſa plume ne porte, il demande d'eſtre ſoulagé du vent pour parfaire ſes voyages, autrement il ahanne des aiſles, & a peine à gaigner pays; mais il a bien l'eſprit de choiſir ſon vent, & le prend pour guide de ſon vol.

21. Les paſſagers ne font leur aire parmy nous, les au-

tres nous hantent volontiers, & se nichent chez nous,
voltigeans parmy nos airs. Les vns volent en trouppe,
& en rond ; les autres en long & en pointe ; Ceux-cy
à droit fil couppent le vent d'vn vol ferme, ceux-là
volent de biais & à fantaisie ; ceux-là aiment de voler
tous seuls, & n'aiment compagnie ; ceux-cy ne vont
que deux à deux, ou à petites bandes. Les vns muent
& changent leurs pennes ; les autres ne se deschargent
iamais. Les oyseaux de chant changent souuent leur
ramage, aucuns ne sçauent qu'vne mesme chanson. Les
autres sont müets & larrons qui ne viuent que de brigandage, espiant tousiours de faire leur coup & leur
prinse. Vous en voyez qui ne volent qu'à vols rompus.

22. Les Parons donnent à leurs petits quelque grain
salé, & le leur engorgent pour leur ouurir l'appetit, &
les assaisonner à manger quand il sera temps. Les Arondelles arrengent leur Arondelaz sur l'aisle d'vn toit, puis
vont à la chasse, & à tour de roolle leur donnent dans
le bec quelque moucheron qu'ils ont attrappé, puis les
contraignent de les venir prendre en l'air pour leur apprendre leur leçon.

23. Plusieurs ont quelque sentiment de gloire, ils se
pauonnent quand on les regarde, s'entrebattans les aisles
pour les faire bruire, font des esplanades par l'air, ils se
mirent en la varieté de leur pennage, ils desplient &
aisles & aislerons pour en faire parade, & sçauent bien
qu'on les regarde, & pour estre veus ils se souftiennent
en l'air suspendus & en monstre pour se faire voir &
admirer.

24. Il n'y a nul arreſt en leurs vols, les vns cheminent, les autres deſmarchent, qui ſautelle, qui aduance le pas comme la Cicogne & le petit Cicognat, qui tient l'aiſle baiſſée en volant, qui la tient deſpliée ſans la remüer, qui ne frappe que des groſſes pennes, qui nage, qui ne donne qu'vn coup pour ſe ietter dans l'air, où ſans peine il noüe, qui ſe darde contre-mont, qui ſe fond comme vn foudre à bas, qui ſe iette du poing & de la main, qui prend ſa courſe pour ſe ietter en l'air, qui ſe gouuerne par la queuë ſans plus, qui vole ſur le bec, qui vole debout, qui vole ſans repos comme les Martinets qui ne ſe perchent iamais que dans leurs nids, mais ils ſe pendent, ils ſe couchent, & ont mille induſtries pour ſupléer au defaut de leurs pieds.

25. Il y a des oyſeaux tout d'vn plumage, les autres ſont peints & bigarrez; les Papegays ſont tous verds horſmis vn colier de plumes rouges vermeillonnées qui leur embraſſe le col, il y en a de rouges, gris, bleüaſtres, peſle-meſlez.

26. L'Arondelle eſt vne vraye beſte, car de tous les oyſeaux ceux-cy ne valent rien à apprendre, ny ne s'appriuoiſent iamais, ny ne ſçauent rien faire qui vaille. Les oyſeaux boiuent les vns en ſuçant & hauſſant le bec pour s'en ſeruir comme d'vn entonnoir, tantoſt tout d'vn traiĉt & ſans reprinſes, les autres fretillans des aiſles d'aiſe qu'ils ont à boire, & crainte de moüiller l'aiſle, les autres s'y fourrent le bec bien auant. Les autres ont vn geſier où ils iettent à la haſte leur paſture, puis à loyſir ils ruminent & digerent, en fin aualent tout.

27. Les

27. Les oyseaux lourds & pesants viuent de grain &
d'herbe ; ceux qui prennent l'air se paissent de chair;
ceux qui sont haut montez sur de grandes iambes attrappent quelque mouche ; les Plongeons viuent de
poissonneaux ; les autres de fruits ; en hyuer de mousse
& des pointes plus tendres des arbres , & faut bien
quelquefois qu'ils arriuent à manger de la neige , comme les liéures des Alpes. Les autres repairent dans les
bleds.

28. Chaque oyseau a son ramage à part , & ses cris
propres ; la Colombe roucoule ; le Pigeon caracoule, la
Perdrix cacabe , le Corbeau croaille & croasse. On dit
du Coq coqueliquer , du Coq d'Inde glouglotter , des
Poules clocloquer , cracqueter , clouser ; du Poullet
pepier ou pioller ; des Cailles carcailler ; du Geay ca-
geoler , du Rossignol gringotter , du Grillon gresillon-
ner , de l'Harondelle gazoüiller , du Milan huyr , du
Iars iargonner , des Gruës cracquer ou trompetter , du
Pinçon frigotter , babiller , du Hibou hüer , de la
Cigale claqueter , des Huppes pupuler , des Merles siffler , des Perroquets , & des Pies causer , des Tourterel-
les gemir , du Paon on dit qu'il a la teste de serpent, la
queuë d'vn Ange , la voix de diable ; de l'Aloüette
tirelirer , Adieu Dieu , Dieu Adieu. De façon que les
vns crient , les autres chantent , ou gemissent, pleurent,
caquetent , effrayent , & en cent mille façons de ramma-
ges ; le Moineau dit pillery.

29. Apres que les oyseaux ont parié & les œufs sont
ponduz , Aristote dit que les masles sortent des coques
rondes , & les femelles des longuettes ; dans le moyeu

Ee

de l'œuf il y a vne gouttelette de fang dont fe forme
le cœur de l'oyfeau, lequel oyfeau fe forme du blanc
de la glaire, ou de l'aubin de l'œuf, puis il vit du iaune & du moyeu; on fent le poulfin pioler dans la coquille cnuiron le vingtiefme iour, puis il commence à
prendre plumes, & en fin fort de la coque les pieds les
premiers, & felon que la couuaifon a efté bonne aufli
font bien nourriz les pauures petits poulfins.

30. Il y a des oyfeaux qui font plufieurs lictées en
vn an; les œufs couuys ne valent rien pour faire efclorre des poulfins. Les vns commencent à ouuer de
bonne heure, les autres fort tard.

31. Strabo foldat fut le premier qui treuua le moyen
de faire des Heronnieres, & des Volieres pour y tenir
toutes fortes d'oyfeaux. On en fait de deux fortes, les
vnes pour le chant des oyfeaux, les autres pour refer-
uer ce qu'il faut pour la table, & auoir comme Lucul-
lus en tout temps toute forte d'oyfeaux & de friandifes. Sont Volieres de cuifine.

32. Oyfeau de proye qui ne vit que de grif, de rapt,
& de rapine, & toufiours vole pour voller: oyfeau qui
fe defgoife & s'efcoute chanter; Huppé c'eft celuy qui
porte vne crefte, & comme vn petit pennache. Ailec-
te, ailerette, ou aileron, c'eft vne petite aifle, ou le
bout de l'aifle de l'oyfeau. Aifle ferme qui fe fouftient
d'elle-mefme n'ayant nulle fouftenance de l'air, ny du
vent, mais d'vn volement ferme fert de contre-poids à
foy-mefme.

33. Griffer, c'eft prendre de la griffe; de là vient grif-
fée, & griffade, c'eft la ferrure, ou bien bleffure de

beste onglée à ferres. Griffe proprement ; c'est d'vne
beste qui a l'onglon long & les doigts separez, comme le Griffon. En fauconnerie on appelle ferres. Onglée, c'est de ceux qui ont les ongles plates & rondes.

34. Oyseau branchier, c'est celuy qui vole de branche en branche, & qui a vescu tousiours à soy & parmy les ramées ; d'où vient le ramage, c'est à dire, le
chant de l'oyseau naturel, & tel qu'il degoise par nature
sur les rameaux & branches des arbres. De là dit-on vn
Espreuier ramage, qui a volé par les forests, & qui n'a
eu autre conduite que de soy-mesme volant par les ramées des forests. Espreuier Royal, c'est celuy qui a
esté prins au nid, & nourry & façonné royallement
pour le plaisir de la volerie, & pour gibboyer à plaisir.
On dit aussi Ramier qui volete de rameau en rameau.

35. Fondre, c'est desuoler, descendre, & quasi se foudroyer à bas d'vn vol droit, rude, & vigoureux se iettant d'ardeur sur la proye pour la desrompre, & s'en
gorger. Oyseler, c'est apprendre vn oyseau à bien
faire la guerre aux autres, de là on dit d'vn oyseau
qu'il est bon Heronnier, gruyer, &c. c'est à dire,
qu'il volle bien, le Heron, la Grue, &c. Bon Heronnier aussi signifie vn oyseau sec, isnel, bien dispos &
allegre, & qui n'est nullement chargé de cuisinel & de
venaison, comme le Heron qui a la cuisse essuyée, l'aisle
seche & ferme, le corps bien cousu dans sa peau.

36. Becher, becquer, becqueter, c'est prendre sa
bechée, c'est à dire, tant qu'il peut attrapper d'vn
coup de bec, ou bien le coup & la playe que fait vn

Ee 2

oyſeau de ſon bec, deſchirant ce qu'il treuue. Oyſeau
becu, ou bechu, à bec droit, crochu, appointé, affilé,
rond, plat, aquilin, fendu; bec iaune c'eſt vn oyſeau
niais & tout ieune qui ne ſçait encor rien faire, bec-
quillon, c'eſt le petit bec des menuz oyſeaux; bec eſ-
pointé & eſmouſſé, bec endenté & à mode de ſcie;
aux vns il ſert d'armes comme au Heron; aux autres
pour peſcher les poiſſons; aux autres de flageollet comme aux Roſſignols, &c. aux autres de pieds comme
aux Martinets qui ſe pendent par le bec, aux autres
pour articuler les paroles comme aux Perroquets; à
tous pour tirer leur vie & ſe nourrir.

37. Halbrené c'eſt celuy qui a vne, ou pluſieurs pennes rompuës, ſoit au tuyau c'eſt au milieu, mais on
les reſſoude bien ſi on y prend garde de bonne heure.
Oyſeau d'engrais qui ne vaut rien que pour eſtre mis en
müe, & ſe charger de graiſſe, oyſeau gentil qui plus
mange, plus s'emmaigrit.

38. Oyſeau de pipée, c'eſt celuy dont on ſe ſert pour
prendre les autres, ou celuy qui ſe laiſſe prendre à la
pipée, c'eſt à dire, par le pipetis ou ſiffletis de celuy
qui caché ſous vne ramée contrefait le pipetis des oy-
ſillons auec vne pipée de bois, ou bien vne fueille
d'arbre; perchant vn Chat-huant ſur la croſſe, & preſ-
ſant les aiſles à de petits oyſeaux attachez, qui ſemblent s'enuoler pour fuir le Hibou, or les autres aduo-
lent au pipis, ou pipetis, & croyant deſgager leurs
compagnons, s'engluent dans les gluaux dont ſont par-
ſemez les hailliers, ou bien ſont enueloppez dans les filets tenduz par l'Oyſeleur & le pipeur qui ne vit que
de cette piperie.

39. Harde, c'eſt vne trouppe ou de beſtes ſauuages,
ou bien d'oyſeaux. Ainſi dit vn bon Autheur : il vit venir vn grand Aigle qui menoit vne groſſe harde de
ieunes Aiglons, & Aleluyons à ſa volée. Les vns donc
ſont ſolitaires & volent à part, les autres aiment compagnie, & ne volent qu'en harde.

40. Percher à vray dire, c'eſt apres auoir volé bien
long temps le ietter ſur vne branche d'arbre, & ſur la
perche pour ſe repoſer & prendre vn peu ſon vent à
loiſir. Quoy qu'en fauconnerie ſoit le mettre vrayment
ſur vne perche, afin de paſſer ſa gorge à ſon aiſe eſtant
chapperonné, & ſe repoſer. On dit auſſi brancher
l'oyſeau.

41. Deſroquer & deſrocher, c'eſt quand vn Aigle, ou
vn des grands oyſeaux qui font la guerre aux beſtes à
quatre pieds, pourſuit ſi viuement vne beſte qu'elle la
contraint de ſe ietter à bas de la pointe des rochers, &
ſe precipiter pluſtoſt, que tomber és ſerres de l'oyſeau.
De là on dit deſroquer vn homme & le faire tomber
par terre : & deſrocher vne maiſon c'eſt l'abbatre.

42. Deſrompre comme i'ay dit en la fauconnerie,
c'eſt quand l'oyſeau pourſuiuant, ſe fond ſur le pourſuiuy, & de ſes cuiſſes & ſerres luy donne vn coup ſi
furieux qu'il rompt ſon vol, l'eſtourdit, voire luy meurtrit les aiſles & le fait tomber à terre tout rompu, &
briſé, mais garde le contre-coup, car ſi l'oyſeau chaſſé
a bon bec & qu'il ſe mette en deffenſe, il perce à iour
l'oyſeau qui ſe vient enfiler dans ſon bec, & le creue
tout net.

43. Eſmeutir, c'eſt ietter l'eſmeut, & les excrements

Ee 3

tant des Corbeaux que des autres oyseaux ; les beftes
à quatre ont leur propre nom comme efpraintes des
vns, fumées des autres. Voyez au chap. de la fauconnerie.

44. Tiercelet à vray dire, c'eft le mafle des Autours
& des autres oyseaux de proye. Car le mafle eft vn
tiers plus mince que la femelle. Es autres oyseaux le
mafle eft auffi gros, ou plus gros que les autres, ainfi on ne l'appelle pas Tiercelet.

45. Faire le deuoir à l'oyseau, c'eft luy donner fa part
de la proye qu'il a prinfe ; fouuent on leur donne la ceruelle de l'oyseau qu'ils ont prins, & de là s'entend la
refolution de la queftion, pourquoy eft-ce que les Perdrix qu'on mange chez les gentils-hommes n'ont point
de tefte, la raifon eft parce que les prenant à la chaffe
ils font le deuoir à l'oyseau, & donnent la tefte de la
Perdrix à l'Efpreuier qui les a prinfes. Il eft bien vray
que fouuent le fauconnier les trompe & leur donne
quelque autre chair.

46. Corbiner, c'eft faire le meftier du Corbin ou
Corbeau qui ne fçait faire autre chofe que defchirer &
toufiours chercher quelque carcaffe pour en tirer tout
ce qu'il pourra ; de là on nomme les corbineurs de
Palais qui ne viuent qu'en corbinant, & tirant toufiours la piece. Au refte le Corbeau eft fort fubject à fa
gorge, de façon que mefme il ronge les paffées & les
piftes du bouuier qui laboure la terre ; quand il fent
qu'il eft empoifonné, il mafche du Laurier qui luy
fert de contre-poifon. Quand ils font mal-contents ils
s'engorgent leur voix & l'eftranglent dans leur gofier,

de fait les oyant vous diriez qu'on les tient à la gorge pour les eſtouffer, les niais le tiennent alors de mauuais augure, mais cela ſent ſon Payen.

47. Les Parons, c'eſt à dire le maſle & la femelle des Corbeaux, chaſſent leurs petits du nid, auſſi ne voit-on quaſi iamais plus de deux Parons (*coniugia coruorum*) de Corbeaux en vne bourgade, autrement il ſe faut battre ſans ceſſe. La Corneille nourrit ſes petits Cornillas aſſez long temps. La Paonneſſe eſt forcée de pondre en cachette & cacher ſes œufs, de peur que le Paon ne les caſſe, car il ne veut point qu'elle s'amuſe à les couuer long temps.

48. Les oyſeaux ont pluſieurs ſortes de timbres, le Phenix eſt timbré d'vn pennache, d'où ſort encor vne petite aigrette flottante à la cadence de ſon vol ; les Paons ont comme vn petit arbre cheuelu ; les autres ont vn certain floc, les Faiſans ont de petites cornes de plume, les Nonnettes ont vne certaine coëffe ; les Aloüettes ont vne creſte, & vne huppe bien trouſſée; la Huppe a vne creſte qui ſe replie depuis le bec ; les Pics verds ſont ioliment huppez ; le Coq a vne creſte dentelée & charnuë qui emporte le bruit ; le Coq d'Inde en a vne pendillante ſur les yeux dont il fait rage quand il eſt en ſa chaude cole, car il l'enfle, il la rougit, il la ſecoüe & la pouſſe çà & là à meſure qu'il ſe faſche.

49. Oyſeaux haut montez ſont ceux qui ſont aſſis ſur de grandes iambes comme la Gruë & ſemblables; il y en a d'autres qui ſont ſans pieds & qui ſont tous oyſeaux viuant en volant ſans iamais ſe ietter ſur la bran-

che , comme les Martinets, & felon l'erreur populaire
l'oyſeau de Paradis qu'on dit n'auoir point de pieds , &
ſe pendre par vn filet crochu qu'il a en ſa queuë , mais
cé ſont contes, car il a des pieds comme les autres. Les
Indois les luy couppent pour le rendre plus precieux,
& amuſent noſtre niaiſerie par leur piperie , de fait ſous
le ventre on void les marques par où les cuiſſes paſ-
ſoient qu'on a couppé rez peau , pour nous abuſer.

50. Grimpereau , c'eſt vn oyſeau qui ne vole guiere,
mais il ne fait que grimper & monter de branche en
branche ſuiuant les hayes comme fait le Roitelet : le
Picuerd grimpe droit par le tronc de l'arbre, & monte
iuſqu'à la cime.

51. Reclamer vn oyſeau , c'eſt le hüer & le rappeller,
comme on fait les oyſeaux domeſtiques qui ſe vont
quelquefois pourmener par la rüë, puis on les rappel-
le pour les mettre en cage, comme les Gays , les Cor-
neilles , &c. & le reclaim c'eſt ce cris là ; on s'en ſert
ſouuent en fauconnerie r'appellant les oyſeaux ſur le
poing, au leurre , à la perche.

52. Les Pyrales ou Pyralidés ne viuent & ne volent
que dans le feu, ſi toſt qu'elles prennent l'air, elles meurent. Les Cigales n'ont point de langue , mais en l'eſtomac ont vne pointe faite à mode de langue pour ſuçer
la roſée ; les petits Cigalas rompent vne pellicule de la
mere-Cigale & s'enuolent : elles ont l'eſtomac plein de
tuyaux dont viennent les fredons de celles qui chantent auec vn battement d'aiſles , comme ſi on touchoit
des regales. Les femelles ne chantent que le racet , &
ſont touſiours muettes.

53. Airet

53. Airer ou nicher, c'est depoſer la nice des pouſſins, & pondre les œufs pour les couuer à l'oiſir & les eſclorre, dans le nid bien tapiſſé de mouſſe, de plumes, de paille, &c.

54. Friquet, c'est vn Moineau de noyer qui ne fait que freſiller ſur l'arbre becquetant les noys, de là on nomme les femmes friquettes qui ſont fort volages, & qui ne font que babiller & courir. Moineau à la ſoulſie ou au collier iaune, c'est celuy qui a au col comme vn petit carquan de duuet iauniſſant.

55. Affaicter vn oyſeau, c'est le rendre faictis, ſouple, appriuoiſé, l'introduire au vol, curer, traicter, paiſtre, rabiller ſes pennes, tenir en ſanté, guerir, & le faire vn oyſeau de bon affaire.

56. Mouſcheter à vray dire, c'est le vol de pluſieurs mouſches, ou pluſtoſt le papillotage noir que fait vn tas de mouſches aſſiſes ſur quelque eſtoffe d'autre couleur où vous voyez vn monde d'atomes noirs, de là mouſcheter, c'est ſurſemer quelque eſtoffe d'vne couleur, d'autres mouchetures & couleurs ſureſparpillées.

57. L'Abeille eſt auſſi des beſtes volatiles, elle a vn piquon fort aigre, & de la piqueure de ſon aiguillon la chair ſe ſouſleue & s'enfle tout autour; ietton d'auettes, c'est la ſaillie des ieunes qui ſous vn ieune Roy vont chercher nouueau pays. Elles font la cire des fleurs, & en ſuçent l'eſprit, qui eſt le miel, & le ſucre du rayon & gaſteau où elles le poſent : à vray dire le miel tombe du Ciel & les Abeilles ne font que le recueillir, & le butiner pour en faire tranſport dedans leurs ruches.

58. Les oyſeaux preſagiſſent le bon & mauuais temps;

Ff

quand les Grües tiendront le haut de l'air, c'est signe
de beau temps, quand les Canards s'espluchent auec le
bec, c'est signe de vent. De mesme quand les Corbeaux se croquent mutuellement auec vn certain croyail-
lement ; quand l'Arondelle voletant raze l'eau de l'aisle,
garde la pluye ; de mesme quand le Heron est morne
sur le grauier, & l'Oye rompt la teste à force de criailler.

59. Aristote met dix sortes d'oyseaux de proye ; Pline
en met seize ; il y en a qui font naturellement sans estre
façonnez, ny leurrez, & font le deuoir parfaitement
bien.

Le Phœnix.

LE Cesar des Oyseaux, est le miracle de la nature
qui a voulu monstrer en iceluy ce qu'elle sçait faire
se monstrant vn Phœnix en formant le Phœnix : Car
elle l'a enrichy à merueille luy faisant vne teste tymbrée
d'vn pennache Royal & d'aigrettes imperiales, d'vne
touffe de plumes, & d'vne creste si esclattante qu'il
semble qu'il porte ou le croissant d'argent, ou vn estoille
dorée sur sa teste. La chemise & le duuet est d'vn changeant surdoré qui monstre toutes les couleurs du monde ; les grosses plumes sont d'incarnat, & d'azur, d'or,
d'argent, & de flamme : le col est vn carquan de toutes pierreries, & non vn arc en Ciel, mais vn arc en Phœnix : La queuë est de couleur celeste auec vn esclat d'or
qui represente les estoilles. Ses pennes, & tout son
manteau est comme vne prime-vere riche de toutes
couleurs ; il a deux yeux en teste brillants, & flam-

boyants qui semblent deux estoilles, les iambes d'or,
& les ongles d'escarlatte, tout son corsage, & son port
monstre qu'il a quelque sentiment de gloire, & qu'il
sçait tenir son rang, & faire valoir sa maiesté imperiale.
Sa viande mesme a ie ne sçay quoy de Royal, car il ne
fait son past que de larmes d'encents, & de chresme de
Baume. Estant au berceau le Ciel (dit Lactance) luy distille du Nectar & de l'Ambrosie. Luy seul est tesmoin
de tous les aages du monde, & a veu métamorphoser
les ames dorées du siecle d'or en argent, d'argent en
airain, d'airain en fer; luy seul n'a iamais faussé compagnie au Ciel, & au monde; luy seul se ioüe de la mort
& la fait sa nourrice & sa mere, luy faisant enfanter la
vie. Luy a priuilege du temps, qui ny met, ny sa faux,
ny sa pince, & en fin il semble Roy & souuerain Seigneur, & du temps, de la vie, & de la mort ensemble.
Car quand il se sent chargé d'ans, appesanti d'vne longue vieillesse, & abbatu par si longue suitte d'années
qu'il a veu se glisser les vnes apres les autres, il se laisse
emporter à vn desir & iuste enuie de se renouueller par
vn trespas miraculeux. Lors il fait vn amas qui seul au
monde n'a point de nom; car ce n'est pas vn nid, ou
vn berceau, ou lieu de sa naissance, puisque il y laisse la
vie: aussi n'est-ce pas vn tombeau, vn cercueil, ou vne vrne
funeste, car de là il reprend sa vie: de façon que ce ie ne
sçay quoy est vn autre Phœnix inanime estant nid &
tombeau, matrice & sepulcre, & l'hostel de la vie & la
mort tout ensemble, qui en faueur du Phœnix s'accordent pour ce coup. Or quoy que c'en soit, là sur les
bras tremblants d'vne Palme, il fait vn amas de brins

de Canuelle, & d'Encens, sus l'Encens de la Casse, sur
la Casse du Nard, puis auec vne piteuse œillade se re-
commandant au Soleil son meurtrier, & son pere, se perche, ou se couche sur ce bucher de Baume pour se despoüiller de ses fascheuses années. Le Soleil fauorisant
les iustes desirs de cest oyseau, allume le bucher & re-
duisant tout en cendre, auec vn soufle musqué luy fait
rendre la vie. Lors la pauure nature se voit en transe,
& auec des horribles eslancements apres craignant de
perdre l'honneur de ce grand monde : Aussi commande
elle que tout demeure coy au monde, les nuées n'oseroient verser sur la cendre ny sur la terre vne goutte
d'eau; les vents pour enragez qu'ils soient, n'oseroient
courir la campagne, le seul Zephire est maistre, & le
Printemps tient le dessus, tandis que la cendre est inani-
mée; & la nature tient la main que tout fauorise, le retour de son Phœnix. O grand miracle de la diuine prouidence, quasi en mesme temps ceste cendre froide ne
voulant laisser long temps la pauure nature en dueil, &
luy donner l'espouuante, ie ne sçay comment eschaufée
par la fecondité des raiz dorés du Soleil se change en
vn petit ver, puis en vn œuf, en fin en vn oyseau dix fois
plus beau que l'autre. Vous diriez que toute la nature
est resuscitée, car de fait selon qu'escrit Pline, le Ciel
de nouueau recommence ses reuolutions & sa douce
musique, & diriez proprement que les 4. Elements sans
dire mot chantent vn motet à 4. auec leur gayeté fleurissante en loüange de la nature, & pour bien vaigner
le retour du miracle des oyseaux, & du monde. Miracle
dis-ie car il est son fils & son Pere; Il est sa Nourrice &

fon Nourriffon ; il eſt ſon Meurtrier & ſa Mere ; luy ſeul eſt toute ſa parentelle, ſeul heritier de ſa Royauté ; luy eſt ſon Adam & ſon Eue, & ſa vie, & ſa mort, en fin il doit tout à ſoy-meſme. Les Poëtes nous font à croire que par ie ne ſçay quel inſtint de nature, il ſe charge de ſon tombeau, & le porte ſur l'autel du Soleil, en ſigne de gratitude, recognoiſſant la vie de luy, & luy faiſant hommage.　　　　　　　*Lact. de Phœnice.*

Ipſa ſibi proles, ſuus eſt Pater, & ſuus hæres
　　Nutrix ipſa ſui, ſemper alumna ſibi.
Ipſa quidem, ſed non eadem : quia & ipſa, nec ipſa eſt
　　Aeternam vitam mortis adepta bono.

Le Pan.

CEt oyſeau pretend bien de tenir le premier rang parmy les oyſeaux, tant il eſt fier de ſa beauté, & piaffe à la monſtre de ſa roüe eſtoilée. Il eſt glorieux au poſſible, & s'apperçoit bien lors que l'on prend plaiſir à le contempler, car auſſi toſt il branſle ſa teſte hautaine, & ſecoüe par brauade le pennache d'aigrettes qu'il porte ſur ſa teſte, puis d'vn œil aſſeuré regardant l'aſſiſtance il ſe met à ſon iour, & prend le Soleil & l'ombrage qu'il faut pour faire mieux paroiſtre ſa riche tapiſſerie, & donner l'eſclat à ſes viſues couleurs ; en ſe contournant grauement il fait briller ſa teſte ſerpentine, & ſon col habillé d'vn precieux duuet qui ſemble de ſaphirs, de meſme eſt la poittrine diaprée de pierreries eſclatantes qui y ſemblent enchaſſés pour luy faire vn carquan, du dos cendré ſortent deux grandes aiſles rougeaſtres &

d'affez bonne grace. Ce qui le fait glorieux eft fa queuë, & fon threfor qu'il porte toufiours en crouppe. Il n'a pas fi toft fuperbement defployé fes pennes dorées, faifant fa roüe, qu'il femble vouloir difputer le pris de la beauté auec toutes les creatures ; Car le Ciel ne luy femble plus beau auec tous fes yeux & Aftres dorez, que fa queuë parfemée d'eftoilles d'or, de faphirs, & de fines efmeraudes. Pour vn arc en Ciel, fe contournant à deffeln il monftre en fa roüe dix arcs en plume, dix Iris de plumage eftincelant, & de mille couleurs. Si la terre au Printemps fe pare de fes fleurs, le Pan porte toufiours quand & foy fon Printemps qui luy fert de lacquay qui eft toufiours à fa queuë, & vous fait voir vne primevere de foye & de fatin, vn parterre portatif, vn iardin mouuant, & vn Royal & animé Bel-vedere, & des Tuileries enchaffées. Sa roüe luy fert de tapifferie de haute lice, de ciel & de day, où il eft appuyé en Roy. C'eft le poifle fous lequel il marche grauement, c'eft fon parafol qui le defend des rigueurs du Soleil ; Autant de pennes autant de miroüers où il mignarde & flatte fa beauté : il fent bien le galand qu'il eft magnifique, c'eft pourquoy il fe hazarde de vouloir faire peur trainaffant par terre le bout de fes pennes, & les faifant claqueter contre terre, auec vne démarche arrogante. Le plaifir eft quand on fe moque de luy ; car auffi toft il plie fon panier, enferme fa coquille, & enueloppant fon threfor fe defpite fi tres-fort que s'il ofoit, il vous creueroit les yeux de fes ongles, & vous arracheroit la langue. Vous le voyez tranfir à veuë d'œil, mais bien dauantage quant en Octobre il a perdu fa queuë, car il fe cache comme

s'il portoit le dueil , & qu'il eut fait banque-route à la
nature. Mesmes de nuict s'il s'esueille en tenebres , il
pense d'auoir perdu sa beauté , & se met à soupirer
comme si les voleurs luy auoient desrobé ses richesses,
& que de Pan il fut deuenu vn Corbeau, & vn oyseau
tout noir.

Le Mouscheron.

LEs Philosophes ont toutes les raisons du monde de
donner la preseance aux plus petits animaux plustost
qu'à la voute du Ciel qui est vn corps sans ame, & sans
vie. Aussi la puissance de Dieu y fait mieux reluire les
rayons de sa diuine liberalité : Par exemple qui pouuoit
autre que Dieu assembler ces petites pieces & en faire
vn corps organizé pour y loger vn ame d'vn Mousche-
ron, qui tout entier n'est qu'vn point , qu'vn atome,
qu'vn petit rien qui vole , mais vn rien dans lequel
comme dans vn grand Amphitheatre la diuine sagesse
prend plaisir de monstrer sa toute-puissance. Où est-ce
que sa main a posé le corps de garde des sens, où a-elle
attaché ces deux yeux qui se perdent de veuë, & neantmoins descouure toute la grandeur du Soleil , & du
monde ? où est le ressort qui iouë pour mouuoir les
nerfs, & tourner çà & là ces petites blüettes des yeux
entez dans si petite teste ? où sont assises les oreilles capables de toute l'harmonie du monde? & par où passe
le iugement qu'il a des odeurs ? En quelle part est logé
le goust si friand du sang humain que ce petit brigand
nous suçe, & l'entonne en la caue de son estomac, tousiours alteré : Où est ie vous prie ceste fournaise qui es-

chauffe ce bout d'animal , & ce petit nain des oyſeaux,
le tenant touſiours en appetit de boire à nos deſpens?
Peut-on,ie ne diray pas voir, mais ſeulement s'imaginer,
comme on aye peu partager vn petit rien en tant d'eſ-
ſtages & d'offices , icy eſt l'eſtomac, là le cœur, les
poulmons par deſſus ; les yeux au mitan de la teſte, les
oreilles à coſté , le gouſt deſſous les yeux, l'odorat ſe-
parant & my-partiſſant la teſte : Ie n'oſerois vous parler de ſon imagination, de ſa memoire, de ſes appetits,
de ſon amour , de ſa crainte, de ſes menus plaiſirs , &
de ſemblables choſes , car quoy qu'il nous faille aduoüer qu'il a tout cela , ſi ſemble-il que ce ſoit vn excez d'eloquence. Il y a du plaiſir à le voir par l'air, car
il vole ſans voler, il nage par l'air, ou pluſtoſt l'air vole pour luy, & luy ſert de littiere , auſſi n'a-il point d'aiſles, car ce qu'il a attaché ſur le dos en forme d'aiſlerons
qu'on luy a affublés & colés ſur la peau, ſemble de
l'air tiſſu, ou du vent colé enſemble , & vn creſpe qui
n'a autre eſtoffe qu'vn rien damaſſé & couppé en forme d'aiſles : il piaffe neantmoins, & ſe balançant ſur ces
aiſles voltige par l'air , & de nuict fait la guerre aux plus
braues guerriers du monde , leur donnant droit en la
viſiere , & leur humant le meilleur ſang qui leur coule
dans leur veines , au viſage. Ce qui plus m'eſtonne eſt
l'aiguillon qu'il porte qui ſe ſent par ceux qui dorment,
& ne ſe voit par ceux qui veillent. Quand il veut il le
roidit & en fait comme vne lance que mettant en arreſt,
la nuict il nous en donne vne atteinte ſi viſue qu'il y
laiſſe les marques de ſa caualerie ; la meſme luy ſert de
trompette & de clairon, & comme remarque Pline
pour

pour la proportion de son corps a vne voix la plus effroyable de tous les animaux ; le mesme filet qui estoit
lance, & trompette, luy deuient vn haut-bois, & vne
flutte quand il veut s'esgayer, & se donner du plaisir
en chantant à part soy quelque air qu'il desgoise par
nature ; O grandeur de Dieu en si petite creature, qu'vn
petit filet luy serue pour combattre de lance, pour an-
noncer la guerre de trompette, quand il veut rire de
flutte & de fifre, s'il veut du vin ce luy est vne tariere
pour percer vne veine où est son hipocras nostre sang,
& pour boire ce luy est comme vn tuyau, & vn chalumeau pour sucer sa boisson, & vn rien luy sert de
tout selon sa phantasie. Il y a du plaisir de le voir assis
sur deux iarrets longs, & si subtils que la veuë ne les
peut choisir, ie pense que ce sont des atomes qui
font comme deux pilotis pour soustenir ce petit monde où la sagesse de Dieu se iouant monstre partie de sa
toute-puissance. Le monde est le magazin de l'homme,
& l'homme est le magazin de ce petit voleur qui n'a
autre prouision que le sang qui coule dans nos veines.
Qui luy a enseigné d'estre si bon Chirurgien qu'à minuit il puisse treuuer la veine, & de la lancette de son
aiguillon la percer, & en sucer la chresme ? où tient-il
ses sentinelles, & où pose-il ses corps de garde en embuscade pour surprendre ses ennemis en dormant &
leur sucer la vie.

Le Rossignol.

C'Est vn des plus gays plaisirs de nature quand elle
fait silence pour entendre causer vn petit Rossigno-

Gg

let, qui conte ses menus plaisirs au Zephire, & aux forests, desgoisant mille chansonnettes, & fendant douc-
cement l'air par la reprise de cent mille fredons, qu'il
lasche sans faire pause. Pour se donner du plaisir il se
balance sur vne branche qui branse, afin de danser à
la cadence de ces chansons mignardes, & pour marier
sa voix aux flots argentins d'vn cristal coulant (qui se
brisant contre les petits cailloux argentez, iaze doucement, & gazoüille) il se perche droit à plomb sur le
riuage esmaillé de fleurettes, & ce petit Musicien faisant luy seul les 4. parties, & tout le plein chœur de
Musique, vous diriez qu'il enserre dans ses poumons
mille Chantres, mille fredons, & que le petit cornet à
bouquin de son bec luy soit au lieu de tous les instruments de bouche. S'il se plaint, il chante le tremblant,
& entre-couppe de soupirs, s'accommodant à l'air de
ses complaintes, & ses elegies. S'il est gay, il darde sa
voix, & couppe court, & tranche tout du son aigu, &
perçant de ses fredons qui dru & menu montent iusqu'au Ciel, ondoyant & flottant par l'air, & quasi nageant à son aise. Tout à coup il s'aduise, & comme
vne fusée se plombe iusqu'à terre, grossissant le gosier,
enflant sa voix, & contrefaisant vn bas qui enfonce sa
voix iusqu'au centre des notes. Il remonte, & voltige
entre la taille, & la haute-contre, continuant sa musique d'vne roideur infatigable. Ah quel transport s'il
eschet que l'echo le contre-rossignolle, luy renuoyant
ces coupplets, & redisant toute sa melodie. Cette petite voix emplumée, ceste harmonie faisant de l'oyseau,
ce petit bout de rien animé de musique se tuë de chan-

ter. Il s'enuole au Ciel, il se raualle, il fuit, il suit ; il
soupire, il se dueult, il se fasche, il se rappaise, il pesle-
mesle l'aigre, le doux, b. mol & b. quarre, l'aspre & le
doux coulant ; il contrefait l'haut-bois, la flutte, il fredonne en sa petite gorge, il se met en piece, & la quinte le prend oyant qu'il ne sçait rien inuenter que l'echo
ne l'imite, & ne le face aussi mignardement que luy.
Adonc il flatte son doux ennemy, & ramollit sa voix,
mignardant ses passages & les poussant tendrement, &
languidement comme pour fleschir sa rigueur par les
pitoyables accents de ses couplets : puis la cholere l'eschauffe, & se met en fougue coup sur coup deschargeant son feu, par sifflades entre-couppées il semble
menacer qui que ce soit ; il iette sa veuë par tout, & sa
voix en suitte porte le cartel de deffi à ce fascheux con-
tre-chantre; il enrage que ne voyant rien, il oyt pourtant
toute sa science rechantée aussi delicatement qu'il la
sçauroit chanter. Il essaye le tacet pour veoir si l'autre
luy donnera nouueau subjet de forger quelque motet,
l'Echo n'a garde de sonner mot. Et pourtant ce pauure
petit Choriste de nature perd patience, il entame l'air
d'vne voix pesante, & ne chante que Maximes ensi-
lées, & semibreues, mais patience luy eschappe se
voyant trahy par les reprises, & surprises de l'echo, il
desueloppe mille crochets tout d'vne haleine, & semble ietter hors son bec toute sa vie & son ame formée
en mignardise de fredons & passages, & puis va d'vne
voix sautellante, puis à longues tirades, il entremesle
mille bricoles & feintes, il ramasse sa voix & reserre
ses fredons, & chante le plein chant, il allonge sa voix.

fe fafchant contre foy-mefme, il y met & nature, &
art, & y perd tout. Car tout honteux il fe iette dans le
bois, où il creue de rage.

L'Abeille.

L'Abeille eft le plus grand politique de tous les animaux, le reglement de leur petite republique eft
du tout merueilleux. Le Roy eft celuy qui eft de plus
riche taille, & de corfage royal, tous fes vaffaux luy
obeiffent auec fouplefTe, & reuerence, ne faifant iamais
rien contre le ferment de fidelité. Le Roy n'eft armé
que de Maiefté, & beauté, s'il a vn aiguillon iamais il
ne s'en fert au maniement de tout fon eftat, il n'apporte que du miel à fes commandemens, auffi fa douceur & prefence royalle fert de Code, & de digefte,
& du grand Couftumier de toute fa Monarchie; il n'y
a ietton d'Auettes qui n'ait fon Capitaine, & pour euiter
le defordre il y a vne grande police en leur eftat, entr'elles on ne croiroit pas la grande ciuilité, & cour-
toifie qui s'y exerce, & parmy ce petit peuple bien apprins il y a vne amitié plus que fociale, & tous les droits
reciproques de bourgeoifie, viuant en communauté
auec trefbonne intelligence, tout y marchant par regle
& par compas, fans que rien fe demente. L'hyuer elles
fe tiennent cachées, ne pouuant fe roidir & fe guarantir contre l'effort & les violences de l'hyuer, & des outrages des vents; & pour l'heure elles tiennent leur petite affemblée, en vn lieu deputé à cét effect, s'entre-
recognoiffant les vnes les autres, & fe gardant fidelité

& bonne compagnie ; les faitnéants font bannys fans remiſſion, & exilez hors de la frontiere. Elles ne ſe iettent à la diſcretion du temps , ſinon à l'heure que les febues fleuriſſent , & dés lors elles ne perdent vn iour ſans trauail. La belle premiere choſe eſt de faire, ou refaire & raccommoder leur goffre, & leur rayon, chacune ayant ſon quartier à pouruoir , & r'habiller de cire fraiſche, ou edifier de nouueau. Le logis eſtant parfourny, & l'hoſtel du Roy paré à leur façon, elles s'amuſent à multiplier leur petit peuple quand elles ſont logées, & faire cire , finalement à diſtiller le miel. Or comme elles ſont prou informées que les petites beſtes, & menuës beſtioles ſont fort friandes de leur miel, elles verniſſent leur ruche de cire, & r'embouſchent tous les trous, les fentes, & les aduenuës, & finement vous y meſlent du ius aigre des herbes du monde les plus ameres pour deſgouſter & ſceurer les voleurs qui y voudroient attenter , & gourmander leur ouurage. Elles font la cire du ius qu'elles ſuçent des fleurs, herbes, arbres: quant au miel elles le hument auſſi des arbres ou roſeaux portans gommes , glu, & des humeurs graſſes & coulantes en filant. Le rayon a trois peaux, & comme trois cortines pour le fortifier. Le premier ſe dit Commoſis, qui eſt le premier r'embouſchement & eſt tres-amer. Le 2. eſt Piſſoceros, qui eſt comme verniſſure, & gomme ou cire fonduë pour poiſſer, vitrer, & verniſſer le dedans. Le 3. eſt Propolis, qui eſt comme la tapiſſerie, faite de fleurs & d'vne certaine matiere qui tient chaudement les rayons, & les iettons. Apres s'enſuit la prouiſion des Abeilles , & leur petit garde-man-

ger où elles prennent leur refection apres le trauail, cette munition eſt amere , & cachée és concauitez des
rayons. Ces beſtelettes font la cire de toute herbe , &
fleur ; ſauf que iamais elles ne ſe poſent ſur la fleur morte. Pour aller butiner les fleurs , & aller à la deſpoüille
des herbes , iamais , dit-on , les iettons ne s'eſcartent
plus de ſoixante pas de leur Ruche. S'il n'y a aſſez de
fourrage , elles deſpeſchent leurs eſpies , & fourriers
leur mandant de deſcouurir le pays, courir à la piquo-
rée , & faire leur rapport, afin de continuer leur petit
meſnage. Ces piquoreurs voltigent tout autour du
pays, & ſi la nuict les ſurprend au retour de leurs charges, elles ſe logent à la campagne, à l'abry de quelque
branchage, ou ſi elles ne peuuent , elles coucheront à
la renuerſe, de peur que les aiſles ſe chargeant par trop
de roſée, elles ne ſoient empeſchées de parfournir leur
ambaſſade. La ſentinelle, au champ, fait le guet en meſme equippage , & poſture craignant fort l'aiſle. Car de
iour le guet eſt touſiours aſſis aux portes comme en
vn camp , & arment touſiours ſur la frontiere de leur
eſtat. De nuict elles ont vn dortoir où toutes repoſent
& pas vne ne bouge, iuſques à ce que la diane n'ait ſon-
né, & le reſueille matin auec ſa trompette ne les eſueille auec deux ou trois fredons ; à l'heure ce petit beſtail,
& ceſte gaillarde trouppe, ayant ouy le cry, ſe met en
equippage pour aller en queſte, & nouuelle conqueſte.
Les vieilles gardent la maiſon, & font le meſnage, les
ieunes vont au trauail ; les vnes (quand l'armée eſt en
campagne) entortillent la chreſme des fleurettes dans
leurs petits iarrets que la nature leurs a fait rabboteux,

velluz, & afpres à ce deffein, elles s'aident du mufle &
des pieds de deuant pour charger les cuiffes de derriere;
les autres empliffent leur gorgettes d'eau , & fe ramaffant bien ferrément s'enuolent à la Ruche ; trois ou 4.
font deputées pour defcharger celles qui font chargées.
Si le vent les bat elles empoignent vne pierre, ou bien
s'en chargent le dos , & razant la terre , & fuiuant les
buiffons qui rabbatent le vent , finalement elles gaignent leur fort , & fe iettent dans le chafteau , laiffant
efcouler tout le refte de l'orage. Dedans toutes ne font
pas mefme meftier , les vnes font les maiftreffes qui
maçonnent, plaftrent , & affermiffent les baftiments, les
autres feruent de manœuures, & portent les materiaux,
les autres font la cuifine. Les maçonnieres font les arcades, le lambris, les paffages libres , & ouuerts. On ne
met point de miel és trois premiers rangs du rayon, afin
de n'attirer les larrons pour les voler ; auffi quand on
veut chaftrer la Ruche on la renuerfe fans deffus deffous, car le meilleur eft au bout du gafteau, & au haut
des voutes du rayon. Elles font fort propres & nettes,
iettant toutes les ordures en vn lieu qu'elles curent le
premier iour de pluye qu'elles ne fortent pas. Apres
foupper on entend vn grand bruit, qui fe modere peu
à peu, & s'appaife auffi toft que leur trompette a fonné la retraite. Quand le Roy marche tout le ietton luy
fait la cour, & luy fait garde auec tant de ialoufie qu'il
ne permet pas feulement qu'on le regarde , fes Archers
ne l'abandonnent iamais foit qu'il forte, foit qu'il vifite
dans la Ruche fi les officiers s'acquittent de leur deuoir,
& font le deu & le fait de leur charge. S'il perd vne

aiſle en bataille , ou s'il eſt recreu , elles le portent ſur
leurs aiſles ; s'il eſt eſgaré , tout le ietton bat l'eſtrade, &
le cherche au nez l'eſuentant à la ſeule odeur. S'il s'arreſte , elles s'entr'attachent tout autour , & font vne ſorte de grappe de raiſin luy faiſant bouleuard de tout
l'oſt , & de toute l'armée. Qui attrappe le Roy eſt aſſeuré d'auoir pour rançon tout l'eſſeim, qui aime mieux
perdre la vie que la fidelité enuers ſon Prince. On dit
que ſi le Roy eſt porté mort par terre au choc de l'armée , le camp ſe rompt , & chacune va buſquer fortune, & chercher aduenture és autres iettons. Il eſt plus
croyable , qu'elles auſſi toſt en créent vn autre , & en
foy, & hommage le leuent ſur leurs aiſles, comme iadis les Hongres leuoient ſur leurs boucliers leur nouueau Roy. Et au treſpaſſé elles font le conuoy à la Royale, on recognoit aſſez leur dueil à leur triſte façon , &
au bordonnement melancholique. qu'on oyt iuſques à
ce qu'il ſoit ſous terre. Quand la prouiſion leur faut en
leur Ruche, elles courent l'air & vont voler leur voiſi-
ne, mais cela ne ſe fait pas ſans cruelle guerre , ſe coupant la gorge les vnes aux autres , s'entrebattant armée
contre armée. Auſſi ſouuent elles s'eſcarmouchent pour
le butin des fleurs , & n'eſtant les plus fortes elles im-
plorent l'aide de leurs compagnes, qui s'en vont de roideur à la charge , & combattent mutinement , on ne
les ſçauroit deſmeſler qu'en faiſant tomber vne greſle
de terre , ou contrefaiſant le tonnerre auec les baſſins
entre-choquez, car à l'heure chacune ſe retire en ſa chacune, & en ſon quartier. Si le iardinier eſt fauorable à
vn party iamais elles ne luy courront ſus en recompenſe,
                                         ce dit-on.

ce dit-on. Leur aiguillon eſt enté dans le ventre, auſſi quand elles l'enfoncent ſi auant, & le fichent ſi profond qu'elles ne le peuuent retirer ſans que le boyau y demeure, elles en meurent. Si l'aiguillon y demeure à demy elles viuent, mais chaſtrées qu'elles ſont, ſont comme frelons ſans ſçauoir cueillir miel, ny faire la cire. Les ſauuages ſont farouches, & bien fort mauuaiſes, mais fortes au trauail ; les priuées courtes & bien ramaſſées en rond ſont les meilleures & coulorées en bigarrure, les longues ſont laſches. Elles ont de puiſſants ennemis de leur eſtat, meſmes ſont ſubiectes à de faſcheuſes maladies, elles ne viuent que 7. ans ou enuiron, on dit que le Soleil les reſuſcite, à la charge que l'hyuer elles ayent eſté enſepuelies ſous la cendre de figuier.

Le ieune Roy des Abeilles.

POur eriger de nouueaux Royaumes, & deſcharger les vieux d'vne ſi grande populace, le ieune Roy depeſche ces fourriers qui vont battre l'eſtrade, fleureter çà & là, & deſcouurir le pays, faire les fourriers & auant-coureurs. Tout eſtant preſt le Roy donne vn ſigne, les Auant-gardes à petites iournées vont deuant, le Roy ſuit tout enuironné de ſa cour toute armée d'aiguillons, quand l'allarme eſt donnée tout ces petits piquiers font bon deuoir, & pendant que les clairons & trompettes animent les trouppes, vous voyez des Cheualiers volants en l'air d'vne furieuſe rencontre s'entre-tuer, auec vne ſi mutine opiniaſtreté, (car ces pe-

Hh

tites gens ne font que feu & cholere qui vole , & vn
auctrin aigu qui les eflance les vnes contre les autres)
que tout mourroit fi le Iardinier ne les faifoit entrer en
compofition par le bruit des baffins , donnant logis au
nouueau Roy conquerant & à fes ieunes bandes de
petits Argolets. Le tout fe defmefle , le Roy fe branche en quelque arbre , toute fa gendarmerie fe pend
tout autour , on les rafraifchit auec vn peu de vin , on
les loge en vne nouuelle Prouince , aufli toft elles s'ap-
priuoifent , & font le Palais Royal , & le Louure de
leur Souuerain , mais fort magnifiquement , mettant au
deffus vne petite motte qui fert comme de donjon , là
dedans font ceux de fon fang , de fait fi on efpraint ce
donjon , on n'aura point de race de Roys. On tient
qu'elles font leurs petits de fleurs , & les couuent comme la Poule , & efcloent de petits vermiffeaux , qui
chargent les aifles , & en mefme temps s'efclot le Roy
qui eft d'ordinaire rouge , fait de plus belles fleurs , il
naift auec les aifles , portant vne eftoille blanche au
front comme fon diademe , il a la démarche plus Ma-
ieftatiue , & plus braue que les autres ; il eft plus luifant,
gaillard , & poly , & de plus beau corfage que les autres ; les ieunes courtifent incontinent leur ieune Prince
qui refent bien fa Maiefté , & a fentiment de gloire
fçachant tenir fon rang.

Le Miel.

LE Miel s'engendre en l'air fous la faueur & influence de certains Aftres , comme és iours caniculaires , à la fine aube du iour on treuue les fueilles char-

gées & fucrées de Miel ; Ceux qui fe rencontrent aux
champs auant la diane , fe fentent tous enduits de miel.
qui cher. Pline ne fçait fi c'eft la fueur du Ciel , ou la
faliue des Aftres , ou le vis & colature de l'air qui fe
purifie. Les Auettes le fucçent , le humens, & le raclent
fur les fleurettes , & herbettes , l'entonnant en leurs petits eftomachs pour le reuomir en leur goffre , mais elles
le fofiftiquent auec les autres liqueurs tirées des autres
fleurs qu'elles lefchent, & efchrefment, le fralattant &
broüillant , fi on en pouuoit finer du pur & net comme la nature le forme, il n'y auroit rien de plus fouuerain au monde. Selon la delicateffe des fleurs dont elles
le puifent , auffi eft-il meilleur , car les fleurs s'en em-
boyuent & fucçent la fleur du miel , les autres le laiffent
plus pur, & n'en hument que bien peu comme le
Thym , Romarin , &c. & pourtant le miel cueilly là
deffus eft excellent. En vn iour ou deux , elles remplif-
fent leur maifon de miel , fi courageufement befo-
gnent-ils ces petits corps. & ces pauures menuës be-
ftelettes, qui font honte à tout le genre humain.

Vers de foye.

LEs Vers de foye naiffent & efcloent des fleurs qui
tombent des Cyprés , Terbentins , Frefnes. La
pluye les abat, la terre les nourrit auec fes vapeurs. Ce
font petits papillonneaux tout fin nuds , puis fe font velus , & s'arment apres contre le froid d'vn bon cuir &
d'vne robbe efpeffe. Ces beftioles ont les pieds afpres,
& rabboteux , car c'eft auec eux qu'ils raclent tout le

coton qu'ils peuuent agraffer, & gripper fur les arbres pour enfiler la foye. Ils font vn blot de tout, & foulent la foye auec les pieds, la cardent auec les ongles, puis la pendent entre les branches, & la peignent pour la rendre coulante, fubtile, viue, fouple, propre à fe pouuoir tiftrer, & mettre en befongne, ils s'enfepueliffent richement dans ce peloton, s'entortillent dans ce duuet & fe couchent comme dans vn riche tombeau, ou nid pour fe couuer foy-mefme, & contraindre la mort d'enfanter la vie. Au refueil & à leur renouueau ces precieux Vermiffeaux fe r'habillent d'aifles, fe reiettent au trauail, liment fort gentiment les fueilles des Meuriers, & les digerent en foye, ayant tout leur petit eftomach comme vn riche magazin d'Orient garny de foye vifue, teinte en la teinture de nature.

Les Entes.

L'Es oyfeaux font les maiftres enteurs, & les inuenteurs d'enter en graine, & à noyaux, car en portant çà & là & en laiffant cheoir és fentes des arbres, on a veu germer des Cerifes fur vn Laurier, &c. de là l'homme à tant refué qu'il a treuué la façon d'enter en efcuffon, fendant auec vn coufteau bien tranchant & pointu, & entr'ouurant l'efcorce là où il y a vn bouton, & lors on met l'œillet de l'arbre dont on veut auoir le fruit (qu'on a taillé auec le mefme coufteau, & enleué fort nettement) droitement fur le piquon de l'œillet du fauuageon dont on a enleué l'efcorce. Pour enter en greffe (ce qui s'eft fçeu par fortune ayant vn

bon homme mis des Palis fur du Lierre, où ils viuoient
de vie d'autruy aufli bien que s'ils euffent efté en terre
à mode de plançons) il faut fcier efgalement le fauuageon, & d'vn farpillon nettoyer vniement la fciure,
fans y laiffer vn feul filet ou brin detaché ; & lors on
peut enter la greffe l'enchaffant ou entre l'efcorce &
le bois ; ou dans la fente mefme, voire perçant le cœur
& la moüelle des fauuageaux. Dans le cœur on n'y en
met qu'vne, en fente plufieurs, & pendant qu'on les
pofe on fait entrebailler le fauuageon y mettant vn
coin de fer comme vn baillon, & on affied les greffes
entre les léures du tronc, qu'il faut curer au prealable,
& applanir des deux coftez comme en forme de languette, laiffant pourtant de tous coftez l'efcorce naturelle. Et parce que tous arbres n'ont pas la mefme feue,
les vns l'ayant à la cime (dont aufli faut prendre le
greffe, & les chappons pour replanter & enter comme
du Figuier, &c.) les autres au cœur & au milieu comme l'Oliuier, &c. (aufli y prend on les iettons dont
on fe veut feruir pour enter & greffer) pour bien faire
il faut que le greffe, & le fauuageon ayent mefme efcorce, mefme feue, & natures qui s'accordent volontiers. Si on fait la fente fur le nœud, la durté du nœud
ne receura iamais de bon cœur le greffe, & ne luy faifant bonne chere, l'enture ne fera pas bonne fin. Les
bons greffes fe prennent és fourchures, & branches du
mitant tournées vers le Leuant, & fur des ieunes iettons & arbres qui foient en leurs forces, faut aufli la
greffe bien boutonnée, & non tarie, ou hauie & fe-
chée du Soleil, ny cicatrizée ou gerçée & tranchée de

creuaſſes, & que la moüelle ſoit bien vnie & collée à
la fente du bois & l'eſcorce du Pere (c'eſt à dire, du ſauuageau) & non pas à fleur d'eſcorce ſeulement. Au
reſte il ne faut pas mettre à iour la moüelle du greffe
quand on l'appointe, mais il faut doucement le plumer,
& applatir, vnir, & liſſer, le façonnant à mode du
coing, & l'enfoncer dedans le tronc iuſques à ce qui a
eſté raclé, gardant bien que l'eſcorce de l'vn & de l'autre ne ſe fronçe, ou deſtache du bois ; que l'encocho
du ſauuageon ne ſoit trop eſtroite, car il eſtoufferoit le
ietton, ny trop laſche auſſi, car ils ne feroient bonne
alliance, ny priſe qui peut durer. Si le Pere eſt gros,
vaut mieux enter entre l'eſcorce ſe ſeruant d'vn coin
d'os, afin qu'il ne ſe rompe en alaſchiſſant l'eſcorce.
C'eſt aſſez que le greffe ait 6. doigts ſur la troque (c'eſt
à dire, le rembouſchemens de la fente, & ceſte boule
de terre, & mouſſe) dont l'ente eſt enduite. Il faut
prendre la Lune & le vent ; les vns veulent eſtre entez
de Lune alterée, c'eſt à dire, ſeche, & adonnée au
beau ; les autres au contraire, & leurs œillets bouton-
nent aiſément, & s'efforcent de s'eſpannir, & à fueiller,
ayant vne grande ſaue. Quand on ente en eſcuſſon, il
faut bien remboucher d'argille l'entamure, gardant
bien que le iour, ny l'air n'y entre, ou que la ſeue s'eſcoule, il faut bien bander, & feſſer ledit eſcuſſon enchaſſé, laiſſant pourtant le bouton à iour. Au reſte vn
bouton enté en arbre qui ſoit à eſcorce creuaçée, ou
ſec & ſans ſeue, ne fait pas belle fin. Sur tout faut
prendre garde que le Pere & la greffe ſoient des arbres
qui aiment compagnie, & qui facent liaiſon, car il y

on a qui font fauuages, & ne s'allient volontiers, & où iamais on ne fait bonne foudure. Le vray temps d'enter n'eft pas l'Hyuer qui ferre, & endort la force, mais le Printemps qui defferre, ouure, & efchauffe la vigueur des arbres ; entant au decours de la Lune les entes feront plus abondantes, & mieux encor fi la greffe eft prife du cofté le plus orienté de l'arbre. On n'ente guiere à mode de petite couronne, & faut que ce foit quand les arbres font le plus en amour, & en leur grande feue. On ente auffi en tuyau, mais il faut fçauoir bien dextrement tordre la greffe fans abbatre les yeux, ou efbranler les boutons, & puis l'enchaffer bien proprement dans l'autre fur qui on ente.

Le Papier.

LEs Parthes brochent leurs lettres en drap, ou en toile à mode de broderie ; les Anciens efcriuoient en fueilles de Palmiers ; ou dans la tendre efcorce, ou és Tablettes, ou dans la Cire. Le Papier a efté trouué en Alexandrie, le Parchemin en Pergame. Le Papier croit és marais du regorgement du Nil, fa racine eft tortuë, fon fuft eft en triangle & va en appointant iufqu'au bout, où il iette vn bouquet qui ne fert qu'à faire des chappelets fleuriz, pour orner les teftes. Du fuft on en fait des barquerolles, & de fa teille, de la pelure, ou canepin on en fait des voiles, nattes, linges, &c. On ouure la teille auec la pointe d'vne éguille & on prend les fueilles, les meilleures font au cœur, & au milieu du fuft, on les couche fur vne table, on les

ioint enfemble, on les rogne, puis on les preſſure pour
eſprainde toute l'eau, on garde bien de les rider, puis
on les ſeiche au Soleil. Les fueilles pres de l'eſcorce
ſeruent à faire le Papier marchand pour en paqueter. Le
gros refuſe l'encre ; le trop mince qui n'a aſſez de colle,
& a les veines trop alterées & ſeches boit trop, & ſe
fond ; la poliſſure du Papier liſſé eſclatte, mais n'eſt de
durée. Mais ie vous prie quel miracle de Nature & de
l'Art eſt-ce que le Papier ? qu'Alexandrie a conçeu &
enfanté vn digne miracle, trauaillant en vn ſeul lieu
pour donner tout par tout l'immortalité à noſtre pauure mortalité. Apres le deſbord du Nil vous voyez
naiſtre vne petite foreſt ſans branche, vn touffu bois
taillis ſans vne ſeule fueille, & diriez-vous que c'eſt
vne eſpaiſſe moiſſon d'vne plaine chargée d'eſpics, &
venuë ſans labourage, la perruque flottante & dorée des
mares pourries, ces roſeaux ſont plus tendres que les
reiettons, plus roides que les herbes, ils ſont tout
pleins de ie ne ſçay quel riche rien, & vuides qu'ils
ſont, ſi ſont-ils tout fourrez de ie ne ſçay quelle moüelle qui remplit tout, c'eſt vn bois eſpongeux d'vne
tendreſſe touſiours alterée & preſte à boire, bois à mode de pomme, reueſtu d'eſcorce bien ferme, de moüelles tendres, & de charnure, delicate au dedans ; fuſt de
belle longueur & ſans ride & ſans poids, ſe roidiſſant
& portant bien ſa teſte à plomb ſur ſa racine, finalement c'eſt vn treſbeau fruit, d'vn tres-ſale regorgement du Nil. Et en quel pays de grace naiſt vne autre
herbe, qui ſoit capable d'eternizer les Oracles des
beaux eſprits. Deuant ce Papier, toute la prudence
des

des fages , toutes les merueilles des hommes eftoient
mifes au cercueil auec leurs Maiftres. Et en vie mefme
quel martyre aux grands hommes de voir pendant que
le cœur boüillonnoit , & l'efprit eftoit en beau vol de
fes difcours , qu'il falloit auoir vne extréme patience
attendant que le Secretaire eut pefamment trenché l'efcorce , & efcrit leur commandement fur la rebellion
d'vn bois opiniaftre , bon gré mal-gré les ardeurs de
l'efprit eftoient attiedies , & allenties par la longueur
des Secretaires. N'eftoit-ce pas chofe indigne de coucher fur du bois tant groffier, des penfées fi delicates,
& refentant la nobleffe d'vn efprit de haute hierarchie,
& dans des vieilles efcorces & toutes vermolües enchaffer & grauer des conceptions dignes d'eftre buri-
nées dans le Criftal du Firmament ? cela faifoit tarir
toutes les fources des beaux efprits , & eclipfoit les
belles lumieres de la memoire, quand on fe voyoit
deuant les yeux vne paye fi groffiere, & fi rabboteufe
arreftant le ftile , emouffant les pointes de l'efprit , &
rebouffchant toute la viuacité des imaginations admirables. Mais ces rudes commencemens ont eu heureux fuccez. On a finalement inuenté le Papier qui de
fa beauté femond , & contraint les belles plumes à
s'efforer en fi bel air , & voler en fi belle campagne
de neige collée, ou d'argent cottonné , ou de cotton
tiffu, la plume y gliffe , & l'efprit y vole, rien n'arrefte le vol des belles penfées. Ce font de petits riens
enfilez & colez enfemble, mais fi proprement qu'il n'y
a pas vn trou, ny vn pore ouuert ; ce font les entrailles
innocentes & blanches des herbettes verdes , des fur-

faces dediées, & voüées aux gens d'esprit pour y esmailler leurs doctes fantasies ; qui se laissent rayer de
l'Ebene de l'encre , faisant soubs-rire la neige de sa
blancheur , & se parant de ces deux belles couleurs;
c'est le champ où l'esprit seme la graine de son esperance qui germe en cadeaux & en vne moisson de lettres pour donner vne cueillette d'immortalité. C'est le
sequestre de tous les thresors des sçauantes ames, c'est
l'historiographe de toute l'antiquité , c'est le tombeau
de l'oubliance , & le berceau du sçauoir , c'est la memoire de nostre memoire , la Librairie de nos esprits,
l'heritage de nos ayeuls ; nos memoires bronchent
aisément , le Papier iamais ne fait eclipse. C'est luy qui
est le depositaire de toutes les sciences des secrets de
Nature , & qui porte en son sein tout le monde par
tout le monde. C'est le miroüer de l'ame , car dans
iceluy nous lisons tout ce qui est caché dans le cabinet de nos entendements ; c'est le truchement des
cœurs , l'ambassadeur fidelle des hommes , luy qui
nous fait parler & entendre les absens, oüir les discours
des morts qu'il fait encor parler les tirant du cercueil,
le silence qui dit tout. Comme est il possible qu'vn
lopin de Papier barboüillé d'encre soit le lien du genre
humain, la douce liaison des amitiez , la base de nostre
gloire , & les Chroniques de nos vies. Qui croiroit
que des chiffons , des puants & pourriz haillons cueilliz dans la boüe , & parmy les fumiers, ayant vn peu
esté pilez , moulus , foulez aux Papeteries , & passez
par l'eau claire , y passe-meslant vn peu de colle , &
luy donnant deux secousses sur vn crible , ou vn moulé

de fil d'archal, le tout essuyé parmy des feutres, lissé &
seché au Soleil, peut faire tant de miracles ? Le compagnon plonge à deux mains le moule dans la cuue
pleine, puis donnant deux petites secousses agence tout
cela qui se fige en vn moment, & se forme en vne
fueille de Papier blanc comme lait caillé, & descharge cela sur vn feutre, pour l'essuyer.

L'Or.

L'Or estoit caché auprès de l'enfer par vn iuste dessein de nature pour espouuanter la conuoitise de
l'homme, mais on ne laisse pas pourtant d'enfoncer les
entrailles de la pauure terre, & foüiller iusques aux
faux-bourgs d'enfer, & courir & butiner le domaine
des diables d'où l'or porte vne infection qui est la contagion des cœurs qui infecte & empeste les ames du
monde les plus innocentes, les mettant en appetit de
faire parade de superfluité & sentir bien sa bonne maison. Las que le monde seroit heureux si l'vsage de l'or
se pouuoit detraquer, & mettre en interdiction, n'e-
stant qu'vne chose dressée pour la ruïne des hommes,
& pourtant qui est au delà de tous les outrages qu'on
luy sçauroit dire. O la grande playe qu'à receu le genre humain par celuy qui inuenta la monnoye d'or, au
lieu des lopins de cuir de bœuf, de l'or on en doroit
tant seulement les cornes des grosses bestes voüées au
sacrifice. Maintenant vous voyez nos Dames chargées
d'or és doigts, au col, de bracelets, carquans, colla-
nes en escharpe, chaines, pendants d'oreille, atours &

affiquets de teste, robbes toutes brochées d'or, les bri-
des des patins toutes de fin or, on a mesme fait de l'or
potable, & si on pouuoit ie croy qu'on feroit volontiers vn air d'or respirable, les montagnes d'or, & tout
le monde ; car on void és maisons des esclats riants
d'or, des chiffres, des entablatures qui montrent assez
que l'homme a plus d'enuie, que de puissance. De fait
Salauces Roy feit son Louure d'or, au moins les voutes
estoient d'or, les poutres des chambres d'argent, comme aussi les colonnes, & les iambes des huys. Et Neron sa grande maison dorée qui tenoit la moitié de
Rome. Il a cela de bon que ny roüillure, ny maniment
iamais ne le decalle, ny rabbaisse son carat, il est souple & se laisse traire, filer, tistre, moudre, calciner, c'est
à dire, reduire en cendre, battre & mettre en fueilles, il
se flambe aisément au feu de paille & en prend la couleur, aux autres feux, il est plus accariastre. On en treuue és riuieres, à fleur de terre sous vne manne, & terre
brillante qui le couure, & puis dans terre où il se iette
en filons, pailles, & veines, on caue la mine, on la pile,
on l'esbroüe, on la laue, on l'affine au feu, on la puluerise, on la iette dans vne conche ou fosse quand la mine est fondüe, afin de l'espurer de la crasse. Vray Dieu
que ie suis aise de voir passer cest or par tant de martires, puis qu'il est cause de tant de malheurs, & enchan-
te si puissamment les hommes. C'est bien icy l'aage
d'or puis que tout y est d'or, l'esperance se descharge
toute sur l'or, nos souhaits ne respirent que l'or, heur
& or ce n'est qu'vn, homme sans or ce n'est qu'vn fantosme qui fait peur à tout le monde, sagesse sans or ce

n'eſt que mere follie, ſcience n'eſt que vent qui bat
les oreilles & paſſe, le vray entendement eſt en bourſe,
les eſcus ſont les riches conceptions, l'eloquence dorée, & le vray Chryſoſtome c'eſt l'or qui eſt l'orateur
parfait, & entraine tous ſes auditeurs où il luy plaiſt,
c'eſt le vray Hercule Gaulois qui tire tout auec ces
chaines d'or, c'eſt Orphée qui rauit les beſtes de ce
monde les plus farouches, & les deſſauuage. Oſtez
l'or du monde, tout le reſte n'eſt que ſonge de malade,
reſuerie & bagatelles, amuſe-fols, niaiſeries d'enfants:
& on fait plus d'eſtat d'vne liure d'or que tous les Liures d'Ariſtote, & de toute la Philoſophie, & Theo-
logie tout enſemble. L'Or porte vn iour qui fend les
nuits & trenche les tenebres qui obſcurſiſſent noſtre
vie, tous les ennuis comme Chauue-ſouris fuyent à la
veuë & au rayon de ce beau Soleil, quand il eſt enchaſſé dans le firmament de nos coffres, ou dans le
Zodiaque de nos doigts où il coule toutes les ſortes de
benignes influences. Cette terre enſouffrée & enſaffra-
née eſt la vraye terre ſcellée qui guerit de tous maux,
c'eſt le vray Galenus qui reſioüit le cœur, eſpure le
ſang, tarit la rate, eſuente le foye, allume nos eſprits,
donne pointe à nos entendements, eſclaircit l'œil, deſlie
la langue, auſſi dit-on que l'or potable eſt vn vray
chaſſe-mort, & la mort de la mort meſme. S. Iean a
bien fait de parer Dieu d'or, & de pauer tout le Paradis de meſme, car ie croy qu'autrement ces gens n'euſſent point eu d'enuie d'y mettre la preſſe, & euſſent
mieux aimé les cornes d'or de Lucifer, que celles de
glace de la Lune, ou le Criſtal ardent du Soleil. Qui le

croiroit qu'vne terre oppilée, & ayant le mal de la iauniſſe, de la boüe luiſante, vn caillou eſclatant, l'eſcume ſortant des boüillons de l'enfer d'où on le puiſe, eut
tant de puiſſance ſur l'homme raiſonnable.

Le Vin.

IL n'y a eſprit que d'vn friand, voyez que de façons
de vins pour luy lauer le gozier ; vin aigre pour eſueiller & ouurir l'appetit, vin dur & aſpre pour eſtan-
cher ſon alteration, & piquer gratieuſement la langue
en paſſant ; vin rebelle ou reueſche, & qui donne en
teſte, iettant de groſſes fumées, & des nuées au cerueau ; vin de garde pour l'arriere-ſaiſon ; vin qui auſſi
toſt fait, ſe veut boire, & touſiours eſt en ſa boitte ;
vin qui ſe paſſe, & s'enfuit ; Muſcat qui eſt du muſque
liquide, hypocras, c'eſt à dire, vin ſucré & canelé,
miellé, myrrhé, qui ſent le fenoüil, le meurte, le Nectar fait de mouſt & de miel, doux, piquant, rude, qui
a ſa ſeue ; (car chaque vin a ſa ſeue, & ſon gouſt à
part) blanc, claret, paillé, rouge, chargé de couleur,
iaunaſtre & à goutte d'or, d'Arbois, de couleur d'eau,
vin fait ſous le pied ou mere-goutte ; c'eſt à dire, qui
coule de ſoy & ſe fait du pur degouſt des raiſins non
foulez, c'eſt la chreſme du vin ; *Mera gutta* fait de marc,
des premiers raiſins foulez, ſans fouler, qui eſt le vin
forcé ou enragé, vin bruſlé & ardant, vin boüilly,
non boüilly, cuit, moyſi, tourné, retourné, treſpaſſé,
reſuſcité en le iettant ſur la grappe ; vin de deſpence,
des clercs, des valets, vinot & demy-vin, vin de preſſu-

rage, vin bourru (c'eſt à dire, louſche, & trouble, &
obſcur) le miſtionné, renouuellé, fleury, de collines
qui eſt plein d'eſprit & de vigueur, de plaine, qui eſt
plus groſſier, vin de graue & de ſable, de pierres &
rochers, de treilles & d'arbres, choiſi à la main & fait
de raiſins d'eſlite & d'achoiſon, Maluoiſie de Grece,
douce, piquante, vin dit Lacryma, &c. vin bien raſſis,
& repoſé.

La Vigne.

TOus ceux qui entonnent le vin dans l'abyſme inſa-
riable de leur eſtomach ne ſçauent pas la peine qu'il
y faut apporter, en la cueillette, ſoulure, coulure, preſ-
ſurage, & enronnage, & charroy des vins par mer &
par terre. Quelle peine à beſcher, biner, les pauures
vignes, les prouigner & enſepuelir, les deſchauſſer,
eſchalaſſer & peupler de charniers où elles ſont garrot-
tées, & d'eſchalas, les eſbrancher & défueiller quand
elles ſont trop branchuës, arrenger les ſeps & les ſou-
ches, coupper & laiſſer les maiſtres bourjons, retrancher le ieune bois & les ſuperfluitez, les planter en eſ-
chiquier, ou à treilles, les lier en forme du ray d'vne
roüe, empeſcher qu'elle ne bourjonne trop, ou ſe charge trop de fueilles & de nouueau bois, prendre garde
aux bourjons ou boutons de la vigne, detrancher les
drageons pampiers qui ne iettent que fueilles, & laiſſer
les drageons où bourjons fruitiers qui portent grappes,
fortifier la iambe du ſep, afin qu'elle porte bien ſon
fueillage, c'eſt à dire, ſes pampres, & ſon fruit, la coulure, & le pleurement des vignes quand la ſeue diſtille,

foigner les rejettons qui croiffent en la fourchure de la
vigne, & de la vieille fouche, hoüer, faire les berceaux
és vignes, vigneter, & cent mille autres chofes.

Le preffurage du vin.

CE n'eft encor rien fait, quand le couppeur a defta-
ché les grappes du ferment, il les faut faire cuuer,
boüillir, fouler, ietter fur le preffoir, efpraindre le ius
des raifins que les preffuriers font fortir auec l'arbre, ou
la roüe qui donne fi tres-forte preffe aux raifins efca-
chez fous vn fommier qui s'aualle fur des aix qui ef-
craze tout qu'ils rendent iufques à la derniere goutte,
& ne demeure que le marc, tant eft fort le preffurage;
apres les Preffuriers taillent le marc à coup de doloire
trenchant les bords qu'ils reiettent au milieu pour donner vne autre ferre fur la mer du preffoir à ces rognu-
res qui n'ont efté affez efpraintes, on leur donne vn
autre foulis, & fait-on couler le refte du ius, ou par vn
lent degout, ou par vn filet de vin coulant, qui file à
l'aife & paffe par la couloire (c'eft à dire, panier d'o-
fier) penduë au tuyau & canele du preffoir, afin que
les grains s'arreftent roulans auec le flus de vin, & ne
chéent dans le drageoir, ou bagnoire qui reçoit le
vin.

DE

DE L'HOMME
AV LECTEVR.

E chef-d'œuure de la main tout-puiſſante de Dieu eſt le miracle du monde, & la merueille des merueilles. Son corps eſt l'abbregé de toutes les eminentes perfeſtions de l'Vniuers ; ſon eſprit vn epitome des grandeurs de Dieu & des Anges ; ſon entendement vn threſor des ſciences, ſa memoire vn vray prodige qui conſerue dix millions de choſes rares, ſa volonté vn vray Paradis des vertus. Il faudroit mille ans pour faire anatomie du corps, & eſplucher toutes les merueilles cachées en chaque partie d'iceluy. Ie vous donne icy vne Anatomie de ſon corps, vous deſpliant piece à piece toute l'œconomie de ce petit monde qui eſt à la verité du tout miraculeux. Il n'y a rien de plus mince en ſes commencements ny de plus ſale, rien de plus imbecille en ſa tendre ieuneſſe. Cela eſtant verſé ſur terre ne ſçait faire autre choſe que criailler, plorer, & rompre la teſte à toute la maiſon ; il le faut lier pieds & poings comme vn petit eſclaue, & vous l'empriſonner dans la geole d'vn berceau comme vn petit criminel de nature. Il ne ſçait ny parler, ny marcher, ny meſme manger ou s'aider tant ſoit peu, ny ayant ſi petite beſte qui ne ſçache ſe pouruoir d'elle meſme. Eſt-ce là ce Roy des animaux, cét Empereur du monde, cét hommelet qui tantoſt ſera du petit tyran ? Si toſt qu'il deuient grand il deuient vne beſte farouche, la cholere en fait vn lion, la faim vn loup garou, l'auarice vne harpye, l'ambition vn Paon, la fineſſe vn Regnard, la malice vn démon.

Kk

Quand cela a un peu couru sur terre, tout à coup la mort suruient qui fait son coup, & de tout cela fait une charogne, puis
un peu de cendre, puis un rien couuert d'un epitaphe. Se peut-
il bien faire qu'un petit ver de terre s'oublie bien tant que de
rouler dans son esprit des pensées d'un Dieu, ayant le corps si
miserable, qu'il n'est qu'une bute à tous maux ? S. Basile dit
que l'homme est comme ces demy-dieux fabuleux qui sont demy-
dieux & demy-bestes comme les Pans & les Satyres. Car si le
corps obeït à l'esprit l'homme vit comme un Ange ; mais si
l'esprit est tyrannizé par le corps, certes c'est une vraye brutali-
té, & l'homme n'est qu'un démon sur la terre. L'homme à
l'homme est un loup garou, l'homme à l'homme est un petit
Dieu, selon qu'il se comporte. Il n'y a piece sur sa personne qui
ne soit un miracle si on prend la peine d'en sçauoir les proprietez. Pour en sçauoir parler en termes propres ie vous offre ce
petit essay, qui vous aidera à desplier vos conceptions, & releuer vostre discours par la naïueté des paroles. Cela seroit bien
honteux que l'homme ne sçeut pas parler de l'homme, luy qui
fait profession de parler de toutes choses. Cecy vous doit suffire
que ie vous presente d'aussi bon cœur que ie suis à vostre seruice.

L'HOMME CHEF-
D'OEVVRE DE DIEV ET LE
MIRACLE DE NATVRE.

CHAPITRE XII.

Es parties fimples & dont chaque partie retient le nom de fon tout, font neuf.

1. Les os qui font les pierres, les colonnes, les parois, les pilotiz, la force du corps, feruant icy de bafe, là de rempars, ailleurs d'outils, là de forme du harnois; de reforts des mouuements eftans bien emboitez, & liez enfemble.

2. Les ligamens font parties blanches, fans fang, fans fentiment, non vuides mais maffiues, qui prouiennent des os, & font la liaifon, & pourtant fe plient, fe bandent, fe defbandent aifément; mais font fi bonne liaifon des os & des iointures qu'elles ne fe defnoüent ny fe defmettent, ou defboittent pas aifément.

3. Les cartilages font d'vne fubftance plus molle que les os; plus dures que les ligaments, mais fouple pourtant afin que és mouuemens elles ne fe froiffent trop rudement, & s'vfent d'elles mefmes: elles feruent d'eftaye, quafi comme les ligamens, ioignant les os, ou

Kk 2

les membres enfemble, & les liant bien fort.

4. Les nerfs fortent du cerueau, ou de la moüelle de l'efpine, font d'vne fubftance tendre, molle, blanche, ont fentiment fort aigu, & donnent mouuement.

5. Les pannicules font des tayes faites des nerfs & ligaments qui lient & arment les membres, & donnent à quelques-vns le fentiment comme au cœur, à la rate, &c.

6. Les filamens, font des chordes, & filets longs, grefles, & blancs, folides, forts; ils feruent ou à tirer la nourriture, ou à la retenir, ou à pouffer les fuperfluitez.

7. Les veines font canaux, & tuyaux où coule le fang plus efpais, & fortent du cœur, ou du foye, où eft la veine caue qui eft comme la mere, & la maiftreffe racine des menuës veines.

8. Les arteres font conduits qui fortent du cœur, où eft la grande artere mere de toutes les autres; elles font couuertes de tayes fermes, & efpaiffes, afin que les efprits vitaux qu'elles charrient, n'efuaporent. Elles & les veines font iointes, afin qu'elles fuçent leur nourriture des veines, & que les veines tirent de la chaleur des arteres, auffi y a-il des Orifices & des bouches afin qu'elles fe puiffent communiquer enfemble.

9. Le fang fe fait du chile plus efpais, gluant, bien cuit. Les membres plus pefans, ou de plus grand trauail & effort; font armez d'os, de nerfs & autres chofes plus fortables & proportionnées.

10. Il y a dans l'homme 300. os, c'eft à dire 150. de chaque cofté: chacun d'eux a dix proprietez (les Ana-

tomiſtes les nomment *Scopos*) la douceur, rudeſſe, liaiſon, enchaſſure, figure, & autres toutes differentes des
autres, de façon que multipliant cela, reſultent dix
mille cinq cens proprietez d'vn' coſte, & autant de l'autre coſte de l'homme en ſes os ſeulement, ſans les occultes. Voila donc partie du harnois de l'homme tout
fait de gons & enchaſſeures, afin de pouuoir ioüer de
toutes ſes pieces enclauées les vnes dans les autres d'vne
ſi belle emboiture, qu'ils ne deſenchaſſent pas aiſément,
à cauſe des cordes & ligamens qui eſtreignent les emboitures.

11. Pour la puiſſance vegetatiue & nourriſſante qui
repare ce que la chaleur radicale a conſumé, il eſt beſoin de pluſieurs officiers & cuiſons. La premiere digeſtion ſe fait en la bouche par la mouture des dents, les
premiers trenchent pource ſont aigus, les machelieres
ſont plattes & rabboteuſes pour moudre & menuiſer
la viande; pour les viandes dures, il y a des crochets,
qui briſent plus fortement, & pource, ſont encharnez
dans les genciues auec trois racines. La langue ſert
comme de peſle en vn four pour tourner la viande &
la faire moudre de tous coſtez.

12. Apres vient la gorge où eſt l'entonnoir, le cou-
loir, & le tuyau du gozier qui entonne la viande dans
l'eſtomac pour la cuire, & eſt ferme d'vne petite langue de chair afin qu'il n'y entre rien de froid qui empeſche la concoction. Tout aupres eſt l'artere aſpre
qui porte l'air aux poumons, qui s'ouure à l'air qui
entre, & ſe ferme à la viande quand on mange.
L'artere eſt annellée iuſqu'au mitan afin d'eſtre touſiours

Kk 3

ouuerte ; de là en bas elle est molle afin que si on aualle quelque gros morceau qui estrangle elle cede , & face place afin que le morceau descende en l'estomach. Le cœur & le foye de leur chaleur font boüillir la marmite de l'estomach ; voire de la petite vessie de la cholere par vne secrette veine qui se va rendre entre les deux tuniques de l'estomach, ce feu de cholere sert comme de bois coulé sous le fonds de cette marmite. Mesmes la vertu Regitiue (comme nomme les Medecins vne certaine puissance qui regente nos corps) attire la chaleur de tous les membres pour cette cuison, de là on a froid apres le repas.

13. De là sortant le chile est sucé par vn million de petites veines estroites au commencement , afin de ne rien sucer de grossier, de là s'eslargissant pour porter tout cela en la veine-Porte qui s'en va aboutir au bas du foye & s'y descharger : Le foye receuant cela le recuit, pendant que le plus grossier aliment demeure pour les intestins (qui ont de longueur 60. paulmes pour le moins) qui ont tant de détours & de plis afin qu'ils ne deuorent tout en vn coup ce qui sort de l'estomach, car il eut fallu manger à tout moment , & faire quelque autre chose , & en outre le foye n'eut eu loisir de rien attirer pour faire le sang. Les lies s'escoulent par les conduits cachez, puis que pas vn membre ne s'en peut nourrir. Au reste Dieu a enueloppé nos intestins d'vne toillette & de graisse afin de les tenir plus chaudement & doucement.

14. Le foye recuisant cette liqueur blanche la rougit, & partage les humeurs, enuoyant la melancholie à la ra-

telle ; la cholere , à la bouteille de fiel attachée au foye, laquelle r'enuersant par accident cette humeur fait venir la iaunisse. Or la melancholie monte en l'estomach, & enduisant les tuniques excite l'appetit sans lequel on ne voudroit manger ; & la cholere descend & va piquer les intestins pour les aider à se descharger. Chose estrange que ce feu descende, & que cette humeur terrestre de la melancholie monte à l'estomach. Ce qu'on boit sert à destremper la viande pour la rendre liquide & coulante ; le reste par vne veine emulgente est attiré par les roignons creux , de là ils se deschargent par les veines vreteres (qui vont des deux costez & sont fort estroites) dans la mare de la vessie, qui a deux tuniques & deux trous, l'vn duquel se ferme par vn petit nerf, afin que l'humeur ne coule perpetuellement, mais seulement s'ouure au commandement de l'homme , & se ferme aussi.

15. Comme l'estomach est le cuisinier , le foye est despensier du corps ; il partage le sang en deux, & par la veine caue il enuoye la pitance aux membres , aux os, & à chaque partie qui a des veines qui leur seruent de bouche pour humer vn aliment propre à sa complexion ; des superfluitez on nourrit les cheueux, poils, ongles , & autres valetailles, comme les laquaiz viuent des restes. L'autre sang va au cœur qui a deux coffrets, ou ventres ; au premier le sang se recuit & se raffine , & par le canal du poumon il enuoye toutes les fumées dehors. Puis ce sang veinal passe à l'autre sein pour se rappurer & deuenir sang arterial & faire des esprits vitaux. Car ils donnent vie , & chaleur, & mouuement

à nos membres qu'ils semblent animer & en estre les esprits, le cœur les distribuë par les arteres qui sortent de luy & s'espanchent par tout estant tousiours sous les veines, afin que le sang ne gele dans les veines, & que les veines les couure pour conseruer la chaleur de ses esprits qui ne sont que feu, vif, & actif, & pource l'artere est double & forte. Or vne branche descend aux parties inferieures, l'autre monte à la teste pour porter ces petits esprits par tout.

16. Le cœur est assis au milieu comme le Roy, sa chaleur est tres-grande, & la petite paroy qui est entre les deux coffrets est dure pour bien separer ces deux sangs. Le poumon luy sert d'esuentoir pour le rafraischir, & pource est spongieux, & leger se meuuant aisément pour donner de l'air au cœur qui aussi le nourrit delicatement comme son bon seruiteur, du sang arterial le plus fin, pendant que les autres membres ne viuent que du sang des veines comme du pain de mesnage. Il y a le Pericarde, c'est à dire, estuy, ou guaine, ou coffret du cœur où nature à mis vn peu d'eau pour le rafraischir sans cesse. Or pour former la voix la languette qui couure le canal du poumon est fenduë comme la pipette d'vn haut-bois, ou doucine large & estroit pour mesnager le vent & le son. L'air attiré par les poumons sert aussi à faire les esprits vitaux, & animaux.

17. Voila pour l'ame vegetatiue & nourriciere, pour la sensitiue il y faut des esprits animaux qui se font au cerueau pour distribuer aux cinq sens. L'estoffe dont ils se font sont les esprits vitaux qui du cœur montent au

au cerueau , qui estant tres-delicat & necessaire a esté armé d'vne salade ou armet qui est le dur test couuert d'vn bon cuir , & de cheueux. Il est encor enueloppé de deux toillettes , l'vne grosse & forte appellé *Dura mater :* l'autre subtile & deliée nommée *Pia mater* , qui couurent les saillies du cerueau , & la substance , & les sources des nerfs, qui est la möuelle de l'espine du dos laquelle est comme vne queuë qui sort du dernier du cerueau, & va donner iusqu'au grand os.

18. Il y a deux ventricules au cerueau où se font ces esprits , mais de dire comment ils se font , c'est chose qui ne se peut , les esprits pour le sentiment ont leurs nerfs à part , & ceux pour le mouuement aussi , de là vient que le paralitique ne peut mouuoir vn bras, & pourtant y sent la douleur, car les nerfs du mouuement sont bouchez non pas les autres. De la paste du cerueau , & de la möuelle de l'espine naissent douze couples de nerfs qui sortent par des petits pertuis de l'espine du dos. Or ces esprits ne sont que feu , ou rayons espars par tout le corps, & vne substance fort spirituelle , & comme l'esprit du sang le plus pur : de fait donnant vn grand coup sur la teste , ou ayant vne extréme frayeur on reserre ces nerfs , & on en espreind & fait sortir ces esprits par les yeux, de façon qu'il semble que vos yeux estincellent , ou que vous voyez des estoilles & de petits feux volans, c'est ce qu'on dit faire voir les estoilles en plein midy.

19. Le sens commun, c'est ce qui est en la premiere partie du cerueau où aboutissent les nerfs des cinq sentimens exterieurs, & par là le cerueau leur distribuë des esprits pour faire leur office, & eux r'enuoyent par ces

LI

mefmes nerfs des images, & des nouuelles de tout ce
qui fe reprefente à eux. Cette partie eft mollafle &
peut receuoir aifément ces images, mais non pas les
retenir, & pourtant vn peu plus auant eft le fiege de
l'imagination, où fe conferuent les images des chofes,
& de là elle a pris fon nom. Plus auant encor eft cette
puiffance qu'és beftes fe dit eftimatiue, és hommes co-
gitatiue, qui fpiritualize ces images, ainfi la Brebis
voyant le loup cognoit l'inimitié chofe qui n'a point
de corps, finalement en la derniere partie du cerueau
eft la memoire partie du tout miraculeufe, & vn threfor infiny.

20. L'œil eft compofé de trois humeurs, la criftalline, la rouffe, & l'azurée, par ces vitres paffent les tableaux & petits portraicts des creatures & montent au
cerueau. En l'oreille y a vne petite veffie pleine de
vent où frappant la voix, ou le fon fait comme vn tabourin, ou fonnette, qui bruyant efueille l'ame, mais
fi les nerfs fe bouchent, ou cette veffie (dite Miringue)
creue & perd fon vent l'homme deuient fourd, & pource Dieu a façonné l'oreille en limaçon, afin que le fon
fe caffe en entrant, & ne donne droit, & de peur d'eftre
furprife par des beftioles, il y a de la cire là dedans qui
fert de glu. L'odorat & le flairement fe fait en deux
petites efponges de chair molle affife dans les narines
où defcendent deux nerfs qui reçoiuent les parfums
portez par l'air & enuoyez au cerueau, ces mefmes narines feruent d'efgouft, & de larmier pour defcharger
le flegme qui fe ramaffe au fond du cerueau dans vn
fouey & vn entonnoir fait expres pour cela qui fe def-

charge par les narines. Le gouſt eſt en deux nerfs eſ-
parpillez par la langue qui eſt pleine de pores, afin que
les liqueurs penetrent iuſqu'à ces nerfs iuges des liqueurs.
L'attouchement eſt eſpandu par tout le corps pour ſentir le froid, le chaud, le ſec, le moite, le mol, le rabboteux, le poly, &c. & a ſes nerfs à part.

21. Tout le corps eſt enueloppé d'vne peau deliée qui
ſe deſtache ſouuent ſans douleur ; puis d'vn cuir eſpais,
& puis la graiſſe qui couure la chair comme d'vn lo-
dier, ſi ce n'eſt és corps fort chargez de maigre. Le col
eſt vne colonne qui eſt comme aſſiſe ſur des gonds
pour contourner la teſte, & eſt l'eſtuy des deux tuyaux
de la vie : La poitrine & le dos fait en coffre ou cuiraſſe pour armer le cœur (comme le teſt ſert de morion au cerueau) & là aux femmes Nature ouure deux
fontaines de lait, & le ſang qui couroit deuant pour
nourrir l'enfant dans le ventre monte auſſi toſt aux
mammelles pour le nourrir par là. Les mains partagées,
mobiles, articulées.

22. L'ame a deux parties la ſuperieure qui contient la
volonté, l'entendement, & la memoire : & l'inferieure
où ſont les paſſions ; en la partie concupiſcible il y en
a ſix, l'amour, haine, deſir, fuite, ioye, triſteſſe. En l'i-
raſcible cinq, eſpoir, deſeſpoir, hardieſſe, crainte, &
cholere.

L'Anatomie de toutes les parties exterieures du corps.

1. L A ſyme de la teſte, c'eſt *vertex* ; le ſommet ce
qui ſuit.

2. Le front ſiege de la pudeur.

3. Les fourcils, les yeux, les breilles.

4. Le nez. Les iouës ou pomettes & leurs plis.

5. Le menton, & sa petite fossette au milieu, sous les léures, & la bouche.

6. Le col, gozier.

7. Le haut des espaules, ou omoplates, ou passerons.

8. Les os trauersiers, & les clauicules, & la fourchette.

9. La poitrine, puis les hypotondres dessous.

10. Les aisselles, sous le bras.

11. Les mammelles, les tetillons au milieu, & soubsmammelles ; le brechet ou sternon, c'est à dire, l'os de la poitrine.

12. La ceinture ; le nombril.

13. Les Hanches au dessous de la cuisse ; les flancs sont entre les costes, & la cuisse, les aines.

14. Le haut de la cuisse.

15. Le ventre.

16. Il y a l'entre-mammelles, l'entressailles, l'entreboistes des cuisses.

17. La cuisse, le concaue de la cuisse.

18. Le surgenoüil en dedans, & en dehors, le mygenoüil, le soubgenoüil en dehors, & en dedans ; le jarret qui est derriere le genoüil.

19. La greue de la iambe, le gras ou mollet de la iambe, le my-gras de la iambe.

20. Le col du pied, ou tarse ; suit le metatarse ou dessus du pied, & dessous la plante.

21. Le bas de la cheuille en dedans, & en dehors.

21. Le talon ; les orteils.

22. La plante du pied.

23. Le bras, le coude, la iointe du coulde, le poignet, la main, la paume, le deſſus, les doigts, la iointe, de la main.

24. Les muſcles de l'eſpaule, & d'autres parties, ſont ces moignons de chair qui aident au mouuement & encharnent le corps.

25. Le dos, l'eſpine du dos & ſes vertebres ; la nuque du col.

26. Tout le ſcelete ſe diuiſe en trois, la teſte, le tronc, les iointures. La teſte comprend le crane, ou le teſt, & la face : le crane eſt compoſé de 8. os : 6. propres, & 2. communs : ceux-là ſont le front, l'os occipital, deux parietaux, les deux temples dans leſquels ſont contenuz trois oſſelets nommez eſtrieu, enclume, marteau : les communs ſont la ſphenoïde, & l'ethmoïde : les ſutures ou coutures qui les lient enſemble.

27. La face comprend les deux machoüieres, la ſuperieure eſt compoſée d'vnze os, l'inferieure de deux, en chacune ſont articulées ſeize dents par gomphoſe, deſquelles 4. ſont inciſoires, deux canines, & dix molaires.

28. Le tronc ſe diuiſe en l'eſpine, les coſtes, l'os ſans nom : L'eſpine a quatre parties, le col, le dos, les lumbes, l'os ſacrum. Le col a 7. vertebres : le dos 12. les lumbes 5. l'os ſacrum 4. l'extremité duquel ſe nomme coceyx, ou croupion : les coſtes ſont 12. de chaque coſté, 7. vrayes & 5. fauſſes : auſquelles l'os de la poitrine dit ſternon eſt attaché par deuant les clauicules, par

le haut, & les omoplates par derriere. L'os fans nom a trois parties, l'ilion, l'ifchion, le pubis.

29. Les iointures font deux, la main, & le pied : la main fe diuife en bras, coude, & extreme-main. Le bras eft d'vn os feul ; le coude de deux, du coude & du rayon ; où eft la poulie où s'enchaffent les os, l'extréme-main a le metacarpe, ou paume de la main ; le carpe ou poignet ; & les doigts ; les os du poignet ou carpe font 8. du metacarpe ou milieu de la main ; 4. des doigts, 15. outre les fefanoides qui rendent les articulations & emboitures des os plus ferrées.

30. Le pied fe diuife en cuiffe, iambe, & extréme-pied : la cuiffe a vn os feul ; la iambe deux, l'os de l'efperon dit petit foffile ou peroné ; tibia, la greue ; auec la rotule ou palete du genoil, fur lequel on s'agenoüille. L'extréme-pied a 3. parties, le col du pied, milieu du pied, pedion, metapedion, orteils : les os du pedion, 7. du metapedion, 5. des orteils, 14. auec leurs fefanoides.

31. Il y a en outre l'offelet du cœur ; les Medecins nomment Symphife la naturelle vnion des os. En la tefte il y a cinq futures, la coronale, fagitale, lambdorde, les deux efcailleufes.

32. Entre les parties vitales, c'eft à dire, le cœur, le poumon, &c. & les naturelles, c'eft à dire, le ventricule, les boyaux, &c. Il y a le diaphragme qui eft comme vne haye, & feparation ; cette peau fert à l'infpiration en fe lafchant, & à l'expiration en fe bandant ; de fait és animaux morts il eft toufiours bandé, or on meurt par expiration. Il fert au mouuement du rire, &

ceux qui font naurez au diaphragme meurent en riant.

33. Le thorax c'eft le coffre des coftes qui ceignent le cœur & les parties nobles ; le dedans fe nomme la capacité.

34. Le cœur a deux ventres & vne peau entre-deux, deux oreillettes , & deux mouuements , vn s'appelle diaftole ou dilation quand par l'infpiration il s'enfle & fe dilate , l'autre fyftole quand il fe referre par l'expiration, ce mouuement eft perpetuel & miraculeux.

35. L'aureille a plufieurs parties. 1. La ruche, c'eft ce trou où s'amaffe la cire & la glu iaunaftre. 2. La coquille , ce font ces contours pour mefnager le fon & le faire refonner. 3. La partie en haut fe nomme l'aifle. 4. La partie inferieure qui rougit en la honte , & fe tire pour faire refouuenir fe nomme , *lobos.* 5. Tout le tour fe dit helix ou entortillement.

Les yeux.

1. L Es yeux font vn vray miracle de Nature, on les nomme miroirs de Nature. Galen. membre plein de diuinité.

2. Portes du Soleil , feneftres de l'ame.

3. Les truchemens de l'ame, & fon miroir. On lit en luy l'amour, la haine, la fureur, la pitié , la vengeance. L'audace luy efleue le fourcil, l'humilité l'abbaiffe , ils flattent en l'amour, ils s'effarouchent en la haine , ils foufrient en la ioye , ils languiffent en la trifteffe, & fe fondent en larmes , ils s'enaigreffent en la cholere, ils fe colent opiniaftrement , & s'attachent à terre parmy les

ſoucis & penſers ennuyeux, ils fleſtriſſent, & terniſſent
leur criſtal és maladies.

4. Ils ſont de nature aqueuſe, gliſſante, criſtalline,
pour plus aiſément receuoir les pourtraicts, & les images de toutes les creatures.

5. L'œil a ſix muſcles, qui ſont les reſſors qui iouent
pour le mouuoir : la poulie qui le hauſſe par le moyen
d'vn petit ligament incognu à l'antiquité, & deſcouuert
par Fallopius. Les noms des muſcles droits ſont : 1. le
hauſſeur ſuperbe : 2. l'abbaiſſeur humble : 3. l'ameneur
biberon : 4. l'emmeneur deſdaigneux. Et les 2. obli-
ques, roueurs, circulaires, & amoureux.

6. L'œil eſtant de nature d'eau, afin qu'il ne coule à
beſoin de tuniques, ou tayes pour reſerrer les humeurs
aqueuſe, criſtalline, & vitrée. La premiere tunique eſt
dite conionctiue, le blanc de l'œil Iris, la fonde, &c.
elle attache l'œil & le garde de ſortir. La 2. la cornée,
car elle eſt dure & claire, liſſe, & laiſſe que le iour la
perce, & donne iuſques au criſtallin, & embraſſe tout
l'œil, & les defend. La 3. eſt l'vuée, qui eſt comme vn
grain de raiſin : elle eſt percée au mitan d'vn petit trou,
c'eſt à dire, la prunelle de l'œil, & la feneſtre : elle eſt
de diuerſes couleurs, par ſon noir elle attrempe l'eſclat
de la lumiere, & rabbat & meurtrit ſa trop grande lueur.
4. C'eſt l'aranoide, ou araigniere, faite pour enuelopper
le criſtallin. 5. La reticulaire qui apporte, & meſnage
les eſprits viſoires dans le criſtallin, & dans l'œil, &
porte les images au cerueau comme au iuge. 6. La vitrée qui ſepare l'humeur aqueuſe, de la vitrée, afin qu'elles ne ſe meſlent & confondent.

7. Les

7. Les humeurs font 3. La premiere en excellence eft la criftalline, qui eft l'ame de l'œil, le miroüer, & le centre, c'eft la princeffe de l'œil à qui toutes les autres parties feruent. La 2. c'eft l'aqueufe, qui eft pourtant la premiere qui fe void, & qui fert de rempart à l'œil, fa fubftance eft comme l'eau ou aubin d'œuf ; elle fert comme de lunette au criftallin pour luy addoucir les objets. La 3. eft la vitrée, elle eft comme du verre fondu ; elle eft derriere le criftallin, & comme fon eftuy qui le nourrit, le conferue, le repolit. Au refte la cornée fert de glace au criftallin pour addoucir la lumiere ; l'vuée par fes couleurs la refioüit ; la prunelle luy fert de feneftre, l'aragniere luy ramaffe les efprits, & fait comme le plomb aux miroüers. L'humeur aqueufe eft comme fon bouleuart, la vitrée eft fa nourrice, le nerf optique luy apporte les efprits vifoires, & luy fert de meffager pour porter les efpeces au ceruecau ; les mufcles & les nerfs luy donnent mouuement ; la paupiere de rideau, les cils & fourcils de corps de garde ; le front de parafol.

8. Il y a les nerfs optiques qui ne femblent auoir aucune concauité, & portent par leur continuité les efprits vifoires, & animaux : les autres nerfs font pour le mouuement. Il y a auffi des veines & arteres pour porter des efprits vitaux ; de la graiffe pour le tenir chaud ; de la chair molle aux coings des yeux, afin que les larmes, la chaffie, & autres humeurs ne luy nuifent.

Mm

La parfaite beauté consiste en 36. poincts.

1. LA peau de tout le corps comme Iaspe, ou Porphyre entre-couppée de petites veines azurées trenchant de bonne grace ceft yuoire mouuant.

2. Cheueux blond-dorez & frifez par nature fort naïfs.

3. Le front mollement voûté, ferein comme vn Ciel, poly comme Albaftre.

4. Deux yeux à fleur de tefte, eftincelans, d'vne belle grandeur, & doucement rayonnans.

5. Les fourcis de brins d'Ebene fort menus, bien arrangez & ajencez en façon d'arc.

6. Les ioües comme de Lys & de Rofes, entamées de deux foffettes.

7. La bouche incarnadine, & d'œillets ou de corail.

8. Des perles Orientales, ou Diamans enchaffez dans l'efcarlatte des genciues & toutes à l'efgal, & de mefme grandeur, non entr'ouuertes ny entre-baillantes, ny iauniffantes.

9. Vne haleine douce, & mieux fleurante que l'Ambre gris.

10. Le menton rond & foffelu, non pointu, ny applaty, ny fendu.

11. Tout le teint vny, & delié, fans eftre detranché de rides, ny fendu de fillons.

12. Le col de neige, ou lait caillé d'vne belle rondeur & grandeur proportionnée.

13. Les temples bien remplies & non enfoncées & creufes.

14. Les ioües non point abbatuës, affamées, defchar-
gées, pendantes, ou fleftries, mais doucement enflées
fans eftre pourtant trop bouffies, & bourfoufflées.

15. Le nez aquilin, à pourfil, & fendant à droiture le
vifage party efgalement.

16. Les oreilles petites, vermeilles, fermes & nullement auachies ou languiffantes & trop auallées.

17. La tefte bien arrondie, d'vne groffeur auenante au
refte du corps, non trop menuë, ny mince, ny trop
longue & pointuë.

18. La couleur viue, & animée fans excez de rou-
geur, de pafle-couleur, de faffran, ou pareille terniffure
de vifage.

19. Le maintien graue-gay, fans feintes & artifices,
plein de naïue douceur, accompagné d'vne parole argentine, fobre, &c. Les autres ne font pas grand cas,
la beauté de l'ame confifte en vn feul poinct qui eft de
n'auoir nul peché mortel, mais auec la charité la douce
infufion de toutes les vertus qui la rendent fi belle que
Iefus Chrift la nomme fon Efpoufe, là où la beauté du
corps n'eft à vray dire que du fumier bien paré, & vne
carcaffe embaumée.

La beauté corporelle.

LA vraye beauté eft vn efclat de la vertu, & le vray
portraict d'vne ame ornée de fes perfections : la
beauté fardée, eft vne droite idole qui reprefente vne
chofe qui n'eft pas. Idole pourtant adorée d'honneur
plus haut que celuy de Latrie, puis qu'on perd Dieu

pour ne perdre la veuë de la beauté , les plus fages en
font quelquefois fi tres-fort charmez , qu'ils font fail-
lite à la fageſſe, & portent la marotte , & le capuchon
verd. Cependant qu'eſt-ce tout cela qu'on appelle beauté. Deux lopins de verre caſſé appellez des yeux enchaſſez dans deux trous couuerts d'vn petit cuir volant
bordé de petits filets , là deſſus vne arcade d'Ebene &
des brins bien ioliment arrangez ſans defordre, vne table d'Iuoire vn peu voûtée couuerte d'vn peu de ſatin
ſans aucune ride , vn peu de neige ſurſemée d'eſcarlatte
qui fait les ioües ny trop enflées , ny trop auallées ou
pendantes , entre-deux deſcend vn canal du ceruеau &
l'eſgout de la teſte qui my-partit le viſage de bonne
grace , de la chair toute ſanglante fenduë en deux pour
faire des léures , ie ne ſçay combien d'oſſelets attachez
à du ſang caillé, & enraciné dans les genciues , vn morceau de chair platte attachée là dedans & mouuante
pour briſer l'air & façonner quelque babil affecté , le
tout enuironné de crins & d'vne grande perruque , n'y
a-il pas bien dequoy faire tant de tintamarre ? Sans
flatter n'eſt-ce pas là vn aſſemblage ridicule? des os, du
cuir, du verre, du ſang, du lard, du carton ou cartilages , de la chair , des cheueux , vne haleine puante qui
ſort de la cloaque d'vn eſtomach pourry , ne ſont-ce
pas là tous les ingredients d'vne charogne, & d'vne carcaſſe maſquée ? On dit que la beauté doit auoir trente
& tant de circonſtances , où les vit-on iamais aſſem-
blées? Icy Nature a enchaſſé vn bel œil, vn grain d'E-
bene dans du Criſtal couppé de tres-bonne grace, mais
le front eſt trop boſſu ou eſcrazé , les temples ſont

tant aualées que c'eſt vne pitié, les oreilles auachies &
ſi tres-fort ouuertes qu'il les faut cacher, le nez eſcrazé
& punais, ou bien les léures gerçées & crottées, les
dents gaſtées, & iaunaſtres, le menton trenché &
mal fendu, quelques ſortes de iouës bourſoufflées, ou
enluminées de boutons & de ſang caillé, ſi nous auions
des yeux ou de la ceruelle nous iugerions aſſez que c'eſt
beaucoup plus ce qui defaut, que ce qui ſemble y
eſtre. Mais ſoit à la bonne heure, ie le veux que tout y
ſoit, il n'y a rien de plus ſuperbe, & deſdaigneux que
la beauté, il faut eſtre eſclaue de ſes bizarreries, aualer
mille dégouſts & amertumes, n'auoir point d'yeux
pour voir cent & cent ſottiſes, ny d'oreilles pour ouyr
cent & cent indignitez. Las & quel eſclauage ! puis
c'eſt vne fleur fleſtrie deuant que d'eſtre eſpanouïe, vn
once de ſerein, vne goutte de catherre tombant à trauers, vn œil chaſſieux & diſtillant la ciſe, vne piqueure de dents, vne meſchante fiéure, deux liars de ſaffran
ou de iauniſſe, les paſle-couleurs, & à tout rompre vn
peu de temps paſſant par deſſus, vous défigure cette face
qui fait tant d'Idolatres, trenche de rides le front, & fait
vn viſage ſi hydeux qu'il peut ſeruir de fantoſme pour
eſtonner les petits enfants, & faire fuir les hommes : &
vn homme d'honneur ne meurt pas de honte, voyant
qu'eſtant ſi ſage en tout autre affaire il ſe laiſſe faſciner
l'eſprit par cette carcaſſe mouuante ? Menippus, treuuant ſur la greue d'Enfer le teſt d'Helene tout deſchar-
né, & affreux, courut de toutes ſes forces & auec roideur pour l'eſcrazer ſous ſes pieds ; comment, fit-il,
vieille charogne, eſt-ce donc là cette beauté qui a mis

Mm 3

tout l'Orient sans dessus dessous? Petite punaise par vos
attraits auez-vous bien donné la mort à tant de braues
Capitaines, n'estant que si peu de choses? Il alloit frois-
ser & moudre ceste teste descharnée sous la iuste colere de son indignation, s'il n'eust esté aresté. Le pis est
que ces traits sont autant de fléches qui percent le
cœur, & massacrent l'ame de beaucoup de personnes,
qui pour vne volupté d'vn moment, se condamnent
aux peines eternelles. La plus hardie de celles qui font
profession de béauté, n'oseroit auoir entrepris de lauer
son visage en belle compagnie, non pas mesme pleurer,
car cette eau effaceroit le fard, descouuriroit la vieille
peau toute entre-coupée de rides, vn cuir iaunastre, vn
teint bazané & hauy, & verroit-on bien que c'est vne
Helene qui masque vne vieille Hecube laide comme
vne fée. Sçait-on pas bien qu'il n'y a rien de plus
puant, que ce qui ne se peut sentir sans musc? Voila le
pot au rose descouuert, & sans le demander, vous pouuez assez vous imaginer que voila pourquoy ces ieunes
fardées ne sont iamais sans pommes de senteur. Cela
est si puant, les haleines si fortes, les dents si gastées,
les maladies ordinaires, les mignardises & faineantises
corrompent tellement leurs constitutions, & desbau-
chent leur estomac, de façon que teste d'homme n'auroit le courage de s'en approcher, sans l'antidote, & le
preseruatif de quelque bonne odeur. Et pour vn béau
fumier, pour vn cadaure musqué, pour vne cloaque
aspergée d'vn peu d'eau rose, pour vne harpie embaumée, pour vn sac de lard, de sang, d'os, & de chair peint
au dehors, pour vn fantosme habillé de satin, pour vn

beau rien aller engager fon ame à des gefnes infuppor-
tables, & n'auoit pas affez de courage pour mefprifer
puiffamment chofe de fi petite eftoffe ? Car qu'eft-ce
autre chofe cette beauté qu'vn malheur d'yuoire, qu'vn
charme diamantin, qu'vne neige qui fait tranfir la vertu, qu'vn feu qui fait des cendres du cœur des fols, vne
tyrannie cruellement douce, vne mort à petit feu, vne
noble barbarie, vne felonnie doucement meurtriere
de la fageffe, vne embufcade d'enfer, vn afpre purgatoire des efceruelez, vn aigre-doux fupplice des efprits, &
vn enfer doré & raccourcy qui fait boüillir les ames
dans des ardeurs pires que les infernales' Ce fol de Pe-
trarque s'eft laiffé efchapper qu'vne œillade le perdit,&
le feit le doyen de l'hofpital des fols, Holofernes fut
ietté par terre par le regard du patin de la chafte colombe Iudith, Samfon fut défait par deux gouttelettes
qui tomberent des yeux d'vne ieune affettée, le Roy
Dauid, ce cœur fans peur, fut renuerfé par vne volée
d'œil, ce vieux fol Salomon ietta là fon fceptre & em-
poigna la marotte, & radotta fi bien qu'il n'y eut rien
au monde de fi defbauché que luy, quittant Dieu &
le Ciel, pour faire vie de garçon, & de folaftre, parmy
vn grand haras de femmelettes. N'eft-ce pas là eftre Chre-
ftienne à bon efcient, de difputer toute la matinée auec
la glace d'vn miroir, & cent fois y coller fes yeux pour
idolatrer fon propre vifage tout couuert de menfonges,
le teindre en efcarlatte, le faupoudrer de cendre, le def-
rider auec la pafte & le fard, l'enuenimer d'arfenic &
de fublimé pour ofter les nuées, & les taches, feindre
vn mal de dents pour porter l'emplaftre, & faire par

ceſt artifice eſclatter la blancheur, ietter de petites mou-
ches pour couurir vn rien en effet, mais vn mal pretendu, & vne enfleure d'eſprit pluſtoſt que de peau, limer
les dents, faire le ſourcil, & ſe parer d'vn monde d'affiquets, & faire de ſon corps comme vn panier de ſes petits colporteurs, qui chargent toute leur ſubſtance, &
leu   maine dans vn panier meublé de mille petites
beſongnes. Vne belle queſtion me monte icy en teſte,
c'eſt à ſçauoir qui eſt plus fol, & qui a l'eſprit plus per-
clus, & la ceruelle renuerſée, ou les hommes qui ſe laiſſent coiffer, & ſi aiſément mener à la boucherie pour
acheter de la chair déguiſée & toute bourſoufflée, ou
les femmes qui prennent tant de peine pour emmuſler
des veaux. Ie ne ſçay s'il y a choſe au monde qui ait
plus precipité de gens en enfer que la beauté. Beauté
qui eſt l'huis, ou l'huiſſier qui donne entrée à tous les
pechez dans l'ame, beauté qui eſt le canon d'enfer, le
plus puiſſant pour renuerſer tous les rampars des vertus, & enfoncer tous les bouleuars de la ſageſſe humaine. Beauté qui ſert de baſilic à qui la mire, de vipere à
qui la touche, de Hyene à qui paſſe par ſon ombre, de
Panthere qui auec ſon odeur attire les beſtes puis s'en
gorge à ſon aiſe, d'aimant qui tyranniſe auec des ſecrettes violences, le fer meſme, de canicule qui fait enrager & mourir de chaud les cerueaux foibles, qui en
toute ſaiſon ardent des chaleurs caniculieres de la volupté.

                                        L'œconomie

L'œconomie de l'Homme.

1. L'Appetit en l'homme loge à la bouche de l'eſtomach, afin de reſtaurer ce qui euapore ſans ceſſe de la ſubſtance de l'homme, qui eſt tout perſpirable, & euaporable pour ſa rareté, & ouuertures des pores qui percent ſa peau & ſon cuir à claires voyes, mais fort deliées. Il y a en luy des parties ſolides, fluides, rapides; les ſolides ſont les os, tendons, membranes, nerfs, veines, arteres, chair, graiſſe, & cuir. Les liquides ſont les humeurs, le ſang, la pituite, la colere, la melancolie, tous ces ſucs & jus ſont differents, & pourtant tous enſemblément coulent dans les veines, & dans la maſſe ſanguinaire. Les rapides ſont les eſprits, naturels, vitaux, animaux rapportez au foye, au cœur, & au cerueau; Le naturel eſt matiere du vital, le vital de l'animal qui s'eſpure dans la boëtte, & creuſet, ou alambic du cerueau. Tout cela eſt en flus continuel, & partant naturellement appete le reſtabliſſement de ce qui s'eſcoule. Or le ventricule a cette charge dont il s'acquitte par le concours de pluſieurs mouuements; 1. d'inanition des parties; 2. de l'attraction des veines, 3. la ſuction du ventricule qui ſuçe & hume, or le reſſentiment de cette ſuction reſueille le ſens commun, & la faculté ſenſitiue luy trace ſon chemin, & la guidant par les nerfs, luy donne commandement ſur la place, & à l'heure cette partie inſtrumentale ſe met en deuoir, court à l'aliment pour reſtaurer le dechet des parties euaporables: ce qui ſe fait en digerant & cuiſant la viande, puis la condui-

Nn

fant par les canaux pour nourrir tout le corps. L'ina-
petence defmolit l'appetit d'où s'enfuit vne atrophie
qui tarit la vie & ameine la mort. Les parties donc
vuidées par la chaleur attirée des veines, les veines fu-
cent de l'eftomach, celuy-cy attire aufli, & fait ouuerture du pylore partie fuperieure de l'eftomach, & luy
donne mouuement de fuction, d'où vient l'appetit qui
repare toutes les bréches faictes au corps, autrement la
chaleur naturelle s'efteint & l'humeur radicale tarit, fleftrit, & fe confume & apres la vie, qui confifte en ces
deux chofes bien vnies & entretenuës (quoy qu'elles fe
battent fans ceffe.) L'efprit eft vne fubtile vapeur ef-
prainte du fang, le naturel fe fait au foye là où fe fait
la premiere cuifon du fang ; d'iceluy fe forme au cœur
l'efprit vital, qui eft vapeur plus deliée, & charrie par
les conduits des arteres la chaleur qui viuifie les membres de la perfonne ; le vital qui gaigne le cerueau fe
fubtilize dauantage & fe rafraifchit & deuient efprit
animal, de ce dongeon on diftribuë par les nerfs tant
motifs que fenfitifs ces efprits qui rendent les membres capables de mouuement, fentiment, & de s'ac-
quitter du deu de leurs charges. Or il eft fort fubtil,
delicat, actif, remuant, & qui aifément s'efuapore, &
a befoin de fort prompte reftauration. C'eft vn extraict
du fang, comme le fang de l'aliment. Les facultez font
trois. La premiere naturelle qui eft affife au foye &
mefnage la nourriture, accroiffement, generation. 2. La
vitale eft enclauée au cœur d'où elle donne les motions
vitales, maintient la vie, chaffe la pourriture. 3. L'ani-
male eft au cerueau & gere les affaires des puiffances &

actions senfitiues , motiues, intellectiues ; chacune fait
fa charge par l'entremife des efprits ; la premiere du
naturel ; la 2. du vital ; la 3. de l'animal , & toutes fans
ceffe trauaillent. Si ce n'eft que par miracle il y ait fuf-
penfion de la qualité confumante de la chaleur , & vne
maintenuë de l'humidité radicale en vn eftat fans dechet, (comme en ce petit enfant de fens qui a defia
vefcu 18. mois fain & gaillard fans manger, ny boire)
la fubftance s'éuapore , la peau fe trenche en rides , fe
colle & s'attache aux os, le cuir s'vlcere & fe perce à la
pointe des os aigus, les membres flétriffent & fe deffei-
chent , & font faifis d'vn Marafme mortel.

Nn 2.

PREFACE AV LECTEVR
DE L'ARTILLERIE.

C E fut sans doute vn Démon (mon cher Lecteur) & vn des plus mal-faisans, celuy qui inspira ce malheureux homme qui le premier inuenta l'Artillerie, & le moyen de tuer tout vn peuple d'vn seul coup de ce tonnerre. Helas! la mort venoit-elle pas assez viste nous couper la gorge à trestous, sans luy donner des aisles, empennant les sagettes homicides, afin qu'elle volt pour nous outrepercer les cœurs? Que diroit icy Pline, qui fit iadis si grand vacarme, & ietta tant & tant de si hauts cris, maudissant celuy qui auoit attaché des plumes aux dards & iauelots, pour redoubler la course de ces pointes meurtrieres? Ah Dieu, en combien de façons la felonnie barbare des hommes tres-cruels, a-elle façonné le fer pour massacrer les hommes? Espieux, halebardes, lances, piques, espées, espadons, espées à deux mains, cimeterres, espées de combat, espées de seruice, Malchus, & coutelas, d'estoc, & de fendant, d'estramassons horribles, de trempe de Damas coupant l'acier, & les charrettes ferrées, dagues, poignards, stillets, demy-espées, & dix mille façons de cousteaux homicides, haches, & couperets, braquemarts tous sanglants. Las! tout cela n'est rien qu'vn leger apprentissage de la niaise

antiquité , car maintenant on va bien plus viste aux meurtres,
& au carnage : le feu du Ciel tant effroyable, & les quarreaux
des nuées & de Dieu ne sont plus rien, si vous contez les bastons à feu qui rauagent le monde : pistolets simples & doubles,
Pistoles, Carabines , Arquebuses , Mousquets gros & petits,
petards , pots , & grenades , fauconneaux , pieces de campagnes , Couleurines , Dragons , Berches , Petriers , Canons
gros & petits , renforcez , redoublez , endiablez à vray dire,
Artillerie de fonte , de bois , de terre , de mer , bouches d'enfer
qui vomissent du souphre , des cailloux , des boules de fer , des
chaines,des foudres , des morts, des enfers , bouleuersant les villes,
saccageant les peuples, rēnuersant les armées entieres , & d'un seul
coup donnant plusieurs morts, & d'une verte campagne faisant
vne mer rouge, & vn cimetiere couuert d'os & de corps vifs &
morts tout ensemble,representant sur terre les bourreleries d'enfer.
Falloit-il ainsi abuser du fer ce metal innocent creé à bien meilleur
vsage , & falloit-il tant d'engins pour tuer les hommes qui peuuent helas estre estouffez d'un seul grain de vent , d'une goutte
d'eau tombante du cerueau, d'un lopin de pierre , d'un pepin de rai-
sin, d'un cheueux auallé en beuuant, d'un filet d'air empesté humé
par mesgarde,d'un atome de sable,d'un rien? pouuoit-on point mourir sans les balles ramées,sans les balles de vif-argent,qui d'une balle
font cent balles , sans dragées d'enfer , sans quarreaux acerez , sans
plomb , sans fer , sans acier façonné en boules malheureuses
meurtrieres de tout l'Vniuers ? depuis que le monde a oüy ron-
fler ces canons , chanter les orgues arrengées , siffler ces flustes
diaboliques , ioüer ces esteufs homicides , vomir ces gorges infernales , voler ces morts ensouphrées , à la verité le monde n'est
plus monde , mais vn grand charnier , ou bien vn eschaffaut

Nn 3

où les hommes se coupent la gorge à milliers, & où Cesar ne peut monter au throsne imperial que passant sur le ventre d'un million & cent mille personnes escrasées sous ses pieds. Mon Dieu, quel marché d'hommes, & de la vie des hommes! Amy Lecteur, j'aimerois mieux t'aider à enclouër toute l'Artillerie du monde, & en esteindre la memoire que de t'apprendre à en parler. Mais puisque cela ne se peut au moins ie te veux aider quand il les faudra maudire, & les detester, afin que tu sçaches par quel bout il t'y faut prendre, & en quels termes il faudra en parler.

DE L'ARTILLERIE.

CHAPITRE XIII.

1. **I**E te diray donc que l'inuention de l'Artillerie vient de l'Alchymie, qui par les subtiles dissolutions recognoit les natures , les qualitez, le fixe, le volatil, le combustible, le cendreux , l'esprit des metaux , & les allie , dissoud, fond , ressoude, & tourne en mille façons & vsages.

2. Il y a de l'apparence que l'Allemand qui l'inuenta l'an 1378. l'apporta de la Chine , où elle est dés fort long temps.

3. On en a inuenté qui ne se charge que de vent auec vne siringue , comme aussi des Harquebuses de bois, qui neantmoins ont vne faussée incroyable n'estant chargées que de vent.

4. Si la balle est trop lasche , elle ne reçoit bien la furie de la poudre enflambée & le coup est lent ; mais si elle est trop serrée & enfoncée, ne pouuant estre chassée , elle se donne iour en haut & creue le canon.

5. Plus le canon est long , plus roide est le coup , à cause que les vifs rayons sont retenuz plus longuement, & impriment vne vertu plus violente à la balle , & pource les Couleurines portent plus loing que les gros Canons.

6. La balle ronde va plus iuste que la quarrée , ou

triangulaire, & trenche l'air plus aifément.

7. L'ame du Canon c'eft le canal dans lequel fe coule la charge : le iour c'eft ce qu'il y a de diftance entre la balle & le metal, c'eft à dire, la difference du diametre de la balle, & celuy de la bouche.

8. La lumiere, c'eft le trou par où on donne le feu. Pointer ou mirer le Canon, c'eft tourner l'ame du canon droit à vn point qu'on a choifi pour y donner. L'angle de la mire oblique eft celuy qui eft compofé de la ligne orizontale, & de la vifée de l'ame.

9. Porter du canon de point en blanc, c'eft la droite ligne que defcrit la balle iufques à ce que la pefanteur d'icelle commence à vaincre la force mouuante, & de decliner en l'arc de fa cheute. Portée moyenne c'eft la portée de point en blanc conduite droit iufques à ce qu'elle rencontre la perpendiculaire qui feroit efleuée fur l'horizon du point où tombe la balle. Portée morte, c'eft la diftance du canon & du lieu où tombe la balle en terre.

10. Il faut que l'ame du canon foit droit au mitan du metal : & que la bouche du canon foit fciée à droit angle fur l'axe de l'ame, & que le canon foit fufpendu en fon fuft, fur deux piuots, & balancé de forte qu'il puiffe eftre mis en quelque angle que ce foit auec l'horizon. Pour le balancer iuftement les Fondeurs diuifent l'ame ou le canal en 7. parties, ils en prennent 4. depuis la bouche, & en laiffent vers le fond de l'ame trois, auffi la culaffe pefe toufiours vn peu plus. On applique donc les piuots ou tourriens à la 4. partie de l'ame, & les attachent és maniuelles du fuft pour eftre bien balancé.   11. La

11. La lumiere doit eſtre eſloignée du fond de l'ame, & du bouton du canon qui eſt au bout.

12. Si le canon porte balle de cent liures, & charge de 66. liures de poudre, s'il eſt pointé à niueau elle ne va qu'à huit ou 900. pas & puis meurt ; car la portée alors de point en blanc n'eſt qu'enuiron de 300. pas, de droi-te volée.

13. Le canon tire plus droit de bas en haut, que de haut en bas ; à cauſe que la force ſe lie & ſerre plus eſtroitement à la balle qui va de mouuement violent en haut ; là où penchant en bas de ſa peſanteur natu-relle elle amortit le coup, & la courſe.

14. La reculée du canon fait que s'il tire de bas en haut la balle eſt portée plus haut que s'il demeuroit immobile. Au reſte le canon pointé au niueau de l'ho-rizon, la balle donne au lieu où porte la viſée : mais s'il eſt pointé de haut en bas la balle frappera plus bas que ne portoit la viſée.

15. L'égalité du plancher, ou le talùd importe beau-coup pour faire qu'il n'y ait nul erreur de la portée à la viſée. Si l'ame du canon eſt de trauers, le coup ſera coſtier de la part qu'eſt le metal plus tendre à la bouche.

16. Le rayon de la mire c'eſt la ligne qui va de l'œil par la mire du canon (c'eſt à dire, ce qui regle l'œil pour dreſſer le coup droit au point) droit au blanc où on viſe, & qu'on menace.

17. Les pieces d'Artilléries ſont: 1. L'eſmerillon long de 5. palmes portant balle de fer de 9. à 24. onces: 2. Le Mouſquet de 6. à 7. palmes portant balle d'enui-ron deux liures. 3. Fauconneau long de 28. à 37. dia-

Oo

metres de sa bouche portant balle de fer de 6. liures &
plus. 4. Le Sacre portant de 9. à 12. liures de balle. 5.
La moyenne Couleurine porte balle d'enuiron 20. liures, la longue de 26. 6. Le Canon long de 17. à 22.
bouches portant balle de 20. iusques à 100. liures. Le
double Canon porte balle de 120. liures. 7. Le Petrier
long de 5. palmes porte balle de pierre de 20. à 80.
liures, 8. La Couleurine bastarde a de calibre 5. poul-
ces, de longueur 28. bouches & demie, porte balle de
7. liures & demie. Berche. F. vn canon de nauire mis
sur le Chasteau, pour saluër ; & tire de balle de plomb.

18. On vse de trois sortes de balles, de pierre, de fer,
& de plomb. Celles de pierre sont pour les Petriers
chambrez, & non chambrez, Mortiers, & autres pieces
antiques. Celles de plomb sont bonnes pour esprouuer
les pieces, auec autant de pouldre que pese la balle, mais
en batterie on ne charge que pesant les deux tiers de la
balle, & est de volume 3. diametres de la bouche.

19. La Lanterne c'est ce qui sert à charger l'Artillerie,
& y couler la poudre ; l'Escouuillon c'est vn amas de
haillons qui sert pour nettoyer la piece apres qu'on a tiré.

20. Esquarrer vne piece de Canon c'est trouuer le iuste milieu de l'ame, ou du vif metal où se doit appliquer le poinct de la mire. De là vient ce qu'on dit pointer vn Canon, c'est tourner le point de la mire droit
où on veut donner.

21. Calibre c'est le diametre de la bouche du Canon,
pour sçauoir la grosseur de la balle qui y peut entrer. Ainsi
dit-on, il porte tant de calibre, il est de gros calibre, &c.

22. Pour faire la poudre à Canon il n'y auroit rien meilleur que l'or bien appresté, car il est prompt en son ignition, violent, & comme Naphte s'allume à la veuë du feu; mais le ieu cousteroit trop, & la violence du coup seroit excessiue. La vraye matiere est seiche & terrestre qui ne se liquefie pas au feu ains s'enflamme, tel est le Nitre, & Salpetre, & l'Ammoniac qui sont volatils, & de nature sulphurée, mercuriale.

23. L'vrine des bestes estant chaude & salée versée sur terre la sale, la desseiche, mais celle qui est couuerte est meilleure, l'autre qui est exposée au Soleil & à la pluye se dessale & se rend trop humide, & le Salpetre en est de plus tardiue & lente operation.

24. La bonne poudre à Canon est composée de trois choses, l'esprit, l'ame, & le corps. L'esprit c'est le Nitre; l'ame c'est le Souphre de qualité moyenne entre le fixe & le volatil, & qui peut bien lier l'esprit auec le corps, le corps c'est le Charbon. Pendant qu'on meslange tout cela on l'arrouse d'eau de vie rectifiée, puis on la fait seicher pour éuaporer l'eau, afin que l'esprit de vin y demeure tout seul, qui suruenant le feu precipite l'inflammation. Les esprits du canfre y estant adioustez, diligentent bien l'inflammation.

25. Il faut que le Canonnier ait vn bon Quadran, & vne esquierre ayant les bras bien droits & l'angle parfait. Auec le Quadran, & l'Alhidade, le filet & le plomb on mesure vne bresche de trauers vne profondeur, vn lieu inaccessible, tout ce qu'on void.

26. Il n'y a que la portée de point en blanc qui face grande execution és batteries, si le coup se desroute il

s'amollit & frappe legerement ; mais à la campagne tant que la balle roule elle rauage tout.

27. Artillerie qui est sur le ventre, c'est à dire, à terre, & desmontée ; Artillerie montée sur les roües, & balancée sur les piuots pour estre braquée aisément. Artillerie qui tire sans bruit , quand on oste le Salpetre de la poudre, mais à mesure qu'on oste le Salpetre (qui est l'esprit) & le bruit, aussi diminuë t'on la force de la balle, & de la volée du Canon, qui ne fait son deuoir qu'à demy quand on luy desrobe son esprit.

Le Cheual.

1. SI le Cheual tient plus de la terre il sera melancholique , terrestre, pesant, de peu de cœur. Si de l'eau ; phlegmatique, tardif, mol ; s'il a plus de l'air ; sera sanguin, ioyeux, esueillé, agile, attrempé en ses mouuements ; si du feu , cholerique , leger , ardent, beau saulteur, & de bon nerf, fougoux, si la proportion des elements y est , il est parfait.

2. De tous poils il y a d'excellents Cheuaux, pourtant le bay obscur , c'est à dire, couleur de chastaigne, le grison pommelé , le gris obscur tirant sur le noir ; le gris, nommé teste de more, (c'est à dire, qui a la teste plus noire que le corps) l'alezan obscur , c'est à dire, tané iaunastre tirant au brun, sont de plus gentille nature, & emporte le prix. Les autres couleurs sont , incarnat, couleur d'or, poil de vache, gris cendré , poil de Cerf, roüan, mouscheté, noir , brun, desteint, tascheté, fauue , meslé , tascheté comme d'escume, poil de loup couleur mal-tenante, laué.

3. Le Cheual balſan (c'eſt à dire, à pied blanc) doit auoir ſes balſanes (c'eſt à dire, taches blanches) qui ne ſoient pareilles, ny ne montent à meſme hauteur, & ſi ne doiuent eſtre trop hautes en la iambe ny trop deſcendre aux iointes du paſturon. Le balſan de la main de la bride (c'eſt à dire, pied gauche deuant) n'eſt en credit ; mais du pied droit, qui ſe nomme Arzel, ſera ſuperbe, & ne fait bon eſtre deſſus, en vn affaire : le balſan du pied de l'eſtrier (c'eſt à dire, pied gauche derriere) eſt de bon cœur, & bon coureur. Le balſan des deux mains eſt malencontreux, & pour auoir vn pied blanc cela ne r'habille pas ſa mauuaiſe qualité, car de raiſon vn bon Cheual doit auoir plus de blanc derriere que deuant. Le balſan des deux pieds eſt bien marqué, & s'il a l'eſtoille au front, ou la liſte, & raye blanche qui deſcend par la face ou chanfrain, qui n'arriue au muſeau, ny touche les ſourcils, il eſt excellent. Le balſan des pieds, & des mains, eſt Cheual loyal, & de bonne fantaſie, mais ils ne ſont forts. Le balſan de la main de la bride & du pied de l'eſtrier (c'eſt à dire, les deux pieds gauches l'vn deuant l'autre derriere) eſt mauuais, & ſe nomme trauat ; le balſan de la main de la lance, & du pied droit, ſe dit auſſi trauat ; & ne vaut rien. Balſan de la main de la bride & du pied droit, ſe dit traſtrauat, tombe aiſément, & ſes cheutes dangereuſes. Balſan de la main de la lance, & du pied de l'eſtrier, ſe dit traſtrauat, ne vaut guiere. La cauſe eſt que les pieds balſans ſont ioints au ventre de la mere, & retiennent ie ne ſçay quoy que marchant ils ſe r'allient volontiers, de là vient qu'ils s'en frottent, frayent,

Oo 3

& entretaillent & choppent, & vous paſſent caualier.

4. Les balſanes mouchetées d'Hermines affinent le Cheual ou en ſa bonté, ou en ſa mauuaiſtié. C'eſt mauuais ſigne d'auoir l'eſtoille au front ſans liſte, & vn autre ſur le muſeau. Le Cheual rubican, c'eſt à dire, bay, ſurſemé de poils gris, s'il eſt ſemé auant la main (c'eſt à dire, ante) il ne vaut guiere, ſi arriere la main, bon.

5. Tout Cheual de quelque poil qu'il ſoit mouſcheté par tout de blanc eſt bon ; mais ſi ſeulement par les flancs, vers la croppe, & au col vers les eſpaules, fort mal ; on le dit frelonné (& l'Italien *Atauanato*, car tauano, & en Eſpagne les Tauanos ſont les Mouſches, Frelons) parce qu'ils naiſſent és chaleurs & au temps que regnent les Frelons, & les piquent, & n'ayant aſſez de queuë ne ſe peuuent defendre, or là où ces tans les piquent le poil blanchit, & fait ces taches.

6. Le blanc mouſcheté de noir, ou de rouge, eſt de bon ſens, leger, adroit. Le gris mouſcheté de rouge, ou tanné, ſur les machoüeres, & muſeau, eſt ſuperbe & s'eſgare de bouche. Le bay ſans tache eſt cholere, & ſanguin, tant plus qu'il tire ſur le rouge, & ſur l'alezan. Les poils blancs ſont donnez de nature aux ſanguins & aduſtes qui ſont bays ou, &c. pour rabbattre leur ferocité & fierté. Les tous noirs ſont aduſtes, mornes, & melancholiques. Le phlegme produit ces taches blanches pour addoucir la cholere & desfaroucher la malignité de la chaleur & ſechereſſe. C'eſt pourquoy moins il y a de blanc (à cauſe de foibleſſe) tant mieux. Le gris pommelé pourtant eſt de grand courage & hardy, parce que ſon blanc ne vient pas de l'humeur

molle, & corruptible du phlegme, mais d'vn phlegme
falfe qui eft humeur aigre qui eft caufe de fes roüelles,
& pommes dont il eft couuert.

7. Le Cheual qui a l'efpy (on le dit *fpada Romani*) fur
le col pres des crins, s'il paffe d'vn cofté & d'autres,
& mieux s'il l'a fur le front, montre vn courage franc,
pur, guerrier, & heureux en bataille. Et s'il l'a aux
hanches (c'eft à dire, *coxæ* là où fe fait la fciatique derriere, vers le tronc de la queuë, & où il ne peut voir
cela corrige tous les malheurs des autres parties ; s'il le
peut voir c'eft vn mauuais figne, & que le Cheual fera
de mauuaife volonté, & mefchante creance.

8. La corne des ongles doit eftre lice, douce, non
rabboteufe, noire, large, ronde, feiche, caue, molle,
le talon ample. Le ieune Poulain ne s'ofe affermir, ny
fier, ny repofer fur fes ongles qui font tendres, il fe va
efpargnant, & s'ayde des iambes, de l'efchine, & mefnage le mieux qu'il peut fa corne. Les coronnes foient
deliées & garnies de poil. Les pafturons (c'eft à dire,
poplites, partie du jarret) courts, non trop couchez
ny auffi enleuez, car il ne brunchera, & fera fort par
bas. Les iointures groffes, & ayant vn bon touppet &
houppe de poil derriere. Les iambes larges, & droites;
le bras nerueux auec les canons (c'eft à dire, ce qui eft
entre le genoil & le pafturon) cours, efgaux, iuftes, bien
faits. Les genoux gros defchargez, & vnis qui monftrent les nerfs bons & vnis eftant defcharnez. Les efpaules longues, larges, bien fournies de chair ; poitrine large, ronde; le col ny trop court, ny long, gros vers
la poittrine (plein, qui emplit bien fa barde, trauerfé,

c'eſt à dire, qui eſt large deuant, & derriere, & à trauers) & fait en arc au milieu vers la teſte, delié &
plus greſle ; les oreilles petites, hardies, aiguës comme
vn aſpic, & auenant à la taille de la beſte ; le front ample, ſec, deſchargé ; les yeux gros, noirs, non enſepue-
lis, ny ſortans hors de teſte, yeux verons, c'eſt à dire,
inégaux. Les ſalieres (c'eſt à dire, les trous, & concauitez ſur les ſourcils) pleines, & ſe iettant dehors ; les
n. choüeres deliées & maigres ; les nazeaux ouuerts,
enflez, & qu'à trauers ſe voye le vermeil de dedans, ſigne qu'il reſpire aiſément, & à longue haleine ; la bouche grande, bien fenduë ; toute la teſte priſe de rencontre, ſoit ſeche, longue, & comme celle d'vn Mouton ; mais le Genet & le Cheual à la legiere, a la teſte
plus petite ; les crins rares, longs, clair-ſemez ; les creſ-
pez monſtrent vigueur ; les gros, force ; les deliées, bon
ſens, & bonne volonté. A ſept ans le Cheual eſt raſé, &
ferré de toutes ſes dents, & pas vne ne loche ; deuant
elles tombent, & reuiennent.

9. Le garrot (c'eſt à dire, l'os qui eſt à la fin du col,
& des crins, deuant premier arſon) ſoit droit, non pointu, & eſtendu, & là ſe voye le departement des eſpaules ; le dos court, non voûté ny enleué, mais plat ; les
reins (c'eſt à dire, lumbi, & ce qui eſt entre la fin du
dos, & de la croppe) ronds, vnis, gros. L'eſchine, ou
eſpine du dos, double & vuidée en canal ; les coſtes
larges, longues ; le ventre long, grand, proportionné,
& comme caché des coſtes par deſſouz. Les flancs
pleins, qui ont vn eſpy, & tant plus il monte vers les
os de la hanche, & regarde l'eſpy de l'autre coſté, le
Cheual

Cheual fera plus beau coureur. La croppe ronde, vnie, panchante, vn canal au milieu : les cuiſſes longues, amples, les os bien faits, & force chair autour. Les jarrets ſecs, larges, eſtenduz, & les vuidures (*Ital. falci*) courbes, amples comme vn Cerf, fera bon voyageur, & bon chemineur. La queuë fournie de poils longs iuſqu'à terre, le tronc gros qui commence bien haut vers la croppe, bien aſſis entre les cuiſſes ; les queuës vndées, & creſpées ſont bonnes. Le train derriere doit eſtre plus haut que celuy de deuant ; vaut mieux que le Cheual ſoit legier, & ait bon cœur, que d'eſtre fort ſans cœur, ou ſouppleſſe ; qui a tout, eſt le parfait.

10. L'eſchine foible, qui ſe laiſſe, & abandonne, branlant, & faiſant le trot à deux fois (*Ital. nauigar i lombi*) n'eſt bonne ; ny celle qui ſe raccropit, & amoncelle tout courbant l'eſchine pour vn temps, & puis ſe relaſche ; mais celle qui tient ferme ſans hauſſer, ny baiſſer, comme vn cheual de fer ; l'excellente eſt celle qui eſtant ſi dure, ſe raccropit & dure touſiours ainſi, c'eſt à dire, la deuxiéme & la troiſiéme s'aſſemblent en vn.

11. Il faut donc qu'il ſoit tout à meſure, viſte au pas, au trot, galop, à la carriere, au maniment, aux ſauts, iuſte de teſte, de corps, à l'arreſt, au parer ; eſtant coy, allant, ſomme tout tel qu'eſt la volonté du Caualier qui le monte. En outre le pas eſleué, le trot libre, galop vigoureux, carriere viſte, maniment ſeur, & prompt, les bons fermes, l'arreſt legier, la teſte & col fermes, la bouche ſouple, & de bon appuy qui eſt le fondement de toute ſa perfection.

12. Il faut bien endoctriner vn Cheual, la bride, les renettes d'icelle, le mors y feruent bien. Il faut que l'efperonnier fçache bien compaffer les boucles, chainettes, & barres des freins : on en fait pour hauffer la tefte au Poulain, qui ont mal à la bouche, pour le Cheual qui a la bouche peu fenduë, qui eft fort en bouche, pour faire baiffer la tefte, pour le faire ioüer de la langue, pour celuy qui becquette, pour defarmer vn cheual (c'eft à dire, empefcher qu'il ne ronge fes machoüeres) pour le faire prendre plaifir à mafcher fon mords, pour vn rouffin qui fe renuerfe, pour vn double courtaut qui a mauuaife bouche, pour vn rouffin qui a la bouche d'vn diable (c'eft à dire, *equo duriffimi oris*) pour celuy qui ioüe des mandibules, qui ne veut point de fer (c'eft à dire, *non curat frænum fed it femper fuo mundo*) pour vn qui tire la langue, pour tous les diables (c'eft à dire, *equo duriffimo*) pour arrefter le Cheual qui pefe trop à la main, & eft fort de bouche, pour releuer, pour faire bonne bouche, pour faire qu'il ne s'embride trop, & charge trop la main du Caualier. On fait auffi vn Camorre (qui eft comme vn cercle) pour le Cheual qui renuerfe.

13. Pour les domter il faut qu'ils ayent trois ans, il faut l'attacher à double cheueftre afin qu'il ne fe bleffe aux cuiffes, le mettre aupres d'vn Cheual domté, & le flatter luy paffant doucement la main fur le col, & là où il craint il ne le faut beaucoup preffer de l'efperon, mais le flatter, car à tous les mauuais pas craignant qu'on ne le voulut mal-mener, & battre, il deuiendroit peureux & eftonné.

14. Ils ont ces maladies aux yeux, il iette des larmes, il les a troublez & cligne souuent, il a vne taye, ou peau qui couure l'œil c'est le reume qui descend ; ou le mal de l'ongle, c'est vne cartilage qui couure partie de l'œil ; ou la maille, c'est à dire, comme vne perle, & escaille. Les auiures sont des glandes entre le col & la teste qui serrent le gosier, & l'estranglent bien tost, & fait que s'estouffant il se iette à terre. Ce mal se nomme, morbilles, ou auiures, ou viutes. Le mal de l'estranguillon s'engendre en la gueule, c'est comme glande de chair qui serre les maschoüeres, & ne laisse respirer. La morue, les galles & rongnes au col : la soritie, ou scime, ou lucorde est quand il ne peut tourner le col. Le mal de malferrure est mal de reins, cholique, ou tranchaisons. Le cor ou corne est vn mal sur le dos & cuir du Cheual qui rompt le cuir & descend iusqu'aux os. Les courtes, sont enfleures grosses dans le Cheual. Le mal de polmon, ou polmoncelle mortifie la chair, fait pourriture ; perce iusqu'aux os, vient de la selle mal-faite. Le Cheual sur lequel la lune a rayé est tout amorty. La blessure du garrot est fort dangereuse, c'est à dire, l'os entre les espaules : les puzioles ou escorcheures plus petites sont peu de mal.

15. Ils doiuent auoir trois conditions si on n'y veut perdre le temps. Sçauoir est bonne eschine, bonne iambe, & bon pied. Qui doiuent estre de nature. Car la bride ne le leur donne pas.

Emboucher bien vn Cheual, c'est à dire, l'embrider. Le bien mettre en bride. Bailler ou mettre l'emboucheure, ou le mors, ou la bride au Cheual.

Cheual effrené, c'eſt à dire, endurcy : qui ſe deſar-
me & abandonne de teſte, abandonné de teſte.

Bailler la main plaiſante & la contrainte douce à vn
Cheual.

Au Cheual fort fendu de bouche faut bailler bride
ou mors qui aye plus d'vne priſe, voire qui en aye trois
ou quatre ſelon qu'il aura la bouche deſmeſurément
fenduë. Quand on luy aura baillé les priſes propres ſelon la fente de ſa bouche, il ne tombera facilement en
vice s'il commence volontiers à maſcher ſon mors, ſa
bride.

Perſer le mors c'eſt quand vn Cheual peut facilement, franchement, & ſans peine paſſer la langue deſſous l'emboucheure, c'eſt à dire, deſſous la bride. La
genciue deſarmée de quelque dent.

Il ſera prompt à s'enarbrer, cabrer & leuer tout haut
au grand danger du Cheualier. L'encoleure & le col
ſerpentin du Cheual eſt brune. C'eſt vne bonne voûtu-
re, voûté & courbé en forme d'arc. Le col renuerſé ou
reuers.

Le Cheual bien dreſſé ne doit rien faire ou obmet-
tre que de la volonté du Cheualier & la ſuiure de point
en point quelle qu'elle ſoit, & non d'vn certain maiſtre,
mais de toute ſorte, & qu'il entende, la voix, la main,
la baguette & le la ho de ſon maiſtre.

Le bon Cheualier maniant le Cheual à paſſades &
repolons, c'eſt à dire, le faiſant paſſader ne faut pas
qu'il luy laiſſe trop auancer le muffle en auant, ny auſſi
trop s'égourmir ou rengorger, mais moyennement entre les deux & en port gaillard & honneſte.

16. Dreſſer vn Cheual au galop raccourcy, c'eſt à dire, l'enſeigner à faire vn amoncelement ou accropiſſement de bonne grace ſautant & galopant. Il s'amoncele & accroupit de bonne grace s'auançant touſiours ſautant & galopant.

Dreſſer & manier les Cheuaux aux ſauts balancés, c'eſt à dire, les enſeigner à faire des ſauts hauts, & meſures ; ce qui ſe fait par ornement à la fin de la carriere, du repolon & paſſade ou remiſe, & faut que le Cheualier ſe tienne bien ferme à ce maniement.

Dreſſer aux ſauts de Mouton, Idem, fors qu'aux ſauts balancés le Cheual s'auance auec la teſte. Mais aux ſauts de Mouton combien qu'il monte plus haut, toutefois il doit cheoir au meſme lieu dont il s'eſt ſouſleué pour faire la paſſade, c'eſt à dire, ce ſaut ſe fait ſeulement à la fin de la paſſade, non de la carriere, ny de la remiſe, ny de quelque autre maniement que ce ſoit.

Cheual qui eſt venu dur en bouche. Luy bailler le caueſſon ou caueſſine, c'eſt à dire, petit licol qu'on baille premierement au Poulain. Il ſert pour faire leuer, releuer, & bien porter la teſte & le col tant allant droit que faiſant la volte.

Caueſſon de fer eſt propre pour les Cheuaux friſons & Courſiers. Caueſſon de corde & de cuir aux Genets d'Eſpagne & Turcs.

La Moulette de l'eſperon doit eſtre mouſſe pour picquer le Poulain.

Cheual frizon, c'eſt à dire, d'Allemagne poltron & maling de nature ayant le cœur double : il eſt laſche de courage. Il ſe corrige par rude traictement ; empire par

amiable doux & gracieux. Le Cheual François est proche de cestuy-cy tous propres à la charruë.

Le Poulache de Dannemarc approche aux meilleurs,
il a le col descharné, les iambes bien fondées, la teste
seiche & est d'assez bon cœur.

Les Cheuaux Turcs, Barbes, & Mores sont gaillards,
courageux & abhorrent le coupset, piqueures, comme tous cheuaux de gentil courage, comme sont Sar-
des, c'est à dire, de Sardeigne.

Les Cheuaux de Naples doiuent quelquefois estre
resueillés & ragaillardis par l'esperon & par le secours
& chastiement de la parole.

L'on doit dresser vn Cheual obseruant sa complexion
melancholique, cholerique, phlegmatique, sanguine,
en la saison propre pour le mettre en œuure.

Manier ou dresser vn Cheual à remises, ou à repolons, ou passades. Faire faire les sauts à la capreole, c'est
à dire, sauter en Cheureils ou Cheureaux. Icy le Cheual va en auant & ne retombe pas en mesme lieu &
ruë, en retombant au contraire des autres sauts où il ruë
en montant & s'esleuant en l'air.

Cheual qui s'entre-taille par foiblesse ou mauuais fer.
Qui se balotte, c'est à dire, quant haussant trop le bras,
mesme en trottant il se les atteint. Qui se forge, c'est à
dire, se blesse les talons ou bien s'atteint les nerfs.

Fers auec le crampon. Fers desferrés, c'est à dire, de
deux pieces. Vnis, c'est à dire, sans crampon.

Bailler, donner les esperons au Cheual, c'est à dire,
l'instruire à entendre l'esperon. Cheual qui prend bien
l'ayde, le cours de l'esperon ou de la baguette, c'est à

dire, apprend par le moyen de l'esperon, &c. seur aux esperons, c'est à dire, qui les entend fort bien.

Picquer auec les esperons pareils, c'est à dire, en mesme temps & coups & endroits donner des deux esperons. Donner vne talonnade, c'est à dire, vn coup d'esperon.

Quand il sera en haleine & qu'il aura reprins son vent. Qui porte bien sa teste iuste & ferme.

Camarre. Instrument pour asseurer la teste du Cheual mal asseuré de teste. Bailler les voltes doubles : redoublées.

Cheual Balezan, c'est à dire, qui a des marques blanches aux mains ou aux pieds. Le balezan de la main de la lance sera adextre & bien maniant, mais malheureux coustumierement.

Le balezan de la main de la bride ne vaut gueres. Le balezan du pied droit s'appelle arzel, superbe, vicieux, & infortuné, & qui ne doit seruir en iournée de bataille.

Le balezan du pied de l'estrier est bon & bon coureur.

Les Espis ou remoulins du Cheual sont petits cercles de poil retors comme les Anties qui sont au milieu du front au gozier, en l'estomach, au nombril, aux Bancs.

Cheual tendre d'eschine, foible de iambe, chargé de machoires fort en bride, gaillard de reins & de bras.

Le poil bay, chastain, le gris pomelé ou roüé, le roüan nommé teste de More, alezan obscur sont les plus attrempés & les plus estimés. Apres ceux-cy le

bay doré ou obfcur, le blanc moucheté de noir, le
gris argenté qui a les extremitez noires, c'eft à dire, la
pointe des oreilles, des crins, queuë, iambes, bras, &c.
vaut mieux.

Vn bon Cheual fe mene bien mieux par vn filet
de foye que par des rudes camorres, & pluftoft à
l'air de la gaule, qu'au coup de baguette, ou au fer
de l'efperon.

La defcription du Cheual.

C'Eft en tout ce qui fort de fa main, que Dieu fe
monftre Dieu, mais en quelques chofes il femble
qu'il aie pris fon plus particulier plaifir de monftrer fa
puiffance. Laiffons les chofes cachées, amufons nous à
contempler ce que nous manions tous les iours, y a-il
chofe plus admirable qu'vn beau Cheual de feruice, accomply de fes perfections. Que fçauroit choifir l'œil
de plus beau en ce parterre du Monde qu'vn beau Genet, ou autre ayant la corne liffée & noiraftre, haute,
arrondie, bien creufée, fes paturons (c'eft à dire, poplites ce qui eft derriere le gonoüil, où il fe plie, *fuffrax*)
courts, entre-droits & courbes ou lunez, fes bras fecs,
nerueux, fes genoux defcharnez & bien emboitez, la
iambe d'vn beau Cerf, fa poitrine large, & bien ouuerte, l'efchine graffe & double & tremblante, la croupe large, le corfage long & haut, les flancs bien vnis,
le manteau bayardant, le col d'vne moyenne arcade,
mais non trop voûté, reueftu d'vne grande perruque
flottante en l'air, & crefpeluë ; la queuë iufques à terre bien efpeffe, le front ayant la peau coufuë fur les

yeux

yeux gros & eftincelants, la bouche grande, efcumeufe,
les nazeaux ouuerts, & qui ronflent, l'eftoille au front,
deux balzans aux iambes, ayant fon courage en fleur,
& l'aage de 7. ans, mettez-moy vn Efcuyer qui le manie comme il faut, y a-il pareil plaifir au monde ? Il
n'eft fi toft affis & quafi coufu en felle, les renes en
vne main, la baguette en l'autre, parlant auec les talons & l'efperon, par le flanc au Cheual, que vous le
voyez bondir & faire merueille : tantoft il fe cabre, il
ruë, il faute ; tantoft il fe lance & fe darde, & quafi
nage par l'air, il fe recule, il va de cofté piaffant, &
tournant fa tefte & fon corps ; s'il va le pas c'eft en
grondant & hanniffant ; s'il eft preffé, il va de bond en
bond, il galope auec maiefté, & auec vne cadence
bien feante. Si lon lafche la bride, & preffe de l'efperon alors comme s'il auoit des aifles il fend l'air, il de-
ftrape auffi toft & quafi efchappant à foy-mefme il fe
laiffe derriere foy, il attrappe le vent, il luy gaigne le
deuant, il vole, il s'emporte à perte de veuë, & laiffe
les oyfeaux bien loing, & defbandans tous fes nerfs
fait vne carriere à perte d'haleine, & quelquefois de
vie, mais de telle viftelle que l'œil quafi ne le peut
fuiure. Mais eftant arrefté, & retournant à petit pas
alors il le fait beau voir, car ayant quelque fentiment
de gloire, & luy femblant d'auoir gaigné le prix, vous
le voyez mafcher fon mords orgueilleufement, il feme
par la carriere vne efcume, & couure tout de neige, il
a les yeux qui iettent le feu, il regarde de cofté & d'autres, vous diriez que c'eft pour receuoir les applaudif-
fements, & ne pouuant remercier, il redouble fes han-

niſſements pleins de ioye , & s'arreſtant il vous bat la
terre du pied & la gratte pour ſe donner du plaiſir, ſpecialement ſi le Caualier le flatte luy paſſant ſa main ſur
le col , & banniſſant l'eſperon du flanc luy preſente vn
bouquet d'herbes pour le rafraiſchir. Alors il ne ſe fait
guieres prier de faire ſes courbettes, tous les airs, quatre
caprioles en l'air, & autant de ſauts de Mouton les quatre
pieds en l'air , & ſi vous voulez la iambette. Le paſſe-
temps eſt quand il ſe ſent entre les dents vn mors d'argent, & les roſes dorées, la bride brodée d'or , la ſelle
royalle , & la houſſe de drap d'or , & les houppes pendantes , or c'eſt alors qu'il ſe quarte, qu'il eſbranſle ſon
pennache, qu'il ſe ſent ſur la teſte , & comme faiſoit
Bucephalus qui ne receuoit ſur ſoy qu'Alexandre le
Grand, mais encor en habits imperiaux , car tout autre
eſtoit pluſtoſt ſecoüé , & rüé par terre qu'il n'auoit le
pied en l'eſtrier ; il braue, il ronfle, il ne touche quaſi la
terre ſinon du bout de l'ongle, il fait du Roy, & piaffe
à merueille. Sur tout ſe voit le naturel de ceſt animal
lors qu'on fait retentir vn clairon accompagné d'vn fifre, & d'vn tabourin battant & donnant vne allarme;
Car pour lors s'il ſe ſent la teſte armée d'vn chanfrain,
le poittral d'arme , & la ſelle de guerre , & armé au
combat auec ſon harnois, ô quelle peine y a il à le manier, il pennade, il ſe tourmente, il baue de rage, & redoublant ſes hanniſſements il cherche la meſlée & le choc,
il rompt les caillous du pied, il trepigne ſans ceſſe, &
les oreilles dreſſées, iettant feu flamme par les yeux &
par les nazeaux, ſe darde tant qu'il peut , il ne ſe peut
tenir ſur ſes pieds , mais rongeant de deſpit ſon frein

escume sa rage par la bouche, & sans parler ne demande que la guerre.

Mais du Bartas a fort naïuement descrit tout cecy,
feignant que Caïn fut le premier Caualerisse du monde, & dit,

Caïn de cette peur, comme on dit transporté
Donne le premier frein au Cheual indomté:
Afin qu'allant aux champs, d'vne poudreuse fuite
Sur les iambes d'autruy son meurtrier il euite,
Car entre cent cheuaux brusquement furieux,
Dont les fortes beautez il mesure des yeux,
Il en prend vn pour soy, dont la corne est lissée,
Retirant sur le noir, haute, ronde, & creusée.
Ses pasturons sont courts, ny trop droits, ny lunez;
Ses bras secs & nerueux, ses genoux descharnez.
Il a iambe de Cerf, ouuerte la poitrine,
Large troupe, grand corps, flancs vnis, double eschine:
Col mollement voûté comme vn arc my-tendu,
Sur qui flotte vn long poil crespement espandu:
Queuë qui touche à terre & ferme, longue, espesse,
Enfonce son gros tronc dans vne grasse fesse:
Oreille qui pointuë a si peu de repos.
Que son pied gratte-champ, front qui n'a rien que l'os:
Yeux gros, prompts, releuez: bouche grande escumeuse:
Nazeau qui ronfle, ouuert, vne chaleur fumeuse:
Poil Chastain, astre au front, aux iambes deux balzains,
Romaine espée au col: de l'âge de sept ans.
Caïn d'vn bras flatteur ce beau Ienet caresse:
Luy saute sur le dos d'vne gaillarde adresse:
Se tient & iuste & ferme, ayant tousiours tournez

Q q 2

Vers le front du deſtrier & ſes yeux & ſon nez.
Lors le Cheual faſché de ſe voir fait eſclaue,
Se cabre, ſaute, ruë, & fumeuſement braue,
Rend ſon piqueur ſemblable au ieune iouuenceau
Qui manie ſans art le timon d'vn vaiſſeau.
L'onde emporte la Nef, & la Nef le pilote
Qui touche ià la mort, qui paſlit, qui tremblote,
Et d'vn craintif glaçon ſentant preſſé ſon ſein,
Se repent mille fois d'vn tant hardy deſſein.

　　L'eſcuyer repourprant vn peu ſa face bleſme,
R'aſſeure accortement ſa beſte & ſoy-meſme:
La meine ores au pas, du pas au trot, du trot
Au galop furieux. Il luy donne tantôt
Vne longue carriere: il rit de ſon audace,
Et s'eſtonne qu'aſſis tant de chemin il face.

　　Son pas eſt libre & grand: ſon trot ſemble égaler,
Le Tigre en la campagne & l'Arondelle en l'aer:
Et ſon braue galop ne ſemble pas moins viſte
Que le dard Biſcaïn, ou le traict Moſcouite.
Mais le furieux canon de ſon goſier bruyant
Si roide ne vomit le boulet foudroyant,
Qui va d'vn rang entier eſclarcir vne armée,
Ou percer le rempart d'vne ville ſommée,
Que ce fougoux Cheual ſentant laſcher ſon frein,
Et picquer ſes deux flancs, part viſte de la main,
Desbande tous ſes nerfs, à ſoy-meſmes eſchappe:
Le champ plat bat, abbat, deſtrape, grape, attrappe,
Le vent qui va deuant couuert de tourbillons
Eſcroule ſous les pieds les bluettans ſcillons,
Fait decroiſtre la plaine: & ne pouuant plus eſtre

Suiuy de l'œil, se perd dans la nuë champestre.
Adonques le Piqueur, qui ià docte ne veut
De son braue cheual tirer tout ce qu'il peut,
Arreste sa faueur: d'vne docte baguette
Luy enseigne au parer vne triple courbette:
Le loüe d'vn accent artistement humain:
Luy passe sur le col sa flatteresse main:
Le tient & iuste & coy : luy fait reprendre haleine,
Et par la mesme piste à lent pas le r'ameine:
Mais l'eschauffé destrier s'embride fierement:
Fait sauter les caillous : d'vn clair hannissement
Demande le combat, penade, ronfle, braue:
Blanchit tout le chemin de sa neigeuse baue:
Vse son frein luisant : superbement ioyeux
Touche des pieds au ventre : allume ses deux yeux:
Ne va que de costé : se quarre, se tourmente:
Herisse de son col la perruque tremblante:
Et tant de spectateurs qui sont aux deux costez,
L'vn sur l'autre tombant font largue à ses fiertez:
Lors Caïn l'amadoüe : & cousu dans la selle,
Recerche ambitieux, quelque façon nouuelle
Pour se faire admirer. Or il le meine en rond:
Tantost à reculons, tantost de bond en bond:
Le fait balser, nager : luy montre la iambete,
La gaye capriole, & la iuste courbete.
Il semble que tous deux n'ont qu'vn corps & qu'vn sens:
Tout se fait auec ordre, auec grace, auec temps:
L'vn se fait adorer pour son rare artifice,
Et l'autre acquiert, bien né, par vn long exercice
Legerté sur l'arrest, au pas agilité,

Gaillardise au galop, au maniement seurté,
Appuy doux à la bouche, au saut force nouuelles,
Asseurance à la teste, à la course des ailes.

LES POISSONS.

1. L semble que Dieu ait plongé vn autre vniuers dans la Mer, car tout ce qui est par tous
les Elemens s'y trouue. Estoilles, oyseaux,
bestes, instrumens, tout ; il y a des Baleines qui couurent de leurs corps quatre arpens de terre & les Viuel-
les (*Pistrix*) de 200. coudées, elles ont le musle fait à
mode de scie.

2. Les Senedectes (*Physeres*, c'est à dire, souffleur)
siringuent par vn tuyau vn fleuue d'eau, & taschent d'enfoncer & affabler les brigantins, &c.

3. Il y a l'Arbre de Mer Poisson tout branchu, & l'E-
stoille qui a des rayons au lieu de bras, le moyeu de
ses bras & rayons est couuert d'yeux.

4. Pline tient que tous les Poissons halenent, & soufflent ; mais sans poumons & d'autre façon que nous.

5. Le Dauphin a le dos cambré, & recourbé dehors:
ils sont camus, ils sont amoureux des hommes, & ne
s'en estrangent point, ains vont au deuant faisant gam-
bades.

6. L'escaille d'vne Tortuë de Mer peut couurir vne
maison logeable, elles n'ont point de dents, mais le
bord du bec est fort trenchant, & la machoüere de

deſſous s'emboitte fort iuſtement en celle de deſſus, dont elles briſent meſme les pierres, & viuent de poiſſons à eſcaille, froiſſant aiſément la dureté des eſcailles pierreuſes ; elles nagent auec des cornes larges & mobiles que nature leur a donné.

7. Les Poiſſons ont grande varieté de robbes, il y en a qui ſont velus portans le poil ſur le cuir, comme veaux marins ; de cuir ſans poil, comme Dauphins ; d'eſcorce, comme les Tortuës ; d'eſcailles dures comme pierre, comme Huytres ; de crouſte, comme Langouſte ; de crouſtes piquantes, comme l'Eriſſon ; les mols ; le cuir raboteux, & à mode de lime aſpre, & mordant dont on brunit & polit l'yuoire, comme le Creac ; à peau douce, Lamproye, ſans peau, & à chair nuë, comme les poupes. Encoquillez, eſcaillez à petites eſcailles, armez, deſarmez, crouſtuz à la legere.

8. Le Veau Marin hurle comme veau, & comme beaucoup d'autres Poiſſons fait en terre ſon petit veau, & poſe quant & quant l'arriere fais, allaitte à la mammelle ; ſes aiſles dont il nage, luy feruent de pieds pour marcher ; le Silure eſt vn couppe-gorge, & vn droit voleur qui ne vit que de brigandage dans l'eau. Le Ver Aſylus ſe fiche ſous l'aiſle du Thon, de l'Empereur, & autres grands Poiſſons, luy qui eſt fort petit, & les pique ſi fort, qu'ils ſont forcez de ſauter dans les Nauires qui ſinglent pour ſe deliurer en mourant.

9. Les Poiſſons nourriz en eſcailles ont leur repaire (& viuent en trouppe) à part ; les Poiſſons ouuez & femelles, ſont plus gros, gras, & rebondiz, que les maſles, & que les laitez ; ſi on peſche deux fois en vne

mefme foffe , on rencontre mieux la deuxiéme fois,
qu'au premier traiƈt. Le gros hyuer en aueugle beaucoup , pourtant fe retirent és cauernes , nommément
ceux qui portent des pierres en tefte ; la pluye trop
grande les aueugle aufli.

10. Le Muge eft fort lourdaut , car fe fentant preffé,
il cache fon mufle & fa tefte , & penfe eftre bien
affeuré. C'eft vn grand vilain , de fait fi on en prend vn
és Viuiers , l'attachant à vne longue ligne , & le laiffant
pourmener en la Mer , vn monde de Muges femelles le
fuiuent iufques à bord à mefure qu'on le retire auec
la ligne , ainfi prend-on en Languedoc grand' trouppe de Muges ouuez , ou de laittez quand les femelles
pofent leurs œufs.

11. Le feul Eftourgeon a les efcailles tournées vers la
tefte , aufli monte-il toufiours contre l'eau , ce qui eft
merueilleux , car à deffein la Nature efcaille les autres , en façon que le defaut des efcailles eft deuers la
queuë , afin que les Poiffons fendant le fil de l'eau , le
courant n'entr'ouurit leurs efcailles , & entama leurs
chairs.

12. On nomme les Poiffons cotonnez ceux qui ont la
chair fort blanche , & comme de cotton , où lait , ou
neige entre-lardée d'areftes , & d'efpines , comme les
Lupins.

13. Les Poiffons viuent de limon , ou d'alge , ou
d'huyftres , ou des menus poiffons , ou d'herbes , les
meilleurs font ceux qui ont le gouft des poiffons à efcailles. Les vns frayent , c'eft à dire , s'apparient
trois fois l'an , car on void des petits trois fois l'an.

Beaucoup

deſſous s'emboitte fort iuſtement en celle de deſſus, dont elles briſent meſme les pierres, & viuent de poiſ-ſons à eſcaille, froiſſant aiſément la dureté des eſcailles pierreuſes ; elles nagent auec des cornes larges & mo-biles que nature leur a donné.

7. Les Poiſſons ont grande varieté de robbes, il y en a qui ſont velus portans le poil ſur le cuir, comme veaux marins; de cuir ſans poil, comme Dauphins; d'eſcorce, comme les Tortuës; d'eſcailles dures comme pierre, comme Huytres; de crouſte, comme Langouſte; de crouſtes piquantes, comme l'Eriſſon; les mols; le cuir raboteux, & à mode de lime aſpre, & mordant dont on brunit & polit l'yuoire, comme le Creac; à peau douce, Lamproye, ſans peau, & à chair nuë, comme les poupes. Encoquillez, eſcaillez à petites eſcailles, ar-mez, deſarmez, crouſtuz à la legere.

8. Le Veau Marin hurle comme veau, & comme beaucoup d'autres Poiſſons fait en terre ſon petit veau, & poſe quant & quant l'arriere fais, allaitte à la mam-melle; ſes aiſles dont il nage, luy ſeruent de pieds pour marcher; le Silure eſt yn couppe-gorge, & vn droit voleur qui ne vit que de brigandage dans l'eau. Le Ver Aſylus ſe fiche ſous l'aiſle du Thon, de l'Empereur, & autres grands Poiſſons, luy qui eſt fort petit, & les pi-que ſi fort, qu'ils ſont forcez de ſauter dans les Nauires qui ſinglent pour ſe deliurer en mourant.

9. Les Poiſſons nourriz en eſcailles ont leur repaire (& viuent en trouppe) à part; les Poiſſons ouuez & femelles, ſont plus gros, gras, & rebondiz, que les maſles, & que les laitez; ſi on peſche deux fois en vne

mesme fosse , on rencontre mieux la deuxiéme fois,
qu'au premier traict. Le gros hyuer en aueugle beaucoup , pourtant se retirent és cauernes , nommément
ceux qui portent des pierres en teste ; la pluye trop
grande les aueugle aussi.

10. Le Muge est fort lourdaut , car se sentant pressé,
il cache son musle & sa teste , & pense estre bien
asseuré. C'est vn grand vilain, de fait si on en prend vn
és Viuiers, l'attachant à vne longue ligne, & le laissant
pourmener en la Mer, vn monde de Muges femelles le
suiuent iusques à bord à mesure qu'on le retire auec
la ligne , ainsi prend-on en Languedoc grand' trouppe de Muges ouuez , ou de laittez quand les femelles
posent leurs œufs.

11. Le seul Estourgeon a les escailles tournées vers la
teste , aussi monte-il tousiours contre l'eau, ce qui est
merueilleux , car à dessein la Nature escaille les autres, en façon que le defaut des escailles est deuers la
queuë, afin que les Poissons fendant le fil de l'eau , le
courant n'entr'ouurit leurs escailles , & entama leurs
chairs.

12. On nomme les Poissons cotonnez ceux qui ont la
chair fort blanche , & comme de cotton , ou lait, ou
neige entre-lardée d'arestes , & d'espines , comme les
Lupins.

13. Les Poissons viuent de limon , ou d'alge , ou
d'huystres , ou des menus poissons , ou d'herbes , les
meil eurs sont ceux qui ont le goust des poissons à escailles. Les vns frayent , c'est à dire , s'apparient
trois fois l'an , car on void des petits trois fois l'an.

Beaucoup

Beaucoup d'eux ont deux barbillons à la machoüere d'embas.

14. Le Mulet en mourant change de mille couleurs, auſſi à Rome Apicius Roy des friands, inuenta de les faiſander & faire mourir en la ſaumure, & meſmes à table dans des vaſes de criſtal, pour auoir le plaiſir de les voir treſpaſſer, & teindre la peau de toutes couleurs.

15. Les Poiſſons rendent par les ouyes l'eau qu'ils prennent par la bouche, quelques-vns en ont pluſieurs afin de rendre aiſément ce qu'ils boiuent, & hument. Le vieil Poiſſon ſe cognoit à l'eſcaille dure ; or les eſcailles ſont ou pointuës, ou dures & eſpeſſes, ou faites à mode de clous, & de boutons, comme ceux des iambieres d'homme d'arme, ou arrondies parfaittement, & bien entaſſées l'vne ſur l'autre, riole-piolées de diuerſes couleurs, bien colées à la peau, qui tiennent fort peu, de grandes, menuës, &c. La grande peſche eſt quand le Soleil eſt logé au Poiſſon.

16. Pour la Corpulence, il y en a premierement de plats, le Turbot: 2. longs, Lamproye &c. 3. auec des aiſles 2. ou 4. 3. 8. 14. les gliſſans & longs n'ont point d'aiſles, mais ſe recourbent, replient, & deſnoüent pour gliſſer par l'eau comme les ſerpens rampent à terre ; les autres nagent de plat & de ventre ſans ſe courber, les autres trenchent l'eau des aiſlerons ; d'autres couppent le fil auec le muſle pointu, à cét effect & affilé & appointé afin d'eſcarter les eaux, & ſe pouſſer auant ; les autres ſe guindent amont s'aidant de la queuë comme d'auiron, à la mode de ceux qui s'appuyant à terre de la rame

Rr

pouſſent le batteau dans l'eau ; les autres ſe dardent &
vont à boutades , s'entre-repoſant , & entre-couppant
leurs cours ; les autres font leurs gliſſades tout d'vne
trainée ſans interrompre leur nauigation. Les autres
vont à fleur d'eau, & ſuiuent le train des vagues, prenant leur paſſe-temps à ſe berçer & aller au branſle de
la mer ; qui va touſiours entre deux eaux ; qui ſur le
grauier ; qui fait ſa vie aux rochers , & s'y attache ; les
autres nagent d'vn coſté n'ayant qu'vn bon œil , &
l'autre eſtant trouble ; les autres ſe gliſſent ſeulement
és eaux tournées , & troublées ; les autres aiment le
iour & les cailloux s'y frayant volontiers, &c.

17. Les Murenes laittées qui ſont les maſles ſont d'v-
ne couleur , les ouuées & femelles entr'autre ont 7.
marques & 7. eſtoilles d'or ſur la teſte, diſpoſées comme les eſtoilles du chariot , eſtant mortes ces marques
s'eclipſent.

18. Les vns ont l'eſpine qui trauerſe tout le corps, les
autres ont au lieu d'eſpine vn certain cartilage , comme la Raye, le Diable de Mer (*Rana piſcatrix*) & ceux
qui viuent de chair , tous leſquels mangent le ventre
contre-mont , & font leurs petits en vie, excepté le
Diable de Mer qui iette ſes petits œufs, & les poſe, &
couue.

19. Il y a auſſi les Poiſſons à coques & coquilles qui
font leur bande à part , les Nacrez & couuerts, armez
touſiours ; d'autres qui volent & ſe iettent en l'air
faiſant les Arondelles , comme le Poiſſon volant , la
Rate-penade, Rondole , &c. La Lanterne eſt touſiours
ſur l'eau, & de nuict ſa langue luiſante luy ſert de fallot,

morne & qui moifit, és fontaines de l'argent gliffant,&
du verre, en la mer elle eft fombre & noiraftre, és forefts elle eft noire & portant le dueil, finalement c'eft
vn Cameleon qui s'habille de toutes les couleurs qu'elle
arroufe en paffant, & le miroüer de toutes les beautez.
Es lieux chauts, elle fume & boüillonne, à l'ombre,
elle fe mortfond, battuë du Soleil, elle s'attiedit, fur-
femée de glaçons, & de neiges elle blanchit & friffon-
ne. Que diray-ie de fa faueur ? elle eft afpre icy, là
amere, aigre, piquante, douce, auftere, violente, tout
ce qu'on veut felon qu'on en fait infufion en diuerfes
chofes. Es ius trop meurs & trop cuits du Soleil elle
s'aigrit, l'abfynthe la confit en amertume, le vin luy
donne pointe, l'ail luy donne du feu & vn gouft poi-
gnant, le venin l'appefantit & la rend de trop forte
cuyfon, le miel la fucre, l'ame de la noix la conuertit en huyle. Et comme elle eft la nourrice des biens
de la terre, & les nuées les mammelles dont Nature allaitte les creatures, l'eau engraiffe la racine, enfle les
germes, pouffe le branchage, teint le fueillage &
le defplie, ferre les boutons, defboutonne les
fleurs, nourrit les fruicts, leur donne l'enbonpoint,
forme la graine & l'arme de peaux fortes contre les
outrages de l'air. N'eft-ce pas chofe miraculeufe qu'e-
ftant la mere de tout ce qui croit elle fe metamorpho-
fe en tant de façons ? elle fe rend d'vn fuc trifte & mal-
plaifant és arbres melancholiques, douce és plus ef-
ueillez & refioüis, tardiue icy, là de haftiueau. Et mefmes fes douceurs font infinies, piquante au vin, dou-
ceatre en l'huyle, aigrette és Cerifes, fucrine és Figues,

Cancres morts à la rade se changent en Scorpions. Bernard l'Hermite, c'est à dire, le petit Pinnotere se cache & se sauue dans les huytres vuides, & fait vie retirée, & asseurée. Les Erissons se seruent de leur piquons pour prendre, la bouche au milieu du corps ; pour marcher ils se tourneboulent & vont en rond comme vne boule herissée ; or preuoyant la borasque ils se chargent de pierres pour s'appesantir, de peur qu'estant tourne-boulez la tempeste ne les emporte, & qu'ils n'vsent trop leurs poinçons.

24. Si on ne prend les Pourpres viues, l'escarlatte meurt auec elles, si on les prend viues, on les escache auec meules à huyle pour en tirer la richesse des roses purpurines pour parer les Roys. Les vnes sont à mode de cornet auec vn bec rond, & vn peu incisé à costé; on le nomme Cor de Mer. Les autres iettent leur bec à mode de tuyau, & sont faites en poyres, & ont 7. pointes, & autant de reuolutions à sa coque, que chacune a d'années. La langue est si dure qu'elle perçe les coquilles des poissonneaux dont la pourpre vit. Aussi pour les prendre on se sert de poissons demy-morts en escaille, car s'ouurant les Pourpres y coulent leur langue, les autres serrent leurs rasoirs, & tel pensoit prendre, qui est pris au trebuchet.

25. Les Poissons outre la façon ordinaire, s'engendrent de limon, de l'escume attachée aux Nauires, de raclures comme les Anguilles qui se frayant contre vn rocher font tomber de petites peaux qui s'animent, & prennent vie, d'autres comme les coquilles S. Iacques s'engendrent de la douceur du temps, des œufs esclos &

couuez, d'œufs eschauffez du Soleil à la rade ; la Seche
soufle sus les œufs pour les rendre bons ; la Torpille &
les Cartilagineux font les œufs mollets d'vn costé , &
puis les mettent de l'autre costé de leur ventre pour les
esclorre , & a-on veu vne Torpille portant 20. petits
Torpillons au ventre. Tous les Poissons naissent aueugles.

26. Il y a aussi des Poissons de terre , apres les ragas
& inondations d'eau, qui se font des trous en terre , les
aisles seruent de pieds , ils remüent tousiours & gui-
gnent la queuë en allant , si on les poursuit trop ils se
gendarment debout & se mettent en deffence , ils ont
les oüyes (c'est à dire , oreilles , *branchias* , dit Pline)
comme le Pescheteau, c'est à dire, le Diable de Mer.

L'EAV.

1. L'Eau se change en mille & mille formes , car
se coulant parmy le grauier elle se dore , se
froissant entre les cailloux elle escume, fendant les prez, & trenchant la verdure semble vn saphir
glissant , & courant apres soy-mesme , serpentant vn
Iardin & le passementant parmy les fleurs de lys ce
n'est que du lait courant, parmy les roses, de l'escarlatte flottante , parmy les violettes , du cristal azuré ga-
zoüillant, parmy les fleurs vn arc en Ciel liquide, peint
de mille couleurs ondoyantes ; és campagnes vous diriez que c'est de la glace fonduë , és marets vn eau

& lanterne. Le Dragon Marin a le bec si pointu qu'e-
stant en danger il fait vn trou du bec en terre & se
sauue.

20. Les Mols ont la teste entre les pieds, & le
ventre, ils se seruent de deux grands pieds pour s'ag-
graffer à mode d'ancres afin que les flots ne les emportent en temps de tourmente; des autres pieds ils vont à
la chasse. Les Poupes s'aident de leurs bras comme nous
de mains, & ont vn monde de boites faites comme
ventouses, arrengées & comme enfilées sur leurs bras,
dont ils brisent les escailles pour manger les huystres
dont ils sont fort friands, leurs nids sont couuerts de
coquilles escachées où ils se mettent en embuscade.

21. Le petit Pompile escoule l'eau de son tuyau se
mettant à l'enuers, comme s'il auoit espuisé l'osset &
la sentine de son Nauire; sur l'eau il recourbe en amont
deux pieds qui estendent & rident vne pellicule fort
menuë qui sert de voile, il rame de ses bras à mode
d'auirons, sa queuë sert de timon, & piasse ainsi con-
tre-faisant les fustes, se gendarmant contre ses ennemis; mais s'il a peur, il remplit sa coquille d'eau, & fait
le plongeon. En calme il va à rame en brigantin, quand
le vent donne, il va à voile, & se donne du plaisir.

22. Ceux qui sont croustuz, changent leurs coques,
comme le serpent de peau, flottent à fleur d'eau, &
nagent de flanc & en biaisant, ils ont la chair molle,
& flaque, & sans retenuë si on ne les fait mourir tous
vifs en eau ou vin boüillant.

23. Les Cancres sont meublez de pieds, fourchuz,
dentelez en tenailles. Quand le Soleil est en Cancer, les

aigre-douce és Pommes, és Dates emmiellée. Mesmes
à la main icy elle est doux-coulante, là vn peu aspre,
grasse, gluante, fuyarde, flattante, mordicante, pesante, legere. Les arbres mesme pleurant ne degoutte
point de mesmes larmes, le Cerisier pleure la gomme,
le Baume iette son Baume, & suë son musc excellent,
le Peuplier file l'Ambre & distille de l'or coulant, ou
du verre d'or qui porte iour. Ie n'ose dire que l'eau se
change en autant de natures qu'il y a d'herbes, fleurs,
arbres, fruicts, creatures qui sont au monde. Elle se
teint en graine dans la rose, en escarlatte violette, dans
les violettes, elle se dore au Soucy, s'argente au Lys,
s'ensanglante és œillets, pallit és giroflées, reuerdit és
herbes, esclatte és Tulipes, & s'emperle & s'esmaille en
mille façons. Es Pierreries elle se glace en feu, en sang,
en or, en lait, en esclat, en Ciel, dans l'Escarboucle, le
Rubis, le Lapis, le Diamant, le Saphir, chaque goutte
vaut vn thresor. Dites en outre que c'est la mesme qui
se roidit en l'escorce ridée d'vn pommier, qui s'endurcit au bois, se cotonne aux moüelles, se distille és veines où elle se coule en seue, qui s'eslargit és fueilles, se
change en cuir dans la peau des pommes, en chair dans
leur charnure, en sucre dans leur ius, en Amidon dans
leur graine, en parchemin dans le cœur de la pomme
où sont encloses les semences. Qui pourroit dire les
vertus qu'elle donne aux herbes? icy c'est du fiel, là du
miel, elle est corrosiue, lenitiue, laxatiue, venineuse,
antidote, pierreuse, brise-pierres, &c.

LE VERRE.

LE limon du Lac Cendevia au pied du mont Carmel fut le premier qui feruit à faire du verre. Car des Mariniers defcendus à la Plage, ne treuuant dequoy faire vn trippier à leur Marmite prindrent du Nitre dont eftoit chargée leur Nau, auec du fable de la Plage, & en faifant feu fous la Marmite, virent couler à gros brandon vne noble liqueur comme Criftal gliffant, ou pierreries fonduës, ou argent liquefié ; d'où ils apprindrent à faire le verre de fable & Nitre meflez enfemble. Depuis outre le Nitre, on mefla dans la Mine de verre de l'Aimant, parce qu'il attire à foy le verre, comme le fer. Apres on commença (comme tout va croiffant, & vn iour apprend de l'autre) à cuire des pierres luifantes ; ains des efcailles de poiffon ; & ailleurs certains fablons de terre ; & és Indes des pieces de Criftal. Or tout cela fe cuit à feu fec, c'eft à dire, de bois bien fec & clair, autrement la fumée noircit, & rend fombre la nobleffe de cette glace faite & engendrée dans le feu ; (quel miracle que la flamme foit la mere des glaces !) il y faut auffi mefler du Cuiure, du Nitre, & fur tout du Nitre d'Ophir. On le cuit és fourneaux à bois ; la premiere fonte qui en fort eft comme vn pain gras de verre tirant fur le noir : on le recuit, & lors on luy donne la couleur qu'on veut. Or en ces Verrieres on fait maintenant le verre d'vne fubftance vitreufe, d'vne herbe nommée
Soulde,

Soulde, ou Salicor qui croit en Proüence, mais ſi on n'y meſloit du ſable pour fixer cela, cette cendre de Salicor iroit en fumée auec vne forte ignition ; il y a des ſables qui portent quand & ſoy leur verre, il y a auſſi vn verre de pierre. On fait de la verrerie à ſouffler, au poliſſoir & au tour, au moule, le cizelant, pince-rant, tranchant, ouurant, renoüant, colant piece à piece, & le maniant comme on veut pendant qu'il eſt tout en feu : meſmes on y fait des hiſtoires de platte peinture, de relief, de toute coūleur, comme ſi c'eſtoit de la cire. On treuue du ſable blanc en beaucoup de lieux qui eſt fort propre, car il eſt tendre, aiſé à pul-ueriſer au Moulin, ou bien à la pile, on met ſur icelluy les trois parties de Nitre, & eſtant cuit & recuit, tout ſe fond en vne riche liqueur tres-clere. On en fait qui ont vn beau iour, d'autre qui ne porte point de iour, d'autre à iour ſanguin & rougeatre ; de couleur de Ciel, & toutes les Pierreries ſe voyent imitées en la Verrerie, qui eſt comme l'apprentiſſage de Nature, quand elle minutoit de r'enfermer l'eſclat de ſa maieſté dans ces ioyaux qui ſont les eſtoilles de la terre. Le verre ſe peut bien reſouder, mais non refondre ſi toute la Fournai-ſe n'eſt pleine de teſts de verres caſſez. Vn certain qui-dam inuenta vne ſorte de trempe qui rendoit le verre pliable ſans caſſer, l'Empereur Tybere abolit cét in-uention, car elle oſtoit tout le credit à l'or, à l'argent, & à la parade des buffets. L'aubin (c'eſt à dire, la glai-re & le blanc) de l'œuf de Poule, incorporé en chaux viue ſoude fort bien les verres. On l'affine ſi bien qu'on le prendroit pour Criſtal. Qui eſt allé cacher dans le

Sſ.

fein du fable, & du grauier cette liqueur fi efclattante,
& ce beau threfor de glace qui fait que dans l'eau gelée on boit le vin qui rit fe voyant enfermé dans le fein
miraculeux de fon ennemie mortelle, l'eau façonnée
en couppe, & en cent mille figures. Mouran de Ve-
nife a beau temps d'amufer ainfi la foif, & rempliffant
l'Europe de mille & mille galanteries de Verre & de
Criftal faire boire les gens en defpit qu'on en aye : &
qui s'en pourroit tenir, voyant que la glace mefme eft
deuenuë allumette de vin. On boit vn Nauire de vin,
vne gondole, vn bouleuart tout entier. On auale vne
pyramide d'hypocras, vn clocher, vn tonneau ; On
boit vn Oyfeau, vne Baleine, vn Lion, toute forte de
beftes potables, & non potables ; Le vin fe voit tout
eftonné prenant tant de figures, voire tant de couleurs,
car és Verres iaunes le vin clairet s'y fait tout d'or, &
le blanc fe teint en efcarlatte dans vn verre rouge, fait-
il pas beau voir boire vn grand traict d'efcarlatte, d'or,
de lait, d'encre, de Ciel & d'azur. Pour les niais cela
leur vient bien qu'on face des verres doubles pleins de
vin, d'eau, & d'air, & qui ne fçait le fecret, on fait
boire au niais l'air, à l'yurongne l'eau toute nette, & à
qui fçait, du meilleur vin tout pur. Car pour ces aua-
leurs de charrettes qui ayant beu le vin, mangent les
verres & vous les mafchent à belles dents, c'eft fe moquer de la befongne, & abufer tout à fait de ce metail
frefle & delicat, fait pour les yeux, & pour la léure,
mais non pour l'eftomach, ny pour le ventre. Ie ne
m'eftonne pas fi par defpit fouuent il lime les entrailles

de ces mafche-verres, & les creue. On fait de la vaiffelle pour orner les buffets, & couurir les tables, mille
fortes de vafes, & mefme on a trouué l'inuention de
faire qu'il ne fe cafſe point, mais fe plie feulement &
fe meurtrit.

AV LECTEVR DV STILE
DV PALAIS.

Mon cher amy c'est vn labyrinthe, ou Minos vous attend à gueule beante, que la chicane d'auiourd'huy; on feroit douze grands tomes des termes, des suites, des finesses, des remises, des souplesses, des surprinses, des tours & des retours dés procez. C'est la vraye pierre Philosophale, & la sublime Alquemie où à force de souffler, & causer, de l'ord on fait de l'or, & tout se metamorphose en argent, & n'y a mauuaise cause qui ne deuienne bonne tant on y met de fueille, & de dorure. La France seule en sçait plus que tout le reste de l'Vniuers. Quand les nouueaux mondes furent trouuez, on présenta au Roy de Portugal vne requeste, le supliant d'enuoyer dix mille Aduocats en ces pays de conqueste : dix mille dea, ce fit-il, & pourquoy si grand nombre? parce Sire qu'il y en aura assez de reste, pour manger Portugal; & ceux-là feront plus du plat de leurs langues que vos soldats de la pointe de leur espée, pour conquerir les Indes. Neantmoins l'histoire d'Ethiopie porte que le Roy Emmanüel enuoya vn grand nombre de Docteurs és droicts au Prestre Iean: Cét Empereur voyant vn tas de gros Liures demanda à ces Messieurs quels Liures c'estoient là; ce sont Sire, les Canons, les Loix imperiales, les Ordonnances, le Droict ciuil, l'Infortiat, les Rubriques, le Digeste, le Code, la Practique; c'est Baldus, Iason, Bartholus, en fin ce sont les Loix pour administrer la Iustice au genre humain : & vous Messieurs qui estes vous &

quelle profeſſion eſt la voſtre? Nous ſommes Docteurs ce firent-
ils tous à voſtre ſeruice. Or ſçachez que ie n'ay autre loy en
mes Seigneuries, que celle de Ieſus Chriſt, ny ne veux autres
Docteurs que S. Auguſtin, S. Hieroſme, & les autres; &
vous m'auez la mine auec vos Canons, & bagatelles de vouloir nous remuerſer la ceruelle auec vos Infortiats, ſi vous ne
vous en allez bien viſte ie feray bruſler tous vos Liures, &
vous feray ietter treſtous dans la riuiere, harpyes que vous
eſtes, & ſur ma foy que mon frere le Roy de Portugal a bonne grace de me faire vn ſi beau preſent. Nous auons veſcu heureuſement ayant pour Code le ſens commun, pour Digeſte vn
diſcours bien digeré & bien meur, pour Infortiat nos couſtumes
r'enforcées par tant de ſiecles, pour gloſe, nos actions conformes
à la raiſon & à nos façons de faire, de façon que nous n'auons
que faire de beaux cauſeurs qui par vn babil affecté nous facent
tourner la teſte, & auec tant de loix, nous facent perdre la loy
de l'innocence & de la verité, ſi vous les chaſſa treſtous, auec
leurs Liures n'en retenant vn ſeul. Sans guiere intereſſer la
France on en pourroit bien armer dix mille, & plus, pour
faire la guerre à la Lune de l'Orient, auſſi bien viuent-ils
ſans cauſe. Mais ſi faut-il aduoüer tout rondement que l'E-
loquence auiourd'huy ne paroit que dans les Parlements, &
dans les chaires où les Predicateurs l'employent; d'abondant,
il faut confeſſer franchement que des termes du Palais comme d'vne riche carriere noſtre Eloquence Françoiſe puiſe mille
& mille Diamants, & traicts tres-riches de bien dire qui
ſont autant d'eſtoilles enchaſſées dans le firmament d'vn noble
diſcours. Tous nos grands hommes qui ont eſté eminens à
bien dire, ont eſté fort curieux de s'inſtruire és termes du Palais pour s'en preualoir en leurs diſcours & dans leurs Liures.

Sans ceste diligence il est ineuitable qu'on ne se face moquer
de soy en parlant, ou qu'on ne se priue d'vn riche thresor de
belles paroles. Ie ne dis pas qu'il faille follement faire parade de
mille petites particularitez qui sont bonnes pour de petits Clercs
de Notaires, & mille petits Soliciteurs crottez, il faut mes-
priser cela, & choisir les plus nobles façons de dire, & les termes les plus exquis pour en vser sobrement & auec beaucoup
de reserue ; Cét essay que ie vous presente, aidera à des-
roüiller vostre esprit, & vous mettra sur la langue quelques
termes des plus choisiz, & des plus nobles ; le reste vous
l'apprendrez aisément, ou vous l'attrendrez de moy quand i'auray remarqué que vous aurez bien vsé de ce que ie vous offre.
Bien dire (ce dit Lactance) n'apparsient qu'à bien peu de personnes, bien viure à tout le monde ; Helas que le monde seroit
heureux si tous ceux qui ont la parole dorée, auoient aussi la
vie dorée, & que la langue, le cœur & la main ioüassent à
mesme ressort. Mais souuent & trop souuent la langue est toute d'or, la main toute de fer & de hameçons, & le cœur vne
roche. Lecteur mon cher amy Dieu vous face la grace de bien
dire, & encor faire mieux, & vous bien seruir de ce petit
present de paroles que ie vous donne d'aussi bon cœur que ie suis
à vostre seruice.

LE STILE, ET LES
TERMES DV PALAIS.

CHAPITRE XIIII.

1. ESTRE receu en foy & hommage par le Seigneur feodal, luy payer les droits, & deuoirs en son temps, recognoiſtre le fief mouuant de luy, afin qu'il n'entre en la ſaiſine des fruicts pendant la main-miſe.

2. Le droit d'aineſſe eſtoit le principal manoir du pere, & vn iardin, ou n'y ayant point de iardin le vol d'vn Chappon, tenu en fief au ioignant de ladite maiſon, & cela par preciput.

3. Le Seigneur feodal ayant fait ſaiſir, & mettre en ſa main le fief mouuant de luy, par faute de droits & deuoirs non faits pendant le temps de la main-miſe, & ſaiſine, n'eſt tenu de payer les charges, & hypoteques non infeodées de ſon vaſſal. Et n'y eſchet point droit de relief à perſonne.

4. Apres la vente d'vn heritage faicte à vn eſtranger, vn parent & lignagier peut dedans l'an de la ſaiſine, ou infeodation prinſe requerir d'auoir ledit heritage par retraict lignagier, en r'embourſant l'acheteur.

5. Le Seigneur foncier ou censier prenant des terres emblauées (c'est à dire, semées de bled, mais de bled qui est desia en espic ; s'il n'y a que la graine en terre, on dit terre ensemencée) durant le bail , & la ferme, s'il veut auoir les gaignages d'icelles terres , il est tenu de restituer au fermier , ses feurs & semences (c'est à dire , tous les fraits faits) autrement le fermier peut former sa complainte en cas de saisine , & de nouuelleté.

6. Qui iouït franchement , & sans inquietation dix ans d'vn heritage , acquiert prescription : Le vassal ne peut acquerir prescription du fief mouuant du Seigneur. Item des biens venduz , subhastez , criez , deliurez par decret au plus offrant & dernier encherisseur, & à l'encant.

7. Qui achete vne terre chargée de quelque rente teuë en la vente , il doit au besoin sommer son garant, ou celuy qui a promis garantir , & au defaut de garantie ; si on vse de fuittes & subterfuges , il faut vser de contestation , mais auant de litiscontester , il peut intenter le cas & poursuite de simple saisine. Si ce n'est qu'il vueille demander communauté en tous biens, & conquests immeubles : & ne sera pas tenu à payer les debtes mobiliaires (c'est à dire, des biens meubles.)

8. En toutes les Gaules le mort saisi le vif, c'est à dire , (*Substituit sibi , saginat , apprehendit vt hæredem.*) Le douaire coustumier de la femme est la moitié des heritages de son mary. Le dot , est ce qu'elle apporte à son mary pour son mariage. Le douaire prefix , est ce qui

qui eſt accordé qu'on luy dourra ; & lors elle ne peut
pretendre le doüaire couſtumier qui eſt plus grand.
Donner en auancement d'hoirie, c'eſt à dire, quand le
Pere donne quelque heritage à ſes enfants deuant ſon
treſpas.

9. Proceder par voye d'arreſt, ou de brandon (c'eſt
à dire, vn ſigne mis ſur vn baſton) ou de gagerie,
c'eſt à dire, faiſant ſaiſir des gages, & des meubles des
debteurs pour les faire venir à raiſon, & contraindre
d'entrer en payement : & en faire ordonner comme de
raiſon.

10. L'vſufruictier d'vn fief peut à ſes perils & fortu-
nes, mettre en ſa main les fruits : & le proprietaire du
fief ne peut bailler main leuée ſinon en payant les droits
audit vſufruitier. Quand on a payé au Seigneur feodal
les deuoirs, rien ne luy eſt deu que la bouche, & les
mains, auec le ſerment de fidelité, excepté les fiefs du
Vexin. Au reſte le Seigneur ne peut exploiter en pure
perte, ny faire ſaiſir le fief du treſpaſſé iuſques à 40.
iours apres le treſpas.

11. Euincer vn fief par retraict lignagier (c'eſt à dire,
euincere, ſuum facere propter ius conſanguinitatis cum eo qui
alienauit) & payant le quint au Seigneur feodal, faire
qu'il ne le puiſſe retenir par puiſſance de fief, ny l'vnir
& mettre à ſa table (c'eſt à dire, *ſuum facere*) puiſque
il a cheuy, & baillé ſouffrance (c'eſt à dire, ſouffre, &
accorde vn delay à ſon debteur.)

12. Le vaſſal ne peut deſmembrer le fief au preiudice
du Seigneur, bien ſe peut-il ioüer, diſpoſer & faire
ſon profit des heritages, pourueu qu'il retienne la foy

Tt.

entiere, & quelque droit seigneurial & domanial sur
ce qu'il aliene, afin que luy qui n'est que Seigneur seruant & vassal, ne face tort au Seigneur dominant, ou
feodal. S'il y a procez entre les Seigneurs feodaux, le
vassal doit estre receu par main souueraine (c'est à dire,
du Roy souuerain Seigneur de tous) à perceuoir les
fruits de ses terres.

13. Les choses de franc aleu se tiennent noblement,
& ne doiuent cens, rentes, charges, champart (c'est à
dire, *partem fructuum campi*) ny autres redeuances ou
droits seigneuriaux, & ne sont tenuës d'autre Seigneur
que de Dieu, & ne sont pas comme les choses tenuës
roturierement. On contraint l'acheteur de deguerpir
(c'est à dire, *derelinquere*) & quitter le mal acheté ; si
on vent les biens par decret (c'est à dire, *decreto iudicum*)
au plus offrant, &c. Soit-il fief, ou roture il doit vn
tant au Seigneur ; & qui tient des terres en censiue doit
payer les droits de cens au Seigneur censier, ou foncier, c'est à dire, (*Domino fundi*) & ce qui ne se peut
bonnement partir, se licite (c'est à dire, *adiudicatur alicui
ex hæredibus plus offerenti aliis cohæredibus*) & s'adiuge à vn
seul.

14. Saisir les gaignages des terres (c'est à dire, *pen-
dentes adhuc fructus, & lucra, cum n. ex vno grano tam
multa nascantur, lucrum est, inde alij omnes campi dicuntur
gaignages*) & vser de main-mise.

15. Cedules souz sing priué, obligations pour somme de deniers, & biens mobiliaires, vstanciles d'hostel
qui se peuuent transporter sans fraction, &c. sont cen-
sez biens meubles ; mais s'ils tiennent à fer, & à cloud,

ou font feellez en plaltre, & fans defaffembler ne peuuent eltre tranfportez fans deterioration; Bled & fruicts
qui font encor fur le pied, & pendant par racine, &c.
font reputez immeubles.

16. Qui s'eft laiffé deffaifir d'vn heritage, & ayant
laiffé paffer l'an n'eft receuable à intenter complainte
en cas de nouuelleté, puifque cette complainte ne fe
peut plus affeoir, il fe face remedier par complainte de
fimple faifine. Les proprietaires d'vn heritage obligé,
ou hypothequé à aucune rente ou charge reelle, font
tenus hypothequairement icelles payer. Pourfuiure con-
teltation en caufe, & faire que le demandeur foit defaillant & debouté de deffenfes.

17. Vn refpit (c'eft à dire, delay de payer fes debtes,
octroy du Prince, & priuilege) n'a lieu contre le deu
adiugé par fentence definitiue & contradictoire.
Il y a des chofes qui ne font prefcriptibles par
quelques laps de temps que ce foit, comme le rachat
de legs pitoyables, à la charge pourtant de faire rem-
ploy en autres heritages. Infeodation & infeoder eft
quand le Seigneur feodal admet en poffeffion, &
faifine le vaffal. Le lignager, qui a droict de retraict
(c'eft à dire, *retrahendæ hæreditatis venditæ à confanguineo*)
doit eftre de la fouche, eftoc, & de la ligne dont eft
l'heritage vendu.

18. En cas de déconfiture (c'eft à dire, quand on vend
les meubles d'vn qui n'a dequoy payer) les creanciers
viennent à contribution au fol la liure, & au pro rata
de leur debte. Quiconque a le fol, appellé, l'eftage du
Rez de chauffée, ou la fuperfice, a droit de faire &

edifier deffus & deffous : comme auffi celuy qui a des
terres iectiffes (c'eft à dire, qui a ietté de la terre fur
fon fol, & l'a releué & rehauffé par le iect de nouuelle
terre) en peut faire ce que bon luy femble. Le Bourgeois de Paris & de Ban-lieuë (c'eft à dire, les lieux
autour de Paris diftants d'vne lieuë, où auffi d'autres
villes, qui iouïffent des mefmes bans, crys, & priuilges
que les villes, *fuburbana oppida*) ne peut eftre adiourné
ailleurs qu'à Paris.

19. Garde-noble ou gardien eft celuy qui a l'adminif-
ftration des biens-nobles de fes enfans iufqu'à ce qu'ils
foient en aage. Garde-Bourgeoife, c'eft pour les rotu-
riers fils de Bourgeois de Paris ou ailleurs. Les acquefts
font ce qui s'acquiert deuant le mariage, les conquefts
ce qui s'acquiert par les conioints en mariage. Toute
donation faite entre vifs, & conceuë par perfonnes
gifants au lit de maladie dont elles decedent, eft repu-
tée faicte à caufe de mort, eft teftamentaire, & non
point donation entre vifs. Les biens propres ou auitins
font les biens anciens patrimoniaux à la difference des
acquefts, & biens aduentifs, dont on peut difpofer par
teftament & ordonnance de derniere volonté au profit
de perfonne capable. Teftament folennel doit eftre
figné par le teftateur, fait, & leu par deuant No-
taire, tefmoins maffes aagez de 25. ans, & non le-
gataires.

20. La legitime eft la moitié de la portion que les
enfans euffent herité, fi les parents n'en euffent dif-
pofé par donation entre vifs, ou derniere volonté.
Si les enfans troublant l'ordre de noftre mortalité

gaignent le deuant & meurent les premiers, les Peres
fuccedent, toutes les debtes deduites au prealable; &
n'eft befoin d'autre inftitution d'heritiers. Au refte nul
ne fe porte heritier s'il ne veut, mais s'il fait acte d'heritier il payera les debtes. Il y a heritier fimple, & heritier par benefice d'inuentaire.

21. Sur peine de nullité, il faut depofleder & defaifir
le proprietaire, afin que la main-mife & faifie (c'eft le
mefme) foit reelle & valable. Il faut faire les criées
(c'eft à dire, proclamations à haute voix) dans la Paroiffe des biens, garder les folennitez, mettre affiches
& panonceaux (c'eft à dire, l'exploit du Sergent) à la
porte de l'Eglife, & du debteur faifi. Faire les quatre
quatorzaines (c'eft à dire, chaque quatorze iours pu-
blier vne fois au profne, ou apres la Meffe, &c.) Le
chef cens eft le premier qu'on paye en recognoiffance
à celuy qui a baillé l'heritage à cens; le furcens c'eft le
fecond cens impofé à l'heritage cenfuel. Les apparte-
nances d'vn heritage, dépendances, redeuances, charges, hypotheques, les tenans & aboutiflans (c'eft à
dire, *limites, feu vicinæ hæreditates, onera, &c.*)

22. Il y a droit efcrit, droit commun, c'eft à dire, la
couftume d'vn pays, droit haineux, c'eft à dire, contraire au droit efcrit, mais receu pourtant en cas de retraict & rachapt, droit à la chofe, droit en la chofe.
Pythagoras dit qu'en pas vn il ne faut paffer la balance
(c'eft à dire, prendre plus qu'il ne faut.) Nul ne peut
iouïr du Committimus (c'eft à dire, d'eftre renuoyé à
la Chambre des Requeftes, qui eft pour les priuilegiez)
s'il n'eft couché fur l'Eftat, & Officier prenant gages;

les autres *ad honores* tant feulement , ont leurs caufes
pendantes par deuant les Iuges ordinaires , foit que les
caufes foient entieres , foit qu'elles foient defia conte-
ftées.

23. Le Sergent ou Huiflier par le commandement de
Mellieurs les gens tenans les Requeftes du Palais ou,
&c. Affigner iour aux parties pour oüyr droit en definitiue. L'aflignation & adiournement fe fait par attache, ou à la perfonne. Si l'adiournement eft grief (c'eft
à dire, contient iour, ou intimation) il faut que la partie, ou le Procureur garny de procuration comparoiffe,
&c. Faire veuë, & oftention à l'œil & au doit d'vn
lieu roturier, ou hoftel noble affis en tel endroit, monftrer les tenants à tel & tel , & les aboutiffants de l'autre , & les confins , & en cas qu'on ne fe treuue fur le
lieu donner defaut contre l'abfent adiourné. On peut
auffi demander monftre d'vne maifon conteftée , &
fçauoir où elle eft fize , & d'autres lieux contentieux,
afin qu'on face monftre des tenans, &c.

24. Former complainte , applegement , ou reinte-
grande contre aucuns exploiteurs, & appeller garends.
Deuant conteftation de caufe on peut fommer fon garend, fi la chofe eft fubiette à garentie, & requerir delay. Pour ce faire il faut leuer du Greffe vne commiffion pour fommer ledit garend : & la fommation fe
fait *in fcriptis* , c'eft à dire , par exploit libellé d'vn Sergent contenant la demande en denontiation , & formelle requefte.

25. Les parties perfiftent refpectiuement en leurs de-
mandes & conclufions. La Cour parties receuës a mis

& met hors de cause Guillot ; a appointé & appointe
les parties en droit à escrire par aduertiffement, & produire ce que bon leur femblera, les productions feront
communiquées pour contre icelles bailler contredits,
& faluations. Faire forclorre partie aduerfe de produire, au cas qu'il n'ait produit ; eftre debouté de defences à caufe d'vne fentence de contumace, & du defaut,
quand on ne compare point à l'affignation. Le remede
eft que les contumax obtiennent lettres Royaux pour
eftre releuez des defauts & contumace, en refondant
les defpens qui auroient efté faits. Auoir bonne caufe
d'appel, mettre l'appel au neant ; le Roy en fes lettres
commande de faire bon, & brief droit. Le defendeur
propofe & allegue fes defences pour faire porter iugement de caffation des defauts.

26. Requerir droit luy eftre fait fur l'enterinement
d'vne lettres Royaux, & eftre receu à propofer defences. Demander fon renuoy pardeuant fon Iuge ordinaire quand on n'eft pas du reffort de la iurifdiction où
on eft conuenu ; comme és caufes layes pardeuant vn
Iuge lay, des fpirituelles, &c. tendre par fes defences,
à fin de non proceder, & empefcher la retention de fa
caufe. Alleguer la fin, ou les fins, de non receuoir (c'eft
à dire, *caufas cur non debeat recepi talis petitio alterius*) & fommer le defendeur originaire, ou defendeur en garentie,
(c'eft à dire, *qui pro alio fpopondit*) s'il ne compare, il
fera contumacé & contefté contre luy. Si on a droit
de fe ioindre en caufe auec le principal qui eft pour-
fuiuy on le peut faire, finon il faut paffer condamnation.

27. Obtenir lettres fignées Guillot, & feellées de cire rouge des armes du Roy, pour faire faire prifée, &
eftimations des biens, ou lieux : fera ordonné qu'ils
comparoiftront demain dix heures du matin, leuée de
la Cour, pour faire ferment en tel cas requis, foit mettant la main fur le pis (c'eft à dire, la poitrine s'ils
font Preftres) ou leuant la main. En matieres benefi-
ciales les fentences de recreance, & maintenuë font
executées nonobftant l'appel. Si vn meurt fans hoirs
procreez de fa chair, les biens litigieux feront feque-
ftrez.

28. Former des incidents par raifons friuoles, tendan-
tes à fin de non proceder par dilatoires, ou autres manieres.

29. On a retenu certains mots Latins qui font fi fort
en vfage qu'ils font comme François, & s'en faut feruir bon gré, mal-gré. Comme, il a eu fon *Vifa* ; il a
droit de Committimus, & va aux Requeftes ; on luy
donnera vn *Veniat*, vn *Pareatis*. L'appel interiecté doit
eftre *Illicò*, ou il eft nul, fi ce n'eft qu'on obtienne des
lettres de Relief d'Appel.

30. Il faut que les adiournements foient libellez, &
contiennent la demande de celuy qui les fait faire ; fi
par hazard l'exploit n'eft libellé on peut bailler deman-
des par efcrit ; libelle general ou incertain ne font nullement receus en iuftice. Demande alternatiue ou libelle alternatif, c'eft demande de la chofe ou de la valeur.
Deuant la conteftation en caufe on peut changer l'exploit libellé, mais apres, non.

31. Adiournements valables faits felon les formes de
iuftice,

iuſtice, à vn Procureur & ayant fait eſlection de domi-cile. Le mineur en fait de crime eſt tenu de reſpondre par ſa bouche, autrement ſon tuteur peut eſtre adiour-né en toutes actions tant reelles, que perſonnelles. Les chapitres s'adiournent à ſon de cloche, partie des capi-tulans aſſemblez, ou bien par attache à la porte de l'E-gliſe parlant à l'vn des habituez auec inionction de le faire ſçauoir aux autres.

32. Le Iuge peut eſtre pris à partie quand on main-tient par le relief en cas d'appel qu'il y a dol, fraude, concuſſion, ou erreur euident en fait, & en droit, ou deſny de Iuſtice. Il faut appeller *illico*, c'eſt à dire, in-continent que l'arreſt eſt donné, autrement l'appel eſt nul ; il y a pourtant certaines clauſes pour valider les reliefs d'appel & les autorizer.

33. Il y a des clauſes compulſoires, pour informer des attentats, & autres cas, clauſe d'eſlargiſſement, d'ex-ploiter ſans aucun *pareatis* ; il y a amende pour le fol ap-pel. Faut faire reſſortir les appellations par deuant leurs iuges.

34. Appellation interiectée, attentat par deſſus les appellations, appellation en matiere de nouuelleté d'ap-pleignemens, & contrepleignemens ; l'intimé peut fai-re executer la ſentence par le Iuge *à quo*, quand l'appel-lation ne ſera releuée dans le temps accouſtumé, on peut faire adiourner l'appellant en deſertion. Appella-tions verbales appointées au conſeil. Le principal grief de l'appellant eſtant reparé, acquieſcer pour les autres.

35. Les appellations ne ſont miſes au neant, ny mo-derées, ſinon par les Cours ſouueraines. Toutes les ap-

Vu

pellations criminelles resortissent à la Cour. Appel d'Incompétance allegué, ou recusation, empesche le Iuge de passer outre. Appellants iugez non receuables, & les fins de non receuoir doiuent estre dites.

36. Lettre de conuersion d'Appel en opposition quand le Sergent fait quelque insolence, & mange le pauure bon homme qui est contraint de prendre le baston blanc, ses enfans pendus à son col, sa femme par la main va de porte en porte chercher sa miserable vie. Lettres Royaux d'Anticipation pour faire ioindre les fuyards plaidants qui ne veulent ny plaider, ny payer.

37. Clause d'abbreuiation, clause de prouision pour estre payé par dessus l'appel. Appeller vn en desertion d'appel, parce que ayant appellé il n'a ny releué dans le temps de l'ordonnance, ny renonce à son appellation. On peut neantmoins obtenir lettres pour estre releué de la desertion d'appel. Le Iuge *à quo* face mettre à execution la sentence dont l'appel est demeuré desert. On peut dans huitaine renoncer à toutes appellations, faisant signifier l'acte de la renonciation à la partie.

38. Le Parlement de Paris est la Cour des Pairs qui y ont seance, & voix deliberatiue, & y ont leurs causes commises en premiere instance, & mesmes les appellations des Iuges de leur pairie, & les amendes du fol appel ne peuuent exceder vn escu sol vn quart.

39. Le Domaine du Roy est du tout inalienable par la loy du Royaume, disposition de droit Ciuil & Canon, & par le serment du sacre ; il y a droit de retour aux appennages qu'on donne aux puisnez de France mourans sans masles. Estant aliené hors d'appennage la

réception de foy & hommage appartient au Roy auec les profits de fief, & la foy ne fe prefcrit par quelque laps de temps que ce foit.

40. Le droit de Regale que le Roy a, fait que les fruits, prouifion, & collation des benefices dépendent du Roy, tellement qu'vn Euefque ne peut eftre facré auant que d'eftre inuefty par le Roy. La Regale dure iufqu'à la preftation de ferment de fidelité. Les Roys ont fait don des droits de Regale à la fainte Chapelle. Pour faire ouuerture de Regale, fuffit qu'il n'y ait aucun poffeffeur naturel, & actuel du benefice pretendu vacant en Regale. Le Regalifte doit plaider faifi, ne peut y auoir fequeftre.

41. Autrefois apres la prefentation des parties, falloit continuer les erremens de Parlement en Parlement, autrement la caufe & inftance d'appel demeuroit perie. Maintenant il n'y a aucune peremption d'inftance, ny de procez finon par laps de trois ans ; ny pour l'appellant, ny pour l'intimé.

Il eft fait deffence expreffe aux Clercs de ne fe prefenter ou cotter pour leurs maiftres Procureurs, à peine d'eftre puniz de crime de faux.

42. Prefentation perfonnelle quand on comparoit en perfonne par adiournement perfonnel, & ce pour obeïr & efter à droit. Ceux qui ne comparoiffent aux affignations fe laiffent mettre en defauts, & contumacer, mefprifent l'authorité du Iuge : il y a pourtant des empefchements legitimes. Le Greffier des prefentations apres le fauf (qui eft felon la diftance des lieux) efcheu il deliure le defaut, congé defaut, ou congé

Vu 2

simple. Congez, ou defauts qui emportent gain de cause. Congé defaut qui n'emporte aucun profit que readiournement. L'anticipé requiert le profit & l'adiudication du defaut obtenu contre l'Anticipant, inthimé & defaillant. Adiourner le defaillant à ester & comparoir à iour competant pour, &c.

43. Appeller quelqu'vn à reprise de procez. Si le defendeur fournit de defences pertinentes, & que par icelles il empesche l'entherinement de la requeste du demandeur, le defaut ne pourra de rien seruir, & faudra prendre appointement en droit à escrire. On baille contredits, & saluations dedans le temps de l'ordonnance, & on prend iour à oüyr droit. Estre debouté de toutes ses deffences comme non receuables. Defaux & contumaces mal obtenuës & cassées.

44. Lettres Royaux pour mettre defaux, sentences, & contumaces au neant, & estre receu à proposer defences, en refondant les despens desdits defauts. Debouter le defendeur defaillant d'exceptions dilatoires, & declinatoires, & ordonner qu'il viendra defendre peremptoirement.

45. Edit peremptoire est ainsi dit, parce qu'il assoupit & esteint la querelle, ne souffrant plus que l'adiourné puisse tergiuerser. Adiournement personnel c'est quand on adiourne, & à faute de comparution, on passe outre & sera fait droit.

46. Il y a deux appellations, à sçauoir verbales, ou procez par escrit quand il y a appointement à produire & à oüyr droit.

Appel comme d'abus se plaide en publique audience en la Chambre Dorée , mais si l'appel est trouué friuol par calomnie, & qu'il n'y ait point de malfaçon, il y a condemnation de double amende. On appelle comme d'abus quand on contreuient aux ordonnances du Royaume , ou qu'on peche en la forme d'agir , & souuent il eschet qu'vn grand Appel est fondé sur vne chose de neant , tout ainsi que dans vne petite nuée quelquefois il eschet qu'il se fait vn grand tonnerre. Cét Appel est verbal, & se doit releuer directement en la Cour de Parlement dans trois mois.

47. En cinq cas les Procureurs ne sont tenuz de conclure comme en procez par escrit. 1. Si le procez par escrit se peut vuider en pleine audience. 2. S'il y a quelque prouision à requerir. 3. S'il y a desertion d'appel. 4. S'il y a fin de non receuoir. 5. S'il y a grief euident. Le premier n'est guiere en vsage.

48. Requeste pour faire forclorre l'appellant de bailler griefs, moyens de nullitez , & faire production nouuelle. Vn Chicaneur qui ne vit que de delays tirant tousiours en arriere, monstre assez que sa cause ne vaut guiere. L'appellant fait souuent production nouuelle; l'inthimé doit donner ses contredits , si on les laissoit faire ce ne seroit iamais fait, & les procez seroient immortels. Apres l'appellant baille des saluations contre les contredits. Quand le procez est sur le bureau on ne souffre plus de production nouuelle.

49. Il y a trois sortes de preuues. 1. Vocalle par tesmoins. 2. Literale par titres & contracts. 3. Par raisons de droit deuëment alleguez & iustifiez par les Aduocats. Mais si on a obmis à articuler quelques faits nou-

Vu 3

ueaux qui gifent en preuue, & qui foient pertinens & decififs du procez, faut obtenir lettres Royaux, pour eftre
receu à les articuler & verifier en bonne forme. Apres
par l'enterinement des lettres on contraint de fournir
refponfe aux faits nouueaux. On prefente requefte de
forclufion de fournir de refponces aufdits faits nouueaux. On fait clorre les faits nouueaux pour faire l'enquefte, & informer. Si les faits nouueaux font calomnieux,
ou ne feruent à la decifion du procez, ceux qui les auront articulez, feront deboutez & condamnez à l'amende du fol appel.

50. Quand l'appel n'eft fouftenable, il faut que l'appellant acquiefce à fon appel, & pour ce faire il faut qu'il
paffe procuration fpeciale à fon procureur, autrement
l'acquiefcement fera fuiet à defadueu. Il y a vne autre forte
d'acquiefcement qui n'eft fuiet à defadueu. Quelquefois il
faut confentir condamnation des defpens de la caufe d'appel. Appointement d'acquiefcement paffé par expedient
fur l'appellation verbale. L'arreft ou le iugement eftant
prononcé, faut payer les efpices, & leuer l'arreft en forme
s'il gift en execution, finon fuffira de le leuer par extraict.

51. Il y a des arrefts & iugemens interlocutoires, quand
il y a negatiue de quelques faits pertinens & decififs du
procez, où il faut au prealable faire enqueftes, oüir tefmoins, les recoler fur les lieux, &c. Appointement de
reception d'enquefte ou de figure, & audition de tefmoins, les parties payent par moitié les efpices des arrefts
interlocutoires.

52. Adiourner quelqu'vn pour faire la reprinfe de procez indeciz, mais il faut bailler copie des derniers erremens & appointemens prins en la caufe dont eft queftion.

Adiourner pour voir declarer vn arreft executoire : fi l'inthimé ne compare, le defaut emporte profit.

53. Les peremptions d'inftances fe font ainfi, le procez
& inftance fe perit par trois ans, à conter du iour de la derniere procedure. Les peremptions n'ont point de lieu,
quand il ne tient pas aux parties que le procez ne foit iugé : il eft vray que fi le procez eft pendant par deuant les
iuges inferieurs, s'ils ne font prompte iuftice apres requi-
fition faite, on en peut appeller comme de deny de iuftice. Prefenter requefte pour faire declarer vne inftance perie apres les trois ans : fi les inftances font pertinentes,
faudra drefler appointement en droit, à efcrire par aduertiffement, à fin de defpens.

54. On peut conftituer vn nouueau Procureur, quand le
premier eft mort ; on peut reuoquer l'ancien Procureur, à
caufe de fa negligence, ou male-verfation, & en conftituer
vn nouueau, ou à caufe de mille chiquaneries, & tours de
foupleffe, qui font bien fouuent la plus fine pratique qui
coure auiourd'huy tant fe multiplient ces Meffieurs, qui fe
mangent l'vn l'autre, comme les brochets quand ils ont
auallé les autres poiffons, ils s'entremangent l'vn l'autre.

55. Demander main-leuee pour auoir ioüiffance, poffeffion, & faifine d'vn benefice, apres que la partie eft morte ;
adiourner les Commiffaires eftablis au fequeftre pour venir rendre compte & reliqua de leur commiffion. S'ils re-
fuyent, faut les faire condamner par faifie de leurs biens, &
emprifonnement de leurs perfonnes. Contraindre l'oyant
de compte de fournir de debats dans huictaine, *alias* for-
clos. Si on fournit contredits, faut faire commandement
aux rendans compte de fournir de refponces. En fin il faut
faire clorre les faits, & faire faire leur enquefte.

56. La caufe ne peut eftre dite conteftée s'il n'y a ap=
pointement en droit à efcrire & produire. Adiuger au
demandeur fes fins & conclufions faites, fi les pieces
produites font iuftificatiues du fait. Obtenir lettres de
fubrogation au lieu & droit d'vn deffunct. Le fubrogé
en matiere beneficiale eft tenu aux charges, arrerages,
& defpends du temps de fon predeceffeur, comme il
a efté iugé par arreft.

57. Paffer tranfaction, & s'accorder d'vn procez meu,
ou à mouuoir ; cela eft valable, mais pour la ftabilité,
& affeurance perpetuelle faut faire emologuer cette
tranfaction à la Cour luy prefentant requefte pour l'au-
thorifer. La Cour defend d'obtenir lettres Royaux de
refcifion des tranfactions, & eft enioint aux Iuges de
n'y auoir nul égard, & debouter les impetrans, pourueu que le tout foit fait fans dol & fraude, ou force.
Apres l'arreft prononcé, il n'y a plus de tranfaction, &
s'il s'en fait c'eft vne pure furprinfe.

58. Arreft d'Iterato quand friuolement & fans grief
vn fe porte pour appellant, afin qu'il foit paffé outre
nonobftant ledit appel, ne autres oppofitions. Quand il
y a defences fournies, il y en a qui fourniffent de repli-
ques, & dupliques, & prennent appointement à produire. Arreft pour la taxe des defpends. Par la couftume de Normandie le demandeur eft tenu bailler caution des defpends, au cas qu'il fuccombe.

59. Donner commiffion pour taxer & liquider dommages & interefts. Requefte pour auoir commiffaire à
la Barre pour oüir & regler les parties fur la liquidation
des dommages.

60. Faire

60. Faire criées, ventes, subhaftations & adiudications par decret. Faut mettre les tenans & aboutiffans d'vn heritage faifi. Faut mettre les pannôceaux & baltons royaux, & mettre vne affiche és lieux faifis. Adiourner celuy fur qui on crie, qui eft le proprietaire, & le dernier encherif-feur pour vuider fes mains des deniers de l'enchere. Op-pofition à fin de diftraire empefche l'adiudication par de-cret, qui ne fe peut faire que l'oppofition ne foit vuidee. Il y a aufli vne oppofition à fin de payement, mais on fe peut fubroger à vn autre fans nouuelles crices, car crices fur crices ne valent rien, de peur qu'on ne mange les he-ritages en frais.

61. On eft toufiours receu à encherir, iufques à ce que le decret foit feellé, & faut que le dernier encherifleur paye, & mette és mains du Greffier le prix de fon enche-re, ou qu'il apporte quittance des creanciers, autrement le decret ne luy fera deliuré. Apres vn decret adiugé par la Cour, aucun n'eft receu par lefion, ou vileté de prix à vou-loir impugner l'adiudication par decret. Debattre les crices d'vn heritage de nullité. A chofe venduë à l'inquant & fubhaftee, on n'eft pas receu à mettre enchere, finon en la prefence des parties.

62. Toute requefte doit eftre ciuile, mais on appelle requefte ciuile, quand on veut faire caffer vn arreft de la Cour, non pas qu'il foit iniufte, mais parce qu'il a efté don-né par dol & furprife de la partie aduerfe, fauffe allegation fortune aduenuë, fubftraction d'vne piece decifiue, faux tefmoins ou titres.

63. L'autre moyen de faire caffer les arrefts, c'eft par propofition d'erreur de fait, non pas de droit, car ceftuy-cy

Xx

n'eſt pas receuable. La propoſition d'erreur n'a point de lieu en matiere poſſeſſoire , ny contre les arreſts inter-locutoires. Faut vne requeſte pour eſtre receu à pro-poſer erreur ; puis lettres patentes aux Maiſtres des Re-queſtes par leſquelles le Roy leur commande de voir les erreurs pour en donner aduis , s'ils donnent aduis que les erreurs ſont receuables , & qu'il y a eu erreur euident au iugement du procez, on en fait rapport au Conſeil Priué du Roy , & y aura arreſt pour cela , & commiſſion , les erreurs cloz & ſcellez du contre-ſeel de la Chancelerie ſeront preſentez à la Cour. Faudra les erreurs eſtant ouuerts en donner copie au defendeur pour fournir defences , apres le Procureur donnera re-pliques , & le defenſeur dupliques , & prendront les parties appointement à oüir droit.

64. S'il y a nullité , ou contrarieté d'arreſts faudra preſenter requeſte à la Cour pour ſçauoir quel des deux il faudra executer. Ceux qui mal à propos font la pro-poſition d'erreur s'ils ſuccombent ils ſont condamnez à de bien groſſes amendes comme de raiſon.

65. Tous crimes ſont perſonnels , c'eſt à dire, que celuy qui fait le mal , en porte la peine , & par la diſ-poſition de droit n'y a nulle garentie. Si eſt-ce qu'on diuiſe le crime en perſonnel, & reel ; le perſonnel con-cerne la perſonne outragée , le reel c'eſt larrecin de bleds , &c. Or toutes appellations en matiere criminel-le reſſortiſſent droit aux Cours Souueraines. Les appel-lations interiectées ne ſe releuent, ains faut incontinent apres l'appel deliurer le priſonnier au rabais pour le me-ner en la Conciergerie du Palais , auec ſon procez pour

estre iugé à la Cour. Mais il faut que celuy qui est adiourné personnellement se mette en estat, c'est à dire, en prison afin qu'on puisse vuider le procez.

66. La Cour cognoit en premiere instance des crimes de leze Maiesté diuine & humaine, & certains autres crimes ; des autres ce n'est qu'incidemment, quand il y a des attentats faits au preiudice d'vn appel, main-mise de sequestre, Commissaires empeschez. De façon que mesme quand vne instance est instruite & en estat de iuger par recolement & confrontation de tesmoins, conclusions prinses d'vne part & d'autre, la Cour n'en retient pas la cognoissance, mais renuoye cela au Iuge des lieux.

67. S'inscrire en faux contre quelque piece & soustenir qu'elle est fausse ; faudra faire apporter au Greffe la minute de l'acte maintenu faux, & la ioindre ausdits moyens de faux. Ce crime de faux est capital, & en danger de la vie, de l'honneur, & des biens. Mais aussi ceux qui ont à tort formé l'inscription en faux, sont condamnez à faire amende honorable, ou en autre peine, auec tous despens, dommages & interests enuers ceux qui sont absous.

68. Si le procez pendant à la Cour la partie fait rebellions, efforts, iniurie, & outrage l'autre au mespris & contemnement de la Cour, faut faire ordonner commission pour informer, requerir l'adionction de Monsieur le Procureur General du Roy, se mettre en la sauuegarde du Roy & de la Cour, auec deffences à la partie de n'attenter contre luy à peine d'estre puny comme de sauuegarde enfrainete.

69. Il y a trois sortes de decrets. 1. Si la preuue n'est suffisante, l'on ordonne que l'accusé viendra au premier iour, pour respondre sur les excez qu'on pretend qu'il a faits. 2. S'il y a preuue suffisante on decrette adiournement personel. 3. Si les excez sont grands, on decrette prinse de corps, & à faute de le pouuoir prendre au corps, l'adiourner à trois briefs iours à son de trompe & cry public, en cas de ban, auec saisie, & annotations de biens. Or il faut prendre garde, s'il y a sur l'arrest & decret vn *Retentum*, afin de faire mettre en prison celuy qu'il faut.

70. Exoiner & excuser, c'est quand vn inthimé est malade, & ne peut comparoistre ny aller à pied ny à cheual, il enuoye homme expres faire l'exoine, & excuse de son impuissance: les exoines se reçoiuent tousiours à la Cour. Quand à son de trompe, ou cry public, on adiourne quelqu'vn à ester & comparoir en personne, à trois briefs iours, il faut qu'entre chasque iour, il y ait interualle de huit ou dix iours, que s'il ne comparoit, il est banni, atteint & conuaincu des cas à luy imposez, & l'Huissier met à la main du Roy tous & chacuns ses biens; apres si on le peut apprehender au corps on l'execute, ou bien en effigie & dans vn tableau, s'il se veut iustifier, la premiere chose il faut qu'il se mette en estat, & dans la conciergerie.

71. Si l'accusé nie, on procede contre luy par recolement, & confrontation de tesmoins: au prealable on luy demande s'il a quelques reproches contre le tesmoin. S'il y a indice suffisant que l'accusé soit coulpable, on ordonne qu'il aura la question; on reitere souuent les tortures, les interrogatoires, mais ceste reiteration de

queſtion ne ſe fait ſans nouueaux indices. Si le crime n'eſt grand, on conſent l'eſlargiſſement du priſonnier, en baillant caution, ou à leurs cautions iuratoires, ou bien à la garde d'vn Huiſſier & Sergent.

72. Si le Clerc ioüit de la clericature, il eſt renuoyé à l'ordinaire, ou bien en certain cas priuilegié, on commet quelqu'vn pour aſſiſter à l'Official pour luy parfaire ſon procez. Le Roy ſe reſerue touſiours le coup de la grace ; les termes ſont: auons quitté, remis, & pardonné, & de grace ſpeciale, pleine puiſſance, & auctorité Royalle quittons, &c.

73. Remiſſion ſe donne au cas qui requiert punition de mort. Pardon, au cas qui requiert punition corporelle, autre que mort; il faut auoir lettres du Prince, & celuy qui les a obtenuës, les doit preſenter luy-meſme à celuy à qui elles ſont addreſſees, & ſe mettre en eſtat; bien ſouuent on a pendu des gens auec leurs graces attachees à leur col.

74. Il y a pluſieurs arreſts d'abreuiation de procez; plus on en fait de defences, & plus s'allongent-ils, car tous les iours on inuente mille ſortes de ſubtilitez, & de fuites, pour toutes defences ils diſent qu'il faut que chacun viue de ſon meſtier, & que c'eſt bien la raiſon.

LES
TERMES PROPRES
DE LA TEINTURE DE SOYE,
ET DE LAINE, ET DE FAÇON.

CHAPITRE XVI.

On entend par le Pourpre & l'Escarlatte couleur la plus noble & la plus haute éclatante en peinture, de même de cristal que de son lustre, & la parfaite couleur que des couleurs.

3. Ils piloient iadis toutes ces petites coquilles escaille & tout, & des grosses ne prenoient que la chair, lauoient bien cela en eau claire pour oster le limon, iettoient du sel là dedans, faisoient boüillir le tout dans des chaudieres de plomb à feu lent (qu'ils amenoient à cette fin par vn long canal, où regiltre d'vn fourneau allumé de charbon) de peur de brusler la teinture : dans cette decoction estoient boüillies les laines, puis estant bien colorées & chargées (car les noircissantes sont plus prisées que les rouges,) on les recardoit, esteudoit, recuisoit, & les faisoit-on tant decuire, iusques à ce que l'œil fut satisfait de la couleur.

4. Il y a du Pourpre noir obscur, du Liuide, de couleur de violette, la plus belle piece c'est le rouge & sa couleur la plus digerée & mieux cuite, aussi elle resemble le feu, le souphre d'or, & le pur sang, mais on a perdu la façon de teindre auec le sang de ces huitres. Et auons la graine κόκκος en Grec, & *Kermes* en Arabe, d'où vient nostre mot Cramoisi, & Escarlatte, mais l'Escarlatte va sur les laines, & Cramoisy sur la soye; depuis que la Cochenille est en vogue, le Cramoisy va aussi sur les laines.

5. Ce Coccus ou graine, c'est la graine d'vn arbrisseau : on a pensé que dans certaines graines naissoient de petits vers qui rendoient ce sang & cette Pourpre. D'autres que ce sont vessies, excroissances, ou petites pillules rouges croissant en certains arbres.

6. Les principales couleurs sont quatre reuenant aux quatre Elemens dont tout se bastit. 1. Le Noir, approprié à la terre, & des metaux au plomb ou Saturne. 2.

le blanc, à l'eau, & à l'argent vif, & estaim. 3. le bleu, à l'air & l'argent. 4. le rouge au feu & à l'or: de la mixtion desquels on fait vn million de couleurs moytiennes.

7. Car premierement du blanc & noir meslez, naissent infinies sortes de cendrez & de gris, les vns couuerts, les autres deschargez. 2. du blanc & turquin naist aigue-marine, pers, &c. 3. du noir & bleu le violet: 4. du noir, & du rouge, le pourpre, tané, canellé, &c. 5. du blanc & du rouge, le iaune ; mais non pas és teintures, car il y doit interuenir de soy-mesme : 6. du iaune & du bleu, le verd d'oye & gay. 7. de l'inde ou violet, & du iaune, le verd brun. Or selon la varieté de la dose & de la composition des couleurs naissent infinies autres; le fauue vient du iaune paillé & du brun, le brun du blanc & du noir; le bleu, du resplendissant clair, meslé auec le blanc mat surfondu d'vn petit de noirceur; le gris ou glauque, du bleu destrempé en du blanc ; du fauue & du noir vient le verd; du blanc reluisant auec le rouge, le citrin.

8. Les pourpres & cramoisis de maintenant, se font auec la graine ou coccus, qui vient de Languedoc, Prouence, Ancone, d'vn petit arbrisseau, & de la cochenille des Indes. Cette graine a l'escorce ou coque qu'on nomme graine d'escarlatte; & la moüelle, qui est le fin pastel d'escarlatte : l'escorce abonde plus en la teinture mais la couleur de la moüelle est plus riche, & fait la vraye escarlatte. Les trompeurs font tout passer indifferemment.

9. Il faut donc pour teindre en escarlatte rouge & claire,

claire, faire parboüillir les draps en l'eau appellée seure
faite d'eau de riuiere bien nette, de l'agaric & du son:
puis on iette l'Arsenic auec alun dedans, pour alluminer
le drap & le desgraisser, & l'ouurir afin qu'il boyue la
teinture, laquelle on leur donne apres auèc le pur pastel
d'escarlatte. Puis on vuide de la chaudiere, ce premier
breuuoy & boüillon, & on recharge auec de l'eau claire, & eaux seures auec ledit pastel ou graine accompa-
gnee d'agaric. Si on y met de la gomme Arabique, la
teinture en sera plus rouge. La couperose & le bresil
font vn faux cramoisi.

10. Les cramoisis rouges qui s'en vont sur laines, se
font quasi de mesme, y mettant aussi de la cochenille.
Chose estrange que d'vn seul breuuoer, voyage, ou chau-
deronnee (qui est vne mesme chose) sans rien euacuer
se font ces couleurs suyuantes, adioustant nouuelles
eaux & estoffes. 1. Rouge cramoisi de haute couleur: 2.
sort le brun de mesme breuuoer: 3. le passe-veloux: 4. le
pourpre: 5. fleur de peschier: 6. l'incarnat, 7. couleur de
chair. 8. le gris lauandé ou cendré argentin : vray est
qu'à aucunes de ces couleurs, faut donner la guesde ou
pastel Albigeois ou de l'oraguez.

11. Le pastel ou guesde (latinè glastum) c'est vne herbe comme le plantain qu'on seiche, puluerise, & en fait
on des fromages, on enuoye cela par tout, pour pastel-
ler les laines, afin que cela les desgraisse, les seiche, &
les face bien boire les couleurs, autrement la teinture
s'efface & se desteint aisément. Les trompeurs ne pa-
stellent qu'vn bout de la piece, & c'est la derniere qu'ils
vendent, le rende n'est pas teint en pastel, mais plus le-

Yy

gerement. La Gaude fait iaune, ce iaune paſſé par le
Gueſde deuient verd. Qui n'a veu ces meſlanges, &
d'vne meſme chaudiere ſortir tant de diuerſitez ne le
croiroit iamais.

12. Il y a des eaux qui ſont bien meilleures les vnes
que les autres ; les vnes ſont parfaitement bonnes pour
l'Eſcarlatte comme celle des Gobelins de Paris ; les autres ſont bonnes pour onder les Camelots, & y ſurſemer mille & mille ſortes d'ondoyements qui donne la
beauté aux Camelots ; il y en a qui enyure ſi bien les
laines qu'elles reçoiuent fort bien les teintures, & les
retiennent fort long temps ſans ſe deſcharger ; les autres qui deſgraiſſent bien la laine & la purifient fort
bien, & ſouuent à proportion des eaux, ſe font les
teintures.

13. Il y a mille petits ſecrets qui s'apprennent à la
boutique, & parmy les boüillons de la groſſe chaudiere, mais cela ne ſert qu'aux compagnons du méſtier:
& la trop curieuſe recherche eſt inutile pour ce que ie
pretend.

14. Garance, c'eſt à dire, poudre (tirant à la couleur
de poudre de quarron.) ſert à la premiere teinture aux
draps ou ſoye pour faire monter, rendre plus viues,
fortes, obſcures, & chargées les autres teintures qu'on
leur veut donner apres.

Garancer vn drap, c'eſt à dire, luy donner la premiere teinture. Luy donner le pied pour teindre en noir,
en bleu, violet, pourpre, colombin, &c.

Orſeille ſert pour le meſme que la Garance, & eſt
vne eſtoffe faite de Paſtel, Chaux, Saude (c'eſt vne

pierre qui vient d'Espagne) & Vrine. De là on dit Or-
feiller, c'est à dire, donner le pied de telle estoffe, &
cela se fait principalement aux soyes.

Donner le Pastel, c'est à dire, teindre en Pastel, c'est
donner le pied pour la couleur noire, violette, & quelquefois pour le bleu obscur. Ceste teinture premiere se
donne à mesme fin que les autres.

Passer le drap, la soye, c'est à dire, luy donner la
derniere couleur.

Teinture chargée & haute, c'est à dire, bien viue,
ou vnie, belle, forte, & de durée, plus chere.

Cuue (pour les draps) de bois ; vaisseau, de cuiure
pour les soyes, de teinture, c'est à dire, où on garde les
teintures tiedes à teindre soye estant la couleur tiede.

Chaudiere, c'est à dire, là où l'on teint les draps les
couleurs estant chaudes & boüillantes.

L'Alun est necessaire à toute teinture pour faire attacher la couleur : hormis au bleu & au celeste, & c'est
le premier pied & commencement de la teinture.

Vn drap ou soye se doit ainsi teindre. Premierement,
Il doit estre bien nettoyé. 2. Doit auoir son Alun qui
est le premier pied. 3. Estre laué & nettoyé de la crasse
de l'Alun. 4. Garancé ou mis au Pastel, ou Orseillé si
c'est soye. 5. Teint en sa couleur.

Couleur de Mer, celeste, colombin, c'est à dire, entre violet & rouge.

Verdesin, verd, verd de porreau. Bleu obscur, bleu
azur qui est plus bas que l'obscur, bleu resest plus bas
encor. Violet rouge, incarnad, incarnadin, ces trois dernieres ont leur pied de Bresil.

Le Cramoifi, foit drap ou foye pour premier pied a l'Alun fans Garance ny Orfeille, Brefil ou Paftel, apres on luy donne fa premiere teinture. Il fe fait auec des graines pilées de Cochenille qu'on apporte des Efpagnes de la groffeur & figure des poids chiches. Il eft plus rouge que le Paftel: coufte trois efcus la liure, l'on y mefle du poifon.

Il y a de cinq fortes de Cramoifi: fçauoir eft, rouge, incarnad, incarnadin, violet, & pourpre ou auiné. Le violet & auiné cramoifi fe font apres qu'ils font teints en rouge les paffant fur l'Orfeille, & apres fus la Tine ou vaiffeau du violet.

Apprefter la chaudiere pour pofer là vne Tine, c'eft à dire, faire l'appareil qu'il faut pour vne Tine : & vne eft la teinture pour le verd verdeft, bleu, violet, celefte, couleur de Mer, azur.

Donner difner à la Tine, c'eft à dire, y ietter des drogues boüillies & meflées de mefme eftoffe, & la renouueller deuant qu'on y trempe les draps ou foyes, afin que la couleur foit plus claire eftant ainfi frefchement renouuellée.

AV LECTEVR DE-
BONNAIRE.

Aisant semblant de vous donner des receptes, ie vous dis icy les termes ordinaires de la Medecine. I'ay choisi à dessein les choses qui me forçoient de vous dire plusieurs mots naïfs, triez, & tous propres de cette profession. Il n'y a rien qui serue plus souuent que ce qui appartient à la guerison du corps, l'appliquant aux passions & aux blessures & maladies de l'esprit. L'essay que ie vous en donne vous fera venir l'appetit d'en aller chercher des autres, chez les Apotiquaires. On ne croiroit pas les richesses d'eloquence qui y sont cachées, & le profit qu'on y peut faire. Mais tout ainsi qu'vn qui pro quo est dangereux donnant la mort, ou bien des conuulsions & des trenchées estranges, aussi en parlant si vous prenez vn terme pour vn autre, vous blesserez cruellement les oreilles delicates de vos Auditeurs, & leur ferez pitié. Tous les grands personnages qui ont fait profession d'eloquence, ont enrichy leurs discours d'vn monde de beaux mots cueilliz dans les iardins de la Medecine, & ont bien prins la peine d'aller eux mesmes disputer en la boutique pour faire parler les compagnons, & apprendre les mots du mestier. Il y a mille mots qui sont aussi beaux que mille Diamans quand ils sont bien enchassez dans le discours, & sont là comme estoilles dans le Ciel, mais il faut sçauoir ce qu'ils veulent dire pour en vser iudicieusement. Sçauriez vous que veut dire anodin, essuyer & descharger le suif, prendre l'esprit des choses, humer l'odeur des metaux, mondifier & ressouder les playes, scarefier, tarir les eaux flottantes entre cuir & chair, effacer les nuées, escailler les ulceres, espierrer les reins, & mille autres façons de parler, si vous ne l'appreniez des Medecins? & les sçachant, quelle grace donne cela à vos propos si vous sçauez en tirer des translations qui sont des lumieres d'eloquence. L'experience vous monstrera que c'est icy une riche carriere toute pleine d'or & de Diamans, d'où vous pouuez puiser ce qui rendra vos propos tous confits au sucre de mille douceurs qui feront couler vos paroles au fond du cœur de vos Auditeurs. Quand vous en aurez fait la preuue vous m'en sçaurez gré, & possible me forcerez vous à vous donner le reste, enflant cét essay, & luy donnant sa perfection.

LES
DEVOIRS DE MEDECINE,
DE LA PHARMACIE, ET
CHIRVRGIE.

CHAPITRE XVI.

1. A flambe incise & subtilie les grosses humeurs, auec poix de 7. drachmes purge le gros phlegme, guerit les tranchées du ventre, remollit la nature ; relasche & ouure les veines, incarne les fistules, couure les os desnüez de chair, mondifie, appaise les douleurs, & efface les lentilles, & nuées, & basanage du Soleil au visage ; elle desoppile, & débouche, vuide par le bas, nettoye les reins & les espierre de grauier chassant le sable.

2. Le Nard est bon aux deuoyements, & corrosions d'estomac ; il reserre le ventre, arreste le sang, desenfle les tumeurs. L'Aspic ou Lauande qui est vn Nard bastard, eschauffe en troisiéme degré, deux cueillerées de l'eau distillée de ses fleurs font reuenir la parole, guerissent la cardiaque passion, sont bonnes contre les defaillances de cœur. L'huyle d'Aspic est de si forte sen-

teur qu'on le condamne à eſtre hors de la boutique, autrement il ſurprend & attire la ſenteur du Muſc, de
l'Ambre, de la Ciuette, des vnguens, & drogues aromatiques.

3. Le Cabaret eſt aperitif, laxatif, eſchauffe au ſecond
degré, deſeiche au tiers, il reſoud, & fond, & eſmeut
les humeurs eſpaiſſes; pris en infuſion ou auec decoction
il conſume les gouttes ſciatiques, & appaiſe les douleurs des iointures, il deſoppile la ratele, & la defenfle
des tumeurs rebelles à guerir. Quand l'accés aſſaut, ſi
on frotte d'huile de Cabaret l'eſpine du dos le friſſon
diminuë.

4. La Valeriane pilée appaiſe les pointures du mal de
teſte, deſcharge les reins chargez, ouure & nettoye les
oppilations du foye. Il y en a qui maſchées auec du
Maſtic attirent le phlegme de la teſte, & confortent le
cerueau, euacuent les viſcoſitez qui affoibliſſent l'eſtomac.

5. La Canelle decouppe & diſſoud les ſuperfluitez du
corps, fortifie les membres, oſte le dégoutemznt, conforte les parties nobles, contregarde de conuulſions,
retiremens de nerfs, du haut mal, fait bonne haleine,
eſt fort bonne à inciſer. La Caſſe eſt vne drogue foible, lenitiue, deliure les reins de grauelle, eſtaint les inflammations qui ſortent au deſſus du cuir, & eryſipeles,
ſa vertu ne paſſe point l'eſtomach & remollit le ventre,
purifie le ſang, eſt reſolutiue, ſi elle eſt trop foible on
la fortifie auec hyſſop ou autre plus actif, mais d'elle iamais elle n'endommage.

6. L'Amome meurit & reſoud les inflammations, eſt
de

de tresbonne odeur, sert contre les piqueures de serpent, à la premiere rencontre son odeur forte blesse le nez, il a grande vertu digestiue. Le Ionc odorant rompt, meurit, & ouure les bouches des veines, il a quelque subtilité d'essence, & ayant vne douce restriction on le donne à qui crache le sang. La Canne odorante, a vn peu d'acrimonie, & legere restriction, prouoque & émeut les fleurs, & vuide l'arriere faix des femmes qui enfantent.

7. Le Baume meurit les cruditez, nettoye la pupille des yeux, digere les grosses humeurs, aide ceux qui n'ont l'haleine que mal à leur aise. De l'Aspalathe on siringue les vlceres corrosifs, sales, & ords, il est fort desiccatif, acre, fort au goust, astringent, il mondifie les pourritures. On fait du Santal (bois des Indes) des epithemes auec de l'eau rose, pour esteindre sur l'estomac où on l'applique les ardeurs des fiéures ardentes.

8. La decoction de la mousse est bonne pour délasser, mais pour luy donner corps on le mesle auec de l'huile, arreste les vomissements, serre le ventre, sert contre les defaillances & bondissemens de cœur. Le Cancame desenfle les genciues, & desaigrit le mal des dents, puis en breuuage, ou de trois oboles auec vinaigre miellé, il desgraisse les gros garsons trop chargez de cuisine, & amaigrit leur lard, les essuyant petit à petit & desseichant ou fondant leur suif, estant iceux trop replets.

9. Le safran met les gens en bonne couleur, il est maturatif, & partant tresbon aux substances emplastiques & maturatiues, mais son odeur enteste, & trouble l'esprit. L'Aunée (*Helenium*, nay des larmes d'Helene,

Zz

dit Pline l. 21. c. 10.) embellit la perſonne, entretient la peau du viſage, & tout le cuir du corps, ſon ius eſt fort doux, & beu auec du vin comme le Nepenthé d'Homere, engendre la ioye au cœur, & bannit toute la melancholie ; il eſt ſouuerain pour ceux qui ſont pouſſifs, & ne peuuent auoir leur vent qu'à grand peine.

10. L'huile d'oliue plus il eſt vieil, & gras, c'eſt à dire, viſqueux & gluant, meilleur eſt-il pour cliſterizer, & ſoulager les douleurs cruelles de l'Iliaque paſſion, deſnoüe bien la perſonne qui eſt plus actiue & ſouple à ſe manier, il reſerre les genciues, tarit les ſueurs, ou les arreſte & empeſche.

11. L'huile d'Amandes efface les taches, & aſpretez du cuir du viſage, guerit les bruits & ſifflements, & tintinnemens des oreilles, nettoye le ſon, & farine qui tombe de la teſte mal-peignée, il ouure l'ouye dure. Mais ſi on pile les Amandes auec leur peau, l'huile retient la qualité de la pelure dont on ne l'a voulu deſnüer par pareſſe du garçon de boutique, perd ſa vertu lenitiue, & rend aſpres les lieux par où il paſſe, meſme s'il a eſté roſty auec feu ardent, & non par chaleur lente, & douce. Celuy d'Amande douce guerit les aſpretez du goſier, des poumons ; l'autre amer fait ſortir la pierre ; ouure les oppilations, tuë les vers du corps. Celuy de Noix nettoye les puſtules du viſage, lentilles, & cicatrices noires. Il eſt bon aux froideurs de nerfs, conuulſions, il fait fondre les eſcroüelles, il eſt mondificatif & abſterſif.

12. L'huile de Seſame ſe fait la ſemence eſtant mon-

dée, concassée, eschauffée, puis pressée, il engraisse le corps & fait bien la chair, il mollifie la dureté rebelle des apostumes, clarifie la voix. Celuy de Ben ne sent iamais le rance, aussi les Parfumiers en vsent pour incorporer leurs mixtions quand ils parfument des gands de musc, d'ambre, &c. car iamais ces peaux ne deuiennent rances, ny sentent le remugle. L'huile Laurin, c'est à dire, de Laurier débouche les veines, fortifie les nerfs, remollit, esuente la migraine froide, soulage la colique passible, efface l'offuscation des yeux comme celuy de Lentisque. Celuy de Mastic est bon contre les duretez eminentes de l'estomac, la celiaque (c'est à dire, cholique) passion, & dissenteries, met le visage en couleur.

13. Pour cognoistre le fin vnguent, il faut auoir recours au nez, l'experience est plus asseurée, car on y mixtionne des drogues qui effacent l'odeur des autres, le rosat remplit les vlceres profonds; addoucit les malins & opiniastres à se consolider, oste les demangesons & chatoüillemens, destourne les defluxions qu'elles ne coulent sur les parties malades. L'vnguent de safran est suppuratif, & mondifie bien les vlceres; celuy de lis remet les cicatrices en leur couleur naturelle, & fait qu'on y cognoit rien apres; celuy de moust est fort remollitif.

14. Pour faire vnguent, il faut piler les racines, ou fueilles, ou fleurs, aromatizer, destremper, espraindre, escouler, passer par le tamis, remuer auec la spatule, mettre en infusion, exprimer auec les mains, abbreuuer de drogues aromatiques, asperger, incorporer auec vin, eau marine, que sçay-ie moy, faire espaissir, ietter dans le cou-

loir, puis dans la tinette, mettre au Soleil, faire boüillir, fralatter & le changer de vaiſſeau, le ſaſſer & paſſer par l'eſtamine, rebroyer, repiler, mille maux.

15. La bonne myrrhe eſt mordante au gouſt, on en fait des paſtilles, tenuë ſur la langue & fonduë oſte l'aſpreté de l'artere du poulmon, & l'enroüeure de la voix; deſſeche la boüe & ordure qui ſort des oreilles. On s'en ſert és medecines arteriaques: c'eſt à dire, pour les arteres (eſtant fort moderément abſterſiué) & ce qui deſcend au poulmon; elle ne peut endurer la cuitte, c'eſt pourquoy on ne la meſle auec les medicamens que quant on les oſte du feu.

16. Le Bdellium qui eſt liqueur d'vn arbre deſtrempé auec la ſaliue à ieun, reſoud les goetres & abcés de nature, les hernies aqueuſes, il briſe la pierre, il ſert aux ruptions, ſpaſmes ventoſitez courantes çà & là, aux nœuds des nerfs.

17. L'encens diſſoud les offuſcations des yeux, cicatrize bien les vlceres & les remplit, ſoude les playes, oſte les verruës qui formient, c'eſt à dire, fourmillent) & l'aſpreté raboteuſe du cuir. Beu en ſanté il fait perdre le ſens, puis la vie. La vraye manne iette vne fumée égale, aërée, flottant en l'air de bonne grace & odeur, la contrefaite fume vilainement, & éuapore vne fumee noire, eſpaiſſe, entremeſlant de la puanteur à la bonne odeur, & enuenimant ſa douceur. La ſuye d'encens arreſte le cours des chancres. La ſuye c'eſt la vapeur groſſe qu'on fait arreſter à la voûte d'vn vaiſſeau d'airain couuert, & percé au milieu dans lequel on bruſle l'encens à petit feu; ainſi fait-on de la ſuye de myrrhe, aloë, &c. La ſuye

de pin eſt bonne aux ongles (c'eſt à dire, inflammations) des yeux, aux yeux fondans en larmes, amortit les
humeurs corrompuës, addoucit les corroſions de l'eſtomac;& la pomme de pin concaſſée & cuitte, ſi on boit
de ſa decoction cinq onces, ſert aux phtiſies,&c.

18. Les pignons tirez hors des eſcailles des pommes
de pin, ſont de forte digeſtion, mais nourriſſent, agglu-
tinent,engraiſſent, piquent par leur acrimonie,ils ſont vn
aliment groſſier, mais on ne les meſeſtime pas pourtant;
pour corriger leur rebellion, on les baille auec du ſucre;
l'eau tiede les deſaigrit, ils chaſſent la pourriture des
corps; ſes fueilles appaiſent les douleurs de cœur, & les
eroſions d'eſtomac; l'eſcaille ou ſon parfum guerit la diſ-
ſenterie.

19. Le lentiſque arbre cognu eſt tout aſtringent, arreſte le cours de ventre. Cét arbre iette en Italie le maſtic
qui eſt tresbon,pour choſes qui requierent fort eſtre re-
ſoluës par tranſpiration (c'eſt à dire, ouuerture, *per hali-
tum*,dit-il) comme froncles, cloux, boutons opiniaſtres.
Le canfre (qui eſt gomme d'vn arbre des Indes) eſt bon
aux linimens pour empeſcher les inflammations des vlceres;és collyres contre les ardeurs des yeux, eſtaint les
ardeurs ſales, deſbourgeonne la face qui boutonne trop,
& fleſtrit vn peu l'enlumineure du viſage des biberons.
La ſuye de reſine eſt propre aux eroſions des angles des
yeux;guerit les fentes des léures gerçées,& du viſage.

20. La reſine priſe en forme de loch (c'eſt à dire, decoction) eſt bonne à ceux qui crachent la pourriture,qui
eſt entre les poulmons & la poictrine, aux phtyſies, elle a
bon ſuccez quand on en oingt des tonſilles (c'eſt à dire,

les glands au bout de la langue) la luette, les esquinances,
auec des raisins (*vua passa*) passerillez rompt les charbon-
cles, & escaille, c'est à dire, oste comme vne escaille qui
est dessus les vlceres pourris. La suye de la poix donne
bonne couleur, & est exquise aux linimens pour farder
ces esuentées qui veulent estre muguetées, aux yeux
pleureux. La poix resoud les larges tumeurs des glandes
de la langue.

21. La Naphta qui est colature de Bitume, rauit le feu à
soy, est excellente aux cataractes, ou tayes, & grosses
cicatrices des yeux, aux mailles & perles d'iceux. Dissoud les toux inueterées, découure le haut mal; dissoud
le sang caillé. La Mumie au tournoyement de teste, &
à la bouche torse, aux passions de cœur est excellentis-
sime, au haut mal; mais il la faut mesler auec la terre
seclée, elle guerit les vieilles douleurs de teste si rebelles
que rien ne les a guery, appliquée au nez elle les dissoud, estanche le sang dehors & dedans, fait grand
bien aux exulcerations interieures. On dit que les os de
morts puluerisez, & beus sont souuerains à mille maladies, mais chacun s'appropriant à son membre propre,
Matthiole a experimenté que le test humain a seruy au
haut mal.

22. La fueille de Cypres broyée est bonne à plusieurs
maux, on en teind les cheueux, on cueult les pommes
trois fois l'an, elles guerissent les vitiligines (c'est à dire,
taches blanches) le Cypres a autant d'actimonie, &
chaleur qu'il luy en faut pour conduire iusques au fond,
& faire penetrer son aspreté, sans aucune mordication
il consume les humeurs cachées & moysies & pourries

des vlceres , & ne fait point d'attraction d'autres humeurs. La cendre de l'escorce de Geneurier , nettoye les lepres des mescaux , est bonne contre les piqueures de scorpions , viperes. La gomme du Geneurier est le vernis , il deseiche les fistules.

22. La Cedrie, c'est à dire, poix de Cedre s'appelle la vie des morts & la mort des vifs, car le Cedre contregarde les corps morts, & corrompt les viuants ; si on s'en oingt les serpens ne s'approchent iamais : son bois n'est subiet à vermolissure. Le medicament auec Cedre est fort en operation, est putrefactif, & corrosif ; car il fait pourrir les chairs molles & delicates : en iettant dans les dents creuses non seulement elle appaise les poignantes piqueures, mais elle rompt les dents par sa vehemente chaleur, elle cuit és vlceres, & donne grande cuiseur aux playes.

23. Le Laurier comme le Cedre tuë les enfants dans le ventre de leur mere, & les iette dehors, elle soulage les hepatics & qui ont des brusleures de foye. Les fueilles pulucrisées de souffre, en les frottant ensemble, font feu : plantez vne branche de Laurier en vn champ de blé, iamais la nielle ne l'offencera, mais tombera sur le Laurier. Le coton, laine, ou mousse qui est sur les fueilles du plane font grand mal aux yeux, & les raclures ou sciures du fresne font mourir comme poison, si malin est ce bois. Le Dictamne blanc, sert aux stomachics (c'est à dire, *stomachicis*) & *suspiriosis*, c'est à dire, & à qui l'haleine courte. La racine du roseau seule ou auec ses bulbes tire hors les espines, & fléches du corps ; le poil menu & le coton de la teste du roseau, assourdit, s'il entre és oreilles.

24. Le Tamaris tarit la ratelle, & amoindrit ſes eaux, on a fait à deſſein des taſſes pour y faire boire les malades de rate, & la faire fondre, & deſenfler. L'Ebene poly ſubtilement ſur vne queus deuient liſſé comme vne corne, ſes raclures, & ſciures ſeruent en collyrées pour les yeux, & aux maladies ſeches, & aſpretez : il nettoye bien la prunelle des yeux maillez, aux puſtules & vlceres d'iceux il eſt ſouuerain. La Zarze parille (racine des Indes Occidentales) eſt ſouueraine contre les enflures molles, laxes, ſans douleur ; elle fait eſtrangement ſuer, & guerit les maladies exterieures, & cette vilaine maladie de, &c. Le Iules de vin de Gaiac bon à la pituite.

25. Le ius de Roſe ſoulage le battement de cœur, le vuidant des humeurs qui le faſchent ; ce medicament eſt du nombre des benins, il purge courtoiſement ſans tranchées, ny violence, c'eſt le fait des fiéures tierces que le ſirop roſat, &c.

26. L'Agnus Caſtus chaſſe toutes les beſtes venimeuſes (les Herboriſtes l'ont ainſi nommé, parce que les Dames d'Athenes faiſoient leurs couches de ceſte plante, qui eſt amie de chaſteté.) La cendre de l'eſcorce du Saule deſtrempée en vinaigre, guerit les calloſitez, durillons, & porreaux, r'auiue le cuir mort du corps ; on recueult la liqueur qui chet apres la coupure, ou quand il fleurit, ceſte humeur congelée eſclaircit la veuë. La fueille du Saus ſoude bien les playes freſches, car il eſt deſiccatif ſans mordication ; & tient peu d'aſtriction.

27. Les Ceriſes fraiſches font bon ventre, ſeiches elles reſerrent. Les pommes du coing aident bien ceux qui

qui crachent la fange, & la boüe pourrie de la poitrine;
pour les déuoyemens de l'eſtomach, les crues s'appliquent en cataplaſme. La myrrhe eſt excellente pour les
cataractes, & ſuffuſions ou mailles des yeux, car elle
reſout la fange des yeux, ſans mordacité.

1. LE fracas des os eſt la piece du monde la plus faſcheuſe, & malaiſée à guerir; ne pouuant r'allier
les eſclats des os,& leur donner ferme ſoudure, & conſo-
lider.

2. Les vlceres humides ſont difficiles à cicatrizer, partant il les faut ſaupoudrer de poudres qui ayent quelque
peu d'aſtriction, & ne donnent point de cuiſeur, mais
r'allient doucement les léures de la playe, & la reſou-
dent d'vne bonne incarnation.

3. Le Baume aide à tirer les eſcailles d'os hors de la
playe. Le ſang de Dragon eſtanche le ſang des playes,
& eſt ſouuerain pour reünir, reioindre, r'allier, & recoler les os moulus, & rompus.

4. Scarifier eſt apres qu'on a ventoſé, détrancher les
enfleures & ſouſleuements de cuir, & en puiſer le ſang
pour deſcharger la teſte par les eſpaules.

Trepaner c'eſt ouurir le teſt auec le Trepan qui eſt
comme vne eſpece de tariere, τρήπανον.

Eſuenter la veine, ſaigner, donner de l'air au ſang,
entamer la veine de la lancette, tirer la pourriture du
ſang.

5. La raclure d'huyle eſt bonne, & fait meurir les apo-
ſtemes, guerit les eſcorchures, & peaux defleurées, re-
couſant la peau de bonne grace ſi que la couſture ne

Aaa

paroit pas. L'huile de meurte rétreint fort & endurcit, & est fort bon és medicaments qui cicatrizent, aux brulures par feu, au bubes, & bourgeons qui sortent par le corps, aux creuaffes & rides dures, à tout ce qui a enuie de se reserrer, & fermer. L'huile rofat ou l'vnguent remplit les vlceres profonds, & aide bien à les remettre en chair.

6. L'vnguent amaracin est fouuerain aux bleffures des nerfs, des mufcles, appliqué auec de la laine charpie, fait tomber les escarres (c'est à dire, *cruftas*) ouure les hemorroides, guerit les coupures. L'escorce de pin est excellente pour les vlceres fuperficiaires qui sont à fleur de peau, & n'entament guiere la chair, mais s'amufent à la furpeau. Incorporée auec du Cerot myrtin, cicatrize entierement les vlceres des corps delicats, qui ne peuuent endurer chofes fottes; broyée auec vitriol, refrene, & arrefte les vlceres, qui gaignent toufiours pays. La poix meurit les tumeurs crües; fait bien la chair és playes, & a vertu abfterfiue, escaille les playes pourries, & les foude bien.

7. Le Peuplier iette vne racine qui est fouueraine aux emplaftres remollitifs. La vermoulure des bois vieux fi on en faupoudre les vlceres les cicatrize, mondifie, les amufe qu'ils ne rongent la chair à l'entour; non feulement la vermoliffure, mais les vers mefmes nais en la pourriture des arbres gueriffent les playes.

8. Le Tamaris (arbre de marais) appliqué fur les tumeurs les repercute (c'est à dire, les repouffe au dedans) il diminuë la ratelle. La gommie Elemi est tres finguliere és oignements, & emplaftres des bleffures de la tefte.

La poudre de Sumac (arbre) appliquée en cataplasme garde d'inflammation les fractures des os.

La faignée.

LE faigneur doit estre ieune, bien-voyant, & bien façonné à ouurir la veine ; il doit estre garny de bonnes lancettes de diuerses poinctes ; pour bien faire il faut frotter le lieu où se doit donner le coup, & au dessus lier auec vn brandeau, puis ayant trouué la veine la faisant enfler & groslir l'ayant bien choysie & aduisée, il la faut toucher & flatter du doigt prochain du poulce, & tenant la lancette à deux ou trois doigts faut incifer la veine, non pas rudement, de peur d'entamer & blesser l'artere : mais en esleuant la pointe de la lancette ; L'Euacuation faite faut deslier le membre, clorre la playe auec du cotton, & s'il y eschet flux de sang auoir la poudre rouge toute preste pour tarir le flux & resouder la playe,

Quand le sang est trop gros & de mauuaise yssuë, le regime, le bain, la pourmenade, vne emplastre de leuain appliqué sur le lieu des veines, vne soupe de vin craignant les defaillances, s'alicter, oster toutes les pierres precieuses qu'on a sur sa personne qui peuuent retenir le sang, &c. font la faignée plus douce & plus asseurée : L'ouuerture estant faite il faut manier vn baston, demener les doigts, tousser, & estre feru sur les espaules.

Selon les forces du patient, & selon la grosseur du sang faut faire la playe large ou estroicte, faut aussi tenir preſte l'eau froide pour empeſcher les ſincopes,ou r'appeller les eſprits qui s'euanoüiſſent par la defaillance; Il y a bien du debat pour ſçauoir ſi le ſaigné doit dormir ou non apres la ſaignée.

L'ARCHITECTVRE.

CHAPITRE XVII.

1. L'Architecture c'est la souueraine maistrise de bastir, qui donne l'adresse pour pouuoir disposer toutes les parties auec rapport, bien-seance, ornements, assiettes, esloygnements, exaucements, & toutes les proportions, dont elle rend raison pertinente pourquoy chaque chose est ainsi faite.

2. Les vns ne sont Architectes que de mains sans plus, car ils font leurs ouurages par routine, tirant des copies deçà & delà, mais ils ne sçauent ny donner raison de ce qu'ils font, ny rien inuenter qui vaille, & pour toute raison disent que c'est la coustume de faire ainsi. Les autres ne le sont que par Liures & par discours qu'ils ont leu, mais ils n'ont point de main, & ne sçachant que la Theorie, ils ne valent rien que pour faire la ville de Pluton qui sont des Idées basties entre deux airs. Le bon Architecte doit marier son esprit auec sa main, & le compas auec sa raison, mettant les mains à la besongne. Les premiers ne font que les corps sans ame; les seconds des ames sans corps, les troisiémes font le tout,

& font gens de nom & de reputation qui ont la vogue,
& font gens d'entreprifes.

3. Cefte noble fcience à vray dire, a efté inuentee partie par hazard, partie par caprices, partie aufsi par raifon
& par nature. Ces colomnes façonnées en femmes, & en
hommes qui fouftiennent les baftimens, c'eft vn caprice
des Grecs, qui pour memoire de leur victoire les firent
comme efclaues porter le faix de leurs edifices, & pour
confacrer cela à l'eternité, ce ne fut que caprice; de mefmes ces patenoftres, ces gouttes pendantes, ces feftons,
ces laz entrenoüez, ces fruittages, mille & mille ornemens qui fe mettent fur les frifez, cela vient de ce que
les vainqueurs attachoient toutes les defpoüilles des
ennemis, les atours des femmes, & telles beatilles pour
en conferuer la memoire, depuis les Architectes les
voulurent imiter en leurs ouurages, & on ont façonné
tant & tant de diuerfitez & enrichiffemens.

4. Le parfait Architecte ne doit rien ignorer, autrement s'il fait bien, fera par nature, comme les beftes
qui font de fort beaux ouurages, & ne fçauent pourquoy. Il faut donc premierement qu'il foit peintre, fçachant tirer du pinceau pour faire les plans, éleuations,
deffeins, pour copier les raretez qu'il rencontre pour
contenter fa fantafie, griffonnant mille caprices pour en
tirer quelque chofe de bon. 2. Geometre, pour entendre le maniement du compas, l'vfage du cercle, de la
reigle, des niueaux, du plomb, des mefures. 3. Qu'il
fçache la perfpectiue pour donner la lumiere dans la
maifon, defrobber le four en certains çoings, contenter l'œil par les diuers afpects, s'il ne peut de droit

fil introduire les rayons du Soleil, au moins reflechir la
clarté, & l'infinuer par reflexions & bricoles, allumant
le iour tout par tout, fans faire les chofes aueugles; &
faifant minuit à midi. 4. L'arithmetique pour fçauoir
calculer les defpens, les eftoffes, les nombres de degrez,
& de mille autres chofes qu'il faut fçauoir fans y faillir
d'vn poinct. 5. L'hiftoire, car tous les enrichiffemens,
ftatuës, armes, & autres ornemens ne font que fables,
ou hiftoires, & s'il ne les fçait bien, il fera mille fautes:
car c'eft de là que viennent ces teftes de boeufs, iettant
par les yeux des fleurs & des lauriers, ces paniers pleins
de fruicts, ces cornets d'abondance, ces couppes, ces
carquans, & tous les ornemens des frifes & des niches. 6. La Philofophie pour fçauoir le naturel des
animaux, les courfes des eaux, la conduite des torrens,
la fource des fontaines, & les boüillons pouffez par des
efprits vitaux, la mer, les élemens, les fleurs, les fruicts,
tout ce qui eft en nature; & puis il ne fçauroit entendre
autrement les efcrits d'Archimede & des autres. 7. La
Medecine & l'Aftrologie pour faire les baftimens fains,
les orientant bien à propos, choififfant le meilleur Soleil, le bon vent, l'air le plus pur, les eaux bonnes, &
point endormies ou pourriffantes, le fol ferme, le climat gracieux, la lumiere bien mefnagée, rien de fombre, morne, & trifte, belle veüe & libre aux feneftres,
l'affiette pour faire horloges plats, en boffes, en belle affiette pour le plaifir, & pour l'vtilité. 8. Il doit fçauoir le droit & les couftumes du pays, pour les lumieres des maifons, les murs mitoyens, les limitrophes,
l'efgouft des eaux & la defcharge des maifons, percer

les puits , ietter hors d'œuure ce qu'il faut, autrement il faudra refaire bien des chofes,ou auoir des procez.

5. Les ordonnances, difpofitions, ou Idées font trois; plufieurs mots de cette fcience venuë à nous de Grece, font demeurez parmy nous comme s'ils eftoient deue-nuz François. Premierement l'Ichnographie (c'eft le plan) c'eft vn vfage de cercle , & de la reigle és plat-tes formes, ou fondemens de l'edifice. 2. L'orthographie, (c'eft à dire , l'éleuation de la face) c'eft vne veüe dire-ctement en haut au deuant, ou frontifpice, tirée par mefure hors de l'Ichnographie, en vne figure de l'ouura-ge futur. 3. Scenographie vient au deuant, & au cofté fur le centre auec fes lineamens.

6. L'eurithmie, c'eft le rapport bien mefuré de la lar-geur, longueur, hauteur, de façon que toutes les parties s'accordent bien en belle proportion , & fymmetrie. Symmetrie c'eft vne égale conformité de toutes les pieces , & vne fi vifte proportion & rapport de tout l'ouurage que chaque partie a fa iufte mefure, de cou-dee, de pied, de paume, de doigt ; tout ainfi qu'au corps humain, prenant la mefure de la tefte on fçait combien de teftes il y a en vn corps, combien le bras, le doigt, la iambe doit eftre longue pour faire vn homme bien proportionné, ainfi d'vn baftiment, car de la groffeur ou longueur d'vne feule colonne , on fçaura tout le refte de la proportion d'vn baftiment bien afforti. Le Tem-ple de Salomon eftoit à la proportion d'vn corps hu-main bien-fait, & fur tout de celuy de Iefus Chrift, dont il eftoit la figure.

7. La bien-feance (*decorum*) c'eft vne des plus difficiles

oiles pieces de tous les meftiers, car comme la beauté
d'vn vifage confifte en ie ne fçay quoy qui ne fe peut
dire, mais l'œil le iuge incontinent, auffi és baftiments,
chaque chofe eft fi bien affife en fon lieu, a fes grandeurs fi iuftes, fes mefures fi bien prifes, le tout fi reuenant & agreant à l'œil, que rien plus. Ces grands
portes par où pourroit fortir toute la maifon fans rien
abbatre, ces feneftres mifes en efchiquier, ces cheminées pofées haut & bas, ces entrées par le coin d'vne
cour triangulaire, & cent mille autres telles fautes font
diametralement oppofées à la bien-féance.

8. La ftructure doit vifer au deffein du Maiftre, car il
y a des baftiments de neceffité, de plaifir, de parade,
de fortification, de ville, des champs, de terre, de marine expofée à tous les vents, de là vient vne diuerfité
incroyable d'Idées.

9. Chaque pays a fa mode & fes fantafies, de façon
qu'il y a des principales façons qu'on appelle ordres,
ordonnances, & difpofitions qui foit en vogue pour
le moins cinq. Tufcane, Dorique, Ionique, la Corinthienne, & la Compofée ou Italique. La Gotique n'entre pas en conte, car elle ne plaift pas aux gens du meftier.

10. La premiere ordonnance c'eft la Tufcane & la
Ruftique qui eft toute nuë & cruë & a fort peu d'ornements, auffi eft la plus baffe & la plus aifée n'y ayant
point de façon fur façon comme és autres qui font
pleines de mignardifes & delicateffes. La Tufcane fe
diuife en fix parties. Mais toutes fes pieces font commençant d'embas.

Bbb

1. Le *Plinthus*. Le Plinthe.

2. Le pied'estal.

3. Le proiect de la base : c'est vn cercle qui marque la grosseur.

4. Vn autre *Plinthus*. Plinthe.

5. *Thorus*. Le Tore.

6. *Cincta*. Ceinture.

7. Le corps, le tronc, & le vif de la colonne.

8. *Anulus*. Anneau.

9. *Astragalus*. Astragales, Armilles, ou rondeaux.

10. *Hypotrachelium*. Le Gorgerin.

11. *Anulus seu cincta*. Anneau.

12. *Echinus*. Echine.

13. *Abacus*. Abaque.

14. *Epistilium*. L'Architraue, qui est vn gros sommier de pierre ou de charpenterie.

15. *Tenia*. Bandelette.

16. *Zophorus*. Frise.

17. *Cimatium*. Cimaise.

18. *Corona*. Corône.

19. *Cimatium*.

On nomme la Nasselle, *scotia*, *Trochilos*, c'est à dire, poulie obscure.

Voluta.

A. Volute.

B. Listeau de A
   la volute,

C. L'œil de
   la volute.

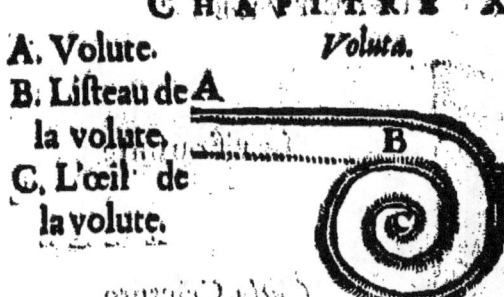

Iacula.

Dards es-
barbillez.

ouum

ouue

œuf.

Bbb 2

Cincta. Ceinture.
Thorus. Thore.
Plinthus. Plinthe.

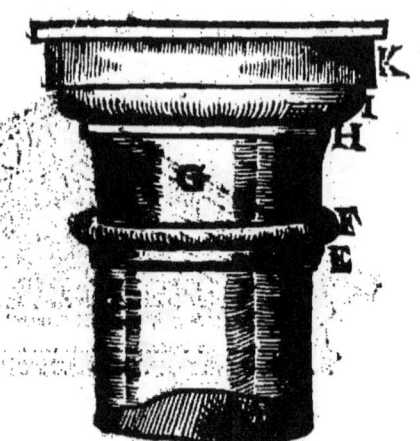

Piedeſtal.

Liſteau, reigle ou cein-
ture.

Plinthe, patin, pied.

ɛ ԁԁɣ

E. *Anulus.* Anneau ou rondeau,

F. *Aſtrogallus.* Aſtrogalle.

G. *Hypotrachelium.* Friſe du chapiteau,

H. *Anulus ſeu cincta.* Ceinture,

I. *Echinus.* L'échine.

H. *Abacus.* L'Abaco, ou l'Abaque.

A. *Metopa.*

B. *Guttula.*

C. *Trigliphes.*

Cornice.

Frise.

Architraue.

Chapiteau.

L. *Cimatium*. Gueule renuersée.
M. *Corona*. Corone.
N. *Cimatium*. Cimaize.
O. *Zophorus*. Frise.
P. *Tenia*. Bandeau.
Q. *Epistilium siue Architralis*.

Voicy l'ordre de la Toscane en descendant.

A. L'œuf.

B. Rondeau.

C. Listeau ou reiglet.

D. Couronne, ou Gouttiere.

E. Listeau.

F. Gueule renuersée.

G. Frise.

H. Liste de l'Architraue.

I. L'Architraue.

K. Listeau de l'Abaco.

L. L'Abaco.

M. L'œuf.

N. Listeau.

O. Frise du chapiteau.

P. Rondeau.

Q. Collier ou gorgerin de la colonne.

R. Fuste, ou vif de la colonne, le tronc, le corps, la membrure.

S. Ceinture.

T. Tore superieur.

V. Base.

X. Tore inferieur.

Z. Plinthe.

1. Pied estal, stylobate, soubbassement.

2. Listeau ou reiglet.

3. Le patin du pied estal, la pate.

11. La proportion est qu'on fait la colonne Tuscane au dessus la quatriesme partie plus menuë qu'en bas,

tout le reste doit estre fait à mesure, & on doit rendre
conte de tout iusqu'à vn atome, & au moindre filet ou
saillie qui soit en l'ouurage, tout se faisant par compas,
& rien sans raison & mesure. Pour estre Architecte il y
faut bien d'autres ingredients, mais pour sçauoir parler
en voila assez, & cette figure fera voir à l'œil chaque
piece de la Tuscane.

12. Le deuxiéme ordre c'est la dorique, tous ne sont
pas d'accord de ses pieces, voicy à peu pres les parties
ramassées.

A. *Plinthus.* Plinthe.

B. *Basis.* Base.

Apres est le corps quarré du pied estal.

C. *Corona.* Corone.

D. *Cimatium.* Cimaise.

E. *Plinthus.*

F. *Thorus inferior.* Thore.

G. *Supercilium.* Sourcil.

H. *Scotia.* Scotie ou creux.

I. *Thorus superior.*

K. *Spira.*

Suit apres le corps de la colonne ou toute vnie, ou
cannelée auec 20. ou plus, canaux fort proportionnez.
On la nomme en Latin *Striata.*

L. La Phrise.

M. *Cimatium.*

N. *Echinus.*

O. *Plinthus.*

P. *Cimatium.*

Là dessus est appuyé le reste.

Q. *Episty.*

Q. *Epiſtylium.*

R. *Guttula.* Les gouttes ou clochettes.

S. *Tænia.* Liſte, bandeau.

T. Trigliphes, où entre-deux ſont les Metopes, ou plats & teſtes de bœufs ; car les Anciens ſe ſeruant és ſacrifices de plats, & de bœufs, &c. ils les mettroient aux ornemens des Temples, plats, vaſes, teſtes de bœufs auec des rameaux & des fleurs, & rubens volans, ou s'entrelaçans & renoüans enſemble entre les Metopes. Sont des canalets & trigliphes à iuſte proportion, & en certain nombre ainſi que les gouttes ſont ſix enſemble d'ordinaire. Des cornes de bœufs pendent des dixains & patenoſttes.

V. *Capitellum.* Chapiteau.

X. *Corona.* Corone.

Y. *Cimatium.* Cimaiſe.

Z. *Scima.* Scime.

Entre l'eſpace des gouttes on taille bien des roſaces, ſouuent des foudres, ou des pointes de iauelots, ou des œufs, ſouuent on laiſſe cela tout nud. Tout cela eſt fondé en hiſtoire, car du commencement apres leurs victoires ils appendoient les armes ſanglantes des ennemis vaincuz, des trofées, des ſacrifices en action de grace, les Architectes choiſiſſoient de tout cela ce qui pouuoit mieux contenter l'œil en leurs ouurages.

De vous dire que la Dorique contient 14. modules, ou modelles pour eſtre à iuſte proportion, cela ne vous ſeruira de rien à vous qui ne voulez que ſçauoir manier la langue, & non pas le compas.

13. La Colonne Ionique eſt faite à la forme d'vne fem-

Ccc

mc , car elle a le pied plus petit , la Dorique reſemble
vn homme , & n'a pas le Diametre ſi greſle que l'Ionique. Elle a 8. ou 9. parties ſelon le iugement du Maiſtre.
Outre les parties communes auec la Dorique on remarque és modernes & anciennes colonnes Ioniques.

1. Les volutes & ſaillies.

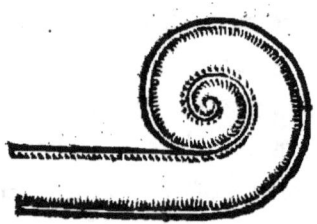

2. Les Phriſes ſemées de fleurs.
3. Les dentilles , ou dentelles ſur la phriſe.

4. Les faces ſurfaces.

Architraue.

5. L'Abacus qui eſt comme vn buffet tout plein de
plats mis en rang , y entre-meſlant d'autres choſes , &
deſſous des aſſiettes les vnes à demy ſur les autres ainſi
qu'on voit à Rome, ou ſeparées les vnes des autres.

A. La scime.
B. Le timpan.
C. La corone.

6. Il y a encor d'autres ornements particuliers dont ils enjoliuent leurs chapiteaux, & les volutes qui sont ouuragées de mille fantasies de roses, de patenostres, de rubens entortillez, de chappelets enfilez de gros & petits grains, de fleurettes. On marie quelquefois l'Ionique auec la Dorique auec fort bonne grace, & tous les iours on adiouste mille diuersitez, chacun selon ses appetits.

14. Ainsi que la Dorique a prins son nom de Dorus, qui en fut l'auteur, bastissant vn temple auec telle inuention, aussi la Corinthienne est venuë par hazard d'vne Vierge trespassée en Corinthe. Car on dit que sa nourrisse ayant amassé quelques tuilettes, pots cassez, & le tout dans vn panier recouuert d'vne grande tuile, faisant vn petit tombeau à la mode du païs, aduint qu'il se trouua là dessous vne racine d'Acanthe, qui au Printemps poussant ses grandes fueilles à trauers, s'entortilla d'vne façon si iolie, que Callimachus entra en fan-

Ccc 2

taifie d'en faire ainfi des chapiteaux, & agrea fi fort que
tout le monde l'imita.

Tantoft cette colonne eft pofée fur fon fonds, tantoft elle eft pofée fur vn' autre colonne. Or les fueilles
du chapiteau croiffent les vnes fur les autres quafi prou-
uenantes les vnes des autres, les premieres ne font que
demies toutes ouuertes, les fecondes font entieres, &
celles qui font à cofté pouffent leurs pointes en volutes & tigettes; les dernieres fortent quafi comme de
petits vafes, & iettent leurs pointes des deux coftez en
toute liberté rempliffant bien les vuides. Ce font donc
ou doiuent eftre fueilles de patte d'Ours dite Achante,
mais les ouuriers fouuent font des choux, & des arti-
chaux, & ce qui vient au bout de leur cizeau.

Deffus ces fueilles on fait des volutes en belle proportion, & fur celles du milieu on met quelque grande
roface, & du fruittage; ou autre fantaifie qui eft affife
droictement au front du tailloir. Voicy les parties de
ce qui eft appuyé fur la colonne.

L'Architraue qui eft diuifée en trois faces, auec deux
Aftragales.

A. *Fafcia.* Face.

B. Aftragale furfemé de perles rondes, ou gouttelettes.

C. *Fafcia.*

D. Aftragale.  cecy fe
nomme
Pefons.

E. *Fafcia.* Et toutes ces fix pieces font l'Architraue.

F. *Cimatium.* Cimaife.

G. Phrife.

H. *Cimatium.*

I. *Denticuli.* Dentelles.

K. *Cimatium.*

L. *Echinus.* Echine qui eſt tout ſurſemé d'œufs, ou d'ouales, entremeſlé de pointes, de iauelots, ou autre fantaiſie & aux bouts de fueillage.

M. *Corona.* Corone.

N. *Cimatium.* Cimaiſe.

O. *Scima.* Scime.

15. La derniere eſt la compoſée, qui eſt vn meſlange des ordres qui viennent au ſecours les vns des autres, & ſelon l'eſprit de l'ouurier ainſi ſont les deſſeins hardiz, gays, heureux, & l'œil content. On l'appelle auſſi Italique, car c'eſt de l'inuention des Romains comme les autres 4. des Grecs. Le Coliſée eſt aſſorty de tous ces ordres les vns ſur les autres. La compoſée comme la plus mignarde a la baſe plus deſliée & gratieuſe, on ne s'en ſeruoit quaſi qu'és arcs triomphans.

Or les meſlanges & compoſitions ſont fort bizarres, mais belles & agreables. On en void qui ont au Plinthe & au pied de la colonne des teſtes de bœufs, & des feſtons attachez aux cornes, & entre-deux vn plat de ſacrifice, & des rubens volans ; là deſſus des liens entortillez, puis le *Thorus* tout nud, l'Aſtragale apres tout emperlé de groſſes perles, ou enfilé de groſſes patenoſtres, l'autre *Thorus* à blanc, puis deſſus vn feſton de fueilles de Lauriers lié de ruben entortillé tout autour de fort bonne grace, là deſſus la colonne ou cannelée, ou entortillée comme celles du Temple de Salomon,

vignetées d'vne vigne qui va grimpant contre-mont &
couure de pampres, de grappes, d'aiguillettes. La frise,
la moitié à la Corinthienne de fueilles naissantes, l'autre
à l'Ionique ou cannelée ; ou bien à chapiteau fueilleté,
voluté à volutes figurées, l'entre-deux emperlé, sur le
tout vn beau fueillage saillant dessus la scime & s'espanoüissant en l'air. Tantost on y met d'autres caprices
couurant partie de la base d'ondes, d'escailles sur escailles, de deuises & laz entortillans des lettres, de volutes
façonnées en cornets, de rubens & liens agencez en
diuerses façons, bref on ne sçauroit dire la diuersité des
ouurages & inuentions de cette composée.

16. Outre les colomnes il y a diuerses pieces dont on
compose le bastiment.

Les iambes ou iambages d'vn huis, ou porte. *Latera
ostiorum.*

Arcboutans, estages, contreforts, sont ceux qui
estayent & soustiennent par dehors les murailles. *Anterides.*

Le fond, l'aire, le parterre c'est le sol où on veut asseoir le bastiment. *Area.*

Planches, bois de fente, membrures, membrures de
sciage, bois scié ou fendu, c'est l'estofe. *Asseres.*

Astragale c'est comme vn collier ou carquant qui
ceint la colomne, il est souuent chargé de fueillages, &
brins entrelacez.

Base, & soubassement c'est proprement le pied de la
colomne, c'est vn cercle qui est immediatement sous le
corps de la colomne & dessus le piedestal.

Blocaille, moillon, remplage, remplissage, ce sont
les cailloux tout rudes qui seruent à remplir la muraille.
Cæmentum.

Chantiers ou cheurons dont on fait le toit *Centerij*; la mortaife c'eft le vuide où on enchaffe les cheurons; & le Tenon, *Cardo*, ce qui entre dans la mortaife.

Atlas , *Cariatides* , font figures de femmes qui portent les modillons.

La clef de la voûte, c'eft la pierre du mitan qui femble ouurir & fermer la voûte , & eftre le cachet.

Stylobate , c'eft à dire, porte-colonne, c'eft ce petit mur quarré qui foubftient le corps de la colonne, auec la cornice vn peu foriectée.

Cornice.
Bande ou tenie.

Stylobate   ou
     piedeftal.

Bande.

Plinthe.

Le Tailloir & la colonne doit eftre affife à niueau fur la bafe. Or la bafe fuit le Stylobate , elle fe diuife en deux, le bas c'eft pour le Plinthe , puis fuit le Bozel , puis le Limbe ou l'Anneau auec l'Apophyge, fuit la Colonne, puis le Chapiteau.

Le Chapiteau contient trois parties , la plus baffe fe nomme le Gorgerin, en Grec *Hypotrachelium* , fuit l'Efchine, puis l'Anneau , enfin le Plinthe.

A. Plinthe.

B. Echine.

C. L'Anneau.

D. Le Gorgerin.

Apres le Gorgerin ſuit la Colonne commençant par l'Aſtragale, puis l'Apophyge, auec le Limbe. Sur tout cela vient la trabeation appuyée ſur la Colonne; voicy la figure & les noms.

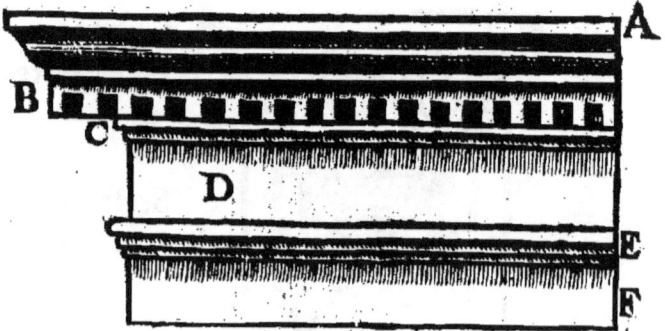

A. Coronne & Cymaiſe.

B. Le menton de la coronne, graué auec trois canéleu‑res, & le tout eſt forietté.

C. Cymaiſe, Naiſſelle, ou gueule renuerſée.

D. La Friſe ou Zophore.

E. La Bande ou tenie.

F. L'Architraue. La Coronne eſt partie de là cornice.

17. La Cornice Dorique eſt compoſée d'vne autre fa‑çon, elle a premierement là coronne.

2. La ſime, & le filet ou reigle de la ſime.

3. La Coronne au menton auec vne ſeule creneleure, qui

qui se nomme *Scotia* par Vitruue.

4. La Cimaise superieure, puis l'inferieure.

5. La Frise où sont les triglifes, c'est à dire, trois cuisses, deux caneleures entre elles, puis deux demies au bout, & six larmes pendantes sous ses cuisses, & ces caneleures. Or ce mot de triglifes vient de ces caneleures creusées, on treuue és vieilles pieces des Hexaglyphes, c'est à dire, six caneleures, & autant de cuisses; on nomme aussi ces caneleures des rayons, graueures, &c.

Entre les Triglifes sont les Metopes quarrées, meublées de testes de bœufs, portant les testes liées de cheuelieres, auec des fleurs, fruits, fueilles, des perles, le tout relié auec des rubens & bandelettes : aux autres sont des plats. On les nomme Metopes, parce qu'elles sont entre-deux opes ou liéts où reposent les cheurons, ou les aix.

6. Suit la tenie qui se foriecte, & dessous icelle droit sous les triglifes sont les six larmes, ou gouttes à mode de toupies renuersées, ou petites clochettes.

18. En la Ionique la Frise se dit aussi trauaison ; la corone est dentelée, c'est vne bande coupée à mode de dents qui representent les testes des aix.

Ddd

L'entablement ou le tailloir qu'on dit en Latin *Abacus*, d'où sortent & se forient les volutes. Entre les volutes on engraue dans l'échine des ouicules, ou œufs, ou bien ouales & ouues, assises dans de petits creux ronds, iusques au haut niuellement de l'œil.

On fait aussi vn Cercle qu'on nomme l'œil de la Colonne, qui est diuisé en huit lignes au haut de la colonne.

Entre les œufs on graue des dards barbillonnez de costé & d'autre. On enfile aussi des perles auec leurs verticilles. On met des cordelettes, & autres tels ornements. On dit aussi vne colonne coiffée de son chapiteau.

Au Chapiteau Corinthien les fueilles d'Acanthe (ou Branque Vrsine) sont entieres, ou naissantes & demies; les parties les plus espaisses se laissent tomber és angles pour faire des volutes ou petits lierres, & faut qu'il en ait huict, les plus molles se glissent derriere les autres; il y a des tiges aussi d'où sortent des fleurs ; les grandes fueilles sont au milieu de l'Abacus estenduës contremont, & vn peu penchantes sur soy & renuersées pour faire de petites volutes.

Ces mots de trabeation ou trauaison, colomnaison, & semblables sont assez clairs.

Modules, ou Modillons en François se nomment Corbeaux. Les reuolutions des volutes, & arrondissements des doubles volutes. Les chapiteaux se posent sur les gorges de la colonne non au niueau, mais par embossures.

19. Pour baſtir ſolidement il faut treuuer le lit de la terre ferme ; ſi le fond eſt mal-vny ou mareſcageux il le faut tarir, ou ficher de bons pieux à grand coup de bellier qui eſt la machine ordinaire. Puis là deſſus on leue le Stylobate le iuſtifiant à la reigle, & au niueau.

Les degrez doiuent eſtre non pairs, afin que commençant à monter du pied droit, on ſe treuue au dernier ſur le pied droit en bonne deſmarche. Le degré doit eſtre de dix pouces ; le Repoſoir, aire, ou Palliere doit auoir enuiron deux pieds de largeur, pour faire l'eſcalier bien aiſé à l'entrée d'vn Temple.

La premiere couche ou filiere de pierres. A proportion de la hauteur & groſſeur il faut auſſi faire les ſaillies.

L'entrecoupeure de la denteleure dite des Grecs *Metoche*, qui eſt le vuide creuſé entre les dents doit auoir ſa iuſte proportion ; puis la doucine regnant deſſus. Or toute ſaillie qui a autant de reſſort ou forieƈt que de hauteur, en eſt plus belle.

Deſſus tout cela on met le faiſte triangulaire a, ou b arrondy & les doucines bien à propos.

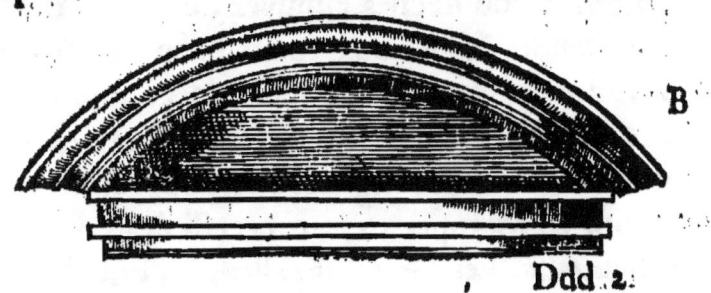

20. Dorus fut le premier qui fur la forme d'vn homme fit la Dorique fans beaucoup d'ornements. Depuis
on fit la Ionique fur la forme des femmes d'où vient
qu'elle eft plus mignarde & ornée en la baze, donc ils
fuppoferent vn bozel ou fpire en lieu de patin & fou-
lier, au chapiteau des volutes pour perruques & cheueux
annelez & entortillez ; puis mirent au front des cimai-
fes, & doucines, les ornans de feftons, fueillages, &
autres tels affiquets des teftes de femmes ; le corps tout
cannelé & pliflé pour reprefenter les robbes des Dames.
Les caneleures font plus & moins enfoncées, l'entre-
deux fe nomme Areftes. De la Corinthienne i'en ay parlé au nombre 14. i'adioufte que les Helices ou Vrilles
en façon de Cartoches fe doiuent r'encontrer au milieu
du Chapiteau, & eftre droictement mifes à plomb de
la Roface qui fort contre le front du tailloir.

21. On fait porter aux colomnes, iambages des portes, pilaftres, ou montans & contreforts de la muraille
des gros fommiers, poutres, poitrails, ou fablieres:
puis des foliues au plancher pour fouftenir les aix. On
met auffi pour faire les toicts des filieres qui regneront
fur les coupeaux du pignon ou comble. Ces filieres
font fouftenuës par de boifes en trauers lefquelles portent des aiguilles ou fléches appuyez de leurs tenons.
On fait de grandes faillies aux toicts, afin que l'eau ne
face tort aux murailles. Pour couurir la couppure des
foliues, & le foriect du bois qui fortoit hors de l'ali-
gnement on a treuué les triglifes, & pour l'entre-deux
les Modillons & Metopes ; cette neceffité a efté caufe
de ces ornements. Les Grecs appellent les couches des

foliues *Opes* , & l'entre-deux *Metopes* , nous les nom-
mons des creux & troux de Colombier. La dentelure,
& foriect d'aix crenelez, en l'ordre Ionique a esté inuen-
tée à mesme dessein , & les modillons en la Dorique
qui sont comme testes & sailliés de cheurons.

22. L'Epistyle ou l'Architraue auec sa platte-bande
sous laquelle posent les larmes procedantes de la trin-
gle à plomb des triglifes. Sur les milieux des Trigliphes on tire vne ligne à plomb nommée Areste , en
Latin *Femur* , en Grec *Miros* , auec ces Arestes on façonne les canaux ou coches des triglifes à la reigle.
Les Metopes se façonnent aux plats fonds des Cornices , on les nomme Lacunaires.

23. On appelle ouurage Diastyle, Tetrastyle , & He-
xastyle dont l'entre-colonne emporte la grosseur de deux,
4. ou 6. colonnes. Et le rencontre est de 4. ou 6. colonnes.

24. Aux portes du Temple faut obseruer les piedroits,
les membres ornez de demy taille , le claueau, la Cy-
maise regnant autour du front , & se ioignant aux on-
glets & extrémitez, les rouleaux , Cartoches ou Con-
solateurs , & Consoles , &c. Les fueillures , les deux
battans de l'huisserie auec leurs piuots enchassez dans le
sueil ; les tympans ou panneaux assiz entre les deux battans , le fronteau, les trauersans.

25. Quand les mortaises faites à queuë d'Arondelle
ou autrement sont cheuillées & enclauées auec tenons
de fer à vis , il faut qu'il y ait de l'espace entre les cheuilleures & bandages, car si les fers se touchent & ne
peuuent receuoir la respiration ou raffreschissement du

vent ils s'efchauffent l'vn contre l'autre , & fe roüillant font pourrir le bois.

26. La voix n'eftant qu'vn air fluant qui gliffe par l'air à ondées & cercles , on treuue des lieux nommez cirfconfonans où la voix diuagant parmy l'air , elle efclatté fans aucune rencontre qui la r'allie & r'amene aux oreilles , & en fin fe rend confufe , & s'eftend au mitan ne laiffant qu'vn fon inarticulé , & embroüillé dans l'efprit de l'Auditeur.

Les refonants font ceux où la voix rencontrant aucuns corps folides treffaut & exprime quelques barbotements faifant fes derniers accents doubles , & des échos fourds & confus deçeuant l'Auditeur.

Les confonans c'eft où la voûte , ou çourbeure & cambreure eft fi bien faite qu'elle aide la voix à monter , & fe gliffer dans l'oreille fi diftinctement qu'on n'en perd pas vne fillabe.

27. Pour fouftenir le faix des baftiments faut faire de bonnes arches en la muraille , & mettre de bons panneaux de ioinct tous refpondans au centre de la clef qui les formera, car ainfi la matiere foulagée de fon fardeau ne fe cambrera point , ny les foliues ne fe dementiront point , ny le baftiment ne s'affaiffera nullemeht. Mais encor que les panneaux de ioinct venant à eftre preffez du fardeau foulaffent leurs panneaux de couche , & pouffaffent hors les clefs des voûtes , ou leur impoftes qu'on dit Afliettes ; fi faut-il que les piles d'embas , & les fouftenemens fortent fi maffifs qu'ils portent aifément le faix.

28. Faut que
les fondements
soient si solides,
si bien niuelez,
& si bien ma-
çonnez que l'es-
boulement des
terres ne les
puissent esbran-
ler, ny mettre
hors de lieu les
clostures des
bastimens. Il les
faut donc fortifier d'Anterides, Erismes, ou contreforts
qui commencent à monter depuis le Tuf ou lit de terre ferme, iusqu'au haut ; que dans œuure, & contre le
terrain cela soit fait à dents de scie, & les arestes des
coings bien façonnées, & les couches de la maçonne-
rie bien faites.

29. La beauté des maisonnages gist en trois poincts,
en la subtilité de la manifacture, la magnificence riche,
& la iudicieuse disposition. C'est à dire, belle apparence,
commodité d'vsage, decoration de symmetrie.

30. Il y a cinq especes de basses courts, Tuscane, Corinthienne, Tetrastyle, ou garnie de 4. Colonnes, Dis-
pluuiée & tellement descouuerte que la pluye de toutes
parts peut tomber dedans, Testudinée ou voûtée à
Berceaux, ou retubes, & culs de four. La Tuscane est
quand les foliues trauersantes auront leurs saillies posan-

tes fur des foufpenduës, & pour receuoir les pluyes
certains cours de tuiles faiftieres ou canaux, defquels
par Efuyers couuerts de planches l'eau fe pourra couler
en la cifterne practiquée au deffous du plan.

31. Pour bien pauer les chambres, entre les ouurages
de poliffure la ruderation, (repous c'eft le bloccage
de marbre qui chet quand les ouuriers taillent leurs
pierres) ou placquement de mortier qui rendent les aires
bien folides tient le premier lieu, il fe faut garder de
plancher d'aix qui fe reiettent, & gauchiffent aifément,
car cela eft caufe des fendaffes aux planchers; & faut
mettre entre-deux de la fougere feiche pour contregarder la charpenterie des vapeurs du mortier, faut auoir de
bonne terraffe pour placquer à iufte mefure, & faire la
premiere couche bien folide, fur cette efcaille affiez à
niueau voftre paué de marqueterie ou Mufaique, ou
bien de grandes lozenges efquarries, plombées, & d'vn
beau coloris, ou bien d'ouurage à tuile ou à efpy.

Ouurage à tuile.　　　　　Ouurage à efpy.

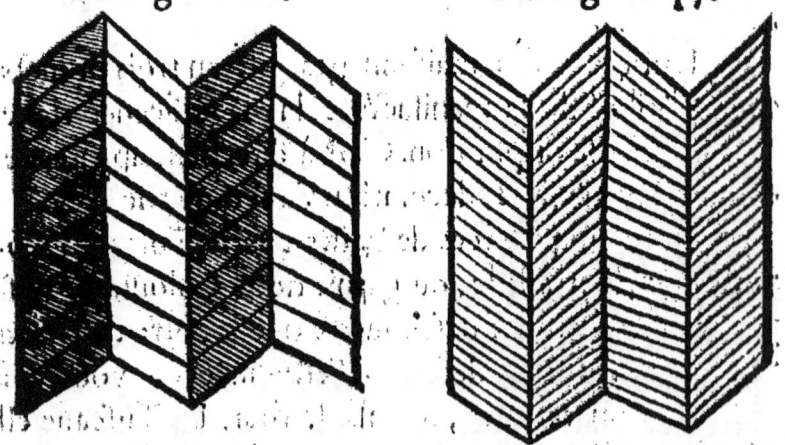

32. L'Architecte doit fçauoir comme il faut peindre
les

les edifices, & en donner les premieres Idées au Peintre;
aux lieux bien grands il faut peindre des theatres, sce-
nes, perspectiues pleines de colonnes, portaux, ruës
feintes. Es galeries on peind des iardinages, parterres,
mappemondes, maisons de plaisances, Marine couuerte de Galeres & vaisseaux; combats, flottes, armées
campées;païsages & forests, fables en grand volume; fantasies impossibles dont on charge l'incrustature, pluftost
que des remembrances des corporalitez qui sont en estre.

Quand les Peintres suiuent leur quinte, & la verue
saisit leur pinceau, ils font des harpyes dont les queuës
abboutissent en floccars à costes reuestuës de fueilles
crepelées, de volutes garnies de rosaces; des candelabres
d'où sortant des rainseaux de fueillage delicats & fort
esgayez, qui porteront de petits enfans assiz bien en-
iouëz & follastrant ensemble; des boüillons de fleurs
sortant de fueillards, & de là certaines moitiez d'animaux incognus, demy hommes finissant en bestes bru-
tes, mille Caprices qui sont mieux receus que les veri-
tez mesmes, car il semble qu'on se delecte à estre trompé.

33. On dit asseoir les grosses pieces; faire la couche
du bois, ou des pierres, la premiere main de placage
contre la muraille de mortier plus espais pour faire
crouste; puis on met la seconde couche de mortier deslié & delicat qui s'applanit doucement, & met tout à
l'égal & à niueau. On dit prendre vn faux allignement,
ou prendre bien l'allignement.

34. Pour guinder les fardeaux on se sert de machines
qui sont assemblages de bois qui par roulements de
choses circulaires ont vne merueilleuse force pour sous-

Eeo

pefer les groffes pieces de bois & de pierre, celle donc
qui fert à monter auec effort d'engins fe nomme
Acrouatique ; l'autre forte qui eft machine fpirituelle
qu'on nomme Pneumatique, fait fes effects à force de
l'air & du vent, qui s'entonne & s'enfonce dedans auec
violence, par le moyen d'attractions & expreffions ou
efpraintes de vent qui anime toute la machine ; en la
premiere il n'y a nul artifice, parce que tout fe fait à
force d'engins, affemblage de membrures, entretoifes,
tortillement de cordages, contreforts, arcboutans,
eftamperche, trauerfans, entez dans les mortaifes ; mais
la fpirituelle qui ne iouë que par efprit & vent fait
mille beaux effects & fait organiquement, là où l'autre
ne fait que méchaniquement mouuant les rouages affez
lourdement, & auec des moulinets affez groffiers.

Ces Machines fe nomment de leur figures, Gruë,
Singe ou Ergate, Cheure, Truyette, Tournoir ou Su-
cula ; le Tympan, Treuil, Mouffles, barres, efcharpes,
pieux courbez ou à tefte de croffe, bellier, hie ou
maillet ferré, poulies font pieces dont on baftit ces
organes, & machines tractoires, où leuantes en l'air,
pouffantes, roulantes, attirantes. Automates font engins qui fe remuent d'eux-mefmes.

Dioptre c'eft vn inftrument à niueller de l'eau, Entafis
c'eft l'enflure & le renflement des colonnes.

Frize c'eft vne platte bande entre l'Architraue & la
Cornice, en laquelle on entaille mille fantaifies à demy-
boffe pour efgayer la befongne.

Mouffle ou bandage où font plufieurs poulions pour
guinder les fardeaux.

51. La Plinthe avec les aſtragales, modures, adouciſſemens, doit eſtre de chaque de la colonne, l'Architrave, Friſe, & Corniche la quatrieſme partie. On meſure toutes ces parties dont eſt la Colonne eſt, module, le Piedeſtal meſuré. La Corniche a en hauteur & groſſeur 7. fois.

52. Le Piedeſtal taillé, ou laiſſé entre les poſtes (qui ſe doit en partie le moitié, des colonnes) ſont les membres qui ſe trouvent au pendant qui ſe font entre les colonnes.

52. A l'impoſte, & ces membres quarrez qui ſouſtiennent les impoſtes, ou ſaillies, ſe nomment Pilaſtres, piliers quarrez.

Eee 2.

37. On nomme ces canaux de la Colonne Ionique & Dorique, des rayons, caneleures, & quant cela est plein on nomme bastons, & colonne embastonnée. Les creux des Trigliphes se nomment aussi rayons & canaux.

38. Les fleurs & fruicts pesle-meslez en la Frise d'vn seul nom se nomment le Fruittage, *Encarpa*. Le feste, ou coupet d'vn edifice, ou frontispice, *fastigium*. Arc, arche, voûte, dome sont tous differens ; le Dome est rond comme vne Sphere ; la Voûte est trenchée de deux arcs qui s'entrecroisent à la clef ; l'Arche est vne voûte toute d'vne cambrure sans arcs entrecouppans ; L'Arc c'est vne simple corbeure ; l'arc, la chorde, la fléche. On confond souuent ces termes. Vne voûte fort exaucée & qui s'enuole en l'air, à demy-rond, en plein rond, à anse de panier, en areste, en berceau.

39. Paué à l'air, à couuert, lambrissé, de marqueterie, à la Mosaïque & de pieces rapportées, à ouurage d'espy, à thuile, à briques plombées, à sang de bœuf à la Venitienne, à figures, à entrelassemens de pierres colorées *emblema*, à l'ozange de marbre.

40. L'entablement, saillie, ou larmier, c'est la couronne qui couure la muraille : & se poussant dehors fait distiller la pluye goutte à goutte, & larme à larme hors de la muraille, d'où elle a prins ce nom de larmier.

41. Les parties & membrures d'vne fenestre sont les pieds droits & iambages ; la croisée ou moyeu ; le linteau & haut de la fenestre qu'on nomme la tablette, l'accoudoir, ou pausoir c'est le bas opposé au linteau.

Cheminée a son manteau, ses consoles, termes & statuës, niches, cornices & volutes, le canon & tuyau, les iambages & les bases, la plaque de fonte, les chenets de parade, les allumoirs qui sont des boulettes d'airain pleines d'eau auec vn petit soupirail plantées sur l'atre.

42. Si le bastiment n'est bien conduit la voûte s'affaisse, les murs poussent & font ventre, les bois se fendent & vermoulissent, les pieces se laschent, tout se desment de tout costé, le bastiment prend coup & esclatte, les creuasses s'entr'ouurent & menacent ruine, partant faut r'enforcer les angles & ossements des parois depuis le rez de la chaussée iusqu'au haut de pierres fortes, l'armer de bandes & clefs de fer.

Les parties principales d'vne piece d'Architecture.

A. La grande Cornice.

B. Le quarre du tableau ; ou milieu : champ : surface.

C. Piedestal.

D. Volutes ornées de fueilles en forme de consoles.

E. La targue, ayant en teste vne rose, au bas vn Cherubin.

F. Lauriers qui sortent des rouleaux, ou cartoches de la targue; Cartoche ou papier roulé par les deux bouts l'vn au contraire de l'autre.

G. Les Trigliphes dans la Frise.

H. Les Metopes: dans le quarré desquelles on met des testes de bestes.

I. C'est vn Marbre de basse-taille ; ou de bas relief ou l'on pose quelque figure.

K. Piedestal du costé droit qui soustient vn Ange de bosse ronde, ou autre statuë.

L. Le gauche.

M. Pierre d'attente.

N. Le premier costé & montant de tout l'ordre.

O. Le second.

P. Frise de la Cornice, & dessus du montant.

Q. Le retour de la Cornice.

R. Le terme qui est dessous le retour, c'est quelque Satyre, ou autre statuë.

S. Le dessous du montant; où l'on met en petite taille quelque histoire. Abacus.

T. Le chef, la teste, le haut de l'œuure.

V. Les gouttes, ou les œufs.

X. Les clochettes.

Z. La dentelle.

H

G

Valca, Satyres, Mouffes

...ombre de folletr...

Suit vne liste des enrichissements des ouurages
d'Architecture.

1. Chappeaux de triomphe, liez de ruben de soye flottante.

2. Grotesques. Hommes habillez à manteaux volants.

3. Arabesques. Hommes s'acheuants en bestes , en fueillages, &c.

4. Testes de bœufs seiches d'où saillent branches riches de fueillage.

5. Masques.

6. Cornets d'abondance.

7. Fueillage. Vases. Satyres. Monstres. Bestions. Rosaces.

8. Billettes enfilées (ils semblent chappelets.)

9. Entrelassures de branches, hommes, bestes.

10. Tout cela s'entaille dans la Frize.

11. Moulures,& ornements de l'Architraue. Moulure à fueillage.

12. Lineaments.

13. Lizieres ornées de billettes, ou boulettes.

14. Chappeaux de verdure, dans le vuide de leur ronds, sont entaillez & ciselez à demy-bosse des demy-figures qui se iettent hors de l'œuure; Guirlande.

15. Le bozel d'enhaut, & d'embas. Et le contre-bozel.

16. Les filets. Vne corde de billettes.

17. Fuzée. Oreilles de souris refenduës en maniere de fueillage.

18. Plat-fonds, ou concaue des ronds des chappeaux de verdure,

verdure, d'où fortent les figures.

19. Les faillies de la Frize.

20. Colonne canelée, & rudentée, c'eft quand la moitié eft faite de canaux, & le bas eft de canaux comme remplis de baftons ronds. Rudenture, caneleure.

21. Les chapiteaux couuerts de tailloirs, ou tailleaux efchancrez, & au milieu de l'efchancrure vne fleur de lys.

22. La voulture de l'arcade, où porte la courbure. Les coftieres ou iambages de la porte. La clef, ou coing de la voulture, eft au mitan, eft quafi toute hors du maffif: (c'eft à dire, du corps du baftiment, & des groffes pierres.) Les ceintures des iambages.

23. Petits enfants volants à demy-boffe.

24. L'Architraue eft fur les Chapiteaux, la Frize fur l'Architraue; la grande Cornice fur la Frize; ce qui eft deffus diuifé en quarreaux ou niches s'appelle les faillies de la niche, les vnes eftant à plomb fur le vif des Colonnes, les autres fur les arcades.

25. Frontifpice, la pointe & la tefte du frontifpice; les Cymes ce font lignes pendantes qui font le Frontifpice, & le forment en triangle.

26. Figurettes qui fe pratiquent en certains lieux à la défrobée, pour remplir le fond, & les vuides.

27. L'ouurage eft fi entier, & fi fain qu'vn feul quarreau ne s'en eft encor defmenty.

28. Feftons ou faiffeaux de fueillages, à tefte de pauot, de fruits, &c. liez auec des rubens volants & faifant femblant de paffer par des boucles.

29. Sur cent pilliers eft affife la voûte ronde à cul-de-four, ou retube, & fur cefte voûte de la tournelle, eft

Fff

vne lanterne à huit feneftres qui a en tefte vn globe d'or.

30. La ceinture de la maffonnerie qui eft dedans, en veut vne autre dehors.

31. Les Piliers & Pilaftres font empietez fur des moulures qui leur feruent de bafe, formées en trois degrez au niueau du paué de dedans, & ceignent tout le baftiment en rond.

32. Des replis des Cartoches fortent des branches, goffes de febües demy-ouuertes, Carobes, &c.

33. Saillies, ou proiectures à plomb fur les colonnes.

34. Couuerture à efcailles d'argent, entrecoupées de coftes de melons dorées du haut à bas, ayant des baluftres de bronze fur foy, & vne lanterne de criftal.

35. Vn coffre affis fur deux pieds d'harpies appuyez fur vn Plinthe, qui eftoit fur le plan de la haute Corniche qui regnoit fur 4. pilliers, ayant au dedans vne vouture à quarreaux & rofaces, d'où failloit vn efcriteau volant auec fes lettres, Miroüer d'or de verité, & l'autre, Miroüer d'vn vray amour ; qui eftoit en face de la perfpectiue.

36. Les vafes affis à plomb fur les colonnes (continuées par arceaux qui fouftiennent l'Architraue en rond) auoient la venrure de trois pieds ornée d'vne ceinture, ou platte-bande, puis s'eftreciffant en amont venant vers le goulet, comme auffi vers le pied : les anfes font deux Dauphins recourbez, & qui mordent les leures du vafe.

37. Le toit monte en pointe, & fait vne pyramide qui n'a qu'vn œil, ou feneftre en rond ; au haut y pofe vn aigle volant, à l'entour fur des feftons pendans fe branchent 4. Aigles à aifles defployées.

38. Table de marbre, ou table d'attente.

. Niche, ou nid où font pofées les ſtatuës.

39. Sur la pomme de la lanterne il y a vn piuot qui enfile, & larde vn coq doré qui tourne à tout vent.

Les Heros y eſtoient en demy-boſſe, mais ſi proprement denuez que les figures ſembloient ſortir hors du fonds, & ſe ietter hors l'ouurage.

Les moulures à parquets ronds & quarrez eſtoient parſemées de roſes à demy-taille, rehauſſées d'or, & le fonds couché d'azur.

Fff 2

TERMES DE
PERSPECTIVE.

CHAPITRE XVIII.

1. L'Art de Perſpeƈtiue, ou Optique ſert infiniment à l'Architeƈture, elle conſiſte à la conſideration de diuers aſpeƈts de toutes les choſes qui ſe peuuent preſenter à l'œil ſur terre, ſoit qu'on les regarde de front, de trauers, d'enhaut, d'enbas, en toute façon. L'addreſſe que donne cét Art conſiſte en ſeƈtions de lignes, afin de donner alliette, forme, grandeur, proportion, aux corps, ſurfaces, païſages, & tout ce qu'on veut faire.

2. La ſource de tout cét Art vient de la nature de noſtre veuë, à laquelle les choſes ſe repreſentent en diuerſes façons, & ſelon que l'œil les regarde de pres, de loin, de haut, de trauers, ainſi ſemblent-elles rondes, quarrées, ouales, tortuës, en pyramide, en mille façons. Cét Art conſiſte en trois eſpeces. Premierement Plates formes Geometrales. 2. Superſices & ſurfaces Perſpeƈtiues. 3. Corps ſolides & maſſifs.

3. Le nom des lignes neceſſaires en cét Art qui eſt fort agreable ſont celles-cy.

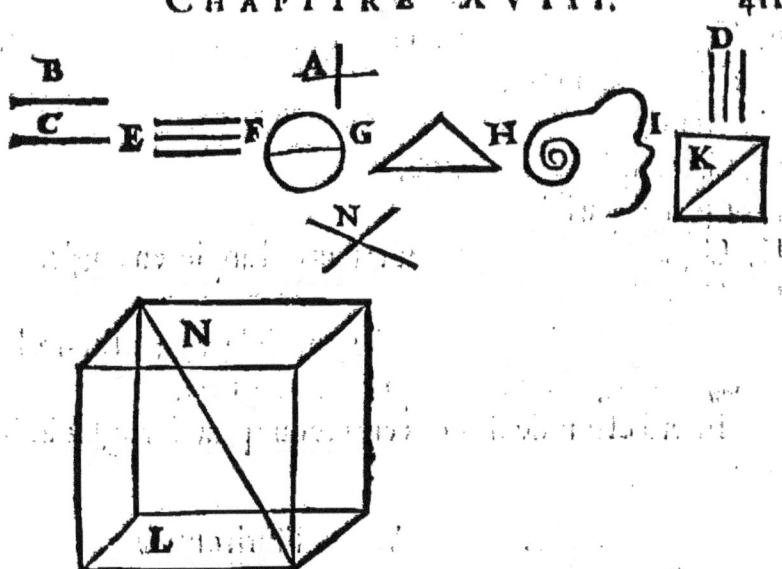

A. Le traict quarré, fait d'vne ligne perpendiculaire, &
l'autre trauersante.

B. C. Sont les deux lignes principales en cest Art, dont
l'vne se prend comme si elle sortoit de l'œil de celuy
qui regarde & se nomme Horizontale ; l'autre trauersante se nomme Ligne terre, parce que c'est vne ligne
qui est dessous les pieds de celuy qui regarde. Ainsi B.
est tousiours releué aussi haut par dessus C. qu'est la
grandeur du personnage qui regarde.

En la ligne Horizontale est le point de la veuë, ou
la prunelle de l'œil, & le point principal. Et en icelle
mesme sont les tiers points en égale distance du
point principal.

D. Lignes perpendiculaires.

E. La ligne terre est commencement du plan perspectif,
elle fait tousiours la separation, & est entre le Plan
Perspectif & le Plan Geometral.

F. Ligne circonferante , celle qui la trenche à trauers, c'eſt le diametre.

G. Triangle.

H. Ligne ſpirale & tortuë.

I. Quarre parfait.

K. Ligne diagonale & trauerſante d'angle en angle.

L. Vn cube.

M. Ligne ſuperdiagonale qui trauerſe le corps ſolide, là où la diagonale ne va que ſur vne face.

N. Interſection de lignes s'entrecouppant à angles iné-gaux.

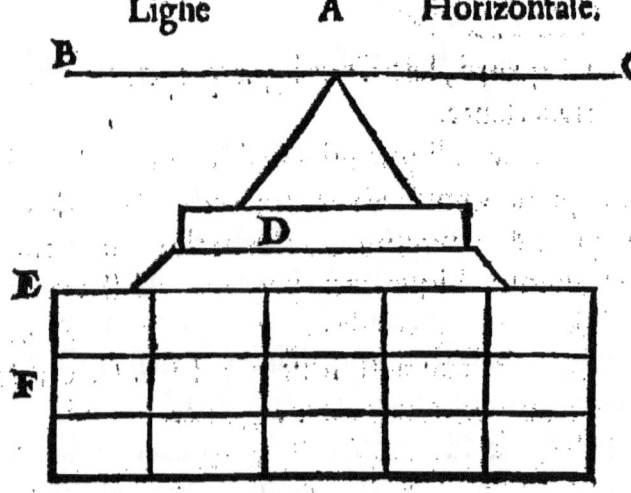

A. C'eſt le point principal.

B. C. Les tiers points.

D. Plan perſpectif.

E. Ligne terre.

F. Plan Geometral.

Voila le fondement de cet art, car en ces points, lignes, sections, & aux points accidentaux qui suruiennent, gist la principale partie de la Perspectiue.

Les termes ordinaires sont,

1. Raccourcissement d'vne chose veuë par le front; veuë par son angle directement; par lignes radiales, ou pyramidales, les diagonales tirées, les trauersantes, les circonferantes, les ronds, les differentes assiettes de la veuë, la veuë par les costez, & faut garder de passer les termes de l'entreprinse, & ne donner plus longuë estenduë aux bastimens, ou païsages que ce que la veuë peut porter naturellement; autrement il sera faux & hors de l'entreprise de la veuë.

2. Toutes les choses veuës vont radier & se rendre par droites lignes à l'œil du voyant & au point principal. Les lignes radiales, ou visuales auec leurs sections font les raccourcissemens, profonditez, rehaussemens. Et pour peu que la chose veuë soit eslongnée de l'œil, tousiours elle diminuë & est raccourcie.

3. Les tiers points sont tousiours aussi loin du point principal que le personnage est loin de l'œuure qu'il veut feindre. Vne ligne qui baise & touche tout doucement l'autre. Ligne qui en croise vne autre; qui perce d'outre en outre vn corps solide; les tiers points aident à faire la conduite des raccourcissements; tirer des lignes perspectiuement, diagonalement & d'angle en angle; coupper les lignes; prendre l'espaisseur ou diametre d'vn corps solide. Lignes qui se trauersent mutuellement.

4. Plattes-formes mises à l'aduenture, & neantmoins

aifées à remettre en perfpectiue. Corps folide couché à
plat, ou dreffé à cofté, ou exagone & eftoille à fix
pointes; les faces differentes & diuers regards des corps
folides.

5. Prendre fon origine de quelque chofe perpendicu-
lairement & à plomb, ou diagonalement, ou diametralement. Des cubes percez à iour veus de front ou par
l'angle. Ronds efleuez en corps folides veus en differentes alliettes & poftures. Faire des ronds ou figures fans
aucune couppe de lignes & d'vn fimple contour de
compas.

6. Plattes formes cornues & hors de toute iufte quarrure. Lignes naiffantes & extraictes des autres, & r'en-
uoyées à mont, ou en bas. Arcs fondez fur lignes diagonales. Colonnes erigées fur Stylobates auec toutes les
iuftes proportions des mouleures, faillies; colonne toute
nuë, ou enrichie d'ornements.

7. Quelquefois les plans perfpectifs d'où fortent &
s'efleuent les corps folides, fe conduifent feulement par
le point principal; autrefois par les tiers points, voire
par le point accidental. Le centre de la colonne, la
quarrure du Taillouer du chapiteau, le nud & le corps
de la colonne, le calibre du chapiteau, le montant de
la colonne, les quatre angles faifant le nud du Stylobate; la grande faillie de la colonne, les membres du chapiteau, Architraue, &c.

8. Non feulement on peut reduire en l'art de Perfpectiue & au plan perfpectif, les cinq ordres des colonnes
les tirant de là auec tous leurs membres, mais auffi les
cinq corps reguliers de la Geometrie, & l'éleuation d'i-
ceux

ceux en corps folide, comme le Triangle à quatre faces nommé Tetraedrum. A. 2. L'Octaedrum, c'eſt à dire, à huict faces qui tantoſt eſt deſueloppé, tantoſt enueloppé. B. 3. Le Cube dreſſé ſur ſa pointe. 4. Dodecaedrum compoſé de douze pentagones & faces à cinq angles. 5. L'Icoſaedrum qui contient vingt faces.

En fin on peut auſſi reduire les ronds ſpheriques au plan perſpectif & l'arrondit de rond parfait & complet.

9. Quelque part que nous ſoyons nous faiſons le centre de toutes choſes qui nous enuironnent, en ſorte que tout ce que nous voyons à l'entour de nous eſt circonferamment racourcy.

10. Cét Art eſt neceſſaire en peinture pour faire les r'entremens, eſlognemens, poſtures differentes, les perſpectiues, les aſſiettes naturelles, pour allumer le iour à droit fil, faire les ombrages où il faut, & conduire droit le rayon du iour, le meſnageant bien en toute la peinture, poſant bien le point du iour, & mille ſecrets de l'Art qui ne ſe peuuent executer ſans commettre de lourdes fautes.

11. Tout le ſecret de cét Art vient du naturel de la veuë, car il faut s'imaginer que la veuë ſe face comme en triangle duquel la baſe eſt aſſiſe ſur les yeux, & l'angle ſur l'obiect qui ſe preſente à noſtre veuë ; au reſte

Ggg

plus cét angle s'esloigne de nous & plus le triangle se
va appointant & appetissant, & plus l'angle est mince &
restrecy ; & c'est ce qui fait la différente apparence des
choses & ce qui trompe nostre veuë alterant les obiects;
car on void que les longues allées quoy que paralelles,
si semblent-elles à l'œil estre quasi vnies au bout, au
moins bien plus proches, & les choses hautes semblent
s'abbaisser, les figures mesmes changent, car vne chose
quarrée de pres, de bien loin semble quasi ronde ; vne
voutée semble platte ; les couleurs de mesme se chargent & deschargent, semblent gayes ou mornes, selon
qu'elles sont esloignées de nostre œil, & qu'elles se dardent à nostre veuë ou à droit fil, ou reflechissant par
bricoles, à grand iour, ou à iour foible : & c'est en cela
que gist l'excellence de la Perspectiue, & des ouurages,
d'exprimer naïuement non pas les choses en leur naturel, mais ainsi qu'elles doiuent paroistre à l'œil selon
leur assiette, & selon la portée de nostre veuë. La Colonne de Traian est miraculeuse en cela, car estant toute chargée de personnages cizelez tous de differentes
grandeurs, si est-ce qu'ils sont si bien façonnez que
tous à l'œil paroissent de mesme corpulence, quoy que
ceux d'enhaut soient deux fois plus grands que ceux
qui sont au bas de la Colonne : mais ce sont des coups
de maistres ; le vulgaire ne sçait ny faire, ny iuger de
ces ouurages.

DV FAICT DE LA MENVISERIE
QVI EST PARTIE DE L'ARCHITECTVRE.

1. Stablier, fur lequel on fait la befongne.

2. Le Vallet; c'eft vn efpece de crochet de fer, qui fiché dans vn trou, tient ferme le bois qui eft en œuure.

3. Le Varlop-entier.

4. Guillaume : c'eft vn demy-rabot.

5. Cizeau, de toute forte. Cizeler.

6. Le Fermoir : c'eft comme l'inftrument à prendre la mefure des pieds.

7. Rabot. Le gros pour efbaucher la befongne. Le petit, pour applanir; qui rabotte en creufant, & fillonant; qui fait des baftons fortant d'vn creux : qui, &c. Rabot rond, qui fait le canal rond.

8. Le bec d'afne, pour dreffer la mortaife.

9. Fueilleret pour degaufchir.

10. Reiglette à pied. L'efquierre. Le triangle pour tracer droit.

11. Quille-bouquet pour dreffer les mortaifes ; c'eft à dire, contauitez; Compas.

12. Efchantillon. Mouchettes, qui font les chofes rondes.

13. Les Outils de moulures.

14. Guillaume debout, ou de cofté.

15. Bouuet à reprofondir, & à effligir, c'eft à dire, *poft*

delineatum lignum refcindere.

16. Fermoir à nez rond.

17. Outil de taille : taille eſt ouurage auec des teſtes & figures. Enrichiſſement c'eſt ouurage de fueillages, branchages, rofaces, &c. Outil d'enrichiſſement.

18. Sie à fendre, à debiter, à tenons, à tourner.

19. Arminette pour degroſſer le bois. Hache.

20. Gouche. Outil de taille pour faire le rond.

21. Dauid, ou le ſergent de fer qui tient les ais collez fraiſchement.

22. Virebrequin, ou Vibrequin.

23. Le crochet, qui arreſte les ais.

24. Fer de ruſtique, c'eſt à dire, qui imprime des rofes, & eſtoilles, &c. tout en vn coup.

25. Eſmorcher le tenon, c'eſt à dire, entamer auec la tariere, pour y planter apres le clou.

26. Detiroir, vn fer long, quarré, pointu pour faire le trou aux cheuilles.

27. Vn deſie cheuilles.

28. Le bois vif, loyal, marchand, c'eſt à dire, Le bon pour les ouurages. Le mauuais eſt, premierement pourry. 2. Gelif, c'eſt à dire, qui a eſté gelé, car il ſe fend, s'entr'ouure en petits filets, & ſe creuaſſant eſparpilleroit l'enrichiſſement, & les ouurages. 3. Le bois piqué, c'eſt à dire, vermolu, & picoté des petites beſtioles naiſſantes. 4. Le bois eſchauffé, car il pourrit bien toſt : c'eſt quand les ais preſſez s'eſchauffent, ou que le bois eſt en lieu trop chaud, &c.

29. Marquetage : c'eſt ouurage fait de diuerſes pieces de bois de pluſieurs couleurs.

30. Le maillet de bois.

31. Taille douce, c'eſt à dire, platte & qui ne releue. Relief, qui releue à demy, & demeure l'autre moitié dans le fonds. En boſſe, ou plein relief, qui ſe iette entierement hors de l'œuure, & quitte le fonds, & a toute ſa rondeur en l'air. Taille d'eſpargne : c'eſt quand pour eſpargner le fonds, auec mil traicts, & lignes on hache dru & menu le fonds, laiſſant quelque petit point de iour entre-deux, pour feindre vne concauïté, ſans endommager le fonds.

32. Sauterelle, c'eſt à dire, vn compas de bois qui ſert à tout faire, & quarré, & aigu, & pointu ; c'eſt quaſi le maiſtre inſtrument des compagnons de boutique.

33. Polir l'ouurage & l'enrichiſſement, c'eſt le frotter auec la peau de Chien Marin, ou d'eſcorce de noye verde, ou luy donner luſtre auec vn filet de cire, eſtendu par deſſus au tour, donnant du pied ſur la marche, & branſlant la perche, & la chorde, tenant ſur le ſupport vn baſton plat au bout, qui diſpenſe la cire à fleur de peau, & donne eſclat à l'œuure. Le poliſſoir.

34. Le gré, ou affiloire ; ou l'on donne pointe aux outils, & le fil.

35. Piece à dégaucher le bois, & l'ongle qui empeſche que les tenons ne ioignent bien. Cela ſe dit deſongler, c'eſt à dire, couper l'extremité du bois, & l'ongle.

36. Riflard, c'eſt vne eſpece de Varlop ou Rabot, qui depeſche la beſongne en rond, & en peu de temps ; & quaſi rafle tout ce qu'il r'encontre.

37. Cizeau à lumiere, c'eſt le Pere des outils, car il

Ggg 3

leur fait leurs lumieres, c'eſt à dire, le trou où l'on enchaſſe le fer pour ouurer.

38. Le Banchiar, ou le ſoc, où l'on degroſſe la beſongne auec l'herminette : c'eſt le premier meſtier de
boutique & l'apprentiſſage du compagnon.

LA SCVLPTVRE,
IMAGERIE OV STATVAIRE.

CHAPITRE XIX.

1. Lle a deux parties ; le relief ou boſſe ; & le creux.

2. Il y a plein relief quand l'Image eſt arrondie de tout coſté, ſans tenir à rien.

3. Demy-boſſe, ou baſſe taille, bas relief, ſelon que l'image eſt releuée deſſus le fonds, & ſe iette plus, hors du plan.

4. Le creux, & graueures ſelon qu'elles ſont plus auant entaillées auſſi s'appellent-elles, ſelon les enfondrements.

5. Eſtoffe, & matiere eſt le metail, les pierres, le bois, la cire mixtionnée, &c.

6. Le modelle ſe fait d'argille, terre cuite, &c. pour deſſus y faire la vraye figure.

7. On peut deſſeigner, & portraire auec le charbon, le crayon noir ou de ſanguine, & la plume qui eſt le plus laborieux, & hardy de tous, parce qu'il faut hacher dru & menu le dedans des figures qui eſt enclos dans le profil, appellé πιρίγεια, par pluſieurs lignes s'entre-

coupantes à petits carreaux ou lozanges, en forme d'vne trelissure pour seruir d'ombrage selon le plus & le moins, laissant autant qu'il en faut pour seruir de iour.

8. De la sculpture on acquiert la ruze & dexterité de bien representer en platte-peinture, les raccourcisse-mens, renfondremens, & releuemens en vn plan.

9. La plus grande perfection, est faire paroistre ce qui est tout plat, comme s'il estoit de relief, & se ietter comme hors d'œuure. Comme la statuë d'Alexandre qui sembloit auoir la main, & la foudre hors du tableau fait par Apelles pour 120. mil escus.

10. R'habiller vne statuë, c'est y adiouster ce qu'il y faut, soit qu'il se soit rompu, ou, &c.

11. Il y faut grand ruze & pratique pour cognoistre le fil du marbre, & de quel biais on le doit prendre. Les autres estofes sont moins rebelles, & rebourses.

12. Imagier metallaire, & en fonte, c'est à dire, qui fait de bronze, &c.

13. Le garde-main c'est vn demy-gand de busle, afin que la masse ou marteau n'engendre vne calle de chair dure.

14. Les instruments sont la masse: 2. les pointes trem-pées, & acerées, mais elles doiuent estre mousses & ca-muses vers la pointe, car si elle s'alongeoit en vne lon-gueur deliée, elle ne soustiendroit le coup du marteau, mais esclatteroit.

15. En esbauchant il faut aller sagement en besongne, & en biaizant de costé & d'autre, sans donner tousiours en mesme endroit de droict fil, & à plomb, afin de ne meurtrir le marbre, ou le massacrer, car autrement les

taches

taches se demonstreroient au polissement, des coups
deschargez mal à propos.

16. Les cizeaux de plusieurs sortes; lesquels sont bret-
tez, les vns d'vne dent, les autres de deux, &c.

17. Rondelles.

Becq-d'asnes.

Martellines qui ont vne pointe d'vn costé, vne plane
de l'autre.

Bouchardes, qui sont en pointe de diamant.

Raspes demy-rondes.

Les couldées qui sont recourbées.

Les forests ou trappans en forme d'arbaleste, qui se
torne-virent auec vne courroye enueloppée du fust, &
vne maniere d'archet; les vibrequins ont le fer en forme
de dard, ou langue de serpent.

18. Les Compas, Esquierres, limes.

19. Guillochis, fueillages, festons de fruicts, parerques
bizarres, fantastiqueries d'ouurier, saillies, passages, h
diesses, caprices, fleurs, rosaces, muffles, volutes, &
mille sortes d'enrichissemens.

Le Bloc, c'est la masse de marbre, point, ou grossement esbauchée.

La premiere peau se descouure peu à peu, auec la
masse; la penultiéme peau auec le cizeau se va expla-
nant comme si on vouloit faire vne figure à demy-re-
lief: la derniere peau se fait auec raspes, trapans, forests,
&c.

On lustre & donne le poly auec du grez cassé menu,
& passé par vn sas, & empasté auec de l'eau; & ce auec
des broches ou bastons de saule aiguisez par le bout, en-

Hhh

tortillez d'vn linge blanc , ce qui addoucit & efface les coups des brettures. La pierre ponce addoucit auſſi. On luy donne auſſi le poliſſement auec de la Pottée , qui eſt faite de plomb & d'eſtain calcinez enſemble , & deſtrempée auec l'eau. L'Emery qui eſt noiraſtre, terniſt le marbre gentil.

Le Moyeu c'eſt le modelle ſur lequel on ierre la figure de metail , & puis par des trous on la rompt, & fait-on ſortir hors l'image ; c'eſt auſſi le moule.

Le Noyau , c'eſt la cire ou autre choſe dequoy on remplit le vuide des ſtatuës de plaſtre, & ſtucq.

Souſpirail, & eſuent de l'Image ſont les trous par leſquels on remplit ou vuide le creux ; & par où le metail entrant , prend l'air.

L'alliage, c'eſt meſlange du cuiure qui s'ollie & ſe meſle auec l'eſtain , car le cuiure ſe fond trop difficilement tout ſeul.

L'eſtoffe.

1. L E Porphyre , eſt vne pierre rouge , obſcure, mouchetée de taches blanches.

2. Le Serpentin a le champ verd tauellé de blanc, auec noirceurs y entremeſlées. C'eſt le plus opiniaſtre de tous, ſous les ferremens , qui n'y peuuent mordre ; & ne ſe peut aſſaillir bonnement ſans que les outils quaſi à chaſque coup ſoient reacerez , & trempez , & les pointes renouuellez. Il y en a du Cendré.

3. Le Marbre Numidien de couleur cannelée , tient quelque peu du griſaſtre obſcur. Le Marbre verd eſt gay & treſbeau.

4. La pierre de parangon, ou de touche, est aussi fort opiniastre.

5. Le Serpentin est le plus rebellé, & moins faiseux de tous, & se sie par le moyen de l'Esmery mis en poudre, & vne scie deliée, qui le mine & ronge peu à peu.

6. La Pierre Marmaride (enchassée au Poupitre de sainte Marie Majeur) est fort belle, grise, mouchetée de taches blanches & noires, est tres-dure.

7. Le Marbre grené, a des gros grains de Cassidoines, Esmerils, Agathes de diuerses couleurs dont il est parsemé.

8. La Carriere ou Quarciere est le lieu où l'on taille les Marbres: on dit aussi la Marbriere.

9. Le Marbre gentil : c'est le blanc sans taches, ny veines, fort dur.

10. Le Parien est dur competemment, & reçoit le polissement, & n'est si rebelle, il a aussi certain lustre qui approche de la charneure; ou n'y treuue iamais ny tache, ny defaut: car il n'a point de bans, ny d'estages comme nos pierres de par deçà. Estage s'appelle le fonds qui d'ordinaire n'est semblable à ce qui est en haut.

11. Bresche, est de diuerses couleurs elle sert à faire des huisseries, fenestrages, entablatures, cheminées, &c.

12. Le Marbre meslé (Mischio) tout de mesme. On n'en fait gueres des statuës.

13. On ne se sert guiere de l'Allebastre à cause de sa mollesse, & tendreur.

14. C'est vn coup de Maistre de sçauoir descharger les premiers coups ric à ric de sa marque, comme Michel-Ange qui sembloit estre en furie.

Hhh 2

15. Marbre diapré & marqueté fait en Pyramide qui va touſiours en appointant.

16. On ſcie le Marbre auec du ſablon d'Æthiopie, ou des Indes, & auec le meſme on polit, & brunit les fueilles de Marbre pour en reueſtir les murailles. On fait vne trace au Marbre qui ſe remplit de ſablon, qui ſe preſſe en bas auec vne ſcie. Le ſablon ordinaire fait la ſcieure groſſe & cauerneuſe, il faut par apres liſſer, & polir les platines, ou placques, & fueilles de Marbre auec la poudre de Tuf (*Porus*) ou de Pierre Ponce (*Pumex.*)

17. Les Poliſſoirs de Marbre ſe font auec des queux (*cotes, & lapideſ quibus acuuntur gladij.*)

18. Le Marbre dit d'Auguſte eſt fait à ondes qui ſe madrent, & s'enueloppent à mode d'vn tourbillon de vent. Le Marbre dit Tyberius a ſes veines eſparpillées à mode de flocs de cheueux blancs. Celuy de Thebaique eſt diapré de gouttes d'or ; d'autres ſont marquetez de rouge, ou tirent ſur couleur de lacque. Celuy de Natolie eſt comme yuoire.

La façon de loüer les ſtatuës.

1. LEs hommes rauis deuiennent comme pierres, & les pierres rauies par la force de l'Art ſemblent deuenir animées, & ſortir hors de ſoy.

2. Le Bronze quoy qu'inſenſible de nature, a appris d'eſtre obeïſſant à la hardieſſe de l'Art, & du cizeau. *Caliſtrate au 2. Cupidon de Praxiteles.*

3. La pierre ſembloit ſe hazarder de faire à bon eſcient,

& de s'accommoder au dessein de l'ouurier. *Calistrate au Satyre* 114.

4. L'ame des Poëtes, & les mains des Ouuriers sont rauies d'enthousiasme pour representer les choses diuines; aussi ceste pierre s'est metamorphosée en la bacchante qu'elle deuoit representer, & s'est ramollie à vne semblance de femme. *Callistrate en la bacchante* 125.

5. La pierre sembloit estre atteinte de cest accident (c'est à dire, d'yuresse, car il parle d'vn Indien yure) ainsi que si elle se fust deuë esbranler, pour monstrer le vacillement que cause l'yuresse. *Callistrate en l'Indien, p.* 136.6.

6. L'ouurier n'a point voulu que le metal demeurast metal, ains que tout ce qui en estoit deuint Amour. De fait vous voyez bien comme le Bronze se facilite à vne certaine delicatesse, & insensiblement se mignarde, & rend souple à vne pottellée charneure, & vn rebondy en bon-point farfelu, accomply de tout ce qu'il y faut, se contentant de son estoffe. *Callistrate au Cupidon de Praxiteles* 139.

7. Vous voyez bien que le Bronze obeït aux affections de celuy qu'il represente, & rit fort naïfuement; la couleur obtempere aux sentimens, & touchant le poil il semble qu'il se dresse, & vous chatoüille la main. *Ibid.* 140.

8. Le Metal s'est entierement ietté hors de sa propre nature, & s'est transporté à vne veritable representation. Car ce que la Nature ne luy a donné, l'Art luy a acquis. *Au* 2. *Cupidon de Praxit. Callistrate, p.* 157.

9. Ce pauure Marbre a esté rauy en ecstase, le voila hors de soy, car vous voyez qu'il halete, & qu'il vit où

Hhh 3

il estoit cy deuant sans mouuement. Il est poussé d'vn diuin enthousiasme, & possedé d'vn esprit diuin qui luy donne vie.

10. Le Marbre, estant Marbre ne laissoit pas de rougir, & se laschoit delicatement, à tout ce que l'Art y vouloit figurer, &c. l'Art y combattoit auec la Nature; ieune adolescent fleurissant d'vne gaye ieunesse, le poil follet de sa prime-barbe qui luy cottonnoit le menton abandonné au vent pour le frizer à son plaisir; le reste de sa perruque à l'abandon, &c. *Callistrate, en l'Occasion,* p. 261.

11. Ce Bacchus quoy que d'estoffe morte, & rebelle de soy, maniez-le il fretille sous le tourfement, & ramolly par l'Art en vne charneure douillette & souple semble se desrober sous le sentiment de la main. *Calist. en Bacchus,* p. 165. 6.

12. Il faut aduoüer que parfois la diuinité se fourre dedans les corps humains sans s'y contaminer de ses affections. Car icy l'Art n'a pas contrefait les affections, ains ayant fait vn Dieu-image, l'a entierement fait passer en elle. *Callistrate en Esculape* 169. 6.

13. La matiere icy ne cede point à l'Art qu'elle mesprise, ains cognoissant que c'estoit vn Dieu qu'elle deuoit representer, elle s'y est de soy metamorphosée. Voyez-vous pas les cheueux parsemez de graces se coulant le long des espaules, s'espandre à la liberté, partie sur le visage, s'escarmouchans d'vne gayeté fort gentille autour des sourcils, se viennent comme anneller au droict des yeux, & s'y amoncellent de gros flocs de cheueux frisez. *Ibid.*

14. Voyez ces Daulphins comme ils follaftrent là à leur plaifir fendans les flots & la fculpture. Et le vent eft fi vehement que le Stucq en eft agité. *Calliftrate en Medee.* 186. 6.

15. Si fait-il beau voir ce metal qui prend plaifir de frizer le menton d'vn petit crefpe d'or à ce petit Dieu, &c.

16. Ne vous trompez pas, ce que vous voyez n'eft pas bronze, c'eft le mefme Iupiter en propre perfonne, qui a mis en fa place au Ciel le bronze, & Icy s'eft conftitué en la place du bronze ; car autrement ne fe peut faire ayant les cheueux voletants en l'air, la foudre qui branfle, les yeux efclatants, &c.

17. Cette Deeffe tafche de fe monftrer belle à tous, & a l'œil brillant ; & toufiours au guet ; elle eft de la facture de l'Imageur Praxiteles qui iamais ne befongna mieux, ny tailla Marbre plus heureufement ; & femble que de quelque cofté qu'on la fçache choifir elle s'effaye de fe monftrer excellemment belle.

18. C'eft bien icy vn de ces Marbres qui ne faudroit de bondir, & trépigner fi Orphée lafchoit vn feul fredon fur fa Harpe ; Car de foy vous voyez quafi qu'il fautelle, fans attendre ny Orphée, ny fes fredons.

AMY LECTEVR.

L esthet mille fois qu'il faut parler des armes des familles, & on ne sçait par quel bout commencer. Aux oraisons funebres des grands, aux loüanges des grandes familles, aux Receptions des Admiraux & Officiers de la Coronne, & en mille autres occasions, il est du tout necessaire de parler des armes, mais la faute est d'autant plus lourde qu'elle est faite à la vollée deuant vne si belle compagnie. Ie vous veux aider à ne faillir point ou peu quand il vous faudra parler de cette matiere.

POVR

POVR BLASONNER LES
ARMOIRIES DES ROYS, PRINCES,
PAYS, &c.

CHAPITRE XX.

Que Armoirie est composée de deux metaux Or, & Argent; & de 5. couleurs qu'on nomme Gueulles, Rouge, Cinabre ou Vermillon, Azur, Sable, c'est à dire, Noir, Synople ou Synope, c'est à dire, vert; Pourpre, c'est à dire, meslé d'Azur & rouge: de façon que sont 7. metaux, ou couleurs.

Il y a deux sortes de Pelines, c'est à dire, fourrures d'Hermines, & de Vair, ou Vairé: l'Hermine est d'Argent & de Sable: le Vair d'Argent & d'Azur. En parlant c'est à dire, le tel Seigneur porte d'Hermines ou de Vair, &c. Gueulle ou autre.

Hermines.

Vair, fourrure chargée de poil blanc & bleu, ancienne fourrure des Roys de France.

Iij

Les points ou places principales de l'Escu sont neuf.

A. B. C. Le premier, 2. & 3. point du chef de l'Escu.

D. ....

E. Point ...., ou ....., au milieu de l'Escu.

F. Le point ou place, dite le nombril, au bas de la fesse.

G. Point de la dextre de la pointe,

H. La senestre.

I. Point, & bas de la pointe.

Neuf choses sont aux Armoiries. Croix, chef, pal, bande, face ou fesse, chevron, sautoir ou flautoir, gyron ou gyron.

On blasonne en ceste maniere, le tel Seigneur porte d'or, à une bande d'Azur, de cinq ou six pieces, c'est à dire, le fonds de l'Escu est d'or : l'Armoirie est une bande avec cinq pieces.

D'argent à une Croix de gueulles.　｜　De gueulles à un chef d'or.　｜　D'argent à un pal d'Azur.

De pourpre , à
vnebande d'ar-
gent.

D'or à vne face de sable, tel contre.

De Synople à vn cheuron d'argent.

De pourpre à vn
sautoir.

D'or à vn gyron
d'azur.

Palé comme palé
d'argent, de Sy-
nople.

De gueulle au car-tier d'hermines.	D'argent à vn orle de Synople.	Flanqué d'argent torteaux de fa-ble.

Quand dans ces 9. pieces on met quelque chofe de-dans, on dit Armoiries honorables, ordinaires, chargées de, &c.

 D'or à vne Croix de Pourpre char-gée de 5. Leopards d'argent, armez de gueulles.

Ainfi de bande, de pal, &c. fi on y peint quelque fi-gure, on dit de pal chargé de, &c. d'argent.

On dit Armes, Armoiries, Efcuffon, parce que les Anciens Cheualiers leuoient des deuifes de leur vie, ou cheualeries, & pour eftre recognus en guerre les fai-foient grauer fur leurs Efcus, Boucliers, & Armes; de là on a pris le nom.

Si les figures font non dans les chefs, croix, bandes ou, &c. on dit, Cantonée de fleurs de Lys.

La Cotice eſt la petite bande qui ſe met aux Armoiries des Donnez, ou puiſnez, &c.

Armoirie de Nauarre.

D'azur à vne Eſcarbou-
cle accollée d'argent,
pommettée de gueul-
les.

Ou de gueulles, aux rais d'Eſcarboucle, pommetté d'or,
flouré à la bordure de fleurs
de Lys au pied nourry (c'eſt
à dire, qui a le pied caché.)

Il y a plus de 40. ſortes de Croix és Armoiries. Pattée,
potencée, croiſée, florencée, coupée ou racourſie,
fleuronnée, frettée, compoſée ou componée, de ma-
cles, de vair contre vair, eſchiquetée, engrellée, en-
dentée, pattée & fichée, de beſans, de 4. Hermines,
carronnée, vndée, lozangée, de vair appointé.

On dit l'Escu entier, party ou my-party, escartelé,

tiercé : & quand on veut blasonner les armes tousiours on commence du cartier dextre, en haut où l'on met tousiours les principales armes.

Quelquefois il y a des armes qui sont entrées en chef, ou en pointe ; c'est à dire, qui ont quelque petites armes par dessus les autres.

On dit aussi vn hidre, par exemple, enrichie, ornée, ombrée de Synople, armée de gueulles, ou membrée de gueulles, c'est à dire, faite de rouge quand à la teste, & pieds.

 Comte de Tolouse.

De gueulles, à vne Croix patée en pointes, & douze besans aux pointes d'icelles d'or, chargées d'vne autre Croix de gueulles : ou bien vne Croix vuidée, clef-chée, ou terminée, & pommettée d'or.

Celuy de France est d'azur à trois fleurs de Lys d'or. Celuy du Daulphin se blasonne en ces termes. Escarte-lé, le premier & dernier d'azur à trois fleurs de Lys d'or, les deux autres d'or à vn Daulphin d'azur. Celuy de la Reine & de Florence se dit ainsi:

D'or à cinq torteaux de gueulles, & vn d'azur chargé de trois fleurs de Lys d'or.

Heraut & Roy des Armes ou Armoiries, & poursuiuant c'est tout vn. Il se dit ainsi, car il peut porter la cotte d'arme de son Prince, & c'est luy qui porte les accords de paix, qui denonce les armes, & pretensions de son Prince. *Olim fecialis.*

Briseure est marque des puisnez ou moindre, car l'aisné porte les plaines Armoiries, les autres portent les mesmes, mais brisées de bordure, ou lambel, ou cotice.

Les pieces des Armoiries.

1. LA Cottice brochant le tout, c'est comme vn baston qui tranche à trauers.

2. Vne bande ou barre qui trauerse du haut à bas si elle est chargée de quelque chose on dit chargée de, &c. S'il n'y en a qu'vne, on dit brisée d'vne coquille, &c. on dit aussi brisé de 4. &c.

3. La fasce est une bande à travers, elle est chargée, brisée, ou eschiquée &c.

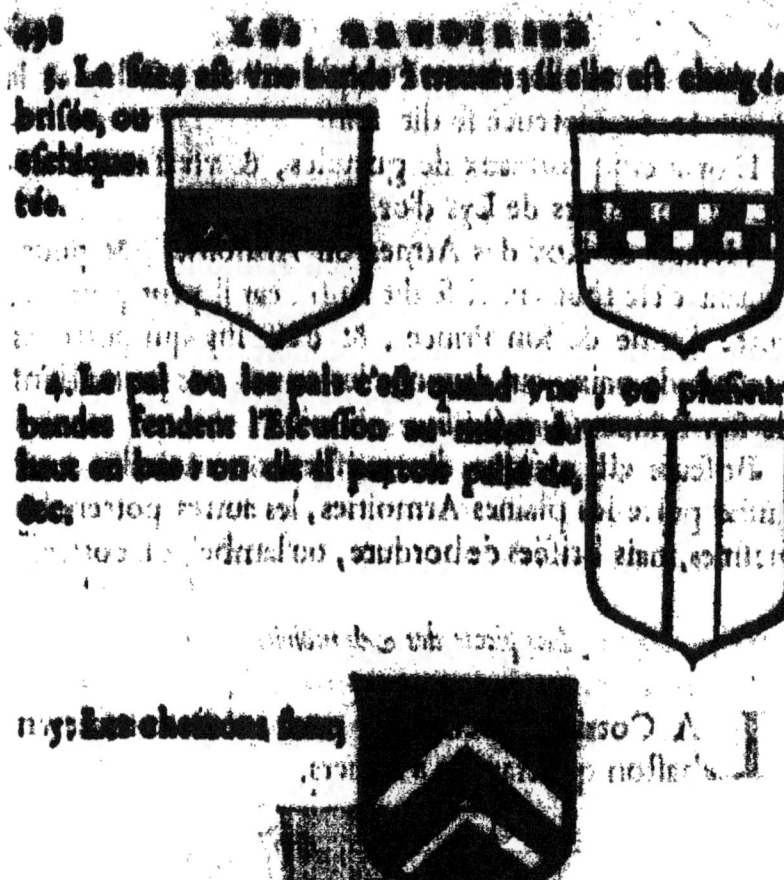

4. Le pal ou les pals c'est quand il y a vn ou plusieurs bandes fendent l'Escusson au milieu du haut en bas, on dit d'icelle qu'il paroit palé &c.

6. Le sautoir, ou sautoir c'est la Croix S. André.

7. Le chef c'est vne bande au haut

8. Fretté

8. Bande [...] en [...] [...]
à la corce de [...] [...] [...]
[...] couronne de France [...] [...]

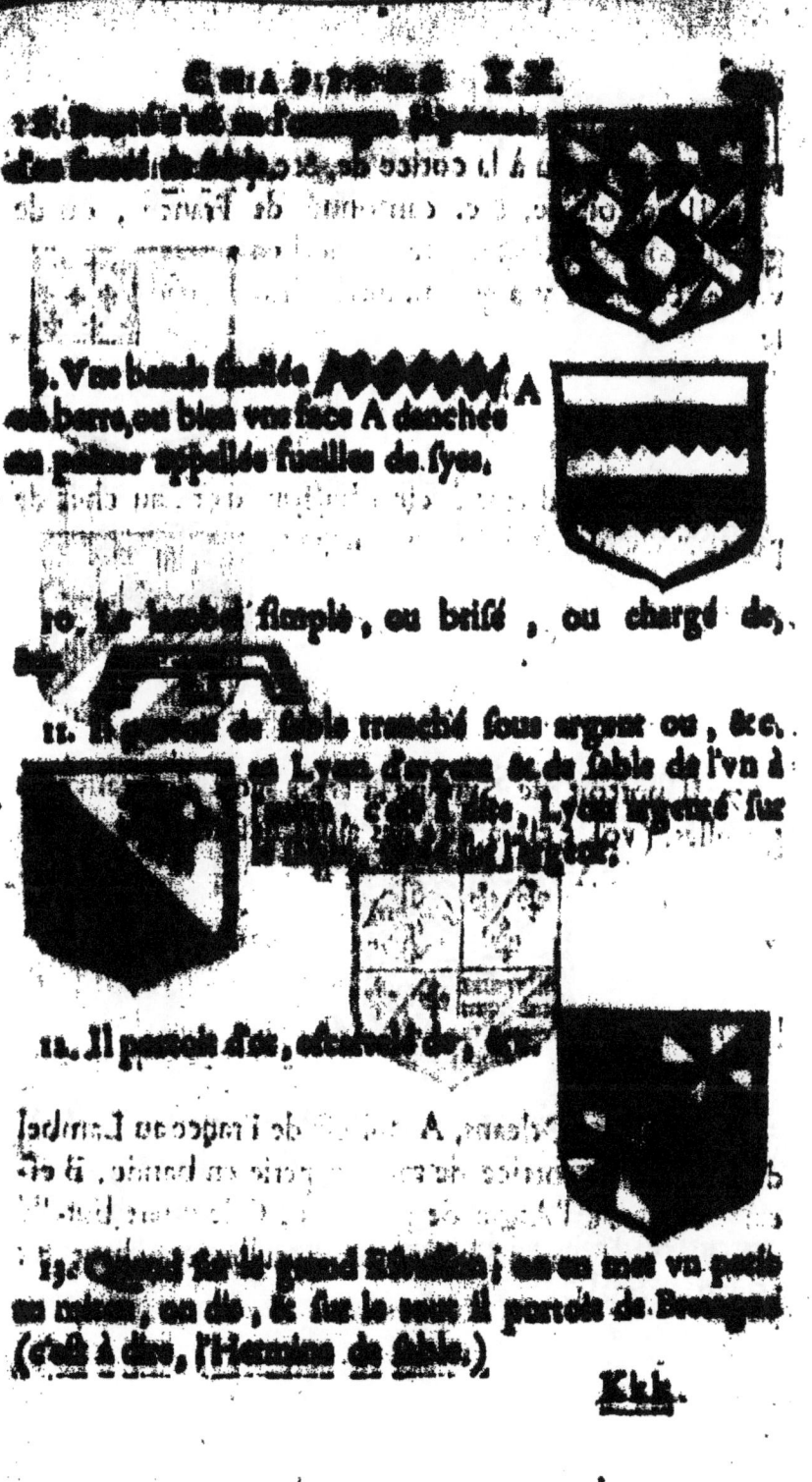

9. Vne bande denlée [...] A
en barre, ou bien vne face A danchée
en palicer appellée fueilles de fyes.

10. [...] simple, ou brifé, ou chargé de,
[...]

11. [...] de fable tranché fous argent ou, &c.
[...] Lyon d'argent de de fable de l'vn à
[...] c'est à dire, Lyon arreté fur
[...]

12. Il paroit d'or, attaché de, [...]

[...]lent, A [...] de l'eçu [...] Lambel
[...] porte en bande, il est
[...]

13. Quand [...] grand Siboilins; [...] mot vn parté
en [...], on dit, & fin le vuu il portoit de Bretagne
(c'est à dire, l'Hermine de fable.)

14. On dit Il portoit de, &c. au baſton de gueulles pery en bande, ou à la cotice de, &c. périe en bande.

15. Il portoit de, &c. cantonné de France, ou de gueulles ou, &c. c'eſt à dire, quand en vn des coings il y a quelqu'autre cho- ſe.

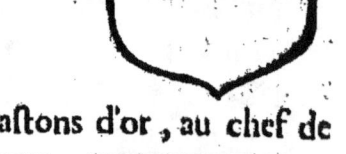

16. Il portoit d'azur à cinq baſtons d'or, au chef de pourpre chargé de billettes d'argent.

17. Il portoit de Synope à trois vols d'or reliez de gueulles, (vol, c'eſt à dire des aiſles deſployées.)

18. Portoit d'Orleans, A qui eſt de France au Lambel d'argent, à la cottice de meſme perie en bande, B eſ-cartelé d'or, à l'Aigle de gueulles, C le quart burellé d'argent & d'azur au baſton de gueulles brochant ſur le quartier final.

Les bordures.

1. IL portoit d'or, &c. à bordure A besantée, B engreslée de sable, ou dentelée, cantonnée & componnée d'argent & de gueulle, (c'est à dire, composée tout autour) eschiquetée à C trois traits, ou quatre.

2. Bordure semée de France (c'est à dire, de fleurs de Lys) d'Hermines, ou de Bretagne, &c.

3. Bordure contrefacée de mesmes que les bandes, c'est à dire, où les bandes sont d'or, la bordure est d'argent, &c.

4. Il portoit, &c. à bordure de gueulle, ou de synope, ou vairée, ou componnée, ou flourée de fleurs de Lys.

5. S'il y a deſſus quelque choſe, on dit ainſi. Noſtre Dame de Paris porte tout ſemé de France, chargées d'vne croſſe d'or. Item chargées de Mitre, de Croſſe, ou de Timbre de, &c.

6. Quand les pieces ſont dans, & tout autour de l'Eſcuſſon on dit à l'Orle. Comme il portoit d'or de huict Marlettes de gueulles à l'Orle.

Les pieces qui meublent.

1. VN Lyon naiſſant (c'eſt à dire, qui ſemble ſortir dehors, & n'eſt qu'à demy) paſſant, rampant; Leopardé (c'eſt à dire qui monſtre toute la teſte, quoy qu'il ſemble paſſer ou ramper) à la queuë noüée, & paſſée en ſauteur.

2. Vn Cerf ſommé d'or (c'eſt à dire, *cornua habens*) onglé, lampaſſé (c'eſt à dire ayant la langue dehors dorée ou, &c.) chargé ou briſé en l'eſpaule de, &c. Vn bœuf accorné d'or, onglé, accollé (c'eſt à dire, ayant vn collier) clariné, c'eſt à dire, ayant la queuë de, &c.

3. L'Aigle membré (c'eſt à dire, les iambes) becqué, couronné, eſployé, c'eſt à dire, (aiſles eſployées) timbré d'or (c'eſt à dire, ayant vne couronne, &c.) facé d'or, c'eſt à dire, eſtant couuert de deux ou trois faces d'or au col, à trauers, au bas.

4. Il portoit d'or au ſauteur engreſlé (c'eſt à dire, vne Croix S. André dentelée, ou en pointes) enuironné de quatre beſans de ſable : au chef d'or chargé d'vn cheuron verſé.

1. FRance porte d'azur à trois fleurs de Lys d'or.

2. Berry porte d'azur semé de France.

3. Orleans porte de France au lambel d'argent escartellé de Milan d'argent, à la guyure, c'est à dire, serpent d'azur, l'yssant de gueulles, c'est à dire, l'homme qui sort de sa gueulle est tout rouge.

4. Mont-morancy porte d'or à la Croix de gueulles, accompagnée de seize alelyons (c'est à dire, aiglettes) d'azur.

5. Foix porte d'or à trois pals de gueulles, escartellé d'or, à deux vaches passans de gueulles accolées, clarinées, & accornées d'azur.

6. Angleterre porte de gueulles à trois Leopards d'or. Normandie deux; Guyenne vn.

7. Champaigne porte d'azur à la bande d'argent à deux doubles cottices potencées, & contre-potencées d'or de 13. pieces; pour 13. Contez despendans de Champaigne.

8. Bretagne porte d'argent semé d'Hermines de sable.

9. Portugal porte d'argent à 5. Escussons d'azur petiz (c'est à dire, rengez) en croix, chargez chacun de six besaus d'argent : denotans 5. victoires des Roys contre les Mores, & les 30. deniers dont les Iuifs vendirent nostre Seigneur.

10. Le Daulphiné porte d'or, au Dauphin d'azur.

11. L'Empereur porte d'or à l'Aigle de sable esployé, armé, & lampessé de gueulles, tymbré d'or. Ancienne-

Kkk 3

ment Bourgogne portoit d'or au Lyon de gueulles.

12. Bourgogne porte bandé d'or & d'azur, à la bordure de gueulles, au quanton d'hermines.

13. Lorraine anciennement portoit d'argent au cerf de gueulles, sommé d'or sans nombre, c'est à dire, sans que le nombre des cornes fut determiné pour le cerf.

On dit il portoit facé, fretté, pallé, vairé d'or ou de, &c. lozengie de, &c. c'est à dire, en forme de lozenges.

14. Il portoit de Bourbon, c'est à dire, d'azur, à 3. fleurs de Lys d'or brochées d'vne Cottice de gueulles.

15. Flandre, d'or au Lyon de sable, rampant, armé, & lampassé de gueulles.

16. Castille, de gueulles, à 5. chasteaux d'or en sauteur.

17. Hierusalem, d'argent à vne grande Croix potencée d'or, accompagnée de 4. petites.

18. Arragon, facé d'argent & de gueulles.

19. Charles d'Anjou portoit de Hongrie qui est facé d'argent & de gueulles à huict pieces; party de Sicile qui est semé de France, au lambel de gueulles; tiercé de Hierusalem qui est, &c. soustenu d'Anjou qui est semé de France à la bordure de gueulles; & de Barrois, qui est d'azur, à deux bars (sont poissons) addorsez d'or, semé de croix

recroissettées au pied fiché, d'or ; sur le tout d'Arragon.

20. Auuergne portoit anciennement d'or au Gryphon de gueulles armé, couronné, onglé, lampassé de synope (c'est à dire, verd.)

Ils ont aussi porté d'or au Dauphin pasmé d'azur. Là où le Dauphiné porte d'or au Dauphin vif d'azur.

21. Anjou porte tout semé de France à la bordeure de gueulles.

22. Escosse porte d'or au Lyon de gueulles, rampant, enuironné d'vn quarré de gueulles, flouré de fleurs de Lys de mesme.

23. Berry porte de France, à bordure de gueulles engreslée.

24. Alençon porte de France, à la bordeure de gueulles besantée d'argent à huict besans. 3. 2. 2. 1.

25. Bauiere porte d'argent, lozengié d'azur.

26. Niuernois porte de France, à la bordure componee, & cantonée d'argent & de gueulles.

27. Lorraine porte facé de gueulles & d'argent (d'Arragon) de Sicile (c'est à dire, semé de France auec le lambel de gueulles, tiercé de Hierusalem, quarté de pals d'or & de gueulles) soustenu d'Anjou (c'est à dire, tout semé de France, bordé de gueulles, & de Barrois qui est d'azur à deux bars, &c. vt supra. Sur le tout de Lorraine qui est d'or à vne bande de gueulles chargée de 3. Aigles d'argent qui s'enuolent) ou 3. Colombes.

28. Le Conté de Bourgogne porte d'azur au Lyon couronné d'or, rampant, tout enuironné de billettes d'argent.

29. Sauoye porte de gueulles, & sur les gueulles vne Croix d'argent, ou bien d'or, à l'Aigle Imperiale de sable, bequé, lampassé, & armé de gueulles; brisé au mitan d'or facé de sable, à vne bande de synope.

30. Mont-pensier, porte de France, à la cottice de gueulles, brisée au haut bout d'vn croissant d'argent, montant.

31. Vendosme, d'azur à 6. fleurs de Lys d'or. 3. 2. 1.

33. France sous Pharamond iusques à Clouis porta de gueulles, à 3. Couronnes d'or. 2. 1.

AV LECTEVR DES
ENRICHISSEMENS.

À Vray dire, Lecteur mon amy, les amis sont bien souuent importuns, & les plus grands amis, sont quelquefois les plus grands traistres de nostre reputation.

Eußiez vous creu en bonne foy qu'ils me voulußent forcer de vous donner vn petit essay des enrichissemens d'Eloquence Françoise, pour faire le bec aux ieunes Orateurs, & leur apprendre le moyen d'esmailler leur discours, & le rendre fleurissant? ils m'alleguent que l'artifice de tous les artifices c'est celuy de bien dire, ce que ie leur aduoüe tout rondement. Mais aussi ie leur allegue mon incapacité, & qu'il y a d'ailleurs mille Rhetoriques pleines de ces belles lumieres, d'où ils peuuent tirer ces beautez. Or les gens qui sont opiniastres, & ausquels l'amour a desrobé partie du iugement, ne sont iamais contens si vous ne leur accordez toutes leurs requestes, qu'ils estiment estre tousiours ciuiles ayant esté dictées par l'amour. Que ferions nous là puisque vous ne faites rien qui vaille, si vous ne faites ce qu'ils commandent en demandant? De vray, c'est vn grand thresor que sçauoir bien enrichir vn discours, & le releuer par des façons de dire hautes, hardies, viues, courageuses, & toutes pleines d'esprit, & d'vn certain enthousiasme. Vne chose dite par vne personne froide, sera platte, basse, & morne tout ce qui se peut, & toute propre à endormir ses auditeurs; la mesme, animée par vn esprit vif & iudicieux, & qui ait la verue de Ciceron, les

LII

foudres de Demosthene, & l'esmail d'Isocrate, semblera vn miracle. Tant il est vray que la façon donne plus d'esclat que l'estoffe. Mais ie vous diray auec rondeur que ie ne me sens pas assez fort, pour vous façonner ceste piece d'eloquence qui à vray dire est le cœur & l'ame de l'eloquence : aussi n'est-ce qu'vn essay pour les apprentifs, & non pas vn present pour les habiles hommes comme vous, & pour les beaux diseurs. Tous ces essays n'estant qu'en leur bouton, meuriront peu à peu, & s'espanoüissant croistront à vne parfaite beauté. Cependant donnez cela à mes amis, aussi bien que moy, & laissez viure cét auorton le mieux qu'il pourra. S'il vous peut seruir, ie vous l'offre de bon cœur, si vous n'en auez affaire, ie ne l'ay pas fait pour vous, ny n'ay pas iuré de ne rien faire que pour vous seul, afin que vous ne vous y amusiez pas. Tant y a tel qu'il est ie le consacre au public, & le donne à ceux qui s'en voudront seruir, à qui ie souhaitte toute sorte de bon-heur, & Paradis au bout. Voila Lecteur ces deux mots que i'auois à vous dire.

ESSAY DES ENRICHISSE-
MENS DE L'ELOQVENCE.

CHAPITRE XXI.

Profopopée.

1. Es enrichiſſemens, & les dorures de nos diſcours ce ſont les figures les plus releuées, & les plus eſclattantes. La premiere, & l'vne des plus nobles c'eſt la Proſopopée ; Pour la faire il faut feindre des perſonnes, & faut faire parler ce qui ne peut parler. Que fay-ie helas ! ne vaut-il pas mieux ouyr les ſoupirs de la pauure France, & la douce voix maternelle de noſtre patrie, qui diroit ſans doute, ſi elle vouloit dire. Ah mes enfans, & mes cheres entrailles, las & que faites vous ! quels ſont vos conſeils, & contre qui armez-vous vos courages ? quoy voulez-vous foüiller au cœur de voſtre pauure mere, & la foüiller du ſang de ſes propres enfans. Barbare, ah la barbare cruauté ! &c.

2. Donner la parole aux morts. Ouurez moy ces tombeaux, briſez moy ces lames de cuiure, qu'on reſuſcite le mauuais riche, qu'il monte en chaire, qu'il preſche tout paré de flammes comme il eſt, que peut-il dire autre choſe ſinon ces triſtes complaintes. Malheureux que ie ſuis, falloit-il pour vn peu d'eſcarlatte, &c.

LIl 2

3. O que i'aime Platon qui donne voix & harmonie au Ciel, & Dauid qui dit que toutes les creatures ont vn langage muet que Dieu seul entend : ouurez nous Seigneur l'oreille & l'ame, çà que le monde parle, & que peut-il dire sinon vser de reproche, possible en ces termes. Homme ingrat penses-tu que la terre te porte pour tes beaux yeux, que l'air prenne plaisir de s'empester en tes poumons, &c.

4. Le Sauueur dit vn iour que si les hommes ne le loüoient les pierres prendroient la parole. Si iamais il fut temps, c'est maintenant, Rochers qu'attendez-vous, cailloux & marbres que ne vous emparlez vous, & que ne dites vous. Ciel & terre que n'escrasez-vous ces hommes ingrats, faudra-il que les pierres vous importunent, & vous presentent requestes afin de chastier, &c. quoy & qui peut plus supporter ces infames, ces, &c.

5. On peut faire parler les diables, ou les damnez, comme vn Pere se plaignant de l'ingratitude de son fils. Cruel, ah barbare & desloyal fils (escoutez ce damné qui presche) est-çe la recompense de mes trauaux miserable : quoy ? qu'il me soit reproché à iamais que ie me sois damné pour vn fils ingrat ? qui ne dourroit pas pour moy, ce qu'il donne à ses chiens, &c. Item faire parler Dieu, l'Ange Gardien, les Sainûs, & sur tout grande force a de faire parler les Payens, vn Socrates, Seneque, &c. damnez qui accusent les Chrestiens. Faire parler la vertu, le vice : les Martyrs : les ieunes Vierges, &c.

Propofer le fait deuant les yeux par vne hypotipofe.

1. NE vous femble-il pas de voir, au moins à voir vos vifages blefmes & effrayez, il femble que vous foyez enueloppez dans ce naufrage. La mer bondiffoit effroyablement, les montagnes efcumantes de rage fe choquoient & froiffoient, tout l'air eftoit allumé, & fendu d'efclairs, &c.

2. Il faut que ie vous face voir ce monftre d'homme. La tefte pleine de vin, les yeux roüans en tefte, & rouges de fang, la bouche baueufe, la parole chancellante, tout le corps tremblant, vne perfonne armée de fureur, la poitrine allumée de rage, &c. Ainfi d'vn cholere, enuieux, & autre vices.

3. Au contraire, faut reprefenter le bien comme la Virginité, vn martyre S. Agnes. Ie ne fçay fi ie me trompe, ou fi mon efprit me porte à contempler ce miracle. Vne ieune Angelette, rayonnante de virginité plus que de feu, au milieu des flammes comme dans vn nouueau Empirée, les yeux colez au Ciel, la face doucement riante, la bouche pleine de faints foupirs, &c.

4. Reprefenter vne bataille, vn banquet, vn Paradis, vn Temple ; vn Printemps, vn homme qui meurt. Voyez ce pauure cadaure, ces yeux enfepuelis deuant que d'eftre morts, le vifage de cire, les ioües coufuës fur la peau, les temples creufes, l'haleine puante, l'ame fur le bord des léures, ces regards efgarez, &c.

5. Reprefenter quelque chofe auec douceur & compaflion, vne perfonne repentie, la larme à l'œil, plom-

bant ſa poittrine, & la martyriſant de coups, &c. helas
& quoy n'y a-il point de pitié ? les foreſts, & les rochers ſont touchez de quelque compaſſion à vn ſi cru
ſpectacle, &c. Au contraire pour exciter à deſdain.
Voyez là ce volleur hardy, iettant feu-flamme par les
yeux, eſcumant de rage, &c.

Suſpenſion des eſprits.

1. L As ! i'ay honte de le dire : quoy & que attendez
vous là deſſus que vous puiſſe dire vne perſonne
pour bien emparlée qu'elle puiſſe eſtre ? que ç'a eſté vn
ſimple vol, ou vn larrecin ? poſſible vn meurtre fait à la
chaude ? les plus rudes diront volontiers que parmy les
boüillons de la rage, & à la grande enflure & inflammation de ſa cholere quelque aſſaſſinat, quelque parricide, quelque eſtrange ſacrilege ? Ah, N. vous direz
tout ce qui ſe peut dire, & ne le direz pas pourtant. Le
fait ſurpaſſe toutes nos paroles, que direz vous ſi ie dis
qu'on a donné iuſques dans le Ciel, qu'on a attaqué
Dieu meſme ? i'ay horreur, & le cœur me tremble ſeulement en le voulant repaſſer par ma bouche, &c.

2. Au rebours, d'vne grand choſe en faire vn rien.
Saints & Saintes de Paradis que la calomnie a grand
bouche, & le front extrémement petit ! apres tant d'artifice de paroles, & ces gros mots dont il a voulu eſtonner vos patiences, finallement qu'eſt-ce, vne montagne
qui eſt en couche, & apres ſi grand enflure, elle enfan-
tera vn meſchant rat. Car que croyez-vous que c'eſt ?
vn, &c. iamais il n'y penſa : vne rebellion ? las il mour-

roit pluſtoſt cent mille fois : que ſera donc, &c. vn petit mot laſché , &c.

3. En doutant , & balançant ſon eſprit. Pour moy, Meſſieurs, ie ne ſçay où tourner mon pauure eſprit, car que diray-ie que , &c. Oſerois-ie nier que , &c. mais comme s'accorde cecy auec ceſt autre paſſage de , &c. ains comme s'accorde-il auec ſoy-meſme? &c. faudra-il eſtre deuin, & reſuſciter les Sybilles ou les Prophetes pour nous ouurir l'eſprit , &c.

4. En demandant aduis à l'auditeur, ou à ennemy. Or çà ie vous en fais iuge vous-meſme, tant me confie-ie en la iuſtice de ma cauſe : qu'euſſiez-vous fait là deſſus? oyant tel crimes , & de ſi prodigieux excez, quel arreſt, quel ſupplice, &c. qu'euſſiez-vous dit? qu'il falloit faire miſericorde, il ne la veut pas demander ; qu'il s'amende-ra ; il dit haut & clair qu'il fera encor pis, que, &c.

Les Interrogations pleines d'energie.

1. L As ! & à qui parle-ie , & ſur qui eſt-ce que ie deſ-charge mes ſoupirs ? Ciel & terre & où en ſom-mes nous ? quoy Ciel que vous ne laiſſiez pas de rouler ſur ces teſtes excommuniées ? vous terre vous ne vous ouurez pas , &c.

2. Addreſſer aux treſpaſſez, ou damnez ſa parole. Ou-urez-moy ces tombeaux que i'arraiſonne ces cendres, & ſes os deſcharnez. Où ſont maintenant ces delices ? où ces robbes brochées d'or, greſſées de pierreries, hermi-nées de martres , eſclattantes de richeſſes ? où ces eſpe-rances, ces deſſeins, &c. Où ſont ces ſeruiteurs, ces pi-

peurs qui promettoient les eternitez? ou, &c.

3. Pour efmouuoir à pitié. Las, helas Seigneur, & contre qui roidiffez-vous vos bras tout-puiffans ? allumez-vous vos foudres pour fi peu de chofe? quoy voudriez-vous bien armer tout le Ciel, & couurir de fer & de feu toute la nature pour combattre vne fi chetiue creaturette, & l'abbattre à vos pieds! Hé que i'y porte ma telle moy-mefme. Voudriez-vous bien refufer la mifericorde, &c.

4. Par defpit, & en menaçant. Iufques à quand miferable, iufques à quand abuferez-vous de la patience de Dieu, & mefuferez-vous de fa toute bonté ? iufques à quand irriterez-vous le Ciel contre l'outrecuidance de vos fottes, & folles entreprifes ? ne croyez-vous pas que Dieu lit en voftre cœur? qu'il a efuenté vos fecrettes vilenies, & percé iufques au fond de, &c.

5. En defefperé. Viure ? & à quoy faire viure fi ie meurs cent fois l'heure ? mourir? & pourquoy non, fi la vie eft plus barbare, meurtriere que la mort ? viure? ouy dea pour gens failliz de cœur, & qui nagent dans les delices, mais moy qui fuis toufiours en agonie viure pour mourir toufiours ? Mourir, ah la feule penfée me confole, & quoy ie ne me ietterois entre les bras de la mort, pour fortir du fein felon de la vie, qui me martyrife, & bourelle fans ceffe?

6. Pour flefchir & mouuoir à pitié les Saints, les hommes, &c. Quoy nous refuferez-vous cela ? & qui treuuerez-vous qui vous honore? & qui fera celuy qui vous dreffe des Autels & Eglifes fi vous nous abandonnez? & à qui perfuaderez-vous que vous eftes fi equitables, fi

la pauure

la pauure iustice abbatuë à vos pieds, la pauure innocence toute esplorée, ne treuue du secours ? &c.

7. Desdaignant quelque mal. Ah malheur, & à quoy
est-ce, & à quel precipice ne poussez vous ceux qui
vous aiment, maudite auarice ? en quel enfer gesnez-vous
leurs pauures cœurs esclaues ? est-ce ainsi que vous les
enchantez, & que si puissamment vous les tyrannisez?
&c.

Apostrophes bien enchassées sont tout-puissantes.

A Vx choses insensées. Si les hommes se rendent
sourds à mes paroles, & muets à leur deuoir,
Vous, vous sacrez tombeaux, vous cendres & precieuses reliques de nos ancestres escoutez ma complainte:
ie vous appelle à tesmoin, i'implore vostre compassion:
tombeaux dites moy, &c. statuës & colysées qui foulez les deposts de ces grands hommes que sont maintenant ces corps, ces chairs si delicates, &c.

2. Aux outils & instrumens des bourreaux qui marty-
risoient. Quoy oseriez-vous bien cruelles espées, roües
d'enfer, flammes maudites oseriez-vous bien entamer
ces corps innocents, ces chairs virginales ; espandre ce
sang precieux consacré à Dieu, & voüé à sa gloire.
Que cherchez-vous en ces veines ? contre qui exercez-
vous vostre cruauté ? pensez-vous esteindre l'amour qui
ard dans leurs entrailles par vos flammes, & par les
boüillons de vos huyles faire esboüillir la saincte charité de leurs cœurs ? &c.

3. O Loix sacrées! ô Liures diuins! ô saincts Conciles!
ô diuins Oracles ie m'addresse à vous ! où estes-vous

Mmm

maintenant? & à quoy feruez-vous de rifée au monde?
de blanc & de bute à la calomnie? de iuges qui donnez l'arreft de noftre condamnation fans dire mot? &c.

4. Aux abfents. Hé Dieu & que n'eftes-vous en vie,
& en ma place diuin Apoftre, où eftes-vous maintenant S. Eftienne qui fendiez les cœurs en prefchant, où
font ces cœurs qui fe fendent, où ces yeux qui fe fondent en larmes, où ces langues foudroyantes? que di-
fiez-vous fi puiffamment, & de quel accent tonniez-
vous en la chaire! &c.

5. Aux SS. de Paradis, aux damnez, aux Mortnez &
fans baptefme, à ceux du Purgatoire. Aux forefts &
Hermitages. Saintes Cauernes dites nous la vie de vos
Antoines, Hilarions, Macaires, &c. diuin filence des
forefts apprend nous les foupirs de Iean Baptifte, fes
feruentes prieres, fes larmes: A quoy paffoit il le temps
ce petit Ange habillé en Hermite; quelles ecftafes,
quelles Apocalypfes, &c.

6. Les damnez aux SS. Viuez, viuez heureux, ames
fortunées, foyez heureufes, foyez à iamais floriffantes.
Adieu chers patriotes, Adieu nos bons parens & amis,
Adieu pour iamais. Las & n'aurez-vous point là haut
de pitié de voftre fang? des os de vos os? de la chair de
voftre chair? de la moitié de vos entrailles qu'on va
plonger pour iamais en enfer? &c.

Etopœie, qui pare le corps, & l'ame de ses parûres,
& façons de faire.

1. IL faut narrer l'estat de l'affaire, ou l'humeur, & le
naturel de la personne, & comme auec vn pinceau
le naïfuer, & tracer pour gaigner & mouuoir l'Auditeur. Le voulez-vous voir Messieurs ? ce petit enfant
estoit affublé d'vne rude haire, & d'vne peau de Cha-
meau, ceint d'vne ceinture qui meurtrissoit sa chair, plus
nud que vestu, tout fin seulet, les yeux colez au Ciel,
le visage descharné & sentant tout le Ciel, sa bouche
sucrine & innocente, &c.

2. Voile-là ce Caïn auec vn visage farouche, fron-
çant le sourcil, roüant felonnement ces yeux de bour-
reau qui ne regardent que pour massacrer, le visage
blesme, morne, & tout sauuage, la parole chancellante
& peu asseurée comme sortant d'vn cœur patricide &
bouleuersé de mille frayeurs ; les cheueux & la barbe
Horriblement retroussée, & comme vn songe-creux file
sa moustache, cache son coutelas meurtrier sous sa
Cappe, & refrongnant ce front de suif & le trenchant
de rides estonne ce pauure innocent Abel, &c.

3. Vn yurongne. Auez-vous iamais veu vn homme
plein de vin, & qui ne l'a encor cuué, mais qui est au
boüillon, & à ses grandes fumées. Sa teste pese tant
que ses iambes luy chancellent sous le faix, le visage
enluminé & tout en feu, la bouche baueuse & bauarde,
les yeux esgarez & ternis, la parole folle & insensée, qui
croit que tout tourne, que les murailles s'assemblent
pour l'escraser, &c.

4. Vn martyre. Ah que ie meurs & que le cœur mé creue, quand mon esprit me ramentoit la contenance Angelique de S. Agnes? elle cette diuine pucelle estoit parée de blanc, & des couleurs de son espoux, ses cheueux d'or serrez sous vn voile de crespe, sa face Archangelique riante, ses yeux liez & attachez à vn Crucifix qu'elle tenoit, sa sainte bouche pleine de beaux mots, & de prieres ardentes, son col de neige chargé d'vn gros carquan de fer, ses petits bras dans des menottes qui luy estoient trop larges, &c. Le Tyran d'ailleurs auec vn visage barbare, vn port hautain & altier, &c.

Feinte de silence.

1. CEcy est vn Soleil enchassé au Firmament, mais il le faut faire auec grand iugement. Premierement, disant ce qu'on fait semblant de ne dire. Moy? que ie die ces vilenies, soüillant ma bouche, & l'honneur de vos oreilles? que ie ramentoiue ces meurtres de sa mere & sa sœur; ces sacrileges & voleries des Autels? ces incestes, &c. ah ne m'y contraignez pas, il n'est en ma puissance, de commander à ma langue de tenir ces propos, &c.

2. Ayant dit tout ce qu'on sçait. Que fay-ie, & où suis-ie? cela? que ie parle de cela? non non; vaut mieux couler sous silence, & ensepuelir dans le tombeau d'vne eternelle oubliance, choses qui enueniment l'air, & empeste nos esprits par vne contagion, &c.

3. Et quand aurions-nous acheué, si nous donnions carriere à nos esprits dans la lice de ces vertus? qui peut

parler de la charité de ce Seraphin-homme S. Paul?
qui de fes torrents de larmes, &c. efcoulons fous filence fes miracles, &c. Paffons par deffus fes fermons
enflambez d'amour de Dieu, &c. Difons feulement,
&c.

4. Vaut mieux fe ietter à couuert fous l'aifle du filence, que fe ietter à l'effor, & entamer ces matieres. C'eft
vn labyrinthe où tout efprit s'efgareroit ; c'eft vn Ocean
où tout Pilote rencontre des brifans, & fait debris aux
huits. Laiffons, laiffons hardiment ce que nous ne fçau-
rions exprimer : & comme feroit-il iamais poffible, de
dire l'amour que Dieu, &c. le foin qu'il a de nous,&c.
les douceurs ou les abyfmes de, &c. Non ie ne le veux
pas dire, difpenfez moy s'il vous plaift.

5. Mon Dieu, & que n'ay-ie le temps, & la langue à
mon commandement, ah que dirois-ie, ou pluftoft que
ne dirois-ie pas ! ie vous conteroy par le menu fa valeur,
fa, &c. (& ayant tout dit) mais puis que le temps ne
me le permet, ie me veux renger à la raifon, & m'accommoder au temps qui me preffe de plier les voiles,
& me ietter au haure, & à l'ancre.

6. Malheureux temps, ah la lie & la boüe de tous les
temps, quels monftres nous auez-vous enfanté ! le cœur
me fend, & la douleur me le ferre fi tres-fort que ie
n'en fçaurois arracher vn foupir. Acheuons donc, & ne
difons plus mot de ces, &c. plongeons tout cecy en
l'abyfme du filence, enterrons-le fous la lame eternelle
de l'oubly. Craignons que le Soleil ne s'éclypfe, & ne
retire fes rayons nous condamnant à vne nuit eternelle
s'il nous oit parler de, &c.

Indulgence, & choix qu'on donne à l'Auditeur.

1. REfuscitez, refuscitez de l'enfer fi vous pouuez, deterrez du tombeau Caluin, & remettez-le en effence, ie fuis tant affeuré de la bonté de la caufe, que ie fuis content de le faire iuge du procez où il eft partie. Pourrez-vous bien fupporter les furies & les rages qui le contraindront à fe condamner, puis que vous ne fçauriez fupporter ce qu'il a efcrit en fa vie. Oyez-le luy mefme, &c.

2. Vous direz poffible, Ie vous accorde que N. fut vn voleur, fut vn impie, fut le fcelerat du monde le plus cruel; adioutez qu'il fut Athée, vray Epicurien, &c. fi eft-ce pourtant que vous n'oferiez nier qu'il n'ait efté fçauant. Vray Dieu quelle deffence! eft-ce là tout? pour auoir fçeu vn peu de Grec efcorché, trois petits mots de Latin frizé, &c.

3. Pofez le cas que ie vous paffe condamnation, que ie vous aduoüe que l'Eglife Romaine eft pleine de mille abus; çà monftrez-nous ce que font vos Miniftres. Oftez le rideau, faites nous fçauoir pourquoy ils ont ietté le froc aux vrties, comme en leurs monafteres ayant commis ou voulu commettre mille ordures, dont les Regiftres font chargez, en vn iour de nopces inceftueufes ils fe font faits fains, chaftes, modeftes, &c.

4. Si ainfi eft; çà donc portez moy l'encenfoir que i'en donne à Caluin, allumez les chandelles que i'honore ce Dieu Luther, fonnez les cloches, ioüez des Orgues, qu'on haut-loüe le grand Melanchton, Bucer, pour

auoir fçeu ruiner l'Allemagne, diffipé l'Eglife, &c. &
nous pleurons à chaudes larmes d'auoir efté opiniaftres
à maintenir les Conciles, à conferuer la vraye Eglife, à
honorer Dieu, à, &c.

5. Ie ne treuueray iamais mauuais, & fçauray gré à
qui m'aidera à eftre homme de bien ; que les humbles
reprennent nos outrecuidances, les vierges les inceftes de
l'Eglife Romaine, les Hermites, les voleries, fimonies,
&c. mais vous las & encor vn coup, mais vous nous
reprenez, vous nous reformez ; des Apoftats fe moquent
des Religieux? des gourmands de ceux qui ieufnent? des
Athées de, &c. Allez maintenant & dites que, &c.

6. Voyez comme i'apprehende peu vos artifices, voyez
comme noftre caufe eft bien afleurée ; ie le veux dire
de toutes mes forces, & voudrez que ma voix peuft
retentir iufqu'aux quatre coings de l'Europe, Ie fay Luther, ie fay Caluin iuge de noftre caufe. Oyez-le, &c.

Production de tefmoins, & Authoritez.

1. **M**On Dieu qu'il fait bon oüir cefte bouche de
diamant, qui defcoule d'vne eloquence dorée, il
triomphe icy, & fe furmonte foy-mefme, & ayant efté
par tout bouche d'or, icy il eft bouche du Paradis, &c.

2. Que nous fommes heureux de pouuoir entendre vn
Seraphin en terre, car quand S. Paul parle, faites voftre
conte que ce foit vn des efprits des plus hautes hierar-
chies.

3. Voicy ce fol de Diogenes tout reuenu, qui planté
au mitan de la place, eftant eftranglé de la preffe &

de la foule, crie à pleine tefte, vn homme, vn homme:
ainfi ceftuy accablé de mille textes expres, crie mon-
ftrez-moy en l'efcriture. Tien voicy S. Auguftin qui te
le monftre, efcoute ceft Oracle du Ciel, &c.

4. Ne vous femble-il pas oüir vn de ces grands hommes du fiecle d'or quand S. Hierofme parle ? quels coups
de tonnerre defchargez fur l'herefie, quel foudre d'eloquence, autant de mots, autant de quarreaux qui. froiffent les cornes de l'hydre de l'herefie.

5. Enuie me prend d'impofer filence à ma langue,
& vous faire icy tonner ce tonnerre de Bethlcheem.
Vitia. n. efcoutez s'il vous plaift c'eft S. Hierofme qui
parle, foyez luy fauorables, &c.

Ironie, pour eluder viuement ce qu'on oppofe:

1. **A**H le mauuais coup ! ah le perilleux paffage ! las
& comme en efchapperons-nous ? O le cruel &
enorme abus ! ô les inouyes abominations ? faire vœu de
virginité, ieufner le Quarefme comme les Saints, con-
feffer fes pechez, honorer Dieu & les Saints, cela ? que
cela foit Eglife: ah les abus, ah les idolatres? las & où
tourneray-ie mon efprit, & ma langue pour treuuer
raifon de me defendre. l'auois penfé de dire, &c. comme le tenant bien affeuré; maintenant on me dit, que
c'eft crime de croire en l'Eglife qui eft de toute antiquité; de garder les Commandemens : ah Meffieurs
quel confeil me donnez-vous, &c.

2. Cefte nouuelle pretenduë nous veut reformer; bon
gré ? ouy dea que ie luy en fçay bon gré: mais ie vous
prie

prie enuisageons vn peu nos reformateurs. Que sont-ce? Saints tombez du Ciel, Oracles enuoyez du Paradis, la sainteté, & pureté mesme. Oyez leur propos, voyez leur contenance, leur dessein est de retrancher l'erreur, &c. qui? vn qui n'a sçeu garder vne celle en Allemagno en son conuent, qui n'a sçeu porter le omus à Noyon, vn farel defroqué de cerueau & de teste, sont-ce là ces, &c.

3. Pauure Augustin, miserable Hierosme, 6 le malo-tru Gregoire le Grand, & les autres qui se sont gesnez pour entendre la Sainte Escriture, là où ces Messieurs, ces femmelettes, ces frippiers & mareschaux enten-dent tout parfaitement, voire mesme sans auoir estu-dié, possible sans sçauoir lire. Ah peines mal employez! ah sueurs bien inutilement escoulées! &c.

Excration.

1. Dieu vous abysme, & vous encoffre és enfers eternellement: tant estes-vous cruelle, volupté maudite, & detestable.

2. Saints & Saintes de Paradis puissiez-vous deliurer le monde de ces pestes, & malheurs: ah puissiez-vous faire ouurir la terre, pour engloutir ces diableries de pe-ché, de tromperies, d'Atheismes qui nous perdront, si vous ne les perdez.

3. Fi, fi, ah que i'ay la bouche amere, seulement pour auoir passé par ma langue ce funeste attentat: Dieu, & que ne me suis-ie aduisé, ayant entamé par mesgarde ce discours puant, de couper la parole par le milieu, &

Nnn

faire mourir ce difcours au milieu de fa vie.

4. Enfers & à quoy feruez-vous ? diables & furies, & contre qui enragez-vous , & où defchargez-vous vos fureurs, fi vous n'eftranglez ces monftres , ces bour- reaux qui outragent les chairs innocentes, de ces diui- nes pucelles du Paradis , &c.

Exclamation vigourcufe.

1. O Moy miferable tout outre ! ô trois & quatre, & cent fois condition malheureufe & pitoyable! las i'ay defia efcoulé tout mon cœur, & diftillé ma vie par mes yeux , & la douleur pourtant eft enracinée en ma poittrine, où elle me bourelle , & me liure de cruel- les batailles , & me reproche fans ceffe ; malheureux, me fait-elle, eft-ce là où il falloit employer fa vie, &c.

2. O temps lie des temps ! ô mœurs defbordées & diffoluës! & en quel païs fommes-nous ? l'Eglife le void, la Nobleffe en eft allarmée , les fçauans ne crient d'au- tres chofes, & nonobftant tout s'en va de mal en pis!

3. Le cœur me fend , helas & quel fpectacle effroya- ble & plus que tres-horrible ! les hommes c'eft trop peu , les beftes mefmes , que dis-ie, les Elemens , les flammes, les glaiues , les tourmens mefmes ont honte de ce mefchef. Vne vierge innocente mife fur la roüe? ô horreur, roüe mettez-vous en piece , & foyez plus humaine que les hommes. Vn Saint ietté dans l'Ocean? ô barbarie ! Ocean pauez-vous , & ne vous profanez du fang de ce Saint. Vn Ange-homme condamné aux flammes ! ô parricide abominable ! flammes efteignez- vous, ou pluftoft volez fur ces bourreaux, &c.

Excuse, ou repentance.

1. MOn Dieu qu'ay-ie fait : Meſſieurs, mercy ie vous prie. Las & pourquoy ay-ie mis en peine S. Chryſoſtome, vne ſi grande perſonne, & qu'eſt-il queſtion d'employer ces grands hommes, & emparler ces Oracles ! ah c'eſt profaner leur Maieſté, & la choſe ne le merite pas. N'eſt-ce pas aſſez, de faire rougir ces gens en leur faiſant porter parole par Seneque, par Plutarque, par des Athées, & gens ſans religion ! oyez, oyez Lucian, &c.

2. Ie m'oubliois du plus beau, excuſez ie vous prie la faute, mais ie n'ay rien dit ſi ie ne dis le nerf, & l'ame de cét affaire. Et où auois-ie laiſſé en arriere ce qui deuoit eſtre au frontiſpice, &c.

3. Aidez-moy Meſſieurs, & ſecourez-moy en ceſte matiere, il ne m'eſt pas poſſible d'en ſortir, ie m'enuelopperay en ce labyrinthe ſi vos faueurs, & aſſiſtance ne me donnent courage, & me ſoulagent par leur bienveillance, &c.

4. Maladuiſé las ie le confeſſe, i'ay eſté bien maladuiſé de m'aller ainſi engager en ce labyrinthe, d'où il n'y a moyen de ſortir ; car quelle apparence y a-il que ie puiſſe prouuer ce que i'ay promis, & entrepris. Hazardons, puis que nous y ſommes, Dieu nous aidera s'il luy plaiſt, & à tout rompre nous ferons naufrage en belle mer, où il eſt à deſirer naufrage, ce ſera finalement ſe perdre en Paradis, & s'eſgarer en Dieu.

Souhait, & sainte Priere.

1. A La mienne volonté, que la douce misericorde de Dieu, eut, &c.

2. Par ce bras victorieux, & par ceste main du monde la plus foudroyante en guerre, & la plus liberalement royale en paix ie vous coniure. Par tous les deuoirs de pitié, de bonté, &c. par l'amour que vous portez à vous-mesmes, deschargez nos cœurs de ses frayeurs qui les gesnent, &c.

3. Pleut à Dieu MM. mais disons-le tous, & disons-le de cœur, & disons-le cent & cent fois le iour ; Pleut-il à Dieu que nous eussions le cœur fait comme nostre creance, la langue comme le cœur, la main & l'œuure, comme la langue, & la parole.

Transitions.

1. E T sortons au nom de Dieu sortons de ces mares pourries, & ces lieux infectez de peste, & craignons la contagion : ie crains seulement en parlant des enfers où est plongée l'ame voluptueuse, que ie ne vous face bondir le cœur ; montons plustost au Paradis des vertus & disons, &c.

2. Vous m'attendez (ie m'en apperçoy à vos visages) au discours que i'ay promis de, &c. Or allons puis que vous le commandez, vostre bonté nous seruira de pole & de guide.

3. Dispensez-moy ie vous prie de ce discours, ie n'en

for iray iamais , si vous ne m'en arrachez , tant est-ce
chose douce de parler de Dieu , mais couppons court,
& entrons en matiere plus necessaire.

4. Cela ? & s'est abusé de vos patiences de vous entretenir auec ses gens qui ne veulent ny rendre, ny entendre raison, ny croire à l'Euangile, ny defendre leurs
paroles, ostez-moy ces opiniastres, &c.

CHASSE GRACIEVSE D'VN
Liéure charmé.

Es Gentils-hommes qui aiment la chasse asseu-
rent qu'en toute la venerie il n'y a plaisir semblable à celuy qui se prend à la chasse d'vn
Liéure charmé par quelque charmes-Liéures. Pour moy
ie ne l'ay veu que par les oreilles , car ma chasse est
plus des Liures , que des Liéures ; si voudrois-ie l'auoir
veu pour vous en dire des nouuelles. Faites (dient-ils)
que le plus braue chasseur de toute la Noblesse de Languedoc monté comme vn S. George, & bien assisté
aille courir le Liéure, le valet des chiens auec sa trompe n'a pas si tost forhué les chiens, & en leur parlant
du gresle de sa trompe les a resioüis, que vous voyez
demy-douzaine de braues Leuriers couples, & hardez
bien dispos pour courir la beste. Ie suppose que les
chiens soient les premiers de la race, c'est à dire, beaux
chasseurs , requerans , de haut-nez, de grand cœur, &

de toute entreprinfe, gardans bien le change, de bonne creance, qui ayent la tefte longue & non camufe,
les nafeaux bien ouuerts, les oreilles larges, les reins
courbes, le iarret droit & bien herpé, la cuiffe trouf-
fée, le pied fec, & bien fourré, en fin faites qu'ils foient
les mieux façonnez, & qui ayent le nez le plus affiné de
l'Europe, car tant meilleurs font-ils, tant moins prendront ils, & le paffe-temps en fera plus beau. En premier lieu ayant auffi toft trouué le Liéure à la croupie,
il fe fait relancer deux ou trois fois par les Leuriers,
puis fe voyant trop preflé il quitte fa tefniere, & du
premier faut outre-paffe les chiens : il ne faut pas demander fi les chiens defcouplez font le deuoir, & s'ils
treuuent leurs iambes; le Liéure comme de raifon gaigne le deuant, fait tefte du talon, & comme il porte
tout fon courage, non au cœur, mais au pied, vous diriez
que la peur luy a donné à chaque talon des aifles; il ne
touche la terre, il vole, il fe deftrobe aux chiens, il fe
laiffe derriere foy-mefmes, & leuant les oreilles comme
deux voiles, la queuë pour s'en feruir de timon, battant
des pieds comme auec auirons, ayant la crainte pour
fon pilote, deuient comme vn Nauire d'air precipité
par le vent, paffe le vent, arriue d'vn bout à l'autre fans
quafi toucher le mitan : Les pauures chiens s'effilent en
courant, cent fois ils le tiennent, ils le bourrent, cent
fois il efchappe, ils enragent, ils fe dardent, la foudre
ne va fi vifte, ils ont le nez à la queuë, les dents plantées dans la peau ; le pauure Liéure qui ne fçait pas qu'il
eft charmé, il ne fçait auffi s'il eft pris ou non ; il fe
fent accroché au rable, & neantmoins fe defcroche, &

toufiours court, & toufiours s'eftonne, & toufiours eft
aux abbois, & toufiours refufcite. Le compagnon ne
fçait où il en eft voyant qu'vn Liéure luy emporte fes
fix Leuriers, donne dans fa trompe, encourage ces
chiens, court à perte d'haleine, les piqueurs y vont à
toute pofte. Le pauure Liéure voyant le doux charme
qui luy fauue la vie, s'imaginant d'eftre ce qu'il n'eft pas,
ayant bien couru, tourne la tefte, & les chiens le talon,
& effrayez s'enfuyent, & le Liéure à les courir, & diriez
que le Liéure eft deuenu chien courant, & les Leuriers
des Liéures. Quel plaifir de voir fix Leuriers fuir de
peur d'vn Liéure. Les piquers arriuent, le garçon s'ef-
crie hare Leurier, hare Leuriers, adonc les chiens fe fou-
uenant d'eftre chiens tournent bride, & mon Liéure de-
rechef à grands coups de talons. Tout cela n'eft rien au
pris de ce que ie vous vois dire. Laffé qu'il eft de courir la pofte à pied, il fait du rompu, il s'arrefte, mes
chiens vous l'enuironnent, mais bon Dieu quelles ruzes
fait le pauure Liéure, il tournoye, il faute, il forpaife, les
pauures chiens iappent, mordent, tiennent, tuent, &
neantmoins, en voyant ils ne le voyent, en mordant ils
ne mordent, en tenant ils ne tiennent, en tuant ils ne
tuent, car de fait le Liéure faute encor, le voicy à la
tefte de tous fix, le voila à la queuë, le voila au milieu,
il fe gliffe parmy les iambes, il vole par deffus leurs teftes, fes chiens fautant & enrageant fe choquent tefte
contre tefte, la gueule beante au lieu de mordre le Liéure, ils s'entre-lardent & s'entre-tuent les vns les autres.
Le valet des chiens fe tuë de crier, le Gentilhomme
meurt de rire, le Liéure meurt de peur, les chiens meu-

rent de rage, tous y meurent de quelque chose, & si le
Liéure poursuit toufiours son exercice, & voudroit
bien estre à cent lieuës loing de ce plaisir qui ne luy
est guere agreable. Quand la beste leur a bien donné
du passetemps les faisant faire la ronde, & danser vn
branfle de Poitou deux pas auant & vn en arriere, il
vous les remet tous fix à la courande ; car quand ces
Leuriers pensent estre sur le point d'en faire curée, &
d'oüir leur valet sonner de fa trompe la mort du Liéure,
& leur faire droit leur donnant leur deuoir, & quelque
friandise, mon dit Liéure tire païs laissant les fix Leuriers aussi estonnez que bestes de leur pays : pour leur
honneur ils se mettent à courir, & tous se voyent au
desespoir, le Liéure d'eschapper, les chiens de prendre,
le valet de chasser, les piqueurs de disner, & y a du
plaisir de voir que tous meurent de faim & de soif, &
ne laissent de galopper. Le Liéure n'a ny enuie, ny demie de se laisser escorcher, c'est pourquoy il gaigne vn
buisson, les chiens se mettent tout autour, & s'asseu-
rent de l'auoir : le fin Liéure voit bien qu'ils n'oseroient
entrer dans fa bastille armée d'espines & de dagues, fait
semblant d'auoir peur, & se tapit, respond tantost à ce
Leurier, tantost à l'autre, il se mocque d'eux, & se repose à son aise. Ces pauures chiens y perdent tout leur
sçauoir, & s'ils pouuoient ils diroient volontiers que
c'est quelque diable de Liéure, ou quelque Liéure d'enfer qui les enforcelle, car comme est-il possible que fix
braues Leuriers tiennent par la queuë vne meschante
beste, & ne la puissent prendre, eux qui ont chacun à
part soy attrappé cent cinquante Liéures en leur vie.
            Ils

Ils ont beau à faire qu'auec tout leur discours ils ne luy
dourront atteinte, si ce n'est pour arracher vn peu de
bourre. Aussi en vn clin d'œil apres auoir bien tuzé, le
gentil Liéure, sort de son fort aussi gaillard que iamais,
& en dix coups de pieds il s'emporte si loing que vous
diriez que le diable l'emporte, aussi fait-il, car naturellement cela ne se pourroit faire. Adonc les pauures
chiens demeurent bien camus, & c'est la premiere fois
qu'ils font curée & bonne chere de rien, le valet ne
sçait aucune chanson sur sa trompe en semblable accident, & ne sçait quel langage il doit tenir à ses chiens,
qui ont tresbien chassé sans rien prendre, excepté qu'ils
sont si recruz, & si tres-fort rompus qu'ils ne sçauent
sur quel pied dancer. Le Gentilhomme s'en retourne à
petit pas, & s'en va faire grand chere, moyennant qu'il
treuue de quoy, car pour sa chasse, il n'y a pas grande
conqueste.

Ooo

LA MVSIQVE.

CHAPITRE XXII.

1. LA Mulique eſt vn chant recueillant har-
monieuſement en ſoy des paroles bien dites, meſurées en quelque gracieuſe cadence de rime, ou balancées en vne inegale
égalité, doucement peſle-meſlans les ſons graues, &
aiguz; bas, & hauts, fendans & perçans, ou rabbatuz,
&c.

2. La Game eſt vne eſchelle aſſiſe ſur les iointures de
la main gauche, où ſont les clefs qui font l'ouuerture
du chant.

3. Le ſon eſt vn frappement d'air, ſi le coup eſt lent,
& tardif le ſon eſt bas; ſi le coup eſt graud, & ſoudain,
haut, aigu, fendant l'air, perçant l'oreille, tout cela va
par cercles, & ondées d'air qui va battre l'oreille, &
frapper l'ame d'vne douce atteinte.

4. Les extremitez de la voix ſont, eleuation montant
de baſſe en haute voix s'approchant du tonnerre; l'autre
abbaiſſement, qui eſt vn mouuement du haut en bas,
voix qui s'approche du ſilence.

5. Conſonance eſt vn heureux rencontre de deux ſons,
ou plus, qui ſont meſurables, & ont ie ne ſçay quelle
affinité & bonne intelligence, d'où ſe fait vne alliance,

où douce confusion, & vn heureux meslange d'où naist
la confonance , & accord qui contente l'oreille ; mais
s'ils ne s'accordent , & que chacun face fon cas à part
fe voulant porter tout entier à l'oreille , fans s'allier à
l'autre, à l'heure ils font receuz aigrement de l'oreille, &
font vn fafcheux difcord , & diffonance qui bleçe l'o-
reille , & effarrouche l'oüie.

6. Les termes font. Premierement le ton, vt. 2. Demy-
ton eft vn ton non entier mais hafté. 3. Diton , c'eft vne
tierce parfaite , contenant deux tons , vt, mi. 4. Diateffaron c'eft vne quarte, vt-fa. 5. Diapente , vne quinte
parfaite , re-la. 6. Diapafon eft l'octaue double, & parfaite confonance, compofée de diateffaron & diapente.
7. Diefe eft la moitié d'vn demy-ton petit.

7. Il y a trois efpeces de Mufique. Premierement la
Diatonique eftenduë , ou molle : La 2. Chromatique
(c'eft à dire, colorée) entonnée, ou molle ; ou d'autant
& demy qui font fes trois efpeces. La 3. Enharmonique,
c'eft à dire , parfaite harmonie , qui eft trop pleine
d'artifice , & eft feulement pour les doctes. Comme
aufli la deuxiéme; la premiere eft en vfage.

8. Diafteme, c'eft vn interualle , ou diftance compofée de deux interualles. Syfteme vn amas de voix par
interualles & diaftemes.

9 Les modes de chanter felon les anciens font la Dorienne , Phrygienne , Lydienne , Eolienne. La mode
Dorienne eft propre aux deuotions ; La Phrygienne,
eft guerriere ; La Lydienne plaintiue ; L'Iaftienne varia-
ble & fredonnée ; L'eolienne, fimple. L'vne eft pefante,
& graue ; l'autre fretillante ; cefte-cy aiguë , piquante,

paſſionnée, ardante; celle-là eſpeſſie, ſombre, deſdai-
gneuſe.

10. On fait dire au Luth tout ce qu'on veut, & fait-
on des Auditeurs tout ce qu'on veut. Quand vn braue
ioüeur en prend vn, & pour taſter les chordes, & les
ſords ſe met ſur vn bout de table à rechercher vne
tantaſie; il n'a ſi toſt donné trois pinçades, & entamé
l'air d'vn fredon, qu'il attire les yeux, & les oreilles de
tout le monde; s'il veut faire mourir les chordes ſous
ſes doigts, il tranſporte tous ces gens, & les charme
d'vne gaye melancholie, ſi que l'vn laiſſant tomber ſon
menton ſur ſa poittrine, l'autre ſur ſa main; qui laſche-
ment s'eſtend tout de ſon long comme tiré par l'oreille;
l'autre à yeux tous ouuerts, ou à bouche entr'ouuerte
comme s'il auoit cloüé ſon eſprit ſur les chordes, vous
diriez que tous ſont priuez de ſentiment, hormis l'oüie,
comme ſi l'ame ayant abandonné tous les ſens, ſe fut
retirée au bord des oreilles pour ioüir plus à ſon aiſe
de ſi puiſſante harmonie; mais ſi changeant ſon ieu il
reſuſcite ſes chordes auſſi toſt il remet en vie tous les
aſſiſtans, & leur remettant le cœur au ventre, & l'ame
és ſentimens, à qui elle auoit eſté volée, ramene tout le
monde auec eſtonnement, & fait ce qu'il veut des hommes.

11. La Muſique donne l'allarme comme à Alexandre;
vn autre prend les Poiſſons qui dans vn lac d'Alexandrie ſe laiſſent aiſément prendre par la douceur d'vne
chanſon; elle guerit du Sciatique, en Leſbos, & Ion
iſles; elle guerit de la piqueure de la Tarantole en Italie; elle fait tout.

12. Il y a quinze voix, ou sons, qui en noms Grecs s'appellent:

1. Proslanuanomene, c'est à dire, voix acquise.

2. Hypate hypaton, principale des principales.

3. Parhypate hypaton, prochaine de la principale des principales.

4. Lychanos hypaton, montre des principales.

5. Hypate meson, principale des moyennes.

6. Parhypate meson, prochaine de la principale des moyennes.

7. Lichanos meson, montre des moyennes.

8. Mese, c'est à dire, la moyenne.

9. Paramese, c'est à dire, prochaine de mese.

10. Trite diezeugmenon, c'est à dire, troisiéme des déjointes.

11. Paranete diazeugmenon, c'est à dire, prochaine de la plus haute des déjointes.

12. Nete diazeugmenon, c'est à dire, la plus haute des déjointes.

13. Trite hyperboleon, la tierce des excellentes.

14. Paranete hyperboleon, prochaine de la plus haute des plus hautes.

15. Nete hyperboleon, la plus haute des excellentes.

13. Le petit Rossignolet choriste de nature sçait tout cela par nature, esclattant d'vne voix qui gringotte en haute & basse Note tout ce qu'il veut, & d'vn siffletis trenchant, hachant, coupant, entrerompant ses chansons desgoise cent fredons, & en chantant il charme ses soucis, & addoucit ses aigreurs, & ses cuisants regrets, qui autrement le liment.

14. Plain chant fe chante par Notes égales ; la Muſique figurée fe chante par diuerſes figures.

15. Les clefs ſont nature, b mol, & b quarré, entre
leſquelles il y a touſiours vne quinte de l'vne à l'autre;
elles ſont aſſiſes en façon que de leur aſſiette on iuge
à qui elles ſeruent. Or ces clefs ſont touſiours aſſiſes
ſur les regles, & iamais en eſpaces.

16. Muances ſont les changemens de voix d'vne à vne
autre, quand il faut monter plus haut que le la, ou deſcendre plus bas que l'vt.

17. Les ſignes du mineur imparfait ┤ ── monſtrent, que tout ce qui ſuit, ſe doit chan- ⊂ ⊂ ter par
meſure eſgale, tant au toucher qu'au ── leuer.
Et notez, que toute Muſique ſe commence par toucher, & s'acheue par leuer.

18. Il y a huiÉt Notes en la Muſique de mineur imparfait. Premierement, la maxime ▯ vaut huiÉt
meſures ou ſemibreues, c'eſt à dire, ── il faut ſur
icelle toucher & leuer huiÉt fois égallement.
Secondement, la longue ▯ 'en vaut la moitié.

Tiercement, la breue ▯ vaut deux.

En quatriéme lieu, la ſemibreue ◇ vaut vne meſure.

En cinquiéme lieu, la blanche ◇ vaut la moitié d'v-
ne meſure.

En ſixiéme lieu, la noyre vaut la quatriéme partie d'vne meſure.

En feptiéme lieu , la crochuë ◆ vaut la huictiéme partie.

Finalement, le fredon, ◆ vaut la feiziéme partie d'vne mefure.

19. Il y a auffi les paufes & mefures du filence ; le bafton touchant trois lignes ⊥ vaut quatre paufes, c'eft à dire, il faut garder filence ⊥ autant de temps qu'il en faudroit employer à chanter vne Note de quatre mefures.

En apres, le bafton touchant à deux lignes, ⊥ en vaut deux.

Tiercement, s'il n'en touche qu'vne, ⊥ tendant en bas, vaut vne paufe.

Quartement, s'il tend en haut, ⊥ la moitié d'vne mefure, & s'appelle foupir.

Quintement, s'il a vn crochet, ⊥ il fe dit demy·foupir , & vaut vn quart de me- — fure.

En fin, fi le crochet eft double, ⊥ il vaut la huitiéme partie d'vne mefure , & fe dit — quart de foupir.

20. Il y a deux fortes de poincts en la Mufique figurée. Premierement le point d'augmentation, qui augmente de moitié , la valeur de la Note precedente ; comme fi elle vaut huict , auec le point elle vaudra douze.

L'autre point eſt de diuiſion, qui n'augmente pas la Note precedente, ny ne ſe chante, mais il diuiſe, & fait alterer les Notes, c'eſt à dire, qu'elle double ſa valeur, ou empeſche qu'elle ne s'altere & ſuiue le train des precedentes. Or ce point ne ſe met en muſique de mineur imparfait, ny en muſique noire, c'eſt à dire, de pures Notes noires.

21. La ligature des Notes peut accroiſtre ou diminuer la valeur des Notes, ſelon qu'elles montent ou deſcendent, & ſelon que la queuë va en bas, ou en haut & à gauche.

La maxime n'augmente, ne diminuë ſa valeur en ligature.

22. Le ſigne de repriſe, & repetition eſt tel qui ſignifie qu'il faut repeter iuſques-là.

Le point d'orgue eſt tel qu'il ſignifie qu'il faut tenir la Note (ſus ou ſous laquelle il eſt mis) en ſon ton, iuſques à ce que les autres parties conuiennent à ladite Note.

23. Le mineur imparfait s'appelle du nombre binaire, & le mineur parfait, ou de trois; & ces ſignes monſtrent que la Muſique ſuiuante ſe doit chanter par trois ſemibreues. On dit que le nombre de trois, eſt touſiours tout blanc, ou tout noir, non peſle-meſlé de blanc & noir.

24. En Muſique du mineur parfait, & imparfait ſe treuue ce ſigne qui eſt appellé de ſeſquialtera, ou tripla, & ſignifie que la muſique ſuiuante ſe conte par trois ſemibreues, ou trois blanches. La muſique faite en

te en proportion d'hemiolia se conte par trois aussi, &
se figure par Notes noires.

25. Les Anciens compositeurs ne faisoient que des
carmes à certaine cadence de pieds, puis y adioustoient
quelque air, & c'estoit tout, depuis on y adiousta des
loix harmoniques, puis des modes Doriennes, Phry-
giennes & Lydiennes, & auec des tourdions meslant
cela de bonne grace.

26. La belle forme estoit iadis fort simple, car peu
de chordes, la simplicité & grauité estoit l'excellence
de la Musique, ils n'aimoient point ces chansons fretil-
lardes, ces fredons sur fredons, ces voix forcées qui se
guindent iusqu'au Ciel, & se precipitent iusqu'aux
abysmes d'enfer deualant par mille crochets, desfigu-
rant le visage au hazard de perdre l'haleine & la vie, &
mille telles singeries qu'ils ne pouuoient souffrir, nom-
mant ceste Musique effeminée, & affectée ; ainsi ils
s'abstenoient des chants rompuz & diminuez, n'esti-
mant rien que la bonne grace.

27. Aristote dit que l'harmonie est chose digne, grande, & diuine, dont le corps est composé de parties dissemblables, neantmoins accordantes les vnes auec les
autres, & entrant dans le corps par l'oreille auec ie ne
sçay quelle diuinité rauissent l'ame. De fait les Anciens
auoient des chansons propres pour sonner à l'arme, pour
resueiller les courages, pour aller à la charge & choquer
l'ennemy, pour marcher en ordonnance & à cadence, &
pour la retraicte, voire pour façonner à la vertu aigui-
ser & allumer les courages, cuire & digerer la cholere,
oster les frayeurs par la voix accordante auec le batte-

ment de quelque inftrument.

28. La fcience harmonique donne cognoiffance des
interualles, des compofez, des fons, des tons, des mu-
tations, des douces iffuës, des faillies heureufes, des
meflanges melodieux, de la bien-feance des accords,
accordant le fentiment exterieur & l'entendement inte-
rieur, & faifant bonne liaifon des modes, mariant la
nature & l'art, & les mettant en bonne intelligence.
On ne fe regle pas par le iugement & fentiment de
l'ouye, ains par l'harmonie proportionale qui eft chofe
plus delicate & plus defliée, fçachant feindre & amollir les tons, lafcher les tons & notes par ie ne fçay quels
interualles, remuant des tons, laiffant les autres immo-
biles, & prenant bien les confonances.

29. Pour defaigrir les amertumes de noftre pauure vie,
Dieu nous a donné les douceurs de la Mufique; qui eft
le refrain & l'écho des chanfons harmonieufes du Ciel,
& vn ingenieux amas de toutes les proportions, & plai-
firs que la nature a femez par l'eftenduë de cét Vniuers
qui ne vit qu'à la cadence, & au branfle des Cieux. Au
refte quand cefte diuine harmonie fort du iubé de Nature, comme fi c'eftoit la Princeffe de tous nos fenti-
ments, habillée de fes accords, & parée de fes fredons, elle manie, & mefnage nos penfées auec vne
puiffance fouueraine. Tout y treffaut de ioye, tout y
bondit, & rebondit, & danfe le branfle qu'elle commande, elle deflie nos langues, les emparlant puiffamment, elle efface tous les ennuis, & bannit auffi toft
ces efprits familiers des chagrins qui tyrannifent noftre
vie; elle defenfle les enfures de nos choleres qui nous

groſſiſſent le cœur, addoucit nos cruautez, recalme les
orages, donne pointe à nos conceptions, eſueille nos
courages, ouure nos appetits, deſerre la viuacité endormie de nos beaux eſprits, & les reſioüit ; allume le
chaſte amour de l'innocence, & par vne bien-heureuſe
& diuine pharmacie, par le miel des plaiſirs, elle chaſſe
le fiel de nos paſſions qui pourriſſoient en l'impureté de
noſtre ſang. Quelle eſtrange puiſſance de ſçauoir ſi doucement enchanter nos eſprits, que ſans dire mot elle
perſuade & nous entraine, diſtillant & coulant par l'o-
reille ſes charmes & ſes chanſons qui deſrobent l'ame à
l'ame meſme, & l'arrachent par les oreilles, ſans qu'elle ſe mette en deuoir de ſe defendre, & riant de ſa captiuité. Pendant qu'elle parle des doigts, qu'elle fait ha-
ranguer vne chorde d'vn Luth, & commande qu'vn
bois creuſé deſgoiſe mille chanſons, cette Sirene ſe
rend maiſtreſſe de nos eſprits qui ſe font ſes eſclaues.
Qui le croiroit que chaque ſon eut ſon partage, & ſa
puiſſance, & domaine à part. Le Dorique coule dans
nos cœurs l'amour de chaſteté, & allume les flammes
innocentes de la virginité. Le ſon Phrygien met le cœur
au ventre, l'eſpée au poing, & au vent, fait boüillon-
ner le cœur, ardre les eſprits, roidir les bras, & iette tant de ſouphre dans nos veines, qu'on ne deſire rien
plus eſperduement que le choc, & le chamaillis de la
guerre. Là où l'harmonie Aeolienne calme les orages
des eſprits qui ſont en tourmente, y gliſſe la bonace,
abbat les vents, & froiſſe la roideur de leur violence
dont ils renuerſoient l'eſtat de nos ames, endort nos mal-
heurs par la douceur de ſes enchantemens ſacrez. Le

Ppp 2

son Iastien esueille les esprits assopis & assomez, donne pointe à leurs pensées, & sur l'aisle de ses harmonies
les emporte vers le Ciel, les enleuant de la boüe & de
la poussiere qu'ils couuoient, & d'vn beau vol les guinde à l'amour des choses qui ne sentent que le Ciel, &
la sainte diuinité. La Musique chantée à la Lydienne,
chasse les ennuis qui tenaillent le cœur, couppe ces limes, & reboufche leurs dents dont elles rongent le fil
de nostre pauure vie, iette dans la poitrine le iour &
la ioye qui trenche les nuages & les nuits des ennuis;
dissoud les monopoles des chagrins qui minutoient nostre ruine. Bon gré, mal-gré imprime le ris au visage,
la serenité au front, la gayeté aux yeux, le chant sur
la langue, les soupirs donnent air au cœur, & quand
on auroit la mort entre les dents & l'ame fuyante sur le
bord des leures, si faut-il rire d'aise. Chacun de ces
cinq a trois sortes de chants, le haut, le bas, l'entre-
deux, de façon qu'on forme comme quinze manieres
de sons & tons differends. Le Diapason accueillit tout
cela, & r'alliant toute la mignardise de ces varietez,
amasse vn concert de douceur que iettant dans l'ame il
iette l'ame en Paradis, & le Paradis dedans l'ame. Qui
s'estonnera doncques que le gentil Orphée ait eû tout
pouuoir sur les bestes sauuages, les faisant oublier
leur gibbier & leur chasse, pour se repaistre & engrais-
ser de fredons, & manger par l'oreille ces diuines viandes. Quand il faisoit parler sa Harpe, fredonner ses
doigts, mariant sa voix Angelique aux miracles de ses
chordes, les peuples de la mer se iettoient à la rade; les
Sirenes dansoient sur l'herbe verte diaprée de fleurettes;

les Ours repudioient les forefts tant cheries ; les Lyons
à la foulle fe iettoient en la prefle des autres auditeurs,
quittant leur cannayes , & leur forts, & prenoient tous
grand plaifir d'eftre aux pieds de leur doux Tyran , fe
rendant efclaues volontaires de ce tant gracieux voleur.
Tous ces naturels , farouches, & d'humeurs fi contraires, eftoient deffauuagez, & défarrouchez par le charme
de la Mufique , & pendant que la chorde parloit tous
fe iuroient fidelité , & rendoient enfemble l'hommage
deu au commandement de la Harpe tout·puiffante. Et
qui en doute que la ville de Thebes fe foit baftie au fon
des fredons & du Luth d'Amphion fe deftachant des
durs rochers ces porphires , & s'agençant à la cadence
de fes chanfons ; fi ce n'eft qu'on die qu'eftant les ma-
neuures tous eflangouriz & engourdis cette douceur les
ayt remis en vigueur , & en appetit de bien faire. Ah
que ie fçay bon gré à celuy qui a mis Mufée en enfer
ayant fon efcharpe au col , & fa Harpe en l'air , & fes
mains embefognées à donner des aubades : appaifant la
barbare cruauté des enfers , & fucrant les aigreurs des
martires , eftonnant & endormant leurs fouffrances , &
quafi mettant le Paradis en enfer. Voila les artifices,
mais quoy la voix naturelle n'a-elle pas fes douces friandifes ; n'a-on pas treuué la douce liaifon des accords,
faifant des pieds bien entrelaffez , & des accents heureufement accouplez des poëfies , chantant auffi mufi-
calement des pieds que de la langue? Tout l'effort mefme des Orateurs , & cefte toute-puiffance d'eloquence
de quelle clef fe fert-elle pour defferrer les cœurs , ouurir les efprits, & fendre les poitrines obftinées , fi ce

n'eſt des clefs dorées de la Muſique, des harmonieuſes cadences de leurs periodes, & de la melodie de la voix bien accordée au ſon des paſſions humaines ? ó quel charme quand chaque affection chante bien ſa partie, & d'vne voix proportionnée à ſon naturel, deſcharge dans l'oreille de l'auditeur, toute ſa peſanteur. Quand l'eſperance chante le ſuperius, le crainte le tremblant; l'humilité le bas ; la cholere la taille ; la iuſte deſſence la contretaille ; l'artifice fredonne ; la nature va le plein chant ſouſtenant la Muſique ; la modeſtie fait le tacet; les douleurs font les ſoupirs ; l'ardeur ſe iette aux brochets & aux fuites ; la prudence fait les feintes, & les dieſes ; qui d'vn ſon aigu, qui d'vn peſant, d'vn perçant, d'vn fendant, de mille façons on aſſiege ſi puiſſamment & doucement l'eſprit de l'auditeur que finalement il ſe rend, & ſe laiſſe emporter. Et ce qui eſtonne dauantage eſt de voir que toute varieté qui s'oit par 150. tuyaux d'orgues, on la fait paſſer par le ſeul canal de la vie, & de la voix humaine, faiſant de la ſeule bouche tout le plein chœur des chantres de nature ; de là eſt venuë la ſource des poëſies, des carmes, ou pluſtoſt charmes des Poëtes, la graue peſanteur des Heroïques rehauſſe le courage ; les Iambes doux-coulans, accoiſent les boraſques des ames bouleuerſées, les Odes vous plantent au cœur la lieſſe, & les autres font mille beaux effets s'eſbattant dans nos poitrines, & combattant les noires humeurs de melancholie qui flotte dans nos veines. Ces efforts ſi puiſſants donnent quelque eſpece de creance à ce qu'on chante de ces chantereſſes de Sirenes, qui enſorceloient tous

les paſſans, & par les appas riants de leurs voix charme-
reſſes amorçoient les Mariniers, les arrachant comme
par force au vent, & à la marine, & eux par l'oreille ſe
laiſſant attirer en vn doux ſeruage, & melodieux eſclauage. Oſtez-nous ces fables, & iettez les yeux & oreilles ſur ceſte diuine Harpe tombée du Ciel en terre entre les mains de Dauid, qui faiſant parler ces chordes,
& chanter des diuins Pſeaumes, exorciza Saül, eſtran-
gla ce follet, luy donnant la chorde par les innocents
fredons de ſes doigts virginaux, pinçant ſaintement ces
tant ſçauantes chordes. L'harmonie chaſſa ceſt eſprit
noir, la Muſique deſerra le cœur & le gozier de ce
pauure Roy qui ſe ſentoit mourir, cela ſouda les playes,
feit eſcouler les faſcheries, qui eſtouffoient le cœur
Royal de ce pauure poſſedé. Qui ſe peut imaginer comme dans vn petit filet bien bandé, ou ſur le bout d'v-
ne langue muſicienne, on peut r'enfermer toute la melodie du monde? enfilant d'vne tirade le peſant, l'aigu,
l'enroüé, le fendant, l'argentin, le tonnerre, le ſifflet, le
chancelant, l'arreſté, le volage, les bricoles, les feintes,
les fuites, le courroucé, le flatteur, le tremblant, le
ſoupple, l'arrogant, le ton peſle-meſlé en cent mille façons. Car tout ainſi qu'on ſerre la perruque royale d'vn
Diademe enfilé de mille pierreries, auſſi la nature flatte
l'eſprit de mille varietez de tons enchaſſez tous enſemble. C'eſt donc vn eſſay & vn auant-gouſt du Paradis
que la Muſique, puiſque dans le Ciel on ne fait autre
exercice que de chanter les grandeurs de Dieu à deux
chœurs, les Anges d'vn coſté & les hommes de l'autre.

DVEL A CHEVAL.

Ve peut-on voir de plus horrible qu'vn eſtour ſanglant, & vn duël à outrance (car pour le tournoy de courtoiſie, ce n'eſt que menu plaiſir des Princes:) quand deux Caualiers maſchants des groſſes menaces, & remaſchant le fiel de quelque aigre affront, ils ſe mettent en deuoir de choquer & s'eſgorger enſemble ? ils veſtent la cuiraſſe, endoſſent le harnois, s'accouſtrent l'habillement de teſte, & font flotter vn pennache ſur l'armet, les voila tous couuerts de fer, & eſcumans de rage. Ils ne ſont ſi toſt couſus en ſelle, voila la lance en arreſt, teſte baiſſée, les cheuaux preſſez de l'eſperon deſtrappent, s'enuolent, ſe laiſſent derriere ſoy : tout le monde treſſaut de frayeur, & pallit, attendant l'yſſuë de ce combat : qui choiſit la viſiere, qui donne où il peut, les lances ſi elles fauſſent tout, elles vous renuerſent tout net, & portent ſon homme mort par terre, en cas que non, chacun rompt ſon coup, & le bois eſclatte iuſques à la poignée de la roideur & violence des coureurs, & les cheuaux donnent de la crouppe en terre ; ils iettent les tronçons des lances à l'air, & piquant le courſier iuſqu'au ſang, les voila à cheual, auſſi toſt le coutelas au vent, & commencent à ſe charpenter. Vous oirriez ces pauures harnois martellez, & eſtincelants d'eſclairs, faiſant feu de tout coſté ; chacun taſte ſon compagnon, & deſire

l'entamer

l'entamer au defaut , ou fendre la falade , & faufer le
corps de cuiraçe. Si les armes font de fine trempe vous
voyez rebondir les coups contremont. Si l'vn fe fent
bleçé à l'heure faifant feu , vous le voyez comme vn
tourbillon courir fus fon aggreffeur, & ramenant l'efpée
à toute force tout par tout faire comme vn tonnerre,
tantoft de fendant, tantoft d'eftoc, vn reuers, vn def-
cendant defchargé de toutes fes forces , & de toute la
rage qui defcharge toute fa violence fur l'armet. L'autre
pare aux coups , recharge coup fur coup , tranche, perçe , fend , foule , eftonne , fait perdre les eftrieux , donne à trauers la vifiere. Voicy vn coup ramené qui fait
donner fur l'arçon du menton, la veuë fe trouble , le
voila hors de felle rué par terre ; l'autre ne defcend pas,
mais fe precipite apres , luy court fus , à la gorge , &
martelle fans ceffe , & chamaille de tout cofté fur ce
pauure eftourdy, il prend fon temps , il le ferre , il l'e-
ftreint , il l'eftrangle , le iette de fon long par terre , fi
l'autre ne reprend fes efprits, s'eft fait ; mais fi la neceffité le remet vn peu en effence , & qu'il reuient à foy,
fe voyant à l'extremité (ah Dieu que la Nature eft
puiffante au defefpoir !) il r'appelle tous fes efprits, r'allie tous les reftes de fa vie, fait iouër tous les reffors de
fes nerfs, fe roidit contre le malheur , plus que iamais il
a le cœur gros , & encor tout chancellant fe r'affeure,
& piqué iufqu'au cœur des pointes de l'honneur , il fe
roidit & s'eflançant ou fe foudroyant fur fon ennemy
le remartelle cruellement , coup fur coup hachant dru
& menu fans le laiffer refpirer , le fang découle de tout
cofté , & s'outragent en mille façons. Las ! quelle pitié

Q qq

de voir que pour vn ventelet d'honneur des Seigneurs
se massacrent à credit, à grands coups de trenchant, de
taille, de surprises, à coups d'espadon, cruels estramassons, & quoy que la vie s'enfuye par tant de portes &
de playes, ils r'amassent leurs cœurs, r'assemblent toutes leurs forces, font comme vn arrieban de tous leurs
esprits; ils frappent de roideur, ils rompent & détran-
chent en lambeaux, escus, gantelets, bandelettes, ils
enfoncent armets, brassars, cuissars, greuieres, ils se
couurent de fer, de sang, de coups, de foudres, de
morts, tout tremble sous la pesanteur des coups, les
assistans sont plus morts que vifs, le plus asseuré tremble, & se voudroit voir à cent lieuës loing de là. Finalement les espées se brisent, il faut quitter les armes,
& se ietter aux prises, ils s'accolent (comme feroient
vn Lyon enragé, & vne Tigre desesperée) ils s'estrei-
gnent, ils s'estranglent, ils choquent, ils se coulent
dessous par artifice, ils taschent se suppediter, les voila
tous deux acharnez & ruez par terre l'vn sur l'autre, ils
se renuersent sans dessus dessous, ils espient leur aduan-
tage pour donner le coup de la mort & de l'honneur.
Vous voyez distiller leur pauure vie par les playes, le
sang découle de toutes parts, si est-ce qu'ils se
donnent mille secousses, & oit-on craquer & retentir
sans cesse les harnois de coups, & du chamaillis aspre
au possible, & qui semble redoubler, & renforcer vers
la fin. Voyez comme l'vn porte son poignard à la face,
& le va plonger dedans si on ne pare au coup, l'autre
qui estouffe, & qui se sent creuer le cœur & escrazer
les poumons, & sa vie sur ses léures; il allume ses yeux

de rage, il defgage fa main & fon poignard, choifit le
defaut des armes, haufe la main pour defcharger vn
coup mortel fur le flanc de fon ennemy, les voila au
bout il faut que l'vn ou l'autre meure, on ne demande
point de vie, on ne veut point accourcir fa gloire pour
allonger fa vie, à ce dernier effort toute la nature fe
defbande, toutes les forces fe deferrent, toute la rage
fait fon dernier effort, & par vn iufte chaftiment fouuent il aduient que donnant en mefme temps tous deux
s'enferrent les corps, & enlaçent leurs ames, pour ardre
eternellement en enfer, & à tout iamais fe manger, &
fe ronger enfemble, d'vne barbare felonnie & rage vi-
perine. Voila le poing d'honneur; Helas quelle manie!

LE CITRON.

LE Citronier a la fueille d'Orangier toufiours
verte, les branches flexibles, reueftuë d'efcorce
verdaftre & efpineufe; fes fleurs font purpurées, en forme de clochette embaumée, du milieu
pendillent de petits filets : il eft toufiours meublé de
fruits, les vns naiffent & fe mettent au monde, les autres fe pouffent à la maturité; les autres font de cueillette, & prefts à tomber pour faire place aux autres.
Les Citrons gros comme Melons ne font pas fi bons
au gouft que les petits, ils font plus requis des Apoticaires, à caufe qu'ils ont plus de chair pour confire au

ſucre. La peau eſt d'or raboteux, ridé, inegal, & boſ-
ſeté ; ils ſont longuets, d'eſcorce charnuë & eſpaiſſe,
d'odeur fort ſoüeſue ; la moüelle ſous la peau eſt aigre,
pleine de ius, au mitan la graine (comme grains d'orge)
veſtuë d'vne eſcorce dure, amere au gouſt, mais bonne
contre le poiſon, & les morſures des ſerpens ne nuiſ-
ſent aucunement quand on en a mangé (Athen. l. c.
en rapporte vne belle hiſtoire) elle trenche la melancholie & conforte le cœur comme auſſi le fruit mangé
cru, la ſemence toutefois n'eſt pas bonne à manger. Le
Limon eſt plus court, moins enflé, plus petit que le
Citron, ſa pelure eſt plus mince & dorée d'vn or plus
blaffard, comme d'vn or paillé & paſſe, plus aigre au
gouſt, plus riche en jus, longuets & en appointant,
mais la pointe eſt vn peu tortuë. Pour de ſi gros fruits
il y a dequoy s'eſtonner voyant la petite queuë qui les
ſouſtient, quelle liaiſon & quelle colle les peut tenir ſi
ferme qu'il ne ſe laiſſe emporter par vn ſi grand pois?
la peau n'eſt pas liſſée, vnie, & vniforme, mais ſurſemée de petites enfleures, la füeille plus large que celle
de Laurier, mais comme toile, toute pertuiſée, &
troüée à iour, dentelée tout autour, d'odeur fort agreable. L'Orange eſt vrayement de l'or enflé en pomme,
car ſa peau eſt d'vn or naïf, cét or s'affine à meſure qu'elles ſe meuriſſent ; la fleur eſt blanche, d'odeur delicate de
loin, de pres trop aiguë & donnant en teſte ; ſon fruit
eſt vn petit grain verdelet ſortant du ſein & du cœur
de la fleur ; il s'enfle petit à petit de verjus, il ſe cuit à
la faueur du Soleil, il iaunit doucement, entre-meſlant
le ſaphir de ſa verdure auec l'or naiſſant, l'or gaigne

tout à la fin, & couure toute la chair & le jus. La fueille est comme du Laurier, mais lissée, large, odorante,
espaisse, trenchée de peu de filets & veines nourrissan-
tes, finissant en pointe. La branche est vestuë d'vne escorce verde, blanchaître, tousiours chargée de fueilles
& de fruit aussi. L'escorce de l'Orange est grasse, amere,
acre, mais cependant pleine de la plus delicate substance que les bons alterez espreignent sur le vin pour
donner pointe au vin, & esperon à la langue, & esueiller l'appetit de boire. L'eau distillée des Limons est
tresbonne pour le fard de ces popines qui mettent toute leur ceruelle sur leur visage enluminé & plaîtré.
L'eau des fleurs d'Oranges est excellente pour les parfumiers ; il y a des oranges douces, des aigres, des vi-
neuses, les secondes sont excellentes pour purifier le
sang, & garder la pourriture, quel plaisir de voir ces
petites bouteilles pleines d'vn ius tant agreable, toutes
penduës à vn arbre, & se meurissant peu à peu, se mes-
nageant à dessein pour en diuers temps ouurir l'appetit
des desgoutrez, & nous conseruer en vie?

MERVEILLES DES MATHEMATIQUES.

1. L'Esprit de l'homme trenche du petit Dieu, &
se mesle de faire des mondes de cristal, & con-
tre-fait les miracles de l'Vniuers. Dieu a creé
mille choses qui n'estonnent guiere nos esprits, l'artifice
fait profession de n'œuurer que des miracles. Les Ma-
thematiciens forcent les natures, & changent les Ele-

mens , & nous font voir ce qu'on ne peut voir , ny
croire quand mesme on le void du bout des doigts. Ils
vous font iaillir des eaux qui se lancent & dardent , &
quasi contrefoudroyent l'air , & puis se precipitent à
bas pour faire ce qu'on leur commandera ; ils contre-
balancent le vol du feu , & bon gré mal-gré le font
aller à la cadence de leur contrepoids , & ressorts qui
maistrisent le feu , qui ne peut eschapper sans congé ;
ils animent des orgues , & les font ioüer , chanter , &
parler tout langage , & des chansons inoüies , & non
apprises , & font que des souffles incognus , enflent les
tuyaux , & fredonnent là dedans auec estonnement des
Orgues mesmes , qui estait en Italie chantent à la Françoise , criaillent à l'Allemande , esclattent à l'Angloise,
font toutes les mignardises de l'Italie. Les gros tuyaux
muglent comme taureaux , les menus font le rossignol,
les moyens font les fredons , & sous les passages de
cent mille oisillons qui font les tuyaux des orgues de
nature , tous ces pauures haut-boix muets , deuiennent
musiciens par force , & des Orlandes là sus , puisque là
sus ils chantent diuinement. Mon Dieu quelles hardies
entreprises , dans l'airain & l'argent des Indes , faire
trompetter les Grües Italiennes ; dans le metal d'Allemagne , faire siffler les serpens à l'Egyptienne , mille petits voleurs d'oyseaux faits au moule fretiller , sauteller,
gringotter , dégoiser , entre-disputer , iazer en cent airs,
& ces petits corcelets froids & morts , & insensez comme bronze , ne laisser pas pourtant d'animer ce metal,
luy ouurir mille bouches , luy enseigner la game , le
faire donner mille aubades , & tous trespassez qu'ils font

s'efforcent de donner du plaisir à l'assistance. Et que
peut-on dire de grand de ceste diuine science qui sçait
contrefaire les voûtes azurées du Ciel, & les allumer de
mille & mille estoilles. C'est elle qui a fait mentir ceux
qui se sont hazardez de maintenir qu'il n'y pouuoit auoir
deux Soleils au monde ; car se seruant des mains & de
l'esprit d'Archimedes à enchassé dans vn firmament de
cristal vn second Soleil, compagnon ou petit cadet de
l'autre, courant par la glace, & le dorant de ses raiz à
mesme cadence que l'autre, faisant vn petit an de cristal par ses tours & retours, comme l'autre mesure la
grand année par ses courses courant par les voûtes de
Saphirs où est sa carriere ordinaire ; c'est elle qui par la
force de son esprit actif, entreprenant, & qui frize la
toute-puissance, à basty vn escharpe de verre, l'a peuplé de 12. Signes terrestres, & comme d'vn Zodiaque
en a ceint son petit ciel de terre. Par les esclairs, &
rayons de cest Art, la Lune icy allume son filet d'argent,
enflamme le repli de sa glace, se remplit de iour, est
toute espanoüie, semble vn Soleil de nuit, & tout à
coup flestrit, & ternit son cristallin, s'eclipse, & meurt
piece à piece, & paroit toute d'airain, & resuscite tout
de mesme que la grande dans le Ciel fait ses mois, &
ses courses. Chose estrange que ceste science par des secrets rapports, ait si bien accordé ceste Sphere aux cadences & aux bransles des Cieux, qu'vn petit hommelet fait tout seul en terre, tout ce que les intelligences
font au Ciel où elles tourneboulent ces grandes voûtes
de l'Vniuers. Par ainsi l'Art a enfanté vn petit bout de
machine, enceinte d'vn grand monde, vn Ciel & Paradis

portatif, vn grand vniuers dans vn rien de verre, le beau
miroüer où la nature se mire toute estonnée de voir
qu'à ce coup l'Art ait surmonté, & quasi enfanté la Nature. N'y a-il pas du plaisir de voir postillonner ces petites estoilles, vous iureriez qu'elles ne bougent non plus
que celles qui sont enracinées au Ciel, & voila pourtant
qu'elles tirent pays, & à grandes erres s'en vont au Ponant, & faut que la raison demente l'œil ; i'ozeroy dire
qu'en ces estoilles on y a mis vn passage immobile, vne
course stable, vn vol fiché & immuable, qui est faire
des choses qu'on ne peut comprendre mesmes en les
comprenant.

2. Et qui peut expliquer l'heur de ses esprits en l'inuention des montres au Soleil, & des quadrans solaires?
Ils vous plantent vn stile, & vne verge de fer là où bon
leur semble, & faut que le Soleil, & tout le Firmament
luy rende conte de tous ses voyages, & luy face sçauoir
de point en point toutes ses entreprinses. La pointe de ce
stile est le Kalandrier du iour, & l'indice des heures, &
du mouuement du Soleil ; iamais il ne bouge, & suit
par tout le Soleil, qui vole sans cesse d'vne vistesse in-
comprehensible ; vn petit bouton de fer vous fait sça-
uant de tout ce qui passe là haut, il vous monstre l'heure du iour, le signe où est le Soleil logé au Ciel, les
saisons de l'année. Mon Dieu le grand miracle qu'vn
petit filet d'ombre courant sur vne fueille de marbre
incisé, vous face voir tout ce que le Soleil sçauroit
faire en la grande estenduë de son Ciel. Non ie ne croy
point que les estoilles ne mourussent d'enuie, si elles en
estoient capables, & que de honte de se voir ainsi ou-
contre-

contre-faites, ou furmontées en fi peu de marbre, qu'elles ne changeaſſent leur route, pour ne feruir de riſée à
ces petits hommelets , qui veulent faire des petits fai-
ſeurs de monde. Car qui ſe peut meshuy eſtonner de
voir les heures faites par la lumiere du Soleil , & les
courſes des aſtres flamboyans, ſi vn petit bouton d'ombre , & vn petit rien ſe pourmenant ſur la blancheur
d'vn marbre, marque aſſeurément toutes les heures du
iour? Et qui penſera que ce ſoit grand miracle de voir
des grandes boules de glace azurée , enchaſſée de feu
eſtoilé, eſtre bouleuerſées ſans ceſſe, d'vn branſle iamais
entre-couppé, ſi vn petit metal, & vn filet de fer mort
& immobile en fait pour le moins tout autant , ie ne
ſuis pas aſſez hardy pour dire d'auantage. Et qui pis eſt
l'art ne fait que ſe ioüer, & ce n'eſt que pour s'eſbattre,
& quand elle prend ſes menus plaiſirs qu'elle fait tout
cecy, cependant qu'auec tant d'apparat , & tant de maieſté la nature fait ſes efforts là haut au Ciel, au maniement de ces machines dorées de ces tant belles me-
dailles. Mais n'eſt-ce pas paſſer les termes d'entreprendre de partir les nuits meſmes, & pour n'auoir plus affaire du Ciel, & n'eſtre obligé aux Eſtoilles , aller forger des inſtrumens qui par dès cheutes d'eau miracu-
leuſes, font tout ce que le Ciel fait par ſes cheutes de
l'Orient au Ponant, & au lieu des eaux glacées du Ciel,
& des feux gelez des Eſtoilles , auoir des eaux coulantes qui ſeruent d'horloges & meſures à nos vies com-
paſſées ? Quelle audace , de meſurer nos nuits par le
mouuement de ces eaux , & imiter iuſtement le roüe-
ment des Eſtoilles? Ne ſemble-il pas qu'il y a de la te-

Rrr.

merité en son fait & de l'arrogance, de contraindre
l'eau & les elements de faire des mestiers qu'ils n'ont
onques appris, & se mesler de contrefaire les cieux, &
auoir des reglemens à leurs mouuemens, pareils aux diuins mouuemens des globes celestes? ie ne sçay qui me
tient que ie ne die que l'artifice deuroit auoir honte de
surmonter ainsi la nature. Ne fait il pas beau voir Dæ-
dalus homme pesant, & animal lourd comme les autres, à qui nature à peine auoit leué le menton, & ouuert les yeux pour regarder l'air & le Ciel, & ce galand
pourtant s'affuble des aisles non données de Dieu, &
s'enuole piaffant sur les nuées, qu'il trenche du battement de ses aisles, & fait pasmer la nature d'estonnement de voir vn homme volant, & se balançant sur les
nués? Voyez là ce Cupidon de fer pendu à rien, &
estranglé sans corde entre Ciel & terre, faisant amende honorable à la chaste Diane? qui tient tout ce diablotin de fer, où est le licol, où la main, où les chesnes
qui le garrottent? qu'on ait sçeu agencer de l'aimant si
bien à propos, que le fer vole? que la terre monte? que
le poids ne pese plus? que l'air soit la terre, ou se paue
pour soustenir le fer? que le rien serue de gibet pour
pendre ce petit Dieu criminel. C'est trop, c'est trop,
comme si le Mathematicien estoit le compagnon de la
nature, ou son corriual, & qui luy voulut debattre la
presceance, faisant des miracles en se iouant, donnant
la parole aux muets, faisant Musiciens des oyseaux d'argent, animant la mort, & donnant vie au trespas, & à
des choses insensées, en vn mot quand il luy plaist, bastissant des mondes, & les desmolissant à sa fantasie.

SVITE DE LA
MVSIQVE.

CHAPITRE XXIII.

LE monde eſt bien obligé à celuy qui fut le
premier inuenteur de la Muſique, qui eſt le
doux charme de tous les ennuis de noſtre pitoyable mortalité. Car ceux-meſmes qui ſont
plongez ſous vn abyſme de mal-heurs, ſi eſt-ce qu'au
moindre fredon d'vne douce Muſique, ils ſurnagent
comme les Dauphins (au dire des Poëtes) ſous les pieds
du Meneſtrier Arion, & treſſaillent de ioye. Quelle faſ-
cherie ſe peut trouuer, qui ne ſe laiſſe enleuer lors qu'vn
gentil ſuperius s'ennole iuſques au Ciel, & s'emporte
ſoy-meſme, dardant les mignardiſes de ſa voix à perte
d'haleine & d'oüye? ou lors qu'vn baſſus apres auoir
long temps pourſuiuy le ſuperius, & ne le pouuant at-
teindre, quaſi ſe deſpitant contre ſoy-meſme, ſe precipite, & s'enfonce iuſques au centre de la terre, faiſant
du tintamarre de ſa voix, trembler les vitres, & les murailles. La taille & l'haute-contre vont voltigeant par
l'air, ondoyans par aſcendens & deſcendens, tantoſt s'accordant volent ſi haut, qu'ils attaquent de pres le plus
braue ſuperius, & qui eſt propre aux plus hautes entrepriſes: tantoſt ſe fondent ſur la baſſe-contre, & luy faiſant tourner le dos, le pourſuiuent touſiours battant, iuſ-

ques à tant qu'il s'abyſme. S'ils s'accordent tout quatre,
ô Dieu quelle douceur : ils peſle-meſlent leur voix, &
conſpirans enſemble d'vn accord heureuſement deſ-ac-
cordé, ils meſlangent haut & bas, aigre & doux, art &
nature, & b. mol, & b. quarre, & ſi vous n'y prenez garde, ils vous rauiront l'ame par les oreilles. Puis tout à
coup ils ſe mutinent, vn gaigne au pied, & trois vous
le tallonnent ; auſſi toſt il tourne le viſage, & ces trois à
gaigner pays, pendant qu'vn ſeul les galoppe, puis ſe
mipartiſſant deux contre deux, ils choquent ſi rudement, qu'il en y a pour rire. Le plaiſir eſt quand ils chantent à l'enuy à deux ou à trois chœurs. Tantoſt deux
petits roſſignols s'enuoyent le cartel de deffi, pour ſe
battre en duel, l'vn preſente la premiere eſtocade de ſa
langue, l'autre la renuoye & redouble, coup ſur coup,
fredon ſur fredon, paſſage ſur paſſage, l'vn ſe feint, l'autre ſouſpire, qui crie, qui ſe taiſt, puis ſe dardent tout à
coup, puis ſe retirent, tantoſt ils ſe flattent par mignardiſes, tantoſt ſe menacent rudement, ſouuent vous diriez que le cœur faut à l'vn, & que l'autre vueille rendre ſon ame : ſouuent vous cuidez qu'ils ſoient d'accord, auſſi toſt ils ſe faſchent : meſmes qu'ils contrefont
l'echo, vn dit, l'autre redit ſans y faillir d'vn ſeul poinct ;
l'vn ſe plaint, l'autre pleure ; l'vn rit & l'autre eſclatte, ie
penſe qu'ils mourroient en duel, n'eſtoit que par compaſſion quelque farouche baſſe-contre auec le tonnerre
de ſa voix les eſpouuante, & les ſepare l'vn de l'autre,
ou pluſtoſt que chaque chœur eſpouſant le parti de
ſon ſuperius, ne ſe mit en bataille rangée, dix contre
dix, teſte à teſte, entrechoquant voix contre voix, haut

contre bas, taille contre taille, à son de trompettes & de
fifres, fluſtes, cornets, & tabourins, auec les coups de
canons des orgues, les moſquets des ſaquebutes, qui
bat, qui crie, qui ſuë, qui ſouſpire, & rend l'ame, qui ſe
cache en embuſcade, & ayant demeuré coy long
temps, en vn clin d'œil fend la preſſe au moindre ſigne
qu'on luy donne, & ſe iette dans la meſlée à corps perdu, en fin treſtous ſont ſi bien acharnez & enueloppez
ſi auant au chamaillis, qu'ils y lairroient tous, ou la vie,
ou aumoins la voix, n'eſtoit qu'on ſonne la retraicte,
auec vne douzaine d'Alleluia, & lors ſe rallians & faiſans paix, s'en vont boire vn coup de compagnie, &
ſont plus grands couſins que iamais, lors qu'eſſuyant
leurs viſages, arrouſant leurs fluſtes, ils racontent leurs
tirades, leur proüeſſe, & leurs ruſes miraculeuſement
harmonieuſes.

L A   V O I X.

Aix-là, Meſſieurs, il faut icy garder ſilence, &
donner audience à la voix, elle ſeule le merite,
comme l'Ambaſſadeur ordinaire de nos ames,
& le truchement de nos affections. Mais d'où vient-el-
le, ie vous prie, qui ſont ſes pere & mere, où le lieu de ſa
natiuité? eſt-il bien poſſible qu'vn petit ventelet ſortant de la cauerne des poulmons, meſnagé par la langue, briſé par les dents, eſcraſé au palais, face tant de
miracles? Ie ne veux pas parler des Muſiciens, car vous
les oyez tous les iours, tel y en a qui ſeul chantera les
quatre parties, & d'vne tirade deuuidant cent cinquante

R rr 3

crochets, se desrobe aux aureilles, & vole iusques au
Ciel, d'où se culbutant auec vne voix precipitée, par autre cent cinquante tons differens, descend iusqu'aux Enfers. L'on iureroit par tous les saincts de Paradis, qu'il
n'est possible si les sourds mesmes ne l'oyoient chaque
iour. L'accoustumance nous a fait perdre l'admiration.
Sçauez-vous ce qui m'estonne le plus, c'est de voir que
d'vne mesme langue artistement maniée, on contrefait
toutes sortes d'oyseaux : fermez les yeux, & ouurez les
oreilles, ce Ciarlatan qui vient d'Italie fera le Rossignol,
le Coq, & la Linotte, la Caille, la Perdrix, le Corbeau, la
Colombe, & vous penseriez estre sous les volieres
Royales de Fontainebleau. S'il vous veut faire rire, il
vous fera bramer vn Asne, rere le Cerf, mugler le Tau-
reau, rugir le Lyon, hannir le Chebal, abbayer tous les
Chiens, vrler le Loup, & son gosier vous semblera
l'Arche de Noé, où toutes les bestes chantoient, les
oyseaux d'vn costé, les animaux qui vont à pied de l'autre. Ce n'est pas encor là où ie vous veux conduire,
auez vous point veu de ceux qui font de leur bouche
toute sorte d'instrumens? haut-bois, clairons, flustes,
cornets, & violons, fifres, tambours, & sistres, & comme si les donts estoient des cordes, le creux du nez, le
ventre d'vne viole, la langue vn archet, le gosier fut le
manche, il vous chante tous les airs que peut porter
vne viole, de sorte que comme l'homme est vn petit
abbregé de toutes les creatures, aussi sa voix est vn petit monde ramassé de tous les fredons & passages de
nature, & de l'art. Il est bien vray, qu'il n'y a point d'apparence de vouloir brauer le Ciel & la terre, soit lors

que groffiffant fa voix, enflant les ioües, & ramaffant fon
gofier, il veut foudroyer & imiter l'effroy efclattant du
tonnerre; foit lors que fecoüant la tefte, enfonçant les
yeux, refrongnant le vifage, pouffant fa langue, & de-
batant fes léures fort rudement, il contrefait le bruit de
l'artillerie. C'eft trop, c'eft trop fe hazarder, cela eft plus
tolerable, lors que d'vne mefme voix, il exprime toutes les affections, & defueloppe toutes les playes de l'a-
me; il defgaine fa cholere auec vne voix ardante & foudroyante; il foulage fa douleur auec vn foufpir cordial,
& vn accent pitoyable; eft-il defefperé, fa voix le monftre affez, car elle eft entrecoupée de foufpirs, & fe dardant iufques au Ciel, tout auffi toft fe laiffe tomber par
terre. Veut-il menacer, il fe fert d'vne voix rude, d'vn
ton farouche, & perçant les oreilles de fa roideur, eftonne le pauure criminel qui l'efcoute. Chofe du tout
admirable. Les larmes ont leur voix à part, toute faite à
fanglots & d'vn fon aigre-doux, qui flefchiroit les pierres: s'il faut flatter, voicy vne voix du tout mignarde &
doüillette, qui ne fent que mufq & ambre-gris, & fe
coulant dans les cœurs les plus endurcis, fait fondre les
glaçons qui ont fait geler leurs ames. Eft-il temps de
tire, oyez-vous pas les efclats d'vne voix forte & hardie,
qui fort à bouche ouuerte. Ce Soldat, ce Thrafon qui
braue là, voyez auec quel accent, d'vne voix piaffante,
gonfle & hautaine il gronde; & ce pauure Diable qui
tranfit de peur deuant luy, voyez quelle voix il a tremblante, mal-affeurée & chancelante. Comment eft-il
poffible qu'vn morceau de chair dans vn trou auec des
offelets rengez, qui eft le tuyau & haut-bois de la na-

ture, face fortir fi grande varieté de voix, & fi aifément,
que les petits enfans y font maiftres ? que dis-ie les enfans, les beftes mefmes fe feruent de la voix, comme du
Calepin de leurs imaginations, car la voix eft leur parole, auec laquelle il monftre à tous, tout ce que leur imagination leur graue dans la tefte. Il faut bien dire que
foit Dieu ou la nature, qui monftre ce qu'elle fçait faire; car fi elle veut ioüer des orgues, le nez luy fert de
tuyaux, les dents de foupafes, la langue de main, les
poulmons de foufflets; & d'vn rien fait tout ce qu'elle
veut, ie penfe que c'eft de ces vents icy que dit Dauid,
Qui educit ventos de thefauris fuis, c'eft dire du cœur & des
poulmons, qui font les coffres des finances de la nature.
Ne vous eftonnez pas maintenant fi S. Iean Baptifte,
s'appelle la voix de l'Eglife, & de Iefus Chrift, car il ne
pouuoit dire chofe plus excellente.

REMORA.

L'Empereur Caligula, cuida vn iour enrager s'en
retournant à Rome auec vne puiffante armée
nauale. Tous les fuperbes nauires, tant bien
armez, & fi bien efperonnez fingloient à fouhait, le vent
en pouppe, enfloit toutes les voiles, les vagues & le
Ciel fembloient eftre partifans de Caligula, fecondant
fes deffeins, quant au plus beau, voila la galere Capita-
neffe & Imperiale, qui eft arreftée tout court. Les autres
voloient, l'Empereur fe courrouce, le Pilote redouble
fon fifflet, quatre cens efpalliers & galiots qui eftoient
à la rame, cinq à chaque banc, fuent à force de pouffer,

le vent

le vent se renforce, la mer se fasche de cest affront, tout
le monde s'estonne de ce miracle, quand l'Empereur se
va imaginer que quelque monstre marin, l'arrestoit sur
ce lieu. Adonc à force plongeons se precipitent en mer,
& nageant entre-deux mers, firent la ronde à l'entour de
ce chasteau flottant, ils vont trouuer vn meschant petit poissonneau, d'vn demy pied de long, qui s'estant attaché au timon, prenoit son passe-temps d'arrester la galere, qui domptoit l'vniuers. Il sembloit qu'il se voulut
moquer de l'Empereur du genre humain, qui piasse tant
auec ses mondes de gendarmes, & ses tonnerres de fer,
qui le font seigneur de la terre. Voicy, dit-il, en son
langage de poisson, vn nouueau Annibal aux portes de
Rome, qui tient en vne prison flottante Rome, & son
Empereur : Rome la Princesse menera sur terre les Roys
captifs en son triomphe, & ie conduiray en triomphe
matin par les contrées de l'Ocean le Prince de l'Vniuers; Cesar sera Roy des hommes, & moy ie seray le Cesar des Cesars; toute la puissance de Rome est maintenant mon esclaue, & peut faire tout son dernier effort,
car tant que ie voudray, ie la tiendray en ceste conciergerie Royale. En me iouant, & me ioignant à ce Ga-
lion, ie feray plus en vn instant, qu'ils n'ont fait en huit
cens ans, massacrant le genre humain, & despeuplant le
monde. Pauure Empereur que tu es loing de ton conte,
auec tous tes cent cinquante millions de reuenu, & trois
cens millions d'hommes qui sont à ta solde, vn malo-
stru poissonneau t'a rendu son esclaue. Que la mer se
despite, que le vent enrage, que tout le monde deuienne
forçat, & tous les arbres auirons; si ne feront-ils vn pas

SsS

fans mon paſſe-port, & ſans men congé. Pendant que
ce petit tyran de mer prend ſon paſſe-temps, les plongeons vous l'attrapent, & le preſentent à Caligula, en
faiſant ſacrifice à ſon iuſte courroux. L'Empereur ne
ſçauoit quelle mine tenir, s'il deuoit rire ou pleurer,
voyant ce brigand, le vif Arſenal de nature, où elle tenoit les plus fortes pieces de ſes armées. En fin le pauure Caligula eut honte de voir que ce petit diable de
mer peut brider toute la puiſſance de Rome. Les vns
diſoient, & où tient ce voleur ceſte force indomptable,
qui malgré toutes les violences de l'Ocean, & la furie des
vents, arreſte vn gros nauire, que tous les cables & ancres tres-peſans ne peuuent affermir ſur le dos incon-
ſtant des marées? Les autres, & quoy vn maloſtru limaçon, liera ſur mer vn empire ſans cables, ancrera vn nauire ſans accroche, tiendra ſans mains vne armée flottante? L'Empereur s'eſtonnant comme ce diablotin d'eau
deſſous la galere eſtoit tout-puiſſant, dedans il n'auoit
aucun pouuoir, & tremblottoit de peur à la veüe d'vn
chacun. Voicy le vray Archimedes des poiſſons, car luy
ſeul arreſte, tout le monde : voicy l'aymant animé, qui
captiue tout le fer, & les armes de la premiere Monarchie du monde; ie ne ſçay qui appelle Rome l'ancre dorée du genre humain, mais ce poiſſon eſt l'ancre de l'ancre. On appelloit à Rome Iupiter le ſtator qui arreſtoit
& affermiſſoit l'Empire Romain, à voſtre aduis ce galand de poiſſon n'eſt-il pas à bon eſcient le Iupiter ſtator de Rome, arreſtant le Prince, là où rien ne s'arreſte?
O merueille de Dieu, ce bout de poiſſon fait honte, non
ſeulement à la grandeur Romaine, mais à Ariſtote, qui

perd icy fon credit, & à la Philofophie qui y fait banqueroute; car ils ne treuuent aucune raifon de ceft effort;
qu'vne bouche fans dent, arrefte vn nauire pouffé par les
quatre élemens, & luy face prendre port au beau mitan
des plus cruelles tempeftes? Pline dit que toute la nature
eft cachée comme en fentinelle, & logée en garnifon
dans les plus petites creatures, ie le crois, & quant à moy
ie penfe que ce petit poiffon eft le pauillon mouuant de
la nature & de toute fa gendarmerie, c'eft elle qui ag-
graffe, & arrefte ces galeres; elle qui bride fans autre bride que le mufeau d'vn poiffonneau, ce qui ne fe peut brider. Ou pluftoft que c'eft vn charme de nature, qui en-
chante les armées nauales, pour faire voir à l'œil que tous
les hommes pour grands qu'ils foient, ne font que les valets d'vn petit animal, qui ne vaut pas le manger, ni le
pendre, ni le prendre veux-ie dire, car il ne vaut rien en
cuifine, ni dans l'eftomach, qu'il empoifonne de fa fubftance. Lasique ne rabbatons-nous les cornes de noftre
vaine arrogance, auec vne fi faincte confideration, car fi
Dieu fe iouant par vn petit efcumeur de mer, & le py-
rate de la nature, il arrefte & accroche tous nos deffeins
qui s'en volent à plein voile d'vn pole à l'autre, s'il y em-
ploye fa toute-puiffance, à quel poinct reduira-il nos
affaires? fi de rien il fait tout, & d'vn poiffon, ou pluftoft
d'vn petit rien, nageant & faifant du poiffon, il accable
toutes nos efperances, helas quand il y employera tout
fon pouuoir, & toutes les armées de fa Iuftice, hé! où
en ferons-nous?

SÍÍ 2

L'AMBRE GRIS.

Oftre beftife donne fouuent le prix, & le poids aux chofes de neant : mais parce que nous l'ignorons, nous l'adorons. Le flot nous pouffe quelquefois au riuage des lopins de terre grifaftre, & odoriferante, parce que nous ne fçauons que c'eft, nous en faifons vn miracle de nature. On le nomme don de Dieu, don de la mer, don de fortune, rencontre de fortune, fortune mufquée, & comme s'il n'y auoit rien de bon en nature que cela, les Gafcons qui font au lieu où on le treuue, le nomment la bonne chofe; on le nomme auffi efpaue precieufe, treuue d'auanture, le threfor des vagues, & en cent autres noms. Quand on demande que c'eft, les plus fçauans ne fçauent ce qu'ils doyuent refpondre. Les vns fouftiennent que l'Antiquité n'a iamais connu cefte merueille, & partant les autheurs n'en ont fonné mot. Les autres fe moquent, & maintiennent que iamais le monde ne fut monde, fans Ambre gris, mais que ce don de la mer n'a pas efté tant feulement caché fous l'Ocean, mais auffi fous quelque nom fauuage. Car, difent-ils, les mefmes caufes de l'Ambre gris ont efté de tout temps, pourquoy donc eft-ce que la bonté de nature ne nous auroit pas engendré cette rare merueille? Serapion dit que c'eft ie ne fçay quoy flottant en mer, que le poiffon Azel pourfuit à outrance, il l'attrappe, il le deuore, & en meurt, puis fortant du ventre de ce poiffon, il eft affiné, & rend vne odeur tres foüefue. Or deuinez que c'eft que ce ie ne fçay quoy;

eſt-ce pas ſe moquer du monde ? Les autres le font venir comme l'Ambre iaune, & diſent que certains arbres
diſtillent vne humeur gluante, qui tombant dans la mer
ſe fige & ſe durcit, puis par benefice du flot, il arriue à
nos rades : mais quels arbres, quel climat, en quelle part
du monde viennent ces arbres : quand les Philoſophes
ne ſçauent plus où ils en ſont, ils vont chercher les eſtoilles, diſant qu'elles ont des influences ſecrettes, qui ſont
cauſe des effects miraculeux que nous voyons en la baſſe nature. Et les autres forgent des iſles fortunées, d'où
ils font venir l'Ambre gris, les diamans en coque, les perles dans leurs boëttes, & tout ce qu'il leur plaiſt. Eſt-ce
pas abuſer de la creance de la Chreſtienté, de dire que
c'eſt l'ordure de la baleine qui ſe metamorphoſe en cette douceur precieuſe. Ceux qui hantent la coſte de
Bayonne, le cap verd, & les autres marines peuplées de
baleines, & qui en prennent tous les iours, nous iurent
qu'il n'y a rien de plus puant que cette vilenie que Paul
le Venetien dit eſtre l'Ambre gris. Auſſi ridicule eſt l'ó-
pinion de ceux qui tiennent que c'eſt l'eſmeutiſſement
de certains grands oyſeaux qui viuent ſur la pointe des
precipices, & des rochers, cela ſe confit au Soleil, à l'air
ſalé de la mer, & à l'eſcume des flots : Mon Dieu, que
l'ignorance a de plaiſantes imaginations de nous faire
naiſtre l'Ambre gris en ſi beau lieu. Qui iamais vit ces
oyſeaux precieux, & qui vid onques ces rochers embau-
mez d'Ambre gris. Qui dit que c'eſt du cahfre, qui vn
ſuc & vne liqueur d'arbre comme le baume, l'encens,
qui des champignons naiſſant au fonds de la mer, & puis
comme le corail, durciſſant à fleur d'eau, qui vne terre

grifaftre, & d'vne telle compofition qu'elle eft tres-odo-
riferante, en fin que c'eft vn bitume charrié par des fontaines dans l'Ocean, où il s'endurcit en diuerfes pieces,
puis va au fon de la mer, & au gré des vents. Quel mal
y a-il de croire cecy, attendant qu'on treuue quelque
chofe de mieux? void-on pas à l'œil des foulphrieres, où
le foulphre s'engendre, s'empierre, & eft fort puant? void-
on pas des herbes qui naiffent dans la mer, & fe petri-
fient & ont odeur? void-on pas des bitumes, du canfre,
dix mille merueilles aufli grandes que cette-cy, attendant donc quelqu'vn qui inuente quelque chofe de
mieux, ou à qui Dieu defcouure ce beau prefent que
nature nous fait en cachette, vous prendrez cecy en payement s'il vous plaift, efperant quelque chofe de mieux de
moy fi ie puis, ou de quelqu'autre.

UN ESPY DE BLED.

Ous foulons tous les iours au pied des miracles, pendant que vainement nous pourmenons
nos efprits par le Ciel, pour y rencontrer la
diuine prouidence. On iette vn grain de blé dans vne
terre puante de fumier, & femble eftre perdu, cependant
la nature le reçoit en fon fein, l'efchauffe, & le meta-
morphofe. Car en peu de temps le voyla de vray tout
pourry, mais changé en vn grain d'amidon, ou vn peu
de laict caillé; toft apres il fe r'aduife, fe r'allie, & ramaffe
fes pieces, puis pouffe vn ietton qui fera la mere racine,
l'accompagnant de tout plein de petits filamens qui fe
iettent tout autour de la motte pour en humer la fub-

ſtance, & ſeruir de fondement à l'eſpy. Ce petit grain
commence à viuoter, & en ſigne de ſa vie il germe, &
iette comme vn petit poinçon d'argent, qui trenchant
la terre met le nez dehors, & change de couleur, ſem-
blant vn petit filet de Saphir. A la premiere pointe du
Printemps, tout luy eſtant fauorable, ce grain darde ſon
tuyau touſiours en pointe ; la nature ſe cache là dedans
pour y faire le reſte ; or parce que iamais les bleds n'eſ-
pyeront, que le chaume ne ſoit noüé & ferme, elle vous
le noüe en trois & quatre lieux, & l'affermit, y faiſant
comme quatre eſtages ; elle nourrit graſſement la paille,
& l'enfle pour le roidir d'auantage, car les bleds drus ne
peuuent porter leur charge, & ſe rabbatent aiſément à
terre : quand le chalumeau eſt en bon poinct, & le chaume aſſez roide, c'eſt lors qu'on minute de faire le miracle
de la multiplication, non pas de cinq pains non, mais
d'vn petit grain, quelquefois en plus de cent cinquante.
Au reſte quel ſoin a elle de faire ce chef-d'œuure. Elle
vous fait comme de petites langes pour enuelopper la
delicateſſe du grain, ou pluſtoſt elle iette en rond des
fueilles qui ſont comme vne gaine & vn fourreau, puis
elle garnit tout le dedans d'vne bourre, & vn petit coton tendrelet & delié à merueille, ſur lequel elle couche,
& arrenge ces petits grains benis de l'indulgence de la
nature, les enfilant doucement, & les enchaſſant les vns
auprès des autres, emmaillottant chacun d'eux en de petites pellicules de ſatin, & les armant contre les iniures
du temps, & la cruauté de l'air & des vents ; là elle leur
donne le laict, & la ſubſtance, les engraiſſant, & les enflant petit à petit : quand la grappe & l'eſpy eſt deſia gran-

delet, il se donne iour, & pour iouïr de la veüe du Soleil, my partissant les fueilles, il se iette à la mercy des élemens. Vous le voyez en peu de temps fleurir, tost apres
défleurir, & quasi en mesme instant deuient massif &
solide allant à la maturité, ce qu'il tesmoigne se dorant peu à peu, & changeant de couleur. Le mal est
qu'vn monde de petits voleurs, qui ne viuent que de brigandage, auroient bien tost tout destroussé, & volé, en
bequetant & contant les grains, & qui pis est, en esgre-
nant tout l'espy, & le despeuplant de son thresor, si la
nature n'auoit preueu ce desastre : car tout ainsi que craignant la nielle, maladie pestilentielle des bleds, elle l'arme de fourreaux, de petites cottes d'armes, de pellicules, & de petits corselets, afin que frappé de mauuais
vent, le blé ne vienne à auorter dans son espy, laissant tarir & mourir sa moëlle : aussi contre ces brigands d'oy-
sillons, elle pose comme vn corps de garde, & dresse quatre rangs d'arestes & piquantes & bien rudes, mettant
tous les grains à couuert, hors de prise, & du coup de
bec. Nous faisons quelquefois l'arbre de Iessé, couchant
le bon vieillard tout de son long, pour le faire seruir de
racine à vn arbre, qui au lieu de fruict est chargé de
Roys & de Princes, yssus de son estoc & de ses entrailles, iusques au sommet où gist celuy qui est le blé des
Anges, & le pain de vie; mais c'est en peinture, car autrement il seroit hors de la puissance de Iessé, de porter
sa race sur ses espaules. Et toutesfois ce petit Iessé de
nature, ce petit grain dont se fera vn iour le pain de vie,
plus miraculeusement que du sang de Iessé, ce petit
grain, dis-ie, porte sur soy toute sa race, la tige, les fueilles, les

les, les grains, leur maifonnette, & tout fon petit Royaume peuplé de grains, qui peuuent chacun d'eux eſtre
changez au plus grand Roy du monde. Va donc va
Atlas eſcrafé fous ton monde que tu portes en imagination, ce petit grain peut porter réellement & de fait
celuy qui pefe plus que dix mille mondes enfemble. Io
ne m'eſtonne plus ſi Dieu a choiſi ce grain pour en
faire le grand Amphitheatre de fa diuinité ; car il le re-
femble ſur toute autre creature; Dieu a fait le monde, &
le fouſtient de trois doigts, ce petit grain fait vn monde
de grains, & les porte & nourrit de fa fubſtance, comme
le Sauueur du monde de foy-meſme nourrit ceux qui
par la foy viue s'appuyent ſur luy. Ce grain en mourant
reſſuſcite, monte vers le Ciel, & donne la vie au monde,
& le diriez-vous quaſi le petit Sauueur de la nature, donnant vie à nos vies : n'eſt-ce pas comme le Seigneur de
l'Vniuers en a fait, qui meſme s'appelle pour ceſt effeĉt,
vn grain de fourment, fe prifant beaucoup de ce tiltre.
Celtuy-ci fe monſtra Dieu en multipliant cinq pains, &
donnant à difner à tout plein de bonnes gens qui eſtoient
à fa fuitte, celuy-là fait tous les ans ce que le Meſſie ſit
vne fois en fa vie. Le Sauueur dit qu'il ne vouloit donner
la vie à fes feruiteurs, qu'en mourant ſur l'arbre de la croix
tout moulu de coups, brifé de playes, reduit quaſi ĉa
cendre: ce pauure grain pour nourrir meſme fes ennemis,
ne le peut faire qu'il ne foit pilé de coups, moulu & eſcrafé, puluerifé, conuert d'eau & de feu, & reduit au
neant. O donc beau miracle du monde, & riche chef-
d'œuure de la nature Vierge!

Ttt

L A R O S E E.

I L faut que ie confeſſe mon ignorance, car autrement ie me perdrois en conſiderant d'vn coſté le cas que Dieu, & la nature font de la roſée,
& de l'autre la pauureté de ceſte petite creaturette roſée;
la parole eſt plus peſante & plus riche que tout ce qui
eſt dans la roſée meſme: vne meſchante petite fumée,
& bien ſouuent puante, enleuée de quelque mare pourrie, portée au ſecond eſtage de l'air (qui eſt la matrice
des fleaux de la nature, greſles, neiges, frimats, & foudres,
& Enfers mouuans) ſi toutesfois elle y arriue, où eſtant
elle ſe morfond auſſi toſt, & ſe ramaſſant dans ſoy meſme, delà à peu s'eſpaiſſit, & ſe change en petites larmes
qui tombant ne nous porte autre choſe ſinon ſeraln em-
peſté & catharres mortels, ſe fondant ſur nos teſtes. Voila bien vne belle piece, & dont il faille faire tant de cas.
Si faut-il bien que ce ſoit choſe de quelque pris, puis
que Dieu en parle ſi hautement. Voila que c'eſt que d'y
penſer maintenant, il me ſemble de voir la beauté de ceſte ordinaire influence: O combien de threſors vois-ie
enfermez dans ſes petites gouttelettes, & ces petits
grains benis, de criſtal liquefié. Quoy? que penſez vous
que ce ſoit de l'eau, ie vous prie ne le penſez pas, car ſi
Pline dit vray, comme ie penſe, & que la roſée prenne la
qualité de la choſe ſur laquelle elle tombe, ce qui vous
ſemble de l'eau, eſt ſucre dans les roſeaux de madere,
hypocras dans la vigne, manne dans les fruicts, muſq
dans les fleurs, medecines & Recipes dans ies ſimples,

ambres dans les peupliers, Nectar & Ambrosie sur les fruicts de la terre, le laict des mammelles de la nature qui en nourrit tout ce bas vniuers. Ie ne me veux donc plus estonner, de ce que Dieu laissant toutes les autres tant belles creatures, ne se vante sinon d'estre le Pere des rosées. Iob 38. *quis genuit stillas roris, & quis est Pater pluuiæ? &c.* Vous diriez qu'il aye enuie de dire, qu'il n'y a rien qui represente mieux la diuine generation du fils, lequel est engendré du Pere par son entendement, duquel, comme d'vne nuée feconde se distille la diuine rosée du verbe, *fluat vt ros, verbum meum* ; voire mesme l'incarnation semble du tout semblable, car le Soleil de la diuinité, vny à la petite vapeur de nostre pauure mortalité, a fait ce diuin parterre de Iesus Christ, & le beau Paradis de l'Eglise, née de la rosée qui sortit des cinq playes de ceste nuée suspenduë en l'air, & dans l'arbre de la croix, aussi le Soleil comme Pere, marie le rayon son fils auec la petite vapeur virginale d'où sort la rosée, qui est comme le petit Messie de la nature, & rend le Purgatoire de nostre monde, comme vn Paradis de délices. N'est-ce pas la rosée qui tombant dans nos iardins les emperle de mille pierreries musquées ? Icy elle fait la rose, là les fleurs de lis, là bas les tulipes, autrepart les violettes, & cent mille autres fleurettes. C'est la rosée qui couure d'escarlatte les roses, elle qui habille d'innocence les lis, qui pare de pourpre les violettes, qui brode d'or les soucis, qui enrichit toutes les fleurs d'or, de perles, de soye: elle se metamorphose icy en fleurs, là en fueilles, puis en fruict de cent cinquante sortes, c'est elle qui est le diuin Prothée, & le Chameleon des creatures, s'habillant à la liurée de toutes les chofes plus rares, icy efcarlatte, là du laict, efmeraude, efcarboucle, or, argent, & le refte. Mais encor fçauez-vous que c'eft que la rofée, il me femble que tout ainfi que lors qu'vn homme eft bien bas, & qu'il n'eft affamé que de rien, on prend & chappon, & poulet, & perdrix, & à force autres, puis en faifant vn confumé, on en donne vne cueillierée au patient, qui auffi toft fe remet en vigueur; auffi lors que la terre eft morfonduë en hyuer, & femble atteinte d'vn accez de maladie, la nature femble puifer la fine fleur de toutes les plus rares creatures, & les mettant dans l'alambic d'vne petite vapeur, en diftille vn confumé, & vne petite rofée qui fe gliffant par les veines de la terre, la fait raieunir, & la remet en la fleur de fon âge, & d'vn riche Printemps. C'eft pourquoy Dieu en fait fi grand cas, car s'il veut faire vn feftin parmy les hermitages à fon peuple, ie n'y eftois pas, mais ie m'oferois bien affeurer, que ç'a efté par le miniftere de la rofée, qui s'eft conuertie en manne, & la manne en toute viande. Faites que Dieu ait enuie de fe faire vne chambre dorée, & vn cabinet pour fa Maiefté, vous verrez qu'il choifira la maifon de la rofée. Pfal. *Qui ponit nubes latibulum fuum, &c.* Voulez-vous qu'il minute les articles de paix auec le genre humain, & que nous faifions vn contract de bonne amitié, il n'a garde de monftrer fa volonté en autre lieu que dans vne petite pluye & rofée, où il graue fa volonté, & attache au croc fon arc fans flefche, *Ponam arcum meum in nubibus, &c.* Gen. C'eft auffi de luy qu'a apprins le Prophete, lors qu'il le femond de fa promeffe, & le prie de fe faire homme, il fe fert du ftile de Dieu, & le coniure en ces ter-

mes, *Rorate cæli defuper, & nubes, &c.* Vous voyez bien le
bon Ifaac, la main leuée, qui veut benir Iacob, mais peut
eſtre que vous ne ſçauriez pas deuiner, ce qu'il veut dire;
tout beau, S. Patriarche, ie vous prie ne luy donnez pour
toute benediction, ſinon vne ſaincte roſée qui deuale du
Ciel, *Det tibi Deus de rore cæli, &c.* en luy donnant cela,
vous luy donnez tout ; de fait , Dieu fait autant d'eſtime
d'vne ſimple gouttelette de roſée, que de tout le reſte
du monde, *ante te*, dit Salomon, *orbis terrarum eſt tanquam*
gutta roris antelucani. Vous vous eſtonnez de peu de choſe, ie me veux hazarder de dire vne choſe bien plus ſu-
blime, c'eſt que puiſque le fils de Dieu dit d'vn petit
grain de mouſtarde, *ſimile eſt regnum cælorũ grano ſinapis, &c.*
Auſſi me ſemble de pouuoir dire, *ſimile eſt regnum cælorum,*
gutta roris, car le Sauueur du monde, qui eſt ce grain de
mouſtarde, eſt pareillement ceſte riche gouttelette de roſée, comme i'ay appris d'Origene. *Alligamentum guttæ eſt*
dilectus meus, &c. Car tout ainſi que le fils de Dieu en apparence exterieure n'eſtoit pas grand cas, mais ſi le Soleil de la diuinité l'eſclairoit, il ſe voyoit à veüe d'œil eſtre
la beauté du Paradis, auſſi vne gouttelette de roſée qui
eſt tombée ſur vne fleur de lys, comme dans le ſein de la
Vierge, elle vous ſemble vn petit point d'eau arrondie,
& vn grain de criſtal, mais ſi le Soleil y donne, ah! quel
miracle de beauté, d'vn coſté elle vous ſemble vne perle d'Orient ; tournez elle deuient vne Eſcarboucle eſ-
clattante , puis vn Saphir , apres vne Eſmeraude , vn
Amethiſte , vn tout enfermé dans vn rien , & vn petit
miroüer de toutes les grandes beautez du monde qui y
ſemblent grauées : autant de gouttelettes , autant de

Ttt 3

perles orientales, autant de gouttes de manne dont le
Ciel nourrit la terre, & enrichit la nature, qui est le sim-
bole des graces dont Dieu arrouse & feconde nos
ames.

L'ARC EN CIEL.

L'Arc en Ciel, est ce beau miroüer où l'esprit
humain a veu en beau iour son ignorance, c'est
là où la pauure Philosophie a fait banqueroute,
car en tant d'années, elle n'a sçeu rien sçauoir de cest
Arc, sinon qu'elle ne sçait rien, & que c'est vn *Noli me
tangere*, puisque tout autant de cerueaux qui s'y sont
alambiquez n'en ont rapporté que rompement de teste
auec leur courte honte. Car d'vn costé y a-il rien de
plus mince en tout le pourpris de nature ? Vne meschante demie escharpe, faite d'vn beau rien bigarré
teint en fausses couleurs, paré d'vne beauté mensonge-
re, sa matiere, est vn neant, sa durée vn moment ; sa
beauté, tromperie, sa figure, vne arcade tremblante ; vn
arc sans flèche, vn pont sans appuy, vn croissant qui ne
peut croistre, le fantosme des couleurs, vn rien qui veut
faire du quelque chose. Toutesfois ce riche rien, est le
miracle des plus belles choses de l'vniuers, qui compa-
rées à luy sont quasi comme vn rien. Que voudriez-
vous richesses ? tout l'Arc n'est autre chose que le carquan de la nature enfilé de toutes les pierreries de nature, autant de gouttelettes, autant de ioyaux de tres-rare
beauté, les vnes sont perles, les autres ont l'esclat du
Diamant, les flammes de l'Escarboucle, le rayon doré
du Rubis, le bril du Saphir, i'auray plustost fait de dire

que c'eſt la carriere où la nature a cachées toutes les
plus rares pierreries, & la plus riche piece de tous ſes
threſors, deſquels elle ſepare quand bon luy ſemble, c'eſt
le collier de ſon ordre, l'eſcharpe de ſa liurée, ſa cheſne de
perles, & le plus beau de tous ſes affiquets, dont elle ſe
pare pour plaire au Ciel ſon eſpoux. Ce n'eſt rien dites
vous que l'Iris, i'en ſuis content pour l'amour de vous,
mais à condition que ce ſoit vn rien priuilegé, & vn
rien habillé de toute choſe. Le Ciel eſt eſmaillé d'eſtoilles d'or toutes d'vne couleur, & ceſt arc eſt eſtoillé de
cent mil petites eſtoilles eſclatantes, & de petits Soleils
de toutes couleurs; il eſt auſſi flamboyant que le feu, auſſi
bigarré que l'air & les nuées, vous y voyez le criſtal violet de l'Ocean, & les riches tapiſſeries de la terre, eſtant
parſemé & fleurdeliſé de toutes fleurettes de la primeuere. Comment vous y voudriez au ſurplus des odeurs?
Or c'eſt trop, car la perfection des élemens ne veut point
d'odeur, toutesfois il y en a icy de toute ſorte, c'eſt vn
Ambre gris, vert, & rouge, vn baume diſtilé, du muſq liquefié, ce n'eſt qu'eau roſe, & Nectar qui pleut, car Ariſtote nous aſſeure, que tout ce qui eſt artoſé par l'influence de ceſt arc en l'air, ſent l'Aſpalathe, le muſq, & le
benioin. Bon Dieu quel braue rien, qui eſt toute choſe;
voyez ſa figure, ne diriez-vous pas que c'eſt non pas le
pont au change de Paris, mais le pont aux Anges de Paradis, tout eſclattant d'orféurerie celeſte? On diſoit autrefois que le chemin S. Iaques, ou le grand chemin
de laict qui paroiſt au Ciel, c'eſtoit le chemin des Dieux,
lors qu'ils alloient au conſiſtoire de Iupiter, mais cela
n'eſt que fable; bien veux-ie croire que s'il y auoit quel-

que chemin ordinaire, par lequel les Anges deſcendent
en terre, & les hommes montent au Ciel, on n'en treuue-
roit de plus beau que ce pont tapiſſé touſiours, & touſiours ennobly de tant de belles pierreries. Auſſi Dieu le
priſe autant que creature du monde corporel, car s'il ſe
met en ſon lict de Iuſtice, & au throſne de ſa gloire, Ezechiel qu'il l'a veu dit, qu'il ſe pare de ceſt arc en Ciel, *&*
Iris erat in circuitu, &c. s'il veut haut-loüer la beauté de
l'humanité de ſon fils, il l'appelle vn Arc en Ciel. Pſal.
Thronus eius ſicut, &c. & teſtis in cælo fidelis, c'eſt à dire, Iris;
s'il veut piaffer, & faire monſtre de ſes plus rares threſors, il ne deſploye autre piece que ceſte-cy, *Magnificen-*
tia eius & virtus eius in nubibus. Pſal. Sa couronne Imperiale, & ſa mitre à triple couronne, c'eſt ce meſme arc,
Iris in capite eius, dit S. Iean. Tu as donc raiſon Salomon,
lors que tu l'appelle le chef-d'œuure de Dieu (Eccleſ.
43.) le threſor de la nature, le riche baudrier de l'vniuers, la ſaincte cataracte des diuines influences, le chapeau de fleurs du gay Printemps, le diademe de ce bas
monde. Dieu y prend bien ſi grand plaiſir, que lors qu'il
eſt au plus haut point de ſa iuſte cholere, s'il y iette vn
coup d'œil, auſſi toſt il s'appaiſe. Gen. *Uidibo arcum*
meum, & recordabor, &c.

TEMPESTE ADVENUE A
Naples, l'année 1343.

DV temps de la Reine Ieanne la premiere, Naples cuida estre abysmée, & enueloppée dans
vne effroyable tempeste. Le iour de sainte Ca-
therine, la mer s'enfla de telle façon que tout le bas de
la ville fut couuert de montagnes d'eau. Ceux qui
estoient sur la montagne, se leuant sur la minuit furent
horriblement effrayez. Car le Ciel estoit tout en feu, &
tonnerre sur tonnerre, foudre sur foudre, coup sur coup,
s'entresuiuoient si viste, que vous eussiez pensé que tout
le Ciel tomboit en piece. Adonc tous les Religieux
d'enhaut fondans en larmes, pieds nuds, portant la
Croix & les Reliques par le cloistre, crioient misericorde, & se iettant sur le paué de l'Eglise attendoient à
chaque moment que le toict leur tombant sur la teste,
les escrasa tous ensemble. D'vn costé la nuict & les tenebres tres-horribles les espouuantoient, d'autre costé
vn vent impetueux qui secoüoit les murailles, le muglement de l'Ocean courroucé & enragé, les cris de
ceux qui s'abismoient, & les larmes pitoyables de ceux
qui se voyoient logez entre les dents de la mort : de façon que la pluspart au pris de leurs vies eussent tres-
volontiers racheté ces frayeurs, & le danger de la mort,
pire que la mort mesmes; parmy cest effroy, & ces es-
lancemens la nuict se passe; l'aurore qui a de coustume
de soulager les mal-heurs de la nuict, redoubla le martyre de ces pauures perdus. Car cessant de crier mise-

ricorde ceux d'en haut, on commença à oüir les miserables plaintes, & des cris aiguz & effroyables d'vne infinité de personnes vers la marine ; les maris voyoient leurs femmes à bras ouuerts, & criant au Ciel & à la terre vn peu de secours, les meres voyoient leurs entrailles & leurs petits enfans emportez par la mer, qui estoit desia estouffé, qui escartelé, qui nageant d'vn bras la teste fenduë, poussoit à terre pour se sauuer, & la pluspart à la veüe de leurs peres & meres, rendoient l'esprit dans l'eau, sans pouuoir auoir aucune aide ; ce n'estoit desormais plus que sang, & que quartiers d'hommes poussez à terre, mais helas ! c'estoit trop tard, & apres la mort, que s'il eut pleu à la mer de leur estre tant fauorable que de les charrier en vie iusques à la riue, il y eut eu du secours. Las, helas ! quel estat, toute la ville sembloit vn charnier plein de morts, les vns morts d'eau, les autres de peur, & pensoit-on que la fin de tout le monde fut venuë. Tous les nauires & les galeres firent naufrage dans le port, & ceux qui auoient dompté toutes les frayeurs de l'Ocean, sans changer de couleur & de visage, perdirent cœur & sens au beau mitan du port & de l'asseurance. La pauure Royne accompagnée d'vn monde de femmes esplorées sans mary, de meres desesperées sans enfans, de filles orphelines sans mere, de fantosmes animez, à vray dire, & de personnes qui n'estoient ny bien viues, ny bien mortes, tous pieds nuds, auec cris & sanglots qui eussent fait fendre les marbres, alloient par toutes les Eglises de la Vierge Marie, criant misericorde, & implorant son aide. Quand voicy tout à coup vn nouueau & inoüy naufrage &

mal-heur comble de tous les mal-heurs ; la terre leur
failloit deſſous les pieds, & commençoient peu à peu à
s'abyſmer en terre: Ah ! quelle frayeur ſe voir enſepuelir
tout vif, & ayant eſchappé l'orage de mer, eſtre tombé dans vn orage de terre. Ciel & terre diſoient-ils, où
en ſommes-nous ? le Ciel tombe ſur nous en feu &
flammes, l'air nous eſtrangle, l'eau nous abyſme, la terre
nous faut, tout le monde s'enfuit de nous, helas! Dieu
s'en eſt il enfuy pour nous, & n'y a-il point de Ciel pour
nous oüir, de terre aumoins pour nous enſepuelir. O quel
comble de mal-heurs! Ah peché peché, où nous as tu
conduits, & quelle plus grande rigueur peut-on craindre au iour du iugement, & quand eſt-ce que la Iuſtice
de Dieu a monſtré plus grande ſeuerité enuers les mortels. Pendant qu'ils diſoient, ils voyoient tomber les
maiſons, branſler les tours, deſmanteler le chaſteau de
Molo, & n'y a que face de mort, qu'image de frayeur, &
qu'vne eſpece d'enfer ſur terre. Si cela eut duré dauantage, A Dieu Naples, A Dieu Napolitains, A Dieu tout.
Dieu le bon Dieu eut compaſſion de ſes pauures deſeſ-
ſperez, & lors qu'il ſembloit que tout deuſt fondre &
s'abyſmer, il commanda à la mer qu'elle s'appaiſaſt , il
fit retirer le vent , & addouciſſant l'air & le Ciel , il les fit
reſpirer le doux air de la diuine clemence, mais helas!
qu'ils furent long temps deuant que pouuoir calmer
leurs pauures eſprits, autant ou plus agitez que la marine meſme.

LES
MERVEILLES DES
METAVX, ET DES MINES
CACHEES DANS LE VENTRE
de la terre.

CHAPITRE XXIV.

DIEV auoit à deſſein abyſmé les threſors de nature au plus profond du centre, & quaſi aux portes d'Enfer, afin d'eſtonner les hommes & deſeſperer l'auarice, voyant qu'il falloit tant de morts pour arracher vn lopin d'or des entrailles & du cœur de noſtre bonne mere, mais la rage des hommes n'a pas laiſſé de foüir iuſqu'au centre, pour en tirer de l'or & de l'argent pour faire piaffe, de l'or blanc pour en faire la monnoye & les ouurages legers, de l'acier, du bronze, & du fer pour s'en ſeruir au fait de tuerie, & au maſſacre des guerres; voire on a enfoncé iuſqu'au manoir de la mort pour en tirer des poiſons, du vif argent, des couleurs minerales, du borras mineral & verd de terre (les Grecs le nomment *Chryſocolla*) du vermillon, du ſouphre, du plomb, de l'acier, du cuiure, du Leton, de l'Antimoine, les pierres ſulphurées & à demy conuerties en metail; voire meſmes on treuue és carrieres d'or des pierreries qui ſont parfaitement belles.

Il y a des mines de vermillon, de fer, d'argent & d'or, de bronze, d'eſtain, de plomb, de cuiure, voire de ſouphre, de vitriole, d'huyle, de criſtal, & tous les plus grands threſors du monde ſont cachez dans les entrailles de la terre; & n'eſt pas croyable la vertu des choſes minerales, tant pour la ſanté du corps humain, que pour enrichir la vie humaine. Or ce n'eſt que fantaſie, les Barbares, dit Tertullian, ſe ſeruent de l'or pour faire des menottes pour les meſchans criminels : Au Iapon ils tiennent dans leurs cabinets des chauderons, & ſe moquent de nous, qui y tenons de la vaiſſelle d'argent & d'or; ils nous eſtiment fols, & nous eux, & poſſible le ſommes nous & eux & nous tout enſemble.

Mais puis qu'il en faut parler, encor faut-il ſçauoir en quel terme il le faut faire ; ie vous en diray quelques vns, les fondeurs vous diront le reſte.

Il n'y a choſe qui puiſſe faire decaller l'or ny rabaiſſer ſon caras, à ce que l'on dit, tant il eſt indomptable.

Les arpailleurs trouuent l'or parmy le ſable de pluſieurs riuieres, & meſmes dans les mottes de terre.

Les arpailleurs leuent la manne qui eſt la terre ou le ſable, qui leur marque qu'il y a de l'or : & eſbrouent tout le ſable & grauier qu'ils apportent des riuieres, prenans bien garde à la fondrée qui va à fonds, car de là ils iugent incontinent ſi la veine d'or eſt profond en terre.

Quand à la mine d'or qui n'eſt encor affiné, & qu'on tire des puits appropriez à cela, les Latins l'appellent *Canalitium ou Canalienſe*, & qui ſe trouue attaché à la

crouſte des rochers. Ces veines & mines ſuiuent auſſi
les veines des pierres, & ſe my-partent en filons çà &
là, qui ſont auſſi appellez veines, pour raiſon de ce
qu'ils ſe iettent ainſi aux coſtez des puys, de ſorte qu'il
faut eſtamper la terre de peur qu'elle n'aſſable les pauures pionniers, & les enterre tous vifs.

La terre qui eſt immediatement apres la veine d'or.

La mine eſtant tirée, on la pile, on l'eſbrouë, on la
laue, on l'affine au feu, & quelquefois on la reduit en
poudre. Ce qu'on pile au mortier eſt dit des Latins,
Apilaſcudes, & appelle-on argent ce qui tombe en la
foſſe, ou conche, quand la mine eſt fonduë, mais la
craſſe qui nage en la foſſe ou conche, ſur quelque mine
que ce ſoit, eſt appellée *Scoria*. Auſſi la ſouffle-on hors
de la conche: mais ſi ceſte craſſe ou lytarge eſt de mine
d'or, on la pile & la met-on refondre: Quand aux conches ou culots, on les fait d'vne terre blanche & graſſe
comme argille, qui eſt dite des Latins, *Taſconium* (au
Lyonnois on l'appelle terre de l'arnage du Dauphiné, ou
terre de S. Porcin en Bourbonnois.)

Les foſſes, conches, ou culots. *Catini.*

Ayans conduit leur eau és cimes des montagnes où
ſont leurs mines, il faut creuſer de grandes mares &
foſſes droit à la cheute de leur eau; eſquelles faut laiſſer cinq clefs & ouuertures: Encor n'eſt-ce tout, il y a
auſſi grande peine en bas à la plaine, pource qu'il y
faut faire d'autres trenchées ou foſſez, & canaux pour
receuoir l'eau qui tombe de l'eſtang qui eſt en la montagne, leſquelles conuient pauer de degré en degré : &
à chaque cheute de degré on met vne certaine herbe,

dite *Vlex*, qui eſt fort aſpre pour retenir l'or qui eſchap-
peroit de l'eſbroüement. Il y a auſſi des canaux fermez
d'aiz d'vn coſté & d'autre, qui ſont ſouſtenus auec des
cheualets, pour faire eſcouler l'eau de l'eſbroüeure iuſques en la mer.

Il y a de l'or de pluſieurs carats, car ou il tient le
dixiéme d'argent, ou le neufiéme, ou le huitiéme. De 24.
carats, on n'en treuue iamais quoy qu'on die, on vous
trompe, on le met en pluſieurs creuſets. Il n'y a point de
manne ny de pailles, qui remarquent la mine d'argent.

Ces mines eſtans fonduës, l'vne ſe conuertit en plomb
& l'autre en argent: mais on verra nager l'argent par deſſus le plomb en la conche, qui eſt à la bouche de la
chene du fourneau.

La veine d'argent qui n'eſt gueres profonde en terre,
eſt appellée veine cruë.

L'antimoine (*Stibium*) maſle eſt plus rude, plus aſpre,
& plus chargé de ſablon : la femelle toutesfois eſt plus
peſante, plus eſtincelante : eſtant d'ailleurs fraiſle & aiſée
à fendre par lames, & non par maſſes & morceaux.

Lytarge blanche. *Argenti ſpuma.*

Loppe ou craſſe d'argent. *Argenti ſcoria.*

Es mines d'argent on trouue de trois ſortes de lytarge:
la lytarge dorée qui ſe fait de la mine d'argent: la lytarge
blanche qui ſe fait d'argent; la plombine, du plomb meſme fondu parmy l'argent, & quelquefois toutes ces dif-
ferences ſe trouueront en vn meſme pain de lytarge.
Et neantmoins toutes lytarges ſe font ſeulement apres
que la mine eſt fonduë & qu'elle eſt deſia coulée en
la foſſe ou conche, qui eſt à la bouche du fourneau,

auquel lieu on l'escume auec broches de fer (maintenant on l'escume à force de soufflets , pource qu'elle
nage sur la matiere:) En somme la lytarge c'est l'escume
de la matiere qui se fait és fourneaux , & qui cuit encor, & n'est encor purgée ny affinée, mais la loppe est
comme la crasse de l'argent estant affiné, en pareille difference qu'il y a entre l'escume & la lie de quelque
chose.

Les vns rendent leur vermillon parfait à la premiere
laueure : qui neantmoins se trouue moins chargé de
couleur en d'aucuns lieux : de sorte qu'on y prend pour
le meilleur celuy de la seconde laueure.

On tire aussi au feu le vif-argent artificiel , mettant
le gros vermillon en vne conche de terre bien couuerte, & bien remboufchée d'argille, & qui soit cimentée
en vne conche de fer, sous laquelle il faut faire bon feu,
afin de luy faire ietter ses vapeurs , qui s'attachent au
chapeau de la conche de terre.

L'airain se fait de la pierre chalamine ; on a trouué
depuis quelque temps en çà, des mines de cuyure, ou
de chalamine, ou marçassin de cuyure en Allemagne.

En l'isle de Chipre, on fait aussi l'airain de la pierre
Chalcitis : mais ce cuyure fut incontinent à vil prix, à
raison des mines de franc airain, & mesme pour raison
de l'arcou ou letton.

Il y a difference entre le Chalcitis & chalamine, car
le Chalcitis c'est le marcassin qu'on trouue sur terre, &
és veines qui sont à fleur de terre, ou és cours des ruisseaux qui viennent des mines de cuyure, & est tendre
de son naturel , on diroit que c'est vn plotton de fil
amassé,

amaſſé (car ce marcaſſin eſt comme entortillé de pluſieurs filaments verds, cendrez, & noirs dont ſe fait le
vitriol) elle tient auſſi ordinairement de l'airain, de la
coperoſe ou marcaſſin iaune: de la coperoſe noire & de
de la cendrée: & ce qu'elle tient de la bronze ſe void
en certains filets qu'elle a, qui la prennent de long: la
bonne eſt de couleur de miel, ſes veines ſont fort minces & greſles: & eſt aiſée à eſmier ſans trop tenir de la
pierre.

Il y a cuiure rouge & letton au fait de l'airain, &
tous deux ſont propres à battre : on fait du letton l'or
cliquant. L'arcou & la roſette noire ſeruent ſeulement
és beſongnes de fonte ſans pouuoir endurer le marteau:
mais le cuyure rouge endure bien le battre : auſſi l'appelle-on airain battable: (autrement cuyure de platte ou
de barre.)

Pour auoir de telle matiere à faire Images & Tableaux,
il la faut allier en ceſte façon. Apres auoir fondu la mine d'airain, il la faut ietter dedans la tierce partie de po-
tein iaune ou rouge, qui ait deſia ſeruy: & qui ſoit poly
& quaſi conroyé à force de manier, &c.

On met ſur vn quintal de ceſte matiere fonduë, douze liures & demie de plomb argentin, &c. (qui ſert à
garder le dechet & pour le faire couler, car ſans cela le
franc cuyure ne couleroit pas.)

Pour auoir du cuyure bien doux, luy faut bailler la
liaiſon formelle.

Pour auoir du cuyure à faire rouge la drapperie des
ſtatuës, faut allier le plomb auec le cuyure rouge,
(les fondeurs nyent cecy, bien diſent-ils, que pour

Xxx

bronzer la drapperie des Images, faut de la limaille de franc cuyure, broyée sur vn broyeur, & appliquée auec de la colle à huyle.

La veine & mine dont se fait la bronze: *Cadmia metallica.*

L'autre calamine se fait és fourneaux, du plus subtil de la bronze qui s'en va ainont auec la flambe, & demeure attaché aux voûtes des fourneaux : on trouue la plus subtile à la bouche des fourneaux, que les fondeurs appellent fleur de calamine, pource qu'elle est bruslée, & si legere, qu'elle est comme fleur de cendre : l'autre qui demeure attachée aux voûtes des fourneaux est faite en grappe, les fondeurs l'appellent loppe simple, ou loppe sans crasse: la loppe de la tierce espece & la plus pesante de toutes, demeure attachée aux costez des fourneaux : & retire plustost à vne crouste qu'à pierre ponce.

Pour calciner le cuyure & en faire la potée, il faut que ce soit en vn pot de terre cruë, y adioustant mesme poids de souphre : & qu'ayant bien lutté le pot, & signamment son ouuerture, on le mette cuire en vn fourneau, iusques à ce que le pot soit cuit.

La loppe de bronze se laue comme la potée.

Le pousset ou grenaille de bronze se fait des placques & culots de bronze fonduë, les eschauffans en vn autre fourneau, que celuy où on fond la mine, où à force de soufflets on fait tomber la grenaille & les escailles qui sont dessus, lesquelles sont dites fleur de bronze.

La paille & batture ou escaille de bronze, dite *Lepis*,

des Grecs , se fait és forges & martinets où on bat les
placques & culots de bronze, de la forge des cloux &
cheuilles de bronze, dont on soude les pains de bronze,
ou dont on ferre & clauelle les placques de bronze.

Il y a difference que le pousset ou grenaille tombe
de soy-mesme, mais la paille se fait en forgeant à coups
de marteaux.

Il y a vne autre espece de paille ou batture fort subtile , qui est dite *Stomoma* , pource qu'elle est faite à petits coups de marteau, & quasi des barbes de la bronze.

On prend pour diphryges la loppe de Marcassin,
qu'on reduit en craye rouge és fourneaux. Item on fait
du diphryges en l'isle de Chypre, d'vne terre limonneu-
se, qu'on tire de certaines baumes, &c. Le tiers diphryges se fait és fourneaux de cuyure , de la loppe qui demeure parmy la cendre sur la grille, où on peut consi-
derer plusieurs choses : car en premier lieu la matiere du
cuyure estant fonduë, tombe en la casse ou conche : la
crasse se trouue hors des fourneaux ; la grenaille ou
pousset nage sur la matiere : mais la loppe demeure au
fond du fourneau.

Il y a des mines qui rendent tout leur fer mol & tendre quasi comme plomb : les autres rendent vn fer aigre, fraisle, tenant fort du cuyure , & qui ne vaut rien à
ferrer les roües, ny à faire des cloux, où au contraire le
fer doux est fort bon. Item y a du fer qui ne vaut rien
qu'en besongne courte, comme à faire des clous & des
boutons és iambieres des harnois, &c. Toutes ces sortes
de fer s'appellent *Strictura*, de *stringere aciem*, ce qui n'est
dit d'autre metail. Item y a difference és forges & four-

neaux de fer, & mesmes à le cuire: car l'acier dont se font les trenchans, se fait en vne sorte, & celuy dont on fait les enclumes, en vne autre: mesmes on accoustre autrement les precedens que l'acier dont on acere les pointes des marteaux. Toutefois la principale difference gist en la trempe, & à luy bailler l'eau à propos, quand il est rouge.

La matiere que rend la mine de fer est claire comme eau, & se rompt par apres en petits ballons & carreaux.

Entre toutes mines, il n'y en a point qui aye les veines ny les filons plus larges que le fer.

Le fer se corrompt & se gaste, si on ne le bat pour le conroyer pendant qu'il est chaud: si ne le faut il battre quand il commence seulement à rougir, ains faut attendre qu'il soit comme blaffard au feu.

Plomb noir, ou plomb commun: plomb blanc, ou estain de glace: plomb de lauaille.

On trouue le plomb blanc à fleur de terre, parmy les sablonnieres, & parmy les torrens sechez & taris on en trouue des pieces comme du grauier, que les Arpailleurs lauent, & apres auoir bien esbroüé ce grauier, ils fondent ce qui va à fonds, & en font le plomb blanc: On en trouue aussi és mines d'or, & l'appelle-on plomb de lauaille, pource qu'on le laue és mares où se fait l'esbrouëment de l'or.

On ne sçauroit souder deux pieces de plomb commun sans plomb blanc (pourquoy plusieurs le prennent pour estain de glace.)

Vn vaisseau de cuyure estant estammé, ne pese non plus, qu'auant qu'on l'estammast.

L'eſtain fin ſe contrefait, mettant le tiers de cuyure blanc ſur le plomb blanc: on le contrefait auſſi, meſlant égallement de plomb blanc, & de plomb commun par enſemble, & appelle-on ceſte matiere eſtain argentin : quand à l'eſtain fait à tiers, il y a les deux parts de plomb commun, & vne part de plomb blanc.

Le plomb bruſlé, qu'on appelle potée de plomb, ſe fait en pots de terre, faiſant vn liĉt de ſouphre, & vn liĉt de lames ue plomb & de fer parmy, alternatiuement : Aucuns font ceſte potée de limaille de plomb & de ſouphre : d'autres ſe trouuent mieux de calciner pluſtoſt le plomb auec la ceruſe qu'auec le ſouphre.

Aucuns pilent & preparent ainſi la limaille de plomb, les autres y adiouſtent de la mine de plomb.

On fait quelquefois le vitriol comme le ſel des ſalines, laiſſant congeler l'eau douce qu'on a attiré és alumieres au Soleil.

Or blanc, or de baſſin, or d'Allemagne, bas or, où y a la cinquiéme partie d'argent. *Electrum.*

On ne trouue point tant d'autre metail tout affiné comme de l'or, mais on trouue argent, cuiure, naturellement affiné, & autres auſſi. Il y a mille autres choſes qu'il faut s'enuoyer aux fondeurs.

DES
OVVRAGES DE
LA BRODERIE.

CHAPITRE XXV.

'Inuention de la Broderie est donnée à ceux de Phrygie, de façon que les Latins mesmes, nomment les Brodeurs *Phrygiones*, à vray dire ces peuples là ne l'ont point inuenté, mais ils en ont esté extrémement curieux ; car on trouue quasi dés le commencement du monde, quelques especes de broderies. Or ce qui estoit assez grossier du commencement, deuint remply de mille mignardises. Ils auoient les bonnes gens des robbes pommelées, des manteaux bordez de restes de cloux, entez dans l'escarlatte, des estoffes ondées, & sursemées d'vne belle pommelure, & surchargée de rouleaux, on les raya apres d'or à la façon d'Attalie; ceux de Babylone, broderent des liurées en diuerses couleurs; ainsi petit à petit, on a affiné ce mestier, le rendant tous les iours plus delicat. Les plus anciens y entrelassoient des fleurs naturelles, des herbes, & croyoient estre braues à merueille, faisant de cela vne grande piaffe.

On tient pour asseuré que ce mot de Brodeur, vient de Bordeur, car on n'enjoliuoit du commencement que

le bort des robbes, & on les paſſementoit d'vne liziere
faite à l'éguille, & en broderie, de fait en Latin on nomme les Brodeurs, *Limbularios*, parce qu'ils ne ſe meſloient
que d'enrichir le bort des robbes & des cottes des femmes, & choſes ſemblables. Du bord on eſt ſauté au beau
mitan, & on a remply tout le plat fonds de mille fantaſies d'or, d'argent, & de ſoye, d'or nüé, & d'or clair, de mille agréemens, de poinct velu, & poinct de Tartarie, &
tous les iours le meſtier s'enrichit.

On dit auſſi recamer, c'eſt à dire, broder, & ce mot
vient de l'Hebrieu, car *Racam*, vaut autant à dire que
Recamer, peindre à l'éguille & à la ſoye, de fait dés le
commencement du monde on trouue de cét ouurage,
qui depuis s'eſt tellement affiné, que vous prendriez la
peinture pour nature, car les Tulipes & les fleurs, ſemblent eſtre nées dans ce ſatin, tant ſont-elles viues ; ces
oyſeaux ſemblent fendre le meſtier, & voler à tire
d'aiſle, à ces perſonnages il ne manque que la parole,
c'eſt or qui ſe lance aux bouts, & eſt nüé de ſoye, ce
point refendu a ſi bien naïué les cheueux, que vous
diriez que tout cela eſt plein de vie. Ce n'eſt pas peindre cela, mais engendrer, & donner vie aux creatures,
que de les recamer ſi excellemment.

1. Le meſtier, c'eſt ce chaſſiz, ſur lequel on eſtend la
beſongne, bandant fortement le plat fonds, & le ſatin
ſur lequel on veut faire la Broderie, & où il faut ponçer les ouurages, & profiler la beſongne.

2. Les broches ſeruent à conduire le chordon, la ca-
netille, toute ſorte de pourfileures & liſſeures, & il eſt
impoſſible de rien faire ſans cela, ny aux liſieres, ny à

l'enclofture, ny au fonds.

3. Lattes, c'eft vn morceau de bois plat, pour eftendre la befongne, la tirer, la relafcher, & la mettre en eftat.

4. Les Trefteaux doiuent eftre bien fermes & bien propres, afin de bien porter le meftier, & que rien ne branfle mal à propos, qu'on ne face quelque faute qui pourroit gafter la delicateffe de la befongne.

5. Aiguilles à canon, aiguilles à paffer de l'or à trauers le tafferas, fatin, & l'argent, aiguilles à perles fort deliées, groffes aiguilles à tendre le meftier, aiguilles à laine qui fout vn peu plus plattes au bout, aiguilles de Brodeur.

6. Roüet pour faire des cordons, dont on fe fert fouuent, & faut que le Brodeur les face luy-mefme, pour bien faire fa broderie.

7. Cizeaux à razer, qui ont l'anneau grand, forcettes à feruir fur le meftier, cizeaux à decoupper, les cizeaux à razer, pour pouuoir entrer dans le poil de veloux, ont la pointe platte & fine, cizeaux de Brodeurs propres à ce meftier.

8. Pour decoupper il faut des fers de plufieurs fortes, comme pour faire les cœurs, d'autres pour les treffles; pour les S, d'autres droits pour faire vne taillade, vn mouchetoir pour moufcheter, ce qui fe fait quafi comme vne croix fainct Anthoine; des taillades à dents de fcie, & autres d'autres façons, car les taillades ont fort bonne grace, quand elles font bien affifes, & bien couchées.

9. Pour bien goffrer, il faut des fers faits à cét effect,

pour

pour imprimer à l'aide du feu; on goffre sur le satin &
sur toute autre estoffe, qui est bien susceptible de l'impression, qui doit estre bien nette.

10. Le pasté sert pour appliquer la cannetille coupée,
& le canon; le pasté se fait de feutre, ou de veloux, on
le fait d'vn fonds de chapeau, d'vne piece de veloux, ou
autre estoffe, il a ce nom, parce qu'il est en forme d'vn
pasté plat, bas, & rond.

11. Pour faire pourfileure de taillades de veloux, faut
auoir vn pinceau pour prendre doucement la besongne pour appliquer sur le fonds, & bien agencer cela
sans y rien mettre en desordre, ou bien hors de sa place: le pinceau enleue bien proprement & assied bien
où il faut, sans que les doigts touchent la broderie.

12. Ponçettes blanches & noires, les blanches seruent pour ponçer sur couleurs brunes, les noires sur les
couleurs claires: elles sont piquées à petits pertuis, ainsi
que font les Peintres & le Architectes pour ponçer les
premiers traits.

13. Faire la portraicture propre à la broderie, portrait
de besongne de guerre, c'est à dire, pour la Cour, pour
les habits des femmes & d'hommes de la Cour, d'or,
d'argent, & la besongne d'Eglise, c'est la plus difficile
à cause des Images: c'est quasi la plus commune: l'autre de guerre ne l'est pas tant, si ce n'est à boutades,
ainsi que vont les humeurs des Courtisans, car tantost
ils aiment d'estre couuerts de broderies, tantost ils
vont tout simplement, a estoffe toute nuë, & balaf-
frée.

Yyy

Les befongnes de fleurs font fort plaifantes, & bien agreables, à caufe du meflange des foyes viues & de tant de couleurs, cette riche bigarrure qui contrefait vn printemps de foye eft fort difficile, à caufe qu'il faut tellement naïuer les fleurs, qu'il faut qu'on croye que ce font les vrayes fleurs collées là deffus, & non pas des figures mortes.

14. Befongne d'Eglife, fe fait d'or nüé pour la plus riche; la bouture qui eft la plus naturelle n'eft que de foye, mais fi iolie à caufe de la viuacité des couleurs (qui ont vn efclat vif, & nullement meurtry) & fi pleine de varieté, que l'œil ne fe fçauroit faouler de regarder cette douce varieté. Suit la hache-bachure qui eft ouurage plus leger, n'eftant qu'à demy plein, là où la bouture eft toute pleine & l'ouurage en eft bien plus riche, & plus beau.

L'or clair, c'eft l'or qui eft couché; & eft moindre que hache-bacheure, qui a plus grande varieté d'ouurage, & plus agreable à l'œil que l'or clair.

La Taillure, c'eft quand on fe fert de diuerfes pieces couchées, de fatin, velours, drap d'argent, d'or & autres qui s'agencent fort mignonnement, & la main du Brodeur fait le refte.

Les Païfages, où il faut que le Brodeur vfe plus de fantafies qu'aux autres ouurages, ce n'eft qu'efprit, & hardieffe; il enfle la mer & fait l'efcume des flots; il pouffe la cime des montaignes rabotenfes iufqu'aux nuées; il fend les prairies auec des fontaines de criftal qu'on oit quafi couler; il fait efclorre les fleurs dans vn parterre, il pouffe vne foreft de haute fuftaye; il contre-

fait des chaffes & des atterraffemens de beftes , en fin
ce font ouurages de fantafies.

15. Befongnes fauffes, font celles qui font d'or faux,
& plus legeres, & le mefme d'argent faux, mais en peu
de temps cette broderie s'vfe, & monftre la piperie , fe
defchargeant peu à peu, & monftrant ce qui eftoit caché fous l'apparence de l'or.

Profileure, befongne d'or ou de foye faite auec profit, fi le Brodeur ne fçait pourtraire, & bien pourfiler, iamais il ne fera chef-d'œuure qui vaille, & faudra qu'il
foit toufiours vallet d'vn peintre , & des caprices d'autruy.

Befongne de meubles où on applique toutes fortes
de broderie, on la nomme ainfi, à caufe qu'on en meu-
ble la maifon,ce font licts, pauillons,tapis,oreillers, toillettes, où on fait toute forte de broderie de guerre, d'E-
glife, de tout , felon la fantafie de ceux qui commandent la befongne.

Broderie de rapport,qui fe fait de pieces rapportées
de diuerfes couleurs, & qui s'enflent, & femblent de relief, s'enleuent & embouriffent , appliquant or fur argent,foye fur or, fatin fur cela, en fin la broderie fe fouf-
leue, & fe fait à demy relief.

16. Le plat fond d'argent , fur lequel on fait les pieces rapportées, foit de boüillon, clinquant, cannetille,
frizures, & autres telles galanteries. On nomme le plat
fonds, ce qui eft bandé fur le meftier, & furquoy on
couche toute la broderie: mais pour bien faire il faut
auoir deuant les yeux des patrons, des portraits faits au
vif, voire les fleurs mefmes naturelles, & les fueilles fe-

Yyy 2

parées pour les contrefaire , & les naïfuer parfaitement.

17. L'argent de Paris, & l'or de Milan, font tresbons
pour faire les plat-fonds. L'or de France monſtre trop
ſa ſoye, il s'ouure en le retordant , celuy de Milan eſt
plus couuert, & ne s'entr'ouure pas ſi aiſément, mon-
ſtrant la ſoye par la fente, car le dedans du fil d'or & d'argent, ce n'eſt que ſoye, or quand on la void, tout eſt
gaſté.

18. Encaſtiller des diamans, & les enchaſſer dans la
broderie, enfiler les perles, & incorporer des pierreries
dans les boüillons, ou eſtoilles pour leur donner eſclat,
& leur faire darder vn iour agreable.

19. Point de poil, c'eſt la fantaſie qui conduit de poinct
refendu les cheueux, & la barbe des perſonnages. Or ce
poinct de poil eſt fort difficile, quand il faut frizer les
cheueux, les anneler & goffrer les perruques , les faire
flotter à l'abandon , & ſe ioüer ſur le front, ou bien
quand il la faut rendre venerable , arrengeant les poils
ſi delicatement , que l'vn ne ſe iette point ſur l'autre.

20. Poinct velu, qui fait reſſentir le naturel, & iette
ſon poil, comme ſi c'eſtoit vrayement de la mouſſe.
Ainſi fait-on des autres tous mouſſuz, & vous iureriez
que c'eſt de la vraye mouſſe de ſoye vertement brune;
des arbres couuerts de mouſſe , des chenilles qui ſont
cottonnées & veluës, des papillons à corps cottonné &
velu, & autres ſemblables creatures, qui chargent naturellement la mouſſe, & ſont ſurfriſées, couuertes d'vne
bourre naturelle ou acquiſe.

21. Enclosture, c'est le bord qui est tout autour, & est riche de frizons à la Milannoise, Cartizanes d'or traict, chaisnes faites de boüillons, de mille beatilles & ioliuetez, qui ceignent tout autour la besongne, & sement du passement à l'ouurage, d'Anges, de grotesques, de chappelets de fleurs, & de fantasies.

22. Agréement, c'est ouurage de paillettes, grains faits de boüillons, ou petits poincts noüez : cela enjoliue fort la besongne, & donne grace à la broderie, faisant qu'elle soit fort agreable, & que l'œil soit content & satisfait en voyant ces agréemens bien assis.

23. A la besongne d'or clair, le Brodeur doit rehausser sur la soye, les cottes des robbes, manteaux, &c. d'or & d'argent, & sur les manteaux d'or glacer de soye. Ombrager donc c'est auec la soye, surombrager l'or & l'argent, & y faire quelques sortes d'ouurages. Quand donc la drapperie des personnages est de soye viue, on rehausse cela d'or & d'argent par dessus, pour l'enrichir, quand elle est d'or ou d'argent, on la glace & esmaille de soye.

24. Nettoyer sa besongne & battre le mestier, c'est quand on a fait la broderie, & qu'on y a mis la derniere main, cela à si grande longueur a accueilly beaucoup de poussiere, & d'ordures qui ternissent la broderie, & la salissent, il faut donc bien battre le mestier, & bien secoüer la cannetille & la broderie, afin que cela soit net, & en estat d'estre mis à son iour, & presenté à l'œil en sa perfection.

Yyy 3

25. Le chef-d'œuure d'vn Brodeur qui eſt fils de mai-ſtre, ſe fait d'vne image ſeule d'or nüé; il faut qu'il mon-ſtre ſon portraict à tous les maiſtres par le clerc du me-ſtier; de plus il faut que l'image ſoit d'vn demy-tiers de haut. Mais le compagnon qui n'eſt fils de maiſtre, doit faire vne hiſtoire entiere, où il y ait pluſieurs perſonna-ges, ce qui ſe nomme vn quarré, tout d'or nüé. Ce qui eſt bien plus difficile, car plus il y a de perſonnages, plus il y a de varieté, de broderie de toute ſorte, & partant plus de hazard d'eſtre renuoyé au meſtier.

26. Or nüé, c'eſt l'or qui ſe lance aux bouts, & eſt nüé de ſoye, c'eſt pourquoy il ſe nomme nüé; car faites eſtat que la beauté de la broderie, conſiſte en vn artiſte meſlangé de couleurs; l'or tout ſeul eſt riche, mais n'eſt pas gay, partant on le nüe, on l'ombrage, on le diuerſi-fie, y façonnant deſſus auec la ſoye de diuerſes couleurs, mille ſortes de fantaſies.

27. La ſoye platte c'eſt pour nüer; la torſe ſert pour lizerer; faut auſſi mener les cordons, rabattre le porfil, cordons, & tout ce qui ſe mene à la broche; le nüe-ment eſt bien mieux fait auec la ſoye platte, qui dit mieux deſſus l'or, & a plus de grace que la torſe qui eſt trop deliée pour nüer, mais pour faire les lizieres elle eſt belle en perfection.

28. Point de Turquie, point d'Eſpagne, point d'An-gleterre, point de Brodeur, point refendu; chaſque païs a quaſi ſa façon de broder, & ſes points differends. Pour contenter la bizarrerie de l'eſprit humain, on en fait à la mode de tous les païs, & quelquefois le pire eſt treuué le meilleur, à cauſe qu'il vient de bien loin.

29. Broder à la lame, ce n'eſt pas vn poinct de Brodeur, mais de chapeliers, ceinturiers, & autres qui brodent l'orles des chapeaux, les cordons, les ceintures, & ont leur borderie à part, auec vne lame entrecouppée.

30. Faire l'arrondiſſement des fleurs ; floüer les fleurs ou manteau, ou cottes, &c. C'eſt comme ſi cela eſtoit meu du vent, ou du mouuement du corps, vn rehauſſement de genoux, vn coude qui ſe pouſſe en dehors, vne robbe qui ſe contourne & replie, comme ſi elle eſtoit eſmeuë de quelqu'vn. Le floüement donc des fleurs, c'eſt quand on les fait pencher quaſi nonchalamment, comme ſi elles commençoient à tomber & ſe fleſtrir, ou ſi le vent les abbatoit, & les desfueilloit piece à piece. Or il faut bien du iugement pour bien contrefaire cela, & le faire de bonne grace, & que tout ſe rapporte bien, ſans que rien ſe deſmente, car ſi d'vn meſme coup de vent l'vne ſe renuerſoit d'vn coſté, & l'autre au rebours, ce ſeroit vne vraye beſtiſe de l'aiguille, & de la main qui la conduit.

31. On fait icy auec l'aiguille, ce que le Peintre fait auec ſon pinceau ; comme des renfondremens auec la ſoye brune, enuironnée d'argent ou de ſoye blanche ; des precipices, des torrens d'argent eſcumans à gros boüillons, des flottes qui voguent ſur les ondes ; des volées d'oyſeaux ; des parterres fureſmaillez de fleurs viues à l'égal du naturel, voire plus riches, & au lieu d'odeur qu'elles ne peuuent auoir, elles recompenſent ce defaut auec la durée, car elles ne fleſtriſſent quaſi iamais ; des labyrinthes & entortillemens, des vaſes de fleurs d'vne excellente beauté ; des chaſſes de Cerfs que vous voyez

courir & fendre le vent d'vn pied aiſlé, & les chiens qui
ſe tuënt de courir & iapper apres; vn ſanglier à gueule beante qui mord l'eſpieu & l'enſanglante tout ; vn
peſcheur à la ligne qui iamais ne prend rien; vn loup
pourſuiuy à outrance, & à grandes huées d'vn monde
de villageois, qui crient à pleine beſte, & eſtourdiſſent
le pauure loup qui gaigne la foreſt, & fait mille ruzes.
En fin ils mettent ſur leur ſatin toutes ſortes de caprices qu'ils font paſſer par la pointe de leur aiguille. Vn
tenaſſément de Cerf, vne fontaine de criſtal qui paſſe-
mente de ſon argent coulant,vne campaigne verdoyan-
te, & la ſerpente de fort bonne grace: des nuées qui eſ-
clattent, & qui lancent des foudres d'or ſi bien faites,
qu'il ſemble que vous en oyez le bruit: des combats que
la viue eſcarlatte rend tous ſanglans, en fin mille ſortes
de treſbelles inuentions.

32. Pour ce qui eſt de la beſongne d'or, & toute ſorte de beſongne , il la faut ordonner auant que de trauailler.

Apres faut prendre de l'or, qu'on appelle or de Milan,
ou de Paris , mais celuy de Milan plus leger & plus
beau, comme i'ay dit cy deſſus, il le faut puis retordre
en deux ou trois, en deux, c'eſt pour faire la beſongne
legere: en trois, c'eſt pour de la beſongne riche. On le
tord auec vn roüet de fer d'Allemagne , apres on le
met en broches de bouys pour lizerer, c'eſt à dire, tirer
l'or, ſelon les traits patronnez ou ordonnez, autant à dire
que peints.

33. Fueillage enleué de fil ou fiſſelle , ſelon la beſongne. Apres que le fueillage eſt enleué, on le quippe de
boüillons

boüillons d'argent ou d'or, ou de cannetille ou frizons, pour mettre dans les moulures qui se font dans les desseins.

Comme aussi on y met des paillettes d'or ou d'argent, ou autres petits aggréemens selon les places, cela s'enfile à l'aiguille.

Le boüillon d'argent se fait par les Tireurs d'or, frizon, cannetille frisée, battre sans battre, celle qui n'est point luisante n'est point battuë, & celle qui est luisante est battuë.

34. Pour la besongne de soye, il faut tendre le mestier & puis ordonner, il faut enleuer premierement la guypure de soye.

Puis apres la guypure d'organein, c'est à dire soye, puis la lizerer d'vne petite cannetille frisée, apres mettre des chaisnes & frisons aux places où il en est de besoin, puis les aggréer de petits poincts noüez és places où il en est besoin.

Le frison n'est battru, le boüillon l'est.

La chaisne est faite d'vne Torsade luisante de soye, & la petite cannetille & le frison, aussi de soye semblable.

35. La Torsade de soye est faite d'vn luisant, & n'est torse qu'vne fois, & recouuerte d'vne petite Torsade pour la friser : La petite cannetille est recouuerte d'vne petite Torsade, & ne sont en rien differends de façon, que de la grosseur, comme au frison, qui est toutesfois plus gros que la petite cannetille.

Il y a aussi du cordon tords en deux, comme l'or, qui sert à faire des nœuds quelquefois au lieu de paillettes,

Zzz

pour rendre la besongne plus aggreable.

En donnant deux sols de l'once, on retire l'or & la
soye, & sera l'ouurier, cannetille, frizon, &c.

36. Pour la besongne de canon, autrement paix.

Il faut tendre le mestier & l'ordonner, faire les desseins, elle ne s'enleue point, & se guype auec de la soye
gris, noir, & s'aggrée de petits grains de retz noir, en
faisant la guypure.

37. Pour la besongne de fleurs, elle se fait sur tous
fonds ou estoffes, auec soye platte, suiuant la couleur
des fleurs, on nomme soye platte, qui n'est point torse.
Or il faut faire le portraict de la fleur auec les ombrages necessaires selon chasque fleur, il faut que les Brodeurs facent le portraict, parce que si les Peintres le
font ils ne s'y accommoderoient pas bien, il faut aussi
ombrer selon les couleurs, & selon que chasque fleur le
requiert, pour estre viue & naïue.

38. Pour la besongne à deux enuers il faut tendre le
mestier, tendre le fonds de taffetas, de quelque couleur
que ce soit, & prendre de l'or de Milan, enfilé par esguil-
lées, qui soit doux ou propre pour passer, pour faire la
broderie, selon le dessein que l'on veut, fleurs de soye, or
passé, desquels on fait de toute sorte de bestiaux sur
les desseins.

Celle de semence de perles a deux enuers.

Celle de clinquants.

Cette guypure qui est aussi belle dessus que dessous,
on enfile la perle à l'aiguille, comme l'or & le clinquant, on le guype à la broche, la besongne de soye a
deux enuers, aussi guypée à l'aiguille.

Fleurs de bouture de toutes fortes, ce font poincts que l'on prend les vns dans les autres, de mesme grandeur & de diuerfes couleurs felon les fleurs.

39. La porfilure c'est la moindre, & faut qu'elle soit la mieux faite.

Porfileure, est prendre des bandes de tapifferie, & les appliquer fur de la foye, ce fait, faut prendre fur broche du porfil, que lon appelle quatorze ou quinze fils felon la groffeur de la foye, puis de la foye fimple, pour rabattre le porfil au long du bord de la Tapifferie, qui s'appelle porfiler.

Taillure de velours, &c.

40. Il faut tendre le velours à vn meftier, & prendre de la colle de Flandre deftrempée & boüillie, & en frotter le velours par derriere, à l'enuers, & le faire fecher au feu, en telle forte qu'il foit fec, & en couper apres le fueillage, fuiuant les deffeins, & l'ayant coupé par fueillage, l'appliquer fur telle forte d'eftoffe que lon veut; Plus faut pour l'ordonner prendre vne aiguille au bout d'vn bafton, & prendre auec icelle la fueille de velours, ou autre eftoffe, & la coller fur le fonds du deffein où on la veut employer, puis mettre du porfil en broche de fept ou huit brins, felon la groffeur de la foye, & enfiler de la foye fimple pour le porfiler à l'entour.

Pour paruenir à la Tailleure, il faut fur l'eftoffe ponçer le deffein, & quand il eft marqué par la ponçe, y appliquer la fueille.

41. Pour la befongne d'Eglife, fine, faut l'ordonner, puis coucher l'or fur les Images, où il en eft de befoin,

apres glacer, & faire les enuers du manteau, de foye platte, puis il faut des petits brins de foye torfe, vne fois les lancer, c'eft à dire, faire vn grand poinct, puis auec d'autres qui fe font d'vne foye deliée les rabattre.

42. En outre, pour la fauffe befongne dont i'ay parlé, on prend des morceaux de fatin, & les taille on à propos de l'image qu'on veut faire, & les applique-on fur le deffein de l'Image, & on les colle auec de l'empoix fait de farine, puis faut prendre des couleurs felon l'Image, & les lauer par l'enuers, & les rehauffer felon les couleurs.

Puis lizerer les lifieres, d'vn gros or auec de la foye.

43. Le bord des offrois, c'eft à dire, les bandes de Chafubles ou Chappes, s'appelle, & eft fait à poinct billetté, c'eft à dire de l'or mené à la broche, enleué par lozanges.

Ces bords des offrois, en chéurons ou baftons rompus, & telle befongne s'enleue fur les traicts, & creux, ou plat-fonds.

Pour faire l'œilleture, il faut prendre vne petite verge de fer, & la mettre dans la fueille que l'on veut faire, & prendre foye ou or, tel que l'on voudra, & faire des poincts fur l'aiguille ou verge, de la grandeur de la fueille, & emplir les fueilles de l'œilleture, du deffein tel que l'on voudra.

44. Ce feroit vne chofe quafi infinie, de vouloir icy coucher toutes les particularitez de ce noble artifice,

qui inuente tous les iours mille gentilleſſes pour encherir la broderie, & la rendre plus agreable à l'œil,
ſoit pour la varieté des couleurs heureuſement meſ-
langées, ſoit pour la richeſſe des ouurages, les Poëtes
combattent auec la pointe de leurs plumes, les Peintres auec le bout de leur pinceau, les Brodeurs auec la
pointe de l'aiguille, pour ſçauoir qui fera le plus bel
ouurage, & mieux reuenant au naturel. Claudian fait
vn quarré de broderie, par la main virginale de Pro-
ſerpine, & la peint fort delicatement. De ſa ſçauante
aiguille (ce dit-il) elle brodoit ſur du ſatin blanc la
creation du monde; elle arrengeoit les elemens, &
voûtoit l'azur des Cieux, elle deſueloppoit le chaos
auec la pointe de ſon aiguille, deſpliant tout le monde, & le tirant de la confuſion, poſant chaſque choſe en ſa place, tout ce qui eſtoit leger montoit à
veuë d'œil au plus haut eſtage du monde; les choſes lourdes & plus peſantes ſe precipitoient au centre; le feu s'allumoit d'vn incarnat releué & fort eſtincelant, le Soleil & les Eſtoilles d'vn or brillant &
fort rayonnant, vn filet d'argent faiſoit le croiſſant
de la Lune, la mer flottoit à gros boüillons, eſcumant ſa rage au bord, & ſouſleuant de grandes montagnes d'eaux faites de ſoye pourprine, a eſcumes
d'argent, le globe de la terre ſe balançoit au centre,
ſe ſeruant de contrepoids pour s'affermir, & appai-
ſer le monde. Elle y entremeſla les Zones & les cli-
mats; la torride eſtoit toute bruſlée, & d'vne ſoye ſi

rouge & ſi viue qu'elle ſembloit eſtre tout en feu, auec
des taillades de velours cramoiſi releuées d'or, vn Soleil
battant à plomb là deſſus auec des chaleurs inſupportables , de façon que le quarré ſe voyoit tout fleſtry
d'ardeur, & alteré d'vne ſechereſſe & d'vne ſoif fort lan-
goureuſe. Deçà & delà eſtoient les Zones temperées de
hache-bachure, d'agréemens, de broderie à fleurs , meſmes de poinct velu , contrefaiſant les mottes enyurées
de Nectar, & vn pays tout couuert de delices, & peuplé à merueille ; aux deux bouts de l'ouurage eſtoient
les deux Zones glacées , couuertes de neiges, de ſoye
platte, encaſtillé de pointes de criſtal, pour contrefaire
la glace & les horreurs d'vn hyuer eternel , & l'ouurage
fait à taillure , ſi bien qu'il ſembloit que ces pauures
contrées fuſſent toutes mort-fonduës , & tranſies de
froid. Le coloris des ſoyes eſtoit vif , & de pluſieurs
beautez entremeſlées fort mignardement. Dans vn azur
bruniſſant elle auoit enchaſſé des petits boutons de cannetille d'or fort luiſant, pour contrefaire les Eſtoilles al-
lumées dans la glace du Ciel ; la terre eſtoit faite d'vn
or nüé de verd gay, verd doré, & verd brun. De ſoye
platte & enflée flottoit & eſcumoit la mer , contrefaiſant vn petit Occean ; le bord & les rochers qui bor-
noient la marine c'eſtoit vne enfleure de perles orientales, & de gros diamans plantez comme des eſcueils, où
boüillonnoit autour la mer courroucée, & eſcumante à
boüillons de ſoye blanche, trenchée de filets d'argent.
Le flottement de l'algue , & des roſeaux marins eſtoit
bien ſi naïuement fait, qu'il ſembloit en effet que le vent
s'y ioüant les fit ondoyer, & choquer doucement con-

tre les montagnes faites à poinct velu & couuertes de
mouſſe ; Voyez ie vous prie, comme cette ſoye perſe
pouſſe flot deſſus flot , faiſant de la riuiere qui ſemble
couler à veuë d'œil : Voyez que la ſoye ſe bourſouffle,
& s'enfle d'elle-meſme par vn grand artifice, comme ſi
c'eſtoit vne fontaine de criſtal ſe precipitant dans la
mer. Oyez-vous pas le peſant bruit du flot qui ſe creu-
ue au bord, & ſur le ſable doré , qui ſemble murmurer
ſe voyant choqué rudement, & tout couuert d'eſcume. Cette tendre pucelle faiſoit de ſon aiguille tout ce
qu'elle vouloit. En faiſant cét ouurage d'vne main innocente, la pauurette fut malheureuſement enleuée, &
l'ouurage demeura imparfait, le plat-fonds n'eſtant fait
qu'à demy.

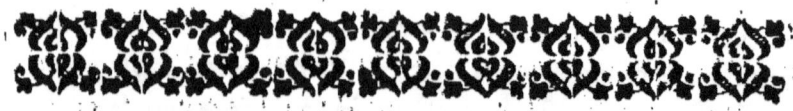

POVR PARLER DE
L'OECONOMIE DES CIEVX,
ET DE SES MERVEILLES.

CHAPITRE XXVI.

E Ciel de son pourpris emmantele tout le monde, & par la douceur de ses influences l'alimente, & luy distille sa vie. C'est la maison de Dieu, le pavé du Paradis, les parterres des Anges fleuris d'Estoilles & d'vn eternel Printemps, le temple de la Diuinité, la chappelle ardante du monde, la voûte azurée de l'vniuers.

2. Le nombre des Cieux n'a pas tousiours esté conté, tantost on a creu qu'il n'y en auoit qu'vn seul, dans lequel couloient doucement, & glissoient les Astres, comme dans vn cristal liquefié & fort tendre. Tantost on en a mis huit à cause des diuers mouuemens, & branles fort differends, puis neuf, puis dix, douze: & si d'auanture quelque nouueau Galilei nous forge quelques autres lunettes, nous courons fortune de trouuer encor de nouueaux Astres & de nouueaux Cieux, tant il est vray que nos esprits sont foibles, & nos instrumens trompeurs, & suiets à l'erreur.

3. Cette machine ronde fait ses reuolutions circulaires par vne vistesse inenarrable. Mais c'est vn conte de
Pla-

Platon, de dire que les Eſtoilles rendent quelque ſon
ou tintement par leur mouuement, mais le doux cou-
lement du Ciel, ces accords ſi diſcordans des mouuemens contraires, ces douces liaiſons & diuorces des
Eſtoilles, c'eſt ce qu'on appelle la douce harmonie des
Cieux.

4. On nous voudroit faire croire qu'il a eſté nommé
Ciel, d'vn mot qui ſignifie cizelé, & graué, à cauſe que
le Zodiaque eſt compoſé en douze figures d'animaux
qui y ſont grauez, & toute la peau du Ciel eſt ſurſemée d'animaux empraints & façonnez pour embellir le
Ciel. Mais en effet, ce ne ſont que certains aſſembla-
ges d'Eſtoilles, que la fantaſie des hommes a façonnées en figures & conſtellations qui ſe rapportent à
quelque ſorte d'animaux, mais à la verité ils y rapportent ſi peu, que ce qu'on appelle le Lion, pouuoit auſſi
aiſément eſtre appellé vn ſinge; la neceſſité nous a forcez de prendre cela pour argent contant, & Dieu meſme chez Iob, ſe ſert de ces façons de parler, les nom-
mant Orion, Hiades, &c.

5. Les Eſtoilles ſemées par le Ciel, ſont les parties les plus maſſiues du Ciel, des boutons de glaces qui ſeruent de liaiſon & d'entretien au Ciel; les canaux dorez par où la bonté de la nature diſtille ſes
influences ſur nous, & fait couler inſenſiblement ſes
faueurs, les yeux de la nature qui ſans ceſſe nous
ſert de corps-de-garde; les pierreries de la nature dont
elle ſe pare d'ordinaire. Tantoſt elles ierrent leur feu
& leurs rayons, tantoſt elles éclipſent leur beau-

té & se despoüillent de leur clarté rayonnante.

6. La Lune est la Planette la plus proche de la terre & la plus familiere, c'est le Soleil de la nuict, son cours & decours ne faut iamais ; sa glace est esclairée selon qu'elle regarde le Soleil , & tantost nous n'en voyons qu'vn filet & croissant d'argent , tantost elle s'enfle & fait vn my-rond , puis elle s'arrondit & se fait toute pleine. Son argent est tousiours racheté de quelques masques, & certaines noirçeurs qui semblent façonner vn visage. Elle suruient aux defauts du Soleil, souuent elle luit auec luy & mesle ses rayons auec ceux du Soleil en plein iour. La niaiserie des Peintres se void en ce que d'ordinaire la peignant en compagnie du Soleil, ils font que les cornes regardent le Soleil , & font tout au rebours, car c'est le dos qui mire le Soleil, & iamais les cornes. Elle n'a de clarté sinon ce qu'elle attire du Soleil, luy presentant son miroir & sa glace. Pline est bien badaut pour vn habile homme , de croire que la Lune hume les vapeurs de la terre & s'en nourrit, & les Estoilles aussi, & que ses taches ne sont que l'indigestion des parties plus terrestres & plus grossieres des vapeurs de la terre.

7. Quand la Lune est diametralement sous le Soleil, & interposée entre luy & la terre , elle l'eclipse & desrobe à la terre les raiz du Soleil. Et par contr'eschange l'ombre de la terre enueloppant la Lune l'eclipse, & ne la laisse ioüir des rayons du Soleil. La pointe de l'ombre la terre ne montant point plus haut, n'eclipse pas les autres Estoilles.

8. La grande boule du Ciel roule sur deux essieux fi-

chez, & vole d'vne viftefle aiflée, l'Ange luy donne le
branfle & le mouuement , & le fait tournoyer rondement à la cadence de la diuine prouidence, coronant le
monde de fon arche bien voûtée & diaprée d'Eftoilles.
Le Soleil enchaffé là dedans engendre les fiecles & les
ans, les iours & les faifons, frayant vne orniere eternelle
que toufiours il va retraçant & refrayant , courant par
fa mefme carriere.

9. On fçait à poinct nommé le cours & les trauaux
des Aftres, les afpects, les rencontres & les fuites ; les
mariages & les diuorces des Planettes, leurs defaillances
& eclipfes, leur leuer, leur coucher, leurs afcendans, les
conionctions , leurs defauts , & tout le mefnage des
Cieux : On fçait la connexité , & le courbement des
Cieux, l'efpaifleur & la mafliueté de chafque Sphere. Les
conionctions Orientales & matinieres des Eftoilles auec
le Soleil, ou bien les Occidentales & vefpertines : Les
courfes directes & retrogrades ; les abbaiflemens vers la
terre, les eleuations vers le Ciel par leurs epicycles ; les
Anges des Planettes, les Zones ou ceintures qui parta-
gent & ceignent le Ciel , le Zodiaque qui va biaifant
entre les deux poles.

10. Pline eft bien fimple , quand il fe vante d'auoir
treuué la theorique des Planettes , rapportant toute la
difference de leurs mouuemens à la violence des raiz du
Soleil, & à fa repercuffion, les rendant ftationnaires ou
retrogrades. Il y a bien d'autres myfteres en ces mouuemens admirables, & faut bien que les Anges mettent la
main à la befongne roüant ces corps celeftes.

11. C'eft chofe faintement effroyable que la grandeur

Aaaa 2

des Eſtoilles, la diſtance des Cieux, la viſteſſe explicable de ſa courſe. Il y a telle Eſtoille qui ne ſemble pas plus groſſe qu'vn eſcu, qui eſt cent & quinze fois plus grande que toute la terre. Bonté de Dieu, qui ſe pourroit imaginer cette beauté de voir vne telle boule de criſtal tout en feu, & puis en voir le Ciel tout parſemé de pareilles, iettant icy bas mille benedictions ſur la terre par le moyen de leurs rayons & la douceur de leurs influences.

12. Il y a autant de diſtance d'icy au Ciel de la Lune, qu'en feroit vn Caualier bien monté (faiſant tous les iours ſoixante milles) en cinq années & plus.

D'icy à Mercure en dix ans.

D'icy à Venus, en 26. ans.

Au Soleil, an 169. & 3. mois.

A Mars, 184. & 5. mois.

A Iupiter 1291. & 2. mois & plus.

A Saturne 2065. & 11. mois.

Au huitiéme Ciel 2755. ans, & 6. mois.

Au neufiéme, 2982. ans pour le moins.

De façon que faiſant tous les iours vingt milles, il faudroit pour deſcendre à terre du neufiéme Ciel ſeulement, des années pour le moins neuf mille. Partant ſi vn homme auoit commencé à deſcendre depuis le commencement du monde, faiſant tous les iours vingt milles, il n'auroit fait que les deux tiers du chemin, & luy faudroit encor trois mille ans, deuant que de mettre pied à terre, & n'en doutez nullement, car il n'y a nul erreur au calcul de ces grands perſonnages, qui en ont tiré le conte.

13. Pour la viſteſſe du mouuement, c'eſt choſe quaſi incroyable, marquer vne Eſtoille au firmament, elle fera en vn iour de milles d'Italie (dont trois font vne bonne lieuë de France) elle fera dy-ie 410. millions,& 500. mille & plus ; & à chaſque heure elle fera dixſept millions & plus ; & à chaſque minute d'heure nonante ſix mille, & deux cens milles d'Italie ; de façon que ny le vol de l'oyſeau, ny la violence d'vne ſagette, ny la furieuſe volée du canon, ny meſme la deſcente du quarreau du Ciel, ny choſe du monde peut approcher de cette viſteſſe inimaginable, mais pourtant tres-veritable.

14. Chaſque Planette a vne couleur propre, Saturne eſt blanc d'vn blanc plombé & vn peu bruniſſant ; Iupiter eſt clair, vif, brillant, mais enflambé & vn peu ſanguin en ſes rayons ardans ; Venus l'Orientale eſt embraſée, l'Occidentale reluiſante, mais auec vn feu moins eſueillé ; Mercure eſtincelant & fretillant, iettant pluſieurs raiz qui eſbloüiſſent la veuë, la Lune a ſa glace argentine, douce, gratieuſe, le Soleil eſt tout feu rayonnant, & eſparpillant nos veuës de ſa trop grande clarté.

15. On n'a point eu de honte de vouloir faire inuentaire des Eſtoilles, & les conter toutes par le menu. De fait on iure qu'il n'y en a de celles qui paroiſſent que 1022. choſe qui ſemble ridicule aux niais, mais tresaſſeurée aux gens du meſtier, qui vous desfieront d'en marquer vne ſeule qu'ils n'ayent contée deuant nous, & marquée ſur leurs globes. Le chemin de ſainct Iacques, ou voye de laict, n'eſt autre choſe qu'vn million de petites Eſtoilles dont les rayons n'arriuent pas

Aaaa 3

iufqu'à nous. Galilei auec fes lunettes les diftingue , en
treuue de nouuelles, & defcouure mille nouueautez dans
le Ciel.

16. Le chariot & la croifade ce font les Eftoilles les
plus proches des deux piuots, gonds, & poles du monde, fur lefquels roule tout ce grand vniuers , le chariot
eft le pole du Nord, & la croifade du Sud; on la nomme
ainfi , à caufe des quatre Eftoilles rangées à mode de
croix, dont elle eft compofée. On void fouuent le Soleil , & la Lune coronnez de cercles ou fanglans , ou
luifans, ou blaffards & mourans, voire des arcs en Ciel,
on void des trois Soleils, des Lunes, & autres prodiges,
foit que cela fe face par hazard & la rencontre des vapeurs , ou que Dieu a deffein fe fert de cela pour nous
faire penfer à luy, & à nous.

17. Il n'y a nulle Eftoille qui n'ait fa vertu particuliere
quoy qu'incognuë , les nuées caufent la pluye infailli-
blement , les autres la gelée, qui flocque la neige , qui
diftille des rofées abondantes , qui feme la grefle , qui
ouure la bouche & les portes du vent , qui enueloppe
le monde de broüillaz , qui morfond de frimats , qui
contribuë à la generation des mineraux , & quand le
Soleil & la canicule s'allient, le monde brufle d'vne chaleur enragée, felon !. cours & decours de la Lune , les
ouyftres & poiffons armez d'efcailles & fermez dans
leurs boüettes, croiffent & decroiffent en chair.

18. Le Soleil eft affis au milieu des Planettes comme
le Roy du Ciel, auquel toutes les Eftoilles font la Cour.
Par fa grande puiffance il regente le Ciel, la terre , fait
les faifons, & a efté nommé Dieu par la gentilité. Pline

a esté si fol que de croire que c'estoit le seul Dieu du
monde , l'œil de la nature ; le potentat de l'vniuers , le
maistre & le gouuerneur des Astres , l'entendement du
monde & l'ame & le mary de la nature. Luy qui partage les temps , qui forme les saisons , qui dore les elemens, qui esmaille la terre, qui perce iusqu'aux entrailles
de la terre pour y créer les metaux , & enfonce ses
rayons iusques aux abysmes de l'Occean pour y polir
les pierreries; c'est luy qui embellit le visage des Cieux
les couurant de serenité & de maiesté , qui empourpre
les nuées, qui y trace l'arc en Ciel, qui hume les brouïl-
lars, qui essuye les pluyes , qui lasche & qui arreste les
vents & les tient en bride , qui enfle & desenfle la marine , qui couure les campagnes de toutes sortes de
fruits, qui donne la vie aux bestes, qui resiouït ce grand
Tout de sa belle lumiere, sans laquelle ce monde n'est
qu'vn vray charnier & vn tombeau des creatures , qui
se mangent les vnes les autres. Ce globe de cristal tout
plein de feu, & d'vne lumiere toute d'or, c'est le thresor
du monde , & comme dit vn Ancien , c'est quasi le
Dieu materiel des choses corporelles, c'est le miroir de
la maiesté de Dieu.

19. Le S. Esprit qui l'a creé prend plaisir à le loüer,
disant que c'est vn vase du tout admirable, chef-d'œuure de la main toute puissante de Dieu, la gloire du firmament, la source inépuisable de la lumiere, la fournaise des ardeurs & des flammes qui cuisent les elemens,
& alimentent l'vniuers, le bel œil de la nature, le grand
canal d'or, par où le Ciel distille sur nous ses faueurs &
saintes Indulgences , & verse ses liberalitez & douces

influences, le Pere de toutes les beautez de la nature, l'honneur & le threfor des Eftoilles & de l'azur des Cieux, Roy duquel la Maiefté efteint la gloire & eclipfe la beauté des Aftres & de toutes les chofes belles.

20. La Lune fa fœur, eft le Soleil des nuicts qui trenche l'efpaiffeur des tenebres auec fes rayons argentins, moites, & doucement confolant les ennuys des nuicts langoureufement fombres. Aftre qui ne vid que d'emprunt & a vifage toufiours changeant, c'eft la maiftreffe de la mer, la Reine de la nuict, la mere des rofées, la douce nourriflicre de la terre, la guide des mariniers, le miroir du Soleil, la compagne de fes trauaux, la gardienne de fa lumiere, & depofitaire du iour & des threfors du Ciel, l'autre gloire du firmament, l'emperiere des Eftoilles, la Regente de ce bas monde, où elle a fa iurifdiction & fon domaine, retrogradant par fon propre mouuement, fendant le Ciel à contrepoil & au rebours, du branfle commun des Cieux, nous marque les mois, les années, & les fiecles. Elle par fa douceur attrempe les chaleurs trop ardentes du Soleil fon frere.

21. Quand le Soleil s'approche ou fe recule des Planettes, & fe marie auec diuerfes Eftoilles, felon les afpects differens, il fait auffi des effets admirables, durant qu'il eft auec la canicule la mer boüillonne, l'air n'eft plus air, mais flammes refpirables, les vins tournent, les lacs s'efmeuuent, la terre eft vne vraye Zone torride, & tout le monde vn Purgatoire, tandis qu'il eft en cette conionction, & les chiens mefmes enragent durant ces iours Caniculaires, les maladies redoublent & empirent, que fi ces ardeurs Caniculaires font renforcées

par

par le vent de Midy , de vray elles semblent du tout insupportables desmontant la teste, desbauchant l'estomach, allumant le sang dans nos veines, & c'est à l'heure ce qu'on appelle vent de Requiem , & vent de succession, car ces chaleurs estouffent les malades.

22. Horoscope , Ascendant, & Natiuité, c'est la rencontre des Estoilles qui montent sur l'orizon & sur la terre, à l'instant que quelqu'vn vient au monde. Car ces faiseurs de natiuité qui amusent les curieux, de la qualité des Estoilles, des liaisons & aspects differens, selon les diuerses maisons où ils logent , ils nous tirent des natiuitez , & predisent aux personnes le bon heur, ou malheur de leurs vies, ils en disent de tant de sortes que quelquefois ils rencontrent par hazard, mais d'ordinaire ils mentent ; & est asseuré que les Estoilles ne peuuent forcer la liberté , mais ils en vsent de la sorte pour se faire admirer & pour contenter les curieux, qui treuueroient bien plus asseurément le vray bon heur dans le Ciel des vertus, que dans le Ciel des Estoilles.

Bbbb

DES
RARETEZ DV
FEV ET DE L'AIR.

CHAPITRE XXVII.

1. **L**ES Comettes s'allument là haut dans l'element du feu, auec vne grande varieté, selon que les vapeurs font difpofées. Il y en a qui ont la cheuelure fanguine & toute heriffée; des barbuës & faites à mode de crins; des lances à feu qui volent comme des fléches; d'autres qui vont en appointant & faifant vne efpece d'efpée fort luifante, mais pafle & languiffante; des tonneaux yffans d'vne clarté enueloppée de fumée; des cornets, des cheueleures argentines, de bourruës & veluës, de ferpentines & retortillées, à longue queuë, en nœud ramaffé, en cimeterre, en haut-bois, en targue, en mille & mille figures, voire en bataillons rangez, en machines de guerre, en feu & en fang, & en mille frayeurs.

2. L'Air eft le receptacle des vapeurs & exhalaifons que le Soleil attire par la force de fes rayons, là on void de nui& mille feux volages, des ardants & flambars trompeurs qui feruent de guidons pour mener aux precipices, des clartez formées en Eftoilles, des Aftres tombans à terre comme fi les Eftoilles fe mouchoient,

des gliffades de feu & comme des fufées tirées par nature, Caftor & Pollux ou le feu S. Elme, qui voltige
autour des mariniers, mille flammes folles & feux fol-
lets volletant çà & là, & cent cheureaux fautellant par
les airs, & mille fortes d'impreffions que la nature veut
celer & refferrer au cabinet de fes priuez fecrets.

3. Quand le ventre des nuées eft gros d'exhalaifons
chaudes, cela caufe de grands efclairs qui trenchent les
nuées, les defcoud, & monftre par la fente le feu qui
eft refferré là dedans, ce feu voulant fortir choque de
tous coftez, brife les obftacles, froiffe & rompt tout, &
fait efclatter les nuées qui entreheurtant, & s'entrechoquant font ce cruel tintamarre qui fait trembler tout
l'vniuers auec effroy. Le quarreau enfouphré qui en fort
comme vn coup de canon renuerfe tout ce qu'il rencontre, & de fureur abbat tout ce qu'il bat.

4. Les replis des montagnes, & les concauitez recourbées font caufe que les flots de l'air agité fe froiffant là
dedans melodieufement s'articule, & fe façonne en voix
qui redit tout ce qui luy eft dit, voire fouuent redouble, & triple. Nature nous a voulu enfeigner que le fecret ne fe doit iamais confier à perfonne, puifque les
pierres mefmes le defcouurent, & les deferts le redifant
l'enflent fouuent, le defguifent & le doublent. Vous
eftonnez vous que les hommes gardent fi peu le fecret
puifque les pierres parlent, & le filence des folitudes
deuient fi babillard qu'il ne fait que caufer quand vous
contez aux rochers vos fecrettes penfées?

5. Le vent eft vne des pieces du threfor de Dieu, le
plus habile homme de la terre a bien de la peine de de-

uiner qui est-ce qu'il le meut, & qui le pousse si fu-
rieusement, qu'il abbat les testes des rochers, desracine
les arbres, renuerse les maisons, & bouleuerse tout l'O-
cean. Il y en a quatre principaux, l'Oriental qui se nomme Est, l'Occidental, Ouest ; vent d'aual, d'embas, Po-
nent; le Septentrional, Bize, Nord, Tramontane ; le Me-
ridional, vent de Midy, Sud, Marin, Autan.

Outre ces quatre cardinaux, il y en a quatre mitoyens,
entre Midy & Orient, Su-est ; entre Orient & Septentrion, Nord-est ; entre Occident & Septentrion, Nord-
ouest; entre Occident & Midy, Sud-ouest.

On en a encor entrelardé quatre autres , premierement; Nord-ou-est, ou vestral ; 2. Est-nord-est ; 3. Est-
sud-est; 4. Sud-ou-est. Et nos Mariniers de ce temps en
ont adiousté pour le moins deux douzaines. Il y en a
de peu de portées qui ne soufflent guere loin, d'autres
qui courent d'vn bout du monde à l'autre. Vne des
merueilles de l'vniuers, c'est ce vent qui a en diuers lieux
des proprietez quasi incroyables.

6. Rum, c'est le lieu d'où vient le vent , c'est aussi vn
traict & ligne droite d'vn vent à l'autre, ou d'vn demy-
vent, ou d'vne quarte de vent à autre, & de plus grande menuise de vents, comme il s'en fait tous les iours.
Arrumer vne carte, c'est y tirer des lignes & Rums de
vents, demy-vents, & quartes au point opposite, ce qui
se fait aux cartes marines , à cause que les routes de
mer sont en l'air, & en haut, & dans le vent, & non
en bas, comme ceux de terre: cela mene droit sans faillir & sans desrouter. On en fait aussi de cartes terrestres, arrumées pour aller par tout , à trauers , à droit

chemin, fans guide & fans faillir d'vn feul point. De
façon que le vent à la faueur d'vne buffole & d'vne
carte arrumée, nous fait aller d'vn bout du monde à
l'autre fans nous fouruoyer, qui eft vne chofe du tout
admirable.

7. Le tintamarre de la nuée s'appelle tonnerre, qui eft
quand la vapeur allumée veut fortir & ne peut fendre
le ventre de la nuée efpaiffe; s'il fort & rompt tout, c'eft
la foudre, ce qui tombe, c'eft l'efclat de la foudre, quand
on void vne grande queuë de feu, vn ferpent, des grandes fentes qui trenchent la nuée en ferpentant, ce font
les efclairs qui ne font que defcoudre la nuée, car la
foudre brife tout, & rompt, & froiffe les nuées en efclats. Quelquefois la nature eftouffe le bruit du tonnerre & fait vn muglement fourd ; fi la vapeur ne fait
que gliffer & couler cela ne fait qu'efclairer, mais cho-
quant rudement il donne le coup de canon effroyable,
& fracaffe tout. Selon que les impreffions de l'air font
enuenimées & enfouphrées, auffi ce qui en eft battu eft
plus, ou moins endommagé du coup. Quand vne vapeur fumeufe monte en l'air, & s'eft roulée dans la nuée,
fi elle eft foible, elle fort en efclair, fi elle eft forte, elle
fort auec violence, & deuient foudre & efclat de tonnerre.

8. Il y a haut fon, fifflement, craquetement, claquete-
ment des nuées, agitation impetueufe, diffolution violente, froiffement, repouffement, efbranlement impetueux. Au refte, la foudre qui perce eft fort deliée
& fubtile, celle qui diffipe eft vne flamme meflée
auec vn vent tourbillonneux; l'efpanduë, brife tout ce
qu'elle touche. La legere, ne fait que griller & noircir

ce qu'elle frappe; la moyenne, brusle ; la forte, allume, liquefie, consume, ce qu'elle atteind.

9. La folle gentilité qui croyoit que la foudre estoit le dard de Iupiter, & qui pensoit que la foudre estoit l'execution du destin d'vn chacun, disoit qu'il y auoit des foudres Monitoires, Postulatoires, Pestiferes, fallacieuses, menaçantes, meurtrissantes, flatteuses, accablées, souterraines, Royalles, mortelles, basses, fauorables, ioyeuses, tristes, meslées, indifferentes, ineuitables, estonnantes, de bon augure, de nul effet.

10. La foudre agit de plusieurs sortes, & fait des effets prodigieux, elle choque & brise les choses dures, passe à trauers les molles innocemment, espargne ce qui est pertuisé & va de longue, fond l'argent dans vne bourse sans estre entamée, tombant sur vn arbre brusle ce qui est sec, perce ce qui est dur, moud l'escorce, fend le tronc, arrache les racines, pile & estreint les fueilles, l'espée est calcinée & poudroyée, & le fourreau est tout entier ; le fer des iauelines coule au long des hantes nullement atteintes; le vin se glace, & apres se dégele, mais il est mortel, cependant le tonneau n'est point entr'ouuert ny brisé, les arbres frappez de foudre dressent leurs pointes du costé d'où elle est partie & a esté lancée; les bestes venimeuses battuës du coup du Ciel, perdent leur venin, & se remplissent de vermine apres la mort, cependant mourant auec leur venin iamais n'engendrent vn seul ver.

11. On peut dire que le vent c'est vn air coulant doucement, ou d'impetuosité; vn flot ondoyant entre deux airs, vn tourbillon & combat de plusieurs qui se bat-

tent & fe piroüettent, d'où vient ce tournoyement de finfreluches, & bourriers qui voltigent de biais ; vne courfe de vapeurs agitées ; meflange d'exhalaifons qui s'entrepouffent; vent de droit fil ; vent qui fe plie & replie en tours & retours, & tourbillons. Vent r'enforcé & qui fe donne carriere, vent lafche qui foufflant s'efuanoüit, le rayon du Soleil quelquefois refueille & pique le vent, luy donnant toute la bride, il y a vent de toute faifon, vent de Printemps, d'Efté, d'Automne, d'Hyuer ; petit vent qui s'abbaiffe ; vent qui frife les flocquons de neige, & gele les eaux de fa froideur; vent court qui ne dure guere & ne s'aduance guere loin; vent qui rebattu d'vn efcueil retourne fur foy, rode autour d'vn mefme lieu, s'efbranlant à fecouffes, & fe roüiant autour de foy-mefme en tourbillonnant, vent qui efpard l'air à ondées ; vents legers & bondiffans à petites bouffées & halenées entrecoupées, vent roide & de longue haleine, bruyant & fortant auec effort ou de quelque cauerne, ou des lieux fouterrains, vent de terre, vent de marine, vent de riuiere.

12. Le vent a efté donné pour purifier l'air & ne le laiffer croupir & pourrir, pour porter les nuées à guife d'arroufoirs, & diftiller les pluyes fur la terre; pour donner branfle à l'Occean & pourmener le monde par tout l'vniuers ; pour brider l'orage & chaffer les deluges & les nuées qui abyfment le monde, pour balayer le Ciel & rendre la fereníté, pour attremper les ardeurs du Soleil, pour r'affrefchir la nature, pour ouurir les fleurs & les efpanoüir, pour ouurir le commerce d'vn pole à l'autre, pour varier les faifons, meurir les fruicts ; pour

eſpurer l'air que nous reſpirons & enleuer les infections enuenimées, pour nourrir les ſemences, attirer les roſées, affermir les arbres ; il conuertit les riuieres en criſtal, les pluyes en greſles, les roſées en grezil, la terre en gelée & en caillou, tantoſt il dégele tout, & couure la terre d'vn deluge en faiſant comme vn Ocean. C'eſt le vent qui fait la reueuë de la terre, charriant les nuées comme des aqueducts & canaux pour verſer de l'eau & abbreuuer les biens de la terre. Tantoſt Borée ce grand balay du monde, ſe leue impetueux pour nettoyer les airs, chaſſer les nuées, & r'amener au Ciel vne ſerenité dorée.

13. Les nuées ſont le rideau de la nature, dont elle nous couure le Ciel, c'eſt vn pauillon & vn daiz, ſous lequel elle a mis à couuert les mortels, les contregardant des ardeurs du Soleil, c'eſt vn paraſol, & vn abig agreable; quelquefois tout au rebours ce ſont les cataractes qui verſent vn deluge ſur la terre, ou des roſées fauorables. D'où peut venir vn nombre innombrable de ces vapeurs ? qui donne le coloris ſi vif & ſi different, nous en faiſant des tentes de tapiſſeries admirables? Qui les enyure de vermillon, qui les dore d'vn ſi bel or, qui les fait toutes de neige ou d'argent; qui renge ces batailles & ces armées qu'on void là dedans les airs ; qui mene ces trouppeaux & ces moutons couuerts de toiſons blanches? Qui y allume l'enfer & ces flammes effroyables, qui les remplit de boulets de greſles, de carreaux & coups de canon, de feux volages, & de mauuais augure ? Qui les fait choquer ſi horriblement & s'entre-escraſer ; quand il pleut du ſang, du lait,

des

des cailloux, du miel, de la Manne, du souphre, de la neige, qui est l'ouurier qui façonne cela? qui coule cela par le tamis & alambic des nuées, & apres auoir bien rodé, en fin que deuient tout ce bagage, se fond-il en pluye, s'éuapore-il en vent, s'abysme-il dans l'Ocean, se replonge-il sous la terre & dans le ventre des montagnes? O que Dieu est admirable en tous ses ouurages: & vray Dieu que l'homme est beste qui ne peut comprendre la moindre des creatures emanées de sa toute-puissance, qui ne fait que se iouër en faisant tout cela.

L'ARONDELLE.

Vand l'Arondelle veut pondre, & se voit sur le poinct d'ouuer, elle prepare sa couche, & le berceau de ses petits; le nid est basti, gaschant de la bouë, r'embouché de paille, tapissé de flocs de laine, fourré du plus delié duuet qui se treuue, afin que le lict soit mollet, & les petits gisent tendrement à leur aise. Quand les Arondelles sont esclos, & mettent le nez hors la coque, n'ayant plus de prouision dans leurs petits tinels, le pere & la mere se chargent de les nourrir, & les soignent comme l'amour leur enseigne. Le plus grand plaisir est lors qu'ils sont desia grandelets, reuestus du poil follet, les aisles garnies de plumes, les iarrets assez forts: car pour les desniaiser, & leur apprendre à gaigner leur vie, le pere & la mere vous les pousse dehors, & Dieu sçait s'ils sont estonnez, quand ils se voyent balancez en l'air, & que pour la premiere fois ils desployent leurs aisles, & font leur apprentissage de voler, nageant entre Ciel

Cccc

& terre. Mais comme ils font encor à leurs rudimens, ils
font incontinent las de voler, & s'en vont percher fur
la premiere branche qui fe prefente. Les vieux qui
voyent ces pauures niais offamez fur vn arbre, fans fçauoir faire autre meftier qu'ouurir le bec, & attendre gorgée, ils fe mettent à leur donner du paffe-temps, allant à
la chaffe, & à la volerie pour leur donner à defieuner.
Vous les voyez voler de biais d'vn aifle fofte, & courir
fur les petits moucherons qu'ils attrappent du bout du
bec, puis fe dardant contre leurs petits perchez fur l'arbre, ils fe monftrent de loin le gibbier à la bouche, les
petits crient tous enfemble, attendant la faueur & la bechée. On ne fçauroit dire l'equité de fes petites beftioles, car elles difpenfent efgalement la venaifon, donnant
à tour de roolle à chacun fa petite prebende. Auffi les
petits font fort fidelles, & ne changent point de place
pour tromper leur frere, & auoir deux fois la curée. Cependant ils gazoüillent en leur gofier, & apprennent
leur game, fe faifant fçauans aux defpens, & à l'exemple
de leur pere & mere, fe duifant au meftier de la volerie.
Quand ils font faouls, les parens vous les pouffent de
l'aifle, & les iettent en l'air, où ils commencent à prendre
plaifir, fe voyant appuyez fur les aifles, & brauer ce qui
rampe fur terre : ayant bien voleté, tous fe raffemblent,
& les vieux fe mettent à defgoifer, & chanter leur ramage ; ces petits Arondellas y prennent leur paffe-temps,
& s'hazardent de tenir leurs parties, tous arrengez fur
l'aifle d'vn toict, comme de petits choriftes de la nature, chantant en plein chant leur *Benedicite omnes volucres*
cæli Domino. Au refte fi nature ou malencontre a porté

que quelqu'vn d'eux foit aueugle nay, ou fait par dif-
grace, l'amour de la mere fait vn beau miracle, elle ne
crache pas fur la pouffiere pour en faire du limon, & du
limon vn œil, comme fit iadis le Meffie; mais arrachant
de fon bec l'efclere (*herbe qui de ce miracle a pris le nom d'A-*
rondelerie, Chelidaonia, c'eſt à dire) elle repaiſt l'œil creué,
& vous y reforme la prunelle, donnant paffage au iour,
& lé portant iufques dans l'ame. Parmy ces chanfons &
grand chere, les compagnons fe chargent de bonne eſtoffe, & fe font grands; & en bon poinct. Lors les pere &
mere ne leur donne plus la bechée, fi ce n'eſt emmy l'air,
de façon que celùy a le bon morceau qui s'eſlance plus
viuement, & qui va au deuant de fa mere qui porte la prouifion en bouche, trenchant l'air de biais. Quelquefois elle laiffe efchapper le gibbier, feignant auoir failly, & ne
l'auoir renfourné droit au bec de l'Arondelas, qui prend
l'hardieffe de pourfuyure le moufcheron qui eſt à demy
mort, & de belle prife. L'ayant pris, & appris la façon de
voler le gibbier, il n'attend plus fon difner de la difcre-
tion de fa mere, mais fe pouruoit de foy-mefmes, &
deffors commence à galopper , & faire la guerre aux
petits moufcherons, fe mettant hors de page.

PRIVILEGE DV ROY.

LOVIS par la grace de Dieu Roy de France & de Nauarre, A nos amez & feaux Conseillers les gens tenans nos Cours de Parlemens, Baillifs, Seneschaux, Preuosts, ou leurs Lieutenans, & autres nos Iusticiers & Officiers, & à chacun d'eux ainsi qu'il appartiendra, Salut. Nos bien amez Romain de Beauuais, & Iean Osmont, Marchans Libraires à Roüen, nous ont fait remonstrer qu'ils ont recouuert vn liure intitulé, *Essay des Merueilles de Nature, & des plus nobles artifices, piece tres-necessaire à tous ceux qui font profession d'Eloquence, par René François Predicateur du Roy*. Lequel ils desireroient mettre en lumiere s'ils auoient sur ce nos lettres à ce requises & necessaires. A CES CAVSES desirant bien & fauorablement traicter lesdits exposans, & qu'ils ne soient frustrez des fruicts de leur labeur, leur auons permis & octroyé, permettons & octroyons de grace speciale par ces presentes, imprimer ou faire imprimer, en tel marge & carractere que bon leur semblera ledit liure, iceluy mettre & exposer en vente, & distribuer durant le temps de dix ans, à commencer du iour qu'il sera acheué d'imprimer. Deffendant à tous Imprimeurs, Libraires estrangers, & autres personnes de quelque qualité qu'ils soient, d'imprimer ou faire imprimer ny mettre en vente durant ledit temps, ledit liure sous couleur de fausses marques, & autres desguisemens, sans le consentement & permission desdits exposans, ou de celuy ayant charge d'eux, sur peine de confiscation d'iceluy, d'amende arbitraire, & de tous despens, dommages & interests enuers eux, à la charge d'en mettre deux exemplaires en nostre bibliotheque publique auant que l'exposer en vente, suyuant nostre reglement, à peine d'estre descheu du present priuilege. SI vous mandons que du contenu en ces presentes, vous faciez, souffriez, & laissiez ioüir lesdits Romain & de Beauuais, plainement & paisiblement, & à ce faire souffrir & obeïr tous ceux qu'il appartiendra, en mettant au commencement ou à la fin dudit liure ces presentes, ou vn bref extraict d'icelles. Voulons qu'elles soient tenuës pour deüement signifiées, & qu'à la collation foy soit adioustée comme au present original. Car tel est nostre plaisir. Donné à Paris, le saiziéme iour de Ianuier, l'an de grace mil six cens vingt & vn. Et de nostre regne le vnziéme.

Par le Roy en son Conseil.

RENOVARD.

www.ingramcontent.com/pod-product-compliance
Lightning Source LLC
Chambersburg PA
CBHW051954050726
47504CB00017B/67